KUWEI
酷威文化

图书 影视

Mo Wu
Bi Ge

墨舞碧歌

—— 著

我的温柔暴君

上

江苏凤凰文艺出版社
JIANGSU PHOENIX LITERATURE AND
ART PUBLISHING, LTD

目录

第三十三章

终不悔 拱手山河讨你欢

储秀殿，外院。

龙非离出来了，背立在院子中央，众人也跟着出来，却无一人上前。这时候，谁也不敢去说些什么，谁去也不合时宜。

院正已被遣走，崔医女留下来在房内照顾着年璇玑。

龙玉致两眼红肿，刚才，还在房内，在听到龙非离答允年璇玑，提起白战枫的时候，她终于忍不住哭了出来。

这一次，不是为白战枫，而是为她这位皇兄。

"朕答应你，你的蛊毒一解，朕此生再也不踏足凤鹭宫一步，亦不会召你侍寝。

"白战枫几天后便会抵达帝都，你也许有些话想跟他说吧，那便不要死。"

她清楚地记得龙非离说话时眸中那抹拉长了的青灰。为了嫂嫂的一丝求生意志，他离开前竟说了这样的话。

她从没想过，九哥会这样说。

她一直在想，嫂嫂怎么会回来？之前想不明白的东西，这时仿佛有些明白过来。

九哥说的那一句话，点醒了她。

"你一直藏在马车里，瞒下身体的情况，等的就是死，或者是这一刻！"

人，怎能如此纠结？可偏偏如此。

没有去白府凭吊，是嫂嫂明白自己的病情不轻，她怕自己会死，她爱九哥，从来没变过，所以还是回来了，想与他一起度过最后的时光。

可是，她却又不想与九哥在一起，所以不告诉他病情，让病情加重，她其实已经有了求死的心。所以，现在，她才对他提出了这样一个要求。

原来，有时最让人惊悚的不是死，而是怎样活下去。

只是，为什么明明大家都回来了，彼此都爱，为什么还要这样？

龙玉致想，她好像明白了，却又似乎全然不懂。

突然龙非离一声咳嗽，身子微微一颤，龙玉致一怔，却见十哥猛地抢步上前，皱紧眉头，道："九哥。"

龙玉致担心，随即走了过去，却见龙非离袍子上鲜血斑驳。

她原以为是年璇玑的血，眸光里却是龙非离的手轻轻揩过嘴角。

"九哥。"她心里一疼，只听龙非离淡淡问道："玉致，刚才百官相迎，站在你三哥背后一直盯着你看的男人，你知道他是谁吗？"

龙玉致一震，原来九哥也留意到了！

"九哥，那个男人是谁？"

"方楚帆。"

"方楚帆盯着玉致？"龙梓锦惊疑道。

"嗯。"龙非离颔首，方楚帆看的不止龙玉致，还有年璇玑。

龙玉致想起那男子暗沉的目光，只觉厌恶至极，冷笑道："这人行事诡秘，纳明天朗比他强多了。"

"你更喜欢纳明王子多一点儿？"龙非离微一沉吟，看向龙玉致。

龙玉致黯然摇头。

"既然不是，若朕把你许配给方楚帆，你可愿意？"

早在出宫前，便对自己的婚配已不抱任何希望，这时听到龙非离的话，龙玉致还是浑身颤抖起来。她僵立在原地，垂下头，喉咙竟连一丝声音也挤不出。

第三十三章 终不悔 拱手山河讨你欢

"傻丫头，你九哥是在与你开玩笑呢，你还当真了？"

龙梓锦吃惊不小，他知道龙非离甚疼玉致，不然太后向龙非离诉说多次，让他把玉致许配给方楚帆，龙非离却按兵不动，宁愿冲撞太后，又是为什么？

方楚帆这人容貌阴鸷，性情乖张，若一定要选，龙梓锦宁愿把玉致许给纳明天朗。

眼前，龙非离是与玉致说笑吧？或是受年妃的事影响，心绪一时不稳才会有此一说？

"皇上请三思。"夏桑重重地在龙非离背后跪下，声音微微哑了。

龙非离却道："夏桑，年妃的事告诉七王爷了吗？"

"事情紧急，奴才已派人办妥，稍后奴才再亲自走一趟！"

龙非离点点头，又问："徐熹？"

"皇上，老奴让几名内侍把消息传出，不消片刻，年妃娘娘中蛊一事必定传遍整个宫闱。"

"嗯。"龙非离看了龙玉致一眼，"朕也只是先跟你说一说，稍后再定夺。"

若是别的人也就罢了，在场的人都知道，龙非离既然跟龙玉致这样提出，必是经过深思熟虑的。

只是，谁都不明白他为什么要这样做！

龙玉致咬唇看着地面，猛然撞上夏桑的目光。

她苦苦一笑，夏桑说得对，明知不可为而为之，苦的终究是自己。

夏桑紧紧皱眉，又倏然站起，想向龙非离走过去。

这时，一名禁军疾步进来，禀报道："皇上，殿外玉扣子公公求见。"

龙梓锦一声冷笑："那玉扣子过来做甚？"

"若朕没猜错……"龙非离微一沉吟，看向段玉桓："你告诉玉扣子，让他回禀太后，寿筵改期，时间朕另行通知。"

"卑职遵旨。"段玉桓快步离开。

他一顿，又道："徐熹，你嘱告太医院，诊脉补汤，皇后那边要好生看顾着，若胎儿出了什么问题，朕必严惩不贷！"

夜。

龙梓锦来到储秀殿的时候，便看见龙非离站在院中，凝眸看着远方的宫墙灯火。

"九哥，龙修文什么时候过来？"龙梓锦皱眉道。

"快了。"龙非离淡声道。

龙梓锦心情沉重，很担心龙非离，私下与夏桑几人商量过，却没有一个人对龙非离今日所作所为有所明了。

趁着所有人都在，龙梓锦道："九哥，你到底有什么想法？为什么今晚让龙修文过来？"

"忘忧郡以前是沼泽之地，环境极其恶劣，盛行巫蛊之术。崔医女甚是博学，也知道这些掌故，便提议朕询于七王爷。"

龙梓锦点头。

这时段玉桓脸上微带犹豫，道："皇上，请恕微臣斗胆，皇后的胎儿，你……"

他欲言又止，虽说这与政局有关，但也是皇帝的家事。他这样一问，众人心中一凛，皇帝曾与年璇玑说过，皇后的孩子他不会要！但日间又吩咐太医院好生照料，却是为什么？

"子惜花极其罕见，由外域传入，也不见于籍，现在却被人识破。"夏侯初沉吟着，忽然一挑眉道，"皇上是想借安抚让人放松警惕，好看看这幕后之人是谁？"

"这幕后之人可会是皇后或是太后？"清风眉头一皱，问道。

"这并不好说。"夏桑道，"是皇后倒罢了，她要求的是子嗣，若是其他有心之人，便麻烦了。"

"不管是不是皇后，朕倒觉得皇后——或许该说她背后的人很聪明。"

再生缘
我的温柔暴君

龙非离轻笑道。

"聪明？"龙梓锦疑惑道。

"朕今儿个回来，她有孕的消息便从鸾秀殿传出，这说明了什么？"

"确实凑巧。"清风一怔，语气越发疑虑。

徐熹却摇头道："皇上的意思是皇后娘娘早知有孕，只是隐瞒了消息？"

"嗯。"龙非离目光微凝，"在朕回来以前，她要保住这孩子很难。她首先要面对的是太后，除去华妃，太后不会让其他妃嫔的孩子留下来，皇后选择今儿个才把消息捅破，更可以肯定这幕后之人必定不是太后。"

清风使劲点头，又道："师兄你可知道这幕后的人是谁？"

龙非离没有出声，清风明白他现在最顾虑的是年璇玑的蛊毒。不说龙非离，他对年璇玑的情况也是极其担忧，他醉酒做错了事，对年璇玑本就存有愧疚。

"九哥，为何你说那蛊必有解法？院正说这破解之法不见于记载，虽说龙修文久居泽地，但未必就知道这种蛊。"龙梓锦蹙眉道，"今日一过，咱们便只剩下两天了。"

龙梓锦这么一说，其他几人也疑虑地看向龙非离。

龙非离突然一笑，缓缓道："为什么年妃中的是蛊而不是其他立刻致命的毒药，你们想过没有？"

夏桑一震，恍然大悟，怪不得皇帝在听到院正的诊疗以后，神色微异，他失声道："对方的目标不是年妃娘娘，而是皇上你！"

众人大吃一惊，龙非离说的正是问题所在，若要害年妃，直接下毒把她杀死便可，何必费这么多周章？

对方这样做的目的只有一个，要用年璇玑的命来威胁皇帝！怪不得龙非离让徐熹把年妃中蛊的消息传出，便是要告诉那个人，他们已经知道年妃的险况，那人可以出来向皇帝提出交换年妃性命的条件！

原来，龙非离在白天便想到了这个！

"可恶！"龙梓锦一捏拳头，低吼道，"到底是谁？"

"有一点很奇怪，娘娘是如何中的蛊？"段玉桓紧皱眉头，"咱们吃住在一起，明明不可能有机会下蛊！"

龙非离一声冷笑："可能！并非完全吃住一起，年妃曾吃下一样东西，你们谁也没有碰过！"

"难道是慕容琳的解药？"清风大惊。

"花毒的解药朕试过才给她食用。"

众人又是一惊，皇帝竟亲自为年妃试过解药？徐熹眉头微拧，垂下眸子。

龙非离突然轻轻笑出声来，微微侧过身。望着他的背影，龙梓锦莫名地生出几分悲怆。

"在她心中，他是君子，也许，他确实是君子，所以，他拿到解药，立刻喂她吃下，比不得朕的小人之心。"

这个她和他，又有谁不知道龙非离是在说谁。君臣之间原本言谈甚欢，龙非离冷漠自嘲的语气，让众人一时竟不敢再插话。

衡叶那颗解药竟是毒药吗？

"我去杀了他！"清风大怒，身影一闪，夏桑动作更快，挡在他前面，沉声道："别冲动，听皇上吩咐。"

"不是衡叶！"龙非离嘴角一沉，"药在之前便被下了蛊。包括那场江湖仇杀也是假的！"

"什么？"除去段玉桓苦笑，其他人都感到非常震惊。

"袭杀断剑门的人数众多，却有两个很大的破绽。他们的目的只在朕的女人。"

"师兄，为什么不让我去杀衡叶？"清风急道，"两个破绽？"

"嗯，第一个破绽，相信白战枫也跟你们说过，那些箭有问题。"

"不错！"像记起了什么，龙梓锦凝神道，"白战枫当时说，箭制造精良，民坊没有这样的制造技术。"

"这些箭，皇上让卑职去查过，制造确属上乘，可与军中相媲美。"段玉桓道，"禁军上山，对方立刻撤走，秩序极严，捉到的少数活口全部吞毒自尽。"

"只有接受过严酷训练的人才有这样的做法，这是第二个破绽。若要一项一项去查，还有很多线索能证明这群人并非江湖草莽，而是士兵。"龙非离冷冷一笑，"谋划者是个精细周密的人，若无法把人捉走，则终究逃不过这生肌丸之祸。"

众人相视颔首，才知道当日一场厮杀竟牵涉了这么多，对方甚至早已在生肌丸上下了毒。

年璇玑两次服药。第一次，解花毒，龙非离虽逼迫慕容琳拿出真药，但还是多存了份心思，亲自试了药，才敢让年璇玑服药；第二次，生肌丸，当时情况极乱，药又只得一枚，白战枫便把药直接喂给了年璇玑。

孰料解药却变成了毒药。

对方到底是什么人？会是太后或是年相的人吗？还是其他什么人？最终又会向皇帝提出怎样的交换条件？

一时众人疑虑甚深，陷入微微的沉思。

再生缘 我的温柔暴君

龙梓锦突然又想起什么，皱眉道："说来奇怪，我们一行行踪诡秘，对方怎么知道我们要去取生肌丸？"

"这是个好问题。"龙非离低笑道，"白府办喜事那天，慕容家的人也易容混了进去，莫要忘记生肌丸的消息来自白夫人。"

"皇上的意思是可能还有人潜隐在白家，探听到白夫人要五七带出来的消息，然后就有了后来的行动？"夏侯初想了想，问道，"皇上认为会是慕容家的人吗？"

夏桑微一沉吟道："依奴才看，这次反而不像是慕容氏，调动数百名兵士，慕容氏似乎还没有这个能耐。再说，若要与皇上交换解药，为何等皇上与娘娘回到帝都还一直没有任何动静呢？"

几人低声商讨起来，龙非离静静地听着，不置一词，偶尔，眸光淡淡看向房间，她在里面安静地睡着。

他们之间……他许了她旨意，他不再踏足凤鸷宫一步，也不召她侍寝。她还在他身边，他已经开始浮躁，疯狂地想念，不管怎样，他现在先要把她治好！

龙修文不久便过来了。

房里，所有人都已被遣走。

夏桑领了龙修文进去，又迅速步出，替二人合上门。

龙修文谦逊地一笑，待要见礼，龙非离却把他扶起来，道："七哥可知朕把你请来的原因？"

龙修文闻言，敛了笑意，神色开始变得有丝凝重："听宫里消息，年妃娘娘中了蛊毒？"

"正是。朕听崔医女说，忘忧郡多年前曾盛行巫蛊之术，迫不得已，朕只好向七哥请教了。"龙非离一声低叹，微微苦笑道。

龙修文忙摆手道："为皇上效劳本是微臣职责！皇上这样说，折煞臣了。说到蛊，微臣也只是略懂皮毛而已，不过郡中有谙此道之人。只是，从帝都到忘忧郡，来回最快也得两三天，恐已误了娘娘的医治。"

他话音未落，却见龙非离眸光落在他身上，似细细打量了他一番。

龙修文微微一怔，两人虽为兄弟，感情却一向不厚，便也不动声色，淡淡地看着龙非离。

龙非离却突然握上他的肩，道："这一次全仗七哥帮忙，请七哥务必尽力。"

龙修文颔首，朗声道："素闻皇上与娘娘感情甚笃，皇上请放心，臣必尽全力！敢问皇上，娘娘中的是什么蛊？太医院已确诊出了吗？"

"摧心蛊。"龙非离缓缓道。

龙修文闻言大吃一惊，连叹数声，道："怎会是心蛊！若是其他蛊还好，这心蛊的解法据说早已失传，如此一来，想来只有那种蛊之人才知道破解之法了。"

好半晌都没听到龙非离说话，他蹙眉看去，只见龙非离紧拧着眉，眼底有些泛青。

龙修文一掀衣摆，跪到地上："臣无能，请皇上赐罪。"

"七哥何罪之有，快快起来。"龙非离扶上他双臂，微微用力，把他拉起来。

龙修文微一沉吟，眸光稍动，低声道："微臣曾因一名女子向皇上请求婚配，记得当时在御花园巧遇容貌相仿的年妃娘娘，还误认娘娘是她。微臣与娘娘总归缘分一场，可否请皇上让微臣与她见上一面探望一番？"

龙修文似乎并没有想到年璇玑就宿在储秀殿里，当龙非离打开水晶帘，他心中微微一震。

龙帷内，一身紫衣的女子沉沉睡着，眉眼里裹着薄薄的痛楚，在他看来却眉目如画，仿佛穿过了尘封许久的记忆。

突然，她嘤咛一声，似乎听到声息，手无意识地向半空中抓去，两人见状，竟都不由自主跨前一步。

龙非离坐到床沿，眉宇轻抬，笑道："七哥那位朋友与年妃如此相像吗？"

龙修文似乎意识到自己失态，弯膝跪下道："臣无礼，请皇上恕罪。"

白天的距离，在这时仿佛一下缩短，睡梦中的年璇玑被那抹龙涎香气所诱，微微往旁边的温暖处拱去。

虽有旁人在，龙非离仍不由得舒了心怀。他喜欢她此刻的依赖，把她揽进怀里，索性向龙修文下了逐客令："七哥，朕便不远送了。"

龙修文仍跪在地上，闻言低声道："臣告退。"

脑海里回旋着刚才的情景，身着明黄锦袍的男子手指微微摩挲在女子的唇上。他掀开水晶帘走出的时候，忍不住回头看了一眼，却瞥见龙非离将下巴轻搁在年璇玑头上，正若有所思地看着他，嘴角浮着一抹笑。

他心中一沉，一种被人窥破内心的感觉油然而生，面上却毫无异色，微微一笑，快步离开。

当脚步声从殿外慢慢消失，龙非离扬唇一笑。七哥，龙修文。他压根便没有想到要从他身上拿到解药。今晚，只为见这一面，说上几句话。果然，短短几句对话，相当有趣！

轻轻的呼吸声传来，刚有一丝醒来的迹象，很快她又沉沉睡去。她的身

再生缘
我的温柔暴君

子太孱弱了……看了怀中的人片刻，龙非离把她轻轻放回床上。

瞥了帘子一眼，他徐徐道："进来吧。"

紫卫的身影立刻出现在眼前。

"禀主上，如意姑娘备了小宴，请主上去京郊精舍一聚。"

龙非离微微皱眉，道："朕不过去了，就说朕谢谢姑娘。传朕的话，现在形势险峻，她不可再多去精舍，朕稍后会安排时间与她好好一聚。"

"遵旨。"

紫卫领命而去，龙非离的目光重新回到床上女子的脸上。

他还有多少天能这样肆无忌惮地盯着她看？从来没有想过自己也会有退让的时候。嗯，他终于输掉了手里最后的赌注。

其实，他要强留她在身边，也并非没有办法，当初不过是一刹的凌乱，陪葬？不！她绝不会狠下心让她娘亲还有凤鸶宫的人无辜送命。

他只要杀掉凤鸶宫里一个人，杀鸡儆猴，就足以让她就范。只是，他不想再逼她。他们之间已经有了太多的嫌隙。

朝堂上的事情再难，总能找到办法。但是对于她，他现在却只能等！

目光掠过水晶帘边的箱子，那个小本子又放了回去。

她做给他的生辰礼物。

在碧霞宫的那一晚，他听她的婢女翠丫说，她为他做了礼物，后来她受了重伤，他把她带回储秀殿，又迫不及待地派人去把她的礼物拿回来。

那写了满满一本子的东西，让他觉得她总是有趣的，他很喜欢那些礼物，只是，都不能实现了。

他自嘲地一笑，又把她重新抱回怀里，手指抵着她失去血色的唇，慢慢吻上去。轻轻地尝着，然后慢慢加重。

今天是他的生辰，他总得从她身上拿回一点儿补偿，哪怕只是一个一厢情愿的吻。

唇上的柔软被粗重地掠夺，年璇玑缓缓睁开眼来。本来，崔医女想了一个办法，给她用了些凝神安睡的药汤，让她多在睡眠中休息，这样心绪便不易受波动，也好保存体力。

可是，今天是他的生辰，谁知道，她是不是一定能撑过三天，他是不是又一定能拿到解药？她让崔医女少放了剂量。

他看到她醒来，似乎微微一怔，双手捧着她的脸，眯着眼盯着她。

气氛尴尬，年璇玑苦笑。

"生辰快乐。"终于，她还是出了声。

话音却猝然消失在男子粗狂抵上来的唇上。

他的力道很大，但她却没有推拒。彼此都绝望，唇舌却又缠绵激烈得就像他们没有做过那个三天后的约定一样，然后又谁都清楚，那个约定不会变。

她，不会收回；他，不会反悔。

一吻既了，龙非离把床帷拂下，将年璇玑抱进怀里，在她耳畔轻声道："睡吧。"

他其实想说，朕很庆幸这个生辰能与你一起过。

一道高挑窈窕的身影倚在房间微开的门上，眯着眸子往里面看去。

房内烛光昏暗，一地的衣裳，男人的，女人的。

"王爷。"

听着那妩媚动情的娇喘声，龙修文唇上的笑意却越来越冷。

女人是朝中官员送来的，用来巴结逢迎。

容貌、身段和滋味都极好，拿来发泄最好不过。

他微微闭上眼，眼前突然闪过另外一张女子沉睡却苍白的脸庞，眸光一深，狠狠挺进床上女人的身体里。

释放过后，他突然拔出女人头上的发簪，扬手一掷，砰的一声，门应声而开。

门外，一名紫衣女子的身形顿时出现在眼前。那女子倒也不惊慌闪避，冷哼一声，又低低笑开。

龙修文一笑，推开床上失措惊叫的女人，身形一闪，已到了紫衣女子面前。

他把紫衣女子拦腰抱起，那女人嘴角一弯，微微高举了手臂。

只听空气中传来几声微响，床上女子天灵盖被射入数枚小刀，她瞪大了眼睛，已然毙命。

"这样一个娇滴滴的美人，倒是可惜了。"龙修文轻嗤而笑。

紫衣女子娇嗔道："若不是我身体不好，一段时间不能和你……哪能容你这样！"

龙修文吻了吻她的唇，淡淡道："那东西，先缓一缓吧。"

"不行，这和你息息相关，绝不能缓。"

龙非离为年妃再次罢了朝。

次日，储秀殿。

一旁的龙梓锦却坐不住了，急道："九哥，今天已经是第二天了，龙修文没有办法，下蛊的人也毫无动静。"

"嗯，也是时候了。"龙非离捏捏眉心，轻声道。

这时，储秀殿的门却被推开，夏桑与清风进来了。

"皇上，奴才有两个消息禀报。"

"说吧。"

"年夫人向内务府递了帖，想进宫见娘娘一面。"

龙非离眸光微动，道："嗯，你命内务府安排一下，就定明天吧，只说年妃娘娘病入膏肓，情况已十分危急，朕特准年夫人进宫探望。"

夏桑点头，又道："皇后那边也嘱了人过来，说皇后娘娘挂念年妃病情，想过来一看。"

龙梓锦冷笑："先是那些娘娘一个个送帖要过来看望，现在终于到皇后了，皇后娘娘倒也沉得住气。"

龙非离瞥向夏桑："你亲自到皇后寝宫走一趟，就说皇后有孕在身，朕很是惦念，让她莫随意走动，以防动了胎气，朕过几天便去鸾秀殿看她。

"另外，这两个消息尽快在宫里传开，你现在立刻安排手下的人去办。"

夏桑看皇帝神色严肃，明白此事极急，匆匆一礼，旋即出门去办。

众人闻言俱是一怔，龙梓锦蹙眉道："九哥，你这葫芦里卖什么药？"

"罢朝、安排年夫人探望、拒去皇后寝宫，都是为了让对方看到皇上有多宠爱年妃娘娘吧。"夏侯初走了进来，笑吟吟道，一同进来的还有段玉桓。

"九哥这样做是要告诉下蛊的人年妃娘娘病情极险，九哥紧张娘娘，让下蛊的人不再犹豫，尽快向九哥提出条件？"经状元郎夏侯初一提醒，龙梓锦转念一想，明白了龙非离的想法。

"嗯。"龙非离颔首。

段玉桓苦笑："原来如此。只是，年妃娘娘也确实不能再撑多久了，明天是最后一天。"

众人一时沉默，连为能猜中皇帝心思甚是欣喜的夏侯初也噤了声。

清风恨恨道："倒不知道这人是暗里对师兄提出条件还是怎样，若他明地里来，不藏名隐姓，让我知道他是谁，我一定杀了他！"

龙梓锦一声冷笑："杀了他就能救回年妃吗？现在倒看看他要提出什么交换条件才最重要！我只怕对方并非善茬。"

夏桑恰从门口走进来，笑道："谁非善茬？"

龙梓锦耸肩一笑，摊摊手。

昨晚一夜不见的徐熹也随夏桑走了进来。

龙非离道："怎样？"

他这话问出，神色甚是凝重。

众人明白，消失一晚的徐熹必定是被派去做什么极要紧的事了。

"皇上，派到慕容氏兄妹身边的紫卫已全数死掉。"徐熹低声道。

龙梓锦、段玉桓低咒，清风一拳砸在墙上，怒道："想不到这慕容沛和慕容琳竟如此有能耐！当日便不该放了他们！"

徐熹眼角一弯，正要说话，突然一个内侍快步进来，急声道："皇上，方藩王在殿外，说有急事求见。"

"宣他进来。"龙非离眉目轻拧，淡淡道。

众人正疑虑那方楚帆为何此时觐见，方楚帆却已进了殿门，施了礼，径直道："皇上，微臣有急事与皇上一谈。"

他说着，眸光扫过房中诸人。龙梓锦心下冷笑，看样子，这位藩王似乎还要与皇帝商议什么秘事呢！

他正要领众人退下，龙非离却微微一笑，道："方爱卿，这里都是朕的心腹，你有事但说无妨，不必避嫌。"

"这……"方楚帆皱了皱眉，又咧嘴笑道，"皇上，微臣此次实是为年妃娘娘而来。"

"哦？"龙非离语锋一扬，似甚是疑虑，又沉声道，"方爱卿请说。"

方楚帆听去，皇帝的声音竟有一丝颤抖，知道他情绪极为激荡，心中冷笑……乱吧，龙非离？！面上却谦虚道："皇上，娘娘的蛊，微臣能解。"

所有人都大吃一惊，下蛊的会是这位与太后交好、平日行事极诡媚的藩王方楚帆吗？

龙非离突然放声而笑："藩王到底是学识渊博会解蛊毒，还是说给朕的年妃下蛊的恰巧也是藩王？"

"皇上怎会如此说？"方楚帆苦笑道。

龙非离笑道："既不是方卿下的蛊，那想来方爱卿前来替朕的爱妃解毒，也是不求回报的。"

方楚帆脸色一变，旋即大笑。

果然是方楚帆下的蛊！

众人这才明白龙非离话里含义。

龙非离在逼迫方楚帆承认是他下的蛊。若方楚帆不认，那他便无法从龙非离手上得到任何东西。因为他是臣子，只是"恰巧"会解蛊毒，为皇帝尽忠是本分！怎可再拿回报？而方楚帆也清楚这一点，不然他怎会暴露身份来这储秀殿？

这样说来，龙非离昨日已知道是谁下的蛊，才对龙玉致说那些话？

所有人的心都猛地一沉，方楚帆既向龙非离提亲，那他求的又是什么？

会是龙玉致吗？

夏桑锁了眉，冷冷地盯向方楚帆，讽道："藩王消息灵通，娘娘病危的消息咱们也是刚才知道，藩王这厢便收到了风声。"

确是！年妃昨日昏厥，对外只说中蛊，却并未传出险情。病危消息是夏桑刚命手下内侍传出，前后不过一刻，这边楚帆却已知道，可知他必定在这内廷活动频繁。

"夏总管这是哪里话？"方楚帆笑道，"本王身居僻乡，艳羡帝都繁华皇宫美丽，来到宫里作客，好比下里巴人进了城，不免好奇到处游转，这才听到了些消息。"

龙非离踱回椅上坐下，才淡声道："方爱卿把医治的条件提出来吧。"

"皇上，"方楚帆突然跪下，苦笑道，"微臣斗胆对娘娘下手，焉不知是死罪？只是，微臣确有万不得已的苦衷，实不相瞒，太后娘娘对皇上早有嫌隙，只怕……"

"哦？"龙非离挑眉一笑，"母后与朕母子感情素来亲厚，朕又听说卿与太后交好，卿现在却在朕面前说这些话，不知是何用意？"

方楚帆一声长叹，道："皇上，臣受先皇大恩，却苦于无力报效，与太后交好，不过是权宜之计，探听消息，只恐太后对皇上不利。现今终于得悉太后野心，才对皇上言明心志。太后偕温家作乱，只怕就在不久之后。

"而今我朝与匈奴情势难料，一旦交战，皇上手上兵力空虚，到时若太后发难，皇上何以应对？楚帆手上有兵，有心助吾皇一臂之力，又恐皇上不信，唯有出此下策……"

"好笑！"龙梓锦冷笑，"原来藩王给我皇嫂下蛊便叫宣誓忠诚？"

"太后一旦发难，臣立即领兵进京勤王。只因微臣与太后来往甚密，臣知皇上必起疑心，到时开战皇上亦不会相信微臣。为此，微臣只好借娘娘蛊毒向皇上求下苍龙阙令牌，到时方有领兵进驻帝都之权。"方楚帆说完，又恭敬地叩了三个响头。

所有人都变了脸色。

"方楚帆，你还真是疯了！我皇怎能将苍龙阙令牌传与你！"段玉桓怒斥道。

在场的人，谁不知道这苍龙阙令牌意味着什么。

但凡战乱，苍龙阙便是西凉京畿安全的最后一道防线。

苍龙是百年前西凉一个皇帝所创的一支隐藏在帝陵里的军队！每代皇帝传位之际，都会将苍龙阙传给下任帝王。

这支军队极为神秘，人数、人员组成，除去创立的皇帝，下面的各代帝王都不知，这却也更好地保存了它的神秘性。一旦祸乱，皇帝请出苍龙阙，便可调动这支军队保卫帝都，护卫帝王。

战乱之际，尔虞我诈，军队只听令拥有苍龙阙的人。

藩王不可领兵进京，这是西凉国法所规定的，但若藩王持有苍龙阙，意味着他有权领兵保护帝都，更为重要的是，他拿下了那一支帝陵军队的调遣权。

把苍龙阙交出，意味着什么？危难之时，便等于皇帝的性命和整个西凉社稷。

方楚帆微叹，正待再说，龙非离却凝眉一笑，站起来打断他："朕原以为爱卿求的是朕的皇妹，倒未料爱卿忠心可嘉。这样吧，朕稍作考虑再通知爱卿，你且先行告退。"

"臣静候皇上佳音。"方楚帆躬身告退，刚出殿门，又转身忧虑道，"皇上，娘娘的身子，微臣着实担忧。望皇上早日宣见，好等微臣带药过来给娘娘服用。"

殿门尚未关上，清风便待追出去，徐熹却冷冷地挡在他面前。

"这方楚帆可恶至极，往日本王还小看了他！"龙梓锦大怒，紧紧握了拳，"苍龙阙，这等乱臣贼子想也别想！"

"亏他把话说得如此冠冕堂皇！是当所有人都瞎了还是聋了！"夏侯初咬牙冷笑。

"话说得好听，实际上他是在炫耀示威。"夏桑看了龙非离一眼，道。

段玉桓沉声道："管他炫耀还是示威，咱们还不能办了他？"

"倒真不成，他便是算准了这点。"一直沉默不语的龙非离淡淡道，"即使他把年妃治好，我们要把他治罪，也不行。你们知道为什么吗？

"他看准了时机出手，若以罪治他，他必然造反，西凉与匈奴开战在即，现在不能妄动干戈，再说，这人背后还有太后。

"最重要的是……"龙非离轻轻一笑，眼瞳慢慢收缩。

夜深。

白天储秀殿里的人，谁也没有走。

众人不知道龙非离要说的那句最重要的是什么，他一直没有说。但每个人都明白，现在对龙非离来说，最重要的是选择。

一边是年璇玑，一边可以说是天下。若在另一种情势下，要龙非离拿自己的性命去换年璇玑的，他只怕会毫不犹豫地应允，但是现在的情况很难，这是历代祖宗和先皇传下的江山和百姓。

龙非离负手在院中站了很久，没有人知道他在想什么。

突然，轻盈的脚步声传来。

侧门，走进一个人，来人着玄色披风。

龙梓锦突然幽幽一笑，率先走出侧门，所有人也随之离开。

夏桑走过徐熹身边的时候，轻声道："徐总管，你我在皇上身边多年，我一向敬重你的为人处世，但这一次的做法，夏桑不认同。你与如意姑娘的娘亲昔日有情，但皇上要处理的事情已经够多，现在不应再掺和任何人和事。"

徐熹没有说话，快步出了殿。

……

背后的脚步声，龙非离也听到了，微微拧了眉。

"我听徐总管说，你遇到很困扰的事，我知道年妃娘娘的事已让你很担忧，现在又……你千万要保重身体。"随着柔婉的话语，背后一双手慢慢箍上他的腰身。

龙非离转过身来，轻声道："心漪，你回去吧，你我改日再谈。"

年璇玑醒了，药膳的剂量不大。白天一整天都在睡觉，现在已经是第二个夜晚了，还会有第三个夜晚吗？她不知道，所以再次让崔医女把药减了些许，今晚，她想再看看他。

下了床，她没有力气，腿脚也颤抖得厉害。

他没有在房里。她微微蹙眉，走了出去。

院中，站着两个人，女子从背后抱着男子。

年璇玑想起碧霞宫那晚的月色，还有余府里的水榭亭台。月华水光下，他与温如意轻拥着。

男子突然转过身来，看到她，似乎微微一震。

温如意一怔，也蹙起了眉。

那股疼痛又涌了上来，年璇玑捂住胸口，朝温如意笑了笑，转身要走进去。她走得急，不知踩着裙摆还是什么，啪的一声，摔倒了。她吃力地扶着地面正要起来，身子却已被人整个抱起。

她愣愣地看着眼前的男子，他沉默着，眸光里却皆是她的影像。她抿了抿唇，心里有丝不安，转头去看温如意，只见庭院地上树影斑驳，已没有了人。

她不知所措地回过头，龙非离仍深深地凝视着她。

他的眉皱得很高。两眉之间，都成了川字模样。

很少看到他这个样子，她眉心一蹙，心口加倍疼痛起来。

龙非离吃了一惊，弯腰抱着她坐到地上，伸手给她按揉起来。

年璇玑突然想，他居然没有愤怒喊人打谁骂谁，此时此刻，药和太医院也是没有用的，他能做的只有这些。其实，他的手势很笨拙，明明平日看他拿剑用笔都风姿潇洒。

两人没有说起温如意，甚至没有出声。

她靠在他怀里，他轻轻地帮她按揉，她便伸手去摸他的眉。

搁放在她胸口上的手猛然僵住。

她看到他俊美的脸庞朝自己靠近，他的鼻尖触到了她的，接着是他的唇……她慢慢闭上眼睛。

"嫂嫂，你还在睡吗？快看快看，看玉致把谁给带来了？"

一声兴奋的娇笑，年璇玑一惊，猛地推开了龙非离。

院子入口，一身粉衣的龙玉致，还有一身白衣的是……白战枫？两人背后，还跟了龙梓锦等人。

"大哥。"年璇玑心中一喜，刚要起来，已被龙非离扶着站了起来。

白战枫朝两人快步走过来。

"她怎样了？"他没有看年璇玑，紧紧地盯着龙非离，眸含责备。

龙玉致蹦蹦跳跳地跑了过来，龙非离把年璇玑放到龙玉致怀里，看向白战枫："她不会有事，一定不会。"

年璇玑看向眼前两个同样昂藏的男子，愣了好一会儿，才侧头看向龙非离，低声道："能让我和白大哥单独说会儿话吗？玉致留下。"

龙非离沉默了一下，道："玉致也与朕一起走吧，朕晚点儿再过来。"

此言一出，众人都吃了一惊，龙玉致明白年璇玑让她留下来的意思，避嫌。

龙非离动作极快，转眼已携夏桑等人出了储秀殿，龙玉致低头愣愣地看着自己的鞋子，竟一时不知是去还是留。

她想起龙非离刚才说话的表情，陡然生出一种奇怪的感觉来。九哥一边淡淡说着话，一边却贪婪地看着嫂嫂，像一个心爱的东西被人抢走了的小孩。她送急信给白战枫让他来见嫂嫂一面，到底是不是做错了？

殿外小亭。

除去龙非离，每个人都还在震惊之中，皇帝竟把自己的寝宫让给了他最爱的女人和另一个男人。

"夏桑，宣方楚帆过来。"龙非离突然道。

"九哥，你决定了？"龙梓锦失声道。

"嗯，在方楚帆还没有离开储秀殿的时候，朕便决定了。"龙非离淡淡道，"朕一直在想，若苍龙阙也没有了，朕该怎么办才好。"

第三十四章

除奸佞 天子布局戏还真

翌日。

数名内侍走得很急，前面，徐总管、陵瑞王爷等走得极急，再前面一点儿，皇帝走得更急。

早朝回来，龙非离便急急地向储秀殿赶去。

进了院子，一名小宫女正满脸通红地跟夏桑说着什么，然后又千恩万谢地走了。

"皇上。"夏桑迎了上来。

"嗯。"龙非离瞥了一眼小宫女的背影，"她回凤鹜宫了？"

夏桑点点头，龙非离的目光，让他心下恻然。昨晚拿回解药的时候，年妃已经睡下了，皇上喂她服下解药，交代他今日在殿外候着，若年妃在皇上早朝前醒来，要回凤鹜宫，便派人打点侍候。而后又严厉地告诫众人，苍龙阙的事，绝不能向年妃透露半句。

尽管皇上亲口应允了年妃，若皇上有心将年妃强留在身边，只需把年妃永远禁留在储秀殿里，也不算违背承诺。或杀掉凤鹜宫一个奴才，年妃当真能狠心不理？

不这样做，只因现在皇上对年妃爱意已深。

他想了想，赶紧从袖子里拿出一样东西递给龙非离，笑道："这是刚才娘娘的婢女拿过来的，说是娘娘给皇上的东西。"

"她给朕的？"龙非离眸光一动，已抓到手里。

除去清风是一贯的面无表情，背后的龙梓锦与夏侯初放肆地笑出声来。段玉桓咳了一声，此刻皇帝的样子，哪里还有半分刚才金銮殿上的严肃？

东西用绸缎包裹着。

龙非离皱眉看了众人一眼，走到一边，才把绸缎打开。

龙梓锦笑弯了腰，走了过去。

只见龙非离突然变了脸色，死死地盯着手中的东西。

那是一只锦囊，缎面上绣了"由之"二字。

他手里还紧捏着一张纸，纸上写着：东西当日是我捡到了，现在物归原主。

"由之，不正是九哥你的字吗？娘娘倒巧手好心思。"龙梓锦嘴角一扬，便出言取笑。

他话音刚落，却见龙非离一声冷笑，随即一口鲜血喷出。

龙梓锦哪里知道，这锦囊正是那日温如意遣派贴身小婢到储秀殿向龙非离报信时所遗下，后被年璇玑拾到的。

这实是龙非离与温如意之间的信物。

众人大吃一惊，自与年妃闹僵以来，龙非离已不止一次如此了。清风已快步上前，与徐熹、夏桑一起要去搀扶龙非离。

龙非离却摆了摆手，轻嗤一笑："朕没事。"

小七，你是有意气我？还是当真如此决绝，你我之间再也不欠？生辰那晚，你让我碰你算什么？昨晚我要吻你，你不躲又算什么？

看向那人宫殿的方向，龙非离的凤眸里一片冰冷。

龙梓锦与龙非离自小感情深厚，见状心里一疼，虽不知这锦囊渊源，却知道这东西是祸根，向夏桑使了个眼色，夏桑横眉——王爷，徐熹在那边，你别老叫我行不行？

只是他也极担忧龙非离，当即道："皇上，奴才替你把东西收进去，也是放进箱子里对吗？"

"不必。"龙非离淡淡道。

段玉桓赶紧道："皇上，方楚帆那儿，咱们该怎么办？"

众人舒了口气，段玉桓这个问题问得真是时候。

"他就在皇城驿馆，我潜进去把苍龙阙拿回来。"清风沉声道。

龙非离自嘲地一笑，微微皱了眉："昨天，方楚帆来储秀殿之前，徐熹不是在禀报跟在慕容氏兄妹身边的紫卫之事吗？徐熹，你接着说吧。"

当务之急不是苍龙阙吗？众人面面相觑。

檀香从房中香炉袅袅升起。

床上，浑身赤裸的女人枕在男子的臂弯里，慢慢把玩着手中的东西。

床榻、矮榻上散乱地放着好些衣物，白色锦袍，紫色纱衣。

"是我放浪了，明知道你现在的身子弱，不宜……"男子哑声道。

女人却极为欣喜，往他颈窝一偎，低笑道："修文，我很喜欢。之前我哥哥还说，我容貌尽毁，你会变心呢，你怎会是如此浅显之人？"

"琳儿，也许你哥哥说得对，你就不怕我已经变心了吗？抑或，我从来就没有爱过你，对你只是利用。"龙修文嘴角一弯，淡淡笑道。

女人脸上疤痕狰狞，正是慕容琳！

她微微一怔，随即咯咯笑起来，声音沙哑："那你还屈尊和一个容貌丑陋的女人上床，你七王爷要什么女人没有？"

"因为你还有利用价值，你还在替我喂养心蛊王。慕容家出自仙砚台，每个嫡传弟子，自小便被喂食仙砚台丹药，虽无防御百毒之效，却有健身延年之用。血脉也与常人不同，你身上的延寿之血恰巧是催化心蛊王迅速长成的妙药，我又怎能杀你？"龙修文笑意深深，翻身覆到慕容琳身上，嘴唇沿着她的脖颈亲吻下去。

慕容琳心头一荡，娇喘吁吁，声音颤抖道："修文，你又在骗我，你明明爱我！再说，即便你杀了我，我为你做任何事也是心甘情愿的。哥哥说，你明知生肌丸能让我恢复容貌，却把它给了年璇玑。哥哥也不想想，那是下了蛊的生肌丸呢！"

她伸手勾上龙修文的脖子，龙修文轻轻一笑，在她唇上亲啄一下，拿过她手上的东西——一枚青色龙纹令牌。

"龙非离这一回是彻底输了。"慕容琳看他盯着令牌怔怔出神，冷冷一笑，"最可笑的是他还不知道，这苍龙阙就落在你手里。"

龙修文眯了眯眼，唇上弧线微扬。

储秀殿。

"朕输了。"龙非离淡淡道。

"咱们把苍龙阙从方楚帆手里夺回来！"这一次，龙梓锦也附和道。

"如果苍龙阙是在方楚帆手上的话。"龙非离嘲讽道。

"九哥，我不懂你在说什么。"龙梓锦拧紧眉头，语带疑惑。

余下数人互相交换了个眼色，却也不明白龙非离话里的意思。

"苍龙阙已不在方楚帆手上，或者该说，方楚帆从来就没有拿过苍龙阙。"龙非离瞟了一眼手中的纸张，墨迹上有着薄薄的纹理，敢情她还是蘸着墨汁写的。

"怎会这样？"就连一向镇定的夏桑和夏侯初也惊讶道。

"不可能，"龙梓锦蹙眉道，"我们明明亲眼看着那方楚帆拿了苍龙阙啊。"

"难道说他的目的是要把令牌交给太后？"段玉桓道。

"若朕没有猜错，苍龙阙现在在龙修文手里。"

"龙修文？"龙梓锦轻声重复，震惊道，"这怎么可能？"

"皇上，那天院正给昏倒的娘娘诊断后，你提到了公主出嫁之事。尽管奴才不知道你是因何怀疑方楚帆，但后来种种也证明了是方楚帆，虽然他最后求的并非公主。"夏桑一个激灵，"难道说，方楚帆是七王爷的人？"

"朕认为，方楚帆并不是为七哥办事！"凝视着手中的纸笺和锦囊，龙非离走到院中石椅坐下，瞥了徐熹一眼。

众人目光都转到徐熹身上，知道跟在慕容氏兄妹身边的紫卫的死和苍龙阙必有联系。

徐熹低声道："替年妃娘娘拿下解药以后，当晚皇上派出去跟踪慕容氏的紫卫全部被杀，这已在皇上预料之中。

"能使得动慕容家的人来头必定不小，是以皇上安排的都是死卫。那次是必死的任务，让慕容氏背后的人把紫卫都杀掉，这样便消除了对方的戒心。"

"但是对方是谁，"龙非离轻轻一笑，"朕还是不知道，所以朕做了一个假设，而这个假设来自于慕容琳。当日在桃源镇大街初次见面，朕便留意到，她看朕的目光很奇怪，似乎从朕身上看到了谁的影子。

"这世上与朕容貌相若的人并不多，例如，三哥、七哥、十弟，还有在其他各郡的几名王爷。既然不会是十弟，那剩下的到底是谁？当然，当时那个人也不知道朕就在烟霞镇，后来慕容琳应该是想办法通知了那个人确认，所以有了余府那晚的厮杀。

"那时朕只是怀疑，或者朕看错了，这人其实并非宫里的人？但随后不久发生了断剑门的事，试想一下，生肌丸的消息是白夫人让五七带出来的，慕容家的人既能易容成容婶，为什么不能易容成他人潜在白府偷听消息呢？"

"那便是说他们已经知道了生肌丸的事，安排了断剑门的埋伏，而断剑门的杀戮露出的破绽，将兵士伪装成江湖草莽，亦正好说明这人来头极大，且必是朝中的人。从五七把消息带到，到你们到断剑门求药，前后不过一两天的时间，却能如此迅速安排大量人手，这说明了什么？"

龙梓锦灵机一动，失声道："那人的人马便在附近！断剑门地处烟霞郡与忘忧郡交界，龙修文正是忘忧郡的属王。"

"原来是这样！"段玉桓与夏侯初也低声叫了出来。

"但只凭这些推断，还太武断了。"龙非离眯眸轻笑，"回宫那天，百官觐见，朕有意做了一件事情，朕看了如意一眼。"

"那时，龙修文也下意识地看了她一下，那是本能的动作，也许连他自己也没有觉察。"

"皇上是在试探七王爷。"夏桑击掌赞道，"因为龙修文已经知道了如意姑娘的身份！"

"如果是太后和三哥，想必已对如意有所避忌和行动，但他们却一直没有动作，朕索性把所有怀疑都放在七哥身上。

"但那时，却发生了一件极为古怪的事情——方楚帆在看年妃和玉致。"

龙非离冷笑，"方楚帆看玉致并不奇怪，但为何他要看年妃？若说好奇朕的女人的容貌，不免过于大胆。

"当时朕还想不通方楚帆与这件事到底有什么关联。"龙非离眸光微微垂下，众人看过去，却见他目光悠悠定在手中的纸笺上。

"师兄，后来怎样？"清风问。

"后来年璇玑不是昏倒了吗？"龙非离道，"并被诊为蛊毒，忘忧郡早年盛行巫蛊，那时朕便知道必定是七哥在生肌丸里下了蛊，他不会要了年璇玑的命，他要用她来要挟朕。至于方楚帆，由始至终，不过是个很巧妙的障眼法。"

"障眼法？"

龙梓锦紧紧皱眉道："九哥你刚才说，那方楚帆并非是龙修文的手下，但出面周旋的却是这方楚帆，这到底……"

"玉致的拿手好戏。"龙非离嘴角微扬，一言定论。

"公主的拿手好戏……是易容术？"夏桑接口，众人大怔，有谁会想到这一点？

"那出现在我们面前的方楚帆根本就是龙修文手下的人易容而成？"清风的声音微微带着颤抖。

"可是龙修文为什么要费这么大的周章？若他不想暴露身份，大可派人出面，为何要扯上方楚帆？"夏侯初疑惑道。

这正是所有人的疑虑之处，龙梓锦甚至微微喘着气，可以想见其为紧张。

"朕的这个七哥很聪明。"龙非离轻轻笑出声，眸光恰好落到纸上，话锋一转，突然道，"状元郎的字是出了名的好，银钩铁划，笔锋犀利。你看，年妃的字真丑，对不对？"

众人的心正被提到嗓子眼，冷不防听皇帝这么一说，全都愣住，却见龙非离嘴角殷红，神色却极端认真，并不似玩笑之言。被点名的夏侯初在心里暗叫一声娘，不知这狐狸般的主子到底要说什么，只好凝神端详了几眼，干笑道："娘娘这些字……不丑。"

他说完，伸手一擦额上冷汗，向众人使了个眼色——我这个答案还行吧？

众人似笑非笑，龙梓锦却皮笑肉不笑——你还真会睁眼说瞎话。

"她的字又丑又笨，偏偏人又犟，想来是不会认的，不过这倒也与她无关，是小时候家中夫子教得不好。她那个夫子告诉她狼是没有翅膀的，梓锦、麒园……你还记得吗？还是你把她骗进去的。幸好夏桑心细，不然她便永远留在里面了。"龙非离笑了笑，把纸笺放到桌上，细细折叠起来，然后放进怀中。

所有人再次面面相觑，末了，龙梓锦鼻子一涩，强笑道："臣弟自然记得。

九哥，年妃娘娘病体未愈，你看这样好不好，臣弟稍后会亲自过去探望，看看娘娘还有什么需要——"

"如此甚好。"龙非离满意地点点头。

众人一时沉默，在龙梓锦使来眼色之前，夏桑推了清风一把，清风心中正涩痛不安，横了夏桑一眼，蹙眉道："师兄……"

龙非离一怔，随即接回话茬，笑道："朕的七哥聪明，朕也该谢谢他没有把朕当成愚人。断剑门之役，朕都能明白的破绽，他又怎会不知道？他料定朕会怀疑到朝中的人，当然，即使朕查下去也不一定能查到什么，但多一事不如少一事。"

"所以他将方楚帆推了出来。"段玉桓恍然大悟道，"如此说来方楚帆确是极好的人选，拥有兵力，且又效忠太后。"

"只是，若这个方楚帆是假的，那真的方楚帆呢？"夏桑微微蹙眉，提出疑问。

"这问题其实不难办。"龙非离眸中精光一闪，"真的方楚帆还在皇城驿馆，只是暂时被弄昏了。回宫那天，站在百官中的方楚帆是假的，来储秀殿的方楚帆也是假的。

"藩王世袭，三名藩王中，方家祖辈身份地位最低，他向朕提亲，要的便是提高方家门楣。方楚帆极好面子又怕事，被制伏在驿馆中这等丢脸之事，他醒来后绝不可能说出来！"

"而在这几天里龙修文早已完成他要做的事情，皇上也断不会把苍龙阙的事公之于众。"段玉桓苦笑，"山高水长，倒没想到这位七爷竟是个如此厉害的人物。"

夏桑道："奴才明白了，皇上是根据方楚帆的脾性来判断其虚伪，本来这假的方楚帆容貌身段惟妙惟肖，并无任何纰漏破绽之处。"

"还有当日他看年妃娘娘的动机！"夏侯初缓缓道，"与其他人不同，他并非在注意娘娘的容貌，他关心的是娘娘的蛊毒发作了没有！"

"不错。"龙非离颔首。

"皇上，有一事奴才一直不解，你既已洞悉所有，为何还提出把公主嫁给方楚帆？"夏桑一声苦笑，低声问道。

龙梓锦笑骂道："你这奴才倒比我这十哥更关心玉致的事情。"

清风若有所思地看了夏桑一眼。

"请皇上明言。"夏桑一敛剑眉，跪到龙非离面前。

"夏桑你这么当真做什么？"夏侯初一笑便要拉起他。虽说君臣之纲，主仆之礼严谨，但除去徐熹，几人年岁相仿，与皇帝又是过命之交，说是君臣，不如说是兄弟朋友之谊，平日这礼律也极少讲究。

龙非离瞥了夏桑一眼，良久才道："夏桑，玉致叫朕一声九哥，朕便不能愧对这个称谓。总有一天，外忧内患齐起，除非这丫头能找到托付终身的良人，那将另当别论。朕知道梓锦也属意纳明，朕考虑了很久，与纳明相比，玉致嫁进藩王府更恰当。

"纳明这人虽有城府，亦不失为豪爽之人，但以玉致的性子终归无法驾驭，纳明亦不会给她真心保护。即便她不是朕的妹妹，就一个女子来说，与其嫁给一个无法给她保护的人，不如嫁给一个她能控制的人。

"再者，月落的皇帝属意大王子当这储君，这大王子不比二王子纳明，他生性好勇斗狠，西凉与月落之间的和平能维持多久，是个未知数。"

这里没有一个人喜欢方楚帆，此刻却也无一人能反驳龙非离的话。龙非离站起，微微俯身把夏桑扶起来："这事，寿筵以后再定夺吧。"

他想了想，问龙梓锦："把白战枫安置在哪里？"

"皇城另一个驿馆里。"

"嗯，寿筵那晚，把他宣进宫。"他转向一直默然不语的徐熹道。

徐熹应了，突然缓缓问道："皇上，在你遣派老奴去查明跟在慕容氏身边紫卫的生死之前，你已知道一切，为何还要把苍龙阙交给七王爷？"

即使徐熹不把这话问出来，这个疑问也一直压在众人心头。

"老奴斗胆揣测一句，皇上是不希望奴才等人阻止皇上交出苍龙阙。"徐熹一声苦笑，语气沉缓。

龙非离转过身，好半晌，才微微倾过身来挑眉冷笑道："是，又如何？"

本来多方受敌，形势已极为不利，现在苍龙阙落到龙修文手里，他又巧妙地把事情都转移到方楚帆身上，龙非离要办他也不容易。

这个人，有逆反之心！且比任何人的城府都深，手段极为可怕。

徐熹的话虽隐隐含了几分责问之意，实际上所言不错！若众人事先知道是龙修文所为，即使关乎年妃性命，但在社稷面前，众人不是也会劝阻皇帝吗？

龙非离这一声傲然的回答，却足以说明，年妃对他来说意味着什么。他早已决定，要一意孤行。事已至此，谁还能说什么？谁又敢说什么？

徐熹却倏然跪下道："皇上，是老奴僭越了，但皇上不可不记：红颜祸水！"

龙非离脸色一沉，冷笑道："好一个忠心耿耿的徐总管！"

"皇上天性敏锐，老奴常记先皇所言，皇上是盛世之才，但现在却为年妃所祸，不说其父狼子野心，便是她……"

"便是她怎样？"龙非离大怒，袍袖翻动，一手直直指向徐熹，"她的好坏，还轮不到你来说！"

两人主仆情分多年，从没有如此激烈地争执过，众人大吃一惊，龙梓锦赶紧上前道："九哥，当务之急是苍龙阙，其他事情稍后再议。"

"王爷说得对！"夏桑紧接着道，"七王爷那里极为棘手，我们可否在什么地方抓到他的纰漏，揭穿他的所为？"

"请皇上明示。"众人相视一眼，齐声道。

龙非离没有再看徐熹，话锋一转，道："这件事里，若要挑他的错处，也并非没有。"

众人一喜，皇帝果然还有后招。

"当日，朕召七哥觐见，言及年妃病情，他说自己力所不及，但忘忧郡里却有深谙巫蛊之人，只是路程来回需要两三天，恐延误病情。实际上，每种蛊毒发作时间都不同，朕命人把消息传出去，却并没有说年妃中的是心蛊，当天更没有说年妃病情危急，他怎么知道两三天时间不够？此其一。

"其二，朕有意告诉他年妃中的是摧心蛊，他答话的时候却直接说了心蛊。虽一字之差，却已不同。只因心蛊发作之时症状与摧心丹极为相像，慕容琳二人中的又是摧心丹，七哥本已知道年妃中了心蛊，心中又对摧心丹存有印象，朕说错了，他便下意识地把错误更正。"

众人这才明白当日龙非离召见龙修文的用意，并非为了崔医女的话，而是试探！

"皇上英明，那我们便有了将七王爷治罪的证据。"与众人一样，夏侯初大喜，脸色一正，立即躬身道。

"不，现在还不能。不管令牌落到谁手里，我们现在面临的形势不变：匈奴、年相、太后、藩王。七哥岂会就范，若与七哥兵戎相见，只要此时年相与匈奴一联手……"龙非离眸光一沉，拿起桌上一颗小石，往树上轻轻一掷，空中顿时扬起一大片落花。

这厉害关系经此一提，众人立即沉默了，龙梓锦冷笑道："龙修文高明，挑的好时间！"

"皇上，若届时我西凉与匈奴开战，七王爷起兵，又调动帝陵军队，这后果同样不堪设想！"段玉桓大手紧握成拳，狠声道，"龙修文，卑职必不放过这逆贼！"

"所以朕说朕输了。"龙非离淡淡道。

众人大惊。

龙非离目光一凝，轻声道："这盘棋，七哥早把一切都计算好，他唯一不知道的是，朕猜出了他，也知道自己会输。

"你们莫慌，也无须多想，这个时候，我们的敌人仍是匈奴、年相、太后和藩王，七王爷的事，只当做不知。人算之外还有天，朕和他之间孰胜孰负，在盖棺之时方知道。"

没有人明白龙非离这话的意思，人算天算，他要随遇而安、听天由命吗？只是，局势放在眼前，若说扭转似乎已不可能。

他这话却给了众人极大的鼓舞，那种不顾一切一往向前的决绝。

突然，一个内侍快步走来，在龙非离耳边低声说了几句什么。

龙非离突然笑得像只偷腥的猫，众人正感惊讶，却听他道："梓锦、夏桑、清风，随朕摆驾凤鸳宫。"

众人一听，蒙了。

"九哥，还是臣弟代你过去吧，这……你不是答应了年妃娘娘，不踏进凤鸳宫一步吗？"龙梓锦苦笑道，"臣弟并非不希望你和娘娘和好如初，只是君无戏言……"

"王爷言之有理，"夏侯初笑道，"皇上，你要去凤鸳宫，是不是可以考虑先把娘娘寝宫的名字改了再过去？"

段玉桓拊掌大笑："夏侯，好主意！"

夏桑笑吟吟道："奴才立刻去办。"

龙非离瞥了夏侯初一眼，嘴角轻扬："状元郎这提议不错，正合朕心。"

清风看着众人，愣了半晌。

"夏桑，这事明日再办也不迟。四宫一殿名讳结合风水之数，乃祖宗传下，礼不可废，更改之事需报备礼部，筛选吉名择吉利之时置换门匾方可，一时三刻之间也难办妥。"龙非离笑道，"朕忘了今个儿是年妃母亲进宫探望，朕该过去走动一番。年夫人在，你与梓锦一道招呼，莫怠慢了。"

敢情刚才那内侍禀报的便是这事。夏桑和龙梓锦对望一眼，他二人招呼年夫人，那皇上招呼年妃？

两人同时失笑。

原来昨天龙非离准许并安排年夫人进宫是这个意思。

他说忘了，但众人都知道他是过目经耳不忘，何况事关年妃，估摸是刚才被年妃那纸笺气得一时把这茬儿搁到一边才是真。

现在，一经内侍提起，龙非离心情立刻便大好起来。

只是——

"九哥，这凤鸳宫还是叫凤鸳宫啊。"龙梓锦讪讪一笑。

"那有什么要紧，朕不进去便是。"

龙非离眉峰轻皱，倒似他说了个奇怪的问题，又道："夏桑，你吩咐御膳房备好酒席，朕在采珍阁设宴招待年夫人。"

众人一时忍俊不禁，这还真是不"踏足"凤鸷宫，皇上人往凤鸷宫外一站，还怕里面的人不出来迎驾吗？随后又在别处摆宴，倒完全不违反约定。

凤鸷宫，苑外。

龙梓锦与夏桑分明看到龙非离满脸阴鸷，两人想笑又不敢笑。

年夫人进宫便罢，这还携家带口的？

年相、年颂庭、如夫人，连隔壁寝宫的年瑶光也跑了过来。

外面连着内侍宫婢，跪了满满一地的人。偏偏这正主儿年璇玑不知道出了什么事儿，还没有出来，只有大丫头蝶风赔着笑脸站在一旁。

龙非离上前搀起年夫人，瞥了众人一眼，淡淡道："都平身吧。"

"谢皇上。"

如夫人按了按年瑶光的手臂，年瑶光会意，正要上前，却见龙非离突然皱了皱眉眼，盯着脚下。

地上一团物件。

就连夏桑和龙梓锦也满脸好奇地望向龙非离脚下那团东西。

"这个是什么？"龙梓锦大为惊奇，失笑道。

夏桑笑道："王爷，你应该问，这个是谁？"

摇摇摆摆地站在龙非离脚旁的是一名两三岁的小男孩，绣帽锦袍，宛然一个贵族公子哥儿的打扮，粉雕玉琢的，模样极可爱。

龙非离皱眉盯着他，他也睁着一双乌眸看着龙非离，一点儿也不怕生。他歪头想了想，突然一屁股坐到龙非离的靴子上。

众人一惊。

"我的小祖宗，你这是干什么？"

如夫人低叫一声，花容失色，看了年夫人一眼，跺脚道："姐姐，我就说不该把他带进宫来。"

年夫人也吓了一跳，那厢，年相惶恐道："皇上恕罪！"他随即脸一板，怒道，"瑶光，还不快把……"

一道声音却突然打断他："六子，你这死小屁孩跑哪儿去了？看我不打死你，让你喝口东西也吐我一身脏，欺负姐姐大病初愈走得慢，快过来给我打一顿……我的天，你怎么坐在那儿！鞋子上有很多细菌，很脏的。"

众人目瞪口呆，一抹苗条的身影已飞快地从院里走出来，走到皇帝身边，一把将小男孩拎了起来。

女子抱着孩子身形有点儿不稳，微微一晃，众人还在围观，龙非离已黑着脸把女人和孩子一并搂进怀中。

除去龙梓锦与夏桑不以为意，包括年夫人在内众人还在震惊中，这年璇玑也太放肆了，居然敢说皇帝的鞋子脏？

皇帝脸色虽阴霾，却没说什么，眸光沉沉地盯在年璇玑身上。

如夫人狠狠扯了年瑶光一把，年瑶光明白失了先机，咬牙看着年璇玑。

出来前，年璇玑被孩子弄得一身狼狈，正想把这小屁孩狠揍一顿，现在头脑发热完，心中懊恼，本着就近原则，把孩子往身旁男人怀里一塞，赶紧盈盈下拜："臣妾见过皇上。"

夏桑和龙梓锦互视一眼，龙梓锦赶紧侧过身，高大的身子抑制不住地颤抖起来。夏桑掩住嘴，眸光里是龙非离两根手指拎着孩子的围脖，模样僵硬。

与皇帝大眼瞪小眼，六子突然哇一声哭了出来。

年璇玑参拜完毕，正施施然抬眸，在所有人的呆愣和不知所措中，指着龙非离道："哦，你把他弄哭了。"

采珍阁。

龙非离在主座坐好，论贵，年璇玑是妃，年瑶光只是嫔，龙非离右手位置该是年璇玑坐，如夫人却把年瑶光推上前去。

年璇玑正与年夫人说着话，又喜滋滋地逗弄着怀里的六子，倒没在意。年夫人心疼她，低声道："孩子。"

年璇玑摇头一笑，龙非离的声音已传了过来："年相、夫人，请上座。"

他说着站了起来，看了夏桑一眼，夏桑会意，搀着年相坐上主位，又过来搀扶年夫人。

年相连忙道："使不得，皇上折煞老臣了。"

龙非离微微一笑道："相爷莫谦让，今日既是家宴，便按家中规矩，你是年妃的父亲，理当与夫人坐首席。"

年璇玑怔了怔，龙非离却已走过来拉着她坐在了年夫人下手。

年相与年颂庭目光一触，年相微微凝眉，看来当日押错了宝。

皇帝似乎极宠年璇玑，早就听闻年璇玑在宫里宿在皇帝寝宫，后又与皇帝同赴秋山。今日看来，皇帝举手投足间对年璇玑皆是宠溺，便连这主位也让出，一来以示恩宠，二来却是皇帝有意与年璇玑坐在一起。

秋山上不知发生了什么事，明明看她容貌似受过甚重的伤，皇帝竟也不以为意，依旧对她爱宠有加。

他瞥了一眼如夫人与年瑶光，眼神冷蔑。

如夫人与年瑶光一惊，不敢说什么。年夫人心里欣慰，虽说君心难测，但龙非离与年相、年颂庭说话笑谈时，目光却没有离开过年璇玑。

年璇玑抱着六子玩得不亦乐乎，对四周事物似并不在意。

他与年相二人侃侃而谈，语锋犀利，居然还顾得上看她。她有点儿害怕他这样的目光，如影随形。

年夫人看年璇玑似并不搭理皇帝，心里既喜又惊，怕现在皇帝觉得新鲜相让着，保不准哪天年璇玑惹怒了皇上，那便是祸事。她哪里知道年璇玑与皇帝之间的种种，心道这孩子自进了宫懂事许多，这脾气却极愁人，遂笑道："璇儿，你叔叔的小儿子你已如此喜欢，哪天你自己有了孩子还不把他娇宠坏。"

年璇玑绽了个大大的笑容："娘真好，知道我在宫里闷，把六子带进来给我玩儿。"

"可惜娘娘这许久也不见动静，妾身听说有些女子体虚命格单薄，怀胎受孕不易，倒不似我这瑶光，自小便让相士看过，说是畅旺子丁之脉。"如夫人笑吟吟道，一双眼睛却望着龙非离。

年相心中暗骂：蠢货！畅旺子丁，也得皇帝宠幸才行。

"娘，哪有你这样说话的，倒让皇上笑话了去。"年瑶光娇羞一笑，又看向年璇玑，"妹妹得皇上宠爱，姐姐也盼着妹妹早日为皇上诞下龙子。妹妹早前随皇上到秋山去，想必不知道，私下里各宫姐妹都说，这最先怀上皇上龙子的必定是妹妹呢……"

她语带惋惜，说到"妹妹"二字又戛然顿住，但座上的人谁没有听出她话中含义，分明是接着如夫人的话，讥讽年璇玑福薄，近水楼台却偏偏怀不上龙种。

本来这话对年璇玑来说也没什么，却不免突然想起那个被自己间接杀死的孩子，当时竟连选择的机会也没有。心里一恸，她手心正按在六子小肚子上挠他痒，一时不察觉用力按到六子腹上，六子吃痛，叫了一声，抓起年璇玑的手便狠狠咬了一口。

小孩子不知控制力道，这一下咬得她鲜血直流，她呆呆地看着竟忘了躲避。龙非离看她眉眼悲痛，怒不可遏，一把抓过六子，把他扔到夏桑手里，一手指向年瑶光，冷笑道："年妃怀不上，你便能怀得上吗？"

年瑶光与如夫人一时吓得直发抖，哪里想到会横生枝节，更没想到年璇玑破了相，皇帝却仍对她爱宠如斯。

"我没事，"年璇玑看龙非离动了怒，赶紧道，"我没事。六子呢？你别又把他弄哭了。"

六子也是一欺善怕恶的主，刚才被龙非离从年璇玑怀里抓开，已咧了小嘴在酝酿眼泪，这时一听年璇玑提起他的名字，虽不解其意，却配合地哇的一声哭了出来，两手挥舞着要年璇玑抱，早把自己是罪魁祸首一事抛诸脑后。

夏桑一脸黑线，可怜他也没哄弄过小孩，正不知道怎么办。年璇玑一看心疼了，走了过来便要抱他，却被龙非离伸手抱进怀里，沉声道："要抱便抱你自己的孩子。"

年璇玑怔了怔："我哪有孩子？"

"有！"

才听到低沉的一声，头目昏眩，人已被男子一把抱起。她愣愣地看着面前的男人，龙非离却朝年颂庭道："皇后现在有了身孕，年妃不能被人欺了去。军权之事，朕自有安排，颂庭，朕的寿筵，你务必出席，懂了吗？"他说着又朝着座上正扒了一口饭的龙梓锦道，"十弟，好生招待年相与年夫人。"

众人只见明黄的身影一闪，皇帝已抱着年妃消失在眼前。

"放我下来。"转过采珍阁前面的花荫，年璇玑轻声道。

龙非离瞥了她一眼，把她放下，却仍握着她的手。

突然，一方帕子按到了她手上。年璇玑微微变了脸色，龙非离似乎视若不见，专心手上的动作。

这块帕子是她用来包裹锦囊用的，大清早刚命小宫女送还给他。年璇玑苦笑，自己按上手帕，道："我回去了。"

他没有放手，灼热在二人肌肤相交的地方开始缓缓延伸。

"你要做的戏还在继续，我配合着做的戏已经结束了。"

交握的手一疼，他的力气突然加大，以致她的肌肤有些陷进他的大掌里。

"你认为刚才的一切全都是假的？"他问。

年璇玑蹙了蹙眉："你的布置安排我猜不透，但总算把白战枫找回来了，你又怎会把军权交给年颂庭？"

龙非离淡淡一笑，不置一词。

"龙非离，不管你要对年家做什么，我只求你别伤害我娘亲和六子。"

"你可以选择告诉你父亲。"

"你知道我不会。"年璇玑低声道，"我回去了。"

手却仍被握在男人的掌中，他指腹间的薄茧摩擦着她的肌肤。

"朕的问题，你还没有回答。"

年璇玑一怔。

"刚才全部都是戏吗？你只需要回答朕，在你看来，是全部都是，还是——不是？"

他的呼吸有些粗重，炙热的呼吸喷打在她的脸上，竟有几分咄咄逼人的感觉。

"别这样，你答应过我的。"

她突然又想起他席间的目光，心头一跳，猛地推开他："我回去了。"

就是因为，她看懂了他的目光，她才害怕。

"小七，即使你告诉年永华也没有用。"

年璇玑闻言一震，回过头，冷笑道："我说我不会告诉他，你不信？"声音也微微颤抖起来。

"那你呢？你相信朕了吗？"他反问着，目光灼灼地盯着她，"还是说，你本来就分得清朕所做的哪些是真哪些是假？"

他在逼她，要她亲口承认他对她的宠爱。

年璇玑咬咬牙，道："我不想听，我真的要回去了。"

龙非离却已欺近她身前，看着她，语气冰冷。

"你说将锦囊物归原主，你既要与朕再不拖欠，那刚才为何要求朕别伤害年夫人和那孩子？你之前不是说都已不在乎了吗？"

年璇玑蹙眉，伸手抚住眼睛，无可奈何的感觉直压心胸。

她的手却被他执起，才来得及低叫一声，他挺拔的鼻梁已触到她的鼻上，鼻尖紧紧抵着她的："别动。"

"你想要与朕划清界限，那你便不该求朕任何事。"

"你——"年璇玑恼怒，一口气堵住，竟说不出话来。

龙非离却并不理会，只淡漠地继续他的话。

"朕不逼你，但依照你说的，你我之间既已两清，你求朕，朕向你索回一点儿东西是不是也应该？"

索回？年璇玑一凛。只是气恼也好，愣怔也罢，她的唇已被他重重压上……花荫外，不时有内侍、宫女经过，垂在裙侧的手僵硬着，却不敢推开眼前的男人。

他不要脸面，她还要。

直到她的唇肿了，舌尖也被咬破，他却又恶狠狠地盯着她："若不是玉致他们过来，你昨晚明明不反对……"他微微皱眉，抚弄着她的唇，哑声道，"这只是昨晚的，不算。"

年璇玑气爹，这个人怎能如此过分？他知道她心里在想什么，他答应她不再踏足凤鸶宫，答应她不再召她侍寝，这些都等于向她许下承诺，他不再逼迫她。现在，他却换了另一种方式来"逼"她，并且，冠冕堂皇得无懈可击。

她使劲擦着嘴角，他盯着她，嘴角慢慢露出一丝笑。

她恼，他反而高兴。年璇玑咬咬唇，一声不响地转身就走。

没有去追年璇玑，龙非离微微挥了挥手。

夏桑慢吞吞地从后面的树丛现出身形。

"你的动作倒迅速。"

看着主子微黑的脸色，夏桑干笑道："皇上，刚才在采珍阁不是您暗示让奴才跟过来的吗？皇上请放心，这该看的和不该看的，奴才通通都没看见。"

龙非离挑眉："还有你该看的？"

"敢情您和娘娘在这里做的都是奴才不该看的？"夏桑一脸无辜。

龙非离冷哼一声，神色一正，夏桑一凛，急忙俯身走近。

及至听完龙非离的吩咐，他犹在震惊中，好半晌才低声道："奴才明白了。"

龙非离颔首，又淡淡道："转告梓锦，让他务必小心办妥。"

第三十五章

连环计 螳螂捕蝉黄雀后

沧水轩。

已是三更天，轩内依然摇曳着朦胧的烛光。

屏退了所有的宫人，更换了纱衣的年瑶光躺在榻上，纱衣下的身体曲线若隐若现，眼中闪着冷光……她本应是人中龙凤，却沦为每天跟后宫中的妃嫔一起闲话度日，时常笑脸迎送小心巴结。年璇玑独得帝宠，她却每晚寂寥难耐。

"璇玑，你等着，我年瑶光绝不会输给你！"心中恨着，年瑶光起身走到梳妆台，拿出从家中带来的首饰匣，从暗格中找出写有年璇玑字样的小人，狠狠用针猛戳。

虽小心着，还是扎到自己的手指。年瑶光"哎哟"一声，忙伸手掩嘴将声音捂住。

将手指上的血涂抹在小人的脸上，年瑶光满意地嘿嘿狞笑了几声，神色越发狠戾起来，又咬开已经凝血的伤口，把小人整个染红。

烛火跳跃，爆了一个火花。映着年瑶光美艳娇媚的脸，透着些许狰狞——待到皇上宠上了我，璇玑，姐姐必定好好送你一程！

突然，空气中飘过一阵香甜，估摸是窗外的某些花开了，她微微一眩，只觉一阵倦意袭来，匆匆把小人放回匣里，返身踱到榻上。

窗外阳光明媚，透过窗子的缝隙洒了进来。年瑶光在窗外幽幽的鸟啼声中醒转。

"皇上？"发现身边有人，年瑶光内心一片惊喜，听到身后男人熟睡的轻鼾声，把男人放在自己身上的精壮手臂握紧，轻轻将身子向后靠了一靠，将两人之间的缝隙填满。

突然又感觉有些异样，她赶忙转过身去。

看了一眼正在沉睡的男人，她顿时吓出了一身冷汗，惊叫一声，坐了起来，又去推男人，着急地叫道："哥哥，赶紧起来！你怎么会在这里？"

睡在她身侧的并非皇帝，竟是年颂庭！男人被推了几次，却仍昏沉不醒，年瑶光想喊人又不敢，只得先用被子将年颂庭遮住。

正在犹豫间，门却被推开，宫人们走了进来。

"娘娘，奴婢听到您的呼唤，可是有什么事？"贴身婢女问着，便要近前替年瑶光更衣。

"站住！"年瑶光惊恐地大声呵斥，脸色霎时白了，咬了咬唇，佯作镇定道，"本宫还想多睡一会儿，你们先下去吧。"

"昨日采珍阁里，年嫔好意为年妃着想，朕的语气却重了，朕一直琢磨着过来看看年嫔，年嫔不会怪朕来早了吧？"随着笑语，龙非离踱步走进沧水轩，瞥了一眼紧闭的床帐，微微一笑。

他身后跟着的夏桑也是笑意盎然，清风和几名内侍看似随意地站定，却把沧水轩所有的出路堵个严严实实。

夏桑轻笑，心道：这戏，少不了小爷的角儿呢，遂斥道："你们还不赶紧替娘娘更衣。"

"不要！"年瑶光惊骇地失声大叫。

一群婢女忙手忙脚乱地上前，帘子一拉，随着几个婢女的尖叫，年颂庭露出了身形。年瑶光哆嗦着滚落下了榻，跪倒在地。

"皇上，请相信臣妾，臣妾不知为何榻上有人。"

"年将军怎么会在这里？莫不是深夜闯宫，私会朕的妃子？"龙非离脸色骤变，凤眸中冷光闪现，扫了一眼年瑶光，年瑶光只觉仿佛入了冰窖，寒意涌上心底，身子抖动如筛糠。

早有内侍过去，把榻上的年颂庭弄醒，押跪到地上。

龙非离嘴角噙着一抹讥笑："年颂庭，你还真反了！"

"怎会这样？怎会这样？"年颂庭瞳孔紧缩，失声呼叫，"皇上，微臣……"

陡然触上皇帝杀戮的眉眼，惊骇之余，他一咬牙，立刻便要振臂而起进行顽抗，却只觉手脚无力。

陡然传来闷响之声，剧烈的痛楚顿时传遍全身，他低头一看，只见一柄利剑，透心而过。

血，滴滴答答地落到那白玉砖上。

鲜红沿着剑柄流到男子的手上，那只美丽的手却不见丝毫颤抖。皇帝微微俯下身子，在年颂庭耳边低笑道："年将军，朕让年瑶光进宫，就是为了此刻，你还真是……没令朕失望。"

皇后有孕，年妃落人口实，皇帝怜惜年妃，把军权交给年家以示恩宠，通通都是假的！昨日采珍阁里，龙梓锦道贺，二人同饮至大醉。龙梓锦只让年相先回，要与他再饮……年颂庭脸色一下子变得灰白，眼神涣散，惨笑一声，喃喃道："我懂了，我懂了……"

龙非离将剑拔出，一脚踢开年颂庭的尸体，淡笑道："可惜，迟了。"

年瑶光惊恐万分，匍匐着爬向龙非离。

龙非离冷笑一声："夏桑！"

夏桑身形一闪，挡到年瑶光前面。

龙非离再也不望一眼地上的女人，拂袖而出。

金銮殿。

龙非离脸色如挂冰霜，嘴角却挂着似有若无的浅笑："年相教的一双好儿女！朕欲对年家委以重任，年相啊，你却给朕这样的回报！"

他朝夏桑一瞥，夏桑会意，宣读圣旨道："年永华管教无方，致子女秽乱宫廷，年颂庭罪已伏诛，赐罪嫔年氏瑶光白绫三尺。兹念凤鸶宫年氏璇玑贤惠淑德，甚得朕心，实为后宫妃嫔表率，特免年家欺君之罪，年颂庭兵权暂由段玉桓代为掌管。钦此，谢恩！"

年相伏倒在地，背脊微微颤动。

百官或惊惧不安，或冷眼旁观，只是不管这年相门下还是其他党派，莫不心惊：昨天才有消息在宫中传出，皇帝欲把军权交与年家，不过一晚，这三足之势已破！没有年颂庭背后的兵力支撑，年相便是一只无牙之虎，即使还有余势，却已无回天之力！

天下都道，少年天子温仁慈孝，通通都是假的！

看着最后一个朝臣的背影也消失在殿门外，夏桑笑道："恭喜皇上，大愿得偿！"

龙非离淡淡一笑，翻开手中奏折。

"年妃娘娘若不是由皇上护着，不说让年相送死多少回，本来今天之事，难逃厄运的便是……"

他看了龙非离一眼，不敢再说……龙非离想起年璇玑，心中不由得微微一动。他突然又想看一看她，与她分享心中喜悦，遂对夏桑道："朕现在回储秀殿，宣年妃过去侍候。"

夏桑领旨往外走，刚想笑，背后龙非离的声音又至："不可莽撞了，看看她午憩起了与否再宣。"

夏桑只得回身应了，快步走出殿外，才敢笑出声来。

知道龙非离重视，夏桑亲自走了一趟。到凤鸶宫的时候，年璇玑的大婢蝶风说，年璇玑去了沧水轩。

夏桑微微皱眉，年瑶光被赐自缢，现在距年瑶光服刑还有数个时辰，年妃娘娘过去，莫多生枝节才好。

金銮殿上，龙梓锦等人没有多停留，与百官一道退朝。回到储秀殿的时候，龙梓锦、夏侯初等人一个不落地全过来了，便连右相郁景清与大理寺卿林司正也在，最意想不到的是，皇后也来了。

龙非离拥着皇后坐在一侧，与众人相谈甚欢。

夏桑向皇后请了安，帝后姿态亲昵，心想年璇玑此刻没有过来倒好。

龙非离瞥了他一眼，他会意，正要跟龙非离禀报，殿门却一下子被推开。

疾步走进来的是年璇玑。

夏桑暗叫一声不好，年妃鬓发微乱，形色似乎极急，也没有报备便进来了，门外禁军知道她是皇帝的宠妃，也没有阻拦。

年璇玑没想到有这么多人在，眸光在龙非离按在郁弥秀肚子上方的手上怔怔地盯了好一会儿，才见了礼。

郁景清与林司正相互看了一眼，都在对方眸中看到不赞同。

众人向年璇玑见礼，年璇玑笑了笑，摆摆手，只说勿用多礼，咬了咬唇，望向龙非离。

龙非离微微皱眉，道："怎么不报备一声便进来了？这规矩都不守了吗？"

年璇玑低头道："皇上说得对，是臣妾莽撞逾矩了。"

"皇上，年妹妹大病初愈，你莫责怪她了。"郁弥秀笑了笑，从龙非离怀里站起，又走过来亲热地拉着年璇玑的手，要与她一起坐下。

"谢皇后姐姐。"年璇玑道谢，却婉拒了，只是直直地看向龙非离，"皇上，臣妾有几句话想与你说，你看……"

郁相暗忖果然有其父必有其女，这礼数，年妃是真不懂还是假不懂，如此跋扈！旁边林司正已经微微冷笑，轻咳了一声。

年璇玑苦笑，抿了抿唇，又看向龙非离。

"没看见朕与各位大人在议事吗？你稍后再来吧。"龙非离眉峰聚拢，语气带了些许不耐。

"那你还要多久？"年璇玑握了握手，低声问。

林司正冷冷一笑，道："年妃娘娘要与皇上商议的事情想必比这朝政大事更为要紧，微臣这就告退。"他说着朝龙非离长长一揖，便要离开。

"老师请留步。"龙非离朗声道，又看向一旁的夏桑，"先送年妃娘娘回寝宫。"他的目光在她脸上掠过，"你先回去吧，朕稍后会过去。"年璇玑明白此刻处境尴尬，只是，年瑶光还有数个时辰便……她咬咬牙，走到龙非离面前弯膝跪了下来。

林司正道："郁相，您不与林某一起走吗？"

郁景清眯眼看着年璇玑不置一词，心里已怒极，皇后还在这儿呢。

郁弥秀笑道："好了好了，妹妹有些体己话要与皇上说，本宫便与郁相、林大人还有各位大人先行告退吧。"

龙非离站了起来，走到郁、林二人面前，笑道："如此，朕改日再向相爷与老师请教。"

郁景清与林司正心中虽憎恶年璇玑，却不好拂了皇帝的面子，都微微躬身，道："微臣不敢，谨遵皇上旨意。"

龙非离转身握上皇后的手："路上小心，朕今晚到鸾秀殿看你。"

"谢皇上。"皇后柔声道，低头施礼。抬头间，年璇玑只觉她眸里华光璀璨，她容貌清丽，较之华、慧二妃有所不及，便是安瑾、年瑶光也比她貌美数分，此时这一顾盼，竟溢彩流光，美丽至极。

龙非离执着她的手，看了她好一会儿，才吩咐道："夏桑，送皇后娘娘回寝宫，小心侍候着。"

年璇玑看在眼里，心里微微一涩。他昨日才跟她说戏中真假，那么，眼前呢？若说是假，她确实……无法相信。

他今晚，要去鸾秀殿吗？她不该想这些，这些与她无关。

好半晌，她才找回了自己的声音。

"我去过沧水轩，禁军守门，我无法进去。"

"你为年瑶光的事而来？"龙非离几不可见地皱了皱眉。

"嗯。"

"你想求朕饶了她？"龙非离微微冷笑，"年家，现在在风口浪尖上，有多少人等着你犯错，你懂吗？"

年璇玑正想说话，背后的门突然被推开，一道声音随之传了进来："娘娘，奴婢若是你，奴婢绝不会拼着冒犯郁相与林大人来求这个情。

"你有为皇上想过吗？郁家、温家、年家，年相在朝中人脉甚多，但皇上要借此机硬把年相一举拉下来只怕也并非不能。他没有这样做，其中一个原因只怕与娘娘有关吧。

"娘娘与年相虽不亲和，但年家是娘娘的娘家，年家，与娘娘一荣俱荣一衰俱衰，若年家倒了，那么娘娘你在宫中……"

声音到这里止住，一行人走了进来，却是龙梓锦等人，送走了皇后、郁景清与林司正，又折返了回来，一同进来的还有温如意和邢吉祥。

刚才的话却是出自温如意之口。年璇玑正看着龙非离，众人进来以后，龙非离的目光却从她身上移到温如意身上。

年璇玑苦笑，才刚到口的话被截下。

龙梓锦看了她一眼，她微微低下头，想与龙非离说话，龙非离却从她身边走过。

耳边传来他的声音："这脸色怎么这么白？"

他在问温如意。是了，刚才她听温如意说话，虽娓娓道来，气息却甚是孱弱。她微微一怔，抬眸看了过去，看到龙非离关切的目光。

那种苦涩的味道又慢慢盈上心头。

温如意没有说话。

"心漪？"龙非离微微蹙眉。

"皇上，也许你要怪罪奴婢多嘴，但有些话奴婢还是要说。"邢吉祥眉眼一低，突然跪了下来，"是，当日奴婢是谎报了如意的情况，但如意的身体不好却并无虚假。前天晚上从储秀殿回去，便又犯了病，一直卧床。奴婢要过来说，她却不准，说皇上现在事多，怕叨扰了皇上。

"若不是今儿个太后派吉祥过来向皇上问个信儿，这寿筵何时置办……"

"好了，吉祥，别说了！"温如意打断了她，看了龙非离一眼，又看向年璇玑，躬身福了一福，"娘娘，刚才奴婢的话，若有冲撞之处，还请娘娘莫怪，奴婢只是急了……并非有意冒犯。"

邢吉祥一声轻嗤："早就说过你，你是真心为别人好。别人在金銮殿上做了冒犯之事，却把自己气病了，你又忙前忙后传医女替人看病，结果怎样？你现在病了，别人可有问过你一声？别人……"

"邢吉祥！"温如意似乎也微微怒了，低斥道，"我叫你别说了！皇上面前，你倒忘了你过来的正事。"

邢吉祥的话，任谁听着，都掷地有声。

每一句里都是：她与如意相较，她不过一个不识大体的女子，并且，她忘恩负义，忘了如意的恩情。

年璇玑捏紧手，要与龙非离说的话竟说不出来，没有谁说话，因为龙非离也在看着温如意，眉眼里映满了她的容颜。

苍白的容颜。

嗯，温如意病了。国法兹大，她怎不懂得他难为？

她过来，并非为年瑶光求情。

难得进宫一趟，昨天，年夫人和如夫人也没有随年相回府，如夫人昨夜下榻在沧水轩偏院，而年夫人便宿在凤鹭宫。

她从小没有父母之缘，年夫人又是真心待她，与年夫人亲热地说了半宿的话，几乎到天明才睡去。

刚睡下不久，如夫人便哭哭啼啼地过来了。

如夫人说："都是你把你姐姐害死了。若不是你霸占着皇上，你姐姐怎会与颂庭做了那蠢事？"

被打骂是妖孽，她没有避，后来被央求着向皇帝求情，她也不理。

就像最开始，她不会把他要找白家后人的事告诉年相一样，现在她也不会给他添任何麻烦。

虽然，在她看来，瑶光也许罪不至死。

但是，年夫人那一跪，她无法置之不理。

也许，这便是妻妾之间永远的尴尬，年夫人与如夫人之间互有嫌隙，但年瑶光被处死，如夫人死死哀求年夫人，年夫人又是个善良的人，在年夫人看来，她也该救救她姐姐的。

也许，她该假意去求情，只是最后她还是直接拒绝了。

如夫人狠狠掴了她一巴掌。便是年夫人也不认同地看着她，跪下来求她，说至少让瑶光与如夫人见上最后一面。

没有皇帝的手谕，谁也不能进沧水轩。

身体是年璇玑的身体，年夫人是年璇玑的生母，她不想给他找一点儿麻烦，但年夫人这一跪，瑶光与如夫人的最后一面，她无法不来求。

真的无法。

一屋子不赞同的目光，她苦笑，张了张嘴，想说话。突然温如意脚下一个踉跄，往前摔去，龙非离伸手把温如意抱进怀里。

她听到龙非离斥责道："身体都这个样子了，怎么不在院里好好养着？太后的旨意，吉祥过来通传就可以了，你过来做甚？"

温如意涩声道："你让我等你一聚，这一等，我不知道要等多久，就趁着给太后娘娘传旨的当儿随吉祥过来，不然，我没有借口……"

刚才邢吉祥说，温如意是前晚从储秀殿回去以后便病了的，那晚发生了什么事，她还记得。

温如意来看他，她从房里出来阻碍了他们，后来温如意走了，现在温如意病了，他一定很懊恼心疼吧。

年璇玑笑了笑，刻意去忽略前方两人的姿势，咬咬牙道："龙非离……"

"夏桑，去传医女。"龙非离清冷的声音盖住了她的，"就说如意姑姑来传旨，却旧疾复发，昏倒在储秀殿。"

夏桑会意，在储秀殿传旨为温如意诊断过于张扬，这样一说便在理不过。他颔首出门，又看了年璇玑一眼，见她脸色苍白，心里微微一叹，即使为年瑶光求情不合时宜，但年妃娘娘毕竟也是大病初愈。

他连说话的机会也不给她吗？年璇玑一恸，心里只道，我这是最后一次

再生缘
我的温柔暴君

说。龙非离却横抱起温如意，快步走进水晶帘内，声音淡漠传来："你回去吧，朕不会允你所求。"

年璇玑咬紧牙，身子却止不住微微颤抖。

她正要上前去，一道身影却挡在她身前："娘娘，老奴送娘娘回去吧。"

"年妃娘娘，如意病了，她只求与皇上见上一面，这样也不行吗？"邢吉祥红唇一挑，虽柔声道来，一双美眸却猛然睁开，语气咄咄逼人。

盯着遽然滑下的水晶帘，年璇玑突然扬起手掌，朝邢吉祥脸上掴去，邢吉祥大惊，失声道："你要打我？！"

众人也吃了一惊，便连刚迈出门槛的夏桑、水晶帘内的龙非离也陡然停住了脚步。

原以为的清脆，没有一丝声音。

手掌只是贴着邢吉祥颤抖的脸庞轻轻滑下。

年璇玑微微扬眉，轻声道："打你，我打你作甚？不嫌浪费了力气吗？我昨天还躺在床上呢。吉祥姑姑，行与不行，从来不是年璇玑说了算。只是，也请姑姑别忘记，年璇玑再不济，也还是你的主子。

"别用那么惊讶的语气跟我说话，我若要教训你，这里谁也不能阻止我！除非他废了我，否则，我还是他的女人。"她说着，伸手直直地指向龙非离。

"还有你，徐总管，不劳你驾。走，我自己会走。"眸光一转，年璇玑睨向徐熹，冷冷一笑。

"如意姑姑，好好养病。"

话语掷落，年璇玑决然转身，才敢让眸中的泪水落下。

没有人敢出声，第一次，众人也震慑于龙非离以外的人的目光。

那如水的眸，漾着明艳透亮的火。

"站住！"

背后，龙非离的声音沉沉传来："你说，你是不是要朕赦免年瑶光？"

龙非离目光深沉，却也如年璇玑一样灼热，这时，每个人都有那种强烈的感觉，若年璇玑开口，龙非离会应允！

一定会！

也许是为了年璇玑的目光，也许是为了年璇玑那句，我是他的女人。

一只脚已跨出门外，闻言，年璇玑笑了笑："我来之前，没有这样想过，现在也一样。也许，一直以来，我和你都错了，抑或，其实我们都没有错，错的是这个地方，桃源村里的生活虽简单，但那一晚，总有过几分开心。"

"夏桑，谢谢你，刚才只有你没那样看我……"声音已经在颤抖，年璇玑没有再说，头也不回地离开了储秀殿。

"我送你回去吧。"

背后好像是清风微微颤抖的声音。可是，她已无心去分辨。

终究还是没有拿到。

快步走了一段路，年璇玑伸手掩上面庞，苦笑。

年夫人说，若她不去求皇帝，便在她的寝宫长跪不起。

她去求了，却……她该怎么办？

"九嫂。"

清亮的声音从背后传来，年璇玑一愣，转身一看，却是……龙梓锦？

"你怎么会在这儿？"

龙梓锦轻轻一笑："本王过来，是为两件事。其一，你刚才的话，本王不服，没有那样看你的，除了夏桑，还有我龙梓锦。"

年璇玑呆愣了良久，才哑然失笑，微微弯腰一福："那璇玑向你道歉。"

龙梓锦扬眉，一脸得意。

"那第二件事呢？"

"第二件事，本王想问一问，九嫂到储秀殿其实是……"

年璇玑摊摊手，低低一笑，道："瑶光的娘亲和我娘亲想去见瑶光最后一面，没有你皇兄的手谕，谁也不能进去。"

龙梓锦微微叹了口气，低声道："原来你是为这个而去。

"据我所知，年嫔并不待见你，她的母亲也一样，你何必为她……"龙梓锦戛然收住话尾，深深地盯着年璇玑。

"我没这么良善，只是拗不过我娘亲。"

"你是存了好意的，否则，只需假意周旋，与年夫人说，求不到皇上手谕便能把事情了了。"龙梓锦打断了她，"温如意以前也是个善良的人。"

"以前？她现在……"

"现在，谁知道呢？"龙梓锦自嘲一笑，"九嫂，臣弟带你去沧水轩吧！"

"沧水轩？"年璇玑疑惑道。

"你不是要带两位夫人进去吗？"

"你有手谕？"

"没有。"

"没有手谕怎么进去？"

"九哥的口谕……假传口谕！"

年璇玑满脸黑线："这怎么能行？"

"就当臣弟赔罪吧。那次在林子里的冒犯，梓锦一直不安。"

"这是欺君！"

"……"

"要不，还是我来假传口谕吧。"

"不行！"

"那风险分担，我们一起吧，罚起来也许能轻点儿？"

"九嫂，走吧。"龙梓锦轻笑，突然又微微皱了眉，"崔霓裳，你出来。"

年璇玑一怔，只见侧方树丛簌簌作响，崔医女脸红耳热地走了出来。

"奴婢只是路过的。"她嗫嚅道。

"你路过，然后顺便躲藏起来，再顺便偷听本王和娘娘谈话？"龙梓锦挑眉一笑。

崔医女急得不行，慌忙解释道："夏总管宣奴婢到储秀殿号诊，奴婢真的是刚巧路过这里，哪知道——"

年璇玑笑道："哪知道正碰到璇玑与十爷在说些大逆不道的话，崔姑姑左右不是，只好躲起来了。"

"可不正是。"崔医女索性豁出去，倒松了口气。

三人相视一笑。

龙梓锦眸光轻闪，道："我说崔霓裳，你怎么每次走个路都能遇着别人在商议秘事？上次，本王与如意姑姑谈心，也是被你碰上。崔霓裳，你不知道，听了不该听的话，会有性命之虞吗？"

"我——"崔医女俏脸煞白，想辩解几句，可惜她为人耿正，越急，反倒越结结巴巴说不出话来，只好求救地看向年璇玑。

年璇玑扑哧一声笑道："好了！十弟你就别再吓唬崔姑姑了。

"储秀殿那边约莫也等急了，姑姑快过去吧。只是刚才璇玑与十爷的话……"

"奴婢什么也没听见。"崔医女急声道，屈身向二人一福，逃也似的走了。

龙梓锦哈哈大笑，年璇玑失笑："真是好生奇怪，崔姑姑这人淡定，怎么每次看到你都像看到瘟疫似的？"

"瘟疫？"龙梓锦呆愣了好半晌，笑骂，"我说九嫂，你就不能换个好听的吗？"

"可不是吗？不对，你是怎么知道崔姑姑闺名的？"年璇玑微微奇怪。

龙梓锦脸一板："秘密。"

年璇玑轻嗤："保不准有人单相思崔姑姑。"

龙梓锦大笑："臣弟说崔霓裳单相思臣弟，你信不信？"

他笑着微微侧身看了崔医女一眼，却见崔医女站在不远的地方，正凝视着他，看到他瞥了过来，一急一惊，跺跺脚，立刻落荒而逃。

龙梓锦一怔："这崔霓裳是怎么回事？"

年璇玑看在眼里，笑弯了腰。

到沧水轩的时候，年夫人与如夫人已在外面焦急地候着，数排禁卫在轩外把守。龙梓锦走上前去，与领头的禁卫低声交谈起来。

年夫人细声安慰如夫人，如夫人啜泣着，看向年璇玑的眼神却怨毒恼恨。年璇玑只当作看不见，闲闲看向一边。

突然，有几个宫女从轩内走出，看模样是轩内侍女。年璇玑突然微微一怔，刚才最靠近她一侧走过的宫女，身上淡淡的胭脂香气竟有丝熟悉。

本来宫中女眷众多，胭脂水粉味道并没什么特别，但那宫女身上的香气却甚是特别，有抹类似薄荷的气息，她最近在哪儿闻到过吗？

她悄悄看过去，那宫女突然转身看了她一眼，她反而吓了一跳，宫女笑着微微福身离去。

她还在蹙眉细想，龙梓锦的声音却传了过来："进去吧。"

"娘，你们进去吧，璇玑在这儿等您。"年璇玑搀扶着年夫人走到门口。

年夫人点头，又拍拍她的手，便与如夫人进去了。

年璇玑与龙梓锦站在一边等着，低声聊起天来。年璇玑虽知龙梓锦心心念念着温如意，却打趣地追问起崔医女的事来。龙梓锦笑得欢愉，却有意逗年璇玑，只是不肯说。

两人正聊着，年夫人突然走了出来。她看了年璇玑一眼，苦笑道："璇儿，你姐姐没想到你会替她求皇上，让她们母女见上一面，她说想见见你，有几句话想与你说。"

"娘，我还是不去了吧。"年璇玑轻声道，多一事不如少一事。

"年家出了这样的事，这个家算是半败了。孩子，就当娘求你，你去看看她吧，就当还了她的心愿。"年夫人抚上年璇玑的发，神色间皆是悲戚。

房间的门紧紧关着。

哭泣的声音仍从里面传了出来，年璇玑心里一黯，愣了良久，才推门进去。如夫人搂着年瑶光坐在床上哀哀哭着。

年瑶光听见声响，目光扫了过来，年璇玑说不清楚她目光里面的内容，恐慌、憎恨，什么都有，但就是没有年夫人说的感激，当然，她也不要年瑶光的感激。

心里有点儿悲凉，皇宫是个嗜血杀人的地方，年瑶光可恨，又何尝不可怜。

"娘，你先出去一下，我想与璇玑说几句话。"

往日，年瑶光总唤她妹妹，现在却直接称呼名字，反倒少了分虚假，多了丝自在。

如夫人经过年璇玑身边的时候，狠狠白了她一眼。年璇玑没有理会，快步走向年瑶光。

年瑶光两眼通红，眼白里血丝满布，看着她走近，突然幽幽道："璇玑，你知道我跟我娘亲说了什么吗？"

"不知道，你要告诉我吗？"年璇玑淡淡道。

"好，我告诉你。我跟我娘说，年瑶光是看不到了，但我要她亲眼看着你怎样不得好死！"年瑶光冷冷道。

"嗯，如果她能看到，如果我又不得好死的话。"年璇玑怔了怔，自嘲一笑。

"年璇玑，你果然是毒妇，竟然诅咒我娘。你放心，我娘一定不会比你早死，我总算看懂了，你等着瞧，皇上杀你不过是迟早的事。"年瑶光说着，双手抚上面颊，"我们年家便是他的绊脚石，他也不会放过你的。你别得意，你别那么得意。"

年瑶光的嗓音嘶哑尖锐，像利刀划在瓷器上，让人有种毛骨悚然的战栗。年璇玑虽不甚惧，但心底生出一抹凄凉，不忍再看："瑶光，我走了。"

"璇玑，你和皇上在一起的时候，他有没有提起过我？"年瑶光却猛地跑到她面前，抓住她的手臂，"你告诉我！"

年璇玑苦笑，年瑶光竟似有几分疯癫了。

年璇玑苦笑，疯了也好，起码行刑的时候，没有那么害怕。

年瑶光的手指甲陷进了她的肌肤里，年璇玑挣扎了一下，无法挣开，只好道："瑶光，皇上与你在一起的时候，会不会提起别的女人？"

"当然不会，他怎会这样做？哪有男人会在一个女人面前提起另外一个女人？"年瑶光突然哈哈大笑，"璇玑，你蠢死了！你这么蠢，他怎会待你这般好？是因为你满足了他床帏上的所求吗？"

年璇玑脸上微微一热，一时竟不知道说什么好，颈上突然一疼，却是年瑶光突然掐上她的脖颈。

"为什么他只宠幸了我一次？我虽是庶出，但我比你美比你聪明，我哪里不如你了？"

年璇玑被她掐得透不过气来，想起学过的防卫之术，伸手便向她的颈项劈去，但年瑶光已失去了理性，力气大得惊人，年璇玑的手还没触上年瑶光，便已无力地垂了下来。

"我现在便杀了你！他们让我等，我不要等，我不要再等，我要你给我陪葬。"

空气仿佛一下从腹腔抽去，年璇玑满脸涨红，神志开始涣散，心里苦笑：我竟要死在这疯子手上。

突然一阵劲风扫过，只听年瑶光一声骇叫，禁锢在她颈项上的力量骤然散去。她大口呼吸着空气，一只手已经抚上她的背脊，轻轻拍打，帮她顺着气。

她悲喜交集，凝眸一看，眼前的男人俊秀严酷，不是那人又是谁？

"你怎么来了？"她一震，怔怔地问。

"你跑到这儿来了，朕能不过来吗？"

"你的胆子越来越大了，假传圣旨的事也敢做，你可知道那是什么罪？"龙非离冷冷道。

在这件事上，年璇玑自知理亏，侧过头，轻声道："这事，是我自己……"

龙非离冷笑，打断了她："你与梓锦，一个都逃不开。"

"十弟他……"

她还没说完，龙非离却微微皱眉："你叫梓锦什么？"

年璇玑一愣，随即意识到什么。

龙非离的语气却和缓了许多，大手揽过她，便要出去。

年璇玑这时才看到段玉桓、夏桑还有数名禁军在，不好挣扎，想了想，又赶紧回头看了年瑶光一眼，只见年瑶光蜷缩在地上，恐慌又嫉恨地瞪着二人。

"可怜你的敌人会把你自己害死！"龙非离沉声道，索性把年璇玑抱起，大步离开。

背后，年瑶光突然站起身来，似在一瞬间清醒过来，厉声道："皇上，年瑶光死前只问你一件事，你不是喜欢年璇玑，当她如珍如宝吗？若你吝惜一句，我死了，也必化成厉鬼夜夜诅咒她短命绝寿，受尽折磨而死，不得善终！"

"年瑶光，说吧。"龙非离淡淡道。

轩内，只余他与年瑶光二人，年璇玑已被夏桑带了出去。

"你果然留下来了，你怕我诅咒年璇玑，你真有这么爱她？她有什么好？"年瑶光喃喃道，又凄厉地笑出声来。

龙非离看也不看她，负手冷冷而笑："刚才若非年夫人进来向朕求情，你以为朕会留下来吗？"

年瑶光像捕捉到一丝生机："你是因为我大娘的话留下而非为璇玑？"

龙非离眉宇微微凝起一丝不耐："你怎么还不懂？年夫人是年璇玑的母亲。"

年瑶光眸中血红愈盛，喃喃道："原来……还是因为璇玑，我做了鬼也不会放过她！"

"鬼？"龙非离嗤笑，"你是人尚且无能为力，死了还能做些什么？朕就在年璇玑身边，你以为你可以伤害她吗？"

"你要守着她？"年瑶光突然轻轻而笑，"你从没与我说过这么多话，现在终于肯跟我说话了，却还是因为她。

"不，都是假的，你想铲除年家，终有一天你利用完了她也会杀掉她，你一定会杀了她！

"为什么是我而不是璇玑？你为什么要把这淫秽的罪名扣给我？你要铲除年家，为什么不选璇玑当替罪羊？"年瑶光突然一字一顿地问，她的神志处在模糊与清醒之间，眼睛死死地盯着龙非离，以致眼眶斜斜吊起，整张脸庞看去狰狞可怖。

"因为她是朕的女人，你不是。"所有的耐性已经用尽，龙非离声音冷酷，拂袖便走。若不是年夫人所求，他根本不会留在这里与年瑶光多说一句。

"我不是你的女人吗？那一晚，你对我百般恩爱，你……"年瑶光痴痴道，趋步过来要抓他的衣袖，"皇上，你别杀我好不好，瑶光像那晚一样服侍你……"

龙非离身形微动，已避开了她的碰触，凤眸挑起："那晚，不是朕。"

"你说什么？"年瑶光大骇，身子骤然瘫坐在地上。

"你说什么？"

这一回，问话的却是站在门外的人，龙非离微微皱眉，年璇玑站在门口惊慌失措地看着他。她紧蹙着眉，眉间皆是无可依凭，仿佛她确实不知道他刚才说了什么。与她在一起的还有年夫人与如夫人，两人满脸都是恐慌，夏桑侍立在旁，想是如夫人等急了，催促着进来，年夫人便随遂了她的意。他吩咐过夏桑在轩外照顾年妃与年夫人，若年夫人有什么要求，也莫拂了她的意。

"朕在外面等你。"经过年璇玑身边的时候，龙非离淡声道。

如夫人咬牙，怨毒地瞥了年瑶光一眼，快步走到年瑶光身边，抱住她失声痛哭起来。

年瑶光这时反倒不哭不闹，任由如夫人抱着，盯着年璇玑，眸光里是浓烈的怨恨，与如夫人如出一辙。

突然，她猛地推开如夫人，指着年璇玑幽幽道："妹妹，你过来，姐姐跟你说最后一句话。"

年璇玑垂眸，年夫人苦笑道："孩子，过去吧。"

一旁的夏桑，一双眸子犀利地盯着年瑶光，以防她对年璇玑不利。

年璇玑心里还在为龙非离刚才的话而震惊，看了看年夫人，终于还是走了过去。

年瑶光慢慢伸手扶上她的颈项，年璇玑只觉刚才那种毒蛇缠身一般的窒息感觉又从心底涌了上来，耳边一阵凉意，却是年瑶光在她耳畔低声道："妹妹，你知道我刚才问了皇上什么吗？"

年璇玑苦笑，不置一词。

年瑶光在她耳边轻轻一笑："你知道我为何单独将他留下来相问吗？因为，我问他的是，他最爱的女人是谁，你在这里，他未必会说。"

"你何必跟我说这个？"年璇玑心里一震，面上却淡淡道。

"何必？"年瑶光一笑，"因为我要亲耳听到才安心，你以为是你吧，我本也以为是你，他却告诉了我一个名字，不是你！是一个你也意想不到的人！还有，我诅咒你，有朝一日你将身受比我残酷十倍的刑罚而死，车裂，腰斩，五马分尸。"

"年嫔娘娘，时辰已到，娘娘请上路吧。"

微尖的声音突然传来，年璇玑回头，只见数个太监依次进来，领头的人双手捧着一个托盘，托盘上一抹白绫赫然入目。她心头一惊，竟不知道是为年瑶光刚才的话还是这匹白练。

五七，接着是年瑶光，不管好还是坏，这个世界里，她再次亲眼看到有人即将死在她面前。空虚惊惧的感觉猛然涌出，在心头慢慢扩散开来，她正茫然不知所措，一只臂膀却霸道地把她搂进怀："莫看。"

她紧攥着身旁男子的衣袖，任他领着走出屋子，而她的一缕魂仿佛还停留在那个屋子里。如夫人凄厉的哭声，还有年瑶光嘶喊的声音一下下掷打在心头，他抱着她快步而走，背后，内侍、禁卫紧紧跟着。

终于，走到一处阳光底下，他站定，在她耳畔低声道："别怕，还有我。"

似乎知道她的害怕，他一遍又一遍地说着。夜，凤鹜宫。

年璇玑托着腮坐在桌前，脑袋还在当机状态，突然，一只手轻轻按上她的肩。

"娘。"她回过头唤了年夫人一声。

年夫人慈祥一笑，道："天色不早了。"

年璇玑微微一惊，明白年夫人意有所指。

年夫人抓过年璇玑手中把玩着的白玉瓷瓶，打开瓶子，在指尖蘸了点儿药膏，轻轻涂抹在她脸上，道："别说他是一国之君，便是寻常百姓，有几个男人这般心细？"

年璇玑笑了笑，又哟的一声低叫出来。

"这脸都有点儿肿起来了，只是，瑶光刚死，你也莫怪她，她也可怜。"

"娘，你是个善良的人。"

"娘也是有私心的，娘曾经想过，幸好这死的是瑶光而不是你。"年夫人的声音微微颤抖，"他们都说这是皇上的计谋，不是瑶光便是……"

她说到这里向四周看了一眼，蝶风和翠丫赶紧低下头。年璇玑握住年夫人的手："娘，屋里的都是忠心的丫头，你有话但说无妨。"

年夫人微叹了口气："如姬说，让我莫得意，皇上现在对你的宠爱都是假的。便连老爷也说，皇上没有动你，甚至对你宠爱有加，不过是因为他在朝中还有些势力，皇上又为了安抚人心，不好一时做绝，天下百姓都道皇上是仁君，但假以时日……"

"娘说呢？"年璇玑低低一笑，问。

"娘虽不懂朝堂之事，但各种各样的人，娘这辈子还是看了不少。也许，娘看错了，但娘倒觉得，皇上待你是真心。"

"你归宁的时候，娘还看不准，但今儿个在瑶光的寝宫娘看到了，皇上对你很好，尤其是瑶光服刑的时候，你害怕得身子直发抖，皇上紧张得揽着你就往外走，娘在后面跟着，看了个一清二楚。"年夫人笑了笑，"不知道的人还以为皇上抱着个什么绝色美人呢，哪知道原来是为娘的丑丫头。"

年璇玑愣了愣，一旁侍立着的蝶风和翠丫都掩唇笑了起来。

"你进去看瑶光时，娘和如姬在外面，皇上领了人过来，劈头就把候在一旁的十王爷骂了一顿，说你嫂嫂胡来也就罢了，你怎么可以当帮凶。璇儿，娘听到他的话也是愣了半晌，皇家规矩森严，十王爷把你当作嫂子，皇上也把你当作他弟弟的嫂子，这，已经不是一般的宠爱了。

"即使是假意，他要对你以示爱宠，也无须这样做，所以，娘倒不认同你爹、如姬和他人的话。你的脸被如姬打了，他赶紧过来看你，还给你带了药膏。"

年璇玑微微出神，想起沧水轩外龙非离离去前恶狠狠地捏着她的肩膀，还有那恶狠狠的语气："你既然害朕不能去凤鸾宫，那你今晚便来储秀殿，一定要过来，懂吗？"

想起他的表情，她心里虽苦涩，倒也不由得失笑。

"过去做什么？"

储秀殿的事，年瑶光的死，让她的心冰凉一片，当时，她只是怔怔地问他。

"咱们谈一谈如意的事情。"

他说这话的时候，又恢复了一贯淡漠的语气，但神色却是不容她拒绝的强硬。

"你晚上不是要去鸾秀殿过夜吗？"她想了想，反问他。

他突然挑眉笑了。这男人变脸变得特快。

"朕有说过去鸾秀殿过夜吗？"

"是你亲口答允了皇后。"

"年璇玑，朕说的是去看皇后，看完皇后，朕便回储秀殿。"

过去谈如意的事情？她突然想起年瑶光的话，他最爱的女人，一个意想不到的女人……意想不到，是如意吧。年瑶光不可能知道如意，所以，年瑶光应该没有说谎。

她中了蛊，在储秀殿的时候，他却跟她说过，他只喜欢她一个。

孰真孰假？龙非离……她明明已经不想再去想他，为什么年夫人的话却一句一句打在她心上？

"璇儿，过去吧。"年夫人柔声道，"娘不知道你与皇上闹什么别扭，年家的境况，娘已抱了最坏的打算，只盼倚仗皇上的宠爱，你还能……"

"娘，"年璇玑伸手搂住年夫人，"年家我不管，但你和六子……我不会让你们有事。"

"他若真爱我，便不会伤害你们。"年璇玑闭了闭眼，猛地站起来，唤道，"翠丫，掌灯，我要去储秀殿。"

蝶风与翠丫互相看了一眼，异口同声道："早已备好！"

年璇玑失笑，罢了，既然要说，就把所有一切都说清楚吧。

"娘娘，咱们回去吧。"翠丫突然一把拉住年璇玑。

年璇玑一怔："怎么了？"

"你这身衣裳……"翠丫摇摇头。

"我的衣裳怎么了？"年璇玑笑道，"这身衣服简简单单的，很好啊。"

"就是太简单了。"翠丫苦着脸道，"蝶风姐姐还没替你装扮好，你就跑出来，这样怎么去侍寝？"

年璇玑愣了半响，失笑道："我又不是去侍寝，再说，如果真是去侍寝，衣服也是脱掉，穿那么漂亮干吗？"

翠丫目瞪口呆，脸红耳赤，跺脚道："娘娘你——"

主仆两人打嬉成一团，翠丫不小心把宫灯掉到树丛中，忙走进去捡，突然一阵风掠过，把灯罩里的烛火扑灭了。

翠丫想起荷包里有火折子，赶忙掏出来，年璇玑走过来蹲下，饶有兴味地看翠丫点灯。

突然一阵淡淡的光亮从前方照了过来，树丛外脚步声慢慢走近。

"走快点儿。"其中一人催促着另一个人，"夏总管千叮咛万嘱咐交代

再生缘
我的温柔暴君

下的，万一年妃娘娘出了门就麻烦了。"

年璇玑微微好奇，听声音是两名内侍，出了门就麻烦？这二人是代夏桑过来传什么旨意的吗？

"皇上不是去了皇后娘娘那儿？怎么又吩咐夏总管让年妃娘娘今晚莫去储秀殿？"

"老哥，其他的事我不知道，只知道刚才皇后娘娘来储秀殿找皇上，然后……"那内侍压低声音，"两人好上了，你没看见，我替皇上关门的时候可是看得清清楚楚，这衣服散了一地。"

两人低低说着，笑了起来，先前问话的内侍又道："那年妃娘娘莫不是有事去找皇上？"

"谁知道。"另一名内侍嗤笑道，"年家现在不行了，那娘娘又是个破了相的，你说皇上怎会喜欢？她还不知好歹去找皇上。皇后娘娘怀了龙嗣，皇上怎会不多疼爱一些？年妃算什么东西？"

"也是，咱们快走吧。回头得空咱哥儿俩还能再喝盅酒。"

"可不是！我把事情告诉你，你待会儿可千万别露了口风，按夏总管教的只说边关有急件送来，皇上要处理。"

"兄弟明白，你只管放心吧。"

待两个内侍走远，翠丫才搀扶着年璇玑站了起来。

"娘娘。"翠丫声音颤抖，主仆二人交握的手都是冰凉一片。

年璇玑淡淡道："还真被你这小丫头说中了，咱们回去吧。"

"娘娘，皇上他……"翠丫握着宫灯，喃喃道，"怎能如此待你？"

"他待我很好啊。"年璇玑轻笑，嘱咐道，"你脚程快，追上前面那两名侍儿，听他们宣了旨，也好让他们回去复命。"

翠丫揩了揩眼角的泪："那两个人真不是东西，胆敢这样说娘娘，若让皇上知道了，必不轻饶他们。"

璇年玑幽幽道："奴才都是看主子的脸色行事，小丫头，你怎么还不懂？"

翠丫何尝不明白，听到年璇玑声音微哑，竟似隐隐有了丝哽咽，不敢再多说，道："娘娘，奴婢现在就去找他们，不让他们踏进咱们凤鸾宫，省得污了咱们的地儿。"

"嗯，去吧，我随后回来。"

看着翠丫走远，年璇玑在夜色里站了好一会儿，直至口鼻中那股酸涩都咽了回去，才慢慢往回走。

明明数个时辰前他还说，她今晚一定要过去。

她说，她不知道会不会去。

他却说，他会一直在储秀殿等她，直到天明她不来，他才死心。

他没再说其他什么，她却有种风雨不改的感觉。

此刻，她却茫然不知所终。

终于，所有人都走远。树丛中一个人的身影慢慢现了出来。

就着远处宫檐投过来的灯光，映出这人衣饰华贵，气质俊雅，正是七王爷龙修文。把扣在手中的小石子扔掉，他嘴角噙起一丝笑意，刚才打熄那小宫女的宫灯用了两颗。

午间到沧水轩那一趟没有走错，听到了龙非离要年璇玑到储秀殿的消息，做了几件事——都是很有趣的事情。

包括早所有人一步潜进沧水轩，教会年瑶光一句话，叫她单独问龙非离，然后单独告诉年璇玑：龙非离最爱的女人是谁？

人心总是多虑的。年璇玑，你会去猜疑吧。

又让一个小宫女把年瑶光的一样东西转交给一个人。那东西，如果利用得巧妙，会有意想不到的效果。

微微出乎意料的是，年璇玑最后还是准备到储秀殿找龙非离。他原以为她不会去了。

不过，没关系。该感谢……龙梓锦，他那位十弟提醒了他——假传圣旨。手下人所扮的两名内侍还真是惟妙惟肖。

九弟，从断剑门开始，一切将慢慢开始，七哥要的不仅是你的江山，还有你的女人。

第三十六章

诉衷情 盟约缔结百年心

金銮殿。

这一天，又与数天前一样，皇帝上朝，简略听过朝臣的禀奏便宣布下朝，一声不响地离殿而去。

朝臣尽皆诧异，温如凯看着年相紧盯着皇帝的背影，冷冷一笑。

华音宫。

"哦，有这等事？"太后接过玉扣子递过来的茶盏，微微皱眉，"别又是一场戏才好，年相的事，皇帝做得干净利落，哀家往日倒是小看了他。"

龙立煜轻嗤："母后，就凭他想扭转局面，绝不可能！舅舅，按你看，龙非离出了什么事？"

好半晌，他才压低声音道："倒不似是戏，若我没有看错，皇帝是病了，他虽竭力忍耐，但仔细看来，这气色极差。他这次的病，绝不轻！"

太后倏然站起，沉声道："如凯，你可有把握？"

温如凯一惊："娘娘何以有此一问？"

太后冷笑："皇帝多年来身体强健，没得过什么病，本来皇后有孕对我们来说并非好事，若皇帝病重则不然！"

"娘娘的意思是……"温如凯与龙立煜交换了个眼色，隐隐有几分明白太后的意思，俱是又惊又喜。

若皇帝死了，挟幼主以令天下，这比起直接谋逆不是更稳妥百倍吗？

"事不宜迟，"太后一声娇笑，"派人盯紧太医院，他若是重症，为了不让他人知道，必定让太医院秘密出诊，改写病案。"

储秀殿。

水晶帘外，众人脸色无不凝重。

突然，一个女子掀开水晶帘，快步走了出来。

"乐姑娘，皇上怎样？"

众人立刻围上去，被段玉桓称为乐姑娘的正是帝都总督衙门的乐家小姐乐晶莹。

乐晶莹摇摇头，低声道："情况很不妙。"

"是不是药不行？"清风急道。

龙梓锦眉头紧皱："乐姑娘，若需要什么药，你只管说。"

乐晶莹苦笑："这里是皇宫，什么药没有？只是我用再好的药也没有用，皇上的身体根本无法吸收，他一喝药便呕吐，这样病症只会越来越重，尤其他每天还硬撑着处理朝政。"

她说着又蹙眉道："皇上是外寒内感，本来数剂汤药便可痊愈，现在却越来越严重，最棘手的是时有咯血之症。"

一旁的夏桑苦笑，看了徐熹、夏侯初等人一眼，众人脸色灰败。皇上这场病来势汹汹，他们每个人都明白，皇上的病是怎样来的。

年瑶光被处死那晚，从皇后寝宫回来后，皇帝便在储秀殿门外候了整整一夜，但年妃最终没有过来。

第二天，他便病了。他变得更沉静冷漠，也不去理会病情，照常处理朝政，当晚却昏厥在床上，鲜血染了大片枕席。

同是咯血之症，温如意甚浅，年璇玑是蛊毒所诱发的症候，蛊毒消失，则症候消失，龙非离却病势最重。

他不让传太医，又坚持上朝。他很清楚，若让人知道他病重，朝局必乱。众人本欲召医术高明的医师秘密进宫诊治，段玉桓想起了乐晶莹，这位乐家小姐的医术极为了得。自桃源郡一面，段玉桓与乐晶莹多有联络，成了极好的朋友，又知乐家底细清白，极为忠心，便请了她进宫为皇帝诊病。

"依我看，皇上这是心病，历来心病医治最复杂也最简单。"微叹了口气，乐晶莹缓缓道。

心病，众人苦笑，人人都知道这心药在哪儿，但龙非离却下了死命令，谁也不准惊动年妃。

夏桑想，是不是在年妃心死以后，那一晚皇上也死了心？他们之间的经历，任谁都会累，若能自此放开纠缠，也未必不是一件好事。只是，两个人真的都放开了吗？

"我去找年璇玑！"清风突然出声道。

只是，他尚未走出门口，冷冽的声音已从背后传来："你敢！"

龙非离不知何时站在水晶帘后，冷冷地盯着清风。

"师兄，即使你杀了我，我还是要过去。"清风苦笑，脚一迈便要离去。

龙非离冷笑："朕不会杀你，但以后你也不必再跟在朕身边，君无戏言！"

清风一震，硬生生地停住身形。

"你们也一样。"

龙非离撂下话，缓步走了回去。

本来所有人都存了与清风一样的心思，便是被龙非离处死也要把年妃请过来，但龙非离这一句，谁都怕。

前方那高大的身形，步履竟微微蹒跚，龙梓锦眼眶一热，背过身去。

这时，殿外内侍传："如意姑姑到。"

龙梓锦走去开门，温如意满脸忧虑地进来，问："皇上怎么样了？"

她看众人不语，已猜到几分，是因为年璇玑？她苦笑，心里又涩又疼，轻声道："太后娘娘差如意来问，今晚的寿筵可是如期举行？"

"九哥的情况你不是不知道，这寿筵怎能再……"龙梓锦一声长叹，却陡然被龙非离的声音截下话语。

"你回她，这寿筵不改期，太后已看出了端倪，不能不去。"

夏桑看了龙梓锦一眼，两人突然想，这寿筵皇上去了也并非坏事，因为有一个人也会去。

可是，事情往往出乎意料。寿筵上，所有人都到齐了。

甚至，白战枫也到了。

除去年妃。

筵席是摆在殿外的，星光满天。

主位上，龙非离居中而坐，太后与皇后分坐两侧，徐熹、夏桑在龙非离身旁侍候着，龙梓锦遥遥向夏桑使了个眼色，夏桑无奈苦笑，他怎么知道年妃竟然不来。

虽说君臣同欢，但龙非离已喝了很多酒，不能再喝了。夏桑看得清楚，皇上到来以后，凤眸一扫下手妃嫔，一抹冷笑便浮上了嘴角。

"皇上，莫喝了。"徐熹低声劝道。

太后眼眸一合一开，笑道："皇上酒力向来极好，今儿个又是欢欣之日，多喝几杯也无妨。"

"母后所言极是！皇上，这杯，微臣敬你！"龙立煜哈哈一笑，举起酒盏。

龙修文一笑，也高举手中酒盏，道："皇上，喝了三哥这一杯，臣这一杯你可不能不喝。"

龙梓锦心里冷笑，只怕如龙非离所言，这些人已看出龙非离大病在身了，这酒伤身，正遂了他们的意。他站起身来，懊恼道："两位哥哥难得进京一趟，与九哥亲厚，可把我这做弟弟的忘得一干二净了。"

龙非离顺势笑道："那这一杯，两位兄长还是与十弟喝吧，莫让他说朕这个九哥欺了他去。"

龙立煜微微不忿，龙修文却轻笑着，高举酒杯，一饮而尽。

一刹，君臣大笑，众人又连饮数杯。

酒过三巡，龙非离笑道："趁着今儿个这喜庆日子，朕也有件喜讯向众卿宣布。"

他说着走下台阶，走到龙梓锦身旁一个长相清俊的白衣青年面前，在座官员本来便奇怪，这白衣男子众人并不认识，虽看其容貌出众，气度甚是不凡，但想来该是无官无爵，怎么安排在了邻近十王爷的好座次？

这时看皇帝纾尊降贵亲自走下来，似要将他介绍与众人，更感好奇。只见龙非离站定，微微一笑，朗声道："诸位爱卿，这位白公子是数百年前匡扶我西凉先祖皇帝一统天下的大将军王的后人，今朕将手下三十万大军交予白卿，赐封白卿为兵马大元帅，原年颂庭手下将士亦收入白将军麾下。"

除去龙修文嘴角微微挑起的一丝笑，太后以下，所有人都惊呆了！

眼前这个文质彬彬的青年竟是百年前威慑西凉的大将军王的后裔？这已让人震惊，但更让人料想不到的是，皇上竟将兵权交给这男子。先不论大将军王的后人是否早在百年前已死绝，即使这男子真的是大将军王之后，但基于皇家与白家的恩怨，皇上怎么敢把兵权交付？本来朝上各派早已拟定兵权将交与温、年、容三家中的一家，没想到如今皇上却来了这一招。

年相瞥了一眼龙非离，冷冷而笑，原来一切早已计算好，龙非离，你确实够狠！

太后迅速与温如凯交换了个眼色，邢吉祥、温如意在背后看得清清楚楚，太后玉手紧握，柳眉蹙起。

"谢皇上大恩，白战枫必鞠躬尽瘁，以报皇恩，以保国安。"白战枫走了出来，一掀衣摆，在龙非离面前跪下，声音同样清朗坚定。

两人虽因年璇玑的事而互有想法，但终归有了白府里的密议、密林里捕捉慕容氏的合作，到此刻职责的交付，三十万将士，这一交托非同小可，交的不仅是权，还是信任和真诚。

龙非离微微眯眸，淡淡一笑，轻声道："她的事情，与兵权无关，与家国无关，朕能把西凉百姓的福祉托付给你吗？"

白战枫黑眸湛亮如光火，道："此志亦然。她曾经说过，百姓面前，个人恩怨当如鸿毛。"

龙非离微微一怔——一个女子，他没想到她有这种想法，随即扬声而笑，他与她之间再无可能。今晚她甚至缺了席！

他走回高台主座，拿起一盏酒，仰头饮尽。

残酒沿着颈项缓缓流下，座下，龙梓锦等人率先跪下，随即所有人弯膝下跪，三呼万岁圣明。这样的夜，星醉月迷，灯红酒艳，人声如沸，眼前的一切仿佛是一幅没有装裱的画。心头却像被火烧灼，是酒力不胜，还是人心不敢？谁知道？

待全场一波推杯交盏的热闹过去，他问身边的徐熹："年妃呢？"

这一声，让场内人的酒醒了一半，几乎所有人在坐下之际便留意到——年妃没有来。

徐熹答道："年妃娘娘说年嫔娘娘犯下大错，今逢皇上寿庆，她无颜赴宴，留在凤鸾宫里闭门思过。"

龙非离听完，沉默了一会儿，才淡淡道："她倒知分寸。"

听皇帝口气漠然，朝臣里有不少人向年相看去，心道皇上之前对年妃的宠爱果然都是假的，年家昔日风光只怕再也难有，只是年相在朝中终归尚有些势力，朝堂上除去温郁二派多有奚落，其他官员为了明哲保身倒都没说什么。

嫔妃里轻轻笑开，皇帝独宠年妃的日子已经结束了。

皇后瞥了一眼座下的安瑾，嘴角微扬，这位瑾嫔也是受过宠爱的，后来皇上有了年妃，一段时间以来，瑾嫔似乎越发安静了，谨言慎行，倒有几分让人捉摸不透。这时看她眉眼中盈满笑意，皇后轻抿了口素酒……安瑾，也不过如此。

随后，臣子与妃嫔都送上贺礼，珠宝玉翠，古玩珍品，应有尽有，众人看龙非离虽言甚合心意，但神色萧索，意态慵懒，并不见得有多欢喜。

这时皇后微微一笑，道："若皇上不嫌，就让臣妾献丑弹奏一曲，为您下酒助兴如何？"

皇后素有才名，琴棋书画，无一不精。此言一出，众人立刻齐声喊好。龙非离展眉一笑，道："那朕便翘首以待了。"

太后笑道："平日去哀家寝宫吃茶，大家央着皇后弹个曲儿，这秀儿只说技艺不精，就是不肯露一手，还是今儿个皇上面子大。"

"就是！皇上，你看咱们和皇后姐姐情同姐妹，她却偏心于你。"华妃嗔道。

皇后笑骂："就你嘴贫。"

她说着看了慧妃一眼，笑道："姐妹们多精通琴艺，你与慧妹妹那手绝活，姐姐甘拜下风，只是此刻无丝弦，难免少了些欢乐，又承皇上不弃，姐姐才斗胆一试，倒是你们该罚。"

"皇后莫谦，朕便说这敏儿和慧儿的琴艺必不如你。"龙非离眸光微带促狭，"哪敢出来弹奏。"

慧妃与华妃顿时急了，只言皇上偏心皇后姐姐。

这时，座下有臣子提议，请慧、华二位娘娘也弹奏一曲，好让众人一饱耳福。

太后与龙非离都笑道，如此甚好。

众人知道，这场名为助兴实为比试的演奏必然热闹。华妃与慧妃笑吟吟地看向皇后，心里却极为紧张，不知皇后到底技艺如何，自己若输了便丢人脸面了。

皇后一笑，由侍女搀着走到台下，早有宫人置了锦案，放好瑶琴。

琴声袅袅，时轻如细水击玉琮，时昂若浪涛卷万丈，起转承接巧妙，曲章华美大气，皇后一曲未罢，已掌声满堂。

龙非离亲自走下来，搀扶皇后上去，赞道："人巧，曲妙。"

皇后脸色酡红，众人看龙非离眉眼中布满赞赏喜悦，心想这皇后娘娘有了龙嗣，皇帝待皇后是越发宠爱了。

邻座的林司正低笑道："恭喜相爷了。"

郁相捻须而笑，又淡淡看了年相一眼，两人互为朝相多年，明争暗斗，此时倒算暂分了一场胜负。年相回以一笑，脸色却慢慢沉了下来。

太后看了华妃一眼，有皇后珠玉在前，华妃不敢怠慢，正要起来，却听龙修文笑道："今日喜庆，各位娘娘和大人都给皇上送上了贺礼，我说方大人，你这礼物怎么还藏掖起来？"

他这一说，场上众人才想起这方楚帆竟还没送上礼物。

龙非离轻笑："方爱卿远道而来，朕已极为高兴，这比置办任何贺礼都珍贵了。"

他知道方楚帆不会不送寿礼，只是顺势说去。眼前的方楚帆已非原来易容之人，龙修文是谨慎的人，这假方楚帆不会用多次，让人看出端倪便麻烦了。他与真的方楚帆也有一定交情，有趣的是龙修文这是在提示方楚帆什么呢？

龙梓锦等人也正抱了与龙非离同样的想法，都目光灼灼地朝方楚帆看去。

方楚帆赶紧出列，跪下谦恭道："皇上，微臣备了份薄礼，原拟宴罢送与皇上，现在……"

他话语未完，一阵琴声突然从前方的亭子传来，那亭子与众人隔着一段距离，众人只能看见里面人影绰绰，却辨不清人面。

龙玉致本来托着腮，烦闷地啜着果酿……今晚的寿筵，想来九哥便要宣布她的夫婿人选，这时微微一震，扔了杯子，往白战枫、纳明天朗等人望去。果然，两人脸上也露出惊诧。

这首曲子……

琴声动人婉约，越来越近，只见数人从亭里走出。

待来人走近了，方知是五名女子，身着各色霓裳，前方四人手抚瑶琴，后面一人款步而行。

她们均以薄纱掩面，及至走到场中，前方四名女子突然分列两侧，最后那名女子缓步上前。她一身紫衣，脸上紫纱微动间，已轻声吟唱起来。

她轻轻唱着，一双秋水剪瞳却定格在皇帝身上。

那曲词听上去有些难辨，但曲子悠扬缠绵，顿时让人有几分迷醉。只是，这几个到底是什么人？众人正疑惑，却见皇帝不知何时离了座，眉宇沉凝，快步朝那紫衣女子走去。

谁也没留意到，这时方楚帆面带忐忑地看了龙修文一眼。

龙玉致微微抽气，那女子的面纱已在她九哥手里滑落。

凤鹜宫。

年璇玑斜靠在窗边的软榻上，凝神看着窗外蓝幕上的满天星宿。

突然，一阵清脆笑声飘过，她知道是到寿筵上看热闹的几个小宫女回来了，正坐在廊子里乘凉调笑。她笑了笑，把窗子合上了些许，回头看了蝶风与翠丫一眼，两个丫头坐在桌旁，正埋头做着女红。

让她们回房休息，两人只道娘娘这里安静，她们想做些女红再回去。年夫人已经回去了，她知道，她们一片好意，想在这里陪陪她，也就没拂了她们的好意。翠丫说教她绣花，她觉得这些心细手巧的事情，她做不来。

她微微合上眼睛，外面廊下宫女们的喧闹声听得更清楚些。几个丫头叽叽喳喳地说皇上对皇后娘娘如何宠爱、皇后娘娘弹的曲子又如何好听。

耳边一声微响，年璇玑微微一愣，只见蝶风已站起来，怒道："这些死丫头，看我不出去撕烂她们的嘴，在这儿嚼什么舌根。"

"她们也不是故意的，只是看热闹高兴罢了，你跟她们计较什么？赶紧坐下继续做你的活儿。"

蝶风一跺脚，恨恨道："主子，就你好说话。"

翠丫拉拉蝶风："咱们继续做，蝶风姐姐，我这个缎面快绣好了，可以给咱们娘娘做新枕用。"

"你就跟你主子一副德行，我不理你们了。"蝶风一揩翠丫面颊，气鼓鼓地坐下。

年璇玑下了榻走过去搂了搂蝶风，蝶风一愣，发作不得，反而扑哧一声笑了。

年璇玑轻轻一笑，重回榻上继续假寐。小宫女的声音飘了进来。

一人小声抱怨道："若不是蝶风姐姐规定了时辰，咱们就不用紧赶慢赶回来了，这热闹还没看完呢。"

"是啊，那紫衣姑娘唱的歌儿真好听，可惜没看到她的模样。"另一个小宫女懊恼道，"就差那么一点儿，皇上都掀开她的面纱了。"

小宫女没头没脑的话，让年璇玑微微出神，突然一个小宫女笑道："咱们是回来了，小双子和小吕子贪玩还没回来呢，他们肯定看到了。"

她说着，其他几人立刻拊掌而笑："对！对！问他们。"

"咦，快看门口，一说他们，他们就到了。"

"小双子，你们怎么这么早就回来了？"

"是啊，既然已经过了蝶风姐姐说好的时辰，倒不如再晚点儿回来。"

年璇玑好笑，蝶风已黑了脸站起来，咬牙道："这几只泼皮猴子，还真是反了！娘娘，我非把他们教训一顿不可！"

"那小丫头说的也没错，晚点儿回来是对的，符合经济学原理。"

"娘娘！"

主仆两人正玩笑着，门却倏地被推开，小双子、小吕子还有几个小宫女全部涌了进来。

蝶风一手叉在腰间，怒道："你们几个全部要罚……"

她还没说完，小双子已满脸焦急打断了她："蝶风，大事不妙了！"

"什么？"屋内的主仆三人都愣住了。

小吕子这时却给小双子赏了个爆栗，神情古怪："娘娘，你别听他说，按奴才看，这事情好得很呢！"

年璇玑与蝶风互看一眼，蝶风斥道："这没头没脑的，你们两个能不能把事情好好说清楚？"

"奴才说！"小双子举了举手，却又被一道声音打断——"嫂嫂，嫂嫂，出事儿了！"

众人目瞪口呆，门口又猛地冲进来一个人，正是玉致公主。

年璇玑这时算是彻底迷糊了，扶住跑得气喘吁吁的龙玉致，道："你要跟我说的事情，与他们要说的，不会是同一桩吧？"

龙玉致一呆，眉毛一挑，劈手拉过小双子，道："估摸是同一桩。你这小奴才，本公主刚才看到你们鬼鬼祟祟地躲在后面偷看我们吃酒。"

小双子叫屈："公主，奴才哪有鬼鬼祟祟啊？"

年璇玑笑骂："玉致，你怎这样说我房里的人！"

龙玉致撇撇嘴，又嘿嘿一笑，道："好吧，你是光明正大地偷看。"

一伙人被龙玉致逗得笑起来，年璇玑无奈，道："玉致，你能不能说重点？"

"这事其实和玉致也有关系。我本来想着今晚死定了，九哥一定会说我夫婿的事情，哪知道却没有。嫂嫂，你道是为什么？"

年璇玑苦笑："你九哥的想法，我怎么猜得到？"

龙玉致摊摊手："寿筵提前结束了，九哥还没说就结束了。"她顿了顿，又看了年璇玑一眼，"因为九哥突然离了场。方楚帆那浑蛋送了名歌姬给九哥，你不知道，那歌姬竟然会唱你在烟雨小楼唱的歌，最可恶的是，她的容貌与你竟有七八分像。

"然后……我九哥当场就把那名歌姬带回了储秀殿。"

储秀殿。

当龙非离从箱子里拿出东西，转过身来，面前的女子面带红晕，光洁的身子已一丝不挂。她肤色似雪，身段玲珑妖娆，全身散发着诱人的魅惑。

"皇上，让宛仪服侍你就寝吧。"女子娇羞一笑，赤足走向龙非离。

龙非离瞥了一眼散落在地上的纱衣，冷冷道："把衣服穿上。"

宛仪一惊，不敢再说，窘迫地把地上的衣服拿起，颤抖着穿回身上，又悄悄看了龙非离一眼，赔笑道："皇上，可是宛仪哪里做得不好？"

她是方大人送给皇上的礼物。她本是一名青楼歌姬，只盼有一天能被有钱人家的公子赎身，自此脱了妓籍，没想到后来被方大人买下，送进宫里来服侍皇上。当初，这是想也不敢想的事情。

皇帝年轻俊美，气质不凡，她早已倾心。适才按方大人所给的词谱唱了支曲儿，没想到，皇上一听，竟走下来摘下她的面纱，看到她容貌的时候，他浑身甚至微微一震，后来，他把她带回了寝宫。

他是人中龙凤，她虽羞涩，却千情万愿，也知道讨了这名男子的欢心，日后将有怎样的荣华富贵。

龙非离没有出声，只是看着手中的东西。宛仪想知道他在看什么，但再好奇也不敢造次，只是规矩地站着。

良久，他伸手指向床榻的方向，淡淡道："去那边。"

宛仪心里大喜，快步走过去坐到床沿上。

皇帝却倏地寒了声音："谁让你坐那里！"

她哪里知道，便是早些日子抱温如意进来休息，龙非离也只是把她安置在床前的矮榻上，床上残留着那个人的气息，他不想让任何人沾染了去。

宛仪骇然，才明白皇帝是要她坐到矮榻上，她没想到皇帝会这样冷酷，明明他最初看到她的眼神深沉怜爱，哪像现在这样！

皇帝走过来坐到榻上，把手里的东西递给她，又淡声吩咐道："替朕绾发。"

宛仪看着手里的梳子，呆愣了良久，这个天底下最尊贵的男子竟用这样一把简陋粗糙的木梳子？她满腹疑虑，却不敢违抗，手微微颤抖着摸上他发上的金冠。

他一头青丝，竟比女子还美丽。她丝毫不敢怠慢，细细替他梳着发丝。

突然，他握上她的腕。

她又惊又喜，顺势往他的脊背靠去，他手腕一翻，已把她手上的梳子夺回，站了起来，冷冷道："滚！"

"皇上？"宛仪大惊，双膝一屈，跪到地上道，"皇上恕罪，是不是宛仪弄疼你了？宛仪会多加小心，请皇上……"

"不是。"龙非离眉眼冰冷，"恰恰不是。你太温顺了，她根本不是你这个样子，朕要你来做什么？别让朕说第三遍，滚！"

门被推开，女子惊慌失措、满脸泪痕地奔出。守在殿外的徐熹、夏桑和清风吃了一惊，三人快步进了内室，只见龙非离昏倒在矮榻上。徐熹二话不说，立刻出了门。夏桑知道他是去找乐晶莹，为了方便诊疗，乐晶莹暂时住在宫里，就宿在徐熹的院落。

夏桑眼尖，弯腰把跌落在地上的梳子拾起来，放回龙非离的怀里。

那晚，皇上在殿外站了一晚，后半夜下了些雨，他不让任何人近身，也不避不挡，只冷冷地盯着凤鹭宫的方向。

他当时想替皇上去找年妃，皇上却制止了他，道："朕说过在这里等她一晚，给她时间考虑。"

本来湿身受凉，只是常见的风寒入体，而且皇上身体底子又好，根本没什么事。没想到病情却越来越重，不能再拖了！

凤鹭宫，院外。

年璇玑看了一眼大清早便领了一众内侍、丫头过来"问候"的安瑾，有几分哭笑不得，末了，道："瑾嫔，璇玑先进去了，屋子窄小，便不请你进去坐了。"

安瑾冷笑，静静等到今日，到现在终于可以过来奚落一番，以泄当日心头怨恨。"既然这儿窄小，年妃娘娘就到安瑾那边坐坐吧，以前皇上指不定什么时候就会过来找娘娘，总怕耽误了，现在咱们有的是时间聊天吃茶。"

蝶风、翠丫等人听了，气得恨不得把安瑾立刻撵出去，但年璇玑没有示意，众人也不好造次，毕竟现在娘娘不比从前受宠，只怕会给她惹麻烦。

年璇玑怎会不知道安瑾在想什么，不想与她纠缠，正打算直接下逐客令，突然背后的几个小宫女低低叫了一声，道："娘娘，你看！"

年璇玑微怔，往其中一名小宫女指的方向看去，只见龙梓锦、夏桑一脸焦急走了过来。两人走近了，龙梓锦皱眉看了安瑾一眼："请瑾嫔娘娘借让一下。"

安瑾心下一凛，面上却笑道："十王爷请。"

她领着宫人往侧边一退，龙梓锦与夏桑掀起衣摆，径直跪到年璇玑面前，低声道："臣弟（奴才）请娘娘去储秀殿一趟。"

这一趟储秀殿，她还是去了。

在凤鹜宫，龙梓锦与夏桑没有跟她说是什么事，她也没有问，却毫不犹豫地跟他们过来了。

这两个人都是好男子，她无法拒绝。

在路上，他们告诉她，他染了重病，很重的病。

她说不清自己是什么心情，脑子一片空白，心里是无法抑制的钝痛，然后开始战栗和害怕。

到了储秀殿，门口站了他的所有亲信。

看到她的到来，所有人都很震惊，却又都迫切地看着她。

温如意脸上泪痕浓重，一双眼眸通红，虚浮肿胀得不成模样。

看了她一眼，温如意轻轻侧过身子，闭上眼睛。

年璇玑没有多想，快步越过众人，推门进去。

手刚要挑起水晶帘，男子的声音已轻轻传来，沙哑轻淡得让她想起在桃源镇的那个夜晚，那个他徘徊在生死的夜。

"心漪。"

淡淡一句，让她的脚步停在原地，她愣愣地看着自己的鞋尖，竟不知道进退。

他的声音又响起。

"心漪，朕让夏桑跟你说让你回去，他没说吗？"伴随着那喑哑的声音，是阵阵咳嗽之声。年璇玑的心又开始钝痛，他不该是这个孱弱模样，他应该永远都那样自信，意气风发。

"也罢，你既然在这里，那朕现在就和你一谈可好？"

年璇玑捂着嘴巴，想哭，却又忍不住想笑，他这个人，即使是相询，也永远是不容拒绝的语气。

她的龙非离。

"是朕相负于你，当年的约定，朕无法再完成。朕答应了一个人，这辈子只喜欢她一个，只要她所出的孩子。"

"朕与她……"他突然嘲弄地一笑，"总是错过，也许像她说的，在桃源村里，我们总有过几分真心和开心。心漪，朕这辈子做得最错的一件事，便是当初没有认清你我之间的情谊便和你做了那个约定，害你今日伤心。

"没有遇到她以前，你救过朕，朕以为那是能给你的最好的东西。十弟是真心爱护你，朕却不是。心漪，若有一天，你与别的男子成婚，你有了孩子，朕会把他当成自己的孩子看待。你的孩子与她的孩子，朕都会把他们当作储君的人选来考虑，择优而选。

"若这场病朕能撑过，朕与她还能……"他说到这里，戛然顿住，重重咳嗽了数下，又淡淡道，"别去伤害她，你若伤了她，朕绝不会饶过，绝不会，你懂吗？"

"这就是你想与我谈的，这就是你心里所想的？"

年璇玑痴痴地听着，满脸泪水，这时心头一跳，往后面看去，温如意不知什么时候进来了，怔怔地站着，浑身颤抖厉害。她嘴角噙着笑，泪水却不断从眼眶里滑下，眸光凄凉到极点。

"嗯。"

当那一声简单的应答传过来，温如意唇上笑意愈大，哑声问："皇上，你顾虑我会害她，你便不怕她害我……"

"她不会。"

他打断了她，那样干脆利落的回答。

"好，我明白了，我总算明白了。"温如意呵呵一笑。年璇玑怔怔地看着她，却见她已把下唇咬得红肿，伸手慢慢捂住眼睛，猛然转身跑了出去。

"徐熹，是你吗？"

他的话，让年璇玑回过神来，是了，他躺在床上看不到她，所以他以为她是徐熹，因徐熹与温如意之间甚是亲厚。

"你让梓锦替朕把奏折整理一下，朕待会儿出去看。今天没去上早朝，朝堂里只怕已传得不像话了。"他冷冷一笑，声音似乎恢复了几分生气，更重的咳嗽声却随即传来。

与温如意一样，他的心，她已明白，再无嫌隙。至于皇后的事、歌姬的事，便一桩桩问他！现在，她悲恸，却也微微怒了，都病成这个样子了，怎么还能再理其他事情，当务之急是把身子养好！

她一揩眼角泪水，掀开水晶帘，朝他走了过去。

还没走到床边，就听到他冷声道："谁让你进来的？你的模样再像也不是她，滚出去！”

他把她当成那个歌姬了吗？年璇玑又好笑又欢喜，往床上瞟去，只见龙非离微微合着眼睛，只随便看了一眼吧，就直接把她当成别人了。

她咬咬唇，一屁股在床上坐下。龙非离眉宇一皱，已撑着身子坐起来，睁开眼睛来，猛地擒上她的手腕。

年璇玑任他握着，道：“很痛。还有，在你好起来之前，我暂时不打算滚。”

龙非离却似毫无所觉，扣在她腕上的手掌越发紧了，怔怔地看了她好一会儿，又沉默了一阵子，才道：“你来做什么？”

“我爱来便来了。”

“你走。”

“好。”

年璇玑的目光轻轻地落在男人的手掌上，说让她走的人，还把她的手握得死紧。

年璇玑抿唇笑了笑，用另一只手去拍拍龙非离的脸，又去拽他的衣服。

“有黑眼圈、眼袋、胡楂，胡楂要弄掉，还有这衣服也不能穿了。”

他按住在他身上捣乱的手，她看了一眼他雪白的单衣，领襟处有隐隐的血迹，还有些溅落的药痕。往床下的玉盂看去，都是黑色的药汤，又想起夏桑说他喝的药都呕吐了出来。

他的模样仍然俊美，眼窝却微陷，嘴唇干涸，卷起了一层白色皮屑，眉间是一片灰败。她鼻子一涩，双手被他握住，泪水直流，却不能擦。

龙非离也不说话，盯着她，眉峰紧紧皱着。她轻轻偎进他怀里，往他的衣服上蹭了蹭，把泪水都蹭到他衣服上。

“反正你这衣服也脏了，别浪费。”她的声音从怀里传来，那薄薄的凉意透过衣服，落在他的胸膛。他身子微微一震，放开她一只手，略略迟疑了一下，往她背脊抚去。

年璇玑钻了出来，道：“我出去一下，你等着。”

她的手却被他再次抓住，她微愣，看了他一眼，发现他的眸光变得不友善，冷冷地审视着她。

他仍然不作声，只是看着她。

是怕她会走吗？她知道，他不会说……他的手又热又烫，她便又开始心疼，柔声道：“我出去拿药给你喝。

“刚才不是说了吗，在你好起来之前，我不打算滚，待你好了，有力气了，就自己撵我走吧。”

“朕现在也有力气撵你走。”

年璇玑一时愣住，好半晌，才失笑道："那你现在要撵我走吗？"

龙非离不置一词，侧过头，眉微微皱起，似在思量着什么。

年璇玑哭笑不得，他到底在想什么啊？

她想出去传药。挣了挣，他的手又收紧了些许，勒得她生疼。

她有点儿气闷，道："龙非离，我出去拿药。"

他猛然转过头，道："是不是梓锦他们去找你了？"

"嗯。"年璇玑应道。

他突然用力推开她，冷冷道："你走吧。"

是不是生病的人都这么不可理喻？年璇玑微叹口气，却不知道他是在意些什么。

她站了起来，看了他一眼，又帮他掖了掖衣服，便往门外走去。

才走到水晶帘的地方，背后却传来一声闷响，她吃了一惊，却见龙非离从床上摔了下来，脸色越发苍白，眸光却狠狠地盯着她。

她慌忙跑回去，想去扶他起来，他却出手如电，手指轻轻拂过她的身子。她只觉身上一麻，然后再也无法动弹。

"不是想走吗？"他淡淡道，用手撑着地面，慢慢支起身子，靠在床栏上。很快，他蹙起眉，呼吸微微急促起来。

年璇玑却在刹那间明白了，笑了笑，眼睛却涩得酸痛。

他以为她只是因为龙梓锦他们去央求她，她才过来的，所以，他强撑着封了她的穴道。

即使狼狈，他也要她这样陪着自己吗？

她的身子不能动，只好回头去看他。凝视着他的眼睛，她低声道："龙非离，你还有力气吗？

"如果你还有力气，抱一抱我好吗？"

他本来微微闭上眼睛养神，闻言猛地睁开眼睛，黝黑的眸子扬起一片迷雾。

年璇玑想，如果现在她能动，她一定会去抱他。

她这样想，也这样告诉了他。

然后，她眼前突然一花，他的臂膀探了过来，把她带进怀中，紧紧抱着。

她在他耳边细声道："帮我解开穴道，我不走。"

他喘息的声音变得粗重了些许，手指却在她胸腰上滑过。她身子一松，伸臂环上他的腰，把头埋进他怀里，低低道："阿离，咱们以后都在一起好不好？"

她说着又吃痛地叫了一声，却是他双臂陡然把她勒到疼痛，胸腔里的空气似乎都被他挤压了出来。她嗅到淡淡的血腥味，他刚才连下床的力气也没有了，她知道，他此刻动了怒气，也透支了力量。

头微微向后仰，她抬袖往他嘴角擦去，他却握上她的手，冷冷道："那晚为什么不来？"

"你还敢说我？"她闻言也微微怒了，往他唇上狠狠咬了一口，"你自己与皇后……与皇后上床，却让夏桑派人去传旨给我说你要处理边关的急件！"

龙非离一凛，紧紧捏着年璇玑的双肩："小七，你说什么？慢慢说，把事情说清楚。"

年璇玑抬手戳向他的胸膛，恨恨道："本想等你病好了再跟你算账，现在是你自己提出来的，什么说清楚，你做过什么事自己还不清楚吗？我巴巴地跑来找你，你却与别的女人滚床单，戳死你，我让你凶！"

年璇玑看了看床上的龙非离，心里着实郁闷。

他听罢那晚的事情，只抛了一句"有人假传圣旨"给她，便陷入沉思。好在已经让夏桑传药去了，不然他想他的，又不让她走……她晃了晃被子下两人交握的手，再次想到病人果然不可理喻，他的手掌又微微握紧了些许。

他知道刚才她听到了他与温如意的话，看样子，他不打算与她再谈温如意的事情了，这个人，想从他嘴里听上几句好话，似乎很难，只有在她生病的时候，他才说过几句，然后，她翻了翻脑中的记忆……没有了。

如果中蛊的时候不是心灰意冷，能把他的话听进去，两人是不是会少走一些弯路？只是，那时确确实实无法，也不敢确定他的心意，伤过，怕了。若没有后来的枝节，她真的不知道，对于这个人，她无论怎样也放不下。

她自顾自地笑了笑，抬头去端详他的脸，嗯，真的很美。

"你真漂亮。"她赞道。

她没头没脑的一句，似乎把他的神志拉回来，放了她的手，他微微皱眉盯着她。

看他终于肯理她，她又去拍他的脸："啧啧，与宋承宪、李俊基、黄晓明那些男人比起来，一点儿也不逊色啊。"

"他们是谁？"

年璇玑愣了愣，他的语气又开始不善了。

"是很有名的美人。"想了想，她又赶紧补充道，"是'可远观，不可亵玩焉'的那种。"

"不可能。若负盛名，朕不会不知道，十二国里没有这些人。"

年璇玑咽了咽唾沫，看他一脸不悦又一脸探究地望着她，道："你不知道是你孤陋寡闻，这是我夫子告诉我的，总之就是美人。"

龙非离伸手捧起她的脸，语气危险："又是你那个夫子？你似乎瞒了朕很多事情。"

"没有。"

"那林晟是谁？"

"就是和白大哥长得很像的人。"她嘴一溜说了出来，说完，心虚地低下头。

"那你是因为林晟而喜欢白战枫？"

他的语气越发危险。年璇玑懊恼，仰起头，想了好一会儿，才道："林晟是以前的朋友，他长得漂亮，人酷，又有才华，就是人人都会喜欢的那种。白大哥也是朋友，像大哥一样的亲人，你懂吗？"

良久，没有听到他的回音。年璇玑怔了怔，向他看去，却见他凤眸轻眯，端详着她。

她百无聊赖，便偎进他怀里，把脸拱进他的衣服里。

他的声音突然从她发顶传来："小七，你这样说，我便信了。别骗我，若有一天，我发现你骗了我，我怕我会杀了你。"

还是那种淡淡的声音，她却浑身一颤，不知道为什么，是因为他没有说"朕"，用平等的语气来跟她说，还是他语气里那种不容丝毫背叛的决然？

"如果我真的骗了你，你就杀了我吧。"她伸臂去环他的腰，抱紧他。

"嗯。"他似乎心满意足，伸手去搔她的头发，她听到他道，"给你时间，好好想些别那么蹩脚的借口，朕到时慢慢跟你算，譬如你那个小匣子……"

什么叫别那么蹩脚的借口？年璇玑有点儿抓狂，抬头却看到眼前的男人嘴角突然扬起浅浅的弧度，愣了。

"为什么现在不说？"她微微好奇。

"有更要紧的事。"把她的手放到被子上，他轻轻把玩着，又微微咳嗽了一下，"譬如，谁假传的圣旨。"

"那是谁？"她吃了一惊，心里顿时生出一股不安。

"那个人必定去过沧水轩，也听到朕和你说的话。"

"会是谁？当时除去咱们，我记得轩外看热闹的人不少，又是四散开来……"

"是那个人。"龙非离淡淡道，"小七，你再想想，当天还发生过什么奇怪的事情没有。"

"奇怪的事情？"

"嗯，也许他还有后招。"

"你知道他是谁了吗？"年璇玑这才意识到龙非离已瞧出了端倪，攘住男人的衣衫问，"太后？你的妃子？还是说又是那个下蛊的人？对了，是谁下的蛊？后来为什么能解了？"

"你把事情想一想，朕再告诉你，仔细地想。"

年璇玑苦恼地甩甩脑袋，手一摊："想不出。"

龙非离"嗯"了一声，道："那就别想了，就知道不能指望你这颗脑袋。"

年璇玑撇嘴："我这么聪明，还要你来做什么？"

她终于回到他身边，失而复得是什么滋味又是怎样的狂喜，龙非离终于明白，只是，他不打算与人分享，哪怕是她。如果世间万物，冥冥中真有一个主宰，他只怕，一个得意，又惊动了执掌命运的神，让二人再生波折。

从听到她说"咱们以后都在一起好不好"开始，便把心底的颤抖与激动深深地压着，然而此刻听到她的俏皮话，他俯身吻住了她，做了这件似乎很久都没有做过的事情。

他嘴里还有淡淡的药味，年璇玑咯咯笑着去避他。两人嬉闹间，年璇玑猛然推开龙非离，道："我想起来了！你为什么跟瑶光说你喜欢的人是如意？"

想起这个，年璇玑恼怒了起来，捏拳便往他胸膛擂去，又想起他大病未愈，改往他手臂咬去。龙非离眉头一皱，任她咬着，道："朕没有说过。"

"可是瑶光知道你喜欢的人是如意。"年璇玑冷哼，看着深深浅浅的牙印子，又换一个地方去咬。

龙非离想了想，立刻明白关键所在，轻嗤一笑："真是花的好心思。"

"好心思？"

"年瑶光会这样说，自是有人教的。"

"有人教的？"年璇玑一惊，"可是，没多少人知道你喜欢她。"

龙非离突然不说话，瞥了她一眼，眸里警告意味深浓。

"你干吗这样看我？怪吓人的。"

"什么叫喜欢如意？"

"就是——"年璇玑明白他的意思，心里的欢喜像被炸了出来，"好吧，就是她瞎说的。

"那她为什么会知道你喜欢如意？"她问完，乐陶陶地看着他的嘴角抽了抽，哈哈大笑，"逗你的。"

心里高兴，她凑到他嘴巴上亲了一口。

龙非离微叹一声，把她搂进怀里。

年璇玑笑了笑，指指床褥："我上来好不好？"

"嗯。"

他看着她脱掉绣鞋，又仔细地与他的靴子摆放在一起，突然明白，为什么不愿意别的女人碰这张床。

"那个人为什么要这样做？"她一骨碌爬了上来，蜷进他怀里，看他的头发散着，半跪起身子，用手当梳子帮他顺着，又拿起自己一缕发看看，笑道，"你的头发真好，不像我的枯草一样。"

龙非离嘴角微微扬起，伸手从怀中把梳子拿出来。年璇玑一看，咬唇笑了笑，抢过，细细帮他梳起头发来。

两人也不说话，他静静地闭上眼睛，扶着她的腰。

她的力道不是很会控制，有时会扯得他的头皮生疼，他嘴角打开的弧度却始终如一，没有消减。

她拨弄了会儿，满意地点点头，把梳子往自己腰上系的小荷包里一塞，又偎进他怀里："你继续说，我听。我爱听你说话，跩得二五八万似的。"

"什么叫二五八万？"他皱眉。

"就是很帅的意思，以后人家这样说，就是赞美你。喂，你到底要不要告诉我那个浑蛋是谁。"

龙非离不语，伸手扯下她的小荷包。

"这个不是不要了吗？"他把梳子放回怀里。

"我现在又想要了。"年璇玑羞愧，他指责她顺手牵羊。

"朕不想给了。"

年璇玑一咬唇，去他的怀里抢。

龙非离却按住了她的手。

"你那时送给了我，就是我的。"

"你扔了，朕捡了便是朕的。"

"你也是我的，所以它也是我的。"

年璇玑甩开他的手，又去他怀里拿梳子，这次，他没有阻止。

"看，说不过我了吧。"她面有得色，睨了他一眼，却看到他似乎微微一怔，俊脸微红。

年璇玑也不多想，把梳子装回自己的小荷包里，坐到床边，警惕地又看了他一眼，把荷包改放进怀里。

扬扬得意的笑还噙在嘴角，腰间一疼，却是他突然把她扯进怀里，他的动作有点儿急，并不温柔，那急促和粗鲁弄疼了她，她却轻轻笑开，任他的唇压在她唇上。

待她的口腔也沾染了他嘴里的苦涩药味，他才放开她，把她拥进怀里。

"本来不打算告诉你，你这人有时聪明，有时却笨得很，不会掩饰，喜怒哀乐都写在一张脸上。但那个人，你还是知道为好。"

"什么叫我有时笨得很……你又二五八万了。"

"嗯，谢谢。"

"……"

"到底是谁？"

"朕的七哥。"

年璇玑呆愣了半晌，才惊诧道："怎会是他？"

"很简单，这个天下，龙修文也有兴趣。"

"我还当他是朋友，原来他的城府这么深。"对龙修文微微恨起来，年璇玑心里却又突然生出了一种莫名的惊惧，"可是，他不想让我和你好，这和争权有什么关系？"

龙非离咳嗽了几声，道："他知道你对于朕来说意味着什么。"

年璇玑心里一动，期盼他与自己说上几句亲热的话，明知故问道："意味着什么？"

龙非离似乎和她想法不一致，只道："小七，再好好想一想，那天到底还有什么事情发生过，过些天朕将到帝陵一趟。你留在宫中，朕要早做防备。"

"帝陵？"年璇玑的注意力立刻放到他话里的后半句，两眼放光，"是不是埋葬着历代帝王灵柩的地方？"

"嗯。"

"我跟你一起去。"

想起辛追追那些陵墓图片，年璇玑恐惧犹深，但对帝陵又极好奇，想去看看。

"不行，你不能去。"

"为什么？"

"你的身份不适合，待你日后封了后位才能过去，这是祖宗定下的规矩。"

"那好吧，我在宫里等你回来，皇后会与你一起过去吗？你过去做什么？"

"皇后不去，朕过去看看朕的墓地修得怎样了。"

"龙非离，你又吓人，你还这么年轻，修什么墓地！"年璇玑吃了一惊。

龙非离抚抚她的发，笑道："每个皇帝的墓冢都是很早便开始修建了。"

他说着微微一顿，他骗了她。

这次过去，是去察看帝陵军队，早做评估。

帝陵依山傍水而建，帝陵军队战时是军队，平日里实是守陵人，军中男女世代皆生活在这腹地辽阔的山林里，军队分守在已蕆历代帝王陵墓内外，统帅守在创建军队皇帝的墓冢里。他虽然会带大批禁军随行，但禁军不能进陵墓，没有了苍龙阙，深入墓中寻找军队将领，未必没有危险，留她在陵墓外让禁军守着，他又放心不下，相对来说在宫里反而更合适。

"那你快点儿回来，好不好？"

"嗯。"

"阿离，你还没跟我说，蛊毒是怎么解开的？"年璇玑有点儿不安。

"是崔医女的功劳。"龙非离淡淡道，他已经吩咐下去，蛊，是崔医女解的。

听到龙非离的话，年璇玑才稍稍安心。

她微微闭上眼睛，龙非离看她眼睛底下有一圈青黑，又打了几个哈欠，低斥道："昨晚没有睡觉吗？"

"嗯，失眠，这些天都睡不着。"事实上，离开他回到凤鸾宫以后，她就每晚失眠，现在两人把事情说清了说开了，心里紧绷的弦一松，她反倒疲惫下来。

"为什么？"龙非离嘴角的笑慢慢漾开。

"不告诉你。"年璇玑冷哼，总不能说她因为他而失眠吧，那真是丢脸极了。

龙非离把她的身子放平，让她的头枕到他的膝上，轻声道："睡一会儿。"

"不睡，药快来了，我要看你把药都喝了，不能再吐出来。你喜欢干净，待会儿喝了药，还要帮你换衣服，这衣服都被血迹药汁弄脏了。"

龙非离心里一动，神色越见柔和，听她低低说着，声音里已染上睡意，伸手在她发上轻抚着，没再说话，想让她安静睡去。

"你陪我说话，我不想睡。"她捏着他的手，微微晃着。

"好。"龙非离放低声音，"很快便是秋祭之期，朕出发去帝陵之前，会到京郊西山围场打猎，狩猎一完，三哥七哥便离京返郡。若是在宫里见到七哥，你只当不知根底，仍以礼相待，懂吗？"

"我明白的，你只管放心。"年璇玑郑重地点点头。

"朕届时猎些锦貂红狐，让女红房那边做成裘衣披风，给你过冬穿。小时候随父皇去打猎，父皇让女红房做的衣裳，母妃穿上了很好看，你穿一定也很好看。"

年璇玑心里暖暖的，道："你母妃一定是个美人。"

"嗯，朕觉得她很美。父皇把朕放到太后膝下养着，虽自小便觉得与茹妃亲近，但那时还不知道她便是朕的母妃。直到父皇大行母妃被囚，师父奉命赶了过来，徐熹才给朕看了父皇的密诏。"

"把她救出来以后，咱们一起好好侍奉她。"听他声音微哑，年璇玑心里一疼，握紧他的手，低声道，"你这么聪明，一定能把她救出来的。"

静默了很久，他没有说话。年璇玑微微不安，刚想睁开眼睛，绵绵密密的吻却落到她的发上。

她不知道，西山狩猎会有两次，帝陵回来后的冬寒时分，还会有一次。第二次狩猎，他另有安排，有些事情会发生变化。

对她来说只怕……

微微的浮躁浮上心头，身子还有些乏力，抱不动她，他低声道："小七，坐到朕腿上来。"

落在发上的轻吻是最好的催眠术，年璇玑本来有些昏昏欲睡，这时一个激灵清醒过来，脸微微红了，爬起来跨坐到他腿上，任他深深浅浅吻住她。

再生缘
我的温柔暴君

第三十七章

美人谋 步步惊心处处计

"阿离。"年璇玑裹着被子想往身边的温暖处靠去，却扑了个空。

扶着被子一下坐了起来，她看看旁边，龙非离已不见踪影。甩了甩脑袋，又瞟了一眼窗外的阳光，年璇玑才想起这已经是第二天了。

昨天，他在众目睽睽下喝了药，竟没再吐出来。众人的神情那叫一个激动！乐晶莹甚至半开玩笑说，如此证明，皇上的病，绝对不是她的医术问题，而是年妃娘娘的问题。

他喝了些药，又想出去看奏折，她不让，情急之下，冲口而出说要他陪她睡觉。众人面红耳赤地退了下去。

当然，他们只是睡觉。

她侍候他换了衣服，便抱着他睡了。连日来，两人都疲惫，这一睡，竟睡了半天一夜。他估计是很早便起来上朝去了。

这个人，便不能有一刻闲下来。她微微心疼起来。

她正心疼着，三个婢女走进来，恭恭敬敬地施了个礼，道："娘娘，您醒了。皇上说，让您等他回来吃午膳。娘娘有什么事情，可吩咐奴婢去办。"

"皇上呢？"年璇玑问。

"禀娘娘，皇上上朝去了。"

果然是这样！年璇玑叹了口气，想起离宫前，二人关系僵硬，那人把她困在储秀殿，外禁卫内宫女地守着，遂笑道："皇上没让你们盯着我，不让我出去吧？"

"奴婢不敢。"几名婢女吓得慌忙跪下。

年璇玑赶紧把人扶起来，失笑道："你们这是干什么？那我先回去一趟，待会儿再过来。"

"是，奴婢送您。"

"我自己过去就行。"

"是。"

穿衣洗漱后，年璇玑立刻离开，想回凤鸶宫找蝶风、翠丫几个丫头帮忙——她想做顿饭给龙非离吃。

一路走着，想起昨晚龙非离给她提的帝陵的事情，又想起辛追追她们。突然，她想能不能给手机做个充电器，联系现代的她们？

《寻秦记》里是引雷充电——算了，这个不予考虑，在她还没被雷劈死前，估计先让龙非离劈死了。《神话》里，小川是自制的充电器，利用电磁原理，做切割磁感线运动就能产生电，这个方法原则上是可行的，需要的东西也不麻烦，有铜线、转子、磁铁就行，别说铜线，即使像小川一样用金线，龙非离也能给她提供。

问题是，原则上可行，实现起来，估计……不行。

先不管，做了再说。她心情雀跃，哼着小曲一路走到御花园，却见八宝亭围了一群人，不知道又发生了什么事情。

这御花园与她相冲，她在这里好像没有碰到过一次好事。

她微微奇怪，站定了，仔细看去，却是华、慧二妃，安瑾也在，还有一个宫装女子。她侧身而立，面目轮廓看得不甚清楚，看模样似乎是龙非离的哪一位妃子，数十名内侍、宫女环在众妃四周。

这些人排场可真不小。她摇头一笑，正想绕侧边的小道走开，一道清脆的声音传来，似乎是掌掴之声。她微一迟疑，停住脚步，只听有人愤怒地低吼："即使打死我们，我们也不会认！"

这声音——她吃了一惊，再不犹豫，跑了过去。

走进圈内，只见地上跪着两名披头散发的宫婢，衣衫凌乱，眼睛、脸庞红肿一片，两颊高起，嘴角血迹斑斑。

这两名婢女，却正是她的蝶风和翠丫。

"娘娘！"两个丫头陡然看到年璇玑，又惊又喜。年璇玑看到翠丫一边的眼睛青肿得几乎已无法睁开，眼眶下都是血，惊骇之下大怒，冷冷道："是哪位娘娘让人教训璇玑的丫头？"

"年妃娘娘，不过是两个犯了事的贱婢，咱们当主子的，谁不能打？"

出声的是安瑾，她嘴唇一扬，嗤笑骤起。

"敢问瑾嫔，我的丫头犯了什么事？"年璇玑冷笑道。

安瑾见她眉目凛然，微微一惊。华妃已哧哧笑了起来，道："我说年妹妹，你是怎样教的丫头？这手脚不干净，净干些小偷小摸的事。咱们姐妹正与这位新妹妹在亭中吃茶，你的丫头恰好从这儿经过，过来见礼，却顺手牵羊偷了咱们新妹妹的东西，这凤鹭宫是不是穷疯了啊！"

前面的话虽连讽带刺的极为难听，但那最后一句，却是直言侮辱，地上被人按压着的蝶风闻言怒极，啐了一口，冷笑道："呸，谁放的屁，好臭。"

"贱人！"华妃大怒，一手指向蝶风背后的内侍，道，"给本宫打！重重地打！看她还敢不敢嘴硬！"

"你敢！"年璇玑身子往后一退，挡到蝶风身前，冷冷地看着那名正要动手的太监。

年家的风波后，"年妃不过是皇上的棋子，现已被皇上摈弃"的消息传遍整个宫闱，皇上寿筵年璇玑没有出席，所有人都猜度，这表面上是年妃自己说闭门思过，实则必是皇上厌恶而下的旨意，不然她怎会舍弃这样的机会？

即使思及此处，知道年璇玑并不足为惧，但年璇玑到底是主子，那太监不敢用强把她拉开，高举着手臂，一时不知进退。

"你这奴才没有听到华妃娘娘的命令吗？"一直静默着的慧妃突然出声道，她微微笑着，语气却寒气逼人。

"谢谢各位姐姐为宛仪申讨公道，依宛仪看，这事不如就此罢了吧，念在两名丫头也只是初犯，便把她们交给年妃娘娘吧。"轻柔的声音略带疑道。

年璇玑微微一怔，这才注意到安瑾身旁那个宫装女子，一看，却吃了一惊，这便是寿筵上被龙非离带回储秀殿的歌姬吗？

这女子容貌秀丽，五官眉目确实与她有六七分相像，当然，比她柔美多了，加之模样楚楚动人，当真有几分我见犹怜之感。

她与龙非离这一天一夜里耳鬓厮磨，清楚地知道龙非离并不喜欢这女子，不过是与自己容貌相似，才带了回去。

夏桑办事仔细，那晚宛仪从储秀殿慌乱出走，因龙非离没有明令怎生处置这歌姬，便给她安排了住处，又派遣了数名太监和粗使宫女与她使唤。

但其他人并不如此想，因为年家之事已摆在面上，倒认为皇帝是喜欢这歌姬宛仪的风情，也以为那晚皇帝已宠幸了她。宛仪念及脸面，自是不会与他人说那晚到底发生了什么事情。

宛仪不知道，她本没有机会被献给龙非离。方楚帆到帝都之前，听到消息，知道皇帝极宠年妃，并物色了个容颜与年妃相仿却比年妃更娇媚的宛仪，拟献给皇帝。

后来，年颂庭的事情发生以后，与所有人猜度的一样，他以为皇帝对年妃只是利用，便取消了把宛仪献上的念头。哪知道，龙修文曾暗中到他的驿馆去，把他迷昏，让手下的人易容成他的样子与龙非离换取苍龙阙，在驿馆里看到宛仪。

寿筵上，年璇玑没有出现，龙修文知道年璇玑与龙非离闹翻，便把这歌儿提出来，好让方楚帆献上宛仪，借此让二人关系更加恶化。

今日安瑾请宛仪到御花园去吃茶，到了这八宝亭中，才知道安瑾把华、慧二妃也请了过来。安瑾是过气的妃子，华妃、慧妃并不把她放在眼里，只是看皇帝对这宛仪似甚有兴趣，也想知其底细才过来了。

宛仪更不知道，安瑾心机甚重，昨日看龙梓锦与夏桑来请年璇玑，并没有想到是龙非离病重，臆测的反而是皇帝又有什么安排要借年璇玑之手对付年家。她一直记恨年璇玑，今日本还差人去凤鸳宫请年璇玑过来，有意用宛仪来气她，哪知婢女回来一报，才知道年璇玑不在寝宫，以为年璇玑只是碰巧出去了，哪知道年璇玑昨日清早去了储秀殿便整夜未归。

几个人闲聊着，恰巧蝶风和翠丫经过，安瑾计上心来，便让婢女把二人宣过来与众妃见礼。蝶风与翠丫看年璇玑一晚未回，本想到储秀殿探探消息，哪知碰上了安瑾等人。

安瑾突然发难，道宛仪身上的玉佩怎么不见了，便让大婢女阿诗去搜蝶风和翠丫的身。阿诗会意，她以前便掌掴过蝶风，与蝶风素有嫌隙，这时更恨不得把蝶风二人往死里整，便假意从蝶风身上搜出安瑾刚暗中递过来的玉佩。

华妃、慧妃怎不明白安瑾所想，两人平素便不喜年璇玑，心想既然今日没有整治到年璇玑，拿她的丫头来解气也好，便合着做了这场戏。

宛仪模样温顺，但久历风尘，自是明白怎么回事，便静默着由几人欺侮了年璇玑二婢。及至年璇玑出现，她看到年璇玑的模样，突然想起那晚皇帝的话，只怕皇帝当时说相像之人便是这位年妃，若是如此，皇帝对年妃的爱宠则极深。她心里暗暗吃惊，便忙出来打圆场。

"宛仪妹妹心慈，这可不行！"安瑾冷笑，"这等恶奴若不教训，他日必成祸患。"

年璇玑在一边低声问了蝶风事情的经过，又看了看阿诗手上捏着的玉佩，已有了还蝶风二人清白的计较。她刚要说话，哪知华、慧二人察言观色，怕年璇玑已瞧出什么端倪，两人交换了一个眼色，华妃冷笑道："替本宫把年妃捉住。"

几个太监还在迟疑，慧妃笑道："有什么事本宫和华妃娘娘担待着，还是你们认为年妃娘娘的位分比本宫和华妃娘娘还高？"

她瞥了年璇玑一眼："妹妹在自己宫里怎样本宫不管，但在外纵容婢子胡来，本宫可不能不理，任你欺了新来的妹妹。"

众人这时哪还有丝毫犹豫，几个宫人把年璇玑双手扣住，道："得罪了，年妃娘娘。"

眼看华妃的内侍扬手便要向蝶风打去，年璇玑知道慧妃二人以势压人，此刻即使有理也说不清，沉声道："你们胡乱诬蔑我的婢女，就不怕皇上怪罪吗？"

"皇上？"安瑾轻蔑一笑，"年妃娘娘，你看皇上会护你还是护宛仪妹妹？"

她朝阿诗使了个眼色，阿诗心领神会，假意站立不稳，"哎哟"一声，身子微斜，向年璇玑狠狠撞去。年璇玑被多人制住，无法退避反抗，几名内侍手一松，她已被撞倒在地。

看着这一幕，八宝亭后方一名女子唇角上扬，身旁的贴身丫头笑道："皇后娘娘，您不过去看热闹吗？"

皇后收住笑意，淡声道："皇上的心意，本宫还琢磨不透，万一押错了宝呢？本宫有龙嗣在身，谁也不惧，年妃这浑水有人蹚，本宫只管看戏便好。"

她说着，突然微微变了脸色，远处数道身影疾步向八宝亭的方向走来，她急忙道："快走，是皇上。"

八宝亭外，众人还未反应过来，前方一道冷酷的声音已冷冷响起。

"把那贱婢拿下。"

随着两道灰影一闪，阿诗骇叫一声，已被两名禁卫捉住肩臂。龙非离脸色暗沉站在众人面前，华妃等人大吃一惊，立刻下跪见礼。

龙非离冷冷一笑，正要把年璇玑扶起，有人却比他更快，把年璇玑扶了起来，吃惊道："嫂嫂，你的脸流血了，本来脸蛋就还没恢复，这下又破了相，要是我九哥不喜欢你了可怎么办？"

年璇玑看着眼前笑嘻嘻的龙玉致，不必往脸上摸去，便知道只是轻微擦伤。那边有人却怒了："徐熹，把那婢子双手斩了。"

安瑾早已慌乱得失了分寸，颤抖着道："皇上，请听臣妾说，是年妃娘娘她纵容婢……"

"朕现在就是不问对错！"龙非离冷笑，瞥了徐熹一眼。

年璇玑一怔，心中一动，刚意识到龙非离要做什么，他臂膀一探，已将她搂进怀中，把她的头按到自己胸膛上。年璇玑心头乱跳，耳边是凌乱惊栗的叫声，还有凄厉的惨叫。

她拉开他的手，颤抖着从男人怀里抬头，只见地上红艳的血水里，两只手掌赫然斜躺着，一枚翠玉在其中一只微屈的掌里露出大半。本是白腻玉手，此刻血肉模糊——她胸口一闷，差点儿吐出来。

一旁缩在夏桑背后的龙玉致干呕不已。

阿诗横躺在地，头发尽湿，已昏死过去。除去安瑾脸色惨白，跌在原处不知动弹，华妃、慧妃还有那宛仪早退到了后方。

龙非离淡淡吩咐道："刚才冒犯了年妃的内侍，一律杖刑五十。"

他话音一落，已有禁军走了上来，把几名瑟瑟发抖的太监押了下去。

年璇玑嘴唇微动，蝶风和翠丫正互相扶着站起来，蝶风眼尖，看到龙非离轻轻递过来的目光，把翠丫推到年璇玑面前，翠丫有点儿不知所措，低声叫道："主子。"

看到翠丫眼睛上的伤，求情的话咽了回去，年璇玑从龙非离怀里走出来，上前搂住翠丫，又握上蝶风的手。

众妃诬陷蝶风二人，本理亏在先，但龙非离却说了一句"不问对错"，谁不心惊？这就是说，即使错的真是年妃，他也护着她，那么，若错的是她们呢？

安瑾这时已恢复了几分神志，让旁边颤抖着的小婢阿素扶着，走到龙非离面前，跪下啜泣道："皇上爱护年妃姐姐，臣妾不敢多说什么，臣妾只是求一个公道。但这事确实是年妃姐姐有错在先，这，华、慧二位姐姐和宛仪妹妹都可以作证。"

华妃与慧妃上前，款款一拜，华妃道："皇上来得正好，适才听瑾嫔说年妃妹妹的婢女偷了宛仪妹妹的东西，臣妾和慧妹妹正难以判断对错，倒不曾想到瑾嫔的奴婢如此大胆莽撞。"

好个华妃，数句话已与自己撇清，安瑾脸色越发惨淡……今儿个真的要栽在这里吗？皇上对年妃这是真爱还是假宠？事到如今，她真的不懂。

宛仪吃怕，战战兢兢地走过来跪到龙非离面前。

龙非离不置一词，眸光悠悠地看着年璇玑，年璇玑一怔，他竟要她定夺吗？年璇玑蹙眉，她看阿诗被罚惨重，本不想再追究，但安瑾一再相迫，若这次饶过了她，难保还有下次。

她放开蝶风与翠丫，咬了咬唇，跪下禀奏道："皇上，臣妾能证明东西不是臣妾婢女所偷。"

龙非离伸手把她扶起，颔首道："好，你只管说给她们听。"

他没说什么，但两人相握的手，还有他眸中微微期许鼓励的光芒，她知道，她不必有任何畏惧。

她轻轻一笑，不惧，也不退缩。走到宛仪面前，手朝血泊里一指，她轻声问："宛仪姑娘，这块刻有旭日祥云图案的玉佩可是你的？"

宛仪迟疑了一下，前面的安瑾已变了脸色，她刚要喝止，却陡然看到龙非离瞥了她一眼，嘴角一抹似笑非笑。她心如擂鼓，惊慌地把话吞咽了回去。

那边，宛仪已几不可见地点了点头。

"蝶风，把玉佩捡起来。"年璇玑道。

"是，娘娘。"蝶风颤抖又厌恶地看了看地上的手掌，闭了闭眼，手一挑，把玉佩拿了出来。年璇玑低声道："玉佩呈给皇上看看。"

宛仪心中不安，华妃、慧妃互看一眼，尚有些不明所以，蝶风已把玉佩交到龙非离手上。

龙非离眸光一转，嘴角微扬，安瑾只看到一块碧绿倏地掷落在自己面前，顿时冷了半边身子，瘫软在地。

宛仪正疑虑心惊，旁边的年璇玑弯腰捡起玉佩，看了看，道："宛仪姑娘，你连自己的玉佩都不认识了吗？这玉上刻的并非祥云而是龙凤呈祥的图案。"

宛仪面如死灰，怔在原地，半响，猛地朝年璇玑叩头，颤声道："求娘娘恕罪，奴婢一时鬼迷心窍，犯了糊涂，才听信瑾嫔的话。"

宛仪并不糊涂，不说那晚种种，单是皇帝现在做的，她已知道皇帝极宠年璇玑，这生杀之权就握在年璇玑手里，所以不去求皇帝反而求年璇玑。

安瑾一声惨笑，盯着年璇玑，喃喃道："不可能！你怎会知道？"

年璇玑摇摇头，道："瑾嫔，这场栽赃甚至还是你临时起意的，对不对？"

安瑾一惊，没有说话，但眸里的黯然失色与震惊，足够让所有人明白，年璇玑说对了！

"嫂嫂，你怎么知道不是那歌姬的东西？"龙玉致蹦跳着过来，挽上年璇玑的手。年璇玑握了握龙玉致的手，看向安瑾。

"我问过我的丫头，她们只是恰巧路过御花园，那就是说，你不可能事先就准备好去害她们。你的婢女阿诗搜出玉佩后，一直紧握在手，这不是有点儿奇怪吗？东西若是宛仪的，不是该物归原主吗？再者，宛仪新进的宫，在宫里情况尚未熟悉的情况下，怎会贸然出主意去害人，充其量做的只是配合吧。"

年璇玑把宛仪扶起来，低声道："这里做主的是皇上。"

宛仪苦笑，原来年妃刚才是试探自己！年妃根本不知道这玉佩上刻的是什么图案，什么旭日祥云，不过是随口说的。

"年妃娘娘真是聪慧，不枉皇上疼爱。"

淡淡的笑声传来，年璇玑一惊，才发现说话的是龙修文，白战枫和纳明天朗也在，想是下了朝随行过来。

年璇玑想起此人的城府，身子微微一震，龙非离伸手环上她的腰，她随即记起他的话，朝龙修文礼貌一笑。

龙修文也一笑颔首。

龙非离轻瞥向安瑾，道："瑾嫔，按你说，朕该如何处置你才好？"

安瑾连连叩头，哭道："皇上，想皇上待年氏姐妹极好，年瑶光却做出那等苟且之事，臣妾也是因年瑶光之事而猜度年妃娘娘，怕她对皇上不利。

请皇上看在臣妾对皇上的一番心意上，饶过臣妾吧。"

龙非离挑眉一笑："原来瑾嫔是替朕着想，瑾嫔不说，朕还不知道呢。"

他说着微微一顿，看了众人一眼，才又淡淡笑道："可惜，朕不喜欢别人替朕擅作主张，懂了吗？"

华妃、慧妃大惊，立刻跪下道："臣妾谨遵皇上教诲。"

安瑾知道自己无望，低笑着，又狠狠看向年璇玑，但当听到龙非离说"交与宗人府依律惩办"时还是惊惧得瑟瑟发抖。

谁都知道宗人府的酷刑，进去的人，又有几个能出来？

"原来，你自始至终都没有喜爱过安瑾。"安瑾怔怔地看着龙非离，惨笑道，"皇上，你怎么舍得？"年璇玑心里叹了口气，垂下眸子，扶在她腰上的臂膀强壮有力，容不得她有半分退缩和心软。

"皇上，臣妾明白瑾嫔此次罪责极重，但怜她对皇上一片真心，皇上能不能看在臣妾的面子上，饶过瑾嫔这次，将她贬为宫婢？"

突如其来的声音——年璇玑微怔，只见皇后率了一众宫人从华妃等人身后走出，郁弥秀竟不知道什么时候来到了此处。

本来，安瑾请到八宝亭吃茶的还有皇后，只是郁弥秀借口婉拒了。

华妃、慧妃两人不意龙非离会护年璇玑，年妃竟没有失宠，又惊又妒间，心里都懊恼这次惹了麻烦。二人与年璇玑之间早就撕破了脸面，与皇后心下不和，表面上还算交好，现在看皇后为安瑾求情，都想：不如做个顺水人情，皇后现在有孕在身，母凭子贵，极受皇帝宠爱，何不让她与年妃一斗？

二人遂道："皇后姐姐所言甚是，望皇上饶过瑾嫔这回。"

龙非离凤眸微眯，目光在皇后脸上转过，道："若她再犯呢？"

男人眸光锐利，皇后心里也是微微一惊，朗声道："皇上，若安瑾再犯，则是臣妾教导无方，不待皇上动手，臣妾立刻惩治了她，亦愿承担这份担保之罪！"龙非离道："皇后统率六宫，既然现在皇后也出面求情，那朕便只管饶过安瑾一次，但安瑾此次已是罪大恶极，若有再犯……"

龙非离话里之意再也明白不过，安瑾若再有过错，皇后只怕也难逃罪责。

众人虽不明白皇后为何出面保安瑾，却想皇帝对皇后确实甚为宠爱。

"谢皇上、皇后娘娘。"安瑾俯身叩谢。皇后叹了口气，"安瑾，下次莫再犯了。"

她说着又命身边宫人扶起安瑾，年璇玑心底那抹淡淡的不安又盈了上来。

龙非离看了宛仪一眼，那眼神不复适才那般犀利，宛仪心里一松，却听龙非离意味深长道："纳明王子、七哥，朕记得你们曾与一位姑娘在帝都萍水相逢，却都极为中意，并请求朕赐婚。听说那名女子与朕的年妃长相甚似，朕便把这舞姬转赠给你们其中一位，不知道你们意下如何？"

宛仪毕竟是皇帝的女人，龙修文与纳明天朗一时不知如何作答，龙非离淡淡一笑，道："夏桑。"

夏桑会意，走到宛仪面前，轻轻挽高她的袖子，只见宛仪雪白的臂膀上一点朱砂嫣然。众人吃了一惊，原来龙非离并没有动这名歌姬！

宛仪羞愧，咬牙低下头。

纳明天朗看了看年璇玑，傲然一笑："谢皇上美意，不是那个人，没意思。"

"那七哥呢？"龙非离笑道。

龙修文看了宛仪一眼，众人看他神色竟似十分怜惜，正暗暗好奇，龙修文已谦逊一笑，道："如此，微臣谢谢皇上美意。"

宛仪一怔，没想到竟因祸得福，虽得不到皇上的青睐，但跟了这位王爷也是极大的荣耀。她喜极而泣，连声道："奴婢谢皇上大恩。"

这时，年璇玑看到白战枫若有所思地看了宛仪一眼，旁边，龙玉致郁郁寡欢地瞅着地面。

一场风波，到最后似乎每个人都得偿所愿，皇后救下安瑾，七王爷喜得美妾，而龙非离盛宠年妃的消息重又传遍宫闱每个角落。由安瑾之祸，谁都明白，现在，谁也不能得罪年妃。

储秀殿。

龙非离遣散了众人，只让年璇玑留着。年璇玑看龙玉致离去时频频望着龙非离，似乎想与他说什么，但龙非离还沉着脸，又不敢开口。她正想帮龙玉致问，龙玉致已咬咬唇，飞也似的跑了。

用过午膳，年璇玑侍候龙非离喝了药，自己在盘子里拣了蜜饯、凉果来吃，依偎在龙非离怀里看他批阅奏章。

终于，男人搁下了手中的笔。

"你终于看完了，真累。"年璇玑把嘴里的小核吐出，又伸手去拿凉果。

龙非离皱眉看着她，拍掉了她爪子上的梅子："午膳没见你吃多少，老吃这个！"

"喂！"年璇玑又去拿。

龙非离索性把盘子推到桌角，单手按着年璇玑的肚子，年璇玑在他怀里乱动，却够不着那盘子。

他玩得兴起，把她按得乱叫，年璇玑力争无果之下，只好罢休。

"你既知道朕累，就给朕捶捶背。"有人挑了挑眉。

"谁说你累，我是说我累。"

"一直坐着吃蜜饯也累？"有人冷笑了。

"那可是个高难度动作，要不你一直坐着吃蜜饯给我看看？"

龙非离厌恶地看了看桌上的凉果："谁拿来的？"

"你的药给配的，你负责喝药，我负责吃这个，不浪费。"

虽说不服侍他，年璇玑还是拿布巾擦了擦手，帮他轻轻揉按起肩胛来，想了想，道："你为什么有这么多奏章要看？"

龙非离微微闭眼："你为什么有这么多问题要问？"

"你刚才为什么不理玉致？"

"你早上为什么跑了出去？"

"喂，你先回答我，我先问的。"

"你先说，朕满意了再答你。"

年璇玑气恼，手上狠狠使劲："我出去是想帮你改善生活，找的丫头打下手给你做顿饭，哪知道遇上安瑾这婆娘。"

龙非离怔了怔，微微弯了嘴角："你确定你会做？"

"嗯，我夫子教的，不对，这应该是我娘教的。"

"别什么事都算在你那个莫须有的夫子头上，晚膳你做。"

"明天再做，我想回去看看那两个丫头。"

"看完去做晚膳，今晚你宿在这里。"

"回去睡。"

"那你别回去看你的丫头了。"

"好吧，我看完去做晚膳，今晚和你睡。"

"嗯。"

年璇玑气恼，也不帮他揉捏了，窝回他怀里发呆。

"在想什么？安瑾是罪有应得！"男人的眸光微微冷了下来。

"我没有想安瑾的事，倒是那个阿诗，你斩了她双手，比杀了她还惨。"

"她以前打过你，今儿个正好。"

年璇玑愣了愣："那是以前在秋萤轩的事了，你不说我都忘掉了。"

"朕没忘记就行。"

"……"

"那你为什么要放了安瑾？"

"如果你不想放她，我传旨把她杀了。"

"那倒不是。"

龙非离低头看看年璇玑，后者还一脸疑虑，淡淡道："卖皇后一个人情。"

"不懂。"

“你不必懂。”

年璇玑微微哼了声：“不必就不必，那为什么把歌姬赐给纳明和龙修文？”

“不给他们难道给白战枫吗？”龙非离笑道。

“哎，我说你这个人能不能厚道一点儿，你把她给了我大哥，你妹跟你拼命。”

龙非离微微皱眉。

“别说你还没看出来。”

龙非离依旧沉默，没有出声。

“龙非离，你到底怎么想？玉致她……”年璇玑说着又顿住，叹了口气。

“容朕再想想。”

“嗯。”年璇玑点点头，“宫里虽有不少公主，但我知道你只在乎玉致，也只把她当作你的妹妹，不然你早就把她许给纳明或者方楚帆了，你也想让她好。”

龙非离突然问：“你怎么看？”

“我怎么看不重要，最重要的是玉致和我大哥怎么看。阿离，我说个事儿，你别在意。”

“嗯。”

“我反倒觉得夏桑很好。”年璇玑苦笑，“可惜他……”

“夏桑。”龙非离淡淡重复了一句，又陷入沉默。

年璇玑微觉奇怪，她以为他会勃然大怒的，毕竟他和夏桑虽亲厚，但夏桑……

“你还没告诉我为何把宛仪赐给他们？”

龙非离轻笑：“没有他们，只有龙修文。”

“为什么？”年璇玑诧道。

“纳明不会要，而龙修文一定会要。”

“你就如此笃定？”

“与龙修文相比，纳明这人的城府并不算深，他为人又甚是骄傲，所以绝不会要那歌姬。至于朕的七哥吗，那次赐婚他看上了你，顾虑朕会耿耿于怀，这个机会既然可以证明他对你不甚在意，借此来消除朕的戒心，何乐而不为？”

“那是他为什么会要，不是你为什么要给。”

“朕的小七变聪明了。”

第三十八章

狩猎行 斗艺逐技波澜起

年璇玑恼怒地赏了他一下，龙非离挑眉一笑："来而不往非礼也，他既借方楚帆的手把那女人献给朕，那朕便把这礼还给他。"

他突然冷了声音："他想要的是你，但朕偏要让他看得着却永远也得不到，即使得到的也只能是你的替代品。"

"龙非离你这个变态。"年璇玑打了个寒战。

龙非离只是笑。

年璇玑看他被骂还乐在其中，好气又好笑，道："过几天狩猎随行的大臣、嫔妃还有……女官的名额你定好没有？"

两人正说着话，门外传来值侍太监的声音："皇上、娘娘，玉致公主求见。"

年璇玑笑道："你妹妹来了，刚才便要找你的，听听她要说什么。"

龙非离微微皱眉，龙玉致一直在金銮殿外候着，从下朝便跟到现在。

年璇玑开了门，龙玉致低头走了进来，看看年璇玑，又看看龙非离，便站在一旁，两眼滴溜溜地盯着地面却不说话。

年璇玑拍拍龙玉致的脸庞："有什么想跟你九哥说的，赶快说！"

龙玉致挽着年璇玑的手臂，又去看龙非离，龙非离微沉了声音："龙玉致！"

"我又不找九哥，我找嫂嫂你。"龙玉致一惊之下，脱口而出。

年璇玑与龙非离对望一眼，年璇玑失笑道："好，你说。"

龙玉致咬着唇，好一会儿，才道："嫂嫂，围场狩猎的随行名单出来了吗？"

年璇玑笑骂："我刚才问过你九哥这事儿，你问我做甚！问你九哥才是正经。"

龙玉致撇撇嘴，踌躇地又看了龙非离一眼，后者不理她，拿了本书在看。年璇玑好笑，拉龙玉致到一旁坐下来，柔声道："你既叫我一声嫂嫂，那做嫂嫂的便来猜猜咱们家玉致的心事吧。小丫头向来落落大方，今儿个是怎么了？"年璇玑笑了笑，满意地看着龙玉致脸蛋上的两抹红晕，转向龙非离道，"阿离，西山随行的臣子有白战枫吗？"

"嗯。"

龙玉致眸光乍亮，咧嘴笑了笑。年璇玑笑得捂住了肚子，龙非离从书册中抬头，淡淡道："名单里没有龙玉致。"

"九哥！"龙玉致吃了一惊，一下站了起来，急得小脸皱成一团，"以前秋祭，就是我还没到名剑山庄学艺的时候，不是都跟着你和十哥去西山打猎吗？为什么这次不能去？"

"因为白战枫去了。"

"九哥。"龙玉致跺脚。

年璇玑看龙玉致急得快哭了，朝龙非离道："你别逗她了。"

龙非离不置一词，继续看书。

"嫂嫂，你帮玉致跟九哥说几句。"龙玉致扯着年璇玑的袖子，哀哀道。

"玉致九哥，在你妹妹把我的衣服扯烂之前，你能不能答应她？"年璇玑好气又好笑，她虽是半开玩笑，但龙玉致较真起来的手劲也不小，保不准真的被她把袖子都扯了下来。

"不碍事，给你做新的。"不温不火的声音慢条斯理地道。

龙玉致傻眼了，年璇玑拍拍她的手，把袖子拽了出来，走到龙非离背后，给他按揉着肩背，道："让玉致随行吧。"

龙非离看了龙玉致一眼，龙玉致眼巴巴地望着他。

年璇玑笑骂道："你这丫头，有什么事找你九哥直说便是，把这茬儿绕到我身上，你看，把你九哥惹恼了吧。当然，你九哥脾气好，不与你计较。玉致九哥，对不对？"她微微低头，脸颊碰碰龙非离的脸。

龙非离把书册合上，伸手按住她放在他肩上的手，瞥向龙玉致。

龙玉致抿了抿唇，小声道："是玉致不好，九哥，你让我去吧。"

"那便跟着去服侍你嫂嫂吧。"

淡淡的一声，龙玉致倒一下子蒙了，好半晌，才又跳又叫起来。

年璇玑看龙玉致的事情有了着落，也不去献媚了，把手从龙非离掌里扯出，踱回龙玉致身边。

两人正高兴，冷不防龙非离问道："玉致，你只为此事而来？"

年璇玑一怔，龙玉致已嘿嘿一笑，跑到书桌旁，狗腿道："九哥真聪明。"

"说。"

"咱们西凉是马背上取得的天下，每年围场狩猎不是都有比赛来考核咱们皇家子弟，还有文臣武将的骑射身手吗？以时为限，收获最丰的人，就会得到九哥和母后的赏赐，博个好彩头。"

年璇玑一听，笑道："这个好玩。"随即她懊恼地摊摊手，"可惜我不懂骑射，不能参加。"

龙玉致眨眨眼："嫂嫂，你想不想也一起参加，而不是在营帐里等我九哥回来？”

“我也可以吗？”年璇玑一听，也激动了。

龙非离皱眉看着二人，龙玉致又拊掌道："只要按玉致所提的方法，嫂嫂你也可以。"

"不好！"二人听龙非离直截了当的一句，顿时泄了气，好一会儿，龙玉致向年璇玑使个眼色，年璇玑点点头。

捏着拳站在一旁，龙玉致盯着年璇玑与龙非离耳语。突然龙非离低声说了句什么，年璇玑满脸通红，龙玉致正奇怪，年璇玑抬头笑道："好了，你九哥答应了。"

龙玉致大喜，连连道："嫂嫂千岁！"

"你和我九哥说了些什么？"她又奇道。

"大人的事，你小孩子家别管。"年璇玑脸上一热，小声道。

龙玉致满脸堆笑，摸摸鼻子："不管就不管嘛，只要九哥你给玉致随行人员的名单和一道手谕让玉致全权负责就行。"

三天后，凤鸷宫。

年璇玑正扎在金线堆里做实验，在一旁的蝶风、翠丫只觉新奇，聚精会神地看着她折腾。

突然，小双子跑了进来，上气不接下气道："娘娘，狩猎比赛的规则刚出来了！玉致公主在御花园弄了张告示，各宫娘娘、刚下朝的大人都赶过去看了，你也赶紧去看看。奴才听别的宫看回来的丫头说，规则很古怪但很有趣呢。"

明天便是出发到西山参加狩猎的日子了！当满心兴奋的年璇玑带着几个丫头、内侍挤进人群，把墙上的规则和随行人员的名字看了一遍以后，顿时傻眼了。

这就是小双子所说的古怪但有趣的比赛规则？就知道不能帮龙玉致这丫头，这是什么规则！她看得心头火起，揉了揉眼睛，再看一遍。

比赛规则其实很简单，和原来的相比没任何变化，仍然是收获最多的能拿到皇帝和太后的赏赐，问题出在这人员的编排上。

往年，宫中女眷女官、官员家眷一般都会留在围场外围的营帐里，待男人狩猎回来，才出迎相庆。这一次，却是所有人都参加比赛。

为了让一些不懂骑射的女眷也能参赛，做了两个安排：

一、不再以个人为单位，而变成小组制的比赛。三人一组，两个时辰为限，猎物最多的小组获胜。都是二男一女的组合，这样分配，既能保持狩猎的速度，又能让不会武功的女眷得到保护。

二、划分猎区，即使女眷不会骑马也没有关系。先由禁军驾马车把每组的人送到划分好的猎区，以围场外生起的篝火为讯，开始比赛，禁卫也会留在猎区里保护女眷的安全。

猎区范围有限，如果猎区内的猎物跑到了其他区域，则本区内的人不能再追过去。这便要求猎射必须速战速决。狩猎范围小了，但也增加了狩猎的难度。

为了以示这是公平公正的分配，告示上说采用的是随机抽选分配的方式。

每个小组组员的名字都已白纸黑字列好，写在龙非离加盖了玉玺印章的手谕上。

该死的龙玉致！这怎么可能是随机？白战枫、夏桑与她一组！

皇后有孕，这次没有随行，位分低的嫔妃也没有安排，华、慧二妃却安排过去了。除去段玉桓与乐晶莹一组比较理想，其他不少组都是让人看了会泪流满面的搭配。

若华妃与温如凯一组便罢了，竟是这慧妃与温如凯一组。同为边关守将，一为皇帝效命，一为太后办事，慧妃之父容将军与温如凯向来是势如水火。

而升级版的水火年相与郁相，这两个人竟也走到一起去了。

龙梓锦、清风与随行的医女崔霓裳一组。龙玉致这死孩子要是会分配，就该遂了她十哥的愿，把温如意编给她十哥。

这也无所谓了，偏偏把温如意编到了与龙非离一组，同组的是纳明天朗。

好吧，温如意与龙非离一组她也忍了，毕竟还有纳明这电灯泡在，而且她也该相信龙非离。最不靠谱的是，龙玉致这死孩子竟然把她分到了与龙立煜和龙修文这两个恐怖分子的组！

"娘娘，你没有事吧？"蝶风与翠丫看年璇玑满脸黑线，脸色似乎极为不好，赶紧把她扶住了。

"我怎会没有事？"年璇玑一声哀叫，信手一记爆栗敲到小双子的头上，"有趣你个头！

"走，随你们主子去找玉致公主算账去！"

她这声几乎是低吼出来的，顿时惊煞了周围的人。华妃、慧妃也在，两人微嗤一声，各自领了宫人走开。

几名妃嫔倒是毕恭毕敬地施礼，把道路让开来。

她没走几步，便看到前面一抹火红的物体向她飞扑而来，语带兴奋："嫂嫂，你看了告示没有，是不是很好玩？"

仇人见面分外眼红，年璇玑也不管龙玉致后面那抹明黄身影和一大堆官员随从了，一把掐上龙玉致的脖子，恨恨道："死丫头，我把你腌了当泡菜吃，好玩好玩，你与我大哥一组当然好玩，你嫂嫂我就不好玩了。"

龙玉致搔搔头发，嘿嘿一笑。年璇玑强忍着把她掐死的念头，压低声音在她耳边道："你实话告诉我，这分组，你是不是动过什么手脚？"

龙玉致心虚地左右看看，咧嘴笑笑，快速点点头，又道："可是除去我这组，其他的组都是我那几个丫头规规矩矩抽选出来的。"

年璇玑想死的心都有了，双手狠狠捏上她的脸颊："你的丫头弄完了，你难道都没有看吗？"

"我这组的名字是最先写上的，然后丫头们便开始弄其他的。母后派如意姐姐送了些东西过来，如意姐姐看见我那几个丫头忙乱得很，就留下来帮忙了。她办事向来仔细周到，我便没有管了。"

如意……年璇玑微微蹙眉，想了想，低斥道："死孩子，绕了这么大的圈子也只是想与你的白大哥在一起，却把其他人害惨了，为何不干脆二人一组，这下把夏桑也害了。"

龙玉致怔了怔，低声道："二人一组不是过于明显吗？再说，我和白大哥一组，我怕其他人会骂我，只有夏桑不会。"

年璇玑叹了口气，腰间突然被人环住，那人的声音淡淡传来："陪朕过去看看。"

她乖巧地点点头，猛一抬头，却又一愣，邢吉祥、温如意和几个女官不知道什么时候走过来，也正在前方的告示处低声说笑地看着。

两人走近，邢吉祥等人连忙见礼，温如意看了一眼龙非离环在年璇玑腰上的手，又轻轻对上龙非离的目光。

年璇玑心里一紧，想去看龙非离，却又想起他在储秀殿里跟温如意说的话，她该相信他，她也会相信他。

一道目光射在告示上，年璇玑看去，却是白战枫，两人相视一笑。年璇玑明白，白战枫此时应该也是哭笑不得。

"哦，竟是如此安排！"一道戏谑的声音从侧方传来，虽带几分轻谑，但语气里的兴奋却毫不掩饰，年璇玑看去，暗咒了一声，立刻收回目光。

是龙立煜，还有太后。龙非离与太后见了礼，太后眸光微眯，看了一眼告示，笑道："听说是玉致的主意？小丫头倒是个鬼灵精。"

龙玉致虽不知道龙立煜曾冒犯过年璇玑，还有龙修文的城府，但听了适才年璇玑的话，又看到龙非离微微沉了脸，心想自己这次又闯了大祸。正忐忑不安，这时听到太后说，她朝太后扯了个笑脸，赶紧低下头，眸光微垂又看到夏桑冷冷的目光，心里猛地一颤。

龙立煜笑道："年妃娘娘，明天还请多多指教。"

年璇玑笑了笑，道："璇玑不敢。璇玑不去指教你，你也别来指教璇玑。你打你的猎，我看我的猎物，时辰一到，立刻散伙。"

龙立煜怔了怔，随即挑眉道："年妃娘娘可真会说笑，这话听着让人愉悦。"

这男人的脸皮还真是厚！年璇玑腹诽。

这时，龙非离的手却在她腰上轻轻一按，两人心意相通，她心中一凛，不再与龙立煜斗嘴，决定直接无视之。

太后的目光在年璇玑脸上顿了顿，又笑道："这编排得巧妙，哀家这回可大饱眼福了，皇上此次也参赛，皇上骑射武艺了得，可别把你那份赏赐给省下了。"

众人一听大笑。下了朝，郁相也随龙非离过来了，这时便站在龙非离背后，笑道："太后此话在理，依老臣看，这皇上与纳明王子，三爷与七爷、温将军、白将军与夏总管，徐总管、段统领各组，组组都是强手哪，这最后一名，看来只有老臣与年大人包下了。"

"正是！你我技逊，这倒无话可说，倒是——"年相一笑接口，面上又微露忧虑地看向龙非离，"皇上，微臣适才听你在朝上交代段统领所做的禁军部署，有些担忧。"

一直沉默着的龙非离微微蹙眉："此话怎讲？"

年相躬身道："皇上，这兵力部署是否略显单薄呢？毕竟，这次是皇上、太后还有几位娘娘、王爷……"

"年大人多虑了。"龙非离摆摆手，众人看去，只见他眉宇间隐有一丝不耐，"朕知大人忠心，只是这兵力已足矣，西山也不过是在帝都之郊，围场内本就有一定的兵士驻守，此行是去竞技寻乐，这人带多了反嫌累赘。"

年相微叹了一口气，郁相颔首，道："皇上，年相所言倒甚是在理，这禁军部署，皇上不妨多加斟酌。"

"嗯。"龙非离淡淡应了句。年相微垂的眸光，突然冷冷一提。

龙非离笑道："看母后与诸卿说得兴高采烈的，这由朕亲拟玉致代笔的告示，朕可还没好好看过呢。"

这告示不是龙玉致拟的吗？怎又会由龙非离所拟龙玉致代笔？并且刚才他明明已瞥了那告示数眼。年璇玑正感奇怪，却见龙非离凝看去，少顷，失笑道："玉致，你这冒失的丫头真是该打，怎把这旧的手谕拿出来张贴了，不是已拟了新谕吗？"

"新的？"龙玉致闻言吃了一惊，一触到龙非离的目光，一个激灵，醒悟过来，"哎哟"一声叫出来。众人吃了一惊，面面相觑，太后蹙眉道："皇上，这是怎么回事？"

龙玉致拍了拍脑袋，懊恼道："母后，您看玉致这颗笨脑袋，忘性真大，因这旧谕上写的比赛规则和各组分配，尚有些安排不妥之处，九哥后来又拟了份新谕，我却懵懂，把这旧的给贴上来了。"

"哦，是这样子吗？这手谕还有新旧之分？"龙立煜看出一丝端倪，冷嗤道。

"三哥，"站在龙非离背后的龙梓锦微微一笑，"这新谕是臣弟亲眼看着九哥拟的，还会没有吗？"

夏桑一笑，走到龙非离面前，恭声道："皇上，奴才这就随公主过去把新谕拿过来，好尽快重新贴上，莫扫了皇上、太后娘娘与诸位大人的兴致。"

"嗯。"龙非离嘴角轻扬，"去吧，速去速回。"

一番话下来，年璇玑也明白了，这哪里有什么新谕旧谕，但众人即使明白，也必定知道龙非离并不满意这份告示的安排，又怎敢不给皇帝台阶下？便是太后，也不会反驳了他去，这话确实说得漂亮！

她心里暗喜，朝旁边的男人看去，却突然听到一道声音道："皇帝，慢着。"

这声音，她从没听过，是谁？年璇玑一怔，却见龙非离猛然变了脸色。

这唤的是皇帝，即便是太后，也只以皇上称呼龙非离，直言皇帝，是大不敬。

众人似乎也被震慑住，随着龙非离的目光，年璇玑看了过去，太后背后有数人走来。无须怎样辨认，年璇玑便知道这说话的定是当中的女子。

瞬间的照面，这女子的来头，年璇玑不敢确认，但她知道——这人身份不低！她年纪很大，发鬓尽皆银白，虽已年华不再，但她面容姣好，风华正茂之时必定是个大美人。她一身银线细描的暗色寿字衣衫，年璇玑微觉眼熟，是了，这种衣服，太后也常穿的，取福寿康宁之意。最让年璇玑吃惊的是，在一旁毕恭毕敬搀扶着她的是龙修文。

"叩见太皇太后，太皇太后千岁千岁千千岁。"

当叩拜的声音响彻一片，龙非离也拉着她与那女子见了礼，年璇玑这才有点儿如梦初醒的感觉。这女人竟是太皇太后，龙非离的祖母？

她看到太后眸里掠过一丝惊诧，很快又隐去，笑道："母后不是在静慈庵吃斋念佛吗？之前皇上大婚和寿辰，母后也没有回来，碧仪还以为母后必定还在庵里待上一段时间，这疏迎之罪，母后莫怪。"

太皇太后摆摆手，笑道："阿碧，哀家也是半个出世的人了，是以皇帝大婚哀家也没有回来，这宫里啊，不过是惦着有时便回来一趟，静慈庵才是哀家要待的地方。"

"即便如此，皇祖母难得回来，孙儿却没有相迎，便如母后所说，朕心中着实惶恐不安。"

龙非离放开年璇玑，与龙梓锦一起上前，两人站到龙修文的对面，挽上太皇太后。太皇太后一笑，拍了拍皇帝的手，道："你国事繁忙，再说，这不是有你七哥陪着吗？修文这孩子乖巧，难得进趟京，已到静慈庵跑了好几趟了，净陪着哀家吃斋诵佛，也难为他了。"

龙修文笑道："能陪皇奶奶吃斋诵佛是修文的福分。"

太皇太后蹙眉："你这孩子品性好，可惜你父皇……"

年璇玑听到这里，心中咯噔一下，先不说龙修文这人的好坏，他才华出众，把忘忧郡破败萧条的大片土地，整治成全国最大的繁华之地，这身本领不容小觑。这人必定从小便聪慧过人，又听说其母妃甚受王宠，先帝怎会不喜他？说是赐封邑地，实则半放逐到那贫寒之地去？

只见龙修文笑笑，不说什么。龙非离目光幽深，也看不出什么。

倒是太皇太后说着又顿住，看到郁相、年相几名老臣上来请罪，叹了口气，笑道："哀家回来也有些天了，就住在修文的驿馆里。你们也莫要再说请罪什么的了，又非你们不来，是哀家不让修文说。哀家想，皇帝与老十便在皇城里，老三这孩子也常来帝都，修文却甚少回来，哀家便与他聚几天。

"今儿个听说秋祭狩猎的事情都安排好了，又是玉致这丫头做的主，哀家想起那时随先皇到围场狩猎的情景，一时心血来潮，才来这儿看看。呵呵，哀家都看完好一阵子了，你们才来，就站到一旁看你们的热闹喽。"

"皇祖母偏心，只要七哥相陪。"龙立煜笑道。

"哼，老三，你这泼皮猴儿也来帝都一段时间了，怎不见你来找找哀家？"太皇太后笑骂着，又看向龙玉致，"玉致丫头也像你三哥一样小没良心的，好在差人给哀家送过几回民间的新鲜玩意儿。"

龙玉致嘿嘿笑着走过来，往太皇太后身上蹭了蹭，嗔道："皇奶奶，庵堂里净是尼姑，玉致最怕那些秃驴尼姑了，您又不是不知道。"

太皇太后笑了笑，慢慢把目光投向年璇玑，上下打量了一番，才道："你就是年妃吧？你的事情，哀家听了不少。"

年璇玑心里莫名一惊，这位太皇太后慈眉善目的，与众人说话也是语气和蔼，偏偏看向她的时候，目光微微冷了下来。

她不敢怠慢，赶紧俯身一福，道："璇玑见过太皇太后。"

"嗯。"太皇太后点点头，没再说什么，抬眸看了看墙上告示，"哀家看这旧谕上的安排就很好。"

她看了温如意一眼，温如意忙弯腰施礼。她一笑颔首，又看向龙非离，道："皇帝，你既尊哀家一声皇祖母，哀家也不怕明说，如意这丫头，哀家与先皇都是中意的。哀家在静慈庵这些年，每逢时节，哪次她不过来陪哀家吃斋聊天解闷。这等心灵手巧的丫头，做个女官是委屈了。哀家想过把她指给你，可惜那时你与她似无意于彼此。

"后来，哀家听说老十钟情于她，只是，她与阿碧姑侄感情深厚，舍不下阿碧，一直跟在身边服侍。眼看她的年纪也到了，这女孩家的婚事可耽误不得。佛家讲的是一个缘字，这次也是缘分使然，你便与如意多相处一下吧。若看对了眼，哀家便替你们把这桩婚事办了，也算了却哀家一个心愿。

"哀家看年妃也是个素净的女子，只是，从古到今，独房专宠多贻祸患，你也莫忘了！再说，把她交与你三哥、七哥，老三、老七的武功又好，虽说林中多野兽，但都是自家兄弟，你还怕他们对年妃保护不周吗？"

储秀殿。

与龙非离商讨完事情以后，所有人飞快地跑远了。

年璇玑看龙非离和众人谈事的时候还挺正常的，这时人一跑光，便耍起了脾气，快步走回内室，水晶帘上的珠子响声凌厉。年璇玑抿抿唇，跟了进去。

龙非离斜靠在床上，也不吱声，整个一张扑克脸。

年璇玑也怒了，道："你生什么气？这三天，皇后、华妃、慧妃三处你都去过过夜了，我还没生气呢！"

龙非离冷冷道："既然你不生气，那朕今晚也过去好了。"他说罢一掀衣摆便要出去。年璇玑气苦，坐到床沿，叫道："去去去，赶紧去！我也回凤鸶宫洗洗睡去！"

半响，他没有动，她也没有。她忍不住朝他看去，他倚在水晶帘旁边的墙壁上，微闭着眼睛，脸上线条冷硬沉毅，不知道在想些什么。

年璇玑咬咬牙，冲过去抱住龙非离，以为他会推开，却没有，只是睁开眼睛狠狠地盯着她，突然把她横抱起，走到床边，把她放在床中央的被褥里，伸手扯下了床帷。

被他狠狠掠夺了一番以后，她倦极，翻到床侧想睡，却被他抱到身上。两人身上的汗水未干，她甩甩头发，把发上的水滴甩到他身上。

"我想睡了。"年璇玑低声埋怨。

"把话说清楚再睡！"龙非离冷冷道。

年璇玑恼怒，又听他说："哪有人在大白天睡的！"

她心火骤然涌起，道："哪有人在大白天做的！"

他语气里的冷漠，让年璇玑恼怒至极，骂了一声，索性不说话。

两人静默了一会儿，他的手开始在她身上移动，虽只是帮她拭汗，但刚被爱抚过的身体还是极敏感的，尤其两人又紧密贴合着，年璇玑微微喘着气，身体开始热了起来。她听到他低沉又邪肆的声音——似笑非笑，又羞又恼，道："龙非离，说话！"

"你明知道朕不可能不到皇后她们那里去，但这只是暂时的。"

"我明白，像你现在这样，你皇祖母已经说你独宠专房了，所以我不生气，但你刚才也不应该生气。"

"你在御花园擅作主张，难道朕不该生气吗？"龙非离冷笑道。

年璇玑苦笑，想起御花园里，他听完太皇太后的话，并没有应允，甚至差点儿便违逆了她的意思，要撤下那道手谕，还心有余悸。下巴轻轻在他的胸膛上摩挲着，上面那数道突兀的疤痕还在，那是他为她受过的伤。她凑唇上去，吻住了，满意地听到他微重了的呼吸声。

"我刚才拉着你，是因为我不能让你为了我在那么多人面前忤逆了你的皇祖母，你现在身上的事情已经够够烦了，我不能再给你添乱……"她的声音有点儿含糊不清。

她话语未完，便被他翻身压下，粗重的吻开始游走在她身上，她的身子、双脚被他矫健的身躯压制住无法动弹，双手被他单手握住，高举在头顶。

她喘着气，承受着他在她身体每一处敏感的地方烙下的火热与霸道，听到他在她耳边沉沉地道："忤逆便忤逆了。"

她心里的柔软和欢喜快把她撑破，不由自主地拱起身子挨近他……

当她再次从他怀里醒来，帐外漏进来的已是夜明珠的光辉。

他似乎没有睡，她刚睁开眼，便看到他深深地看着她。做这种事他也会累的吧，她脸上微热，把脸埋在他的颈窝里。

"没想到你还有个皇祖母，她似乎是个很厉害的人。"想起明天的狩猎，她轻轻叹了口气，"我真不懂，她想让你与如意姑姑在一起，为什么却也饶不了我？阿离，你还记得她刚才是怎么说的吗？她说，年妃啊，哀家看你脸色甚白，明天你不会病下了吧。"

"她大概在猜度，没与你分到一组，我会诈病不去吧。也只有一天的比赛，剩下几天都是自由狩猎，我是一定要去的。从西山回来，你便要到帝陵去了，我想与你多待几天。"

"嗯。"龙非离吻了吻她的脸颊，抚着她的发沉声道，"不用害怕，那两个人，若只有其中一个单独与你在一起，当时即便是冲撞了皇祖母，朕也一定会拦下，但他们两个人在一起，却会互相制约。再说，是他们把你带进去的，不敢不把你完好地带出来。"

年璇玑扑哧一笑："完好？瞧你说的我像要缺胳膊断腿似的。"

"胡说！"

年璇玑笑了笑，道："她老人家似乎很喜欢如意。"

龙非离嘴角一挑："她以前便说过，如意为人聪慧，识大体，即使入主后宫，也必不妖媚不争宠，有容人之量，她甚是中意。她有多喜欢如意，朕不知道，但朕很清楚，她并不喜欢朕。"

年璇玑一惊，呆呆地看着龙非离。

龙非离抚上她的眼睛，淡淡道："朕是茹妃的孩子，这事在宫里没多少人知道，她却是知道的。父皇临终前告诉了她，想让她也帮忙照看朕，可是父皇低估了她对朕母妃的厌恶，因为朕的皇祖父以前也独宠一个婢女，而对她很是冷淡。"

"难怪她刚才说起独宠专房，如此厌恶。"年璇玑苦笑道。

"与温华敏和太后的关系一样，龙修文的母妃其实是她的侄女，她一直属意的王位继承者是龙修文。"

第三十九章

不舍弃 纵使风雪又一程

西山。

到达围场以后，除去太皇太后与太后留在营帐内，所有人便按手谕所示分了组，由禁军驾马车护送到划分好的猎区。

白战枫、段玉桓、温如凯等武将检查马车配备与禁军分配之际，年璇玑看了龙非离一眼，他正与纳明天朗谈笑着，温如意不时也插几句，三人相谈甚欢。

似看到她的凝视，龙非离唇角微挑，侧身深深地看了她一眼。年璇玑正想多看他几眼，身旁的龙立煜却在逗她说话，她心里咒骂一声，回过头来，皮笑肉不笑地冲他一笑。这一笑不得了，龙立煜的话便多了起来，好在还有个龙修文时不时帮她招架几句。

三人正聊着，听到前面一阵嚷嚷传来，年璇玑听到是龙玉致的声音。白战枫检查好配备，与夏桑二人聊了起来，龙玉致看两人"搭"上了，说些她不懂的边防之事，气恼地在地上直跺脚。

年璇玑好笑，正想过去揶揄她几句，眼角余光却瞥到年相淡淡地看了龙非离一眼，眸光一闪而过，她心里不安，还想再看去，却听太皇太后与太后从营帐走了出来，宣布出发。

龙立煜，是她向来讨厌的，至于龙修文，想到他的为人和手段，年璇玑恼恨不已。上了马车，三人互相寒暄了几句，她便假意靠在一边假寐起来，没有再与二人多说。龙立煜唤了她几声，她没有应，龙立煜冷哼了一声，倒是龙修文低声道："娘娘，你冷吗？"

"修文冒犯了。"

年璇玑正疑惑，身上一暖，似乎是一件外袍披到了她身上。她微微一怔，蹬了手脚，不敢发出声响。心想，若不是知道这男子险恶，他这份细心倒真叫人有几分喜欢。

"七弟，难道你对年妃娘娘也……"龙立煜眯眼看着，一笑之下又陡然收住话音。

"也？"龙修文微微蹙眉，淡淡道，"还有谁吗？"

龙立煜暗咒，这一时倒说溜了嘴，连忙道："那自然是皇上。"

龙修文倒不慌不忙，笑道："修文还以为三哥说的是另有其人呢。敢情三哥也听过修文冲撞娘娘之事吧？"

"你是说赐婚的事？"

"正是。当日修文与纳明王子曾在帝都路遇一位姑娘，是个兰心蕙质的好女子，倒不曾想后来在宫中遇上年妃娘娘，那姑娘与娘娘容貌有数分相像——"龙修文说着，微微叹了口气，"幸好皇上宽宏大量，并没有怪罪下来。

"还给你赏赐了一名与年妃模样相似的歌姬。"

"是，三哥莫笑，总归是慰了修文些许相思之苦。"

龙立煜扬声大笑："看不出咱们七弟还是个痴情种子。"

"这世上真有如此相像之人？"他一挑眉宇，又奇道。他对年璇玑心心念念，不意龙修文倾慕的人竟与年璇玑容貌相若，心中觉得十分奇怪，又想，他们兄弟三人倒喜欢上了同等模样的女子。

龙修文一笑："嗯，确是巧妙。"

两人又说了几句，年璇玑闭着眼睛，只听龙立煜突然有意无意道："听说，前阵子七弟因赐婚一事与纳明王子交恶，最近却与王子走得甚近，这驿馆间多有往来。"

龙修文笑道："冤家宜解不宜结，修文一直为冒犯了王子的事而感到不安。"

"哦，没有再提别的事？"

龙修文淡淡反问："修文也听说三哥与月落的大王子过从甚密，倒不知道三哥与大王子平日书信往来，又提些什么事情呢？"

龙立煜不意他有此一说，吃了一惊，一时脸色阴晴不定。

年璇玑好笑，敢情龙立煜这浑蛋还真的把她当睡死了来处理，她连忙打起精神仔细听去。虽知这二人互相忌惮，不会在她面前谈论什么机密之事，但能多听些意外消息倒也不错，正好回去告诉龙非离。

但龙修文一句话，却引起了龙立煜的戒心，两人就此把话题打住，接下来只谈了朝中的一些人事，还有便是各自郡中之事。

她听得困乏，倒真有了几分睡意。

"娘娘，到了。"

突然，一只手轻轻抚上她的肩，年璇玑一个颤抖，睁开眼睛。

龙修文微微一笑，正看着她。

年璇玑回以一笑，又佯装看了看身上的外袍，感激道："王爷有心了，谢谢。"

龙修文接过年璇玑递过来的衣服，温声道："能为娘娘效劳，是修文的荣幸。"

数辆马车停在一边，十多名禁军环护在四周，年璇玑坐到车夫的位子上观看。龙立煜与龙修文拿了弓箭，奔跃在林间，弯弓搭箭，猎杀走兽。另有多名禁卫负责捡拾猎物。

她看了一会儿，便全然没有了兴致，虽然两个男子箭术极为厉害，端的是百步穿杨。她虽非素食者，但看到眼前的动物被活生生猎杀，血腥一地，终究心有不忍，索性走回马车里面，拉下帘子。

才坐下，龙修文却走了进来，笑道："想娘娘是闷了，若娘娘不嫌修文技劣，修文愿教娘娘这弓矢之术，让娘娘也能亲手捕猎如何？"

年璇玑一笑，正想婉言拒绝，却看到龙修文突然变了脸色，跨步而来，把她环进怀里。

"王爷。"年璇玑没想到龙修文如此大胆，又想到以他的为人不该如此莽撞，她又惊又疑，正要把他推开，哪知道他却把她抱得更紧，在她耳边低声道："别动。"

年璇玑也意识到不妥，马车外面——太静了。

"外面来了人？"年璇玑低声问。

龙修文点点头："娘娘别怕，修文一定会保娘娘安全的。"

"咱们要一直待在马车里吗？"

外面的沉寂，让年璇玑越发不安，龙立煜和一众禁军都被制伏了吗？

腰身突然一紧，年璇玑吃了一惊，龙修文抽出佩剑，剑光闪烁间，只见车顶穹罩已被割破，他环着她破穹而出。与此同时，一把明晃晃的剑割开马车帐帘，刺了进来。

地上都是昏倒的人，包括龙立煜。

前方站着数人，都是一身劲装打扮，为首的人冷冷笑着，手中长剑直指二人。

难怪可以迅速把龙立煜和禁军都制伏，年璇玑苦笑，原来是故人。

"年妃娘娘，别来可好？"女子笑吟吟道。

"慕容姑娘好。"年璇玑淡淡道。她在这女子手下吃过不少苦头，现在倒也不畏惧了。慕容琳这个人生性残忍，即使害怕也没有用。

她强忍着扭头看一眼龙修文的冲动，龙非离告诉过她，慕容家受的便是龙修文的差遣。现在，龙修文便要把自己的野心暴露出来了吗？以龙修文的谨慎来说，怎么会？还是，他们又要做一场什么戏？她现在什么也不能做，也只能装作什么也不知道。

再生缘
我的温柔暴君

"娘娘，你猜你今天还能不能逃得脱？"慕容琳握剑慢慢走近，挑眉而笑。

"慕容姑娘，你一定能把七王爷打败吗？"年璇玑笑道。

"你怎么以为他一定会保护你？"慕容琳倏地收住笑意，冷冷反诘。

年璇玑看向龙修文："王爷，是这样吗？"

龙修文深深地看了她一眼，年璇玑只觉得身上一麻，身子慢慢软在男子的怀中。

龙修文也不理会慕容琳等人，抱起年璇玑，径自把她放进马车里，又走过去探了探龙立煜的鼻息。

"只是昏过去了，我没有动他！"慕容琳道。

龙修文冷冷一笑："龙立煜是跟我一起进的围场，若他出了什么事，别人会怎么说？龙非离会怎么想？"

"所以没有你的命令，我并没有动他。"慕容琳扔了手上的剑，走上前，挽上龙修文的手臂，柔声道。

"那你现在过来做什么？你不是已经在回忘忧郡的路上了吗？"

"修文，咱们不能放了年璇玑，这次是好机会。你不是说皇帝爱她吗？龙非离上次甚至为了她连命也不要，如果咱们把她杀了，龙非离岂不悲痛……"

龙修文淡淡打断她："与龙立煜一样，我必须把年璇玑安全带出去，若在这里出事，龙非离第一个杀的，你认为是谁？我和龙立煜都无法逃脱责任。"他袖子一拂，"你回去吧，狩猎完，我再与纳明王子一聚，就返郡。"

"修文，以你的才智，我知道你一定会有办法。"慕容琳轻轻笑着，眸含期盼看着他，"这小贱人毁了我的容貌，生肌丸又让她服食了，我这一生也未必可以恢复容貌。"

"琳儿，刚才所说的年妃死了，龙非离会怎样，不过都是你的借口，你根本就是想杀了年璇玑。"龙修文斜斜瞥向慕容琳。

"是！"慕容琳突然放开龙修文，苦笑道，"修文，当日我哥哥说，我尚且不信，但现在我开始相信了。那名歌姬容貌酷似年璇玑，这些天，你碰也不碰我，只在她房里，对她也夜夜宠爱。你甚至要我与哥哥回郡，是不想让我在这里阻碍你欢好吧。"

"你刚炼完心蛊，身子不适宜行房事。"龙修文微微不耐，轻声道，"若你不喜，你可以将那歌姬杀了！"

"不！"慕容琳咬牙，一字一顿道，"我不杀她！我只杀年璇玑。我哥哥没有想通的东西，这些天，我却想到了。

"有一点，我一直忽略了。你若不爱她，当日你大可以把生肌丸换成普通的药丸再下蛊，你没必要赔上我的容貌，唯一的解释是什么，你比我清楚！宫里传来的消息说，你曾向皇帝请求赐婚，那女子的容貌听说便与年妃相似。他们都被你骗了，那根本就是年璇玑对不对？不过是那时你不知道她就是年妃！

"赐婚？王妃的位子只有一个！她做了你的王妃，那我慕容琳是什么？我哥哥说得对，男人都想把他最好的东西给他最爱的那个女人。今儿个你想让我回忘忧郡，可以！你想让我帮你做什么都行！但我今儿个一定要杀了年璇玑！

"修文，你不是爱我的吗？那就让我杀了她！你想想，这个女人可以帮你做些什么？我又可以帮你做什么！"

慕容琳嘴角的笑意慢慢扩大，龙修文神色淡漠，负手站在原地，没有动。她看了几个手下一眼，那几个人会意，握剑向马车走去。

围场，另一侧。

"你要去哪里？"温如意盯着前方男子高大挺拔的背影，笑问，眼眸血红，眉间却苍白。

"朕去找她，规则里说不能越界追捕猎物，却并没有说不能越界找人。"

"你哥哥呢？"龙修文突然淡淡地问。

"在返郡路上。哥哥还为这事生气，没有跟我一起折回来。"慕容琳笑吟吟地看着几名男子走近马车，伸手拉下龙修文的头，轻轻吻住他的唇。

口腔里被哺进微微甜香的粉末，龙修文皱眉，冷冷道："这是什么？"

"修文，我快回去了，你不想我吗？"慕容琳哑声道，唇舌厮磨在他的唇上。

龙修文顿时明白过来，是合欢散。斜挑了眉，他握上慕容琳的肩膀，一字一顿道："慕容琳，在这里行男女之事，你还真是疯了！"

慕容琳眸里扬起笑意，又痴痴地看着男子的俊颜。

突然一丝冰冷寒气快速掠过，钝痛传来前是一阵闷响，那声音比下一刻的痛苦更让人空寂和害怕。

慕容琳的笑靥迅速破败，她犹难以置信地低头去看，目光触到从肚腹间伸出来的剑尖，最终死了心："修文，当日我被年璇玑撞下悬崖，后来又被龙非离抓住，那两回，我都以为，我必死无疑……我从来没有想到过，我竟然会死在你手里。

"幸好，我哥哥，他……他没有过来。你真狠，想连我哥哥也杀了！"

慕容琳低声说着，慢慢垂下眼睑。

龙修文眸光冷鸷，握剑的手迅速撒开，狠狠抓握上慕容琳突然伸出的右手，手腕微一用力，已把她的手骨折断，一脚把她踢开，微微一笑，道："琳儿，你的性子，我还不清楚吗？"

慕容琳匍匐在地，银亮的匕首跌在不远处，她喘着气，眼见已是出气多进气少。

靠近马车的几个男子震惊得站在原地，不知谁悲吼了一声，几人一齐向龙修文奔了过来。

"蠢材，走……去告诉我哥哥替我报仇！"慕容琳嘶喊道。

龙修文轻笑着，雪白的身影穿梭在几个男子当中。

当那抹白影在她面前站定，慕容琳惨笑，不过数招，他已徒手把她手下的人全部杀了。

"为什么？"她用尽力气仰起头，眼里带着怨恨质问眼前这个她为之倾尽所有的男子。

"因为，"龙修文慢慢弯腰，邪肆地勾起她的脸颊，"第一，心蛊已经炼成。第二，你哥哥说对了，我既然打算把正妃之位也留给她，又怎会让你杀了她？再说，我讨厌不听话的人，而你一而再挑战我的底线。"

"我……哥哥不会放过你的，你和年璇玑都不得……"低哑的声音戛然而止。

"不得好死吗？"龙修文淡淡笑道，"慕容琳，你哥哥不会知道是我杀了你，他会以为是龙非离所为，他还会和龙非离见上一面，别忘了，他需要摧心丹的解药。你说到时是他杀了龙非离，还是龙非离杀了他？"

寒霜般的眸光慢慢移到马车上，柔和了些许。龙修文眉一蹙，看了四周一眼，把龙立煜抬到慕容琳的尸体背后，让他的手握上插在慕容琳背上的剑柄。

他刚直起身子，腹下一紧……合欢散的药力发作，这是宫廷秘药，药性极强，他以前和慕容琳玩的时候便用过。

他的自制力本来极强，望着不远处的马车，却突然心猿意马起来。

不行！他微微咬牙，现在还不能碰她！

想起这些天与那歌姬的欢愉，那不过是她的替代品……若是她，会是怎样的滋味！他的欲望顿时猛烈起来，待到他发觉自己做了什么事的时候，他已把马车的帷帐一把拉开，紧盯着刚才被他点了昏睡穴的她。

她脸上新生的肌肤极幼嫩，吹弹可破，手指在她脸上摩挲着，眸光一低，却看到她脖颈上的青紫。

他腹下骤紧，灼热疼痛汹涌而来，仿佛鬼迷心窍一般，他轻轻拉开她的领子，白皙的肌肤上，果然蜿蜒了更多被男人疼爱过的痕迹。

一圈一圈的微红紫蓝……想起她在他弟弟的身下脸若红霞，低吟承欢，他顿时狂躁愤怒起来，凭什么龙非离就能与她夜夜恩爱，他却只能去碰那个酷似她的女人！

前生，他爱她如火如荼，她心里却只有龙昊，这一生她又成了他的女人。

小时候随父皇狩猎，这个围场来过多次，这是他们的猎区，除去躺在地上的这些人，再也没有人会在这一带出现，再往深一点儿，有些洞穴——挥鞭在马背上一扬，马儿吃痛，立刻向前方疾驰而去……

狩猎申时开始，现在是酉时初刻，还有一个多时辰，足够他挥霍。

现在，他便要她成为他的女人！

"也许在她看来，我甚至是不知廉耻的，你呢，你也这样看吗？我好不容易才找到一个机会，与你待在一起，你便这样走了吗？你与她天天相见，她难道还不餍足，还要来与我分这两个时辰？"温如意苦苦一笑，道。

龙非离微微侧过身，轻声道："朕以为那天你我之间已说得足够清楚。心漪，不知道从什么时候开始，不餍足的，不是她，是朕。"

远处的纳明天朗正射杀得兴起，回过头来，笑喊道："皇上，咱们这组把赏赐赢下，你可是能得到一份，替你自个儿省下三分之一的赏赐，您还在那边做什么？赶紧过来助我一臂之力！"

龙非离却足下一点，从他前面掠过，声音传来，身影已消失无踪。

"朕稍后便回，烦请王子照看一下如意姑娘。"

纳明天朗微微一凛，倒并非为龙非离的突然离开，而是——他低头看看手心里的纸团，那是龙非离离开前塞给他的。

"哇，收获很丰富，咱们这回胜算不小哟。"龙玉致抛下弓箭，将手帕递给白战枫。

白战枫微一迟疑，还是接过了，道："谢谢。"

龙玉致脸上一红，抿嘴笑着走向夏桑。

噗的一声，准头偏了，夏桑自嘲地一笑，是啊，目光在那边，这准头怎会瞄得准？

她的身影走近，他不动声色地避开，重新挽了弓箭，眸光如电，落在前方一只野兔上。

"夏桑！"前面的男子连换了数次方位，龙玉致也急了，冲口而出道。

夏桑这才回过身来，淡淡道："怎么？"

"给你的。"龙玉致撇撇嘴，把手里紧攥着的帕子递到夏桑面前。

夏桑微微一震，怔怔地看着她小手里的帕子，低声道："我也有吗？"

龙玉致奇怪了："怎么会没有？"

她嘀咕着把手帕塞到夏桑手中，又笑吟吟地去地上捡起自己的弓箭，下意识回头一看，却见夏桑把手帕放进怀里。她皱皱眉，走到夏桑旁边，拍了拍他的肩膀："为什么不擦汗？这满头大汗的！"

夏桑顿时窘迫起来，白净的脸皮微泛暗红，又苦涩一笑，怎么跟她说，总不能说，这是她给的东西，他舍不得用吧？

龙玉致狐疑地瞅着他，哼道："夏桑越来越奇怪了！"

她说着踮起脚，拿袖子拭去他额上的汗水。

带着淡淡清香的袖子在他脸上滑过，夏桑如遭雷击，心头一跳，竟猛地抓住她的手。龙玉致吃了一惊，不知所措地瞪着他。

"好疼，夏桑，你做什么？我只是帮你擦汗——"

夏桑骤然回过神来，放了她的手，微微侧过身："奴才该死，冒犯了公主。"

他语气中的厌恶，让龙玉致一呆，怔怔道："什么奴才、公主，我不爱听你说这个，你知道的，我不喜欢你这样说。你是不是不喜欢我了，你讨厌我是不是？我老是觉得，不知从什么时候开始，你便不喜欢我了——"

夏桑听她声音委屈，泫然欲哭，心里疼痛，一转身，便想好言相哄，却又想这样也好，两人自此疏了往来，那么，他对她越来越强烈的念想说不定也可慢慢消减下来。

明明那晚在烟霞郡的林子里，不顾一切悄悄地拥抱了她，告诫自己说，是时候了，不可再痴心妄想，却像上瘾了一般，每晚去想那个偷来的拥抱、去想她。

有时看着皇上与年妃娘娘的亲密，何尝不多做遐想？

"你以前不是这样的，咱们小时候不是这样的，夏桑……"

她以为他会像以前一样哄她，他却没有，仍然冷冷地板着身子。龙玉致心里一阵失望，轻轻去扯夏桑的袖子。

他的袖子却像他一样冷硬，丝毫不动。

那阵憋闷的感觉越来越甚，龙玉致低下头，水意却从眼里渗出，一动，跌在夏桑的手臂上。

那只被她死死抓在手里的袖子微微一颤，她还在怔愣，他却从怀里掏出刚才她给的手帕，按在她眼皮底下，轻柔地擦拭起来。

他清新的气息拂在她的耳畔。

"玉致，人长大了，自然会变。就像你也有了喜欢的人，对不对？"

龙玉致一震，抬头看向夏桑："你也知道了？"

"嗯，皇上，娘娘，大家都知道了吧。傻丫头，一个男子不会喜欢你和另一个男子如此亲近的，咱们也该有些忌讳，对吗？"

"像手帕这些东西，你给白将军就可以了，不必给夏桑，懂了吗？"他微微俯低身子，抚抚她的发，却又快速把手收回。

龙玉致蹙了眉，一瞬间似乎又明白了许多，果然，每个人都变了是吗？可是，连变化最大的嫂嫂不也变回来了吗？和九哥很好很好，不再讨厌他，不再不理他。

夏桑是她最亲近的朋友，如果喜欢白大哥便不能再和他好了吗？他说，白大哥会在意，嗯，是的，就像那时九哥不喜欢嫂嫂去说白大哥的什么事儿。

本来雀跃的心情顿时变得黯然，她不想失去夏桑，夏桑是她很重要的人啊，和九哥、十哥、嫂嫂一样。不，不一样，她迅速否定了自己，又突然觉得茫然，到底哪里不一样？

夏桑看到龙玉致蹙紧眉眼，小脸一片苍白，心里那股自我厌恶愈烈，她不明白，他厌恶的从来不是她，而是他自己。

他甚至卑劣到用这样的话来逼迫她疏离他，不过是为了他自己好过些，辗转徘徊，他想她，想得快要疯掉！可偏偏永远求而不得……

两人正僵着，白战枫的声音突然传来："你们先看着，我走开一下，去去就回。"

龙玉致一怔，夏桑淡淡道："白将军要去哪里？"

"战枫去年妃娘娘那边看一下。"白战枫轻声道，"情况无碍，战枫立刻回来。"

"好！"夏桑颔首。

"那公主便有劳夏总管了。"

"是夏桑分内之事。"

两个男子一点头，白战枫身形闪动，龙玉致嘴唇稍动，他已经离开。

龙玉致轻轻一笑："夏桑，我真傻，白大哥他心心念念的始终还是嫂嫂。"

夏桑摇摇头："玉致，不是这样的，虽与白将军接触不多，但夏桑觉得他是个磊落的人，尤其现在皇上与娘娘的心结已解，以他的性子，绝不会涉足进去，他要的只是娘娘的幸福。"

"为什么你敢这么肯定？"

龙玉致，因为，夏桑想的也是你能够幸福一点儿。将心里的想法掩去，夏桑把手帕递还给龙玉致："夏桑有幸跟在皇上身边，看到过各种各样的人。"

龙玉致低着头，没有看到夏桑递来的手帕，夏桑把微湿的帕子仔细折叠好，放回怀中，轻声道："玉致，三王爷曾对娘娘有过非分之想。"

有些事情，人心的险恶和丑陋，龙玉致应该知道，才不会再犯无心之错，有时，无心之祸比任何祸患都甚。没有把龙修文的事情说出来，这事，皇上早已吩咐下来，除去他们，不适宜再让人知道。

龙玉致一惊："夏桑，你说什么？怪不得九哥昨儿差点儿便顶撞了皇奶奶，原来是这样，原来是这样——

"我真该死！怎么办？不怕，不怕，好在还有七哥在……"

夏桑看着龙玉致慌乱的神色，微微叹了口气，如果说龙立煜是真小人，那么龙修文便是伪君子，真小人不可怕，这伪君子才可怕。

白战枫几乎是紧随着龙非离的脚步到达年璇玑这组猎区的外围。

他刚看到龙非离，龙非离转身也看向他。

"皇上，微臣只是……"白战枫微微欠身，龙非离却摆摆手，打断了他。

"朕明白，将军不必多说。"

君臣二人相视一笑，最坚定的信任，很多时候不是在开始之初便有，需要去建立，首先是要去信。

突然，白战枫眉头一皱，惊道："不好，是血腥之气。"

龙非离耳鼻也极灵敏，几乎同时也感觉到了，两人相视一顾，各自施展轻功，踏进了猎区范围。

待看到龙立煜等人倒卧在地，慕容琳眼睛大睁，怨恨地睨着天空之际，饶是两人平素镇定，也大吃了一惊。

可恶！龙非离手心紧握，没忘记她落到慕容氏手中时所受到的伤害，这次，又是谁？是龙修文，还是他人？

"皇上，依你看，娘娘会是被慕容家的人带走了吗？"白战枫眉头紧蹙，来回查看着地上的踪迹。

龙非离眸光似电，皱眉看了慕容琳背后的伤口一眼，凝声道："有三种情况，一是龙修文故意布的局，派人把她捉走；二是另有一批人，把二人都带走了；第三，龙修文与慕容发生内讧，杀了这些人……只是他为什么要把她带走？"

"怎么说？"白战枫弯腰，也察看起慕容琳的伤口来。

龙非离目光越发阴冷。

"按理说，第一种情况的可能性甚小，朕的七哥是个谨慎远虑的人，他不会让人有一丁点儿怀疑到他头上的嫌疑。另外，小七是他带进来的，若在他手上出了差错，亦削了他的颜面，所以他即使想把小七夺走，也不会是从他自己的手上。"

白战枫点点头："不错！那便只有第二三种可能！"

"不管怎样，现在我们须尽快把人找出来！白将军，你沿着这些车轮子的印迹追去，朕立刻回营召集人马赶过来！"

"好！"白战枫微一凝眉，冷笑道，"好狡猾的人！"

龙非离微一怔，一看车印子，再一看四周，随即会意，一拳砸到树干上，冷冷道："好得很！"

前路，马车印子甚是清晰，却有三道，蜿蜒了三个方向，向远方密林处而去。

到底，哪一道才是真的？

"每组人，各配备三辆马车，主子一乘，禁军两乘，现在所有马车都不见了，却是用做混淆视线之用。也许，把小七捉走的人并不意我们会过来，却还是小心地把这点也算了进去。"

白战枫微一蹙眉："战枫或许有一法可试。"

龙非离一喜，紧绷的眉宇稍稍打开些许。

白战枫立刻仔细勘查地面上的三道痕迹，用手轻轻抓敲，少顷，嘴角一沉："三辆马车上都载了同等的人数，这样一来，便无法探出真假。"

"其他两辆马车里装着的可能是尸体。"龙非离沉声道，眸光朝地上一看，白战枫随他的眸光看过去，顿时明白，脸色凝重，"地上血迹显示有躯体被拖曳的痕迹，这么说来有些尸体被搬上了车，任马儿拉着车子走。"

龙非离咬牙道："战枫，你知道这意味着什么吗？既然要用尸体来分散我们的注意力，那便是说对方人手不足；既不是有备而来，那就是说把小七带走的人，极大可能是龙修文！"

"若他敢动她……若他敢！"

"从打斗痕迹判断，他们离去并不久，是否龙修文所为，现在还只是判断。事不宜迟，战枫，仍按原定进行。这边距离你的猎区最近，你过去通知夏桑，让一部分禁军先送玉致回营地，剩下的人、你还有夏桑，骑马各往一个方向追去，朕现在立刻回去调派人手。"

"好！

两人一颔首，错开了方向。

尸体有些留在地上，有些则被搬上了车，龙立煜与倒卧在地上的一众禁军倒没有伤亡，似乎只是中了甚重的迷药。龙非离微一沉吟，这个猎区距营地并不远，甚至比附近几个猎区更近，遂打消了过去取马调人的念头，探手入怀，拿出一只焰火燃了，立刻施展轻功回营地。

回到营区，天色已黑了下来，一问营帐外算点时辰的将士，已是酉时三刻。

留守的将士看到皇帝，都吃了一惊，龙非离一声不响迅速点了百名禁军。这时，太后与邢吉祥搀了太皇太后出来，后者蹙眉道："皇帝，你这是做什么？"

"皇祖母，容孙儿稍后再向您禀报。"

他微一颔首，跨身上马，眸光一展，却看到林子里有数辆马车疾驰而来，想是看到焰火召集，心情急迫，驾车座上是龙梓锦、段玉桓、清风等人。

"随朕去找年妃！"他一挥手，众人会意，正待掉转马头，突然天空中传来一阵噪叫。夜色里，营帐外的火盏中，只见一只巨大的雪白飞兽从空中飞扑而下，鹰隼一样的眸泛着蓝光，如箭矢一般向龙非离疾射而来。

"保护皇上！"段玉桓大喊一声，与龙梓锦、清风跃下马车，扑了过来。

禁军早已把龙非离与太后、太皇太后团团围住，又有人持刀向那矗立在众人前面的飞兽斩去。

"停手！"龙非离喝止，龙梓锦等人满脸惊讶，清风已失声叫道："小畜生！"

这正是年璇玑所养、已失踪多日的小狼！

只是现在说是小狼也已不妥，眼前这只雪狼已长成与众人当日在麒园看到的狼一样大小，一身雪白皮毛似银色，冷冷地盯着众人。它似受了重伤，还是患了什么病，身子微微晃着，有丝不稳，但眼神又冷又傲，却又带着焦虑。

龙非离皱了皱眉，吩咐身边的将士："莫伤了它，好生照拂。"

他正要策马离去，小狼却突然半蹲下前腿，凶恶地朝他叫了几声，又使劲扑打着背上两只硬翅。

众人大吃一惊，这只飞兽竟似要龙非离坐到它背上去。

龙非离心中一动，沉声道："你是要带朕去找你的主子吗？"

小狼猛地点头，龙非离再不迟疑，跃下马，跨坐上它的背脊。

"皇帝！"太皇太后与太后对望一眼，厉声道，"这只东西来历不明，别靠近它！"

龙非离只怕年璇玑已遭到了什么危险，并不去理会。他一拍小狼的头，小狼猛地站起来，它负了重，身子颤抖得更厉害，却狠狠长噪一声，雪白的毛随着翅膀扇动落了一地，瞬间已振翅飞向天空。

一身华服的男子驭着雪兽，飞越长空，气势慑人，一众将士还在震惊不已，龙梓锦喊道："所有兵士听令，随本王走！"

他一挥马鞭，驾了马车，循着夜空上的兽影，疾驰而去。

段玉桓率禁军立刻跟上。

"王爷——"马车里钻出个脑袋，神色略微不安。

龙梓锦笑道："倒把你忘记了，刚才该把你放下马车的，哪有人像你这样，坐个马车也吐得七荤八素的。"他脸上微有歉意，"你将就一下，现在不能慢。"

被揶揄的崔医女脸上一热，小声道："我没关系的，年妃娘娘没事就好。"

看着大队人马顷刻消失在眼前，太皇太后紧紧皱着眉，声音不悦："这年妃又出什么事儿了，不是好好打个猎吗？老三老七又在，这还能出什么事！皇帝竟也跟着莽撞，万一被那只畜生伤了怎么办？"

太后笑道："母后，您也莫动气。这年妃自打进宫起，发生在她身上的事情却特别多，偏生皇上又紧张得什么似的。"

"太皇太后可能还有所不知，最让人意外的是她姐姐年瑶光的事。"邢吉祥轻声说着，又微微叹了口气，"这本家姐妹的，别学了去才好。"

太皇太后冷冷拂袖，道："吉祥，年瑶光的事哀家也知道，像这种小贱人，说出来也嫌污了口。年璇玑在宫里规行矩步尚好，若有半分行差踏错，哀家定不轻饶！"

太后嘴角微扬，却突然听到太皇太后淡淡道："阿碧，听说这年氏进宫之初，你曾要处死她？"

洞外天色暗沉，眼前却火光莹莹，映出衣服半敞的女子身上肌肤细腻白皙，容颜恬静。

看了她许久，他只动手解开了她的衣裳。

虽然，他有方法能不让她知道碰了她的人是他，但若有一天，她万一知道呢？她会恨他入骨吧？

他的身体如火灼烧般难耐，握在她肩上的手指越来越紧，也许是他施加在她身上的压力，她的眉轻轻蹙起，眼皮微微跳动着。

若用重手法封住她的穴道，对她的身体不好，林子里，他只是轻轻点了她的穴道。一段时间穴道便会自动解开，眼看她有醒转的迹象，他皱了皱眉，手滑到她身上，正想把她的穴道重新封住，却听她低声轻喃着什么。

他微微疑惑，俯下身子去听，却听到她在唤："阿离"。

阿离？龙非离？

平日，那个人是君，她是妃，她和他的弟弟在他人看不见的地方都这样叫对方的名字吗？

她把她的身体交给他，连同心一起。前生也一样。她怎么能这样死心塌地？

明明那时，他认识她在先，他们一起长大，他纵容着她带她的小兽偷看他教习手下兵士武功兵法，她却只念着龙昊。

天帝有心攻打龙宫，想以她为诱饵，实际上，没有他率兵攻打，天帝未必能如愿。他向天帝请求赐婚，天帝并没有拒绝，因为天帝明白，他这个将帅对天界的重要性。她却拒绝了他的求婚，嫁给了龙昊，宁愿被半囚在黑不见底的鲛人殿。

前生，她叫紫苏。

紫苏死了以后，雪狼王以一身灵力封印了狼族，封住了紫苏临死前因受伤过重而散碎的灵魂。

天界与龙宫的战争在继续，后来以龙昊胜利告终。龙昊成为天界的新帝，但他并不开心，他一定要紫苏重回他身边。

可惜，紫苏的一缕魂却过于孱弱，而龙昊本身的杀戮太重，虽拥有强大的破坏之力偏偏没有凝魂之力。

为了让紫苏转世，龙昊去找佛陀，让他保住紫苏的灵魂。

佛陀慈悲，念及在这场弑神的战争中死去了的无数神和人，提出以龙昊的力量来交换紫苏的灵魂，让天地一切进入沉睡，然后再生。

龙昊最后应允了佛陀的条件，尽散神力，死在紫苏死后不久的年月里。

而他的神力被龙昊封印住，坠入再生轮回，转世后还未能解开封印，但御花园的赐婚，那一瞬间的得而复失，却让他在当晚恢复了前生的记忆。转世的龙王龙昊，今生的西凉国君龙非离却已完全没有了前生的记忆。

再生又怎样？

这一辈子，他将携带着前生的怨恨把她夺回，附带龙昊今生的天下。

愤怒与欲望一旦被点燃，便无法禁制。药性发作得更厉害，他拉开她的外裳，轻轻地把她的内衫掀起，让她雪白的肌肤全部呈现在他眼前。

那个歌姬的容貌再酷似她、身段再好，都不是她。

他打开那女子的身体，不会战栗，但他光这样看着她，手指已经微微颤抖。他细细吻上她的脸，突然觉得这样杀了慕容琳，实在是便宜了那女人。他吩咐过慕容琳不能动她，那女人却割伤了她的脸！

从她在帝都荒村里跟那个小丫头说"追本溯源，家园不可舍弃，只要肯去想办法、肯努力，一定可以有所改变"起，他便记住了她！父皇狠心，忘忧郡是他花尽一切心力去整治才有的今日！

唇沿着她的脸颊而下，他含上了她的唇……比想象中更美好，他把她整个揽进怀中，滚烫的吻滑到她的颈下，他知道，他今日无论如何都不会放了她。

单纯的亲吻和爱抚已不足以熨平心底的渴望，是药性使然还是禁锢了千年的压抑？

抚摸着她滑腻的肌肤，突然他脸色大变，洞外传来的嗥叫之声凌厉至极，如在耳边炸开。

小狼的速度极快，背后跟着的人马尚未追赶到。从小狼背上跃下，龙非离想也不想，一掀衣摆便快步进了眼前黑暗的山洞。小狼摇晃着身躯，嗥叫了几声，也飞快地奔跑进去。

鼻端处盈来薄薄的烟火之味，这洞里的篝火必定刚被人熄灭不久，人已经离开了吗？龙非离迅速点亮手中的火折子，皱眉看了一眼从他身旁跑过的雪狼，刚才这小兽若没有厉声嘶叫，洞穴里的人未必知道。

山洞多石乳，曲折回环，龙非离每走一步，便是心惊、惊怒、战栗、不安，她又被带走了吗？她现在到底遭遇着一些什么？

突然，小狼一声悲鸣，他浑身一震，只见前方的石椅中，她的胸膛微微起伏着，她还活着！可是，她身上的外裳却垮在腰际，月白抹胸被掀至颈侧，露出姣好诱人的身体。

他昨天才彻夜疼爱过的她……

身子一晃，龙非离紧紧抓着身旁的岩石，才稳住身形。他重重闭上眼睛，脑子里只有一个声音在疯狂地嘶喊：他不管她是不是被人侵占了，他仍要她！他只要她！

小狼半蹲在地上，哀哀地看着年璇玑，末了，张嘴去咬年璇玑的衣服，又用爪子去抓，似乎想帮她把衣服拉拢回身上。

龙非离一咬牙，快步走过去，把年璇玑抱进怀里，洞口传来响亮又急促的脚步声，他厉吼道："外面的人听旨，一律不准进来！谁踏进这里一步，朕便杀了谁！"

龙非离把火折子掷到地面的枯木上，任它燃起。

小狼站在地上巴巴地望着年璇玑，突然又跃到石椅上，把头轻轻靠到年璇玑腿上。

龙非离把年璇玑靠放到自己的肩膀上，帮她把抹胸系上，拉好外袍，伸手便要帮她解开穴道，手指却僵硬在她的身子上方，低头一遍遍轻吻她的额，像低喃又像誓咒。

"朕一定会杀了那个人！一定会！"

一遍遍说着，是安慰她，还是安抚自己心里那股将要汹涌而出毁天灭地般的狂怒和愤恨？

手指颤抖着，却始终落不到她身上去。

如果他连自己也安抚不了，她醒来后该如何去安慰她？紧紧地抱着她，他浑身颤抖着，这一刻的苦痛，他也无措。

他竟也无措。

狠辣的眸光落到小狼身上，小兽呜呜地叫着，蹭着年璇玑的腿。

龙非离心头一跳，突然有个念头迸射而出，他微微吸了一口气，道："你下去。"

小狼像听懂了他的话，迟疑了一下，跳了下去。

"别看过来。"龙非离凝声吩咐道。

小狼恶狠狠地朝他嗥叫了一声，又背过身去，蹲坐在地上，把自己盘成一团。

龙非离眉宇紧拧，快速褪下年璇玑的亵裤。

半晌，替她穿好裤子整好身上衣物，他把她紧紧抱到身上，略微笨拙地吻上她的发心，又撬开她的唇舌吻着，深深吻住。

直到腿脚处的衣物传来紧绷的感觉，他才低头看向咬着他裤腿的小狼，笑道："干得漂亮！是朕错怪你了，你在空中那几声嗥叫救了你的主子，救了朕的小七。"

小狼歪着头瞅了他一会儿，似在辨认他眸里的笑意真伪，好一会儿，终于敢肯定下来，欢快地猛嗥了几声，身子微微一晃，跌倒在地。

它使劲撑起身子，想跳到石椅上去，却又跌倒在地，喑哑地叫了两声。

龙非离微微皱眉："你似乎受了很重的伤，连自保的能力也没有了，是因为这样而去找朕来救她吗？"

小狼没有作声，虚弱无力地蜷缩成一团，痴痴地盯着年璇玑。

断剑门一役，幻化成人形的它虽拼着自己受伤，也没有再犯下过多的杀戮，只是，单是挡下那些去追杀她与白战枫的人，也耗费了它不少灵力。

她回到龙非离身边以后，那晚它暗暗去松风镇的别院看她，却看到她眉心里的青黑，明白她又有劫难，它在窗子外面悲伤地看着她。

因为山洞里救白战枫的事，那晚，她和龙非离生了几乎无法挽回的嫌隙。可惜，它什么也不能做。有些事，它不能插手，它能做的只有在她受到严重的威胁时，用仅剩的越来越少的灵力来保护她。

它想回到她身边去，却不敢，怕自己最终会舍不得她。这一次，它虚弱的身子让它暂时无法变回人身，更别说与人拼斗，它只能去找人救她。

也许，它该找白战枫的，可最后，它还是选择了龙非离。

它只想让她开心。

龙非离把年璇玑的身子轻轻放下，走到小狼身边，把它抱起。小狼伸出舌头舔舔自己的皮毛，龙非离眉宇轻扬，把它放到年璇玑的腿上，又轻声道："小心别压着她，你已经长大了。"

小狼瞥了龙非离一眼，虚弱却神态倨傲，凑过鼻子在年璇玑的手掌上嗅嗅，又伸出舌头舔舔，把头偎到她的膝上，闭上眼睛。

龙非离也不以为意，把年璇玑抱回怀里。

"九哥，你里面的情况怎样了？找着九嫂没有？"

清亮的声音传来，龙非离没有应答，把头靠在年璇玑头上，微微沉浸在这片刻的安宁中。

马车行走在林子里，年璇玑抱着小狼，它昏睡着，又大又沉，她抱得吃力，却不愿意放手。

龙非离让她把头靠到自己肩上，看了小狼一眼，把她膝盖上的雪狼往自己膝上挪了挪。

年璇玑感激地笑笑，手绕过小狼的身子，去握他的手。

"它失踪了许久，回宫以后又发生了这么多事情，甚至还来不及找它，也许它一直就在我身边。"

"嗯。"他微微颔首，掌一翻，把她的小手覆住。

"阿离。"她往他颈窝上靠了靠，心里仍然惊颤不安。

"怎么？"龙非离低声问，山洞里，她被发现时衣不蔽体的事情，他没有告诉她，只是把前面的经过述说了一遍。他明白，她对龙修文已有很深的戒心，这便足够。

他本不打算放过这个哥哥，今晚以后，他知道，他更想让他这个哥哥死，比以往任何时候都强烈千百倍！只是，他现在还不能动那个人，因为她不能让任何人诟病为不洁！今晚的事，不能让任何人知道！

马车停下，营地到了。龙非离携年璇玑走下马车，龙梓锦等人也随着走下马车。

营地上，早站满了人。

第四十章

旧情逝 此情已自成追忆

龙非离思及年璇玑受了惊吓，只让马车慢慢行进。营地上，各组人均已回来了，龙立煜也在，正脸色阴沉地站在太后身旁。

太皇太后淡淡道："皇帝总算是把年妃带回来了。"

她皱眉看了一眼后面，一个禁军抱着适才所见的飞兽，语调微扬："年妃没什么事儿吧？"

年璇玑一凛，赶忙答道："臣妾没事，谢太皇太后关心。"

"那你可知道，你没有事，其他人的事儿可不少啊！"

年璇玑一惊，只见两名禁军搀扶着一个人过来，正是龙修文。年璇玑眉一蹙，龙修文似受了极重的伤，一边肩膀皆是鲜血。这个男人把她带走，后被龙非离和小狼追赶上，他迅速离开了，却又伪装成现在的受伤模样吗？

与龙非离相握的手，感受到他微微按了她一下，她会意，心里冷笑，面上却装作吃惊地问："七王爷的伤——"

龙修文脸色甚是苍白，轻声道："谢娘娘关心，小伤不碍事。"

"这又怎会不碍事呢？"太后叹了口气，"若非老七武功高底子好，伤成这样，早就昏死过去了。"

听太后这一提，太皇太后蹙了眉，训斥道："修文，不是让你随太医去包扎伤口吗？怎么又跑出来了？"

龙修文面带忧虑，道："贼人歹毒，修文护着娘娘走，却在途中让人伤了，体力不支昏倒在地，后醒来不见娘娘影踪，又念及三哥那边的情况，百思无法之下，不得不回营找人施救。现在看娘娘平安归来，心中欣喜，也特地向皇上请罪来了。"

他说着，走到龙非离面前，一掀衣摆跪下，道："皇上，微臣有罪！微臣未能护娘娘周全，微臣该死！"

"你何罪之有！若非你拼死保护年妃，歹人早就将她劫走，哪还能等到皇帝过去相救。"太皇太后皱眉道，眼中一片不赞成，"依哀家说，皇帝该赏你才是！"

众人向龙非离看去，他却沉默着，并没有出声。

实际上，年妃林中遇袭一事，到现在所有人还是模糊不清。听到三王爷与七王爷的述说，只知道狩猎当中，有一帮人突然来犯，目标竟似是年妃。三王爷率众禁军抵御贼党，七王爷护着年妃离开，后却被贼人追上，七王爷重伤昏倒，年妃被掳。幸好皇上挂念年妃，到年妃猎区探看，发现了此事，及时回来点兵追赶过去，救下年妃。

龙立煜也看向龙非离，心下却疑惑惊惧不已。林子里，他刚与那黑衣女人等人打了个照面，已被制昏厥，后来，却是被一身鲜血的龙修文唤醒。

龙修文说，他当时进马车找年妃出来一同打猎，哪知道却突然有人来袭，并扬言要他把年妃交出。情势危急之下，他立刻驱了马车护着年妃躲避而去，没多久却被追上，他被击昏在地。

他醒来后，年妃已经不见，他无力追赶，又想起龙立煜，便折回猎区，发现龙立煜与众禁军杀了一些敌人，却不知为何又尽数昏倒，便把他唤醒，两人一起回营地召集人马追赶。

没多久，众人狩猎回来，龙非离也携年妃回来了。

龙立煜心里明白，林子里那些人并不是自己杀的，但看龙修文以为是他所为，而且他手里还握着刺死那女子的长剑，他为人又好胜至极，遂也认了。

但到底是谁杀的人，他没有谱儿，对这整件事也迷惑不已——是谁要把年妃抓走呢？

他心里尚在思量，却听龙非离淡淡道："七哥，你这是为何？把年妃掳走的又不是你，朕怎会怪你？

"七哥下去包扎伤口吧，你看过那贼匪的模样，这事朕还得多倚仗你。"

"谢皇上、年妃娘娘不罪之恩。"龙修文朗声道，"微臣必定协助皇上把贼人抓捕出来。"

"嗯。"龙非离颔首，又看了一眼龙立煜，"皇祖母与母后只管放心，三哥和七哥对年妃的大恩，朕必牢记在心。"

"臣不敢。"龙立煜道。

太后看了年璇玑一眼，没再说什么，太皇太后这才点点头："兄友弟恭，应当的。"

她蹙了蹙眉，又微微沉声道："只是这也奇怪，年妃一介深宫女眷，怎会莫名惹上歹人，当然哀家并不愿看到。按理来说，皇帝，这贼人即使要思谋的，也应该是你才对，还是说年妃平日多与什么人结交，惹上的祸事啊？"

"永华啊，你年家怎恁地多事呀！"

年相面带惶恐，跪到太皇太后面前，道："罪臣该死！"

"也罢。"太皇太后淡淡道，"你也是老臣子了，当记取你那大女之事，莫让这小女也——"

莫让这小女什么，太皇太后要说的只怕是重蹈覆辙吧，这一来，所有人都再次得到认知：太皇太后极不喜年妃。这宫中只怕多事了，华、慧二妃在旁看着，窃喜不已。

年璇玑咬了咬牙，不作声，这个死老太婆，若非龙非离的奶奶，她必定咒骂她十遍八遍。

龙非离看了众人一眼，放开年璇玑，缓步上前，朗声道："皇祖母，这事若说来，倒不在年家和年妃，许是贼人听言朕与年妃感情甚笃，欲把年妃掳走，以此要挟。"

太皇太后微微冷笑，龙非离一句话，分明是偏袒年妃，又再次向众人言明了他的心思。

她脸色一沉，道："如意，你过来。"

年璇玑一怔，只见温如意慢慢从太后背后走出，手上裹了一条帕子，几缕血迹渗了出来。

"皇帝，你刚才走开，如意这丫头便被林中一只野狐咬伤了，这也有你的责任。"太皇太后淡淡地看向龙非离。

"皇上离去前曾嘱咐纳明好好照看如意姑娘，这说来是纳明的罪过。"纳明天朗走出来，朝太皇太后微微躬身，道。

太皇太后微叹了口气，刚说了句"王子这是哪里话"。

一道身影已快速走到温如意面前："怎如此大意，没有事吧？"

却是龙梓锦。

温如意微微一怔，他刚才一直站在马车旁搀扶着崔医女……听他又问了一句，才轻声道："说来是我疏忽，纳明王子射了一只野狐，我走过去看，哪知这狐一时还没有死透……如意谢王爷费心。"

太皇太后看见龙非离似若有所思地看了温如意一眼，却没有出声，一声冷笑道："崔医女，还不搀扶如意姑娘下去给她看看伤势。"

"奴婢遵命。"崔医女悄悄看了龙梓锦一眼，却见他深深看着温如意，垂下眸，快步走到温如意身边，却又突然想起什么，"如意姑姑，刚才奴婢已答允年妃娘娘给雪狼诊伤，那小兽伤势似乎甚重，可否容奴婢先给它诊断一下，再到姑姑营帐……"

她话语未完，脸上陡然吃了一个耳刮子。一声脆响，所有人都吃了一惊，却见太皇太后的贴身老嬷嬷放下手掌。太皇太后冷笑道："好一个不知分寸的奴才！"

脸上热辣辣地痛，崔医女也不敢去捂。

"给哀家再打！"太皇太后冷冷道。

"奴婢遵命。"那嬷嬷应着，扬起手又往崔医女脸上掴去。

"你做什么！"微怒的声音响起，高大的身形挡在二人之间，紧紧抓住嬷嬷的手。

早已奔到崔医女身边的年璇玑见状，赶紧把崔医女拉开。

"老十，哀家说你这是做什么？"太后皱眉道，"你皇祖母要教训一个奴才，哪里轮到你这小辈插手！"

太皇太后微诧，没想到龙梓锦竟在众目睽睽下违抗她的命令。龙梓锦微一躬身，道："孙儿不敢，皇祖母向来是个赏罚分明的人，凡事讲求先来后到，孙儿倒觉得崔医女此举并无不妥。"

"先来后到？"太皇太后沉声道，"老十，先来后到也得看情况吧，难道说这人不比这畜生重要？"

温如意突然跪下，低声道："太皇太后恩情，如意铭感五内。只是，这是年妃娘娘饲养的小兽，如意只是一介奴婢，崔医女这样说，也无可厚非。王爷，是吗？"她说着幽幽地看了龙梓锦一眼，眼角余光却看向龙非离。

龙梓锦猛地一震，怔怔地看着温如意，抓握着嬷嬷的手陡然落下。崔医女看他这个模样，微微苦笑，咬了咬唇，跪下道："奴婢甘愿受罚。"

年璇玑挡到崔医女面前，急切道："太皇太后明察，这事是璇玑拜托崔姑姑在先，请太皇太后莫要再责罚崔姑姑。"

"那年妃倒是说说，这伤该是先给谁医治？"太皇太后目光轻轻在年璇玑脸上扫过。

年璇玑扭头看了一眼昏睡着的小狼，又看看温如意的手，一时竟说不出话来。有人快步走过来，挡到她身前，淡淡道："崔医女，你的医术甚高，朕亦是向来信赖。如意的伤，若能花费你一个半个时辰医治，那这太医院也不该是你待的地方。朕与年妃在大帐里面等你一刻，还不快搀扶姑娘下去诊疗？"

"奴婢遵命。"崔医女恭声应道，便去搀扶温如意。温如意淡淡道："不劳烦姑姑，奴婢自己能走。"

龙非离挽过年璇玑，道："皇祖母、母后，朕先行回帐。"

龙非离一席话，太皇太后竟一时发作不得，眼睁睁地看着龙非离领着年璇玑扬长而去。她大怒，领了人径自向龙修文的营帐而去。

随龙非离回到他的大帐，几名禁军把小狼抬了进来，又躬身退下。年璇玑跪坐到地上，担忧地看着矮榻上睡得不省人事的小狼。以往，在凤鸶宫这只小东西不是没有这样睡过，只是，这次，情况似乎有些不同。

身子突然一轻，却是龙非离在背后环抱住她："小七，这次随行的太医不多，两名太医给龙修文治伤去了，剩下的便只有崔医女，你会怪朕这样的安排吗？"

年璇玑摇摇头，把头靠到他的颈侧："这是最妥善的安排了。再说，如意姑姑受伤，你心里也难过吧。"

龙非离把她抱紧："朕去如意那边看一看。"

"好！"年璇玑笑道。

龙非离微微一怔，把她的脸扳过。年璇玑扑哧一笑："你这是做什么！我没有不高兴，你去看看她也是对的，重要的是你的这里。"

她伸手抚到他的胸膛上，龙非离眸光如火，深深吻住她的唇——她相信他！

有些事情，是时候让它通通结束了！

年璇玑轻轻抚摸着小狼的皮毛，等崔医女过来，突然听到帐外龙非离的声音传来，像在训斥谁。

他刚出去，这是怎么了？

年璇玑一凛，走了出去。

却见龙非离冷冷地盯着的人却是龙玉致，周围不少人在看着，龙非离一班亲信都在，还有不少经过的内侍、婢子和禁军。

龙玉致低着头，一声不响。众人想替龙玉致求情，段玉桓才说了一句，立刻被龙非离斥回，众人素知龙非离的脾气，不敢再说什么。

龙非离看向徐熹："让人好好看着，绝不能让公主靠近大帐一步！"

"是。"徐熹应道，又看了看龙玉致，摇摇头。

龙玉致抬起头，一双眼睛通红，满脸泪水，哀求道："九哥，你让我进去看看嫂嫂，玉致下次不敢了！"

"下次？"龙非离顿时沉了声音，"没有下次！从现在开始，离她远点儿！"

"我知道错了。"龙玉致咬着唇，一张脸涨得红红的，怯怯地看了龙非离一眼，又看看周围的人，低低泣道，"我真的知道错了。"

"不，龙玉致，你从来就不明白什么叫作责任。朕把安排围场狩猎的权力交给你，不管这是不是一场游戏玩乐，你既然接了手，便该统筹好全局，可是你都做了些什么，嗯？"龙非离眸光冰寒，"你差点儿把你嫂嫂害了，你知道吗？

"朕不想再看见你！滚！"

夏桑在一旁看着，一咬牙，走了上来，朝龙非离一躬身，轻轻一拉龙玉致：

"我送你回营帐。"

"不！我不走！我要看我嫂嫂。"龙玉致也拗了起来，一把推开夏桑，死死地看着龙非离。

年璇玑一向疼爱龙玉致，心里不忍，快步走了上来，握上龙非离的手，把他拉到一旁，低声道："好了，要骂的都骂了，玉致是有错，但一个女孩家的，脸皮薄，你当着这么多人训斥她，让她的脸面往哪儿搁？白大哥就在那边，夏桑也在……让我和她谈一谈好吗？"

"不骂她，她永远不会明白。"龙非离眸光微凝，"一个人的权力越大，责任也越大。"

年璇玑怔了怔，握紧他的手："你这个当哥哥的心思，她会明白的。"

营帐内。

龙玉致坐在榻上，摸着小狼的皮毛，低声道："嫂嫂，对不起，夏桑告诉我，我才知道原来三哥对你有非分之想。"

年璇玑明白夏桑应该没有告诉她龙修文的事，摸摸她的发，柔声道："小丫头，你会怪你九哥吗？"

龙玉致摇摇头："我最怕九哥不理我，起码他还肯骂我，九哥不理人的时候才可怕。"

年璇玑一愣，笑了起来，轻声道："玉致，其实这事倒不在于把谁与谁分成一组，而在于你没有把你的事情做好。你九哥把事情交给你，是因为他信任你，也因为信任，所以没有多过问，你不该只满足了自己的私心，便把事情丢到一边，更不该让别人插手。

"你知道我与如意姑姑……因为你九哥的关系，现在也相处尴尬，嫂嫂不是因为插手的那个人是她才说你，这件事，不管那个人是谁，都是不应该的。你九哥说，一个人的权力越大，责任便越大，玉致能明白吗？"

龙玉致抿着唇垂下眸，过了好一阵子，猛地点点头，眸光灿亮："玉致懂了。"

年璇玑笑了笑，又道："那白大哥的事呢？"

龙玉致愣愣地看着年璇玑，好半晌，又低下头。

"白大哥是个好男子，咱们玉致是个好女子，只是，玉致弄明白对白大哥的感情了吗？"

"弄明白？"龙玉致迷惑道。

崔医女从温如意的营帐出来，帐外两个婢女赶忙拉好帷帐。崔医女明白，因为皇上进去了。从昨天起，宫里便有流言传开，其实，倒也不算流言，是太皇太后默认的事情。如意姑姑会成为皇上的妃子，而非十王爷。

一殿四宫，雪松宫不是还空着吗？

只是这样一来，那个人会很伤心吧？崔医女自嘲一笑，准备去皇帝的营帐——年妃娘娘在等着。

才走了几步，就与一个人差点儿撞个满怀。她连连道歉，那人却淡淡道："崔霓裳，你的脸没什么大碍吧？"

崔医女一怔："王爷？"

来人正是龙梓锦。他笑了笑，便往温如意的营帐走去。

崔医女下意识地唤住他："皇上在里面。"

龙梓锦微微一震，随即道："嗯，是吗？"

崔医女看到他转身瞬间眸里的落寞，心里一疼，提着医箱，追了上来："十王爷。"

"还有事吗？"龙梓锦声音微冷。

崔医女咬了咬唇，打开药箱，拿了个小瓷瓶子出来，低声道："这是……这是我调制的蜂蜜浆，你……你尝一尝，很……很好喝的。"

"谢谢。"龙梓锦拒绝了，侧身便走。

崔医女手指微颤："真的……真的很好喝，心情会……会好点儿。"

龙梓锦猛地转过身，夺过她手里的瓶子，摔到地上，挑眉冷冷一笑，道："谁要你这结巴的东西！"

一股甜腻在地上四散开来，崔医女脸色煞白，低下头，涩声道："对……对不起。"

她一紧张，就犯这样的毛病，不是结巴是什么？

邢吉祥正领着几个宫女走过，把这一幕看了个清清楚楚，唇角一挑，对身旁的宫女道："看清楚没有？在这宫里做人最要紧的是认清自己的本分，别以为得到主子几句好言相护，便妄想飞上枝头变凤凰，也要掂掂自己有几斤几两才好，莫让人笑话了去。"

"王爷的鞋子都弄脏了，你们几个还不去帮王爷清理干净？"邢吉祥又吩咐几个宫女道。

"不劳烦吉祥姑姑，奴婢来……"崔医女低声道，俯下腰，从怀里拿出手帕便往龙梓锦鞋子上被溅湿的地方抹去。

手帕触到鞋子，龙梓锦才猛然醒悟过来："崔霓裳。"

他抓住她的手要阻止她，她却一惊，攥紧手帕，欠身一福，踉跄着走开。

看着前方狼狈奔走的背影，龙梓锦微微失措，少顷，转身瞥了几名宫女一眼,淡淡道:"吉祥姑姑的教诲,你们要记好!本王再给你们一个忠告,这宫里最命薄的人,莫过于那些嘴碎的奴才!"

邢吉祥脸色一变,几个小宫女吓得顿时噤声,龙梓锦冷冷一笑,拂袖离去。

"我去泡茶给你喝好不好?"温如意笑道,低头轻轻揩去眼角的湿润。

"我没有想到你会过来,这边什么也没有,你等一下,我让婢子去烧水。"深深地看了一眼坐在榻上的男人,温如意转身便要出帐。

"心漪,"龙非离止住了她,"坐下来陪朕说说话吧。"

温如意点点头,坐到他旁边的位置。

榻不大,两人靠得极近,他的气息清晰地传来,她心头跳得厉害,有多久没有跟他这样在一起待过?这手上的伤,值得。

他的手安静地搁放在膝上,她希望他会来拉自己的手,半晌过去,他沉默着,手一动没动。

她心里一阵失望,她看过他与年璇玑在一起的模样。

不知道从什么时候起,即使在外面,他也毫不避嫌,他会轻轻地拥着她,只要有那个女子在的地方,他的目光里便有她,淡淡的,轻轻的,不管他与谁在说话。那么,在储秀殿里呢?在凤鸾宫里呢?他是怎样疼爱她?他会跟她说些什么?又会对她做些什么?

他和其他妃嫔行房,自己甚至不会多想,但是,她会拼命地想他与年璇玑之间的亲昵。

储秀殿里的一番话,她终于认清,他变了心,他爱上了年璇玑,深爱着。他病了,徐熹让她去看他,可是她没有办法让他好起来;后来,年璇玑来了,没多久,他好了起来。

他变了,于是她也变了。借邢吉祥到储秀殿去传太后懿旨的机会去找他,让他知道自己旧疾犯了。

宫里传来消息,知道龙玉致承办狩猎比赛,又听说这比赛公主要让所有女眷一起参加,恰逢太后旨意,让几个小宫女拿些东西去给公主,她自动承担了这事,想去看看龙玉致是怎样安排的,看看在围场里能不能找到机会与他见上一面。在储秀殿她伤心离去以后,他便没有再约她见过面。

看了龙玉致的安排,她几经犹豫,还是动手把组目改了。

原来,年璇玑与他真的甚有缘分,随机抽的,二人竟也是一组。乐晶莹与龙立煜、龙修文一组,自己则与段玉桓和另一名武官一组。

她突然生了个想法,把三个人的名字换过来,这样便成了她与他一组,乐晶莹与段玉桓等一组,而年璇玑与龙立煜、龙修文一组。

很早以前，徐熹曾告诉过她，龙立煜冒犯年璇玑的事，龙修文也曾把年璇玑误会成自己心仪的女子，向他请求赐婚。她真的犹豫过，最后还是做了。对年璇玑曾经的感激，在储秀殿他说那番话的一刻，也许已经全部化为恨。

抑或，这种恨，像邢吉祥说的，在更早以前便已生了根，不过是她自己没有察觉，也许早到在兰林里，看到他把西海的珍珠戴在年璇玑的脖颈上时便产生了。这串珍珠，与玉致公主一样，她也很喜欢，她曾以为，他没有把珍珠送给龙玉致，是因为他知道她喜欢。哪知道，后来他却把珍珠送给了年璇玑，她所能做的只是去捡拾被他扯落遗留下来的珍珠。

怎能没有恨？

太皇太后甚是喜欢她，在提出把她指给他之前，其实是想把她许配给龙修文，因为太皇太后最喜爱龙修文这个孙子。她拒绝了，太皇太后便改变了主意，问她是不是觉得王妃的头衔还不够尊贵，想当皇帝的妃子？

她与他的关系不能被别人知道，她也暂且不能嫁与他为妃，这样会失去太后对她的信任，于是她笑着回答说不是，只想留在太后身边服侍。

不知道为何这次太皇太后回宫，会重提此事。但这样很好。

她为他可以做到这个份儿上，年璇玑又做过些什么？因为在余府里，救了她，又保住了他的手臂吗？

他怎能如此决绝？

好不容易拿到与他一起狩猎的机会，他却抛下了她，她只好再用自己的手赌上一赌，他终于还是来了！他还是爱她的，对年妃不过是享一时新鲜图一时迷恋，是不是？

皇帝还是静默着，温如意终于忍不住道："皇上，这里见面也不方便，不若今晚咱们约在一个地方等……"

"不碍事。"龙非离淡淡道，"太皇太后表明她的心思，你我见面倒好办，并不会太惹人思疑。"

温如意颔首，心中甚是欣喜。

"心漪，还记得朕在储秀殿里说过的话吗？"

"嗯。"温如意低低应了句，又道，"你可曾后悔？"

龙非离微微一顿，轻声道："你以为朕是因懊悔而来？"

温如意一下变了脸色，怔怔地看着他。

龙非离扫了一眼她手上的伤："你没必要这样做。"

"不这样做，难道要我死了你才来看我一眼？"温如意自嘲一笑。

"轻言生死并不好。朕确是想来看看你的伤，有些事情，也想与你一谈。"

温如意眸光垂落到地上："你说，温心漪听着便是。"

"你我相处多年，你该清楚，朕并不是个有耐性的人。"龙非离目光犀利，缓缓看着她。

温如意突然一阵心惊，咬紧牙，也不作声。

"如果换了别人，朕已经杀了他。"龙非离语气轻凝，站了起来。

温如意牙关微微打战，猛然抬头望向龙非离。

"朕问了玉致，你碰过组目名单，这是不是原来的分组，你心里有数。"

温如意心里悲苦，冷笑道："即使我更改过名单又如何？你便要为这个杀了我？"

"她因为这个分组而差点儿惹上的灾祸，你知道有多重吗？"龙非离眸光暗沉，语气冰寒。

温如意浑身一震，她心思玲珑，此时被他凶狠的眸光震慑住，竟一时说不出话来。

松风镇，他夺下她手里的梳子，对她说了极重的话，还远不如此刻的狠辣。剧烈的痛楚从心底直捣上来，她失魂落魄地望着他，犹自难以置信。

"你不能再待在太后身边，这些天，你姑且想好出宫的借口，向太后请辞女官一职。"龙非离眸光微动，"朕从帝陵回来以后，会立刻安排你离宫。"

温如意身子一软，几乎瘫倒在小榻上，他话里的意思，表面上是为她好，但实是——要她远离年璇玑！

"那你的母妃呢？只差一点儿便能把囚室的具体位置查出来，难道就此功亏一篑吗？"她站起来，挽上他的臂膀，又惊又痛。

"朕的母妃，朕自会想法营救。"龙非离微微皱眉，"心漪，朕不想让你因急于求成而被太后觉察，贻误了自身。"

温如意一怔，心头猛地涌上几分狂喜："并不是因为她，是不是？你只是不想让我冒险是不是？"

龙非离重重合上眼睛："这是其中一个原因，朕最不想做的是亲手杀了你！"

温如意大骇，手从男子的臂弯上跌落，身子晃得厉害，竟要弯腰扶住软榻才能站稳："你说什么？"

"若有下一次，朕会杀了你，你懂了吗？离宫，对你来说是最好的选择。"

淡薄的余音还在耳边回旋，帐子已微微扬起又滑落，明黄的背影变成残忍。

她爱他，他做事从不犹豫，身上有着一种近乎残忍的决绝，强势又寂寞。一直以来，她是骄傲的，因为只有她才能独享这个天下最尊贵也最优秀的男人的秘密和寂寞。

但此刻，她比任何一个时候都明白，他的寂寞再也不属于她，因为一个人的出现，把往日种种温情磨成决绝。她慢慢闭上眼睛，此刻，她突然比任何一个时候都坚决，她想让年璇玑死。

龙修文的营帐。

太皇太后眉含忧虑，责怪道："修文，你何苦那么拼命去护年妃那狐媚？"

"皇祖母，她毕竟是九弟最爱的女人。"龙修文淡淡笑道。

太皇太后一听，立刻斥责："你当他是你弟弟，他未必就认你是哥哥。"

她微微叹了口气，又道："你父皇偏心，那时，你们年纪尚小，皇帝才七岁的光景，你也不过年长他两三岁，哪懂得些什么。兄弟几人玩耍，你把他推进井里，也不过是无心之失，你父皇宠爱茹妃那贱婢，认定你有歹心，竟把你发放到那穷乡僻壤去。"

龙修文淡淡道："皇祖母莫要再说，此事已过去多年，孙儿也没有再放在心上。倒是皇祖母多年来暗中对修文支援帮助，修文铭记于心，不敢相忘。"

"你这孩子心好。"太皇太后冷笑道，"若龙非离胆敢对你怎样，哀家必饶不了他。

"对了，修文，为何哀家此次回来，你要哀家重提对如意赐婚之事？那丫头，哀家甚是中意，指给你不好吗？你偏要皇祖母把她指给皇帝？"

龙修文笑了笑，没有吱声。温如意爱龙非离，龙非离却爱年璇玑，又怎会答应赐婚之事？温如意是宫中身份极高的女官，回宫以后，龙非离即将远行，太后、皇后，再加一个温如意，有些戏目，必定精彩！他心头微微一颤，已经忍不住开始期待了……

迫不及待去帝陵，是去估算这支帝陵军队有多大吗？有用吗？没有苍龙阙，龙非离，你认为有办法与帝陵军的统帅接洽，他又会让你去看这支军队的全貌吗？

不知道当你回来的时候，又还剩下什么呢。

凤鹜宫，夜。

年璇玑轻轻抚着身旁微微打着呼噜的小狼，从围场回来几天了，崔医女为小狼诊断过，却无法诊出病因。后来回了宫，那人又让太医院的人来为小狼诊治，仍查不出究竟。乐晶莹也来过，仍是束手无策。崔医女和乐晶莹都说回去查看古籍，看看有无对这种上古神兽病症的记载，再谋医治之法。

它只是一味地睡。昨天，她到储秀殿去，回来的时候却找不着它。她慌了，满宫去找，他知道了，差了人也满宫地找。

后来，他与她一起在麒园的柳湖畔找到它，它趴在地上，盯着麒园的方向，不知道在看什么，模样有丝暴躁不安。

她有种感觉，它是想离去的，后来又似乎在麒园发现了些什么东西，才停了下来。她悲伤地看着它，它看了她半晌，轻轻蹭了蹭她的脸，跟着她回来。

之后，除去早晚两餐，它会挣扎着起来让她喂食，晚上让她帮它洗澡，其他时间便又昏天黑地地一直在睡。

那人说它长大了，会压到她，不让她再与它一起睡，命人做了个软榻给它。她也不管这许多，除非去储秀殿过夜，否则她还是和它一起睡。只是，从前是它蜷在她身侧或横行无忌地趴在她肚子上睡，现在是她依偎在它怀里睡。

它，总有一天会离开她。她心里有些微微的疼。

它已经长大了，宫中寂寞，宫里的世界也不自由，难得它两次救护，她又怎么忍心禁锢它的自由。麒园里通往山岳，那里天地浩大，才是它要去的地方。

只是，它现在身子情况糟糕，她希望能陪它一段日子，让它的身体好起来再说。它现在的状况，在外根本无法独立捕食，更无能力抵御其他狼兽。

她幽幽地想着，又想起那个人。

明天，他便要出发去帝陵了，可是，今晚他不在凤鹜宫，她也不在储秀殿，他去了鸾秀殿。

她咬了咬唇，慢慢合上眼睛。睡意模糊之际，却听到小狼一声嗥叫，她吃了一惊，猛地睁开眼睛，却见桌上烛火微亮，龙非离就站在床边，正伸手越过她，抱起小狼。

她又惊又喜："你怎么来了？"

龙非离没有说话，径直把嗷嗷叫着的小狼放到床侧的榻上，斥道："不是做了这个小榻给它吗？"

年璇玑吐吐舌，身子微微探出，去摸小狼。

龙非离皱了皱眉，又低斥道："躺进去点儿。"

年璇玑微哼一声，翻滚进去，嘴角微扬，看他坐在床沿宽衣，脱鞋袜。

榻上的小狼也冷哼一声，翻过身子，继续睡。

她正看得津津有味，床帷突然被他拉下，她迅速被他扯到床榻中间，她嬉笑着胡乱挣扎，却被他狠狠压在身下。

她伸手去推，佯怒道："碰过别的女人，不许碰我。"

龙非离捏住她的鼻头，骂道："小妒妇。"

她本是佯怒，这时也微微恼了，明天就要出发了，他却去了皇后那边，她赌气侧过头去，不吱声。

他微微一笑，道："你不喜欢朕过来，那朕现在走就是。"

听他语带揶揄，她又气又恼："走走走！"

他一笑，作势要起，她又不争气地圈上他的脖颈，闷声道："别走。"

他凝视着她，眸子里飞快地掠过一丝宠溺，吻上她的唇。

两人之间多磨难，才刚交了心，便又要离别一段日子。想起即将分别，轻轻一吻怎能解相思之情，两人随即失了控，彼此的单衣一下便被对方扯下。当然，年璇玑的情况要更惨烈些，那人用的不是脱，而是直接撕开她的衣服。

他矫健的身躯紧压着她，年璇玑微微偏过头，任他雨点般绵密的吻在她脖颈上横行肆虐，任他的手抚进她身体最私密的地方。

"我还以为你不来了。"舌尖轻卷过他的耳垂吮吻着，满意地感受着他的身体微微一颤，她含糊不清道，"我快成怨妇了，都是你害的。"

她说着，重重咬了他耳朵一口。

他闷哼一声，手在她两腿间微一用力，强烈的快感袭来，她惊叫一声，条件反射一般微拱起身子，又羞又恼，往他胸膛赏了一拳。

他淡淡一笑，如法炮制，吻上她的耳垂。

她轻轻喘着，却听到他的声音沙哑传来："朕没有碰她，只是过去坐了一坐。"

她心里一甜，在他脸颊亲了一口，突然想起什么，低声道："前几天不是到过她们那边去吗，一殿二宫都去齐了，也只是过去坐一坐吗？"

龙非离心里微疼，轻轻"嗯"了一声："身上的伤疤还在，待过些日子，消了些痕迹再说。"

年璇玑心底一阵失望，他没碰她们，只是因为那些剑伤，不想让她们看到，把头埋进他怀里，不作声。心头那股疼痛有些大了，龙非离抱紧怀里的人，伸手抚着她的发。没有告诉她，他不碰她们，伤痕不过是其次，最重要的是，他确实已经不想碰她们。

这种感觉，早在碧霞宫的事以后便有了。

只是，他没有告诉她，因为这种状况不会维持多久，从帝陵回来以后，后宫的生活仍会如常。他是皇帝，不能只碰她一个。现在，还不行。

"要去多久？"她的声音低低传来。

"慢则十天，快则六到七天。"

"早点儿回来。"

"好。"

她从他怀里钻出来，坐到他的膝上，伸手把他束发的金带拿下。

"徐熹、玉桓和清风与朕同行，夏桑会留在宫里照拂你，有什么事你只

再生缘
我的温柔暴君

管找他或十弟就行。"龙非离握上她捋发的手。

"我又不是小孩子，不需要人照拂。"年璇玑心里欢喜，嘴上却轻嗔道。

"玉致那丫头昨儿说，大哥也是明天起行。"她微微叹道，"听说是回家一趟。"

"嗯，朕让战枫回烟霞镇一趟探看双亲，日后战事吃紧，一段时间里，只怕家门也是难进的。"

"边关不是还没有什么动静吗？"年璇玑一惊，"你让白大哥走得这么急，难道——"

这场仗，即将要打了吗？她打住问话，心惊不已。

龙非离也没有再说下去，下巴搁到她发上，轻轻摩挲着。她伸手抚住他的下颌，抬头看他，帐外烛火映来，他的眼眸幽深。

她明白他心里的事情有多重，那种负担，没有几个人能忍受然后担负得起。她心里一疼，双手挪到他的腰上，把他环紧："我会一直陪着你。"

"嗯。"他颔首，又轻声嘱咐道，"在宫里多加小心，没有什么事，别离开凤鹜宫。如果有人找你到别的寝宫去，你就想法子把它推了，即便是太皇太后和太后也没有关系。"

"你家那位老太太，不好推吧？"年璇玑耸耸肩，无奈道。

"推。"男人的声音低沉，"若她压你，你便把责任推到朕身上。"

年璇玑心里一暖，吻上他的唇角。

"朕留了东西在夏桑那里，那东西足可保你平安……等朕回来。"她的吻，让他的气息渐渐变得粗重，龙非离旋即反客为主，把她整个抱起平放到床上。

年璇玑明白接下来的事情，脸上一热，小声道："别——小狼还在呢。"

他皱了皱眉，翻身下了床，年璇玑正奇怪，却见他一把拎起小狼，她只来得及听到小狼恶狠狠地叫了一声，他已推门走了出去。

"喂，你要把小狼弄到哪里去？"她目瞪口呆，忙起身下床，只走到门口，又被折回来的他拦腰抱起，扔回床上。

"朕让值夜的内侍带它下去了。"

他甚至不给她任何再发问的机会，便堵上她的嘴，褪下她身上仅剩的衣衫，把她带进只有他和她两个人的世界……

年璇玑醒来的时候已近晌午，龙非离早已离开。

她懊恼地扒着头发，明明昨晚告诉他起来的时候也把她叫醒的，他却不声不响地走了。像要把这几天的空当补足似的，昨夜他待她虽是破天荒以来的温柔，却一味地不餍足，纠缠到天色透亮，他才肯放她去睡。

她累极，这一睡，把他出发的时辰也睡过了。她正气恼，一阵细碎的敲门声传来，蝶风在门外低声问："娘娘，你起来了吗？"

年璇玑忙把床角的单衣套上："起来了，你进来吧。"

门一开，进来的却是龙玉致，蝶风欠身一福，便退下，又妥帖地替二人关上门。

年璇玑笑道："小丫头怎么过来了？"

龙玉致搂上她的脖子，随即脸上一红。年璇玑随着她的目光看去，只见自己的衣裳被撕了一道长长的口子，衣襟刚才没拢好，微微敞开，锁骨下皆是青青紫紫的吻痕。她一张脸也蓦地红了，轻咳了一声，龙玉致顿时笑得贼响。

年璇玑赏了她一个爆栗，恼道："说话。"

龙玉致这才止住笑意，靠在她怀里，道："嫂嫂，玉致是来向你辞行的。"

年璇玑一怔，道："从围场回来以后，你九哥不是把方楚帆与纳明都刷下了吗？不把你许给他们任何一个。听说，今儿个方楚帆与纳明就分别起程回邑地和月落。"

龙玉致点点头，道："说来今儿个走的人真多，九哥、白大哥走了，三哥和七哥也要回封地了。"

"除去那姓方的，玉致早上都与他们辞过行了。七哥和纳明都笑说，在帝都曾遇到过两个与嫂嫂和玉致极为相似的女子。九哥跟我提过的，我当然没有承认。七哥他们也没说什么，就说他日再聚，又让玉致代向嫂嫂问好。"

年璇玑想起那段前缘，也笑了笑，又突然想起龙修文，心里一颤。

"他们仨昨晚还去吃酒来着，可惜我和你不能去。"龙玉致耸耸肩，语气里不无遗憾。

"哪三个？"年璇玑微微奇怪。

"白大哥、七哥和纳明啊，今儿个纳明说的。"

"倒也难怪，帝都的萍水相逢，谁会想到后来大家却在宫里再次相见。当日也许就知道各自来头不小，但白大哥大概没料到纳明他们会是这样的身份，而你七哥他们只怕更想不到白大哥就是白家后人。"

"是啊。"龙玉致颔首，又微微叹了口气。

"怎么，舍不得白大哥？"年璇玑摸摸她的头。

龙玉致蹙眉："嫂嫂别笑我，不是白大哥，是我出宫的事。"

第四十一章

被栽赃　璇玑再陷生死险

年璇玑万万没有想到，在龙玉致向她辞行出宫后的第三天，便发生了大事。当蝶风把消息带回来的时候，年璇玑重重地跌坐在厅中的椅子上。

除去两个护送龙玉致出宫的禁军带着重伤回到宫中报信，其他人全部遇难，百名禁军在乐阳郡的林间路上全部惨死。

龙玉致被劫失踪，生死未卜。

蝶风还在旁边满脸焦急地说着什么，屋内一众宫人都听得心惊胆战，一脸惊骇。

年璇玑心头一阵悲怆，就在龙非离离宫到帝陵去的那个早上，龙玉致接到名剑山庄的急信，言及山庄里一位师兄成亲，她便向太后请了旨，回庄庆贺。在那个很多人都离开的早上，龙玉致随后也出了宫。她想起龙玉致那天还笑眯眯地向她辞行，说回宫的时候给她带些好玩的民间玩意儿。

顾虑到路上的安全，龙玉致与百名禁军都是乔装出行，路线也极为隐秘，怎么会有这样的祸事发生？

年璇玑浑身一震，猛地捉住蝶风的手。

"回来报信的禁军怎样说？知道杀人的是什么人吗？"

蝶风蹙眉道："回娘娘，据回来报信的禁军说，贼人应是山林中的盗匪，杀人越货，又把公主与随行的女官侍女捉走了。"

小吕子怒道："真是作孽，这货越了便越了，为何把公主也掳走，这伙贼匪还真是活腻了！"

"可不是！"小李子插嘴道，"刚才蝶风不是说了吗？这太皇太后与太后知道了消息以后大怒，十王爷亲自领兵去救人。和朝廷作对，你们想，这帮孙子还能活命吗？"

"太皇太后本已准备回静慈庵，听到这消息急得什么似的，又留了下来，不然走了倒好，省得老是与咱们娘娘为难。"一个小宫女撇嘴道。

翠丫眼尖，看着年璇玑始终蹙着眉，担忧地唤了她几声。

年璇玑轻轻"嗯"了一声，众人知她与龙玉致感情深厚，一时不敢出声，蝶风忙道："娘娘莫担心，王爷这不是领兵救公主去了，公主一定……"

年璇玑却摇摇头，苦笑道："你们想，如果那些贼人知道公主金枝玉叶的身份，他们是敢还是不敢去杀人越货？"

"也就是说，他们并不知道身份，如果他们不知道，你们想，他们会把抢来的女眷如何处置？"

年璇玑一言提醒，众人这才恍然大悟，随即都煞白了脸色，若是这样，公主和一众女官、婢女只怕——难保清白！

若仔细去想，龙玉致失踪一事，疑点重重！年璇玑一手抚上眉眼，心里慌乱至极，偏生那人又不在。

她想了想，低声吩咐道："蝶风、翠丫，随我到夏总管的院落去一趟。"

年璇玑到夏桑居所的时候，夏桑正负手站在院子中间，眉目深凝，一脸冷峻。

夏桑看到年璇玑，微感意外，正要躬身行礼，年璇玑止住了他："夏桑，你我之间，还需要拘泥于这礼节吗？"

"谢娘娘。"夏桑微微颔首。

"你们先下去吧。"年璇玑看了看蝶风。

"是，娘娘。"蝶风与翠丫应了，退了下去。

夏桑看年璇玑屏退了丫头，一挥手，把院子里的内侍也打发下去。

"夏桑，我的来意很简单，"年璇玑温声道，"你出宫吧，去把玉致找回来！"

夏桑一震，凝眉看向年璇玑，好半晌，才淡淡道："奴才奉了皇上旨意，在宫里护着娘娘，哪里也不去。"

年璇玑苦笑，道："夏桑，玉致的事，想必你已看出很多疑点，但有时候，即使明知是局，我们却不能不按棋谱来走。"

"听到这个消息，我一直心神不宁，我总觉得这次玉致会出大事。"

夏桑屈指紧扣着手心，一咬牙，笑道："王爷已经出发前去营救公主。"

"那是梓锦，不是你。你若不去，不怕会后悔一生吗？"年璇玑紧紧盯着夏桑，"去吧，我在宫中会好好保护自己，等他回来，也等你把玉致平平安安带回来。"

夏桑猛地跪下，声音颤抖道："夏桑谢娘娘大恩。"

凤鸷宫。

年璇玑趴在小狼雪白的肚子上，手指轻轻攥着它的毛发。

小狼还在睡。

从夏桑出宫以后，除了对龙玉致的担忧，心里又涌出了一股不安，那是一种微微战栗的感觉，吊着心。

看了一眼床头的东西，她才慢慢安下心来，那是他交给夏桑的手谕，夏桑离宫前，把这道手谕交给了她。他离去前那晚说过，那是能保她平安的东西，她把手谕打开来看过，那确是能保她平安的东西。若这道手谕也不能护她周全，天底下便没有可以护她周全的东西了。

因为龙玉致的事，昨天，各宫妃嫔都到太皇太后和太后寝宫请安了，唯独她没有去，只推说自己病了。她记住他的话，哪儿也不去。

她恃宠而骄的消息与龙玉致失踪的事，一起在这宫里沸沸腾腾地传开。年璇玑一声苦笑，抱住小狼。突然，门外传来翠丫焦急的声音："娘娘，皇后娘娘求见。"

出去与皇后见了面，皇后笑道，听说她身子不适，特意过来看看她，又命人带了好些滋补调理的食材过来。

年璇玑忙谢了，看皇后脸色苍白，甚是憔悴，不禁问道："皇后娘娘可是有哪里不适？"

皇后笑了笑，抚上肚子，道："估摸是这孩子闹的。"

皇后的肚子已微微隆起，年璇玑心中微黯，脸上却不动声色，只道："皇后娘娘好生保重。"

"娘娘，您还是宣医女来看看吧，这指不定不是胎息不稳的问题。"皇后的贴身婢女忧虑道。

"皇后娘娘没宣医女？"年璇玑心里虽难受，但思及是那人的孩子，仍忍不住担忧地问道。

"妹妹有心了。"皇后叹了口气，"公主的事，太皇太后和太后已忧心不已，本宫不想在这节骨眼上再添乱。"她说着突然按住肚子，脸色痛苦。

年璇玑吃了一惊，上前搀住她，朝蝶风道："快去找崔姑姑。"

皇后却摆摆手，低声道："妹妹，别，待本宫回寝宫再宣医女吧！你身子不爽，本宫是来探望，怎能再给你添麻烦？再说，在这里宣医女对你不好，传了出去，宫里的人又该说闲话了，定说本宫在你这里惹上病痛。"

送走皇后，回到房间，枕在仍在酣睡的小狼的肚子上，年璇玑微微蹙眉。皇后最终还是让侍婢搀扶着回鸾秀殿了，并没有在凤鸳宫宣医女。虽想了一番，却始终猜不透皇后的来意，若说她来是显摆龙嗣，看去又不像，而她的脸色极为憔悴，也并不似假装。

这天傍晚，宫里传来消息，皇后有血崩之症，胎息极为不稳，恐有滑胎小产之虞。龙玉致的事以后，皇宫顿时又笼上一层云雾。

这是龙非离离宫后的第四天。

听说各宫妃嫔都前去探望，年璇玑仍然没有出门。

晚上，年璇玑想着龙玉致的事，整晚翻来覆去毫无睡意，直至窗外天色透白，才倦怠入睡。后来迷迷蒙蒙间做了个梦，梦见皇后面容扭曲痛苦，医女说只怕胎儿难保，她胆战心惊地从梦里惊醒，满头汗湿。

旁边呼哧一声，年璇玑一怔，只见小狼慢慢睁开眼睛，也醒了过来。她心里欣喜，一把抱住它，随即却被它翻身压下。

年璇玑笑骂道："这么重，要把我压坏了。"

她说着搂紧它的脖子："你老是在睡，快把我吓死了。"

半晌，也没听到它有任何声响，她微微奇怪，却见它双目炯炯地盯着她，目光竟十分深沉。

她迟疑地唤了声"小狼"，它轻轻叫了一声，似是回应，突然挣开她的搂抱，把头伸到她的脖颈，去舔咬她的颈子。

说是咬，它的力道却很小。年璇玑失笑，连连求饶："好痒，好痒，别舔。"

她看不到的颈侧，却是它越发深邃的目光，又隐隐带了抹沉痛。

一人一狼嬉闹了好一阵子，小狼重新趴回床上，闭上眼睛。年璇玑靠到它的肚子上，给它挠着皮毛，它便轻轻晃动着尾巴。

梦里的恐惧和不安慢慢散去，年璇玑正觉一阵睡意袭来，门外却又传来翠丫的轻唤："娘娘，皇后娘娘过来了。"

皇后又过来做什么？她身体不适，不是该在寝宫好好将养吗？年璇玑微微一惊，正要起来，目光触到床头的黄缎，心里一动，把手谕放到枕下，又唤了翠丫进来，让她出去跟蝶风说一声，好生招待，自己紧赶慢赶地洗漱穿衣。

厅中，蝶风正让小宫女给皇后等人上茶，华妃、慧妃也来了。

最让年璇玑惊诧的是站在皇后背后作侍女打扮的安瑾，当日皇后从那人手里把安瑾救下，她竟成了皇后的贴身侍女？

安瑾手上抱着一只浑身雪白的小狗，模样甚是娇憨可爱。

年璇玑越发疑虑，提醒自己行事务必警惕。

"年妃来了。"皇后笑着站起，便要过来拉她的手。

年璇玑连忙道："皇后娘娘使不得。"

她刚要把皇后扶回座上，安瑾已快步走过来，伸手搀住皇后。只是，她这一动，手中的小狗挣了出来，跳下地，四周乱蹿。

"还不快去把雪儿捉回来？"皇后低声斥道。

安瑾欠身，恭声道："是，奴婢这就去。"

年璇玑一凛，安瑾为人向来心高气傲，虽说皇后有相救之恩，但她就真的甘愿在皇后手下当一名宫婢？

她看了蝶风一眼，蝶风会意，随安瑾一起去捉小狗。

皇后浅浅一笑，道："妹妹莫怪，姐姐新饲了这只小畜生，小东西顽劣，又未经多少教导，还不懂规矩。"

"不碍事。"年璇玑回以一笑，看了华、慧二妃一眼，"两位姐姐怎么也来了？"

慧妃嘴角一扬，道："我与华妃姐姐到皇后姐姐殿里探望，看到皇后姐姐饲养的小狗憨态可掬，都极为欢喜。谈笑间，安瑾言及年妹妹养的飞兽，皇后姐姐没去围场，还没看到过那飞兽的模样，甚是好奇，我们便陪她一起过来看看。医女说，适时走动一下，对胎儿也好……"

她正说着，突然一阵尖叫从内室传来。众人一惊，只见一个人飞快地跑了出来，鬓发微乱，面色恐慌，正是安瑾。

"怎么回事？"皇后皱眉问道。

安瑾惶声道："雪儿跑进了年妃娘娘的卧室，奴婢想随蝶风进去，把雪儿带出来，哪知道年妃娘娘养的小兽守在房门口，奴婢才走近一步，它便把奴婢伤了。"

她说着，把手伸出来，只见手背上一条抓痕甚深，血肉模糊。

皇后紧蹙了眉，尚未说话，华妃已一撇唇，道："年妹妹，俗话说狗仗人势，你养的畜生，又是怎么回事？"

小狼不会随意无故伤人，为什么会伤了安瑾呢？年璇玑心头微跳，正想分辩几句，皇后已温声道："妹妹，雪儿顽皮，还在你房里，可以让姐姐过去把它带出来吗？"

年璇玑想了想，道："璇玑的小狼把皇后娘娘的婢女伤了，是璇玑管教不周，皇后娘娘身子不便，与华、慧二位姐姐坐着吃茶便可，璇玑这就过去把雪儿带出来。"

"妹妹这是哪里话，不必与姐姐客气，"皇后微叹了口气，"那雪儿性顽，只怕别人难以捉捕，还是让姐姐走一趟吧。"

她说着，径自站起，带着数名内侍宫女便往年璇玑的卧室走去，华妃、慧妃却暗讽皇后无用，小兽伤了人，正好借此责罚年璇玑疏忽管教之罪，皇后竟放过了她。只是皇后既然也没说什么，两人更不想多事，便紧跟在皇后背后。

年璇玑眉心一蹙，领着翠丫等人赶紧跟了上去。到了卧室门口，只见小狼蹲坐在门槛上，它身形已大，在房间门口一坐，顿时隔绝了所有人看向房内的目光。它神色甚是暴戾，蝶风在旁，一脸焦急地劝着，它却毫不理会。

看到年璇玑过来，它的目光才柔和了些许。众人看它模样凶狼，都甚为惧怕，皇后厉声道："雪儿，出来！"

狗吠声从房里传出，那声音听去，微微颤抖，却是雪儿惧怕门口的小狼，不敢出来。

皇后眉心紧拧，身旁一名宫婢笑道："娘娘，让奴婢试试，往日喂食，这哨子一吹，雪儿便出来了。"

年璇玑心中一凛，这名婢女离她极近，当日在沧水轩外遗忘了的事情顿时被勾了出来。

薄荷香。

不是当日那名宫女，但她们身上相似的胭脂香气，这淡淡的薄荷香，这股香味把她心里那抹战栗也猛地勾了上来。

她一惊，正想开口送客，尖锐的哨鸣声顿时响起。她下意识地看了小狼一眼，小狼似明白她所想，猛地站起来，却突然斜斜地歪下身子。年璇玑大惊，眼角余光却看到安瑾微微扬起的嘴角。

年璇玑顾不得这许多，与蝶风等人一起扶住小狼，一瞬间，小狼的模样变得极为虚弱，似乎又回到昏睡前的状态。

皇后轻声道："你的小兽怎么了，没什么事吧？"

年璇玑苦笑，一抹白影疾速跑了出来。

"雪儿。"皇后笑道，正要抱起小狗，华妃却惊叫道："它嘴里咬着的是什么？"

皇后一惊，安瑾弯腰按住雪儿，从它嘴里拿下一个破布薄絮一般的东西。

慧妃眼尖，已瞧出那是什么，脸色一白，随即掩嘴冷笑道："怎会有这种东西？"

那是一个布偶小人，小人身上缠着数圈白绫。

小人眉眼如黛，眼角却斜斜吊起，嘴染鲜红，肚腹处鼓起，让人心生惧意，而最让人不寒而栗的是绫上淋漓斑驳的红字，还有那插满小人全身的银针。

"娘娘，这上面是您的名字。"安瑾颤声道。

一时间，所有人的目光却看向年璇玑。

东西，是雪儿从她房里叼出来的，在这之前，小狼守在门口，不准任何人进去。到了这时，年璇玑虽浑身冰冷，反倒没有多大恐惧，用来诅咒的小人，银针，栽赃，观众，原来从头到尾，是这样一场司空见惯的戏。

她站起身来，捏了捏眉心，不同的是，从前看电视觉得很好笑，现在轮到自己就不好玩了。

"年璇玑，没想到你的心肠如此恶毒！你自己无法怀上龙子便罢了，竟诅咒毒害皇后娘娘，枉费了皇上对你的一番宠爱！"华妃眉眼一挑，冷冷道。

安瑾低声道："皇后娘娘，原来你的病便是这个小人害的。"她眯眯看向年璇玑，"年妃娘娘，你真歹毒！"

年璇玑决定替自己省口气，安静地弯腰去看小狼。

蝶风、翠丫和凤鸶宫一众宫人早已震惊骇然，这时看年璇玑不争不辩，安瑾小人得志，蝶风心中悲愤，怒道："那不是我们娘娘做的，安瑾你别血口喷人。"

这时安瑾哪里还把凤鸶宫的人放在眼里，轻声笑道："谁血口喷人，证据摆在眼前！"

"你这个贱人！"蝶风怒极，翠丫看了看年璇玑，死死拉住蝶风的手。

一直沉默着的皇后，这时淡淡地看向年璇玑："妹妹，本宫向来以和为贵，若你要害的是本宫，本宫或许还能既往不咎，但你现在要加害的是皇上的子嗣！这事，本宫一定要呈禀太皇太后和太后娘娘！"

"你还有什么话说？"

年璇玑叹了口气，看了一眼四周，她被带到太后的寝宫。少顷，后宫的人都到了，双膝已跪得麻木。太皇太后那位老佛爷也在，训得最凶，骂到后来，身旁的嬷嬷还得给她抚背顺气；太后冷眼旁观；妃嫔在旁很负责任地煽风点火；受害者皇后脸色憔悴，坐在一旁；邢吉祥和安瑾冷笑睨着她，不浪费半点儿表情。

而温如意，神色淡漠，不知道在想什么。

不知道那老太太在骂什么，总归不是吃斋念佛的人能骂的话，反正她骂她的，自己想自己的。

是谁布的局？布偶小人，狗血天雷，不过，这道具不重要，效果悲剧就行，能帮她的人都出宫去了。她不敢拿龙玉致的命赌，也不忍让夏桑后悔一生。

所有的事情，环环扣扣，算无遗策。

龙非离必定留有紫卫在宫中，但若是这样，只怕这宫里前去给龙非离送信的人，也已遭遇不测！

是皇后，也不仅仅是皇后，把龙玉致也算计上，杀了百名禁军，谅皇后不敢。再说，若无外家帮忙，要杀百名禁军，身处深宫的皇后也做不到。虽说郁相也有自己的私心，不待见自己，但他终究是三朝臣子，也站在龙非离一边，龙玉致的事，他绝不会这么做。

那么，还有谁站在皇后背后？

正想着，突然听到太后冷冷道："年氏，你认不认罪？还有什么话可说？"

又是这句"还有什么话可说"，能不能换句别的？

估计是她的表情太过游离，众人都急了，毕竟，她该为自己申辩，但申辩有用，还要这宫心计来做什么？她想了想，朝皇后道："皇后娘娘，你那狗训练得挺好的，不过若换了我的小狼来做，估计能做得更好。"

此话一出，皇后脸色大变，猛地站起身来，伸手指向她："年妃，你——"

她的手指微微颤抖着，随即又抚住肚子。安瑾在旁看了，脸色顿急："皇后娘娘，您还好吧？"

太皇太后大怒，朝贴身嬷嬷道："给哀家掌她嘴！"

清脆几声，附和着女人们幸灾乐祸的笑声，年璇玑捂住嘴角，老婆子力道太好，估计再活 N 十年也没有问题，疼得她几乎掉眼泪。想了想龙非离，她忍住了，心想，等他回来了，一定要把他打一顿撒气，谁让他把自己一个人丢下！当然前提是她还没被这帮人整死。

"你这贱婢还不认罪？"太皇太后冷笑，"莫非要哀家用刑？"

年璇玑心里哀叫，这宫里的刑罚，以前翻书看着便觉得毛骨悚然，要用上了，她肯定连夹手指头也熬不过。

她尽量让自己的表情悲戚一点儿，不过刚才被那嬷嬷打得牙齿也几乎掉了，倒也不用怎样装。幸好那人给她留下了最后一样保命符，只是要怎样用、能不能用，还是个未知数。

压下心里的害怕，她迅速计较了一下，低声道："太皇太后，请别动刑！只要您答允璇玑两个条件，给璇玑一个自辩之机，璇玑述说过以后，您仍不相信，那么璇玑立刻认罪！"

"笑话，你这罪妃还有胆量来跟哀家讨价还价？"太皇太后挑眉冷笑。

太后一声冷嗤，又轻声道："母后，您何必与这个小贱人浪费唇舌？她若不认，直接用大刑便好。"

太皇太后颔首，正要说话，年璇玑笑道："皇上曾与璇玑提及，他与您虽不亲近——"太皇太后脸色一沉，年璇玑笑着自顾自道，"但他这位皇祖母当年统率后宫，气度自与别人不同，不欺不压，以理服人……今日看来，却原来只是皇上的孺慕之思。"

太皇太后眉心本已稍霁，听到她末尾一句，立刻盈满怒意，道："你说什么！"

邢吉祥轻笑，心道年璇玑这下是把太皇太后彻底激怒了，她瞥了温如意一眼，却见温如意嘴角微微沉下，不见半丝喜悦。

"可不是吗？"年璇玑收住笑意，盯着太皇太后，一字一顿道，"如果太皇太后确是以理服人，那么何必惧怕璇玑区区两个条件？还是说，这布偶小人本来就是有人栽赃给璇玑，所以你们都怕给我一个自辩的机会？"

"不可能！"安瑾看到皇后递来的眸光，立刻上前跪到太皇太后面前，"太皇太后，请莫信这罪妃的狡辩之言，那个小人是雪儿从年妃房间里叼出来的，奴婢亲眼所见，华妃、慧妃二位娘娘也可以作证！"

"确是臣妾等亲眼所见。"华妃恭声禀道。

慧妃也立刻接口道："禀太皇太后，年妃回宫前，皇后姐姐身体无虞，现在皇后娘娘出现血崩之象，正好是应了那小人的诅咒。"

太皇太后微微凝眉，年璇玑一声轻笑："哦，既然各位姐姐都言之凿凿得如亲眼所见，那么还怕给璇玑一个自辩的机会吗？也罢，皇上的话，原来……"

"好！"太皇太后沉声道，"哀家姑且给你一个分辩机会，好让你心服口服，把你的两个条件说出来！"

邢吉祥一咬牙，怪不得温如意刚才……她悄悄向温如意看去，温如意的神色依旧高深莫测。

当邢吉祥和温如意奉旨领着大批内侍和宫女到凤鸾宫的时候，凤鸾宫的人乱得像无头的苍蝇，一个个坐立不安，在厅上胡乱走着。数十名禁军在看守。

邢吉祥负手站在门下看着，心里得意，那阵快意就像满溢的水快要涌出来。

邢吉祥轻轻笑着，朝内侍挥了挥手："带走！"

小吕子颤声道："吉祥姑姑，我们娘娘呢？您要把我们带到哪里去？"

蝶风往日跟在温如意手下办事，与她交情甚好，也知道她往日常帮着年璇玑，而年璇玑不喜是非，后来与温如意生了嫌隙也没有跟她们说。她看了邢吉祥一眼，径自走到温如意面前，急切道："姑姑，娘娘她怎样了，还好吧？"

邢吉祥冷哼一声，笑道："她好不好，待会儿你们见着不就知道了吗？"

蝶风一喜："这是要带我们去见娘娘？"她转过头看向翠丫，眉眼间一片激动，"翠丫，听到没有？记得娘娘说过的话吗？娘娘果真有办法。"

翠丫猛地点头。

听着两人的对话，温如意微微蹙眉，邢吉祥已然不耐，呵斥道："你们还不快动手，把她们押走！"

"是！"

数十名内侍立刻上前，抓住凤鸾宫众人的肩手。小双子、小吕子两人不忿，反抗挣扎，邢吉祥秀眉一挑，正要让几个内侍把他们教训一顿，蝶风低斥道："你们两个刚才不是嚷着要去见娘娘的吗？别闹，他们现在便是带我们过去见咱们主子。"

两名小太监闻言一喜，立刻罢了手。邢吉祥冷笑，年璇玑的两个条件：一、

再生缘
我的温柔暴君

142

要太皇太后把凤鸾宫所有宫人带到华音宫，她要与他们见上一面，确认他们无事；二、她自辩的时候，希望太皇太后能把郁相、年相、林司正、夏侯初还有朝中数名一品大员召到华音宫，做个见证。

"慢着。"一行人正要走出凤鸾宫，温如意突然出声制止。

邢吉祥微微一怔，温如意淡淡道："吉祥，你何必骗她们？"

邢吉祥越发不解，正要出言相询，温如意却比她更快："我们过来，并非要带你们去见年妃娘娘，而是去宗人府。"

蝶风等人大惊，几个胆小的宫女已吓得哭了出来。翠丫朝温如意跪下，拼命叩头，道："姑姑，求求你，让奴婢等与我们主子见上一面，见上一面就行，奴婢求你了。"

当日在碧霞宫，龙非离要杀年璇玑，也是温如意求的情，翠丫虽知年璇玑为皇上与温如意的事悲痛忧伤，但对温如意当日相求之恩仍心存感激。

明明她们是奉太皇太后之命，把凤鸾宫一干人等押解到华音宫，为何温如意……邢吉祥眉心紧皱，却蓦然看到温如意向她使了个眼色，两人共事多年，互有默契，她随即噤了声。

"蝶风，对不住，我无法帮你，我们也是按旨意办事。"温如意轻声道。

蝶风突然像疯了一般拼命挣扎："不行，我要见娘娘，如意姑姑，蝶风求求你了！"

背后按压着她的几名内侍看她不合作，心头火起，一名内侍伸手便扇了蝶风一个耳刮子。凤鸾宫的一伙人感情深笃，小双子与小吕子红了眼，便要上来打架。

温如意冷冷道："还反了不成！谁让你动手打人的！"

那扇了蝶风的内侍一惊，立刻跪了下来，惊惶道："姑姑恕罪。"

温如意走到蝶风面前，微叹一声，低声道："让凤鸾宫的奴才别多违逆，不然吃苦的是你们自己，懂吗？"

蝶风点点头，又一把抓住温如意的手，眸中光芒陡亮，小声道："姑姑，蝶风求你一事，请你一定要帮帮蝶风，帮帮我们主子。"

"我不……"温如意摇摇头，话语未毕，蝶风已从怀中掏出一样物件，用力塞进她手中。

待所有人走出，邢吉祥看到温如意还站在原地，秀眉微蹙，挑眉一笑，"你为什么要骗她们？"

温如意不语，猛地把手中明黄的卷轴拉开。

邢吉祥一惊，低头看去，只见那上面字迹苍劲，写着：朕出宫期间，无论凤鸾宫年妃犯下任何错罪，一律不可责罪惩治，待朕回宫再行策决。如有违者，斩立决！任何人见此谕如见朕意，钦此！

手谕下，是皇帝的玉玺印鉴。

邢吉祥银牙紧咬，惨淡大笑："他竟连这个也算好，给年璇玑留了这东西，他果真爱惨了她！如意，你知道当听到年妃被逮的消息那一刻，我有多开心吗？皇后终于还是出了手，却功败垂成，千算万算，终究敌不过他的一道旨意！"

温如意依旧沉默着，看了手谕片刻，才淡淡道："原来如此！年妃很聪明。"

邢吉祥冷笑："怎么？"

"你想想刚才那两个婢子的话。年妃在被捉去华音宫之前，时间紧迫，来不及拿上这道手谕，但交代贴身丫头几句话的时间还是有的。"

"她必定与她们约好，她会想办法让她们到华音宫去，让蝶风到时把这救命的手谕也带上，而同时她又向太皇太后提出第二个条件，把朝中的一品大员都召到华音宫去，到时她拿出这道手谕，你猜怎么着？"

邢吉祥这才恍然大悟："她怕太皇太后即使见了手谕，仍会动用私刑，但朝官一到，这见证一做，那么谁也不能动她，这小贱人便能等到皇上回来！"

"嗯。"温如意点头，"这是很好的方法，可惜的是，可惜了。"

"可惜，给你看出了端倪，而她的丫头又心甘情愿把这道旨意交给了你，刚才她不是让你把手谕交给她的主子吗？"邢吉祥冷冷一笑，"即使咱们拿到这道手谕又怎样？还不是得拿出！"她一顿，惊道，"如意，难道你想私藏起手谕？若他日被他知道，你我……"

温如意突然轻轻笑了起来，邢吉祥心头一惊："如意，你到底想怎么做？"

"谁说我要把圣旨藏起来！"温如意倏然收住笑意，一字一顿道。

华音宫。

"蝶风，住嘴！别说话！"年璇玑心里大恸，难道她要再一次看到她的丫鬟死在她眼前？

她，连着凤鹜宫所有奴才都受了刑。其中，蝶风与她的刑罚最重，其他人被杖刑三十，她被杖刑五十，而蝶风因辱骂温如意，已被杖打了七八十下，满嘴满脸都是血，她却怒视着温如意，气息微弱犹自骂着。

"温如意，你骗了我，你害了我们娘娘，我蝶风死了也不会放过你。娘娘，我对不住你……"

年璇玑被两名内侍紧紧按压着，她心疼地看着蝶风，又看了看两侧，被点召的官员都来了，可是没有用，她已拿不出圣旨。

早在他们到来之前，温如意已把手谕交给太皇太后。太皇太后看后大怒，冷笑道："好一个年妃，算计到哀家头上来了，今日便是皇帝在此，也保不了你！"

手谕被太皇太后收了起来，无法在众人面前拿出手谕，谁也救不了他们。

年相跪在地上求情，终于，这位年璇玑的生父为年璇玑做了一件事，哪怕他的出发点只是为了这次的祸事不牵连到年家。谋害皇后龙子，是祸及家族的事情。

年璇玑看了看温如意，心里一片冰凉，趁着背后的内侍稍一分神，使劲挣开，跟跄着跑到蝶风身边，护住她，朝太皇太后道："不要再打了！要打就打我！"

翠丫惊惧地爬起来，走到年璇玑身边，颤声道："那个小人是奴婢放的，与我们娘娘无关，是奴婢做的。"

太皇太后一挥手，行刑的内侍退下，年璇玑把奄奄一息的蝶风抱进怀里，又惊又痛，斥道："翠丫，你胡说什么！"

皇后看了一眼安瑾，安瑾忙把她搀扶起来，皇后虚弱一笑，道："你既然说是你做的，那本宫问你，你可知道本宫叫什么名字？"

翠丫嗫嚅着，不知道该如何作答。

安瑾暗喜，一名普通婢女又怎会知道皇后的名字？除非那小人确是凤鸾宫的人做的，可，确实不是。布偶是她按皇后的计划让雪儿暗中叼进去，又叼出来的！

太后冷笑道："好一个冒认顶罪！谋害皇后的罪名是你一个低贱的奴才承担得起的吗？哀家谅你也没这样的胆量！"

太后的话最明白不过，一个小丫头即便有天大的胆子也断然不敢谋害皇后，年璇玑苦笑，矛头再次指向自己，这正好，她怎能要翠丫代她受罪！

这一回，只怕难逃一死，终究，还是无法等到他回来。

太皇太后怒不可遏，一拍案几道："阿碧，你何必多说！这上梁不正，凤鸾宫一干奴才着实可恶！年妃意欲加害皇后一事已是铁般事实，立刻执行宫刑。"

宫刑？死罪难逃！邢吉祥嘴角的笑意慢慢扩大，只觉痛快淋漓。她看了看旁边的温如意，后者却眼眸微垂，一动不动。

夏侯初出列跪下，道："请太皇太后三思，此事事关重大，微臣认为还是等皇上回宫再行定夺为上。"

"状元郎这话是什么意思？"太后眸光一闪，淡淡道，"哀家也就罢了，难不成连太皇太后也没有处置区区一个罪妃的权利？"

太皇太后闻言果然怒极，冷笑道："皇帝？皇帝见到哀家，也需恭敬施礼，尊哀家一声皇祖母，哀家今日就把年妃治罪又如何？”

郁相与几名朝官出列，均朗声道："请太皇太后为皇后主持公道。"

凤鹫宫众人惊恐地看向年璇玑，蝶风声若游丝，哽咽道："娘娘，娘娘……"

"别怕！"年璇玑抱紧她，淡淡地看向温如意，温如意猛地抬起头来，冷冷地迎上她的目光。

这时，却又有朝官蓦然出列，他皱眉看了年璇玑一眼，随即跪到太皇太后面前，道："太皇太后，可否听老臣一言？"

再生缘
我的温柔暴君

146

牢房黑暗，气味腥秽。

年璇玑抱着蝶风，紧环在一旁的翠丫和一班宫女、内侍都哭了起来。

蝶风眼看是不行了。这名温如意亲手赐给她的大宫女，今日却间接死在了温如意手里。年璇玑咬紧牙，泪水却倏然滑下，落了蝶风一脸。

"娘娘，别这样。"蝶风笑了笑，伸手紧紧握住她的手，"娘娘，你一定会没事的，你会……平安出去，皇上很快……就会……就会来救你。"

年璇玑被她一握，手心一疼，突然想起刚才夏侯初跪在她旁边时，暗暗塞到她手上的纸卷。她抚了抚蝶风的发，把蝶风放进翠丫怀里，忍痛站了起来，就着过道上微弱的灯光，打开手上的东西。

原来是一枚药丸。

年璇玑没有想到纸里会藏着一枚药丸，正如她没有想到，刚才林司正在堂上会救下她一命，让太皇太后暂时打消缢死她的念头。

林司正说，太皇太后在后宫执法无可厚非，但年妃所犯下的罪，害及龙子也祸及年家，需以国法执刑，并昭告天下以儆效尤，且暂将她收监，待他量定年妃及年家罪刑，将立刻执行，最迟不过明日午时。

若论对年璇玑的憎恨，布偶小人一案前，太皇太后倒并不特别浓重，她仅是不喜欢年璇玑，觉得她媚惑了皇帝，独宠专房。

更想让年璇玑死的是太后。早前龙非离病重，太后欲挟新主以令天下，哪知，龙非离后来却迅速好了起来。太后并不希望皇后腹中婴孩出生，女婴便罢，若是男婴，龙非离年岁正少，又有了子嗣，更添势力。

太后城府极深，又惯见后宫伎俩，焉不知这枚布偶小人来得蹊跷，但看皇后气色颓败，不管是年璇玑还是皇后自己下的手，若此次把龙子也不小心"计"没了，正遂了心意。另外，又能趁此除了年璇玑。只是此时此刻，她倒并不想借年璇玑之死来成全年相谋逆的借口，没有了年颂庭手上的兵马，年相已失掉了一半的势力，未必就敢谋逆。

最让她忧虑不安的反而是龙立煜对年璇玑纠缠不清的感情，数月下来，她已隐隐觉察出龙立煜对年璇玑的心思。年璇玑是龙非离的女人，她怎么允许龙立煜插一脚，趁此把年璇玑杀死，倒少了日后许多后患。

林司正与太皇太后交情甚好，又是帝师，即使由林司正来量刑，年璇玑也逃不过一死，太皇太后虽不喜欢年璇玑，也卖了这个人情给他。

宫里的人素知林司正与郁相交好，断不会想到林司正是要救年璇玑，倒以为林司正是借此机定下对年家的刑罚，才向太皇太后提出如此请求。又怎知道进宫前，夏侯初亲自去了一趟林府，跪求的林司正。他也没说什么，只把当日皇帝曾得重病，后又如何痊愈的事告诉了林司正，末了，说了一句：年妃是皇上的命。

林司正为人古板，虽厌恶年相，又认为有其父必有其女，但他在龙非离幼年时曾教习他西凉法例，龙非离之于他，是君更是徒，考虑再三，终于出面拖延下了年璇玑的即时杀祸。

当然，这个中内情，年璇玑并不知道。她仔细地看着纸上笔墨，只见纸上写着：娘娘勿忧，在皇上回宫前，初必设法保住娘娘。另，初恐娘娘受刑，特备上参丸。此药乃初传家秘珍，若非致命之伤，皆可护住心脉。

年璇玑大喜，折回蝶风身边，蝶风已昏死过去。她轻轻捏开蝶风的嘴，翠丫惊道："娘娘，这是什么？"

年璇玑笑道："这是夏大人给的参丸，有极好的疗伤功效，快给蝶风服下。"

众人顿时雀跃起来，翠丫看了年璇玑一眼，欲言又止。

蝶风服药以后，呼吸立刻平缓下来，不再急促喘息，性命想是能保下了。

年璇玑扶她躺好，让几个丫头照拂着，自己轻轻走了开来，蜷坐到一旁。翠丫快步走过来，一把抱住她，低声啜泣道："娘娘，你为什么就不能自私一点儿？你的伤虽不比蝶风姐姐重，却也不轻啊，何况你之前受过伤，这身子本来就不好，这救命的药丸给了她，你怎么办呢？"

年璇玑笑了笑，靠在她怀里，五十杖与三十杖的区别是，翠丫与其他人还能走动谈话，她现在已手足冰冷，全身没有一丝力气，昏沉欲睡。

这时，众人也看到年璇玑不妥，吃了一惊，围聚过来。翠丫与几个小宫女帮年璇玑褪下外裳，替她包裹了腰间的伤口，小双子、小吕子又脱下自己的外袍，给年璇玑盖上。秋凉缱绻，但这牢里不比外面，端的是极为阴寒。

不久，年璇玑也与蝶风一样，昏睡了过去。众人抹着泪，守在一旁。

突然，一阵凌乱的脚步声传来，众人相视一顾，这是宫里的牢房，不比别的地方，应当没有其他囚犯才对。

待看到被推进他们这个大牢房的是什么，众人却又惊又喜。

是年璇玑的小狼！

被栽赃 璇玑再陷生死险

小狼手足被铐上了粗重的镣铐，它不声不响，及至看到年璇玑，立刻跑到她身边，用嘴去拱她的脸。

小狼霸道，竟不让任何人碰年璇玑，自己在她身旁趴下，用爪子把她拨拉进怀里给她取暖，众人看得又好气又好笑。

夜渐深，所有人慢慢睡去，偌大的牢房再无一丝声息。

惦念着年璇玑的伤，翠丫一直不能安睡，睡至中夜，只觉得头脑昏沉，似被什么魇住，竟无法睁开眼睛。她怕年璇玑有事，咬紧牙，全身一用力，双眸猛地睁开。一瞬间，目光倏地撞上对面的情景，她随即死死定住身体，心怦怦乱跳，怎么也无法置信。

年璇玑身边的小狼不见了，取而代之的是一名白衣男子。蓝眸，一头青丝，在流光中轻轻摇曳着。

那男子……在轻轻吻着她主子的眉额。

而最让人惊惧的是，他本来是一副俊美的容颜，眉似远山，眸若深潭，但他的整张脸却慢慢蜕变成另一个模样。

这另一个模样，她见过，这个人曾救过她。终于，她颤声道："白公子？不！你到底谁？"

在帝都长街第一次见面，他说，他叫风战柏；后来，在宫里再见，主子说，他叫白战枫。

他明明刚才是别的容貌，怎么又变成了白公子的模样？哪个才是他真实的容貌？他到底是谁？

她震惊得就这样怔怔地看着他，呼吸急促粗重。

蓝眸男子把年璇玑轻轻放到自己膝上，淡淡瞥了过来："被你发现了。嗯，我的灵力太弱，你的意志太强，比他们都强。"

翠丫下意识地看看四周，所有人都沉睡着，她心中一惊，隐约明白是这男子所为，她该过去护着她的主子？但她又直觉这男子不会伤害年璇玑。

明明，他刚才那样对她的主子是不应该的，他怎么能吻她的主子，娘娘是皇上的。

刹那间，她竟不知道自己要怎么办。终于，她还是重复了刚才的疑问："你是谁？"

"雪流景。"

他虽然是白战枫的容貌，但与白战枫身上那种玉般温润并不相像，反倒有几分冷峻的味道。此时，当他说起自己名字的时候，眉宇间那抹温恬，翠丫觉得，两个人的影像似乎终于能重叠在一起。

"很久没有人问起我的名字了。"雪流景淡淡说着，突然唇角勾起一抹笑，低头看着年璇玑。

那种眸光，让翠丫心头一跳，就像皇上平素看主子，眼波无垠，深邃。

"一千年，还是多久？也许更久一点儿，我忘了时间了。"雪流景笑了笑，抚着年璇玑的发，目光越发柔和，"名字是她起的，不过，她更喜欢叫我阿雪，不对，其实我也不是阿雪。"

"阿雪？"翠丫怔怔地问，突然又吃了一惊，他刚刚说一千年……他活了千年？她惊骇，失声道，"你是妖怪，别碰我家主子！"

她颤抖着便要起来，身子却纹丝不动，便叫道："你这妖怪，放开我！"

"妖怪？"雪流景微微侧过头，似陷入亘久的沉思，好半晌，笑意又从嘴角浅浅流泻出来，"你说得对，我是妖怪，我的族人都说我是妖怪，因为我的模样与它们不同。

"所以它们要把我烧死。"

翠丫本在奋力挣扎，闻言微微一怔。

"后来我遇到了她，她说，阿雪的模样与别人不同，是独一无二的。"雪流景说着，又把年璇玑抱起来，用脸轻轻摩挲着她的脸。

翠丫停止了挣扎，整个人受了蛊惑似的，竟呆呆地看着眼前的男子，雪流景突然笑道："我与你一个小丫头说这些做什么。"

他抱着年璇玑，淡淡看向窗外的弦月，不再说话。

翠丫想起以前她问说书先生，为什么他不留在自己的故乡，而要四处去给人讲故事，说书先生告诉她，说故事的人都寂寞。

眼前男子的语气，与说书先生的……有些像。

不知道为什么，她突然不那么惊惧了，那种他不会伤害年璇玑的感觉又强烈了许多。可是，为什么他明明说自己叫雪流景，容貌却是白公子的模样？他活了千年，名字却是主子起的，又怎么可能？她本不相信，可所有人都被魔住了，她也不能动。

"你为什么要变成白公子的模样？"她终于忍不住又问。

雪流景淡淡道："这是我本来的模样，之前那个不过是随意幻化的容颜。"

翠丫大惊，又迷茫："那你是白公子？"

"他吗？"雪流景只是轻轻浅浅地笑，末了，把年璇玑再次放回膝上。

"我还能陪你多久？"翠丫看他嘴唇微动，凝神去听，似乎是他的声音，似乎又不过是她的臆测。

她正疑惑，却看到他举起右手，向她缓缓挥来："翠丫，这段记忆，你不应该有，就像我当日把你引去碧霞宫一样。"

当日把她引去碧霞宫，那是小狼……翠丫大骇，身子颤抖得厉害："你是小狼？"

雪流景不语，身上的力量极弱，不然，当日在凤鸾宫嗅到危险气息的时候，就能把皇后等人挡下，可却昏了过去。他在凤鸾宫昏睡着，直到被人押解到牢房，倒正遂了心意。

看她容颜憔悴，知道她受伤不轻，他心疼至极，想抱一抱她，勉力变回人形，又勉强把牢里的人魇住，力量早已不支，没想到翠丫对年璇玑的执念极强，竟醒了过来。

也许是寂寞得太久，他竟与翠丫说了些话。他自嘲一笑，正想把翠丫此刻的记忆抹去，一股非常不好的感觉猛地撞上心房。

他拧紧眉心，冷冷一笑："龙昊，是不是要她出事了你才肯回来！"

是夜，鸾秀殿灯火通明，里外一片慌乱狼藉，婢女、婆子端着一盆盆热水来回奔走，神色仓皇。

太皇太后与太后也来到了鸾秀殿，此刻，正焦灼万分地站在殿外。

"娘亲。"皇后哭叫着，浑身已然湿透，数缕头发黏在脸上，紧紧握着郁母的手。

郁母揩着眼角的泪，低声安慰："秀儿，忍着点儿。"

崔医女的声音焦急地传来："皇后娘娘，您绷得太紧了，这产道不易打开，您别怕，身子放松点儿，好让奴婢为你施针把死婴取出来。"

这个孩子到最后还是死了，皇后咬牙，眼泪簌簌滑落。她身子不爽，暗中已让娘家的人带大夫进来看过，血崩胎滑，知道孩子本来就保不住，也罢，趁势设了这个局，让年璇玑陪葬了也好！

她以后还会有孩子的！

之前宫里有新婢进宫，分进了她的寝宫。那婢子的母亲是十二国中一个偏远小国的人，婢子幼时曾随其母在小国居住过一段时间，子惜花正是从那个国家传入，婢子认出了那花，她蓦然心惊，才明白皇帝无子嗣的秘密。

她问了那婢子，悄悄动了子惜花的根茎，让它再也散发不出那迷人却有害的香气。

后来，她怀上了龙嗣。

她知道自己有孕，那个人正好偕年妃外出秋山，唯恐太后加害，她听从祖父郁相的吩咐，隐下了怀孕的消息，直至他回宫。

迎接他回宫那天，却偏偏碰上年妃的事。年妃中蛊，口吐血沫，她被年妃推倒在地，他竟看也不看她，抱起年妃便回了储秀殿。

那天，她动了胎气。倒并非因为年妃那一推，那一下，小贱人并没用多大力气，她是心闷抑郁而惊了胎息。

从那时起，她的身子便每况愈下。在御花园目睹安瑾等人与年妃起冲突，他从远处走来的那天，她在暗中看着，匆忙避走，行走间只觉腹痛如绞，她有预感这胎儿是保不住了。

于是，她救下安瑾。

因为那一刻，她突然想起派遣婢女从年瑶光手上拿回来的东西，脑中一个计划迅速成形。那是年瑶光临死前派人唤她去取的，一个染满血污的布偶小人，上面写了年妃的名字，说是送给她的礼物。

她本犹豫着使用那小人的时机，后来，他提出了帝陵之行，她明白，时机到了。孩子横竖是无法保住，却可把年妃拉下来！

她爱他，可她始终无法看穿这个外表隽秀、内里深沉的男子的心思。他对年妃的爱宠，他对那个女人是真心还是利用，她都难辨真假。也许是因为她不知道他到底爱上了平庸的年妃什么，所以她想，他其实并不爱年妃。但他看年妃的神色，若仔细看去，却又让她觉得，他对那个女人是真心的。

她再也无法容忍这种悬疑和妒恨。所以，她最终选择了动手。

年妃死了，他回宫以后会大怒吧，但她不怕他降罪。毕竟那是他的孩子，他的孩子死了，他必定心痛，也会心痛她，不会对她问责。

再者，上有太皇太后，下有安瑾。雪儿是从安瑾手上走掉的，才有了以后的事情不是吗……本来安瑾就该死。

她以后还会有他的孩子的！他一定是因为局势紧张才不想让任何女人有孕。但他还是喜欢孩子的，不然，他怎么会在出发去帝陵的前一晚还过来看她？她褪下所有衣服要服侍他，他却说，小心孩子。他是因为她的孩子而忍了欲望没有碰她。

算行程，他快回来了，今晚已是他离宫后的第五个晚上，所以，她服了些药让症状加剧，很快，便腹痛出血，震惊了整个皇宫。太皇太后命崔医女来替她检查，崔医女发现孩子已经死了，最终不得不替她做引产。

不能再等林司正量刑，她必须要在他回来前让太皇太后把那个女人杀掉！

"禀太皇太后、太后，皇后娘娘的胎儿保不住了，崔姑姑正设法把死胎取出来。"医童仓皇出报。

太皇太后身子微微一晃，太后忙扶住了她。

"是男是女？"太后长叹一声，问道。

"是……龙子。"

"龙子？"太皇太后闻言大怒，"年璇玑那妖孽，若非她施了妖邪之术，这龙子怎会保不住！来人，传哀家懿旨，立刻赐那年氏自缢之刑。"

　　太后身旁的玉扣子恭声道："奴才愿前往监旨。"

第四十二章

天子煞　刀剑喑哑百人斩

柳湖畔，麒园。

这一带甚是偏僻，若非如此，走过的宫人必被吓个半死。只见湖畔空地上，十数只狼凶狠咆哮，团团围着中间的雪狼。

它浑身是伤，却仍气势如虹，冷冷地盯着狼群。

突然，它眸光一闪，猛地往斜角一个方向疾跑而去，处在那方位的狼之前被它攻击，受伤颇重，这时看它攻来，大吃一惊，眼看便要被它击倒，突然寒光闪烁，一柄利剑伸了过来。

雪流景一凛，振翅的动作被阻，跃回地面。

一声轻笑在夜色中响起："雪流景，千年光景，别来无恙吧？"

"你现在的情况却似乎并不怎么好。"来人手握长剑，在狼群背后慢慢露出身形，"你甚至无法变回人形。"

雪流景锐利的眸光落在那人身上。夜色中，映着远处的灯光，只见那人俊眉朗目，嘴角一泓笑意邪肆，正是在数日前已经返郡的七王爷龙修文。

"怎么？想突围出去找龙昊？"龙修文伸手往唇边一竖，一字一顿道，"她现在便要被处死，来不及了！再说，按行程算，龙昊最快也得明晚才回来。那天，我藏在沧水轩里，其实只是想看看她。因为我知道年瑶光一定会在临死前见她一面，后来倒让我发现了一样有趣的东西，我假借年瑶光之口把那件小礼物送给皇后，等的便是今天。"

龙修文眉眼一挑，道："几年前进宫，我便留意到了子惜花，后来买通皇后身边的婢女，说出子惜的秘密。

"若皇后有孕，便可以给太后提一个醒：除非龙非离死了，她可以挟新主以令天下，否则，龙非离有了子嗣，对她来说是多么不利的一件事情。这个女人太谨慎了，迟迟不肯有所举动，我得提醒她，不能老是等，也是时候动手了。

"布偶小人原只用来诅咒皇后，倒没想到，皇后竟怀上龙种，又保不住胎儿，正应了小人诅咒之说。"龙修文说着，语气渐淡，突然轻声笑了起来，眸光一斜，锁在某处宫墙的方向。

"你想让紫苏死？"雪流景已是怒极。龙修文不语，良久，才幽幽道："我派人把前往我九弟那里送信的人都杀了，来不及的。"

他突然剑锋一扬，挡住雪流景的动作："想走吗？不，雪流景，你能做的只有陪本王在这里等着辰时过去！"

凤鸶宫，辰时。

亮光划破夜色，却带不走院里一片哭喊之声。

作为侧妃的宫殿，凤鸶宫的院子足够大，但这时也显得狭窄。宫中所有嫔妃、公主都到齐了，还有那内侍、宫女、宫人无数。

太皇太后甚至把昨天到华音宫做见证的朝中大员也召了过来。她怒不可遏，只觉得这年妃非但狐媚惑君，更是加害皇后，害死龙子。她虽不喜欢龙非离，但龙非离继位多年，一直无所出，她惦念龙脉荣衰，极为紧张皇后腹中婴孩。让人意想不到的是，皇后竟也来了。她坐在太皇太后身旁，一身深衣，脸色苍白，眼底浮青，一副憔悴模样。

凤鸶宫所有宫人搀扶着还昏迷着的蝶风和翠丫在一边，低声哭着。

天色微晓的时候，玉扣子来牢里宣旨，要把年璇玑带走。他们被惊醒，发现翠丫也昏倒在地，蝶风还在昏睡着，两个内侍拼命拦阻，一众丫头又咬又撕，仍是让人把年璇玑强行带走了。

年璇玑被赐辰时在凤鸶宫往日的厢房里行绞缢之刑。此时，她已被玉扣子与数名内侍带了进去。

主屋里，静悄悄的，竟无一丝声音传来。嫔妃、宫女又惊又怕，散在四周，交头接耳议论着。一个锦袍青年被数个禁军死死地按压在地上，却是夏侯初，他刚才拼命阻止，太皇太后大怒，勒令禁军把他拘下。

林司正满脸铁青，锁眉站在一边。年相脸色虚白，郁相冷冷笑着，眼角眉梢仍是冷怒。卯辰交替，每个人都屏息静气地等着这一刻的到来。

突然，邢吉祥走出，弯腰一福，恭声道："禀太皇太后、太后、皇后娘娘，辰时即到。"

太皇太后颔首，对旁边的温如意道："进去告诉玉扣子，立刻行刑。"

温如意握紧微微颤抖的手，低声应允："谨遵太皇太后懿旨。"

皇后看了安瑾一眼，安瑾会意，从皇后背后走出，跪下叩首道："太皇太后，请恕奴婢冒昧之罪，只是，奴婢有一个想法，斗胆请您……"

太皇太后微微不耐，道："快说，莫误了这行刑时辰。"

"是！"安瑾一喜，连忙道，"奴婢窃以为年妃罪大恶极，何不把这缢刑改为杖毙之刑，便在这院里执行。一来也好泄了太皇太后、太后、皇后娘娘之恨，二来也好让这宫中之人引以为戒，永不敢再效法。"

"这……"太皇太后仍在沉吟，太后在旁轻声道，"母后，这婢子的提议倒甚是在理，碧仪以为这样一来确实可达到以儆效尤之效，未尝不可。"

太皇太后微微蹙眉，末了，颔首道："哀家原想给那年氏留一分体面，你说得对，就这么办吧。"

"安瑾！"这人都要死了，竟还要受这样的侮辱，小双子与小吕子又痛又怒，死死地盯着安瑾，若非禁军用剑紧紧押着，早已扑过来与安瑾拼命。

安瑾斜眸冷冷一笑，站到皇后背后。"如意，吉祥，还不按太皇太后的旨意去办？"太后看了温如意一眼，淡淡吩咐道。

"玉公公，如意姑姑在房外传旨说，让您把年妃带出去，改在院里行杖刑。"一个内侍急匆匆地跨进房间，道。

玉扣子眉头一皱，摆摆手，道："咱家知道了，你且先下去，便与太皇太后说，咱家立刻带年妃出去。"

"是。"看着那内侍奔出，玉扣子旁边的一名内侍神色紧张，低声道："公公，那这年妃，咱们还……"

玉扣子猛然打断了他的话："什么都别说，现在就把她带出去。"

他说着，眯眼又看了一眼床沿上垂眸不语的年璇玑，眸光犀利。梁上白绫已系，年妃的领子刚才也已被他们解开，露出颈上肌肤。

当棍子落在年璇玑身上时，卯时转，辰时至。

棍杖的影子不断交叠，落到地上女子身上，温如意咬紧嘴唇，眸光里，皆是院落四周每个人的眉眼，有的害怕，有的兴奋，有的眼角眉梢皆是快意……

她竟没有一丝一毫的快意，更多的是一种死寂和惊惧。

明明在事前，她可以狠下心，但这时却不断在想，如果他知道了，她该怎么办？他会怎么做？如果……年璇玑死了。

打了多少杖？杖毙为止，一个女子能承受多少杖？

温如意闭紧眼睛，不再去看那鲜红委地……她并没有讨饶，刚才还能听到她强忍着却仍微微泄露出的痛苦低吟，现在，声息沉寂了下去。她快死了吗？

她心房猛地一缩，却又突然听到一阵躁动，眸子打开瞬间，只见凤鹭宫宫人一边，年璇玑的贴身丫头翠丫哭喊道："怎会这样？"

这丫头一直昏迷着，这时刚醒转。

只是，已经来不及了。温如意幽幽地想，目光终于落到地面的年璇玑身上。

血，从女子的紫裙透出，她浑身是血水，就像浸在红漆里。

混着战栗和害怕，被恐惧压抑着的快意突然汹涌而出。年璇玑如果死了，他便是她的。本来，从前就是这样的啊。

她什么也没做！手谕，她没有私藏起来，相反，她把它交给了太皇太后，是太皇太后蔑视圣旨。如果年璇玑死了，凤鸶宫里，知道年璇玑原来心思——要把手谕在朝官面前拿出来作见证的，也只有蝶风和翠丫这两个贴身丫头。

要杀两个丫头，并……不难！

温如意嘴角慢慢绽开笑意，酸涩的水雾在眼中轻轻转着。

她回不去了。璇玑，对不住。

手指刚揩到眼角，却见翠丫突然挣开了凤鸶宫两名内侍的死命抓握，跑到年璇玑身边。年璇玑明明已无法动弹，这时却奋力挣扎起身子，厉声道："回去！"

执刑的几名内侍大吃一惊，这百余杖下去，莫说之前已受过刑的年妃是活不成了，便是他们也打累了，她竟还能支撑起来？

太皇太后与太后也是一惊，太皇太后咬牙道："来呀，把那婢子捉住。给哀家再打，直到杖毙为止！"

翠丫看着年璇玑，已满眼泪水："丫头，不傻吗？"

"主子，不要！"小双子惊骇得大叫出声，旁边的小吕子大惊，扬手狠狠扇了他一个耳光，喝道，"住嘴！你疯了！"

这一下混乱，顿时震惊了所有人，温如意心头一惊，突然有什么在脑子里迅速闪过。

在禁军扭上翠丫的手脚前，翠丫伸手往脸上一抹，一块东西随即到地上。

"怎么会有两个年妃？"

温如意耳边嗡的一声，只听四周声息大乱，无数惊骇的声音逼迫而来，她前方的太皇太后、太后与皇后已倏地站了起来。

禁军蓦然罢了手，竟不敢去抓翠丫，因为，场中的翠丫……变成了年妃。

那地上正在受刑的又是谁？站在太后背后的玉扣子脸色顿变，太后抿紧唇，微提裙踞，快步走到另一个年璇玑面前，伸手在她脸上一扯，众人只觉眼前一花，一张人皮面具已被甩到地上。

互换了身份，棍棒下浑身是血的女子竟是年妃的贴身丫头翠丫。

太皇太后身子一晃，皇后忙搀住了，前者抚住心口，浑身颤抖，指着年璇玑，连声冷笑："好一个年璇玑！好一出李代桃僵！反了，你还真是反了！来人，把她给哀家擒下，十名禁军同时执刑，乱棍将她打死！"

年璇玑轻嗤一笑，看了一眼把她团团围住的禁军，冷冷道："别碰我，我会走！"众人为她身上气息所慑，竟一时不敢靠近。

年璇玑俯下身子，把地上的翠丫抱起。翠丫已浑身瘫软，像没有了骨头，拂开她脸上汗湿的发，年璇玑低声问："为什么要这样做？"

御花园里的伤，伤及眼眸，小丫头眼皮上的伤痕犹在，年璇玑咬紧唇，终是无法止住满手颤抖。翠丫笑了笑，抬手抚上年璇玑的脸："娘娘，你说翠丫笨，其实你更笨，你为什么……为什么要出来，还有几下，就好了。我一死，你就能和蝶风姐姐他们……他们一起等皇上回来。"

"你还没死，我怎么能不出来？"年璇玑笑道，泪水猛地落到翠丫的眼皮上。翠丫浑身一震，失神地看着年璇玑，突然瞳眸一缩，嘴角溢出数缕鲜血，慢慢合上眼睛。

"姑姑，别出去，姑姑！"院子一角，一直被数名医童死死抓着手的女子突然狠狠一撞，把前面一个身形矮小的童子撞开，飞快地奔到年璇玑面前。

"崔姑姑。"年璇玑心中大恸，看着身前亦是一脸泪水的崔医女。

在这个冷漠的皇宫里，她们从来没有深交过，还来不及……崔医女想，但此刻所为，她不后悔。她明白眼前女子的意思，一把将翠丫抱过："娘娘，我一定会尽力救她！一定会！"

"谢谢。"年璇玑轻轻一笑，握紧她的手。

场上的人如被魇住，竟一动不动地看着，便连太皇太后也怔在原地，直到太后厉斥一声："还不快把年妃擒下！"

年璇玑随即被禁军重重按下，另十名禁军迅速执了刑杖，分位站定。

"放开她！"蝶风此时正好醒转，眸光触到无数棍杖朝年璇玑身上掷下，心中大骇，冲了过来。

"蝶风，不要！"

她的声音还哽在喉咙，蝶风背后的禁军已横剑向蝶风刺去，一剑透过她的肩胛。蝶风摔倒在地，小吕子嘶喊着去扶她，狂跑向自己的小双子和两个小宫女被剑洞穿心胸。所有一切，就像电影场景中无声的镜头快速切过，年璇玑想挣扎起来，却躲不过落在身上的重杖……身上棍棒的声音，钝入心肺的疼痛，似乎一瞬都被什么吞没。她空洞地看着地上淌开的血迹，苍凉一笑："龙非离。"

恍惚中，似乎真的有一对龙纹锦靴朝她快步走近，她突然想起初见他的情景，虽然，她知道，这一次，不过是她的幻觉。

可是，为什么她看到半空中剑芒闪过，接着便是背后禁军骇叫倒地的声音？"皇上，万岁万岁万万岁。"

这些声音是——她心中一颤，明黄的身影却已骤至身前。她难以置信，刚想伸出手去触摸眼前停驻下来的靴子，却已被抱进一个人的怀里。

"以后，再也不能让你一个人待在宫里了。"

熟悉的味道，熟悉的声音！她搂着他的脖子，模糊的视线，看不清他的脸，只知道他的声音很温柔，凝眸看去，隐隐看到他的凤眸里皆是冷艳的火。

他的手避开她的伤，一个字一个字地问："朕给你的手谕呢？"

语气依旧温柔，但她知道，他的怒气已经绷到了极点。越温柔，越愤怒。

从他臂膀里抬头，年璇玑怔怔地看着一地血泊，血水里往日嬉笑怒骂的同伴，生死未卜。龙非离心里猛地一沉，她的伤不轻，但他更怕她眼里的死寂，他不知道发生过什么，但这凤鸷宫死了人却是事实！

跪了一地的人，他还没来得及让他们起来，包括面容憔悴、摇摇欲坠的皇后。太后搀扶着太皇太后，后者一脸不满地看着他。

不满？那他的不满，又该由谁来偿？嗯，一定得有人来。如果他晚回一步，她便死了！十名禁军同时执刑，一次十棍，真的很好！她以前打了他，再怒再气，他也舍不得动她一下，他们怎么敢！

"朕先带你进去！"手下是她濡湿的衫子，他的手微微一颤，强压着心头的愤怒，把她横抱起来。她却制止了他，紧紧地攥着他的衣袖。

他低头看去，心，很疼：还是离别前那双眼睛，瞳眸黑亮，那晚，他侵占着她的身子，她便在帷帐里看着他，娇羞地回应。可是，这双眼睛，现在很空。

"阿离，那天，夏桑出去找玉致，我跟他说，我会好好保护自己，在宫里等你回来。我终于等到你，可是凤鸷宫的人却死了，我没能保护自己，更没有能力保护他们，反而是他们护住了我。记得在我刚进宫的时候，你便让吉祥来教我宫里生存的方法，原来我一直都没弄懂。

"我跟自己说，不要变，我不想去害人，可是有些人，不是你去防备就行的，除非她们比你先死。

"我错了，真的错了。我想和你在一起，可是这样的我只会拖累你，我要变，是不是？你告诉我，是不是？"她突然目光炯炯地看着他，似乎在期待他给她一个答案，似乎只要他说是，她就会去做。

心里的悲痛和愤怒瞬间到了极点。

"不，年璇玑，永远，永远都不要变！"他心疼，却止不住语气狠厉，飘散在她的耳边。他只要这样的她，像梨花一般洁白。从坐上这个皇位开始，他的双手已经染满鲜血，他不要她像自己一样，他不要她去改变，他不准她变！抱紧她，他再次问："手谕呢？"

"你问温如意。"她轻声道，把头埋进他的怀里，再也没有出声。

心漪？！龙非离看向徐熹："立刻安排太医院给凤鸷宫的人医治。"

"是。"徐熹朝背后数十名内侍一挥手，众人立刻走到凤鹜宫宫人面前，把地上被剑钉住身体的宫女、内侍抬了下去。手颤抖得厉害，温如意跪在地上，垂着眸，突然听那人淡淡一声："都起来吧。"

她眸光稍抬，冷不防被男人冷酷的目光锁上："温如意，朕的手谕在你那里？"

温如意浑身一震，立刻跪下，咬了咬牙，慢慢抬起头，尽量让自己的语气更镇定平缓一些："回皇上，手谕，奴婢交给了太皇太后。"

"什么手谕？"人群中疑惑声四起。眸光落到太皇太后身上，龙非离淡淡道："皇祖母，朕的手谕，你看过是不是？"

太皇太后脸色顿变，但她是他的祖母，几时轮到他来指责？

"是，哀家是看过，那又怎样？"太皇太后冷冷一笑，伸手指向年璇玑道，"皇帝，你可知道你的宠妃用针扎的布偶小人下咒，害死了你唯一的孩子，而且还是龙子！若非秀儿福大，说不定把她也害死了！"

皇后抬手一揾泪水，让两名婢女搀扶着，走到龙非离面前，一声不响地缓缓跪下。

龙非离看了那两名婢女一眼，冷冷道："扶你们主子起来！"

"皇祖母，"龙非离唇角一勾，轻笑道，"有两件事，朕想跟您说一说。第一，皇后怀的此胎并非朕唯一的孩子，年妃也曾怀过朕的子嗣。第二，敢问皇祖母，谁是这西凉的皇帝？"

他这话既出，太皇太后猛地一震，太后与一名嬷嬷紧紧搀住了，她才稳住了身形。朝臣、妃嫔里顿时骚动一片，年妃也曾怀过龙嗣？

邢吉祥早已惊慌不已，下意识地看了温如意一眼。

他和年妃的孩子……温如意跪在地上，心里荒凉，身子猛烈颤抖，把牙龈也咬出血来。年妃也有过皇上的孩子，那是什么时候的事？为什么在这宫里竟没有任何消息传开？是子惜花也失了效？皇后抬头向年璇玑看去，却蓦然撞上龙非离审视的目光，似笑非笑。

她一惊，垂下眸子。

"怎么，朕的问题让皇祖母为难了？"龙非离眼眸渐冷，抱着年璇玑，慢慢走到太皇太后面前。

一时，太皇太后心上像被什么狠狠一扎，先帝仁厚，怎会生出这样一个儿子，那一瞥间，都是箭镞的锐利，她微微一惊，竟退后了数步。

"敢问老师，"龙非离眸光一移，朗声道，"依照这西凉律例，违抗圣旨，该以何罪论处？"

林司正心中一凛，不意龙非离竟这样问，他微微皱眉，躬身答道："论罪，当……诛！"

那"诛"字一落，太皇太后又怒又骇，手颤抖着指向龙非离："你想做什么？还要为了一个孽妃杀了你的皇祖母不成？"

即使龙非离没说出来，但那一条罪名无疑却扣到太皇太后身上去，在场无人不骇，都齐刷刷跪下。郁相、温如凯等多个重臣出列，神色凝重："请皇上三思！"

太后嘴角微扬，随即掩去那抹冷笑，沉声道："皇上，你怎能如此大逆不道？"郁相一个叩首，老泪纵横道："皇上，年妃以邪术咒害皇后，太皇太后是为皇后求一个公道，皇上若真因此而责怪太皇太后，只怕这天下的臣民知道了都寒心哪！"

"请皇上三思！"郁相以下，多名臣子叩首，齐声禀奏。

龙非离微微冷笑，正待说话，袖子却被怀中的人一扯："别为了我与他们……"

他紧了紧环抱在她腰上的手，年璇玑一怔，从他怀里抬头，便碰上他疼惜又幽深的眼神。于是，她不再说话，伸手悄悄环住他的腰。

清风一直站在龙非离斜侧，看得真切，心里悲喜交错，师兄深爱着她，她也一样。这次帝陵之行，师兄问了他那晚的事情，他如实说了。他害怕过，对师兄和盘托出的那一刻，才终于放下了心头那块重石。

师兄当时狠狠挥了他一拳，拔剑指向他，说："清风，若你能像白战枫一样敬她护她，你我仍是兄弟，若你对她再有非分之思，则你我兄弟情断，朕会亲手杀了你。"

若师兄要他的命，他不会有二话，他知道师兄爱她，自不会与师兄争抢，只要她也好好爱师兄。只是，师兄就这么信任白战枫吗？

同样看得真切的还有温如意，他低头看年妃的那一眼，她突然想起龙梓锦当日说过的话。

——温如意，他从来没这样看过你！

口里咸腥，这一刻，她突然想冲上前去把他们分开，他这样看年璇玑，他这样爱着年璇玑，为了她甚至不惜得罪三朝重臣？

"皇上，家国有法！莫以规为，不成家；莫以法为，不成国！"

院门处，一道清亮的声音骤然响起，众人一凛，斜眸看去，却是不知何时出走又突然率了一众年轻官员回来的夏侯初。那些，都是龙非离培植的新势力，年纪极轻，官位虽远未及老臣，却已在朝堂有了一席之位，此刻亦都全数跪下，朗声道："家国有法！"

"正是家国有法！"龙非离勾唇一笑，又缓缓收住唇上的笑意，眸光掠过所有人，"皇祖母要杖毙年妃，凭的是这后宫家法；朕统治西凉，依的是这维国之法，难道皇祖母依法而行，朕反要蔑了国法，这国之本？朕立手谕在前，不论年妃犯了何事，均待朕回宫再决，任何人违背此谕，便是触犯了国法。

"再者，布偶小人一说，朕想问问，这里有多少人相信此种诅咒灵效？若有的话，给朕站出来！朕现在便去请法士再做一针扎小人，写上朕的姓名及八字，若朕日内无事，则信奉这等妖言之人，朕通通斩之！怎么样？有谁要站出来吗？"

皇帝声音阴冷。若说这诅咒之术，谁不是将信将疑，又怎敢笃定？众人早被他一番话所慑，那"斩"字一出，全场沉寂。

年相低头冷笑，夏侯初当日与年颂庭交好，却原来是皇帝的人。太皇太后脸色煞白，浑身颤抖着，却说不出一字。太后眉头紧蹙，本欲降皇帝不孝不敬之罪，却被他扳回一局，她以前怎会以为茹妃那贱人的儿子是温顺之辈？

龙非离转身把年璇玑交给段玉桓，段玉桓与清风慌忙一左一右搀扶住了，众人正不知道龙非离要做什么，又惊又疑，却见龙非离倏地把外袍褪下，扔到地上，道："法不可废，但皇祖母是朕的祖母，朕以此袍代祖母之身，老师，请执刑。"

杖打龙袍？这是开国以来的第一桩！所有人都惊呆了，看林司正颤抖着从禁军手里拿过棍杖，走向地上那抹明黄。

"皇祖母，朕常惦念您老人家，盼你能多回宫中，倒忽略你年岁已大，素喜安静，静慈庵才是你该多待的地方。此事一了，朕便派人护送你回去。"龙非离瞥了太皇太后一眼，轻声道。

太皇太后一脸颓败，仿佛瞬间又老了数岁。她看了龙非离一眼，走到他面前，低声苦笑道："皇帝，你够狠！也许你会比你父皇有出息许多。"

"谢皇祖母夸奖。"龙非离淡淡道，目光慢慢定到一个人身上，眸中流光，寒冷嗜血。

这一眼，温如意觉得有什么在心中轻轻划开，然后口子越来越大，到无止境的空寂，又是那种死寂的感觉。痛还好，空，比死难受。

他为什么会这样看她？他已经知道了这事当中，她充当了什么角色吗？明明只差一步。可惜太皇太后已经再也不能帮她。她知道，他虽不喜太皇太后，但尚算敬重，为了年妃，他还有什么不能做的？

她伤心欲绝。

段玉桓突然过来跟他低声说了句什么，他变了脸色，迅速收回落在她身上的目光，转头去看年妃。不想再看！她微微侧过头，却看到皇后看了郁相一眼，另一边，太后嘴唇微动。

龙非离已快步走到皇后面前，朗声道："皇后腹中婴孩虽非为诅咒所害，但布偶小人一事，显然是有人包藏祸心，其行恶劣，论罪当重刑。

"年妃德行素来端正，又与皇后感情深厚，断无谋害皇后之理，只怕是有人陷害年妃。朕觉此事疑点甚多，特交大理寺卿林司正翻查此案。"

"臣遵旨。"林司正跪下叩头道。

皇后微微一颤，却是龙非离执上她的手，温声道："秀儿，你痛失孩儿，朕亦同样痛心，你放心，即便非诅咒之过，这针扎偶人之恶，朕亦绝不会放过。另外朕会着太医院翻查病案，找出你小产的原因。"

听到他说"着太医院翻查病案"，皇后心头猛地一跳，若无诅咒之说，这本就是血崩之症以致小产，又想起他刚才那一瞬似笑非笑的审视，心里更乱。他会查出前因后果，查出是她胎滑不保而嫁祸年妃所为吗？

但他此刻的温存细语让她慌乱又欢喜，正不知道该怎么办，又听他对郁相道："郁相以为这安排如何？"

"老臣谨遵皇上圣裁。"其实郁相又怎么相信皇后之胎是布偶小人所害，只是他事前并不知道皇后嫁祸年璇玑一事，直到昨夜郁母进宫陪产，皇后让郁母把消息带回，他才知道事情原委。

他为人尚算正直，亦忠于龙非离，本不赞成此事，闻言后大怒，但事已至此，骑虎难下，而他多少也有点儿私心。他与年相为敌多年，又念及当日在储秀殿所见，年妃纠缠皇上，对她心生不满，而皇上对她竟似极为宠爱，倒不知是迷惑年相之策还是真正爱宠，若是后者，只怕会危害到皇后的地位。

龙非离的一番话下来，竟让人没有可辩驳之处，事情本是郁家理亏在先，不知道皇帝是否已看出端倪？又看皇帝虽宠年妃，对皇后却也甚为惦念，况且皇帝有意委任彻查此案的正是与自己交好的林司正，即使林司正真的查出了什么，凭二人多年交情，也能把事情掩下。念此种种，他此时又怎么还敢再多说？

温如意自嘲一笑，他虽刚回宫，却在这短瞬之间便把所有的事情都计算好了，先用自己作为针扎小人之饵，解了年妃之困；可光是小人无法咒害人还是不够，东西是从年妃房里搜出的，年妃有害人之心也是宫闱大罪，他又抢在太后和郁相等老臣面前，让林司正重查此案。

为年璇玑他竟思虑至此，那么，她呢？他会怎样处置她？他若知道了她曾做过什么事，他真的会动她吗？他真的舍得吗？

一切尘埃已定。龙非离瞥了夏侯初一眼，吩咐道："凡涉案或与年妃、凤鸶宫接触过的奴才，不管是否奉命，不管官阶高低，全部押解大牢，待林司正把事情查明，一并论罪！"

一直站在皇后身后的安瑾，心里的恐惧终于无可抑制，浑身抖如风烛。她正喘着气，却见龙非离似有意无意地向她这个方向看了一眼。

"皇祖母、母后，朕先行离开。"龙非离微微颔首，太皇太后长叹一声，摆摆手，太后搀扶了她离去。

"温如意。"邢吉祥喊了她一声，声音里满是惊慌、不忿，像落入猎人手里的猎物。

温如意没有出声，在被禁军扭住双手的一瞬，眸光里映着的是他抱着年妃快步步入凤鸷宫的情景。

他微微侧头，脸贴在年妃的脸上，低声与她说着什么，似哄似慰。

凤鸷宫，厢房。

崔医女带着翠丫回了太医院医治，凤鸷宫一众内侍、宫女也在太医院。

厢房内外静悄悄的，徐熹安排了新的内侍和宫女过来，在门外候着，又带了另外两位医女过来。龙非离负手站在床边，脸色紧绷看着几名医女、医僮替年璇玑清洗包扎背后的伤口。

年璇玑头上汗水淋漓，医女碰到她身上创口，她便咬紧唇。龙非离看得心头火起，怒道："手脚利索点儿轻点儿，没看到她很痛吗？"

两名医女害怕得扑通一声跪了下来。年璇玑虚弱一笑，道："阿离，你派人过去看看翠丫她们情况怎样，别骂这两位姑姑，也好让她们快点儿弄完，我想抱抱你。"

"好！"龙非离脸上的坚硬瞬间变得柔和，瞥了两名医女一眼，"动作快点儿，懂了吗？"

可怜两人听到年妃的话，正面红耳赤，冷不防被皇帝冷冷扫了一眼，又心生害怕，慌忙站起，蹑手蹑脚侍弄起来。

她不肯用麻药，直到他派去的人把消息带回来，才一声不响地任他搂到身前，在他身上安静地趴伏着。龙非离心里疼痛，但他素来不会说哄慰的话，便伸手在她背上拍抚着。

"你怎么会及时赶回来？"她低哑的声音传来。

他知道，其实算不得及时，凤鸷宫伤亡惨重。一个内侍几个宫女都死了，利剑透胸而过，当场便死了。她的两个贴身婢女，蝶风之前已身负重伤，后又被伤了肩胛，伤势极重，但好在性命无虞。翠丫的伤较之蝶风更严重许多，崔医女说，若再多一杖，她的命就保不住了。只是，这样的伤，骨头断折、肺腑破损，即使现在救活，也不过是多延些时日，活不了多久。

若没有那个丫头把时间延了一延,今日死的就是她!他赶到的时候,她被十名禁军同时杖打,还好这棍棒只是落下第二遍——他一阵心惊,猛地抱紧她,她很安静,被压着伤口也不叫喊,只是蜷缩在他胸前。

没有告诉她,他其实刚到帝陵便折了回来,为了心中那抹突如其来的惊悸和不安。他怕她有事!他怕万一手谕也保不了她!

一路上,看到多名紫卫的尸体,知道她在宫里必定出了事,紫卫前来报信,却被有心人杀了!他疯了一般没日没夜地赶了回来,一进宫门,抓了个内侍来问,果然出了大事!

龙修文必定知道他到帝陵去的真正目的,也猜度他无法探到帝陵军队的数目。但龙修文不知道,他虽没了苍龙阙,却已想到也许能拿下帝陵军情况的方法。

功败垂成,但他不后悔!第一次,如此庆幸没有办成一件事。若输了她,那他赢了天下又如何!

"乖,睡一觉,把伤养好,其他的事情,有朕。"捧过她的脸,他深深浅浅地吻了起来。

"玉致被捉走了,你知道了吗?快去救她。"

夏侯初刚才已把这几天宫里发生的事情和刚才行刑的情形简略告诉了他,龙非离心里的柔软渐渐扩大,她总是想着他,甚至让夏桑出了宫。夏侯初并不常在宫中,事情一起,鞭长莫及。夏桑为人机警,若夏桑在,她也许不会有这一次的劫难。

"嗯,你只管宽心,朕已派人去助梓锦和夏桑。"

听了夏侯初所述,他已明白,玉致的事不过是一个局,对方真正的用意是她!郁相不会帮皇后杀禁军劫玉致,如此,掺和在里面的很有可能就是龙修文。只是,龙修文既爱她,为何又要把她害死?

若说……他微一沉吟,难道龙修文想用身份互换之法把她带出宫?只是,他随即想到了一个小细节——以龙修文的谨慎不会犯这样的错误!

翠丫受刑的时候,她一直昏睡着,直到后来才醒来,跑出去制止行刑!若是龙修文派人让两人戴上人皮面具,把身份互换过来,翠丫为救她性命,自是愿意,但龙修文会把她的意愿漏算吗?为防止她醒来出什么乱子,龙修文必定会用药把她迷晕或用重手法将她的昏睡穴制住,不会让她在行刑中途便醒来。

按夏侯初所说,她突然醒转跑出来的时候,情况十分混乱。内侍小双子喊了一声"主子,不要",小吕子让小双子住嘴,也就是说两个内侍已经知道了她们身份互换之事。小双子死了,他派人问过小吕子,小吕子只说在他们还在牢里，娘娘被捉走的时候，突然跟两个内侍低语了一句，说自己是翠丫。除此，便没有来得及再说什么。

如果不是龙修文，那么又是谁让她和翠丫互换了身份？行刑之前，牢房里是不是曾发生过什么？这事，看来只有翠丫知道了！

他正想得微微出神，却听她道："那就好，我想玉致了……我去看看翠丫她们。"

他顿时怒了，一把按住她的身子："哪里也不准去！你现在去也只会扰着她们养伤。"

年璇玑怔了怔，又低下头，涩声道："嗯，也许她们也不愿意看到我，是我的错，是我把她们害成这个样子的。"

"胡说！"看着她毫无生机的样子，他心里又是一疼，斥道，"你没有错，若真说错，你只错在一处，你知道是什么吗？"

年璇玑微微愣住，龙非离轻叹，吻上她的唇角："你当时不该跑出去，否则，翠丫的牺牲便没有价值了。"

"我懂。"想起翠丫，年璇玑鼻子一涩，声音哽咽起来，"我一醒来便看到她在受刑，她一动也不动，我知道她也许已经死了，但如果没有呢？"

龙非离抬手擦去她腮边的泪，想责备她几句，看了她半晌，最终却放柔了声音："嗯，你对。"

他伸手轻抚上她的睡穴……这才是她，他爱的她。

年璇玑醒来的时候，龙非离已经不在，背上的伤还很痛，身下，是厚厚的被褥。浓浓的药味传来，她微微抬眸，一个人正好推门走进来。

"崔姑姑？"

崔医女轻轻一笑："娘娘，来，奴婢侍候你喝药。"

"翠丫她们还好吗？"年璇玑大急，"你怎么不在那边看着她们，我没有事。"

崔医女心里一黯，随即又温声道："她们都……好！"

年璇玑点点头，想起什么，道："皇上呢？"

"他……"崔医女似乎骤然一惊。

第四十三章

暴君名 不辞冰雪为谁热

夜，凤鹫宫。

院外亭阁，数十级台阶上，龙非离独自一人冷冷地站着，一身白色锦袍，眸寒如霜，看着前方的禁军行刑。

段玉桓在监斩，徐熹、清风环伺在旁。

年璇玑几乎无法相信眼前的情景，放眼看去，数十人被禁军押着，地上是一具具断了头颅的尸体，内侍、宫女……

哭喊声，漫天彻地的血腥弥漫在空气中，灯火通明，凌乱的人群，散落在四处。

皇后脸色惨白，两眼红肿。年璇玑忍着眩晕，凝神看了看场中尚未被处斩的人，有十数名宫女，年璇玑认得，都是皇后的婢女，其中，便有那天在沧水轩见到的和在凤鹫宫找雪儿的两名婢女。

往后一点儿，簌簌发抖，号啕大哭的竟还有太皇太后的贴身老嬷嬷，她后面的那个是——安瑾！还有以前安瑾身边的两名丫鬟阿诗、阿素。

她隐在人群中，听着人们惊惧、喋喋不休的议论，她同样战栗、害怕，喉咙竟挤不出一丝声音。

崔医女急了："娘娘，奴婢扶你回去吧。"

"年璇玑。"

年璇玑一惊，无数目光向她射来，前面的人群分开，安瑾咬牙冷笑道："怎么？来送我吗？"

年璇玑百感交集，台阶上的男子眉头一皱，已快步下来，走到她面前，眉眼关切："你怎么过来了？"

"阿离，为什么……"

龙非离打断了她："不为什么，不过是林司正已查出，是皇后宫中的内侍和宫女受安瑾唆使，以针扎小人陷害嫁祸于你，朕早就说过，论罪当重刑。"

"可那个老嬷嬷是你皇祖母的嬷嬷，这岂不是公然得罪了你的祖母？"

龙非离不语，突然伸手往她脸上摸去，轻声问："还痛吗？"

年璇玑一怔，蓦地想起脸上被那嬷嬷扇的伤，心里一动，却是怔怔脱口而出："你这暴君。"

灯火流动，地上花开如血莲，她觉得他很残忍，可是她也知道他这种残忍是为了谁。

她的嘴唇动了动，他却说："这里的人都要杀，你回去吧。"

突然崔医女一声惊叫："娘娘小心！"

年璇玑吃了一惊，只见安瑾不知何时竟挣脱禁军的钳制，狂奔到二人身侧，手持短匕寒光闪耀地向她刺来。

年璇玑没有动，因为他就在她前面，她明白，只要有他在的地方，谁都不能伤她。

果然，他的动作更快。

她甚至还没有看清，安瑾的身体已经软绵绵地倒下，安瑾留给她的印象最终只剩下一双惊恐怨恨的眼睛。

她虽极力忍住，喉间还是发出了破碎的声响，怎能不恐惧？

他却突然皱了眉，缓缓蹲下身子，伸袖向她的绣鞋上抹去。

她愣愣地看着他用力地把她鞋子上的血污抹去，雪白的袖子上像红墨晕染，那鲜红渐渐四散。

四周的抽气声，此起彼落，很快声息又隐去了。

她抬头看了一眼天空，头顶夜幕似织，地上血水如漫，人群，声音，头颅，尸体，女人……她不想再待在这里，把脚从他手中抽出，飞快地转过身仓皇离去。

跨过时空，穿越千年，她用她的执著让他爱上她。

这数天之间，经历死生，眼前，血染的炼狱。这一刻，她却微微迷惑了。

她改变了谁的轨迹，又是谁因她而变了宿命、丢了性命？

那是命运。这些人的死，有她的孽。还有，他为了她而背上的血债，甚至骂名。

月霜银华，她跌跌撞撞地走着，心乱如麻。

突然，她停住脚步，怔怔地看着前方踏着月华快步走来的白衣男子。屈膝蹲在地上，手指微拢，还维持着方才抓握着她纤细脚踝的姿势，龙非离一声不响地看着自己殷红的袖子。

他猛地抬起头，看她停在路中，怔怔地看向前方的温莹如玉的白衣男子。

哦，白战枫也回来了。

龙非离慢慢站起来，唇角一勾，怎么？年璇玑，你嫌我身上污秽吗？心狠手辣、杀人如麻？

你面前的男人永远洁白无瑕，而我却满手鲜血永远满脸虚假？

"皇上。"皇后唤他。

龙非离充耳不闻，大步上前，走到年璇玑背后，狠狠扳过她的身子，逼迫她看向他。

"龙非离。"她叫了他一声。

他突然觉得她神色如雾似幻，仿佛不知从何处而来，也不知要往哪里而去。他捏紧她的肩，咬破自己的唇，吻住她，不管这四周的人群，不管前面的白战枫。

用他的血、他的污把她沾染。

他疯了！

在这么多人面前，白大哥也在。

比适才浓烈千百分的抽气声，四周的目光如电如刀刺在两人身上，或者说刺在她身上。

当他的唇舌侵入她的口腔，她尝到了他舌尖唇间的血腥，前方便是修罗场，空气中弥漫着血污……她喉间一涩，想推开他。

他的手在她腰间一捏，她吃痛，有了点儿怒气，望上他的眼睛，那一双眸是极度的黑。

她心里猛地一抽，她都做了什么？她在否定他为她所做的一切。

哪怕他再不喜欢他的皇祖母，但那是他的长辈，将其身边嬷嬷治罪，并不是件只去想便能做到的事情，他必定再次忤逆了他的皇祖母，也必被朝臣议论。斩杀这么多人，是他给她的保护，不为杀戮，只为宣告，让任何人都再也不敢轻易动她。这批人当中，有相当一部分是皇后的人，他不动皇后，但也用这种方式告诉皇后他的底线。

细细一想，其实都明白。不管他是对是错，他所做的通通都是为了她。

她怎么会逃？

也许是她的迟疑和审视刺痛了他，用力一捏她的下颌，他的唇拖曳着妖冶的鲜红，离开了她的。

他冷冷一笑："朕就爱看这样的场景，你喜欢去哪里就去哪里。"

她一怔，他的衣袖已经掠过了她的身体，她的目光蓦然撞上了他暗红的衣袖。

"龙非离。"她慌了，出声唤他。

他像没有听到，脚步没有丝毫迟疑，雪白的背影看上去也是孤傲清冷的。

他的身影越走越远。

惊乱的人群，似乎看出了端倪——他们在闹不和。

她看到皇后紧抿着唇，盯着她，华妃、慧妃微扬的唇，是幸灾乐祸的笑。白大哥还在后面。

人群，死尸，空气依然难受，她竟突然怀念起他嘴里的气味，哪怕同样血腥。

她不管了，都不管了。他们本就没有多少欢快时光，两人再生嫌隙，这样的疏离不是她能承受得起的。

他痛，她也痛。

他走得快，眼看已踏上台阶，前面那方血红之地，让她战栗，她过不去了。

她咬咬唇，脚下使劲，却不慎摔到地上。

人群里，有多少人笑了起来。

她却倏然愣住，远方暗影里站着的两个人——是邢吉祥和温如意？

她们怎么也来了？她苦笑，他果然还是没有动温如意。

若说不恨温如意是假的，如果温如意当时没有插手，也许就没有后来凤鸾宫的死伤。只是若问自己，想让他如何处置温如意，她自己也不知道。

一声钝响过后，她看到他的身影微微僵住。

她懊恼了，刚才摔倒的同时应该再惨叫一声，她摔得太老实了！现在起来不是，不起也不是，是她自找的！只是，被人嘲笑的感觉并不好玩，尤其前有温如意后有白大哥。低头看看擦破出血的手心，火辣辣地痛，她心里一涩，暗骂了句活该，一双手突然环到她腰间："有没有摔着？"

声音又冷又硬，似乎其主人一点儿也不愿意去多问这一句。

她却欣喜若狂，伸手攀住来人的衣领。

来人顿时皱了眉，看怪物似的看了她半晌，末了，还是把她抱了起来。

"龙非离。"

没有回应。

她把头靠在他怀里，低声道："是我不对。"

他仍然沉默着，只是把她抱紧，带她离开。

还能隐约看到白大哥的身影，年璇玑知道，他刚离开，在看到她与那个人重归于好以后。

她心里黯然，只是微微的不安，他却觉察到了，声音冷淡："在想什么？"

年璇玑一怔，道："回去后我告诉你我在想什么。"

他却陡然停下脚步。

年璇玑错愕，他在在意什么？为翠丫、蝶风担忧，起来以后在这里的所见……心里悲恸的感觉突然消退了些，一点儿好气一点儿好笑："放我下来。"

他嘴角一沉，反而收紧了手。

年璇玑想了想，道："你想知道我在想什么，就放我下来。"

龙非离一声冷笑，道："随你。"

双脚及地，年璇玑看了一眼众人，心里是微微的慌乱。

"怎么不说？"龙非离反唇相讥，却突然整个人僵住身形。

徐熹等人跟在龙非离身边多年，哪看到过这个男子如此失态？

远处树荫里，邢吉祥和温如意都变了脸色——年璇玑在众目睽睽之下吻住了龙非离。

她和邢吉祥从牢里被释放了出来。他没有动她，他对她还是有情的。可是，她走过来又看到了什么？乍喜乍惊，她快承受不了这份痛苦了。他吻年妃，在这么多人面前吻年妃，他背对着她，她无法窥见他的表情，可是她能想象出他的迫切和激烈。他甚至是失了控，如果不是，以他的性子决不会做出如此出格的事情。斩杀百人还不够？他对她的爱恋竟已到了如此疯狂的地步？

随后，他冷漠地背过身走开。

他们为什么事闹僵了吗？她不敢确定，却又突然窃喜。

但很快，一切又有了变化，年妃跌倒在地，他终于还是出手相扶。后来，那个女人吻住了他，众目睽睽，不知廉耻。他似乎瞬间定住，随即把女子拦腰抱起，向储秀殿的方向走去。

她看到所有人都在这瞬间变了脸色，至此，这宫里谁不知道皇帝对年妃的爱宠到了什么地步！

温如意伸手紧紧盖住脸，指间缝隙，是徐熹和清风跟随离开。

本来，他让徐熹告诉她，今晚三更在碧霞宫见。她并不是毛躁的人，但盯着他远走的背影，她再也按捺不住，跟邢吉祥说了声，悄悄绕小路跟了上去。

储秀殿。

温如意随徐熹和清风回去的时候，殿内外静悄悄的，院子的门虚掩着，想起值夜的禁军只在走来的路上巡逻，听声音似乎并没有在殿里，徐熹和清风一惊，清风猛地推开了门。

几个人却被院墙边纠缠的身影吓了一跳。

龙非离倚在墙上，年璇玑被裹在他怀里，衣衫半褪，云鬓微乱。众人进来的时候，龙非离的唇还在年璇玑的颈项上。

年璇玑闻声转过身来，脸上酡红未散。

龙非离随即变了脸色，一拢年璇玑身上的衣服，冷冷地盯向三人。

把禁军都遣散，他甚至就在这里要她？温如意悲苦，一咬牙，转身便跑。

水晶帘。

龙非离伸手往唇上一摸，嘴角忍不住微微扬起，把自己身上已经睡熟的女人轻轻放到被褥上。怕碰到她背脊上的伤，他让她侧睡着。

她的伤还很重，简单洗浴过后，两人躺下来才说了几句话，她便趴在他身上睡着了。

突然，细碎的声响从她嘴里逸出。

夜静，他听得清晰，她在含糊地喊着翠丫和蝶风的名字，还有那几个死去的奴才。

末了，她又不安地朝空中伸手抓了抓："小狼，你在哪里？"

龙非离眉头一皱，说来太皇太后极憎恶她的雪狼，把那小兽也关到牢里去了，可是雪狼后来却神秘消失了。据凤鸶宫的人说，在玉扣子来捉年璇玑去行刑的时候，众人已经在牢里看不到它的踪影了。

看了一眼窗外的天色，帮她盖上薄被，他起身穿衣，走了出去。

有人在看她，眸光澄澈，是谁？

她眯眯使劲看去，却只看到朦胧的窗，还有那一闪而过的光芒。那双眼睛……就掩在窗外！

年璇玑一惊，猛地坐起身，脱口而出："阿离。"

旁边龙涎香气尚在，人却不见了。他又去了哪里？他的枕，余温还在。

她拥着被子，想起刚才两人在院子里的纠缠，脸倏地热了。

当时两人都激动，他抱了她回来，刚进殿，便大手一挥，那些禁军退得飞快，他甚至没有进书房，就在院子里与她厮磨起来。当然，顾及她的伤势，他什么也没做，但一番交颈抚摸、他在她身上的探索，那激烈的程度，足以让她脸红耳赤，直至温如意他们进来……

激烈归激烈，两人回到房里以后，他又开始甩她扑克脸。

她厚着脸皮去抱他，他才淡淡说了一句"你怎么假摔也能把手摔破"，差点儿没把她吓死。

她笑了笑，抬头间，目光掠过窗户，吃了一惊。这窗子什么时候打开了？她明明记得两人睡下前，窗户关得严实。

她突然记起睡梦中那双眼睛，身上莫名打了个寒战，咬咬牙，下了床快步走到那窗子前，想把窗户关上。

夜色暗沉，就着院外朦胧的灯火投映过来，还能看见院子外面有十数名禁军来回巡逻。

她想，是自己多心了。手一用力，把窗户关上。就在窗户合拢的一刹，一抹白色衣袖在缝隙里闪过。

怕归怕，她猛地把窗户打开，却看到一个白衣男子站在窗下，似笑非笑地看着她。

她差点儿失声叫出来，连着后退数步才稳住身形。

这个人怎么会半夜三更出现在这里？禁军就在外面，他是怎么进来的？却见他嘴唇微动，无声无息地说了几个字。

年璇玑正疑虑，却见他身形一闪，已跃上院中的房檐上。

年璇玑稍一迟疑，关上窗子，从房间折回书房，推门走了出去。

那个人对她只说了三个字：跟我来。

他是白子虚。

年璇玑说回凤鸾宫，禁军不敢阻挠她出入，便说送她回去。

她拒绝了——白子虚虽不见了踪影，但她知道白子虚会给她指示。

她微叹了口气，这胆子也忒大了，龙非离不在身边，她竟敢跟过去。但说不清为什么，她直觉应该这样做。

果然，在草木暗影中走了一会儿，白色身影便在前方林荫中闪过。

这么走走停停，竟来到了一个地方——碧霞宫。

她站在草丛中，微微蹙起眉心，白子虚要她来这个地方做什么呢？刚踏进这里，他已经消失了踪影，这到底是怎么回事？

正惊疑间，突然前方草丛中一道蓝影闪过，她正想藏起，对方却似已经发现了她，向她的方向看了过来。

她一惊，却发现疾步向她走来的人，竟是龙梓锦。

"九嫂。"他一身风尘仆仆，剑眉皱起，"你怎会在这里？"他苦涩一笑，道，"正好我也想找你，只是事情焦急，只怕来不及，才没去储秀殿。"

年璇玑越发疑惑，刚问了句"玉致……"，龙梓锦已拉过她的手，低声道："臣弟得罪了。"

当龙梓锦不避嫌隙，把她一把拉进冷宫院门，年璇玑大吃一惊。

眼前的情景——她曾熟悉，也许不过一句风景依旧人事变。

但她确实万万没想到，龙非离会这样待温如意。

眼前，徐熹跪在地上，清风一言不发地站在一旁。龙非离手执软剑，剑尖寒芒笔直冷厉地指向温如意。

温如意不笑不哭，安静地站着，静得像个死人。

"徐熹把你找来了？"龙非离没有回头，声音微冷，"玉致怎么样？"

龙梓锦苦笑道："本来连夜赶回便是向你汇报玉致的事情，没想到……"

没想到，龙非离对温如意起了杀意。年璇玑心里百感交集，必定是徐熹通知了刚回皇城的龙梓锦龙非离要杀如意，龙梓锦才匆匆赶过来。

"九哥，臣弟求你别杀温如意。"龙梓锦一声长叹，一掀衣摆跪了下来。

龙非离并没理会，看了神色愣怔的年璇玑一眼："这里没有你的事。"

年璇玑笑了笑，走到男人身边。

死寂的面容慢慢龟裂，嘴角慢慢浮上笑意，温如意看向年璇玑，轻声道："娘娘，你跟皇上都说了些什么啊？"

年璇玑一怔，随即明白，温如意以为她向龙非离说了什么，才使得他动了杀意吗？

"我什么也没说。"她迎上温如意的目光，平静道。

温如意一顿，身子微微向后仰，笑得浑身发颤，眸光紧紧地盯着年璇玑："不可能！"

"她确实什么也没说。心漪，手谕的事，朕去问了蝶风。"龙非离淡淡道。

温如意浑身一震，抿紧唇，良久才道："所以你真要杀了我？"

"要害她的是郁弥秀，皇上，你却要杀我？"温如意轻声一笑，泪水慢慢浮上眼眶。

"皇祖母是朕的祖母，无倚亦无恐，但西凉朝官却清清楚楚地知道圣旨代表了什么，如果她能在百官面前拿出手谕，一切便到此而终。因为你，她差点儿死了，你懂了吗？"

龙非离的声音仍然淡漠，年璇玑听完却止不住颤抖，悄悄握上龙非离的手。

他为了她而去杀温如意吗？是！若没有温如意插手，凤鹭宫的人就不会死，蝶风不会到现在还躺在床上，翠丫也不会昏迷不醒。可这个女人与他相识十四年，在他走向高处不胜寒的岁月里，她一直在背后帮着，与他一起一步一步走过。

他现在要杀一个与他有着十四年情谊的女人，年璇玑知道，他比谁都痛苦。偏偏今晚她还去责怪他，在她责怪他残忍的同时，他也在对自己残忍，因为她年璇玑。

温如意的身子缓缓滑下，跌倒在地。终于，不必再自己欺骗自己，比绝望还绝望的感觉，也终于清楚品尝。

"龙非离，你变了心，到今日，甚至要杀了我。"她抬头指控道。

"变心吗？"龙非离眉宇轻凝，"心漪，不管有没有遇到年璇玑，若你有危险，我都愿意用性命换你。"

温如意身体猛地一颤，怔怔地紧盯着眼前神色平静的男子。

龙非离放开年璇玑的手，走到温如意身前，微微俯下身子，靠近她耳畔，轻声道："和从前不同的，只是与她相识，我心里有了她。在她之前，我心里从来没有谁，但我愿意为你而死。"

没有人知道龙非离与温如意说了什么。龙梓锦目不转睛地看着温如意，却见她突然神色大变，猛地推开龙非离，容颜悲凉，低喃道："我懂了，温如意今晚终于懂了，你从来没有爱过我。"

"从来都没有。"温如意掩面，双手抹掉泪水，低声道，"动手吧。"

龙非离微微闭上眼睛。龙梓锦看得真切，男人玉白的手紧握软剑，竟没有丝毫颤抖。

龙非离杀意已决。

他大骇，爬滚到龙非离膝下，紧紧握上龙非离的手，声音颤道："九哥，你我兄弟一场，臣弟从没求过你什么，今儿个梓锦求你，只要你饶过她，我立刻带她离宫，永生不让她踏足皇宫、不靠近九嫂身边一步。"

"老奴求皇上莫杀如意姑娘，皇上，你今日若动了手，你必定会后悔！"徐熹刚说了一句，清风已经横剑指到他的喉尖。

龙梓锦一声苦笑，站直身子，把腰间佩剑拔出："九哥，除非你把我杀死，否则，我绝不会让你杀她。"

龙非离微一皱眉，手腕翻转，龙梓锦只觉眼前一花，龙非离的剑仿佛化成无数道光刃，向他刺来。

这一上来便用了极霸道的杀招，他知道龙非离留了力，不会真的就杀了他，但若他接不下这招，只要一个空隙，龙非离便能要了温如意的命。

他稍一迟疑，龙非离身形更快，已越过他来到温如意面前。

侧后方软剑锋芒闪耀，龙梓锦大惊，才明白龙非离这招是诱敌，要的便是他的迟疑。

那一剑像被刺到他身上……他心里凉了半截，惊颤地转身向温如意看去，顿时怔住。

年璇玑挡在温如意面前。

龙非离的剑尖几乎戳到她的胸口，怕伤到她，他立刻撤了剑，沉声道："年璇玑，来朕这边。"

"阿离，让十弟把如意带出宫吧。"

"她要杀你和你的人！"龙非离眸光倏然变冷，"你的枕头哭湿一片又是为什么！年璇玑，如果这次你拦下了，以后别向朕哭！"

年璇玑苦笑，龙非离动作太快，她不敢从温如意身边走开，低声道："若你今晚一定要杀她，我也一定阻止到底。"

龙非离唇角一勾，冷笑道："好，随你！"收剑回鞘，他转身便走，声音淡漠，"朕今晚去鸾秀殿，你回凤鹜宫吧。"

轻轻飘动的衣袂戛然而止，他又转过身来看向龙梓锦："让她向太后辞行，尽快安排她出宫。"

徐熹欲言又止，随着龙非离的身影转瞬消失，龙梓锦握剑的手还微微颤抖着，若非年璇玑出口，温如意便死了！

在年璇玑面前跪下，他凝声道："九嫂，龙梓锦欠你一命，此恩此情，臣弟他日必报。"

年璇玑摇摇头，她这下总算把龙非离彻底惹毛了！

正想尾随龙非离而去，温如意沙哑的声音从背后传来："为什么？"

年璇玑走回温如意身边，女子的头低垂着，看不清表情，年璇玑低声道："如意姑姑，进宫当初，你是这个宫里我最敬重的人。我曾想，他与你特别亲近，是因为你身上这种特质，你聪明但不算计害人，也不像别的女官，拉拢手下宫女结党营私。

"蝶风是你派给我的，她对我好，足以证明最初的你没有丝毫私心。为什么要变呢？梓锦曾经和我说过，你是个善良的人。现在你把我宫里的人都害死了，难道你睡觉的时候都不会害怕吗？

"对他来说，你一直是特别的存在，还记得在余府里，他甚至愿意自断一臂来救你，即使不爱，让他永远惦记着你的情不好吗？为了一个不会爱你的男子，而把自己变得残忍，不笨吗？不如珍惜眼前人。"

温如意猛地抬头，年璇玑一声苦笑："其实我很恨你，他杀了你我觉得才解恨。"

她闭了闭眼睛，裙裾方动，旁边的清风却道："那你为何要阻止师兄？"

年璇玑看了他一眼，没说什么，快步离开了。

龙梓锦轻轻一笑，眸光转过，尽是苦涩："清风，你这怪物怎会明白？"他说着屈膝蹲到温如意面前，低笑道，"如意，其实你也不懂，对不对？"

温如意咬紧牙关，垂头不语。

"她会劝下九哥，只是因为她爱惨了九哥。如意，九哥没有你想象中的心慈手软，他比任何人都狠。你也许恨九哥，但实则九哥也没有你想象的残忍。他可能会毫不犹豫地杀掉你，但他会痛苦很久，谁知道会有多久？也许一辈子。

"十四年，你与他在一起十四年了，你我的生命中没有多少个十四年。璇玑恨你至极，但她不忍让九哥痛苦。

"如意，九哥杀你，是为了璇玑；璇玑阻止九哥杀你，是为了九哥。他们的感情很古怪，但永远没有人再能介入。"

清风盯着院外的树木，沉默了片刻，无声无息地走出院子。

当啷一声，手中的剑落在地上，龙梓锦把温如意纳入怀中，低声道："如意，你愿意嫁我为妻吗？当陵瑞王府的女主人，这一生我绝不会纳侧妃和小妾，待玉致的事了了，待九哥把匈奴叛党都清除，我便带你离开，游遍这西凉的名川大山，好不好？"

缓缓在他怀里抬起头，温如意闭眸一笑，轻声反问："那崔霓裳呢？"

龙梓锦蓦然怔住。

储秀殿。

年璇玑刚在那人书桌后坐下，门便被推开——龙非离走了进来。

两人一照面，都是微微一怔。

"你不是回了凤鸶宫吗？"

"你不是去找皇后那啥了？"

几乎又是同时问出。气氛沉滞了半晌，男人不悦道："什么叫找皇后那啥？"

年璇玑跑过来，抱住男人。

龙非离伸手一格，把她震开几步。

"那我先回去了。我刚回去过，他们都回来了，也差不多四更天了，你五更还要上朝，睡一会儿吧。"轻声说了几句，年璇玑往门口走去。

"四更天，你还要像个鬼一样在路上走吗？"他低沉的嗓音道。

"没事，你这边禁军多，我找几个掌掌灯。"

刚将手伸到门边，一阵劲风却把门拂上。年璇玑微微一愣，转身看去，他的袖子恰好垂下。

他冷笑："回去把那边的枕头也哭湿？"

年璇玑苦笑，伸手拉门，背后气息倏寒，肩膀被扣住。

他并没有用很大的力气，她知道他忌惮着她的伤势，鼻子一涩，身子试探地往他怀里靠去，他伸手把她搂住了。

"忍着不难受吗？"他的声音还带着冷漠，手却轻轻在她背上抚着。

泪水慢慢把他的衣衫弄湿。

"阿离，我对不住他们。我刚才对温如意说：'你把我宫里的人都害死了，难道你睡觉的时候都不会害怕吗？'害怕的该是我！夜不能寐的该是我！我欠了他们一个公道，不说死去的小双子他们，便是蝶风和翠丫也不会原谅我的。"

"你刚才看到了，是不是？"

满眼的酸涩中，年璇玑听到男子沙哑的声音。

年璇玑没有吱声。

龙非离突然把她的下颌抬高，粗暴地吻了上去。

"梓锦只看到朕的右手，因为朕的右手拿着剑。"龙非离自嘲地轻笑。

年璇玑颤抖着握上他的左手。

一进去的时候便看到了，他右手持剑冷冷地指着温如意，垂在身侧的左手却一直微微颤抖着。

若那一剑取了温如意的性命，也许这辈子都会成为他的魇。

他紧紧地抱着她，压痛了她背上的伤。也许是痛楚，她终于把哽咽哭出声来："你亲情单薄，和梓锦不能生嫌隙。"

她却连这个也替他想到了。若温如意死了，他和梓锦的兄弟之情自此变得生分。

龙非离的心狠狠一抽，疼痛袭来，痴痴地吻着她的发，恨不得把她揉进自己身体里。他知道，对如意的饶恕，将成为她这辈子最大的魇。

想起刚才在凤鸷宫所听到的，他心疼更甚，捏紧她的肩膀："你的奴才倒老实，你这主子却不老实，为什么不问朕拿银票？"

年璇玑一愣，脱口道："你怎么知道？"

抱起她，走到桌旁坐下，让她靠坐得更舒服一点儿，他才沉声道："朕刚才去过凤鸷宫。想你在主屋睡下了，就找了你的大婢，她已经能勉强起来走动，说你把月例和首饰都给了那个叫小吕子的内侍，让他把东西捎到死去的奴才家里。"

"嗯。"年璇玑嗫嚅道，"上次你给的银票，我离宫前都分给他们了。月例虽也不少，但几个孩子家里人多……"

"傻子！"痛怒交加，除了斥责一句，他一时竟不知道拿她怎么办。

年璇玑却疑惑了："你刚才不是去找皇后了吗？"

难怪他们一前一后回来。

"嗯。"龙非离颔首，与郁弥秀说了几句话，他不动她，不代表她可以随意而为。今晚斩杀的宫人里，绝大多数是鸾秀殿的，是时候给鸾秀殿换点儿新血了。

从鸾秀殿往回走的时候，他想也没想便去了凤鸷宫。

主屋黑了灯火，他径直去找蝶风，又看了看翠丫的伤势。翠丫还在昏睡，面容憔悴。他心里一动，吩咐徐熹让内务府把抚恤发放到几个奴才家里。蝶风忙谢了恩，又苦笑着说主子回来后火烧眉毛地做了两件事：一是帮翠丫擦身换衣，二是翻箱倒柜地去找首饰……

两人说着，年璇玑的声息渐渐低了，龙非离知道她确实累了，放轻手脚把她抱进内室。他脱了鞋袜正要躺下，却看到她眼皮跳动得厉害，嘴里慌乱地低叫着"追追、玉环"。

他微微皱眉，不是第一次听到这两个名字了，是她出阁前的闺中好友吗？

龙非离并不知道，此时，年璇玑正在做着一个古怪的梦。

繁华的街道中，一个红衣女子在前面疾步走着，她在后面紧追着。不知为何，她突然停在一间商店的橱窗外面。橱窗的玻璃，映着前面女子的背影——那女子猛然转过身来，她吃了一惊，却见那女子淡淡地看着她，那张脸是辛追追？但转瞬间又变成玉环的样子。

年璇玑一惊被吓醒，坐起身来，额间冷汗淋漓。一只手抚上她的眉头，把她揽进怀中："小七？"

"阿离，我做了个奇怪的梦。"她不安地道。

龙非离淡淡道："朕刚刚也做了一个梦。"

"嗯？"年璇玑轻轻偎着男人沾染了薄薄汗水的胸膛，伸手替他擦汗，关切道，"梦到什么了？"

"朕梦见玉致和夏桑了。"

年璇玑一下紧张起来："梓锦回来怎么说？找着玉致了吗？"

"没有，情况不乐观。夏桑与梓锦碰了头，夏桑继续沿路找去，梓锦回来，便是与朕商量接下来该怎么做。"龙非离神色一凝，"乐阳郡是个大郡，虽也繁华富饶，但地处各大郡中央连接数郡，郡中又多山林，倒有不少人落草占山为王，抢劫过往商旅。这山盗众多，分门别类，一个山一个山地搜去，极费时间。"

年璇玑蹙眉道："逃脱的禁军回报，对方是盗匪，我以前也曾担心过那些人是山匪，恐玉致清白有损，但又想玉致失踪的时间太巧合。夏桑一走，我这边便发生了事情，会不会是宫里哪个人的手段，劫杀玉致一行的根本就不是盗匪呢？"

龙非离淡淡一笑，伸手敲上的年璇玑的脑门："脑瓜倒还不算太笨。"

年璇玑气恼，要回敲回去，却被男人抓住手，头枕到她肩上，他沉声道："所有事情看似随意，但处处计算精密，这次必是七哥的布置。

"宫里的人都知道夏桑和玉致情谊深厚，玉致往日在名剑山庄学艺，也是夏桑多次替朕和梓锦到山庄探望。断剑门一役，白战枫护你，夏桑拼死护玉致，回宫以后，几人也素有走动。七哥为人仔细，眼光犀利，未必就看不出夏桑对玉致的真正情愫。

"让梓锦离宫，是他计划的第一步。你想一想，百名禁军训练有素，普通盗匪焉有能力将其尽杀，几乎不留活口？既能严密得把所有禁军都杀光，为何独留一两个下来？目的只是让宫里知道他们的凶残，让你不得不担心，夏桑不得不离宫。"

年璇玑点点头，又问："你刚说普通盗匪没有这样的能力，那会不会像上次在断剑门一样，对方实是龙修文的人乔装成匪寇？"

龙非离眸光微冷，笑道："断剑门的事，他尚且要推到方楚帆身上，乐阳郡盗匪多，能不留破绽最好，且盗匪熟悉地形，他为什么不因地制宜？只要有钱，在不让对方知道玉致身份的情况下，又怎会使不动任何一帮匪贼？行动时，在贼人里混进少数自己的好手控制大局即可。"

年璇玑睁大眼眸，低喃道："不错，这样就方便多了。他是花钱雇人做事，即使让咱们找着玉致，那伙盗匪也不会知道他的来头。"

"嗯，"龙非离揉揉她的发，"朕的小七有长进了。"

年璇玑好气又好笑，手被他捉住了，便甩开他枕在她肩上的脑袋，用头去撞他。

龙非离五指微拢，把她紧紧地固定在自己怀里。年璇玑看去，却见他脸色凝重，刚想问他，他已轻声道："小七，朕最担心的是七哥已命人把玉致杀了！本来他要的也不过是把梓锦和夏桑引出宫，将玉致劫走后，她便再也没有其他利用价值。"

年璇玑浑身颤抖："他当真就半点儿亲情不念？"

"难说，朕这位七哥城府极深。"龙非离眸光渐渐沉下去，"所以现在我们便要赌一赌，与龙修文赌，也与时间赌，赌他还没有让匪贼加害玉致，在他改变主意之前，把玉致救出来。

"这一次，他如此大费周章，朕猜他的目的是想借你之死，把你弄出宫。你本被赐自缢之刑，他必是计划在你服刑之际，在凤鹙宫里用相似之人把你换过来。"

"他要把我换过来？"年璇玑吃了一惊，良久，苦笑道，"龙修文确实是大费周章。"

"偏偏功败垂成。"龙非离冷笑，"人算终究不如天算，在他要调包之前，你已被翠丫换了过来，此其一，其二，朕比他算的早回来了一天。"

年璇玑笑了笑，随即一脸疑虑："说来这事奇怪，若不是龙修文，为何翠丫会有人皮面具与我换过来？而且后来小狼又不见了。"

龙非离淡淡地"嗯"了一声，摸了摸她的头："这个留给朕想，朕会替你把那小东西找回来。"

年璇玑扑哧一笑："是是是，反正我是想不来的，留给你最好。不过呀，我的小狼不是小东西，是大东西了，若成了精怪，能幻化人形，必定是名俊俏少年郎。"

按在她肩上的手猛地一沉，年璇玑奇怪，却见龙非离眉宇紧锁，不知道突然想到了什么。

"阿离？"

"嗯。"

年璇玑心里极担忧龙玉致，倒没有再想龙非离此刻所思，道："小狼和玉致都要找，只是，玉致那里到底要怎么办才好？龙修文这次失了手，即使他之前没有把玉致杀掉，我怕他会拿玉致撒气。"

龙非离颔首："不错，这也正是朕顾虑的，所以朕打算出宫一趟去找玉致。"

"那我呢？"年璇玑微微急了。

龙非离一笑："你自是跟朕一起。"

年璇玑欣喜，搂上他的脖颈，却听他淡淡问："小七，你怎么会到碧霞宫去？"

"你不问我倒忘了。"年璇玑微微蹙眉，"是白子虚引我过去的。"

龙非离一怔，随即沉了脸色，道："这下麻烦了！"

"阿离？"年璇玑一听，心里莫名一慌，两人的手交握，她狠狠地捏了他一下。

"朕曾让夏侯初安排白子虚在翰林院供职，后来他表现出色，朕在金銮殿召见过他……"

话被某人打断了："啊，我记得，就是我打你的那一次对不对？"

龙非离沉默了半晌，瞥了她一眼："你记不住也没有关系。"

年璇玑大笑，用脸去蹭他的脸："可怜的，谁让你把瑶光假睡了，又不跟我说！"

"年璇玑！"

年璇玑吐吐舌，讨好地在男人脸上亲了一口。

龙非离顺势往她唇上吻去，一下缄默了声息，两人又纠缠了好一会儿才分开。龙非离抚住她的唇，年璇玑微急："你说。"

龙非离勾勾唇："后来他被识破身份，便离开了夏侯初安排的住处，实际上，白子虚只进宫一次。"

年璇玑一个激灵，顿时醒悟过来："他的武功好，要避开禁军也许不难，但他不可能如此熟悉宫中的情况！他知道储秀殿，甚至知道冷宫在哪里！"

"嗯。"龙非离点点头，突然浅浅笑开，"又长进了点儿。"

年璇玑一下愣住，倒被气得火也没有了，赏了他几个爆栗作罢，想了想，道："阿离，若说白子虚熟悉这宫里的情况，那么……"她突然一惊，噤了声。

龙非离眸光闪烁，声音也微微冷了："对！他可能是这宫里的任何一个人，倒不知道这面具下会是谁的容貌！"

年璇玑突然想起一件物事，记起一个人来——鲤珠，白战枫。

鲤珠，白大哥曾说过，是他朋友所赠，而这朋友便是白子虚。

余府里再见白子虚的时候，龙非离、龙梓锦与众人说起过白子虚的来历。他们看到的那个人已非原来的子虚，子虚已经在年前死了。如此说来，白战枫的鲤珠便是假子虚送的，并且当时白战枫让她提防白子虚。

子虚家原是烟霞郡的首富，与"风"家分庭抗礼，后来白家家败，子虚身死。但白家按子虚遗愿，瞒下死讯，子虚死去的事情在烟霞郡并没有多少人知道。那么这里便有了一个问题，白大哥到底知不知道白子虚已经死了？他让她提防的到底是真子虚还是假子虚？

若是假子虚呢？

她正想与龙非离说，龙非离已起床穿衣，柔声道："朕上朝去。你的伤还没好，乖，再睡会儿。朕待会儿派人去传崔医女过来侍药，朕把朝中紧急之事一理，我们便出发去乐阳郡。"

"阿离——"他看了她一眼，突然门外传来徐熹急促的声音，"皇上，老奴有急事禀报。"

一种心惊肉跳的感觉突然袭上心头，这大太监向来沉稳，此时声音听起来却是颤抖悲恸，到底发生了什么事？

龙非离微拧了眉："进来。"

徐熹掀起水晶帘的时候，龙非离刚好帮她披上外袍。

年璇玑看去，只见徐熹脸色惨白，脚步也不稳，正觉奇怪，徐熹一声长叹，缓缓跪在两人面前。

年璇玑不禁悄悄握上龙非离的手，龙非离沉声道："徐熹。"

徐熹眸光如晦，苦笑道："皇上、年妃娘娘，如意饮鸩自尽，虽发现甚早，崔医女说情况危殆，要熬过此难机会渺茫。如意现在强撑了口气，说只想见娘娘一面。"

年璇玑浑身一震，没有想到在他们出宫前，刚缓下的事情又变得复杂起来。

而此时，在乐阳郡的夏桑也遇到了前所未有的艰难情况。

第四十四章

禁忌爱 一片幽情冷处浓

夏桑现在在岳阳郡藩王府。

随龙非离从帝陵归来的百名武功顶尖的紫卫已在途中火速赶来支援，但实际上并非这人手问题，之前龙梓锦所带人马已足够，另外，他又带了内务府的十数名好手。

这麻烦在于乐阳郡多盗寇，占山为王，要找出是哪伙盗贼所为并不容易，也难怪龙非离暗地里一直想撤藩。

岳阳郡由外姓藩王庄清管辖，庄清此人，野心大，铁腕治郡，重赋税，强练兵，却对民生之事不甚理会。盗寇横行以外，之前时值春夏，不思防涝，乐阳河大水，导致民众死伤甚众。郁相在朝堂上便提出撤藩之事，龙非离没有表态。

龙非离当时已动了推垮年相的念头，年相与太后的势力本互相牵制，年相一倒，太后又与各藩王交好，他日西凉与匈奴交战，这两相联合，后果堪忧。

撤藩一事，龙非离借机给各藩王一个提醒，现在是他，以后即使是太后当权，皇家撤藩的念头也从没消停过。现在几足鼎立，互相制衡，龙非离反而不会动他们。但若太后把龙非离推下龙座，鼎立之势打破，那么，太后必会撤藩。这样一来，三个藩王对太后的忌讳加深，其中以这庄清为最。年相以后，藩王反成了遏制太后的另一股势力。

庄清为人虽孤傲，却极为忌惮龙非离，夏桑是皇帝跟前的大红人，他对夏桑倒也毕恭毕敬。此时正设宴款待夏桑，共讨营救公主之法，为显示敬重之意，把府中一帮姬妾也叫了过来相陪。

庄清让乐阳县的县令陪在一旁，唤新纳的第十个小妾月姬给夏桑斟酒，又吩咐丫头给内务府的其他人侍酒。

琼脂白玉般的纤手提着酒壶，莹莹生辉的翡翠镯子垂在皓腕上，粉色的翡翠，里面流动着云烟淡淡的朦胧，一团墨绿，点缀着烟云峰峦，越发显得美人如玉琢，手白似雪熏。

夏桑本与庄清说着话，此时却猛地擒上月姬手腕。

月姬"呀"的一声叫了出来，酒盏推翻，桌上一片狼藉。

"夏总管，莫不是本王的小妾哪里得罪了您？"庄清眯了眯眸，干笑出声。

夏桑撒了手，眸光微动间忙道："是夏桑失礼了，庄王莫怪。只是夏桑敢问十夫人一句，这镯子夫人是从哪里买来的？"

月姬闻言，眼神闪烁，支吾了一下才道："回总管大爷，这镯子是妾身在郡里玉宝轩购得的。"

夏桑勾唇轻笑，盯着那镯子又看了好一阵子，淡淡道："夏桑早就听说这乐阳郡是富庶之地，朝中不少大人更说当加郡里赋税，皇上却说庄王也不易，这加税之事莫要再提。没想到百闻不如一见，乐阳郡确是富足至极，庄王阔绰，光是十夫人这只云里玉翠便值数十万两银子了。"

月姬脸色顿变，庄清的夫人与其他的小妾立刻齐刷刷地看向月姬，满脸嫉妒。

"夏总管，您说这镯子价值数十万两？"庄清眉头紧皱。

夏桑一颔首，道："这镯名唤云里玉翠，端的极是奇巧，玉中含字。喏，庄王，您看那团墨绿中可是隐隐套有一个玉字？"

庄清抓起月姬的手一看，果见一个"玉"字若隐若现地在那镯中云墨处流动。

月姬脸色煞白，庄清大怒，一个耳刮子扇到她脸上："贱人，还不快说这镯子是哪里来的？"

月色朦胧，乐阳县大牢。

几个狱卒喝着酒，在桌上推牌九。

"又输了！"一个狱卒从腰上一扯，把钱袋狠狠掷到桌上，仰头连连喝了几口酒。

其他几人分着银子，哈哈大笑，一人道："老王头，你这月的俸银都孝敬给兄弟们了，今晚值完夜你回家抱你婆娘，咱哥儿几个可是要到那怡湘阁睡姑娘去喽。"

那输了钱的狱卒冷哼，啐了一口，坐到一旁抽烟杆儿。

牢房很静，虽说囚着不少人，但更深夜黑，日间闹得极凶的囚犯这时也全然安静了下来。

突然，一道声音从距几人极近的牢房里幽幽响起："这烟，我也想尝尝。"

几个狱卒互望一眼，往那牢房看去，只见一名妙龄女子倚坐在石床上，媚眼如丝地望了过来。她容颜艳丽，红唇微启，这一顾盼间，众人只觉得心里俱是一酥。

这女人是匪贼，是名重囚。说来她也极大胆，好劫不劫，偏要去动那乐阳县县令的母亲，老人家省亲回府，路过密林被盯上。

第四十四章

禁忌爱 一片幽情冷处浓

187

本来藩王、县令早与各个山林的盗匪协商好，只要盗匪每月缴纳相当的金银，便不多加干涉，而这匪盗抢劫来往商旅，却不会动这官家眷属。那女匪不知是初来乍到还是怎么着，竟然单枪匹马去劫老太太。

老太太身边有人，乃是县令派在身边保护老母亲的好手。女匪不敌，最终被擒。若非朝廷有大人物过来，藩王让县令去相陪，县令今晚必定就处置了这女匪。

"不行，我这人有恩必报。"女人紧盯着青衫男子。

一声轻笑，男子从灯火的阴影里慢慢走了出来，女人微微怔住——这个男人真好看。

眉宇疏朗，眸似星漆，唇红齿白宛然是一名清俊雅逸的少年郎，然脸似刀刻棱角分明，一身青衣如松，给人一种极沉着稳健的感觉。他眸含笑意："姑娘，你连自己也保不住，如何报恩？"

女人名冷珊，生性高傲，一听他这话不禁微微来气，她知他武功极高，自己甚至还看不清他用的是什么兵刃或暗器把地上的男子制服，又在转目间把门口数名狱卒无声无息地放倒。实际上，她并不用他救，因为她家中与藩王也是相识的，她父兄是这乐阳郡中名头最响的匪盗之一，占山而居，手下强手极多。

她与父兄怄气，愤而离家，却在林间遇上县令母亲。她心中正气闷，便动手去劫那老太太，焉知她身边藏有好手，自己反倒失手被擒。

若她说出父兄名字，那县令也不敢动她，只是她还与父兄怄气，才惹来牢狱之祸。

此时听男子一说，激起心中火气，她正要反唇相讥，却见男人眉目如画，眸含淡笑，越发俊逸如风，心里竟是莫名喜欢，到口的话便成了"敢问公子姓名"。

"夏桑。"男子淡声道来。

"夏桑。"冷珊在嘴里一嚼，目光灼灼地盯着夏桑，又旧话重提，"你为何要救我？"

"我欢喜便救了。"夏桑唇角一展，突然又微微拧了眉，"有人来了。"

男人轻淡的一句话，眼角眉梢却别具风华，冷珊心中一荡，怔怔地盯着他看，冷不防他一握她手腕："跟我来。"

脚下阁楼屋檐似闪，冷珊这才知道这男子不但武功高明，这轻功也极高，背后追兵众多，火把明亮。严厉的吆喝声紧追在背后，她心里焦急，以为必定被追上，哪知他抱着她在夜色中轻跃如飞，顷刻间已摆脱追兵，隐入山林。

再生缘
我的温柔暴君

"夏公子，你似乎对县衙情况极熟，你到底是什么人？为何要救——"冷珊疑惑道，刚才追兵到来，他便是带着她从牢房尽头的一扇小门离开的。

"倒是位喜欢寻根究底的倔强小姐。"夏桑敛眉一笑，打断了她，"若夏桑藏掖不说，倒显得夏桑气量小了。"

"在下是藩王的远房表亲，家在帝都，近日来乐阳游玩。"他说到这里，微微顿住。

冷珊眸光一亮："我适才听那男人说，县令今夜到藩王府相陪朝廷来的贵客，莫不是你？"

夏桑嘴角微扬，没有应声。

"你是朝廷的人，为何会——"冷珊自小跟随父兄，做的虽是打家劫舍的行当，却也阅人甚多，看夏桑一身清贵之气，虽没承认是帝都来人，冷珊却几乎已能笃定那位帝都来的大人便是眼前的俊美男子。目光落在两人相握的手上，她脸上一热，顿时沉默了。

顾虑对方杀人灭口，夏桑数日来的搜查都是秘密进行的。搜查无果后，夏桑经过深思熟虑，才在今夜找到了乐阳藩王庄清。他跟在龙非离身边已久，龙非离对各藩王一直不敢掉以轻心，对庄清的情况知之甚多，也知他历来与匪盗勾结。

当然，碰上公主一事，他也必不敢怠慢。龙玉致若还没遇险，风声一旦走漏，不必龙修文下达指令，匪盗必定把龙玉致杀掉，劫持公主可是诛九族之罪。

是以乐阳郡各伙匪盗并不知道公主被劫一事，而藩王与各山匪盗也有点儿交情，冷珊听说夏桑是藩王表亲，虽知他是朝廷来人，倒不惊惧，看他英俊如玉，年纪轻轻竟已是朝官，心里反而越加欢喜。

"藩王新纳一名美貌小妾，我在席间听县令说，他近日捕得一名女子，虽胆大妄为至极，但论容貌倒不比藩王这小妾逊色，我心中好奇，便夜探大牢，果然……没有让人失望。"

男人的话蓦然收住，冷珊心头已是怦怦乱跳，只觉脸颊如烧。

夏桑放开她的手，心里却想，他一直握着自己的手才好。她杀人如麻，向来骄傲，从不忸怩，这时却不禁低下头，羞涩道："你救了我，不怕你表兄说你吗？"

没有听到男人的回答，冷珊微怔，抬头一看，却见夏桑似笑非笑地望着她，脸色倏地一红。

夏桑微微一笑，道："即使我开口向藩王把你讨过来也没什么，不过是给那县令一个面子，毕竟你动了他的母亲，我暗下把人救走，他不知道这劫人的是谁，心里反倒不落疙瘩。"

　　冷珊心里早已欣喜若狂，听得他此话，心里又是一荡，不觉靠近了他些许，道："若你能早来一点儿倒好。"语气里竟已有几分情人间的嗔笑嬉骂。

　　夏桑不动声色，只道："小姐此话何意？"

　　冷珊嗔道："我的玉镯子被那牢头拿了去，听那些狱卒说，他是要去孝敬藩王新纳的小妾，便是刚才你说的那位夫人。"

　　"哦，你的玉镯子？"夏桑轻笑。

　　冷珊脸色一报，突然道："你可会嫌我做这勾当营生？"

　　夏桑摇头，冷珊一喜，笑道："那我也不怕告诉你，那镯子是我从一个富家小姐手里夺下来的。"

　　"哦，是吗？"

　　树木的影子斜映在夏桑脸上，斑驳疏冷，夏桑的目光也瞬间冷了下来。

　　"夏公子，"冷珊正低下头与夏桑说话，却没看见他眸中倏然变冷，"这里离我家极近，山中景色秀美，你何不上去看看，倒也不枉来这乐阳郡一趟。"

　　她以为他会欣然答应，哪知他却轻声道："小姐以此营生，惯见宝物，看你如此宝贝那玉镯，想那手镯必非凡物，能佩戴如此首饰的女子，一定也非寻常，倒不知那富家小姐是何人？万一惹上难惹之人，岂不麻烦？"

　　冷珊心中一甜，想他是关心自己，低笑道："公子倒不必为珊担忧，那富家小姐，珊的父兄接报，是烟霞郡一大富户之女。这烟霞郡富庶，听说大户极多，这家人与官家倒没有关联。

　　"那富家小姐本与一名公子有婚约，岂料其父贪财，有意把她嫁给更有财力之人，正值其出行，那公子气愤不过，派了人过来，又雇我等一道杀掉那护行之人。至于钱财与女眷，便任凭我飞虎门处置。我门里好手多，在这乐阳郡名头极大，那公子倒没找错人。

　　"夏公子，本来这事我爹受那位公子嘱咐，交代绝不能外泄出去。虽然我们不怕，但毕竟对方是大富人家，一旦走漏风声，探究起来也不好。只是公子对珊有救命之恩，珊也不必瞒你。"

　　"那你们如何处置这批女眷？"

　　冷珊微微一愕，男子的语气竟似在蓦然之间变得沉凝狠戾，但朝他看去，却见他眉眼依旧，唇上笑意薄薄。

　　她暗骂是自己多疑了，笑道："门中男子多，都赏给他们暖床了。"

　　半晌，不见俊脸微垂的男子回音，冷珊正不知道他在想什么，迟疑了一下，咬咬唇道："夏公子，咱们这就走吧，如何？珊失踪两天，父兄想必也急了，待上了山，珊便好好服侍公子，权当酬了这救命之恩。"冷珊平素孤傲，此时宛然一副女儿家的羞态，声音低柔。

　　她说着轻轻握上夏桑的手，夏桑没有推拒，反手一握，淡声道："走吧。"

　　被男人大手紧紧一握，冷珊半边身子几乎酥软在男人怀里。

　　夜色降临，两人择山路而走。冷珊平日性子甚冷，这时话反而多了起来，边走边道："说起那镯子，其实我也不懂行色，只是看着好看，便拿来戴了。那丫头也倔强，她带了不少珠宝钱财随行，却死拽着这玉镯，非要把她教训一顿，打得昏死过去才让我拿了过来。"

　　夏桑身形稍稍落在后面，冷珊便没有看到这个男人眼里沉痛残冷的情绪一闪而过。

　　龙非离派来的人尚在途中，但书笺已被信鸟传到，言明这很有可能是龙修文的计谋。如此看来，那与富家之女有婚约、要借刀杀人的公子必定是这位七王爷。

　　没有多问那公子的事，以龙修文之谨慎，又岂会留下任何表露身份的证据，他根本无须出面，派手下假扮这名公子便可。再说，他心里除了昔日那个明眸少女，此时此地，夜色凄迷，怎么还能装下一丝其他？

　　她被打了，更甚者，暖床！

　　他自小便呵护在手心的玉致，他暗暗爱了十多年的玉致，到底都遭受了些什么罪？

　　只要稍微一想，便像用手去抠那还没结痂的伤，心里满浸的除了疼痛，只有那没有边际的冰冷，比眼前秋夜萧索，比头顶寒月零落。

　　云里玉翠，是北地官员送给他这个内务府副总管的生辰之礼，价值不菲。

　　夏桑如翠，玉在其中，小小的玉字蕴涵在这块翡翠里。是他心里一生的承诺，守护一生的承诺……不会说出口，也不敢说出口。

　　他甚少收礼，这件礼物却收下了，转送给龙玉致。龙玉致也一直戴在手上，不曾摘下过。

　　冷珊与父兄因琐事争吵而愤然下山，两天未归。飞虎门门主冷飞虎极为担心，也派了人外出去寻，这时冷飞虎看夏桑把冷珊带回，又听冷珊言及经过，知道夏桑身份尊贵，大喜过望。其兄冷鹏生性阴恻邪肆，也对夏桑恭敬有礼。

　　两人偕门里各当家在飞虎寨大厅设宴招待，冷珊坐在夏桑身旁喜滋滋地陪着酒。

　　酒过三巡，夏桑眉峰一敛，正要打探龙玉致的消息，那冷飞虎却拈须笑道："鹏儿，你房里最近不正新收了个女人吗？倒是能弹会唱，懂些歌舞，叫她出来给夏大人唱歌跳舞助兴岂不甚好？"

手微微一颤，酒水泼洒在手上，夏桑心房收紧，眸色一沉。冷珊笑着用手帕替他揾了酒渍，道："公子怎么了？"

夏桑拿起酒杯，向座上冷飞虎遥遥一敬，淡淡笑道："有酒无歌舞，确实少了些欢愉，难得冷门主有此雅兴，夏桑便翘首以待。"

冷鹏一笑，道："好。"

待那名女子出来，两人一照面，那女子满脸惊讶，竟一声低叫。冷鹏心中疑惑，夏桑却神色如常望向冷鹏，笑道："冷公子的姬妾这是怎么了？"

冷鹏看夏桑如此，便打消了疑虑，扫向那女子，呵斥道："朝廷来的大人在此，你莫失了礼去。"

那女子低低应了一声，便打起精神，抱着瑶琴在厅中弹唱起来。

夏桑喝了口酒，与冷飞虎、冷鹏等谈笑。刚才的女人他认识，却并不是龙玉致！她是龙玉致的贴身婢女燕儿，那龙玉致又在哪里呢？

正想着，那冷珊向他依偎了过来，这女人对龙玉致动过手，他恨不得把她杀了，她这一靠近，若非强行压抑着，他早已把她摜摔出去。

只是现在既然知道了燕儿在这里倒好办些，宴散后可设法与她见面，从她口中问出龙玉致的下落，现在反而不适宜多查探，以免打草惊蛇。

这时，菜肴的香气从空气中弥散开来，紧接着一阵脚步声从门外传来，夹杂了些清脆的锁镣声。

夏桑突然一个激灵，抬眸望过去，只见迎面走来一帮婢女，手中端着盘碟。

与众女不同，其中倒数第二个女子手中被戴了枷锁，衣衫也较他人破旧褴褛，女子发鬓凌乱，头垂得很低。他心中一凛，禁不住多看了一眼。

那女子似乎也注意到他肆无忌惮的目光，猛地抬起头，狠狠地瞪了他一眼。

一刹，两个人同时定住！饶是夏桑沉稳，也在冷鹏探究的目光扫射而来的瞬间，眸里才快速闪过一抹笑意，问身旁的冷珊："莫不是这婢子特别顽劣，怎么如此处置，又破了相？"最后几字说出，酒案下的手已经止不住猛烈颤抖。

是她！是他的玉致！她没死，没有什么比这个更让他欣喜若狂。

只是她已经不是过去的玉致，她瞪他的一眼犹自带着不屈，但过去那一双亮晶晶的大眼睛已满布风霜，眼角带着猩红细碎的伤。

她的模样让他想起一个人——烟霞镇白府里的年妃。

龙玉致没有年妃的伤严重，但已不复原来容颜，左右脸颊上数道刀痕把过去的精致切割成破碎，她两手上甚至还被锁扣着沉重的枷锁。

是谁下的手？

那时他曾想过，皇上到底是以一种怎样的心情去看年妃，心里会想些什么。现在，他终于明白，愤怒悲痛，恨不能代其受，却偏偏不得！

屋中歌舞仍酣，龙玉致擅琴筝，燕儿跟在她身边久了，也学了些许。

她不声不响地在邻桌布菜，突然一声猥琐的笑声响起，眼角余光里是一个矮小男人把手伸向她的胸脯。他咬紧牙关，才没有拍案而起，冲过去把那个飞虎门的三当家打翻。

龙玉致往后一退，一个踉跄，那只令人作呕的手还是在胸前拂过。

顿时招来哄堂大笑。那三当家笑道："你脱光衣服，也没有男人想上你，自毁容貌，我呸！"

龙玉致悲愤至极，想回手，下意识却看了夏桑一眼，她知道他是来救她的，她不想给他添任何麻烦。只是现在这样的她，能不能回去，又有什么分别？但她不能让他涉险！

两人自小一起长大，一个眼神，半分眸光，已知道对方心思。

她几乎毫不犹豫地一掌挥到那男人脸上，一股猛力推打到心口，她被狠狠地挥落在地。她擦擦嘴角的伤，摇晃着站了起来。

厅中犹在弹奏的燕儿看龙玉致被打，不敢吱声，怕惹祸上身。

三当家大怒，正想离座上前把龙玉致狠打一顿，夏桑却瞥了冷珊一眼，淡淡道："兴致都没有了。"

冷珊柳眉一竖，挥手朝门口的喽啰喝道："还不快把这小贱婢带下去，关进柴房里！"

夏桑抿了口酒，朝冷珊轻轻一笑，冷珊脸上一热，夏桑却起来走到厅中，道："少门主有耳目之福，确实不错！"

冷鹏大笑，倒也颇为自得，又向那燕儿招手，燕儿柔顺地站起身。夏桑这时微微俯下身子，伸手一挑琴弦，一串乐章如水流泻，电光石火间，燕儿吃了一惊。

冷飞虎察言观色，笑道："珊儿，夏公子爱好弦竹，你要去好好学一学了。"

"爹！"冷珊娇羞一笑，含嗔望向已走回座上的夏桑。

夏桑唇角微勾，举了举手中杯盏。

酒宴并没有持续多久，冷珊看夏桑面有倦色，很快便命人安排了地方给夏桑休息。

四更天，一个人影悄悄敲开夏桑房间的门。

门快速开合间，来人闪身进去。

"夏总管？"

来者却是被冷鹏收为姬妾的燕儿。原来刚才宴席中，夏桑借拨弄琴弦之际，以上乘武功把声音压成丝线，传到燕儿耳中："来找我。"

众人的注意力都放到了那一瞬的淙淙乐声上，竟没有留意到夏桑嘴唇微动。

黑暗中，男人的声音沉凝迫切："告诉我，柴房在哪里？"

虽人还在远处，缝隙又极小，但夏桑目光锐利，一下便看清前方柴房的门是虚掩着的，月华无法照到的地方，便把灰暗的影子拽了出来，那种感觉很不好。

待到走近了，便听到低吼的声音传来，他虽没做过那种事，但那种声音——他心中大骇，猛地推开门又极快地关上。

凌乱的草堆上，趴伏在女子身上的男人惊慌失措地转身瞪视着他。

眼前的情景……夏桑只觉一股怒火猛地窜上心头，一下烧上咽喉，灼痛得无法止息。

那个矮小猥琐的三当家正浑身赤裸地压在衣衫被撕裂的龙玉致身上。

龙玉致双眸紧闭，眼皮抽动，脸上尽是破碎的泪痕，脂白如羔的身子却一动不动，双腿被分开，亵裤的束带被攥在那男人干枯的手上。

她无法动作，这个男人制住了她的穴道对她进行侮辱亵渎！

似乎听到声响，龙玉致睁开眼睛，呆呆地瞅着夏桑。

"夏公子——"那三当家讨好地叫了声，却随即睁大眼睛，那种出乎意料的恐惧、痛苦定格在无法再合拢的眼睛上。

他的喉咙上是一只不属于他的洁白的手，修长有力，指节分明。

喉骨破裂，无法支撑脑袋，一声轻响，那头颅歪斜到一边，微微摇晃着。从嘴角溢出的鲜血嘀答着把那只手染红。

龙玉致犹自怔怔地看着，眼神木讷。

柴房角落里放着一只木桶，桶里有些清水。

龙玉致失去焦距的眸光映着年轻男子的身影。

他走到木桶边，手浸入桶中……麻木的脑袋，居然还会分析，他必定洗擦得很用力，并没有溢满的桶，水珠却散溅出来。

他洗了一会儿，似乎确认已经洗干净了，从怀里掏出一块手帕，却随即放了回去，手按到青衫上，拭干。

龙玉致记得，那块帕子是在围场那天，她给他抹汗用的，当时他没有用，只是放进怀里。

现在想起来，他那天的动作，一如眼前的小心翼翼。他沉默着走到她面前，俯下身子，把她身上的穴道一一解开。她的肚兜已被那个男人半扯下来，露出一侧胸脯。

他一声不响，替她把肚兜的带子系好，又轻轻把外衣拢好。他有条不紊地处理着，但一双手却颤抖得厉害。

刚才杀人的时候，明明他迅捷残酷，干脆利落到哪怕是微微的颤动也不见。

然后她被拥进怀里，与那个人一样，他身上也有着淡淡的酒味，但酒味以外，是她喜欢的清新和香气。

不像那个人的酸臭，只让她想呕吐。

她伸臂把他抱紧，贪婪地呼吸着他身上的气息。

"玉致。"

"是我不好，我没能保护你。"他说了一遍又一遍，仿佛他再也不会说其他的话似的。

她害怕了，比刚才那丑陋的男人欺负她的时候更甚。终于，她彻底从麻木了一般的混沌中挣脱了出来。

哭声从喉咙里漫了出来，夏桑，我没有事，他没有……你来了。

不断加大力道收拢着环在她背后的手，他把她抱得死紧，好一会儿，才慢慢放开她，捧起她的脸，用脸轻轻碰触着。

小时候，他们也曾这么亲昵。年华暗中偷度，她也有了朝思暮想的人。

他从怀里拿出舍不得用的手帕替她擦去眼泪，两人紧紧依偎在一起。

没有声息，似乎，也无需声息。

好一会儿，夏桑伸手抚着她脸上的不平整，轻声问："这是易容术吗？"

他声音里的不稳，她听得清清楚楚，盯着他把手帕细心折叠好，又放回怀里，笑道："不是，夏桑，这不是易容术。我们的马车被劫，当时兵荒马乱的一片，哪里来得及？随行的姑姑告诉我，若我们一众女眷被捉住了，则……清白难保，后来，她们都被当成玩物送给了这山上的男人。我当时想过死，我是公主，我是九哥的妹妹，活，要活得有尊严。马车的帘子被掀开那一刻，我想起了嫂嫂，于是，我拿匕首划烂了自己的脸。"

夏桑心中一痛，大手把她的头按进怀里。龙玉致的声音从怀里低低传来："夏桑，生肌丸，这世上只有一颗，我以后便是这个鬼样子了。"

他听到她声音里的凄苦，越发浮躁焦灼，恨不得面容被毁的是自己才好，眸光一触窗外，月影横斜，天色愈黑，而这阵黑过去以后，便是天明了，心中隐隐生了一股不安，似有什么事情要发生——得赶紧离开这里才好。

他微一沉吟，转念一想，低声道："玉致，本想现在就带你走，但此法不妥。我刚才已暗中放了焰火让内务府几名好手过来接应，你十哥的人马也在这附近。你再忍一忍，我现在先把尸体处理掉，待内务府的人一到，我们立刻就走！

我已探过，这飞虎门共有百余人，这样即使被发现，我也能带你硬闯下山，至于那些女官、婢女，待你一出去，我即率人上来救。"

龙玉致点点头，夏桑突然皱着眉，道："你在这里，别出来。"

他轻轻推门走出去，刚才听到的声息果然没错，月色氤氲，院中站着一人，却是那燕儿。

夏桑淡淡问："你怎么过来了？"

燕儿神色慌张，突然扑通一声跪下，喃喃道："夏总管，燕儿对不起公主，对不起您。"

夏桑眉头一蹙，他耳目聪敏，旋即变了脸色，冷冷一笑，快步走进柴房，拦腰把龙玉致抱了起来。

"夏桑。"龙玉致微微一惊，夏桑低头碰碰她的额，"咱们现在就走！"

外面声音越来越大。龙玉致大惊，夏桑却沉稳地把她抱了出去。

院中，回廊中，灯火通明，有人手执刀剑，有人高举火把，围了不下数十人，居中一人正是飞虎门门主冷飞虎，旁边站着冷鹏，还有在大厅里见过的众当家，人人脸上神色古怪，惊慌又凶狠。冷珊怔怔地站在一边，一时呆愣，一时眉间又满是狠戾。燕儿跪在一旁，惊慌失措，眼中泪水涟涟。

一个披头散发的中年女子被人捉着，眼角眉梢尽是悲愤，嘶声道："燕儿，你这叛徒，我怎会教出你这样一个叛逆。"

看看燕儿，又看看那中年女子，龙玉致虽还不甚明白发生了什么事，但眼前情景，要走只怕很难，苦涩一笑，对夏桑道："这是萧姑姑，当日便是她提醒了我。"

龙玉致不明白，夏桑却已知道，这燕儿背叛了他们！

却说当日贼匪行凶，萧姑姑是老宫人，立刻明白，除非有心人为之，否则这伙贼匪只怕并不知道这就是公主的车驾，试问哪伙匪盗敢与朝廷为敌？她随即把想法告诉龙玉致，又吩咐其他宫婢，切莫将公主的身份暴露出去，不然，所有人必被灭口。是以在这门里数天，除去龙玉致毁了容颜，其他人虽被分给了门里的男人，但每个人都谨记萧姑姑的吩咐，只称龙玉致为小姐。

看龙玉致望着自己，燕儿一阵愧疚，哭着连连叩头："公主，奴婢并非有意告密，在这里燕儿好歹也是一名姬妾。回到宫里，奴婢什么也不是！况且，奴婢的身子已经给了少门主……夏总管平日最疼你，他是不会放过这里的人的。"

再混乱，龙玉致这时也全然明白过来，一阵无力之感油然而生，盯着燕儿，冷笑道："燕儿，你我主仆多年，我龙玉致可曾亏待过你？今日你害了我不打紧，你却把夏总管也害了！"

她心忧夏桑，说到最后，已是低吼出声，又惊又怒。

"公主，是奴婢的错，我是她的教习女官，却教了这等忘恩负义的畜生出来。"萧姑姑涩声道。

龙玉致摇摇头，轻轻一笑："不，你做得很好，是你救了玉致，让我等到夏桑。"

她从夏桑怀里挣扎下来，站到他身旁。抱着她，他无法施展身手，她不想成为他的负累。

夏桑心里一紧，伸手握住她的手。

冷飞虎与冷鹏互望一眼，都从对方瞳里看到惊骇，他们这次竟然惹上了这天底下最不该惹的人，杀了禁军掳劫了公主，谁想到那丑陋丫头，竟是今上最疼爱的妹妹，真正的金枝玉叶，若非那燕儿说出——这可是诛九族的死罪！

"你是宫里的总管，你不是男人，你是太监，你是个太监……"冷珊紧盯着两人交握的手，涩声而笑，"我居然喜欢上你……"她秀眉一挑，嘶吼道，"你以为你今夜可以逃得脱吗？我不管你是什么人，今夜把你擒下了，你就是我冷珊的，你是我的！"

"珊儿，你疯了！"冷飞虎脸色一沉，眸含杀气，"今晚他们都要死了！只有把他们杀死了，我们才能无虞！否则，这死的便是我们！"

冷鹏眉目阴沉，挥手一招各当家，便要上前。

藩王庄清与冷飞虎素有交情，他们岁供钱银给庄清，是以虽知夏桑是朝官，却是藩王的表亲，并不避嫌，反而想日后若冷珊能攀上夏桑这门亲事，朝中有人更好办。但此时形势却完全逆转，夏桑竟是内务府总管，为救公主而来。为今之计，只有把他们杀了，才能解灭门之祸。冷飞虎、冷鹏以下，所有人眼眸通红，杀意强烈。

突然却听夏桑一声轻笑，淡淡道："朝廷军队很快便到，你们逃不过的，百名禁军是死了，但公主没有死，皇上要的只是公主无事，你们是要罪上加罪，还是将功赎罪呢？若你们现在弃械归降，夏桑可一力承担，保你们不死！"

众人被他锐利的眸光一扫而过，竟都被震慑住，一时顿住了脚步。

"不！少门主，你别信夏总管的话！"这时，蜷缩在地上的燕儿突然喃喃道，"宫里有婢子在背后说过公主一句坏话，当天夜里便被内务府的人带走，再也没有回来过。公主不知道，那晚，我却是亲眼看到的。夏总管最疼的便是公主，你们这样待公主，他不会放过你们的，我们都要死！"

众人瞬间变了脸色。

龙玉致浑身一颤。宫里的人都道夏桑性子温和，下面的人若有什么事，只找夏桑，不找徐熹。

夏桑对外笑脸迎人，待她只有更宠溺更好，她甚至从来没有想过夏桑会杀人，更不知道夏桑会在她背后做这些事情。

她战战兢兢地看着夏桑。

夏桑自嘲一笑，两人交握的手，她的手，在颤抖着。

他用更大的力气握了，平日可以任她翻脸离去或是什么，但此时此地，不行！

手上突然传来微痛，却是她在他手心用力一捏，她眼里一片清澈，没有丝毫憎恶。

"对！"冷鹏如遭当头棒喝，朝冷飞虎道，"今日在这里的只有这夏桑一人！把他们杀死，埋了尸首，即使朝廷问究起来，他们找不着证据，咱们又抵死不认，他们怎知真假，也许以为是夏桑错报了消息也未定。"

"这一来，我们还有一线生机，若我们归降了，则性命便握在对方手上，我们不能冒这个险！"

冷飞虎沉着脸，眼神闪烁数秒，拔出腰间大刀指向夏桑。

"你这贱婢！"萧姑姑心里凉了半截，猛力去推制伏她的人，那二人的注意力都在夏桑、燕儿身上，一时不备，竟被她挣脱。

她死死地盯着燕儿，便要冲将过来，一把刀子从她后背穿过，从前胸捅出。

鲜血如注从胸口流出，她的脚步猛然顿住，再也移不出一步，身子跌跪在地上。龙玉致一惊看去，她已气绝而亡，两眼犹不肯闭，怨恨地看着燕儿。

龙玉致的目光还悲痛地停在萧姑姑身上，夏桑已一掌打翻了最近的当家，把他的剑夺过，单手抱起了她，挥舞着剑芒，夺路而去。

之后的混乱与激斗，几乎没有给龙玉致一丝喘息之机。

相似的情景，他们在断剑门也经历过，只是，与那时不同的是，当日的追兵大多追赶年璇玑与白战枫而去，今日人人想要他们的命。

她也拿了刀剑砍杀，却没能帮上夏桑什么忙。

万幸的是他们面对的追兵要比当日年璇玑与白战枫少许多，对方也没备弓箭，不能远距离伤人。而夏桑亦没有像白战枫那天一上来便受了极重的内伤，他的武功虽不及龙非离与白战枫，却也卓绝非凡，加之轻功极为厉害，边打边走，虽负伤不轻，却已护着龙玉致走到了半山腰。

但他毕竟抱了个人，脚程不比平日，大部分喽啰虽被远远甩在身后，那冷家三人还有数名当家却追了上来。

众人围成圈，把二人围困在中央。

龙玉致深知，若非带着自己，以夏桑的武功，别说全身而退，便是把眼前这七八人杀掉也并不是难事。

她看夏桑一身青衫血迹斑斑，心里大痛，只怕自己连累了他，一扯他的衣袖，低声道："你自己走！他日替我与萧姑姑报仇便是。"

夏桑勾唇一笑，玉致，你又怎么会懂，像燕儿说的，我其实也是个残忍的人。若我自己能走，我早就走了。但不能把你带走，我即使安然无恙又有什么意思？

"莫多说话，注意敌人。"

他没说什么同生共死的话，但龙玉致知道，他不会丢下她。如果是九哥和嫂嫂，像九哥那样冷酷的人，他也会跟嫂嫂说，他不会丢下她吧。

夏桑没说。

若此刻在这里的是九哥或十哥，她知道，他们同样不会丢下她。但他们是她的哥哥，夏桑也是哥哥，却明明又不是哥哥。她平日常惹他生气，也没见他怎么骂她，婢女在她背后说了一句不好的话，他——他是不是已经把那名婢女杀了？

她不敢肯定，却隐隐有了这个想法。

这不是她平常认识的他。她应该觉得他残忍可怕，但她却突然心疼。

为什么，一点儿心疼，一点儿心慌。

这样奇怪的心绪，不知所起，不知所终。

她突然抱定了主意，若待会儿他们的情势恶劣，她便——

她这样想着，却看到冷鹏阴恻恻地瞥了她一眼。

她一惊，夏桑已把她揽进怀里，四周是漫天的刀剑之影。

夏桑把对方的攻击都接下了，她被他妥帖地护着，没有一丝一毫的损伤，他的伤口却越来越多。

她辨不得哪一处跟哪一处，但鲜血却不会错认。

夏桑依旧沉着，招式不乱，但她的心却越来越慌，她一咬牙，手中长剑向自己脖子横去，却恰巧架下了斜劈过来的一剑。

却是那冷鹏突然不攻夏桑，攻向她。

自刎的一下，反接下了这致命一剑。

夏桑何等聪明，瞬间变了脸色，厉声道："龙玉致，你要做什么！"

龙玉致一怔，冷鹏已沉声喝道："爹，你们攻夏桑，珊儿，你我一起夹击公主。我们打不下夏桑的，夏桑招式没有破绽，但夏桑有一个致命弱点，就是她！"

营地。

"说来这次根本便用不着咱们，夏总管一个人几乎已捣了那飞虎门的老窝。"一个亲兵笑道，"你们说皇上这次会赏他什么？这官职只怕又得擢升了。"

另一个人道："他也坐到现在这位置了，还能赏个什么官职？他日徐总管退了，便是他了。"

"我说不是，主要是他这等身份不好赏，他才双十出头一点儿，比你我还小上几岁，已经爬到总管的位置。你们想，他若不是太监，如今会是什么职位？"一个人低声道。

有人笑道："这个职位之事不可说，我只知道，他若不是太监，便是欺君大罪。先帝还在的时候，他年纪虽小，已跟着出入内廷服侍了，这女人的身子，见过的只怕比你我还多，那可是先帝爷的女人，更别说现在皇上的女人了。虽说他是皇上跟前的大红人，但皇上会饶过他吗？除了皇上，还有太后娘娘呢！"

毕竟说的是这位位高权重的大太监，众人极为避讳，只是小声说着："按我说，赏什么也是枉然，这飞虎门一役，他成了半个废人。"有人长叹一声，又压低声音道，"我与内务府那边一个兄弟有点儿交情，昨夜是他们最先赶到的，远远看到了些事情。"

"老哥快给咱们说说。"几个亲兵相顾几眼，更围得紧凑了些。

"虽说我等食君俸禄，为君分忧，但这夏总管却也忒过了些。你们想，公主那张脸，即使被多戳上一刀又怎么着，他为了帮她挡那刀，被刺伤了手筋，赔上了整只左臂。别说动武，这以后只怕碗筷也拿不起了。"

"不是说被挑伤了右脚筋吗？怎成了这左手筋？"

刚才说话的亲兵叹道："这右脚筋与左手筋都伤了。他当时与好几个人交手，左手受伤，却没有回防，那少门主冷鹏没想到他如此顽强，寻着空子，又向公主攻去，他左手往冷鹏的脖子一捏，把他喉骨捏碎。这一下，右脚空隙却卖给了那冷飞虎，冷飞虎不笨，这普通的砍伤伤不了他多少，冷飞虎一剑挑了他的右脚筋。"

他这一说，众人一阵唏嘘，又是敬佩又是感慨，废了左手右脚，即使他武功再厉害，也是残疾之身了，便是连刚才言他是太监之身的亲兵也微叹了口气。

"你们有所不知，"有人轻声道，"听宫里的人说，这夏总管与公主自小一块长大，交情颇深。"

"这也使不得吧，便是自家婆娘，又有谁这样相待？按你说，那冷鹏不过是攻向公主的面门，又不是什么致命之伤，他何苦赔上自己手脚。如此看来，想来还是为权为势居多，你们倒也不必太可惜。"最先说话那亲兵道。

他话音一落，却见四周同僚都惊恐地往他背后看去，他向后瞟去，却见公主冷冷地站在众人背后，他顿时吓得差点把自己的舌尖咬破。公主轻声道："这里数百人，数你们这几个最爱嚼舌根子，怎么，你们平日就这样护卫我十哥的王府？"

那十数名亲兵大惊，全数跪在地上叩头谢罪。

"你们说我龙玉致不打紧，若下一次再让我听到你们说夏总管，我一定把你们的舌头剁下来喂狗。"

龙玉致沉声说着，怒气喷在面纱上，纱巾微微跳动，一双杏眸又缓缓看了一眼营地上的亲兵。她眼神凌厉，被她扫视过的亲兵莫不心惊地低下头，素闻这位公主性子活泼，脾气和善，却似乎全然不是。

众人再看时，那窈窕的身影已在远处，地上影子细长，与林中树梢薄影混在一起，延向夏总管的营帐。

进了营帐，龙玉致摆摆手，内务府几名内侍忙退了下去。

偌大的帐子里只剩下她和夏桑二人，杳无声息——夏桑还没有醒来。

龙玉致坐到榻上，痴痴地看了榻上男子半晌，鼻子一酸，把头轻轻靠到那具缓缓起伏的胸膛上。

从飞虎门回来，他已经在营地里睡了一天了。中间醒过来一次，吩咐手下人去处理飞虎门的事，办理萧姑姑的后事，又派人分别送信回帝都和庄王府。

桩桩事情，处理冷静，有条不紊。

她远远看着，竟不敢走近他。她看着陵瑞王府随行的大夫为昏迷的他包扎伤口，看着他醒来安静地嘱咐属下办事。

他说话的时候，偶尔会看她一眼，淡淡的。

后来，他又睡了过去，他的伤势甚重，只是，他年轻力壮，身体上的伤终究会康复，但是再也无法恢复到从前。

大夫还没跟他说，消息已经传了出去，一些亲兵都知道了。回宫以后，也必将传遍整个皇宫。那他呢，清醒后，他到底知道自己受了怎样的伤吗？

也许，刚才真的该把那些乱嚼舌根的亲兵抓起来狠狠打一顿，她总得找个发泄之所。现在，她攥着他的衣衫，昨夜的情景还历历在目，她却痛苦得茫然不知所措。

他一定还不知道自己的伤势，不然他怎会如此镇定沉着，也许是跟在她九哥那座冰山身边久了的缘故，那神态和九哥很像，九哥是那种天塌下来也泰然自若的人，除去少数时候遇上和嫂嫂有关的什么事。

有人轻轻抚上她的发。

龙玉致一怔，定睛看去，只见夏桑正盯着她，眸光深邃。她一惊，身子弹了起来，如惊弓之鸟："你醒了？"

她的模样写着四个字：手足无措。夏桑微微蹙眉，从飞虎门回来，她便是这个样子，远远地躲着他。

她刚靠近，他便醒了，因为他本来就睡得不安稳。大夫替他处理伤口期间，他并没有完全失去知觉，看到她蜷在帐子角落死死地看着，眼珠子一动也不动，她似乎想过来看他，却又在畏惧着什么。她这样，他怎能安心睡去。刚才，不过是他贪恋一刻温柔，才没有惊动她，直到她的泪水滴在了他的衣裳上。

是不是她已经知道了他的心思？他突然也微微一惊，却见她快速站起来，三两步走开，站到帐子的另一边看着他，一脸惶恐，像做错了事的小孩。

她这个反应，让夏桑反倒放下心来，转念一想，明白了些什么，道："玉致，你过来。"

龙玉致摇摇头，嗫嚅道："我去看看药煎好没有，待会儿……待会儿，让他们拿进来给你。"

"那你呢？"夏桑扶着床，慢慢坐起身来，轻声反问，一双眸子在她身上慢慢逡巡着。

龙玉致心里越发慌乱，道："我什么？我出去了。"

她说出去，脚却像钉在地上，不动方寸，愣愣地看着他。夏桑沉声道："我说，过来，我有事情跟你说。"

"不要！"龙玉致叫了一声，飞也似的便要往帐外逃。

"既然你不过来，那么就我过去吧。反正我的脚伤了也走不快，你快走几步，我肯定跟不上。"

夏桑的声音从背后淡淡传来，龙玉致一下惊住，他的伤势……他知道了！是她害他成了这个样子的！她想跑，却不敢跑，怕他真的追过来，怕他会摔倒，想回头看看他又胆怯。

除去那个身份，他是个那么优秀的人，即使他是这种身份，又有谁敢欺他！他是武功厉害，办事能力一流的夏桑，是九哥身边的红人。可是他的左手以后只能拿最轻的物事，再也不能施展力道了，他那一身厉害的武功必定会大打折扣吧！而他的右脚，走路的时候会一瘸一瘸……光想着，她的泪便掉了下来。

"龙玉致，我数三下，如果你不过来，我便过去。"

他走路不便，龙玉致一颤，害怕了，一转身便跑回榻边。

"你别起来。"她坐下，泪水滑进面纱，赶紧抬手去擦眼睛。他的手轻轻滑过她的眼睛，一声微叹，把她搂进怀里。

龙玉致再也按捺不住，在男子的怀里哭了出来。

"别哭了，我又不是死了，你哭什么。我死了你再哭也不迟，不是多严重的伤，也不一定不能恢复，宫里的太医或许有办法呢。"

他语气里的轻描淡写，让她心里更疼，不由得怒了，从他怀里抬起头来，骂道："他们说得对，我本来已经成了丑八怪，脸上再被多划几下也没关系，你为什么要这样？有多亏，你知不知道？

"夏桑，你是个傻子，你又不是我哥哥，你为什么要这样待我？我拿什么赔给你？"龙玉致心中悲恸，泪水把面纱也打湿了，黏在脸上越发难受。

"多划几下也没有关系？怎么会没有关系？"她听到他低语道，手抚上她的面纱，轻轻摘下来。

"玉致，在我面前，你永远不用戴这东西。"

龙玉致浑身一震，睁大眸子看向夏桑，他目光炯炯地看着她的脸。她却猛然自惭形秽起来，飞虎门再见，情势紧迫，她可以暂时没有了羞耻之心，但此时此刻，桌上烛火几乎燃尽，光影虽淡，仍能映出他俊颜如玉，而她那副容颜，她看了一次，便摔碎了镜子。

是，没有嫂嫂当时的伤重，但为绝后患，她当时也下了狠手，只要想起那个情景，那股害怕恐慌便凉沁沁地淋在心头，她不敢多想，也不敢再想。

她突然害怕起来，怕在他明亮清澈的眸子里看到自己的模样，双手紧紧捂上自己的脸，她哭着哀求："你别看！很丑，像个鬼！"

他把她两只手包裹上，用了力道，把她的手拉下，又伸手去抚她脸上的每一道沟壑。

她想去拉下他的手，但他左手手筋被刺伤，她不敢，只得任他轻轻细细地抚着，咬紧唇，满眼氤氲。

夏桑看她一双眼睛哭得又红又肿，他为她受伤，即使残废了也心甘情愿。可她以后呢，她的容貌被毁，虽还是清白之身，但被劫数天，谁又还相信她！

他心里那股沉痛怜惜的柔软再也压抑不住，情不自禁地凑过唇去，吻上了她的脸。

她唇上温润软腻的触感，夏桑不可自抑地微微发颤，他没有想到自己会失了分寸，一触到她的脸，他便乱了神志，可他怎能如此亵渎于她！大惊之下，他刚想抽离，噗的一声，灯花轻爆，烛火燃尽，一时满帐黑暗。

而她没有把他推开，她似乎没有任何推拒之意，甚至紧紧地攥住了他的衣衫。

她的脸很烫，气息馨香可闻。

她的手，柔软地依附在他胸膛之上。

他的心乱了。压抑了十多年的感情，一下子乱了。帐子里很静，她攀在他衣衫上的手越来越紧。

又微微颤抖着。她的脸，很烫。

在宫里，跟在皇帝身边，他总有很多事情要处理安排，除去睡觉，头脑很少有停下思考的时候。

此时，他的脑子里竟像瞬间被塞满了什么，无法思考。

黑暗里，他捧着她的脸，一一吻遍她颊上的伤疤。她急促地喘着气，呵气如兰。

他的唇停在她的脸上，呼吸只比她更加急促，心猿意马，当她的手颤抖着环到他背后，紧紧绞住他的衣服的同时，他呼吸顿粗，瞬时吻上她的唇。

看不清，只有感觉。当只剩下感觉的时候，本能便变得嚣张，清晰，凌驾于一切之上。不顺从意志理智，只归降情感。

这一生，她是他最亲的人。

他爱了她很多年，说不清从什么时候开始，他爱上了她，从最初的感激，被尊重的感激，到温暖，她陪伴着的温暖，到兄妹一般的亲厚，到爱恋。

他也曾以为，他会认为自己爱上她，不过因为她是与他最亲近的女性。

年岁渐长，他明白，不是。她出宫学艺，夜深人静，当他忙完一天的事情，在枕席躺下的时候，他会想她。

后来，手下人选送美貌的宫女让他选做对食的时候，他更加明白自己的感觉。

她是他不能碰触的禁忌，因为他的秘密，因为她的身份。

越禁忌，越不能，越压抑，越想，尤其是历经生死，差一点儿失去以后。

刚好，有了这突如其来的黑暗。他想她，想这样碰碰她，想得快疯了。而她心里偏偏不是他。

一念及至，想到的反而不是放手，而是掠夺。

他抵着她的唇，狂乱地吮吻着，与她津液相抵，齿舌纠缠。由初时的生涩到完全掌控、占有甚至豪夺。

夏桑乱了，龙玉致只有更乱，脑子里一片眩晕，更别说要抵抗。

她其实明白他们在做着什么。那不是哥哥与妹妹之间该做的事情。

这种事，即使她毁了容貌，却仍差点逃不过。但与那个污秽肮脏的男子不同，她不讨厌夏桑这样的碰触，一点儿也不。他要怎么做，她都愿意。不仅因为他救了她，不仅因为他为她受伤，而是她心里隐隐有一种战栗，想与他更亲近的战栗。

他的唇碰上她脸颊的一瞬，她想起他看她的神色，想起他骂她的语气，想起他小心翼翼把她的手帕放进怀里的动作。

那股战栗慢慢变得浓重。当他的唇抵上她的，她突然明白，他是像兄长一样的人，但他不是她的哥哥。

他大概也从来没有把自己当成她哥哥。

她竟然欣喜，越加的战栗，说不清此时自己是什么感觉，但她愿意随他讨要。

他的手迅速从她脸上滑下，右手掀开了她的衣衫，探进她的肚兜里。

她的呼吸倏然停住，紧张得不敢喘气，他手上的粗糙辗辘而过，她禁不住低吟一声，这声音在黑暗里听起来，竟意外的娇媚，便是她自己，也吓了一跳。

她小小一声吟哦，似乎让他更加狂热，他在她滑如凝脂的身体上探索着，指节上的茧不断地摩擦着她的肌肤。

"夏桑，夏桑……"

她无措地叫着，他突然抽出手，右手一用力，把她整个抱上榻，抱到他的腿上。

她听到他比她更凌乱更急促的呼吸，她攥在他背后的手，摸到他湿透的衣服。

她把头埋进他的颈窝里，任他把她的外袍褪到两臂之间……

一种激荡的战栗让她身上燃起了一丝一丝的灼热，最终那股热席卷全身。

身体越热龙玉致的头脑越昏沉，她不知道自己该做什么，只是本能地往他怀里贴去，让二人更紧贴一些，在他的怀里不安地厮磨着，似乎只有这样才能使身体没有那么难受。

小时候，他常把她抱在怀里，后来他们长大了，他便不再怎么抱她。偶尔，当她受了委屈，他才会把她抱进怀里安慰。

他的怀抱宽大温暖，是她早就知道的，但现在两人如此贴合，她才知道他的肌理精健沉实，完全不像外表看起来的书生般瘦弱。

她听到他的喘息声越来越重，他的唇从她的身子移回她唇上，她听到他沙哑得不成调的声音消散在她的唇瓣之间。

"玉儿。"

他没有唤她玉致，更不是喊她公主，他叫她玉儿。没有任何理由，她喜欢这个全新的称呼。

他含着她的唇，不肯放开，粗哑地唤着她的名，一遍又遍，一手抚着她的后背，一手在她身上揉捻，动作。那感觉就像夏天的风，轻抚过即将熟睡一刻，把潮热吹去。

她心里快活得不知道该怎么做才能平息浑身的颤抖，又羞又涩，却想做点什么去回应他，又突然想自己是不是有点不知廉耻。昏沉的脑袋终于能想点儿东西的时候，她不觉羞恼，手忍不住在他背后轻轻捶打了几下。

他微微一僵，两人如此之近，她一下就能感觉到。然后，他的唇有点焦急地离开她的嘴，细碎的液沫从两人的嘴角拖曳而出，若有灯火，必定显得情纵而靡乱。他的手定在她的身上不再动作，她的肩膀却还羞涩地被他握在掌里，承受着他掌心的粗糙。

她开始不安起来，不仅为那突然而止的身体的欢愉，还有他的感觉。他不喜欢她了吗？她有点儿委屈，不安一下发酵膨大，为什么？是因为她打他吗？可是，那是因为她心里快活……她不懂，也吃不准，咬了咬唇，她扣下他的颈脖，笨拙地去吻他，学着他对她做的样子。

他似蓦然震住，连扶着她后背的手也剧烈地颤抖起来。

她还是弄不懂他的反应，舌试探地伸进他的嘴里。

两人的舌迅速纠缠上，她突然吃痛，却是他掌心倏然收紧。

她痛，想叫出声来，他却更快，唇舌压迫着她，再次反客为主。

他吻得越发急，她快喘不过气来，死死地攥着他的衣服，若不是他强健有力的右手紧揽着她的腰肢，她必定瘫软跌倒。

随着他的气息越邈，他手也迫切地探到她的下裙……

她只觉身子热得快要烧起来……她知道男女之间会做些亲密的事情，宫里的老嬷嬷和姑姑教过，可她从来没经历过这些，她不知道他接下来要如何摆布她。战栗、害怕，却不会制止，如果他想要她。

一瞬，她却又蓦地意识到什么，心猛然一跳。

她忘记了，她竟忘了，即使她自己再不顾廉耻，但他怎么可能与她做那种事。

——你是太监，你是个太监……我居然喜欢上一个太监。

——主要是他这等身份不好赏，他才双十出头一点儿，比你我还小上几岁，已经爬到总管的位置，你们想，他若不是太监，如今会是什么职位？

冷珊和那亲兵的话，分别嗡的一声在耳边炸开，她重重闭上眼睛，如从云端坠落，她突然不知所措，心里却又不停地翻转过一些东西。刚才做的这些事情，他们之间算是狎玩还是什么？

这个念头一冒出，随即被狠狠推翻，不是的，她不觉得任何污秽，他是一名内侍又怎样？他是夏桑。她知道，他是爱她的，不是兄妹间的爱护。就像那些亲兵说的，即使对待自己的妻，也未必能做到如此，为了她已经残破的脸，他甘愿赔上他的手脚。

她何其幸运，能被这样一个人喜欢。她也喜欢他，这种喜欢再也不同以前，也不像对白大哥那样，白大哥……似乎已很久没有想起他了。

她不敢再想，怕被他发现她的异状和想法，怕他会在意。

紧紧搂着他的脖颈，她嘴角浮现出一丝笑，一点儿甜，一点儿苦，身子骤然一颤，却是束裙上的腰带结子，被灼热的大掌轻轻扯开……

他会怎么做？

她紧张得快要窒息，低低地唤了声"夏桑"。

他的手，猛然僵住。

她还没来得及反应，身子已被他狠狠推开。

黑暗里，他的声音颤抖而不稳："玉致，我真该死，我冒犯了你。"

她从来没听到过他这样自责的语气，她想告诉他，他没有冒犯她，是她自愿的。

两道声音却从帐外恭谨传来。

"禀报公主，夏总管的药煎好了，奴才等送进来？"

龙玉致吃了一惊，满脸窘热，他与她这个样子……若被人看到传了出去——她正害怕不安，男人干燥的掌轻轻捂上她的嘴，声音在她耳畔低低响起："别怕，若他们进来，我便杀了他们，没人能毁你声誉。"

"那个宫女——"龙玉致微微一震，想起那个在背后闲话她的宫女，夏桑讥讽道，"你以为我有多爱杀人？"

"那丫头我放出宫了。对你有害的，我不能留在你身边，但厌恶一个人也不一定要杀了她。那宫女再嘴碎，也不过是个奴才，夏桑也是奴才。"

龙玉致身子轻轻颤抖着，她知道，若换了九哥，估计那宫女是逃不过了的。

她庆幸他没有杀了那小宫女，但她不爱听他自称奴才。

她伸手悄悄去握他另一只手，一触之下，他却避开了。龙玉致一惊，心里凉了半截。

这时，帐外的人又唤了数声，一个内侍奇道："咦，公主不在吗？刚才明明还看见她走进来的。"

另一个人接口："估摸是走开了，你看这帐内黑灯瞎火的，只有咱们夏总管在休息吧。"

"那这药回去热着，待会儿再送吧。"

"也好，走吧，莫扰了夏总管休息。"

脚步声散去，隐约还听到两个人断断续续的对话。

"这次夏总管立下大功，你说皇上会怎么赏？"

"我哪知道？"另一个人笑道，"咱们夏总管年纪轻，模样又好，若他不是……公主感激，委身下嫁岂非最好的赏赐？"

"也是，他们二人本就交情深厚，他此次如此为公主，公主必定会感激一生的。"

龙玉致怔怔地听着，榻上一动，却是夏桑扶榻下地，他似乎在桌上摸索什么东西，脚步轻轻移动着。

突然，龙玉致听到啪的一声钝响，像椅子被撞翻的声音。

她忙道："夏桑，你别动，要拿什么我来拿。"

夏桑的笑声在黑暗里响起，自嘲道："因为我是个残废吗？"

龙玉致闻言心里一疼，刚想说话，桌上烛火骤亮，她看见夏桑站在桌边淡淡地看着她，眸光出奇的亮，脸色却很苍白。

她下意识地低头看看自己，外袍横在腰间，露出大片肩臂，肚兜松松垮着，隐隐看到雪白的胸脯，却是他方才——她大羞，低下头。

夏桑慢慢走过来，龙玉致眸光微垂，正好看到他的腿脚，他是练过武功的，懂得用力，但走起来，右脚仍是微瘸。

龙玉致鼻子一酸，衣衫也没顾得拢上，下榻便要奔进他怀里。

他却微微沉了声音："别过来。"

龙玉致微愕，站在原地，愣愣地看着眼前脸色冷淡的男人，怅然若失。

发生什么事了，刚才他们明明还好好的！

他的脚步在她一步之遥处戛然而止，他一掀衣摆，缓缓跪下，轻声道："公主，夏桑失德冒犯，奴才回去便向皇上请罪！"

龙玉致大骇，颤声道："你说什么？"

"夏桑，刚才种种，你没有强迫我，都是我自愿的。你到底在乱说什么？"她一急，眼眶瞬间红了。

"你不必感激或是可怜我，即使我在飞虎门被杀死，也是我甘心情愿的。"夏桑轻轻笑着，俊毅的脸上却一片枯槁。

龙玉致却听懂了，他以为她在报恩吗？

她拼命摇头，哽咽着低叫道："没有可怜！没有！我是自愿的，我是愿意的啊，夏桑。"

"怎么都好。"夏桑慢慢站起，淡淡道，"我们即刻起程回宫吧，你当日走得急，本来便想跟你说我成亲的事情。"

龙玉致浑身一震，两眼死死地盯着夏桑："你到底在说什么？"

"操办之期也定好了，还有公主乃千金之躯，夏桑只是个奴才。奴才成亲，必不敢惊动公主大驾。"

第四十五章

救姻缘 天子赐婚试真心

凤鸾宫，年璇玑正在翠丫房间里替她按摩手脚，冷不防门被猛力推开。

龙玉致气喘吁吁地跑了进来，眼含泪水，咬着嘴唇站在年璇玑身边，只怯怯地叫声"嫂嫂"，再没了下文。

年璇玑让宫女给翠丫按摩，上前揽过龙玉致，用额轻轻碰了碰龙玉致的额头，浅笑着："梦魇着了吗？"

龙玉致不说话，只轻轻地摇了下头。

"那刚刚回宫，怎么不好好休息。看这小脸跑得，都快熟了。"

龙玉致咬牙，低着头将年璇玑拉至偏殿，关了门，这才哇的一声，抱着年璇玑，放声大哭。

年璇玑不知所措，又怕哪句说得不对，再勾起龙玉致的伤心，只得先胡乱哄着。

"先哭，哭出来就好了。有什么事，哭完再说。"

龙玉致看着年璇玑肩上被自己哭湿的一片，有些不好意思。泪收住，哽咽却是一时之间难以停息："嫂嫂，我把夏桑给害了。"

年璇玑想起夏桑的伤，那个总是温暖的男人，面对什么大事都能保持镇定的男人。

"夏桑那点儿伤，虽说是现在受苦些，慢慢养，也许能好。你也不要太担心了。"

"嫂嫂，玉致这几天早想明白了。就是夏桑伤得再重些，玉致也是不怕的。可是，可是他就要结对食了。他手下的那些死小太监还说，夏桑人好，平时待大家都不薄，要帮他好好地大办一场。"

此时年璇玑的一颗心反倒轻松了许多。把自己的帕子拿来，替龙玉致擦着泪珠。怎么擦，都还是流，年璇玑扑哧一声笑了出来，把帕子塞给龙玉致，自己慢慢踱到了桌边，坐了下来。

龙玉致羞愤道："嫂子，你倒是说话啊，夏桑两天后就要成亲了，我怎么办啊？"

"你怎么办啊？凉拌吧。"

"嫂子！"龙玉致追过来，前后推搡着年璇玑，像足了撒娇的少女。

年璇玑"哎哟"一声，龙玉致忙松了手。

"嫂嫂是不是还没好呢？"她轻轻地用手将年璇玑的衣服掀起。年璇玑按住龙玉致，将她揽在身边坐定，又倒了杯凉茶给她，笑道："不打紧了。就是想让你也可怜我一下。"

年璇玑想起他们回来这几日，好像隐约中听说夏桑匆匆忙忙地给自己找对食，这个男人虽然凡事总是带着微笑，心中恐怕比龙玉致更要疼上几分。

又仔细看看龙玉致，本想着再逗她几句，想她也才有些舒心，打趣的话便咽了回去。

"玉致，你只给我一句掏心的话。不管夏桑什么样，你都跟定了他，是不是？"

龙玉致抬起头，看定了年璇玑，声音还有些颤，但眼神却是异常的坚定："是。老娘这辈子就跟着夏桑耗了。"

年璇玑一脸黑线，这玉致，还真回来了。

"唔，小丫头片子，比我还敢说。你还老娘，那我咋办？"

"嫂嫂是天下第一美女，永远年轻貌美。"顺口说出了关于美貌的言语，龙玉致恍惚，按了按自己的心，里面似也不觉得有多疼了。

年璇玑看在眼里，世上这最后一颗生肌丸救了自己，却没有第二颗来救玉致。也不知龙非离心里打了什么主意，这玉致的终身，幸与不幸，也就此回了。

年璇玑拿定了主意，冲龙玉致眨了眨眼，带着笑道："好，那老娘也豁出去了，就替你做这回主。明天咱们就在这个宫里给夏桑接风。"

年璇玑自己做主，在凤鸶宫摆宴小酌，给脱难回宫的龙玉致和夏桑接风洗尘。想了一会儿，光自己不行。这个结既然打在白大哥的身上，自然要请他一起。

年璇玑嘴里念念有词，片刻拟定了宴请的名单。

第二天，风和日丽，偏有几抹浮云斜斜地挂在天边。

凤鸶宫内一片祥和。

被请来作陪的客人已经到齐，独独不见夏桑。龙玉致虽戴着面纱，也不敢抬头直视对面的白战枫。白战枫微微一笑，转过头去，跟身边的夏侯初说着时事。

清风依旧皱着眉头，冷冷地看着桌上的酒菜，不言不语。

宫人斟上茶，段玉桓替身边的乐晶莹打开盖碗，道："晾着点儿吧。"便又没了言语。

乐晶莹瞥了一眼段玉桓，嘴角抿了一丝笑，拿着帕子悄悄给掩了。

龙玉致看了看身旁的年璇玑，心里着急，年璇玑只得在她的掌心按了按，龙玉致放下心，安静地等候着。

眼看着天已正午，年璇玑也略略有些急躁。面上一沉，让人再去催夏桑。

"小吕子，你去催。前面去的人都疯到哪里去了？人不见，也不回来回个话。若是夏总管走得太慢，你们就是扛也要把夏总管给老娘扛来。"

门口传来哈哈大笑。年璇玑一个激灵，这个笑声太过熟悉。随着笑声，龙非离走了进来，身后跟着夏桑还有凤鸶宫的几个宫人。

"爱妃也太薄情了。朕让爱妃请众爱卿一起给玉致、夏桑接风洗尘，爱妃竟然不等朕到就想开席。"

众人离座，恭迎万岁。年璇玑无奈，只得跟着拜了，偷觑龙非离的脸色，想着要尽快度出龙非离的心意。

心意流转间，龙非离已将她扶起了身，牵住年璇玑的手，使劲攥了攥。年璇玑吃痛，想收，哪里挣得过他。

年璇玑使劲瞪了他一眼，龙非离却在嘴角挤了个讥笑，伏在年璇玑的耳边道："胆子越发的大了，想背着我把我妹妹给了谁啊？"

"既是给玉致和夏桑接风，玉致和夏桑就都坐了主客位吧。夏侯初，你坐朕身边，刚刚的奏章，还有两句没说完。玉桓、战枫，委屈你们了，今天算是家宴，咱们的座次就不按品阶排序了。"说完，龙非离便牵着年璇玑走至主位。

宫人忙将椅子拉开，龙非离皱起眉头。小吕子眼色好，赶紧上前跪倒。

龙非离看了看小吕子，只叹了口气，淡淡地说道："秋气还是寒了些，先给你们主子拿两个坐垫过来吧。"

龙非离接过坐垫，放一个在椅子上，按年璇玑坐了，又放一个在年璇玑的腰间，抚了抚她的头发，道："腰这里暂时还是得当心，赶明儿朕让太医院给你做个腰围，把腰裹上，千万不能受了风寒。"

龙非离是向来不管别人的，白战枫轻啖了口酒，其他人早已见怪不怪，只有年璇玑，觉得脸上烧得像有团火。

众人纷纷落座，乐晶莹愣在了当场，皇上唯独没有说到她，她该怎么坐呢？

段玉桓看了一下她，若无其事地拉开一把椅子，用手指扯了一下乐晶莹的衣袖，暗暗递了个眼色。

乐晶莹会意，无声谢过。段玉桓接着又拉开一把椅子，挨着乐晶莹坐下。

年璇玑瞟了龙非离一眼，原来这座次还是内有乾坤啊，分明是想给段玉桓行方便。

淡淡对上年璇玑的眸光，座下，龙非离伸手覆住她的手。

年璇玑还在忐忑这不请自来的人是来坏事的，把手挣脱，想了想，索性放到桌上端盖碗喝起茶来，让他看得到，握不着。

龙非离也不生气，轻轻一笑，道："家宴既摆在凤鸷宫，一切就都由你们娘娘做主了，朕也算是年妃的客人，刚刚朕越俎代庖安排了座次，年妃没有意见吧？"

"臣妾不敢。"年璇玑心里憋气：你不越也越了，还说什么一切都由年妃做主！

龙非离与众人闲话几句，菜肴就端上了桌。龙玉致戴着面纱，吃得极慢，偶尔抬头，眸光偷偷往夏桑那边瞟去，而后又安静地低头吃饭。

年璇玑一双眼睛几乎都挂在夏桑和龙玉致身上，好几次差点把东西吃进鼻子里，除去龙玉致紧蹙了一双眉，其他人随着她的动作都笑了好几回。

夏桑淡淡笑着，眸色平静，看不出一丝端倪。旁边的龙非离只有更高深的份儿，一句也不吭。年璇玑拿不准他的心思，看着龙玉致泫然的眉眼，心里着急，想了想，端起酒杯，笑道："薄酒一盏，臣妾在这里替皇上谢过夏桑你对玉致的救命之恩。"

她说着朝夏桑举了举杯子，夏桑忙站起恭谨回礼。

年璇玑又道："这杯酒，就算是替夏桑和玉致赶走晦气了。大家一起干了这杯吧。"

众人一笑干了杯，又与龙玉致说了些安慰体己的话，年璇玑转过头来看着龙非离，笑道："夏桑明日成亲，大家今天正好聚在一起，就多敬敬他，皇上说好不好？"

"嗯。"龙非离颔首，朝夏桑一举酒盏。

夏桑一凛，他跟在龙非离身边多年，龙非离心思深沉，他虽不能一一尽猜，却对他的神色极为了解，多能看出他的喜怒。

刚才他不经意的一眼，隐含提醒，他已经知道自己和龙玉致的事了吗？

龙玉致……回宫前一晚，他跟她说，回来向皇上请罪，考虑再三，他还是没有如此做，怕皇上责罚她。她是金枝玉叶，往日，皇上就未必不怪他对她有非分之思，何况今日他已成残废？年妃知道倒并不奇怪，她想必与年妃说了些什么，才有今日一场家宴，否则，以年妃对她的疼爱和细心，定知道此时的她不喜热闹，哪里还会摆什么宴？

他不敢与她再有纠缠，不想让她因报恩而委屈了自己，顺势提出对食的事，绝了她的念头，也断了自己的妄想。

那晚，他差点毁了她……

这时，年璇玑一声轻叹，道："夏桑也结亲了，倒是咱们玉致呢？"

年璇玑的脸就晃在眼前，吐气如兰，气息扑在龙非离的脸上。龙非离心里微动，刚刚进来时的不快，消散了许多，看她要把龙玉致的事揽上，不觉微微皱起了眉。

"看娘娘说的哪里话。"虽不知年璇玑何意，乐晶莹想起年璇玑的吩咐，笑着搭话道，"皇上的妹妹还愁嫁吗？而且玉致公主又是皇上最疼爱的妹妹。"

多年之谊，刚才安慰龙玉致倒还勤快，但此时——年璇玑看了众人一眼，龙非离以下，几个男人都惜墨如金，她知道他们也难为。只是，龙玉致快要哭了，她也只好豁出去了，道："晶莹，放在以前，那是自然，但现在谁还肯要我们的丑丫头啊。"

她这话一出，除去龙非离，众人都变了脸色。龙玉致顿时僵在那里。

夏侯初心想这位娘娘还真是百无禁忌，忙道："公主秉性贤淑，阅诗书，知音律，婆妻求贤淑，即使是寻常百姓家也深知此理，何况官宦。且公主又是金枝玉叶——"

就怕你们不吱声——年璇玑嘴角微挑："这官宦也包括状元郎了？"

她说着，鞋子微微绕过龙非离，想送夏侯初一脚让他配合，毕竟男子不比乐晶莹，不可轻易出入后宫，这事之前也没与众人说过，这时只能见机行事了。

绣鞋还没碰到那边，已被一只大手按在膝盖上，只听龙非离淡淡道："夏侯与玉致数载情谊，若是夏侯，朕倒也宽心。"

夏侯初一听，愣了，说话也不是，不说也不是，本来年妃开口他已难做，现在皇上出声，他总不能说不吧！

这时，夏桑眸光一抬，轻声道："禀皇上，状元爷自小就有婚约在身。"

"夏桑，你的意思是咱们玉致得当小妾？"年璇玑作势惊道。

龙玉致猛地抬头看夏桑，夏桑一怔，却见她脸色煞白，他怎会不知道年璇玑是在借夏侯初来逼他，但刚才龙非离开了口，他拿捏不准，还没多做权衡已说出夏侯初身有婚约的事。

此时，看到龙玉致的失神，他心里一痛，拿过酒杯，一饮而尽。

夏侯初不知道这帝妃的葫芦里卖的是什么药，他与龙玉致是兄妹之情，再说，谁不知道龙玉致喜欢白战枫呢，幸好夏桑及时替他解了围。哪知道年璇玑又冒出句这样的话，差点没把杯子给吓摔了。

"怎么，丫头，不愿意当妾啊？"年璇玑瞥向龙玉致。

龙玉致放了碗筷，低声笑了笑："嫂嫂，即使做妾，也没人愿意要我吧。"

年璇玑一听，也怔了怔，心里一黯，一时竟不知道说什么才好。

再生缘
我的温柔暴君

放在她膝上的手轻轻一按。

年璇玑看向龙非离，龙非离瞥了夏侯初一眼，淡声道："夏侯有何看法？"

夏侯初一惊，额上沁出一层汗："皇上明鉴，微臣不敢委屈公主。"

"依微臣看，状元爷既有婚约在身，贸然毁婚是为不义，并且这婚约定在前头，若皇上赐婚，两房新娘，倒不如不论大小。"

年璇玑微微一怔，说这话的是……白大哥？两人目光一触，她看到他眸中流光轻漾，心知他已看出自己的把戏。她唇角一挑，白战枫拿起酒杯，略一晃，饮尽。

他唇上仍是笑意温柔，但就像五七的死，往日种种，今生悠悠，又怎能一如最初？

白战枫的话语一落，段玉桓大笑道："白将军的提议甚好！"

乐晶莹扬眉一笑，淡淡道："提议是好，段统领他日若遇到这种两难的情况，不妨效法。"

段玉桓一怔，身旁女子语气平淡，但怎么听上去……总之，他心中生了丝微微的忐忑。

年璇玑与龙玉致对望一眼，都是女人，她们怎听不出乐晶莹话里微愠。年璇玑突然想起往日白战枫在府邸与白战止和白夫人说过的话，心里一动。即使在现代，也未必就能一生一个，何况在这以男人为尊的世界？

她举起酒杯，笑道："晶莹，玉致，咱们敬一生一世一双人。"

"同敬。"乐晶莹点头。

段玉桓不由自主地侧头看了乐晶莹一眼，却见这名往日飒爽的女子眉眼郑重。

龙玉致拿起酒杯，自嘲地一笑，饮了下去。

在座男人一时沉默，清风眸光微微掠过年璇玑，很快又移开。年璇玑的手刚放到膝上，便被龙非离握得生痛。

年璇玑心里苦笑，她居然在皇帝面前说这种话，只是，她愿意相信他会做到。

白战枫突然道："段统领，娘娘适才说的话你怎么看？"

段玉桓怔住，不意白战枫会如此问，想了想，道："这一生一个……若玉桓能遇到钟情的女子，必不他娶。"

白战枫敛眉轻笑，道："敢情你刚才说的提议甚好，是诓战枫欢喜之言。"

段玉桓一笑，正要说话，却看到乐晶莹的目光轻轻移来，一个激灵，顿时醒悟过来，举杯朝白战枫一祝，谢他提点，却见他眸光似刚从谁的身上快速转过。

年璇玑不敢再多看白战枫,尽管二人并无暧昧,但龙非离就在旁边。看了夏桑一眼,他在一杯一杯地喝着酒,看似闲适,但若心中无事,怎会这样喝?

她往龙非离杯中添了酒,笑道:"大哥的提议,皇上怎么看?"

龙非离眸光微动,却看向龙玉致:"玉致,战枫的提议,你给朕说说你的看法。"

众人顿时大吃一惊,龙非离这话竟似问得十分认真,难道真的有意打算把龙玉致许给夏侯初?

龙玉致咬唇不语,良久,凄凉一笑:"九哥,把我这个声誉不清的丑八怪娶了,这不是害了夏侯大哥吗?"

听她声音凄苦,夏桑一咬牙,放下酒杯,道:"皇上,早听说白将军与公主性情相近,交情甚笃,除去状元爷,皇上何不也考虑——"

他话语未完,却被龙玉致冷声打断:"夏桑,我与你相识不啻十载,交情不更深厚,是不是可以把你也考虑进去?"龙玉致突然站起来冷笑着质问。

夏侯初等人俱是一惊,她平日与夏桑最好,今日两人竟似闹了什么极大的矛盾。

段玉桓笑着打圆场道:"公主莫说笑,怎把夏桑也拉进去说?"

龙玉致一笑,咬牙道:"段大哥,兴许我龙玉致便喜欢太监呢!"

众人只道龙玉致说笑,夏桑却脸色大变,龙非离微微抿了唇。

龙玉致突然离座跪到龙非离面前,道:"九哥,玉致谢谢你与嫂嫂为玉致操心。只是,玉致与白大哥皆对彼此无意,玉致有自己喜欢的人,只是——"

她低低笑出声来:"他年轻有为,很快便有自己的家室,他不会要玉致的。"

她说完,头也不回冲出凤鸾宫。

白天在忙碌中过去了。晚上的皇宫里安静沉寂。

今夜夏桑的院子竟是热闹非常。门口的大红灯笼挂着,上面贴着红色的双喜字。院门口站着几个小太监,往里面不停让着观礼的人。

突然一声雷声。夏桑看了看黑压压的天,摇了摇头,白天还是湛蓝的天,到了晚上就要下雨了。小爷成个亲老天爷怎么就给个哭脸子看。

也难怪老天爷不高兴,夏桑自己心里也说不清楚是什么滋味。新娘是几年前自己从贵妃掌下救过的一个小宫女,一直视自己是再生父母,对自己言听计从。平时,也没少送银子什么的帮她救助家人,能嫁给自己,哪怕只是名义上的,她也是欢天喜地的。可是玉致,玉致该怎么办呢?

底下的小太监凑趣地一拨拨地来贺喜,夏桑情绪也是逐渐地高涨起来。

心里一阵悸动,夏桑环顾四周,没有任何发现。

终于到了吉时，还没有见到她的身影，连凤鸾宫的宫人也没有一个过来贺喜。莫不是年妃心里还是在怪罪夏桑吧。年妃的好意夏桑怎么不领会，可是，夏桑只是个带着残疾的奴才，又岂能高攀公主。

门口传来宫人的高呼声："皇上驾到！"

夏桑的眼眶没来由湿了，赶紧起身，拖着右腿跳着快跑。

见到进了跨院的龙非离，夏桑一下子跪倒。还没开口，龙非离已经上前将他扶起。

"免礼了。小心把喜服弄出褶子。朕也是临时起意，到你这里讨杯喜酒喝。"

"皇上亲临，已是皇恩浩荡，夏桑惶恐。"

龙非离坐定，宣布仪式开始。随着喜娘的唱喜，仪式终于结束了。夏桑看着作为喜娘的老宫女先将新娘送去洞房，终于悄悄地松了一口气。

仪式只是个仪式，不代表真实的什么。只是宫中寂寞人之间的一种聊以慰藉的精神安慰。

但玉致怎么可能一点儿动作都没有，难道她真的是伤心了？只是不要生出什么怪念头就好。

龙非离眼眸一扫，已感觉到了些许的变化。心中安定，嘴角扯出笑意，他站起身，举高了手中的酒杯。底下跪倒一片。

"朕祝夏桑与夫人百年好合，白头偕老。大家都平身同干了此杯吧。"

干了杯，龙非离瞥了夏桑一眼，夏桑会意，点了点头。龙非离离座："今晚在此的人除了明日当值的，都可以不醉不归。夏总管的酒量，就由你们来称量了。"临走，他扶起跪着的夏桑，浅笑道："洞房花烛，好自为之。"

恭送了皇上，夏桑回神仔细看了看现场，小小的变化，又怎么能逃过他的眼睛。

被小太监们轮流灌了酒，夏桑有些微醺。一群人吵着要闹洞房，夏桑斜睇了一眼场中空下来的那个位置，微笑着应了。

洞房内，大红的喜烛头顶着黄色的头饰，跳着欢快的舞。映着大红的纱幔，大红的被褥更加耀眼。喜床上坐着的新娘安安静静的，是不是也跟民间婚姻中新娘同样的心情。喜娘看见夏桑走近，打起精神。让了夏桑进去，夏桑回手关了门，将小太监的好奇心都挡在了门外。

夏桑凌空挥了挥手，新娘头上的喜帕被掀掉，露出精致的一张小脸。夏桑冷冷一笑，跪倒在地："奴才夏桑恭迎公主。"

龙玉致绷不住了，自己掀了脸上的面具："夏桑，你一定要跟我这样吗？你可是刚刚跟我拜了天地。"

"夏桑虽不才，跟谁拜的天地还是清楚的。夏桑拜天地时，公主还坐在大厅左侧的第三桌。"夏桑心中惭愧，自己跟龙玉致这么多年，尚不及皇上眼尖。

龙玉致被揭了底，有些懊恼，指着夏桑的鼻子，厉声喝道："反正，过了今晚，你就是老娘的人了，盖着盖头，谁知道当时谁跟你拜的天地。"

"敢问公主，夏桑的新婚妻子在什么地方？"

"哼，已经被我放出宫了。现在，估计已经出了城门。"

"不可能！"不可能。那个对自己言听计从的小宫女，怎么可能背叛自己而去。

"什么不可能。女人都爱自己那张脸。我一说要么把她的脸划成跟我一样，要么我送她出宫跟家人团圆，她马上就选择了出宫。"

"你简直是在胡闹！是女人谁不爱惜自己的容颜？谁愿意变成丑八怪！"夏桑也恼了，话里带着刀子，直接飞了出来。

一时之间，屋内静谧得可怕，龙玉致的眼神空洞下来，一动不动。

夏桑也噤了声，紧盯着龙玉致，心中一阵阵地抽痛。

龙玉致慢慢脱下了喜服，摘掉头上的金钗，攥紧了手。夏桑看着钗子，真希望龙玉致能扑过来，把钗子直接插在自己的心尖，用疼痛替换心中的那点儿蚁噬的抽痛应该更好受些。

夏桑轻轻喊着玉致，慢慢走近她，掰开手，把钗子拿在手里。看着龙玉致的眼睛，夏桑跪倒在地："夏桑言语冒犯了公主，请公主责罚。"

龙玉致推开挡在身前的夏桑，跑了出去。

外面传来阵阵雷声，大雨突然降了下来。

夏桑愣了半晌，突然起身，追了出去。他在夜色和雨水中搜寻着她的身影，手脚的伤患很痛。没有想到要回头，没有想到要去追那个被她放逐出皇宫的女子。

索性施展起轻功，也不过是让右脚更痛。无碍，他的脚已废，只要能找到她。

虽然，她也无处可去，哭够闹够只能回自己的寝殿，但他真的无法舍下，满脑满心，只是她刚才奔出时的倔强和伤心的容颜。

把她找到了，要怎样面对，要跟她说些什么，他一概不知。

手下的人择日子的时候已问过钦天监，今儿个不是好日子，这场雨早已注定，不过是他的一意孤行。

楼阁灯火，外面却是空无一人。

突然，他定住脚步。

林外，她一身素衣横卧在雨地里。

他大惊，足下一点，来到她面前，伸手把她扶起来，颤了声音。

"玉致？"

龙玉致一震，抬起头来，望进那双映满她模样的清亮又熟悉的眸子，轻轻笑出声："新郎官怎么过来了？"

夏桑听她语带嘲讽，一时苦笑，末了，把她抱起来，低声道："我送你回去。"

"我不回去，我就喜欢躺在这里当我的落汤鸡，反正整个皇宫都在看我的笑话，背后谁不说龙玉致怎样怎样，不过是被我九哥压下了。你管我做甚！只管回去当你的新郎官，新娘子走得也不远，你派人去追，指不定还来得及洞房花烛呢。"

明明有雨水做掩饰，还是不由自主地伸手去抹眼睛。也许因为雨冷，泪热，才会如此不由自主。龙玉致一抹之下，又住了手，不想在他面前示了弱。

她用力在他胸膛上一推，挣扎下来，一拽长裙，又坐回地面。

追，怎么追。她红肿的眼睛，脸上的悲苦，他怎么能离开她？

屈膝半蹲到地上，夏桑扶上龙玉致的肩："玉致，我带你回去，我们谈一谈。"

龙玉致垂眸，沉默半晌，终于点了点头。

看到他伸到她肋下的手，她摇头道："不……我自己走。"

夏桑低头看着自己的左手，一份无力的愤怒油然而生。她以为，只有单手能使力，他便抱不动她了吗？

龙玉致见状，顿时明白他在想什么，以前，很多事她都不懂，没心没肺，会任性会闯祸，更不懂得去揣摩别人的心思。可是昨天想了一夜，想了很多东西，今日嫂嫂又找她谈了许久，很多人和事似乎在一瞬间清晰起来，也明白了许多。

她冷冷一笑，讥道："夏桑，从头至尾，在意的不是我，是你！因为你在意，才会想是我在报恩，我再怎么报恩，也犯不着用我自己的身子！难道你也像那晚要……"龙玉致一咬牙，"要侵犯我的那个男人那样想，我是个丑八怪，能用的便只有这具还不算丑的身子，但前提却还得看你赏不赏脸！

"我知道我是丑八怪，该死的丑八怪，我心肠也歹毒，要把你的新娘子弄成和我一样丑！"

雨水再冷，也抵不过她话里自嘲让他萌生的怒火，怒气从心里喷涌而出，他咬紧牙压抑着，她却仍在说。他低吼一声，再也无法忍受一丝一毫，猛然侧身捏紧她的肩，狠声道："龙玉致，闭嘴！立刻闭嘴！我不许你这样说自己！"

她从来没看到过他这样，眼里怒气慑人，精亮锐利的瞳里此时尽是灼烈的火，额上青筋顿现。他待她向来是温柔宠溺的，便是九哥十哥也常斥责她，他却从来都没有，她知道，他舍不得。

她有点儿惊惧他这个样子，肩膀被他捏得痛极，他的左手伤了，她又怕他把自己弄得更伤，胆战心惊，却止不住自己，话照样出了口。

"我就是这副鬼模样，我有什么不能说！你也因为我这个样子而不要吧！你自己不要便罢，凭什么把我推给白大哥？夏侯大哥有婚约在身，肯娶我这个不贞不洁的丑女人已经很好了，我还敢求什么？是，我九哥是皇帝，可是谁愿意要我，即使要了我，也根本不会爱我！那晚，你一定觉得很好笑是吧，我这丑女人居然爬上你的床！

"夏桑，我恨死你，我以为你喜欢我，却原来你也不要我，你也不要我了！"

她不管他的眸中似要迸出火来，也不管他加诸她臂上的力道只要他一个内力吞吐，便能把她的骨头捏碎，她眯眼死死地看着眼前的男人，从开始的连声诘问到最后哭得喘不过气来，拼命去推他打他。

心里那股情绪，爱还是怒，还是其他，夏桑不知道，也不想知道，理智、自卑通通在她痛苦的哭喊声中崩溃。他低头狠狠堵上她的唇，把她所有的眼泪和声音都吞进自己咽喉。

"快看，刚才是不是有人？"一个内侍惊道。

另一人笑骂："你酒喝高了吧，这种鬼天气，谁还飞檐走壁来着，再说，这进去扰夏总管歇息，还不是找死吗？"

进了屋，想起值院的几个内侍的话，龙玉致还是笑个不停。

刚才确实有人飞檐走壁了，他抱着她摸进自己的院子，啧啧，这自己的院子还得偷偷摸摸进来。

夏桑走到门口，看到床榻上的小女人笑得前仰后合，不禁莞尔："坐一下，我让人备热水给你沐浴。"

"嗯。"龙玉致本来笑得欢快，听到夏桑说沐浴，想起自己要在他房间里洗浴，脸蛋顿时热烘烘的，低下头，嚣张的笑声顿时如蚊蚋。

夏桑看她两颊酡红，心里不由得一紧，柔声道："肚子饿吗？"

龙玉致诚实地点点头，这两三天下来，满脑子都是他成亲的事，哪吃得下什么东西。

夏桑一笑便要出去，龙玉致忙道："拿点儿你们刚才吃剩的东西就行，别麻烦。"

她是宫里最金贵的公主，却没半分公主脾气，夏桑心里越发柔软，道："梅花糕，糖桂花，再配一碗八宝糯米粥怎样？"

都是她爱吃的，龙玉致心里喜滋滋的，忍了忍，终究绷不住笑了出来，跳下床，跑到门口，偎进夏桑怀里。本要出去了，冷不防她跑过来，夏桑顿住脚步，反手把人抱住。

兰林里，当他失控吻了她，他便知道，这一回他再也无法放手了，不是可怜他，是她愿意把自己给他，当她说出这些话的时候，她知道他是多么欣喜若狂吗。

当她说自己是丑八怪，她哭着说他不想要她的时候，他快疯了，他怎会不想要她？他本来想要的只有她一个。

即使她后悔，他也不会放开她了。

鬼使神差地，把她悄悄带回自己住的地方。他今晚的新房。

他还真是疯了，这样的不顾一切。

什么都还没说，却笃定了心意，两人心里都是乍喜还惊，这一依偎在一起，竟都不愿意放开来。

良久，龙玉致打了个喷嚏，夏桑皱眉暗骂自己不该，两人都是一身湿漉漉的，万一让她受了凉，怎生是好。虽不舍，他还是赶紧把怀里的人拉开了，抚了抚她的发，道："我去去就回。"

龙玉致乖巧地坐在床沿，不敢说话，透过屏风，屏息静气地听着他指挥宫人把水抬进来。

几名内侍虽奇怪为何夏总管湿了一身，但听到屏风后的呼吸，念着这是夏总管的新婚之夜，没敢多问，把浴桶摆放妥当，布好吃食，便即刻退了下去。

看着颀长的身影走去关上门，龙玉致一下跳下床，跑到夏桑背后，把他紧紧抱住："夏桑，你永远都陪着玉致，好不好？"

虽然彼此都确定了心意，她却仍禁不住患得患失，她明白，他们以后的路，很难。

夏桑没有说话，转过身来吻住她，把她的唇吮得微微肿胀，又轻轻含上她的耳珠。

耳垂一阵酥麻，龙玉致身子越发无力，整个依在男人怀中，让他的大掌托着她的腰。

"我不会离开你，除非我死了。"

他的声音低低传来，龙玉致却急了，一把推开他："你别胡说。"

夏桑看她满脸着急，微微一怔，这确实是他的想法，没想到她会这样害怕，他虽聪明，却到底没经历过情事，怎会明白女人忌讳的心思。以前皇上同年

221

妃闹别扭，他让皇上去哄年妃，到了自己，却不知道该如何去哄玉致。

龙玉致撇撇嘴，瞪了他好几眼，恶狠狠道："以后不许再说！"

看着她殷切的眉眼，夏桑心里一荡，不由自主又吻住她。

一吻之下，两人都情动，直到夏桑把手探进龙玉致的衣服里，抚上她冰凉湿润的肌肤，方才一惊，忙把她抱到浴桶边。

龙玉致羞涩地低垂了眉眼。

夏桑握了握手，手指微微颤抖着解开了女子腰间的衣带。

衣服在他面前一件件落地，落在她玲珑雪白的脚丫上，龙凤红烛，烛火摇曳，夏桑咽了口唾沫，看着眼前莹白的胴体，只觉得呼吸困顿，这一生从未如此紧张过，便是把皇上惹怒了也没有此刻的焦灼。

外袍，单衣，束裙都被男人脱下了，肚兜和贴身的亵裤却还在，龙玉致死死咬住唇，等着他把她身上最后的束缚褪下。

半晌，对面的男人却毫无动静。

龙玉致略略不安，握紧手指，抬头看去，却见男人正痴痴地盯着自己，她浑身一下如火烧，咬了咬牙，小步上前，慢慢靠进他怀里。

身躯一入他怀抱，她便能感到他明显一震。

"玉致。"夏桑哑声唤着。

听到他变得粗重的呼吸，龙玉致小手怯怯地伸进他湿润的衣服里……她听到他喉中发出一声低叹。下一瞬，她身上仅余的被他猛力扯开，她全身赤裸如初生被他整个抱起抵到自己坚硬的身上……

"夏桑，你的手……"

"我有没有说过我单手也能抱起你？"

"……"

"那你的脚……"她忧虑地叫起来，夏桑却轻声斥道，"别乱动。"

龙玉致不敢再挣扎，任他把她抱高，将头埋在她身子上。她知道，他的腿脚微微晃着，但他把她抱得稳稳的。

好一会儿，他微瘸着走过去把她放进浴桶里，龙玉致心疼，反手搂上男人的脖子，低低叫着："夏桑，夏桑。"

体内紊乱燥热的气息刚平复，又被她这小小的搂抱挑起，欲望以外，更多是情愫……夏桑连忙收敛心神，拿起布巾替她洗拭起来。

当他的手指随着布巾触到她身上，龙玉致满脸潮热，唇咬了又咬，终于转身吻上他的嘴，

"一起洗好不好？"她哑声道。

修长的手一颤，布巾从指间跌落，溅起串串水花……

再生缘
我的温柔暴君

第四十六章

看湖镜 一笑望穿一千年

是夜，储秀殿。

龙非离把最后一份奏折合上，走进房间的时候，看到年璇玑只着一件单衣，趴在床上，出神地盯着窗外，不知道在看什么。龙非离微微皱眉，伸手把被子盖到她身上，斥道："身子还没痊愈便不注意寒凉，以后年岁大了，落了寒祛风湿，痛死你倒好。"

年璇玑撇撇嘴："痛死我，你不心疼啊？"

龙非离一怔，哭笑不得，在她鼻上一捏，年璇玑呜呜地叫着，满床去躲，又滚又翻，龙非离怕她碰撞到伤口，恨恨地松手。他脱掉外袍，刚坐到床上，年璇玑便把脑袋枕到他腿上，笑嘻嘻道："来，帮我揉揉肩，好累。"

"爱妃这话说反了吧。"

年璇玑享受地闭上眼睛，斥她的男人没帮她揉捏肩，倒是摸上她背上的伤患，来回轻轻抚着。

"这都下了一宿的雨了，阿离，你说明儿会雨过天晴吗？"

男人淡淡道："难说。指不定雨势更大。"

年璇玑皱眉，嘀咕道："你这人思想阴暗，不积极。"

"哦，朕测个天气便是思想阴暗，不积极？"龙非离勾了勾唇，"那你倒说说，你和玉致做了些什么积极之事？"

年璇玑吃了一惊，赶紧侧头瞟了瞟他的脸色，却不见什么异样，转念一想，嘴角慢慢浮起一丝笑："臣妾代玉致谢皇上深恩。"

龙非离冷笑道："好一个尽责的嫂嫂！"

年璇玑看他这时倒似生气了，心里微微忐忑，赶紧坐起来，倚进他怀里，狗腿地帮他捏起肩膀，道："看你这个样子，不是都已经知道了吗？本来也没什么能瞒得过你，夏桑的喜堂你也去了，那边没传来什么消息，那就是说你没有阻止玉致，那我——"

龙非离伸手在她肚子上狠狠一捏，年璇玑吃痛，回了男人一记绣花拳，龙非离抓住那只不安分的手，瞥了女人一眼："都教了玉致什么方法？拿容貌来说事逼夏桑？"

年璇玑一呆："你怎么知道？"

龙非离微哼，扶了她的身子躺下，年璇玑恨恨道："死妖孽，别以为你什么事都猜得准，不过是被你蒙对的。"

龙非离在她头上用力一按："你这身子板，睡觉；不睡，就做。"

年璇玑攥上龙非离的衣衫，道："告诉我夏桑的秘密。"

"好笑，夏桑能有什么秘密？"龙非离淡淡地反问。

"不能让宫里的人尤其是太后知道的秘密，譬如……当年净身未净……"年璇玑吻上男人的耳郭，低语道，"玉致告诉过我一些事情，夏桑跟她在一起的时候，似乎有……那种欲望。"

"玉儿，起来。"夏桑支起身子凝视着床上的女子，伸手轻轻拍拍她的脸。

微微卷起一角的床帷，依稀可见窗外的晨光已开始慢慢破开夜色。虽知她困倦，但最多再过一刻，便得送她回昇平殿了。

"夏桑，"龙玉致眼皮子动了动，又往男人怀里依偎而去，迷糊道，"别吵，都是你坏，我才睡下，别吵我。我要睡觉，我不回去，我要和你睡一块儿。"

龙玉致双眸紧闭，没有看见，夏桑却是俊脸微红，把怀中女人小心翼翼地放下，下了床走到屏风后面，浴桶里花瓣散落，洁白的布巾浮在水中……

他拿起布巾微微拧了，踱回床边，缓缓掀开被子，被下娇躯寸缕未着，莹白的腿根处，一处鲜红如花。

"小七，又做噩梦了吗？快醒醒。"

脸上被什么轻轻抚过，年璇玑睁开眼睛，撞入眼眸的是清俊华美的男子漆黑微焦的眸子。她趴在他身上，有点儿茫然，伸手摸上男人水墨般的眉："你是谁？真漂亮。"她喃喃道。

对方不悦了，皱了眉头，冷睨着她，好半晌，看她一脸呆愣，男人微微怒了，斥道："都给魇着多少天了，宣崔医女给你看看，你偏说不好。今儿个朕便把她宣过来，你不看也得看！"

年璇玑被骂得又愣了愣，好一会儿，两手搂上男人的脖子，低声道："阿离，你是龙非离，我是年璇玑，这里是西凉。"

龙非离皱了皱眉，往她额上敲去的手握了握，最终搂住她。

"又做那个梦了？"

"嗯。"年璇玑点点头，那个有关街道与红衣女子的梦——街上，她看到前方的女人突然转过身，那一张仿佛玉环又似追追的脸。

在白子虚把她带去碧霞宫那晚开始，她便做这个梦，每晚如此。

"梦到你出阁前的两个朋友？"

"嗯。"年璇玑的脸在男人的颈窝里轻轻蹭着。

"若是想念她们，便把她们宣进宫来陪你，朕稍后便拟旨。"

年璇玑听得出龙非离语气里的不悦，她每次醒来，总是问他"你是谁"，他很介意这件事。

她告诉他不过是一时魇着，以为自己还在闺中，那时她确实还不认识他。实际上，梦里，她在2010年的中国，那是个全然没有他的世界，她又怎会认识他？

每次做那个梦，她梦里便没有他的记忆。甫一醒来也懵懂。他却不乐意了，甚至怒了。

这时，听他一说，她吓了一跳，赶紧道："她们都已成家，嫁到十二国的其他国家去了，这路途遥远，怎么宣？"

龙非离眸光一沉，冷冷一笑，道："对朕撒谎，你的道行还嫩了点儿。"

年璇玑心惊胆战，咬着下唇，一时慌乱竟出不得声。

"小七，你瞒了我一些东西。我说过，有关那个小匣子还有你的经历和秘密，别用蹩脚的借口，懂了吗？"

年璇玑一怔，抬眸看着眼前的男人，却见他一双锐眸灼灼地凝视着她。

她知道，刚才的话，他用的是"我"，他是以丈夫的口吻对她说的，而非这西凉的国君。何止不蹩脚的借口，他要的是她的实话。她是不是该告诉他她的真正来历？若是这样，对西凉的历史会有影响吗？除非与蓝眸帅哥再见，问准了，否则她还真不敢乱说。再说，他会怎样看待她？他喜欢的是年璇玑身体里的小七吧？

穿越戏里，女主最担心的是男主怎么看待自己，最常有的想法之一是：他会不会把她当妖邪弄死。

她的龙非离应该不会吧。

想到这里，她又惊惧又好笑，呆怔了一下，咯咯地笑了起来。

龙非离眉头锁得越深，长指捏上她的下颔。

年璇玑惨叫连声，龙非离一声冷嗤，才松了手。

"你这死人，还真是把我往死里整，什么经历秘密，若我告诉你，我是狐狸变的，说不准你就把我烤了。"年璇玑揉揉下巴，怒道。

"就你这容貌这身板还狐狸精？"

龙非离本来黑了一张脸，这时，唇上扯出一抹笑意那叫一个妖孽。

"那我就猪精，兔精，猫精，晚上和你睡觉把你榨干！"年璇玑被气得不轻，从男人身上爬起，滚回床角，"滚，上朝去！"

龙非离掀起床帐，看了一眼天色，转过身来慢条斯理道："你能把朕榨干？"

年璇玑自己说得口没遮拦，这时让某人一说，满脸热透，蒙了被子。龙非离起床的声音却隔着被子传来，凉凉淡淡："朕给你时间，但朕的耐性有限，年璇玑，朕要全部的你。"

"你既不愿跟朕说，待会儿崔医女过来，把梦魇之事详细告诉她，好让她摸准症候，开些合适的宁神生气的药，懂了吗？"

年璇玑一听，心里突然酸酸疼疼，闷在被窝里，听他穿衣的声音，走出房间的脚步声。

她突然踢了被子，急急下床，掀起水晶帘便追了出去。

夏桑昨夜新婚，书房里今天过来的是徐熹，与几个内侍一起正侍候他洗漱，清风抱剑站在一旁。

看到年璇玑衣衫不整，龙非离顿时蹙了眉。

本来内侍是阉人，服侍皇帝妃嫔起居并没什么，但龙非离却不喜欢任何男人看到年璇玑的身体。只要她在储秀殿，他最多差宫婢过来侍候，哪怕她并没有赤身裸体，仅像现在这个样子，衣衫凌乱，头发披散，脚丫光裸。

他眉目一敛，正要让她进去，她却伸臂把他紧紧抱住。那句斥责的话，顿时消散。

清风微微垂下眸子，徐熹在旁轻咳一声："皇上，是时候上朝了。"

龙非离略一颔首，轻声道："小七，朕很快回来。"

"阿离，如果有一天，就像那个梦，我记不起你是谁，你也一定要记得我，好不好？"定定地盯着窗外的天空，天将明了，明明雨水已歇，雨散将晴，年璇玑心里却没来由地堵得慌，似乎今天会发生些什么事。

"胡说！你怎会记不起朕！"龙非离的声音带着愠怒。

"是啊，我怎会记不起你，年璇玑怎会忘记龙非离，三千弱水，只有你会忘了我。"年璇玑低笑。

搂着怀里的女人，龙非离几乎便要冲口而出，让徐熹去通知取消今日的早朝。

是，他爱她，爱逾性命，但他有自己的原则。而今，竟要为她一时的忧欢把朝事也耽搁了吗，哪怕一天两天朝事并无大碍，但不行！

他们平日的相处是轻松欢快的，抚了抚她的发，他第一次郑重道："小七，下朝回来，你我好好一谈。"

年璇玑也一惊，暗骂自己发神经，赶紧挤了个笑道："你快去！我就是日子过得太安逸，胡乱说的。"

龙非离不语，扶着她的肩膀，眸光锐利，在她脸上扫过。

“皇上，五更天了。”徐熹微微欠身。

年璇玑笑了笑，把他的手拿下来，转身便往水晶帘走去，肩上却一紧，耳边只听徐熹道：“皇上……”

她的身子腾空，被他抱了起来，水晶帘一落，他突然把她抵在墙上，没有吻，唇舌已压进她的嘴里。

他离开了。她被他放回床上，盖好被子。他是个恶人，有时却很温柔。

可是，她已无睡意，洗漱过，换了衣服，便坐在床上，看着窗外发呆。

也不知道为什么，这么希望能雨过天晴。

也许是每夜古怪的梦，也许是想追追她们了，也许是为不知下落的小狼，也许是不知为何黯淡不安的心。

也许是因为翠丫虽已醒转但起色不大，秋寒，转眼便是冬天了。西凉的秋天竟然很凉，冬天只怕更不好过吧。小丫头缠绵病榻，好不容易有时起来，竟还替她焐手焐脚祛寒。

也许还惦记着龙玉致和夏桑的事，她一直不知道龙非离的想法，关于夏桑，昨夜龙非离到底没有多说什么，也许，他有他的顾虑，末了，只说了一句：“宫里不再是那小丫头该待的地方。”

她倒是有些懂了——众口铄金，所以他才默许了夏桑与玉致——玉致需要一个能照顾她的人。玉致值得，夏桑也值得。为了这个妹妹，他其实操了不少心。

也许，还为了温如意的事……如意——她正想着，帘外传来声音，她抬头一看天色，窗外竟早已亮透。

听声音，似乎还有人跟在他身边，她迟疑了一下，还是走了出去。

书房里，龙非离面前，直挺挺跪着的却是夏桑。

夏桑看到她，连忙见了礼。

倒不知道龙玉致有没有把夏桑搞定，只是，若龙玉致昨夜确实是在夏桑房里过的夜，不管夏桑是不是真的内侍，夏桑也推脱不了责任。

关于龙玉致，她知道二人必有密话要商讨，看了龙非离一眼，他便紧紧地盯着她。她一笑道：“我先回凤鸾宫，午膳后过来找你。”

龙非离微一沉吟，又看了她一眼才点了点头。

她走出门口的时候，听到龙非离问：“飞虎门的事，可处理妥当？”

“禀皇上，门里要犯已伏诛，其余各犯交予县衙处理。至于那个燕儿，她跟随公主多年，公主未必就忍心，但她背叛主子，害女官惨死，奴才已私下把她杀掉。”

“好！”

声音隐隐传来，又在背后远去，年璇玑没有再听，快步离去。

夏桑跟在龙非离身边多年，办事利索，从不拖泥带水，该狠时绝不心软。

她已经慢慢习惯龙非离对她的好，若有一天，他对她用狠，她会不会伤心得死掉？

捏了捏眉心，她哑然失笑，暗骂自己还真是胡思乱想。

回到凤鹫宫，她去看了看翠丫，回到房里，把手机拿了出来，便又开始鼓捣那被搁置多时的充电实验。

不知道弄了多久，估摸也有一两个时辰，仍是不见动静，这见鬼的电！绕了满身的金线，她一气之下把手里的转子扔了，转子滚到门边，门恰好被推开，转子落在男人的乌丝金漆龙纹靴子上。

"你来了？"

龙非离拿着转子，看到女人一张苦瓜小脸一下笑成了花，自今早上朝便凝重了的心情这时才稍稍放松了些。

早朝的时候，她的脸便不断在脑海里闪过。说实话，那句什么弱水三千的胡话，他当时是动了怒气的。他待她怎样，她还不明白吗？

她自动自发走过来依进他怀里，他心里一动，展臂把她环紧——他喜欢她这种依赖，她不像别的妃嫔一样，撒娇讨宠。

两人也没把门关上，便紧紧依偎在一起，过了会儿，他正想与她谈清早离殿之前的事。

蝶风却快步走了过来，向二人见礼，蹙眉道："皇上、娘娘，陵瑞王爷请娘娘务必到御花园一趟，说是如意……如意姑姑今日离宫，上次没见上面，这回——"

蝶风心里怨恨温如意害过年璇玑与凤鹫宫的人，语气甚是不忿，但龙梓锦刚派人过来通传，她又不得不报。

年璇玑闻言，下意识地看了龙非离一眼，当日温如意吞毒自尽，二人赶到温如意的院落，却已看不到人，原来是太后不知把她接到了什么地方将养着，后来传出消息，温如意被救活了。

知道龙梓锦一心扑在温如意的事情上，是以前天家宴，年璇玑也没有让他过来。

这时，她该去还是不该去？

她一时烦躁，踱着步子，眸光落到桌上的手机，随手装进垂挂在腰间的荷包里。

"阿离，你去吗？"想了想，她抬头望向龙非离。

看她模样娇憨，龙非离一笑，抚了抚她的发："你去，我便去，你不去，我去做甚！"

她爱听他这样的话，一国之君外，他还是她的丈夫。

她笑了笑，正想让蝶风派小宫女告诉龙梓锦，她不过去了，外面却传来些声音，龙非离微拧了眉："蝶风，你去看看。"

蝶风恭声应着退了下去，走得急了，连门也没顾得上关。年璇玑过去关门，刚转过身，龙非离已来到她背后，她浅浅一笑，伸臂搂住他的脖颈。

他把她抱起，走到窗边的软榻上坐下，她弯腰替他脱了鞋子，自己也穿了绣鞋，枕在他的腿上。

痴痴地看着男子清冷的目光慢慢转柔，年璇玑正想说话，急促的敲门声传来。

两人相顾一看，龙非离微微不耐，冷声道："进来。"

进来的是蝶风、小吕子和几个宫婢，还有一名面生的小厮。

那名小厮看到二人，立刻拜倒施礼，年璇玑看那小厮十五六岁，模样甚是可爱，心里喜欢这孩子，正要让他起来，龙非离却沉了脸色："倒越发荒唐起来，这尊卑也不分了，回去告诉你家主子，便说是朕不让年妃过去，问他眼里可还有朕这个兄长，莫欺了他九嫂好说话去！"

连着那小厮，一众宫人顿时吓得气也不敢喘一口——皇上来了脾气。

年璇玑这才知道眼前小厮是龙梓锦府里的人，她看那小厮一双眼睛惊颤打转，却怯怯地望着自己，想龙梓锦必定是急了，才会派人过来传话不久，又派了自己的贴身小厮过来。

她悄悄地看了龙非离一眼，正揣度着该怎么劝说，龙非离却大手一挥，道："都下去吧。"

众人哪敢再说什么，正要鱼贯而退，那小厮又回头看了年璇玑一眼，龙非离冷笑道："告诉你家主子，朕这便陪年妃过去。"

小厮又惊又喜，道："报万岁爷，王爷把地点改在碧霞宫。"

蝶风跟在年璇玑身边也有段时间了，懂得看皇帝眼色，赶紧一扯那少年，退了下去。

年璇玑微微叹了口气："待会儿到了，你也莫与梓锦生气。"

龙非离不置一词，俯身握上年璇玑的脚，替她穿好鞋子。年璇玑心里不安，看他这个模样，待会儿只怕龙梓锦难逃责罚，伸手去推了推他，在他耳畔柔声道："他也苦，你这当哥哥的便体谅则个，好吗？"

看男人不吱声，年璇玑又推了推他。

"嗯。"龙非离沉默了半晌，才扔了个字出来。

碧霞宫。

年璇玑没有想到会有这么多人在，龙梓锦、夏侯初、段玉桓，甚至夏桑和龙玉致都在，更不必说徐熹和清风——龙非离的人都过来了。

龙非离的心思，加上她与温如意之间的嫌隙……年璇玑明白，徐熹以外，大家都是看在龙梓锦的面子上才过来。这也是龙梓锦选在碧霞宫这偏僻之地的缘故吧，好让众人一见。想必温如意事先已向太后辞过行。

龙玉致一见到年璇玑，立刻笑靥如花，走过来亲热地拉她。年璇玑拍拍她的手，眉睫一动，终于向站在龙梓锦身边的温如意望去。

她整个人清减了许多，一身淡藕色衣裙，脸色青白，眉间隐隐有些憔悴，一张脸越发显得尖削。她的眼睛却濯濯明亮。年璇玑心头一跳，一股不安又古怪的感觉慢慢从心底浮起，雾霭一般环绕在心头。看不分明，却确实存在。

众人看二人过来了，都赶忙见礼，龙梓锦笑道："如意会在京郊的院子住下。"

他说着又看向温如意，柔声道："被太后带走那天，你不是有话要跟年妃娘娘说吗？"

温如意没有说话，甚至众人刚才见礼的时候，她也站在原地没动，月眉紧蹙，一双眸子盯着不远处的龙非离与年璇玑。

倒不知道她看的是谁，皇帝还是年妃？众人心中一凛，却听到她突然低哑道："是你？"

其他人不知道，年璇玑却清楚，她在看龙非离，因为她的眸光和自己并没有一丝一毫的交会。

年璇玑心里正疑虑，却见她随之微微偏侧了目光，她的声音随即轻颤传来："索爱？"

惊雷般的声音掷在心上，年璇玑瞬间怔在那里，而后缓缓低头看向腰间的小荷包，刚才随手一放，手机从荷包里露了出来。

有些事情和梦魇注定躲避不过，但若那天，夏桑与龙玉致新婚翌日，她与龙非离都没有去碧霞宫，那么，后来是不是可以避免许多事情的发生？

目光定格在镜子上，定在女子惊讶的容颜上，抹着湿热的眼睛。漫长的回忆过后，朱七轻轻笑开，这块镜子名叫"溯"。

一面镜，一笑千年弹指。如果镜中看的是别人的戏，也许会泪流满面，但不会伤，也许会伤，但不至于久远，笑过哭过便能继续明天的繁华，那该有多好。

这里是 2010 年，中国，西宁街十八号。朱七摸着镜面，镜子里三年时光还在继续。

没有想过有一天会看自己的戏，也没有想过欢乐的时光竟是如此短暂。

她突然闭上眼睛。其实不必看溯镜，有些事情她怎会不记得？温如意身体里的灵魂不再是温如意，但那天，她尚不知道那缕魂是谁，也许温如意的自杀给了那缕魂契机。

她有丝莫名的心慌，不知道温如意看着龙非离说那句"是你"是什么意思。

她甚至来不及与温如意说上什么，龙梓锦的小厮便来催，说太后安排的车驾已在宫门外。

温如意眉心紧蹙，看了她与龙非离一眼，离开了。

那一眼，眸光复杂。当那时还是年璇玑的时候，她曾想过，温如意已出了宫，不会再见到那个女子。

庆嘉十五年的冬天很快就过去了，然而岁末，却发生了一件让她措手不及的事。

彼时，白战枫已率军到了边境，温如凯随行——边塞发生了大事。

西凉与匈奴素有贸易往来，冬至临近，匈奴一有名商队逾百人在西凉日暮城被杀，匈奴指责西凉百姓杀人越货，六十万大军压境。史称"日暮之变"。

两国外交官各带国君授意进行数个日夜的和谈，西凉出使的官员是年轻的六部尚书之一夏侯初。和谈一旦破裂，一场大战不可避免。众所周知，这场仗不过是匈奴的阴谋，更多的人知道，战事一起，想胜必定艰难。

匈奴觊觎西凉繁华，先帝在位之时，匈奴与西凉便有过战争，以匈奴惨败告终。后先帝重经济，忽略军事，而匈奴兵败后却重军事，强练兵。先帝仁厚，当日放过匈奴，终成今日祸患。

西凉年轻的王龙非离十年筹备，兵士不过三十万，加上之前慧妃之父和年颂庭的兵力亦不过四十余万。匈奴出兵六十万，境内还有二十万，统共兵力八十万，多出西凉一倍。

两国交战，兵力都不敢尽出，必留十万上下戍守边关各城。匈奴是游牧民族，民风强悍。若战事一开，这三十万对六十万的局面，不难预测战果。

第四十七章

赴国难 满门抄斩战神殇

年璇玑明白，若纠集各路藩王与龙立煜、龙修文、龙梓锦三位属王之兵，再加上温如凯手里的兵力，这场仗能打，敢胜！但是，除去龙梓锦，谁也不肯出兵。龙梓锦手上亲兵并不多，温如凯手上十余万兵士虽也在戍守，却并不可靠，随时会反噬。

连日来，金銮殿上，气氛紧张，百官忧患，皇帝也生了气，提出到围场去打猎解闷。本来，在这节骨眼上，皇帝不宜多事，但皇帝心情不好，除去一名新晋官员，倒也无人敢反对。

那是围场打猎的前一天，天气寒冷，年璇玑与蝶风早早便采了梅花，亲自煮了茶，待龙非离一下朝就到储秀殿侍茶，陪他批阅奏章。

龙非离阅完折子，便搂着年璇玑坐在椅子上闭目休息。年璇玑看他脸色微沉，去揉他的眉，嗔道："这般凶神恶煞作甚！给我说说朝中的好笑之事吧。"

龙非离突然睁开眼睛，一语不发，紧紧地盯着她。

年璇玑吓了一跳，他却把头搁到她肩上，淡淡道："倒真有一个，有名小官批朕围场打猎之举。"

年璇玑咯咯笑了起来。

"怎么？"龙非离轻啜了口茶，勾过年璇玑的头，俯身去喂她。

年璇玑正笑着，这茶水陡然入喉，咳得满脸涨红。

龙非离摸着她通红的脸蛋，笑得得意。

年璇玑气极，他却又轻轻吻起她的发来。

年璇玑不争气地没了脾气，心里好奇，想了想，问："是新官吧？"

"爱妃真聪明。"

年璇玑扑哧一笑，道："这也不难猜，这朝上数批官员，熟悉你的知你做事有分寸，不会反对。其他派系的，你做什么，他们要么不敢反对，要么表面顺从。如此一思量便是新官了。"

"嗯。"龙非离伸手轻拨盖碗，看梅瓣沉浮，淡淡道，"那人文章做得漂亮，从卷宗里看，倒有几分廉正之气，治国见解也颇为不凡，是个治国之才，现在翰林院供职。"

"哦，他是什么人？"年璇玑倒越发好奇起来，得龙非离赞赏不易，要是放在现代，这男人必定是个极为苛刻的老板。

"今届恩科探花，名字好像叫张进。"龙非离捏捏眉心，"名唤张进，人却不知进退，不谙厚黑，不懂圆滑，朕本予重用，也罢，再看看吧。"

"张进？"年璇玑微微一怔，身子一僵，"这名字我好像在哪儿听过。"

"嗯，又是听你夫子说的吧。"龙非离笑得张狂。

年璇玑笑骂："你这人真讨厌！"

她越骂，他笑得越妖孽，目光灼灼地盯着她，她看不懂，却沉醉。

那晚，他狠狠地要了她很多次。

翌日午间，她还在龙帷里沉睡，被徐熹领着一众内侍捉了起来——罪名是，叛逆。那变幻来得如此之快，甚至没有任何前兆，她便锒铛入狱，被独囚在宫中大牢。

问徐熹发生了什么事，徐熹并不吱声，淡漠地看了她一眼便离开了。

若是夏桑，她总能探听到什么。可惜，在温如意离宫不久后，夏桑与龙玉致一前一后离了宫。宫里的说法是，夏总管医治伤患而去，而公主不过是回了名剑山庄。一切，顺理成章。但年璇玑明白，他们也许很久以后才会再回来。

直到几天后的一个晚上，蝶风神色慌张地来看她，她才知道，年相叛变！在这交战前夕，龙非离前往西山狩猎那天，年相偕自己私下招买的数千兵马包围西山围场。

仍与秋祭狩猎一样，年少气盛的皇帝只带了数百禁军过去。

当龙非离在朝堂上提出到西山打猎，年相便明白必定是因为局势紧张，皇帝无处可发泄，遂到西山围场纾解闷气，又听他吩咐段玉桓带兵随行，这兵士人数与秋祭之时相差无几。因有前车可鉴，他便立即起了念头，密信匈奴：若在战前把皇帝擒杀，西凉必起内乱，匈奴与西凉一战，匈奴要把西凉拿下则不费任何力气。

匈奴单于立刻首肯。

只可惜，一切不过是西凉天子的请君入瓮之计。在第一次轻装简兵到秋山之前，便拟好的计划。

年轻的皇帝一直等的不过是冬寒之日匈奴寻借口发难。匈奴地处偏北，严寒的天气，对其作战更有利。匈奴若要开战，必挑冬日。

围场内早有精兵埋伏。年相彻底倒台，年家一下垮了。除去年璇玑被囚禁在宫里牢室，年家数百口人全部被囚在宗人府。

年璇玑知道龙非离不会杀她，却满心忧虑，惦念着年夫人和六子，也有些恼怒为何那人不告诉她，是不想让她为年家求情，索性暗中进行而不告诉她吗？

她问起年夫人，蝶风支吾了半晌，方红了眸低声道："娘娘，只等这年
关一过，便满门抄斩。"

满门抄斩！年璇玑大惊，半晌说不出话来。那无辜的年夫人和可爱的六
子呢？虽说年相谋逆，年相兄弟儿子难脱关系，但至少，年家近百女眷和一
干下人仆从却是毫不知情的啊！

"蝶风，你跟他说，让他来见一见我。"年璇玑急了，虽然明白他的难处，
但是毕竟是叛国之罪，非同小可。年府诸人，她无法全救，但年夫人与六子……

蝶风本垂着头，这时突然捂紧了嘴巴，哭道："娘娘，这外面都变天了，
朝中大臣联名上书要皇上杀了你。与温将军交好的，昔日与你爹爹年相交好
的，还有以郁相为首的一班老臣，他们通通都想杀死你。"

"金銮殿上……皇上他是同意了！"

"什么——"年璇玑浑身一震，随即又低声笑道，"不会的，怎么会，
他怎么可能要杀掉我？"

"是陵瑞王爷一力阻止，还有段大人苦苦求的情，现在谁也不知道皇上
怎么想！"蝶风啜泣着，又瞟了一眼门口的几名看守，压低声音道，"娘娘，
现在咱们凤鸾宫一众奴才也被禁军看守着，是陵瑞王爷暗中帮的忙，奴婢才
能进来看你。"

年璇玑蹙眉，即使蝶风如此说，她仍笃定龙非离不会杀她，他必定有他
的思虑。朝臣都要杀她并不奇怪，年相叛国，谁不视她为祸国妖孽？往日与
年相交好的官员此刻必然更加积极倒戈相向，保住自己再说。

"娘娘，王爷说，他一定会想办法把你救出去。"蝶风临走前，在她耳
畔这样说。

年璇玑有种感觉，这或许是那人借龙梓锦的口告诉她的。她不担心他会
杀她，现在她最担心的是年夫人和六子。他不是个心慈手软的人！她一定要
见他一面！

徐熹只在押解她进来的那天出现过，后来便没有来过。牢里有数名看守，
不知道是不是他的人，她向他们提出要见皇上，一名满脸横肉的狱卒狠狠啐
了她一口道："妖孽！"

"这边疆开始打仗了，贱货，知道吗，是咱们西凉军首战告捷！"

另一名狱卒笑道："白将军神机妙算突然发难，将匈奴打了个措手不及！"

先前那名狱卒接口："可不正是，这厢年相阴谋方败，那边白将军便立
刻出兵，匈奴还在等年相谋弑皇上的消息吧，哪来得及防备？"

几人说着越发兴奋起来，又对年璇玑啐骂了几句，便回到牢门前喝酒。

年璇玑抬手抹了抹脸上的污秽，慢慢踱回床边，抱膝坐上去，知道白战枫打了胜仗，心里也是高兴至极，细细一思量，想明白了些事情。

龙非离与白战枫必然早有约定时间，龙非离诱反年相是势在必行。同一天，两边行动，趁着匈奴在等皇帝被杀的消息，先发制人。

和谈不过是幌子，对西凉与匈奴来说，都是幌子！

西凉兵弱，却先赢一仗，壮了士气。这场仗，终于是打起来了！

她深深吸了口气，既挂念龙非离与白战枫，又忧心年夫人此刻状况。

想了好一阵子，她终于想出了个主意。

三天以后，年璇玑在牢里病了，滴水未进。

这天夜里，她在床上迷迷糊糊躺着。突然牢门开了，她低低唤了一声："阿离。"

身上突然一疼，却是有人一脚踹到她的肚子上。

她痛苦呜咽，只听有人道："这病情报上去了没有？"

"哪能不报，叛逆之罪，明日这年家就满门抄斩了，虽说这女人也一定会被处死的，但这旨意还没下呢。"另一个不耐道，"死了倒干净，这要是在我们牢里死了便麻烦了。"

"那倒是。"先前一人压低声音道，"你说，她到底是皇上睡过的女人，会不会——"

一人立刻反驳，嗤笑道："自是不会！你想想，这之前那年将军年颂庭的事，后来年相的事，皇上以前宠她是假象。年颂庭死后，都眼看着这年妃又获宠，实则上哪有这样的理儿，她姐姐年瑶光就一贱货狐媚，这妹妹能馨香到哪里去。我本来也不懂，前两天，与我一位在翰林院当差的表哥喝酒，说起杀不杀年妃这事，他告诉了我些诀窍，我才算是弄明白了。"

"这话怎么说？"其他几人立刻来了兴趣。

那人低声道："我那表哥便在翰林院供个跑腿小差，倒也常有机会听院里那些大学士说些闲碎。你们道那些大学士是如何分析这事的，一些人本来也说不清楚，倒是那探花郎张进说出个道理来。那新上任的白将军是个将才，但这一仗也算是在时间上捡了个便宜。你们想想，这年相的事才败露，这急信也需时间到那日暮城啊，这和约还在谈呢，白将军还没接报就发起攻击，那怎么可能！除非是早就有皇上的密旨。"

众人一听面面相觑，半晌，几人拊掌大笑，一人又疑惑道："你这话也只能说明皇上的招儿狠，倒与杀不杀这年妃没甚关系哪。"

先前述说那人笑道："这正是问题所在！那探花郎说，年颂庭把年嫔睡了那会儿，皇上要单诛年家，未必就不能，只是若要把这九族也诛掉吗，这一下去倒有些狠了，这天下百姓会怎么看？此其一，其二，皇上的眼光并不单放在年家，如果当时那年相便被牵连而死，那焉会有围场之变？匈奴要打过来，也还得挑个时辰吧，这和谈之前不是还在继续吗？匈奴要侵占咱们西凉，却又不想落个蛮横口实，倒去挤兑一下这和谈呢。"

"这皇上真的是去围场狩猎？不过是给年相个机会闹事罢了，他是摸透了年相必定起事，所以事先便和那白将军议定对匈奴发动攻击。那会儿，匈奴还在等年相的消息呢，哪有任何防范？而且这一来，其他国家也不能说是咱们西凉先毁的和谈，是那匈奴与年相要杀我西凉君主在先！"

"你这么一说，我倒是懂了，皇上初宠年妃不是真，这二宠年妃也是假的。年颂庭的事，不过是借宠爱年妃放过年家，好等如今灭掉年家九族，百姓只会说好，哪会觉得他心狠手辣？最重要的是，即便是咱们西凉先出的兵，却不能让人诟病，时间上拔了头筹，又促成了这首战大捷。"

耳畔，几个狱卒兴奋的声音还在继续，年璇玑却再也听不下去……张进，果然是胸有才华的探花郎。这番分析，句句在理！

都是假的？怎么会！若说他对她的宠是假的，做给别人看的，那他暗地里对她的爱护呢？他早知道她不会帮年家，他怎么还会利用她？若都是假的，那桃源镇的事呢？他几乎把自己的命也赔上了啊。

还有温如意的事呢？温如意的事也是假的吗？怎么会？不会的！不会的！浑身乏力痛苦，便连意志也削弱了吗？她该相信他，她该相信他的。

只是，事先为何丝毫也不告诉她？刚才他们说，年家明天便要被满门抄斩！他要斩杀年家满门！

她用自己的身体来做赌注，他会来吗？暗中换下年夫人和六子不行吗？只是，六子的话，若要救，那得找一名年岁相当的孩童，她不能……但年夫人，不能放过她吗？

一番思虑下来，眼眶的涩痛竟远比身体还要疼痛。

年夫人，这位慈祥的母亲，他一向对她也敬重有加啊！若他真的不来，那说明了什么，一切都是假的吗？不！她不信！感情的戏，谁也没有演技！

她捂着脸庞，却陡然听到物体落地之声。

她一惊，只觉头晕目眩，一只手猛地捏上她的下颌，一颗药丸被塞进嘴里："若不想与这些人一样就吃下去，这是解药。在空气中顷刻就挥发的药粉，现已散尽，你刚才虽无意捂了口脸，却也吸入不少。"

年璇玑吃力地撑起身子，只见前方一个青衣内侍侍立，正凝眉若有所思地看着她。这个人是谁？眉目稀松平常，乍看并无特别，她不认识这男子，但那阵眩晕的感觉却越发厉害，她赶紧咽下嘴里的药。

一声轻笑，那人突然道："你知道我是谁吗？"

这声音，她认得！是那个人吗？不对！怎么会？

"吉祥？"

来人脸色一变，冷冷笑开，伸手往脸上一抹，男子面容突然成了女的，轻声道："耳力不差！"

"你为什么会来？"年璇玑顿时警惕起来。

"为什么会来？"邢吉祥唇角一挑，"娘娘是不是在想吉祥应该死了？因为你而被皇上杀死，毕竟年妃娘娘当日风光啊，皇上为你杀了那么多的人！"她将"当日"二字咬得极重，言语间的讽刺意味浓郁。

年璇玑身子微微颤抖，却并不示弱，冷声道："即便今日，他也绝不会动我，若无他事，请你立刻走！"

"怎会没有他事？"邢吉祥脸色一沉，却又瞬间笑了起来，"娘娘，你可觉得身子有哪里不适？"

年璇玑突然想起刚才那颗药丸，小孩子都知道，陌生人给的东西不能乱吃。一惊之下，她不由得微微苦笑，倒也没觉得哪里不舒服，就是本来肚腹空虚，身体羸弱到了极限。

邢吉祥目不转睛地端详着她的脸色，惊疑起来："他说药丸有毒，你怎会没事？"

他还是她？年璇玑心里惊惧，脸上却低笑问道："谁？"

邢吉祥冷笑："你是将死之人，还有这个必要知道吗？"

今晚再不进食，她很可能就此死去，只是邢吉祥眸里的凶狠，她知道，邢吉祥另有他意。

想法才冒了头，脖子却陡然一紧，随即痛苦窒息得透不过气来。当日在沧水轩，还有龙非离救她，今日——她无力挣扎，倚坐在床上，身子慢慢歪了下去。黑暗中，只听邢吉祥声音喑哑："他不杀，我来杀，我来……"

年璇玑手指凌乱地往邢吉祥手上抠去，却听到一声惊呼："放开她！"

脖子上的压力骤然松开，模糊的视线中邢吉祥的身躯被人撞到墙上，两团身影在激烈纠缠着。邢吉祥厉声嘶喊："你疯了，疯了！"

年璇玑只看见青影死死地压着一道紫色身影，她跌跌撞撞地爬下床，想去帮来人。

一声尖叫，青影身躯痉挛，随之缓缓伏倒在地，再也不动。

内侍袍服上，背脊，一把尖刀混着鲜血刺出。那是地上狱卒的佩刀。

年璇玑惊骇得喘不过气来，看向跌靠在铁栅边的紫影。

怎么会是她！年璇玑浑身一震，对方却爬了起来，一声骇叫，跨过邢吉祥的身子，伸手紧紧抱住她，双臂簌簌发抖："你怎么样？你没事吧，我……杀了她，我杀了人！"

"如意，不，你到底是谁？"年璇玑颤声问道。

这人，正是温如意。

不，已不是温如意。与她一样，也是来自那个世界的一缕魂！

温如意突然苦涩一笑，正要说话，数道急切的脚步声却从牢门方向而来。

年璇玑还与温如意拉着手，震惊，茫然，不知所措中，那些人已飞快来到二人面前。

他来了！还有龙梓锦、徐熹和清风。

他还是来了，年璇玑心里一松，身子吃不消，微微一晃，一只有力的臂膀扶上她的腰。她正想向那抹温暖靠去，却发觉那人是龙梓锦。

她一怔，看向龙非离，他一双凤眸却盯在温如意脸上，又朝地上一瞥，淡淡道："温如意，你来这里做什么？"

"你以为我是来害年妃娘娘的吗？"温如意一震，转过头轻笑着反问。

"九哥。"龙梓锦眉间带着一抹焦虑。

年璇玑扶着他的手臂，忙道："阿离，吉祥想杀我，她救了我。"

也许是来自同一个世界而产生隐隐的熟悉，对方救了她，虽对眼前容貌忌惮，年璇玑不能不开这个口。

龙梓锦一惊，龙非离眸色深沉，不置可否。温如意脸色微白，苦涩一笑，侧身走出牢门。她走得急了，脚下一踉跄，龙非离伸手抓住她的手臂。

她蓦然一震，好一阵才低声道："谢谢。"

不知为何，年璇玑心里竟微微一沉。

邢吉祥的尸首被抬走，几个狱卒也被搬离。

年璇玑没有想到邢吉祥竟死在了这里，又想那女子在现代必定没有杀过人，这时为了救她……心下苦笑惆怅，身子无力，轻靠在床边，徐熹等人在牢门口静声候着。

龙非离负手背立在她面前。

年璇玑越发忐忑不安起来，明明有满肚疑问问他，有很多话想跟他说，此时此刻，却全然开不了口！他们之间似乎突然生了道隔阂。

犹豫再三，她终于还是出了声："阿离，相府女眷无辜，她们甚至不知道她们的男人在外面做了什么事。"

"我娘亲她……"

龙非离突然转过身来，没有出声，只淡淡看了她一眼。

这一眼，冷漠至极。她心里一惊，竟说不出话来，惨淡一笑，虽知无理却把心一横："我的小弟，他还只是个孩子，用我的命来换，行不行？"

"小七，你的命从来就不是你的，既然这样，这个交易又怎能成立？"

"你说什么？"

龙非离轻轻一笑，大掌一翻倏然在她颔下扣紧："禁食？你想威胁朕？你要怎么做随你！便是现在死了也无所谓！若非皇后求情，明天的大刑本不落你一个！"

庆嘉十五年就这样过去了。

庆嘉十六年春，年家被满门抄斩，她被贬为宫女，即便宫女也是分为很多等的，她做着最苦力的活。

听说，皇后、华慧二妃时有宠幸。

那段日子过得很苦，身体的，心里的，她不知道为何他要如此待她，他什么都没有跟她说，她在将信将疑里过着。

然后开始绝望。甚至在等着把二人的曾经挥霍尽，便就此终结。

那段日子又有点儿平淡似水，除去，小狼仍然不见踪影。听小吕子说，它与她的最后一晚是在大牢里。那时，凤鹫宫的人都还在。

除去，翠丫死了。她死在那人进牢房的前一晚，年府被斩的前一晚。那时，整个皇宫都说皇上必杀年妃。

本来，崔姑姑说翠丫也许能熬过这个冬天，因为她的眼睛很亮。她看着年妃娘娘的时候，眼睛亮亮的，顽强的意志会给她活下去的力量。

可是，如果想陪伴的那个人也将不在了呢？

凤鹫宫散了，所有宫人分散到各房，蝶风时常接济她，也帮她干些活。除去蝶风和凤鹫宫往日几个小宫女偷偷在活上帮她些许，没有人再帮她。

龙梓锦差人暗中帮过她几回，后来便再无声息。没有人敢去忤逆皇上，想必皇帝放了话，龙梓锦也不敢再帮。

蝶风说，翠丫死的时候很平静，她说先走一步，在另一个世界等娘娘，再服侍娘娘。如意姑姑再次回到宫里，当太后的女官，像她离去时一样不经意，风过无痕。

听说，那人又有了新给他煮茶的人，因为她再也不会给他煮茶。她被贬后，慧妃开始煮茶给他吃，太后不喜慧妃，便让温如意专为他煮茶。对别人来说，是返宫后的如意姑姑，对她来说，那是重生后的温如意。

在太后设的一次小宴上，她打破了藩王上贡的盆栽，华、慧二妃借题发挥，要她受刑。温如意帮了她，聪慧善良得像最初的温如意。

同时，那人却当场打了她。

第一次打了她。后来，又是一顿牢狱之灾。被放出来那天，除了身上多了只锦囊，她的心空了。

锦囊是龙梓锦托小厮带给她的，来自远方的白大哥。在这样的日子里，值得欣慰的是能听到白大哥在战场上平安的好消息。可惜的是，在她被放出来那天，听说，几天前，段玉桓在日暮城最近的一次战役中，所领五千精兵全军覆没，只有他生还。

战事吃紧，这位禁军统领也被调到了前线。没想到，他运气如此不济，刚到不久，便吃了败仗，且是惨败。

乐晶莹想必很伤心吧，这位英姿飒爽的女子也随段玉桓去了前线。

时间便在她把白战枫送的锦囊摩挲成黯淡中过去。

锦囊里，装了些边塞的沙砾和植物的叶子。

白战枫临行前，她与龙非离曾设宴为他饯行。席间，她说起，喜欢浩瀚黄沙，当时，两个男子都微微笑了。

她以为会枯萎在这片宫墙中，抑或找那个人一回，得个死心，然后想法逃出宫去。

不久，却又发生了一件事情。震惊诸国的大事。

西凉的纪年大事。那件事里，人事变幻，让人猜不透。

朱七再次凝向镜子，她的回忆里，只有自己的经历。

溯，却还映了一些与她有关的人和事。

这是她遗漏了的剧情吗？她一惊，死死地盯着镜子。

溯镜里，此时正映着一个画面。

牢房。

几个男人正走出牢房，居中一人，龙纹锦袍。

那是年家数百口被斩前的一晚。

——禁食？你想威胁朕？你要怎么做随你，现在便是死了也无所谓，若非皇后求情，明天大刑本不落你一个！

这是龙非离冷冷地掷下这句话走出牢房的情景？

牢房门口，龙非离屏退了龙梓锦等人，独自一人走进黑暗里。

朱七微微皱紧了眉，他要到哪里去？

当男人沉稳的步子在一处停下，朱七越来越吃惊，这里是——碧霞宫？

龙非离来这里干什么？

她抚住心口，镜子里，他推开院门——

"你刚才相扶一下，我听到碧霞宫三个字，还以为听错了。"

一身紫衣的女子转过身来，脸色很白，衣服上却血迹斑斑。

朱七一怔又是一笑，果然是温如意。

"为何回来？"龙非离淡声问。

温如意微微垂了眸，苦涩道："我还是刚才在牢里那句话，你以为我回来是为了害她吗？"

"不，我永远也不会害她。"她突然抬起头，紧紧地盯着龙非离。她的眼睛一如那天送别的时候，濯濯晶莹，很亮，很坚定。朱七倚在镜前，无声而笑——阿离，这样的眼睛你会喜欢上吗？

龙非离却轻声笑了："别说得那么笃定，朕凭什么相信你？"

"龙梓锦今天还跟我说，摸不准你的心思，为何如此待她？"温如意浅浅笑了，眸光从男人身上艰难地移到远方的夜色，"你在保护她吧，为何不跟她说？"

龙非离微微侧身，负手而立，身影高大又冷漠。

朱七看到温如意的目光，回落到那道背影上，目光痴痴。

她扶住镜子，笑意渐渐扩大——两个人的戏，为何纠结的却是三个人。

"就凭她当日在碧霞宫放过了温如意，行不行？"终于，温如意苦笑道。

"温心漪，如果不想死，回去把你幼年得到过年妃救助的事告诉太后，说明只是报恩，其他的你自己把握吧。"

淡漠的声音突然传来，温如意一惊："为什么要与太后说这事？"

"你以为那大牢里还有些什么人？"话犹在耳边，背影却已消失在门口，温如意浑身一颤，没有多想，便急急追了出去。

"龙昊。"朱七听到一些破碎的声音从女人的嘴里逸出，她不知道魂魄有没有温度，却能感到身上冰冷……龙昊不是雪狼和紫苏传说里的龙王吗？她又惊又颤，看着镜子里的男人。

男人的脚步猝然停住，温如意低笑道："从璇玑被下牢起，太后便在她身边埋了人是不是？包括今晚，一直有人在暗处看着我们的好戏，你没有告诉她，是因为怕她露出破绽，你不想让太后知道你……你爱她，首战告捷，但最近前线的情势却越来越吃紧。

"你顾虑太后和各路藩王近期便会起事！这样，太后就不能用她来威胁你，也只有你不爱她，她才可以免去任何危险！

"布偶小人的事，在你彻查的时候必定抓住了皇后的把柄，你当日没有动皇后，不仅考虑到郁家的势力，更为重要的是，你要用她来救璇玑！是以这些天郁相力谏处死璇玑，他的孙女却和他唱了反调。"

温如意的声音越来越嘶哑："她绝食，你迫不得已过来……你这么小心翼翼，甚至不敢在她身边埋紫卫，怕让太后知道你一丝一毫的在乎。你是早已算准，璇玑是待死之身，在这节骨眼上，没人愿意多生枝节去谋害她。偏偏杀出了一个吉祥。你要杀我的那天晚上，其实也想杀吉祥吧，可惜紫卫没能找到她，她失踪了。她看到你为璇玑杀了上百人，必定想到你不会放过她，所以她躲起来直到今晚。隐在牢里的探子看到我救了璇玑，以前如意对璇玑好，太后还能当如意性子良善，今日我为她杀人又说明什么？你约我到这碧霞宫，是为了给我一句提点，因为我救了她，你便代她把这恩惠还清……你果然爱她。"

晶亮的眼睛慢慢黯下去，泪水一滴滴滑落，温如意终于忍不住伸手捂住眼睛，嘶声痛哭起来："可是你始终忌惮我会害她！我不会害她，你不知道她对于我来说算什么！你也不知道你对于我来说又算什么！"

龙非离慢慢转过身来，眸色清冷，不耐道："刚才你说什么龙昊？"

"皇上，你信有再生吗？若厮守过，那么也许不会有来生的纠缠，若从来没得到过，甚至是含恨而死，那么有些人也许便有了下一世。"

温如意低头看向自己的衣裳，那上面是数道晕开了的污秽恶心的鲜红。

"你当初待如意好，就没想过为什么吗？难道你从来没有做过那些似曾相识的梦吗？在你熟知的传说里，龙王的正妻是龙后紫苏，但他爱的却是另一个女人，他的侧妃莫琮。龙王想补偿紫苏，所以转生以后，他待她好了十四年，后来却偏偏再次遇上莫琮，于是，他再次爱上了她。"温如意缓缓跪伏在地上，侧头凝视着眼前眉宇紧锁的男子，哽咽道，"温如意死过一次，记起了些事情。你呢，龙昊，你什么时候才能想起来？"

"你说你是紫苏？"龙非离眸光越发暗沉，瞥了她一眼，没有说话，转身走了。

温如意坐在地上，那抹颀长孤傲远去，视线焦距终于成点，泪水不息。

"如意服毒身死的一刻，我进入了她的身体，有了她的记忆。我知道那也是属于我的记忆，我本就是如意的一部分，很快我又记起了前生的事情，加上到你身边之前的经历。龙昊，你明白背负三生的记忆有多苦吗？"

"我怎会害她，她虽然是莫琮，但她也是……"

声音嘶哑，再听不清温如意最后说的是什么。灵魂很轻，朱七却无法支撑自己的重量，镜中镜外，为何不是镜花水月？她跌倒在地，摸着双颊的手颤抖得厉害。怎么会这样？紫苏的故事不仅仅是个传说吗？现在这个女子……她是紫苏？

再生缘
我的温柔暴君

鲛人宫殿，那以往在脑海里闪过的零碎片段，她果真是龙王的侧妃莫琮？

她一直心伤紫苏。这到底算什么？前一世夺了紫苏的幸福，这一生再次抢走转生的她的幸福。

腰斩……所以才会有现在的报应吗？朱七蜷缩在地上，一瞬，万念俱灰。

一道声音冷冷响起："阿七，起来。"

"流景，你回来了。"朱七笑了笑，身子依旧一动不动。

雪流景冷冷地盯着溯镜，唇角微勾，突然，伸手一扬。朱七只觉眼前光亮闪过，溯镜里的影像全数消失。

"你做什么？"朱七一惊。

雪流景睨了她一眼，突然坐到地上："看了伤心，看来做什么！"

"流景，我不想说话，你别惹我吵架。"

"哦，学别人玩忧郁来着。也罢，阿七，给你靠一靠。"雪流景拍拍自己的腿。朱七愣了一愣，很少看到这个样子的雪流景，当然，她与他之间见面的次数也不多，但很熟悉，因为它也是……她的小狼。

奇怪的狼。当小狼的时候很温驯，最起码对她——喜欢黏她，会舔她亲她。变成人了，便酷得什么似的。嗯，知道它是小狼是后来的事了，后来，发生了一件事。如果可以，永远都不希望发生的事。

朱七眼睛湿润，赶紧找话道："一缕魂，没有重量，把你往死里靠，你也不痛不痒的，不好玩。"

雪流景闻言看了她半晌，淡淡道："等我一下。"

朱七微微奇怪，他已走进内室。

少顷，内室里传出重物拖行的声音。

朱七越发奇怪，看了过去，雪流景正从内室走出来，手上拽着一个大麻袋。

里面的东西，形状诡异，朱七忍不住打了个寒战："你这里面是什么东西，看上去像个人。"

"不错，就是个人。不对，是具尸体。"把袋子搁到地上，雪流景俯身去解袋口绳结。

朱七整个僵住，能把"是具尸体"这几个字说得像"是个西瓜""是根萝卜"的，天底下只怕没有几个人。

雪流景回身看了她一眼："你这么害怕做什么，你又不是没有死过。"

"我决定保持缄默，我进去。"

朱七一脸黑线，若这尸体干净还好，她可不愿意看到浑身是血的肉块。

"不行。"雪流景俊脸一沉，手往袋子上一扯，一具女子的身体猛地出现在朱七的视线里。

猝不及防的恐惧，远不及她看到那张脸孔时的呆若木鸡。

她睁大眼睛，看看地上的尸体，又看看雪流景，颤抖道："你不是说，她已被乱刀砍死了吗？这尸体也该烧了，怎么……怎么在这里？"

地上那个，不，那具尸体，长发披肩，那五官，那身段，正是朱七——她自己！

"你管我！"雪流景眉目一挑，朱七正满腹疑虑，男人高大的身躯蓦地站到她面前，突然伸手抵在她背后。

她甚至还没来得及说话，一股力道已击打在她身上，骇叫一声，身子凌空，眼睛刚闭上已猛地摔落。

倒也不见疼痛，心肝还在乱颤，身子一紧，已被人抱进怀中。

她呆愣很久才回过神来，被动地枕在宽阔温暖的胸膛上，看向男子的眼睛。颤抖着抬起双手，举到眼前，她难以置信地又看了很久，才敢相信确实已回到了自己的身体里。

她大叫大笑，抱紧雪流景。

坚实的臂膀圈在她腰上，大手抚上她的发。

那温情得不像雪流景的动作让她微微一震，笑骂道："你骗我！我的身体还好好的！只是，刚才被你乱拖一通，还不得拖个七痨八伤，你就不能用公主式的横抱，最不济扛在肩上也行啊。我待会儿检查一下，如果哪里破了坏了，看我不打死你。"

"我没有力气抱起你。"他淡淡的声音传来，朱七微哼一声。

背后，雪流景怔怔地看着女子的脊背，衣服上一滴红润十分刺眼。

雪流景的手从她的发上滑落，轻拍着她的背，顺势抹去她衣服上的污秽，最后，才轻轻揩过自己血红的嘴角。

"你是妖精，妖精怎会没有力气？流景，变成狼给我抱。"朱七转过身来，懒懒地依在他怀里，笑嘻嘻道。

雪流景横了她一眼，没有说话。

朱七便去呵他的痒，雪流景皱眉，大掌一翻，抓上她不安分的手，骂道："别乱动，我是男人。"

朱七脸上一热，不敢再放肆，身子一动，想悄悄挪得离他远些，雪流景却白了她一眼："你现在有重量了，我能痛能痒。"

朱七一下愣住，刚才她只是说着玩的，倒没想到他竟当真了，只是若非这句无心之言，他还会藏着她的身体。

"流景，你为什么把我的身体藏起来？"

雪流景没吱声，把朱七的身子放平，让她枕到自己膝上，才道："你想哭就哭，别废话。"

朱七一呆，雪流景的声音又淡淡传来："你真的以为温如意就是紫苏？她被诱误以为自己是紫苏，她就是紫苏了？她是紫苏，那你是谁？

"什么侧妃莫琮！她才是那莫琮！龙王对紫苏爱逾生命，你若要担心，不如担心龙非离会不会错认。"

"流景，我脑袋有点儿不好使，你能不能再跟我说一遍？"朱七呆滞了半晌，颤声道，"我可以认为你说的紫苏是我吗？"

"你前生是神，不是猪。"雪流景闭上眼睛恨恨道。

朱七看去，雪流景一脸的鄙视，撇撇嘴，嘴角又带着一抹笑，学他闭上眼睛。雪流景却微微睁眼，定定地看着女子的笑靥……经历了这么多的事，怎么还能这样笑？可是，你虽然这样笑，心里却不快活。

"流景。"她的声音糯糯的，雪流景心里一动，凝神去听。

声息却淡了下来，好一会儿她才笑道："你别骗我，龙王不爱紫苏……"

"他爱的是紫苏，只是紫苏生前龙昊不知道罢了。"

"不，他爱的是莫琮，你刚才不是说如意是莫琮吗，所以即使他把如意错认作紫苏，其实是他再次爱上莫琮吧。"

"可是我是紫苏，我还是很快活，我不亏欠谁，我爱过人，救过一只雪狼……前世今生，还有诸神，想想，好像很虚幻，就像一场梦，可是又好像确实和一些人经历过什么。有了这些回忆，朱七的人生不是一张白纸，真好。

"流景，你是雪狼王的后裔吗？所以才帮我让我到西凉去。因为在2010年的这个世界，没有龙昊也没有龙非离。

"只是，我不懂，到西凉去以前，你为什么不把这些告诉我？朱七的真正命运到底怎样了？明明我死在西宁街，伤痕众多，你却完好无损地保住了我的身体。"

雪流景没有答话，好一会儿，才道："我是谁不重要，你的身体还在不好吗，何必要知道因果。阿七，有些事情，我不能介入，更不能把前生的事情告诉你或者龙昊，这也是再生前佛与龙昊的约定。

"佛禅里，经历是一种历练，得成正果的唯一途径，不能偷不能减，个中前缘，前生种种，你以后会知道。"

朱七睁开眼睛来，瞅向雪流景，迷惘地摇摇头。

"你不必懂。"雪流景淡淡道，"之前不是嚷着想知道龙非离去了仙砚台还是回宫了吗？"

朱七大喜，猛地坐了起来："你肯让我看未镜，还是说，我可以回去？流景，我一定要回去！这个世界没有他，我在这里……"

她眼角的凄凉……雪流景重重地闭了闭眼，站了起来，狠声打断她："不可能再回去了！小札是佛家圣物，你上次回溯是因为有它，我没这个能力送你回去！"

雪流景以为她会闹，没想到他话音落后，朱七只是低低地应了一声。

她带着紫苏的容貌转生成朱七，紫苏不快乐的时候，会轻轻抿着唇，现在她脸上是一模一样的悲苦，雪流景心里痛苦，自己这是做了什么！

他明明只想让她开心！

自己受了伤，灵力所剩无几，却强行把她的灵魂送回身体里。该过些天再做这事，那样，最起码他的命还能长一点儿，陪她久一些。只为她那一句含嗔的话，而他也能赚得一个拥抱。他还是把她的身体拿了出来。

已经拿定主意，要送她回去，看到她快乐的动作、喜悦的眉眼却又想到，若她果真能回去，必定会受更多的苦，最大可能便是会被害死；若她留在这个世界里，虽逃不过灰飞烟灭的命运，但现在还有些日子，说不准他会想出办法救她。在这些日子里，他最少能护她周全，让她高兴。

他该怎么办？

走回内室的脚步倏然停住——那么，就赌一回吧。

"阿七，我们所在的时空，时间要比西凉快几天，龙非离现在还在刑场，仙砚台还是碧霞宫，你猜猜龙非离到底会到哪个地方去？若你猜对了，我想办法送你回去！若你猜不对，就留在这个世界吧。"

他刚才不是说不能再送她回去吗？现在——朱七乍惊乍喜之下，一时怔在原地。

"一个小时以后，我们再看未镜，你说龙王爱的是莫琼，我认为他爱的是紫苏。如意以为自己是紫苏，也不断暗示龙非离她就是紫苏，他未必就没错认了如意为紫苏，所以才有了后来的局面，才让她有了孩子，你自己好好想想。"

"流景，溯镜里的过往，你全都看了吗？"朱七咬唇，想了想，问。

雪流景摇摇头，他当时也在西凉，每个人各自经历，交集。

"那你的推测也不一定对。溯镜，你再开一开，我想再看看。如果没有看溯镜，我根本不知道如意曾与龙非离在牢房那一晚便重新有了交集，也许这一次我也能在里面从被遗漏的人事里找出一些端倪。更靠近龙非离想法的端倪。"

她目光炯炯，雪流景微微拧眉，伸手一拂，镜子的画面重新定格在碧霞宫……龙非离远去，温如意跪伏在地上，盯着手中的两件东西。

朱七凝眸看了过去，她是在不久以后西凉发生的大事里才知道温如意身体里的魂是谁……这是她到死也不愿提及的殇。

但其实，眼前的画面早有显示。

再生缘
我的温柔暴君

第四十八章

大宫变 兵临城下风云殿

温如意手上有两只手机。其中一只，是自己的，因为上面有个不易察觉的小豁口。两只手机，牌子都是索爱，同一型号。

另一只手机开着，手机桌面是三个女孩的合照：朱七、辛追追和玉环。这张图片三个人都有，但手机牌子和型号，只有两个人用的相同，不同的是玉环。那眼前的温如意是谁？

怪不得一直有一种战栗的感觉，那是熟稔的感觉，因熟稔而不安的感觉。来牢房之前，她已经知道了自己的身份了吧。

自己的手机就放在凤鸶宫的枕头下，机子已经没电了，也就没有刻意藏起来，自己是在储秀殿被抓的，哪里还顾得上这个手机？

她去过凤鸶宫，也许是去找寻一点儿蛛丝马迹，却找到了那天让她耿耿于怀的手机。她当时必定惊喜吧，同一型号的机子，只要把她手机里的电池拆下，装进自己的机子里，便能从手机里发现一些信息。

若是别人的手机，未必就能发现些什么，但朱七的手机里面，没有多余的电话号码和图片。如果这个人本来就认识朱七，不用猜，便能确定身份。所以那晚，她到牢房去找自己了。

温如意去找年璇玑，也即辛追追去找朱七。

那玉环呢？在现代与她们都交好的玉环，只是毫不相干的缘分，还是在这云苍的国度里也扮演了什么角色？

朱七微微笑着，镜子画面，又换过一帧。那天，皇宫，帝都乃至整个西凉发生了很大的事情，对一些人来说，必是终生难忘！

那天中午，年璇玑在仆役的房间醒转。那是个大房子，却空无一人，从窗口看去，院子里也很安静。

从牢里出来以后，她的身子越发衰败，噩梦连连。边疆形势恶劣，西凉连吃数场败仗，折损了不少人马，整个皇宫已人心惶惶，更遑论她无法看到的帝都，这整个西凉。身心折损之下，她昨夜突然发起高烧，崔医女暗中给她诊治，又开了些退热宁神安睡的药。

向女官告了半天假，那女官本来不批，旁边一个女官拉过她低语了几句。

她隐约听到那女官提起如意二字，之前的执事女官听罢便批了。

倒该谢谢温如意身体里那缕来自现代的不知道是谁的魂魄。其实，即使知道她在现代的真实姓名又怎样，她们本来也是素不相识的吧，毕竟中国这么大。

被贬后她二进牢狱，最后那次从宗人府放出来以后，她去找过温如意，却一直找不着她。她隐隐有种感觉，温如意有意避开了她。她不知道为什么，心里那股不安却越来越强烈，明明知道现在的温如意已非以前那个恨着她的女子。这个温如意甚至为了救她而杀了人，后来又在兰心小榭她摔破盆栽要被华慧二妃处罚的时候，帮她说情。

温如意不与她见面，却在暗中帮她，最起码她被分配的活比以前的轻松了许多……

她吃了药，睡得沉，不知道发生了什么事。只是，不该这么安静的，这个时辰是所有人一天忙碌的开始，四周静得太过诡异。

她还拥着被子茫然四顾，房门突然被猛地推开，一个人奔将进来，却是蝶风。她汗水满布额头，脸色虚白，眼眸内满是慌乱。

"娘娘，快随我走！"

蝶风一把抓过她的手，把她拉起便要往外走。

"蝶风，发生什么事了？"年璇玑心里莫名一慌，赶紧收摄心神，握住蝶风的手止住她的动作。

蝶风惨笑："娘娘，金銮殿上出大事了！今儿个早朝，太后去了金銮殿。在殿上拿出皇上与匈奴近日的往来书信，指斥皇上忤逆卖国，要把西凉大片土地割给匈奴以作议和。温将军的大军已包围皇宫，藩王的军队也驻扎在宫外，所有起早办事的宫人都被士兵拘在一处。知道你病了，我今儿也告了病假，想过来看看你，怕被别人看见说事，只抄小路才避开了那些士兵。

"娘娘，太后一定不会放过你的，咱们快走！"

年璇玑大惊，心像被什么狠狠碾过。可笑！龙非离怎会与匈奴议和！即使时至今日，她再也不敢笃定他对她的感情，但她也知道他一定不会把土地割让给匈奴来求和！太后发难了！挑在这节骨眼上！边疆战况已然如此吃紧，温如凯竟然率军回朝，他们便不怕做这亡国之奴吗？

她病体未愈，又急怒攻心，一阵眩晕袭来，身子忽冷忽热，攀着蝶风的手才能站稳。蝶风一惊，慌忙扶紧她，急道："娘娘，你怎么了？"

年璇玑知道现在不能慌乱，扶着蝶风，闭眼思索了半晌，反而突然想到一丝疑惑。她定睛看向蝶风，蝶风吓了一跳，还以为她身体怎么样了，急得快要哭出来，只连声相问。

年璇玑没有回答，一字一字反问："蝶风，你是不是还有什么事瞒了我？"

"娘娘？"蝶风蹙眉，神色又急又疑惑。

"金銮殿那边的情势必定严峻至极，金銮殿上的事，你怎么可能知道得如此清楚？"

蝶风"哎呀"一声叫出来，大急："娘娘，你就别理会这些了，赶紧随奴婢走，奴婢路上碰到了小吕子，这些都是他告诉我的。他让我带你去碧霞宫，说他会想法把马车弄到那边，冷宫有条小路通向宫外，娘娘，只要咱们能到那边去，指不定就能逃出宫！"

年璇玑苦笑："蝶风，你还不懂，咱们不能过去。我刚才问你的问题还在，不过现在出在小吕子身上罢了。你想想，他不该知道金銮殿上的事却知道了！"

蝶风双眸一凝，突然失声叫道："你是说这个小吕子有问题？"

"而且，蝶风，如果他无事，我还能走，他有事，我是无论如何都不会离开他的。"

蝶风怔住："主子，但皇上他对你……"

年璇玑摇摇头："我要去找他，蝶风，你不必担心我，现如今你能出宫是好事，但小吕子那里还是——"

她正说着，却见蝶风惊恐地看着门外，随着蝶风的目光看过去，只见四名内侍模样的人站在门口，盯着二人，眼角眉梢都是阴戾之气。

主仆二人大吃一惊，其中一人走出，微微躬身："年妃娘娘，请随卑职走一趟。"蝶风厉声道："你们是哪一房的内侍？"

年璇玑拉住蝶风，冷笑道："不，他们是士兵！"

门口数人相顾一眼，眸中掩不住惊诧，站在前头的那人笑道："娘娘好眼力。"

"是你们过急罢了，若是内侍怎会自称卑职？"年璇玑缓缓道，"你们到底是什么人？"

那人一惊，随即道："主上早有交代，娘娘不必害怕，卑职等绝不会伤害您！您只管随我等走便是！"

"你们是随小吕子一起的？"蝶风咬牙，身子微微颤抖。

"什么小吕子？"一个男人粗嘎道，几名男子已快步向两人走来，最先说话那人沉声道，"杀了那婢子，切记不可伤了年妃。"

年璇玑大惊，把蝶风推到身后，眼看几人已欺近向二人抓来，其中一人五指成爪，狠狠抓向蝶风的天灵盖。年璇玑心中一痛，哑声叫道："别伤她！"

蝶风自知难逃一死，紧紧闭上眼睛。

劲风自头顶袭来，那让人恐惧的痛楚却没有落到身上，蝶风颤抖着睁开眼来，却见站在自己面前的男人岿然不动，嘴巴大张，神色狰狞僵硬，旁边要牛抓璇玑的男人也定住了身形，眼珠向外突出。后面两名男子，已趴伏在地，一动不动。

在她闭上眼睛的瞬间，他们竟然全部死了！

蝶风这时才知道尖叫出声，把心中的惊惧嘶叫出来。年璇玑身子微晃，移步过来，把她搂进怀里。

两人惊疑的目光到处，一身深衣的小吕子正负手站在门口看着她们。

是他救了她们！莫说蝶风不知小吕子是如何出的手，便是年璇玑也只看见小吕子袖子轻扬，几个男人霎时已毙命。

"娘娘，我是来带你出宫的，跟我走吧。"年轻的内侍淡淡道。

年璇玑心惊，这个人的模样神态都是小吕子，但这种胸有成竹的语气，却不是平日那个内侍该有的。

蝶风已挡到年璇玑面前，颤声道："你不是小吕子，你到底是谁？你想带娘娘去哪儿？"

小吕子轻轻一笑："人有千面，只是和你们平日所见的不同罢了。"

年璇玑把蝶风拉到身后，心里反倒平静下来，有种感觉，这亦真亦假的小吕子的来意似乎并不是为了害她。

小吕子看了年璇玑一眼，温声道："年妃，看你平日为人处世，不争不害，也是心胸宽广之人，这里确非你安身立命之地。"他说着从怀里掏出一枚玉环，道，"当我从你身上取下这东西开始，便等于我仙砚台已接下这份委托。兵临城下，这里很快便有大劫难，你须随我们离开。请放心，我们一行十人必可保你平安。"

蝶风茫然不知所言，年璇玑却浑身一震，仙砚台！她不知道仙砚台是什么地方，但当日却曾在白府里听白夫人说过这名字。那时她身受剧毒，容颜尽毁，白战枫便是要带她到仙砚台求医。

身处缥缈之地，治无人可治之毒，仙砚台想来必非凡地。看这人谈吐，虽短短数句却温慧过人，只是——她笑了笑，问出心中疑虑："这玉环并非为璇玑所有。"

"非你所有，自是有人所托。"

"是谁的嘱托？"年璇玑捏紧手指，汗水湿透掌心。

"今上。"小吕子瞥了一眼窗外，神色凝重。

蝶风只觉眼前一花，却是男子身形晃动，已到了两人面前。

"事不宜迟，现在得立刻离开！"

本不打算走，"今上"二字既出，她更不会走，他始终惦记着她！她还求什么？年璇玑眼中泛出湿意，唇上却不由自主地抿出一丝笑："请你带蝶风离开吧，我不走，我不会走，不管这是不是我能安身立命的地方！"

小吕子微微敛了眉："不行。这个约定自百年以前便开始，我不愿强迫你，但仙砚台不能不完成承诺。"

这时，蝶风似明白了些什么，哑声质问道："小吕子，你明明一身武功，为何凤鸯宫数次劫难，你却不相救？"

"蝶风姑娘，生死由命，那是命数，不是我们该插手的。"小吕子淡淡出声，眸光却看向年璇玑，"若你执拗，吕宋只好越礼了。"

年璇玑摇摇头，往后退去，笑道："你们在这里惯看生死，不管人事变动始终不动如山。仙砚仙砚，璇玑不知道这世上可有神或仙，你们确实可算仙人了。但我们不同，我们只是寻常之人，有着最简单的七情六欲，为一些人而活，也为一些人而死。"

"我不会随你走，我要去金銮殿！"

吕宋身形骤闪，蝶风失声而叫，他已点了年璇玑穴道，把她抱起，又淡淡地瞥了蝶风一眼："若你要跟在年妃身边，我们可以把你一起带走。"

"我自是不离开她的。"蝶风大喜过望，随吕宋出了门口。

他却突然停住脚步，抬头看向四周，轻声道："哦，又来了人？各位，出来吧。"

蝶风一惊，倒不知道这吕宋说的是自己人，还是敌人，青瓦砖墙四周还有人吗？她正惊疑，突然十数道身影从檐上跃下，为首二人，一青衣，一粉衫，却是离宫一段日子的夏桑和玉致公主。其余男子一身紫衣飒爽，却是那人的紫卫！

"嫂嫂。"龙玉致十分惊喜，连连叫着。

年璇玑大喜，唤道："玉致，你怎么来了？快救我，我要去找你九哥。"

龙玉致揩了揩眼角的湿润，道："我们一直与十哥有书信往来，知道如今边关告急，而九哥分析过局势，说这几天必出大事，所以我们就悄悄回来了。你们都在这里，我们不能自己走了，要生要死，咱们都一起！"

年璇玑含泪而笑，看向吕宋："小吕子，听到了吗？看在你我相处一年的情分上，求求你，放了我。"

吕宋眉头皱得越发紧蹙："总管可是奉皇上之命而来？"

夏桑微一摇头，笑道："当日，是夏桑把你编到凤鸯宫，倒没想到，小小内侍实是卧虎藏龙，正如娘娘所说，既是缘分一场，今日我们何苦要生死相斗？"

吕宋朗声道："吕宋之责,是护年妃周全,你是皇上心腹,当知他的心。他只想把年妃安全送出宫,你又何苦阻挠吕宋?"

夏桑看了龙玉致一眼,眸光微微变深了,龙玉致伸手握住他的手。一旁的蝶风大惊,夏总管与公主——

吕宋倒不以为奇,神色不变,只是皱起了眉。

夏桑淡淡道:"皇上把玉环给娘娘的时候到现在已有些时日了,那时一切尚未发生,他大可找人易容成娘娘的样子把娘娘送出宫去,为何要等到今日大军迫境,劳仙砚台之力?"

吕宋眉目深锁,一语不发地看着夏桑。

"你其实也明白吧,皇上不过是想将娘娘多留在身边一些时日,若今日败,便是永生。"夏桑笑道,"娘娘其实也一样。"

"总管大人要违背皇上的命令?"吕宋皱眉反问。

龙玉致撇嘴道:"说了这许久,你为何还不懂?我们只是想让九哥和嫂嫂能在一起。"

他何尝不明白,只是——吕宋一声长叹,把年璇玑放到地上,轻声道:"总管大人,来吧,仙砚台有仙砚台的规矩,你须把我杀死才能把人领走!"

夏桑神色微变,突然俯身在龙玉致耳畔低语几句。

院里激烈的打斗之声似乎犹在耳边,衣袂飘飘已闪在兰林幽径。一路而来,一林之隔,林外尽是兵士的喊杀声。突然,粉衣女子停下身形,一把握住白衣女子的肩。这二人却是龙玉致与年璇玑。夏桑率紫卫与吕宋拼斗,龙玉致乘机把年璇玑带了出来。

年璇玑一惊,却见龙玉致已是满眼泪水:"嫂嫂,金銮殿前门已被温如凯三千士兵包围,十哥领了不足一千亲兵在殿门与温贼对峙。皇城外,九哥这边的武官率三万余禁军与温贼、藩王的士兵抗衡,他们那边加起来差不多有二十五万精兵。"

数目如此悬殊,大势已去了吧!白大哥和容将军的士兵尚在边塞作战,这些人却要瓜分西凉!那人傲气,不肯割地给匈奴求和,匈奴入主西凉,则西凉百姓安居乐业再无可能!兵,在边关死守,他不撤兵,今日却要被西凉的这些豺狼虎豹逼死吗?她心里悲恸,林外四周都是士兵,与龙玉致一样,不敢痛哭出声,却已泪盈满眶。

"嫂嫂,你现在还不能出去,须走到这兰林尽头,此林尽头直通金銮殿侧门,你可以从那里进去。晶莹会在那里接应你。"龙玉致抬手一搵泪水,咬牙想尽快把话交代完。

"晶莹不是随玉桓上了战场吗?怎么回来了?"

"不知为何，十哥说，九哥早前让她与玉桓暗中回来了！但让你去见九哥这事，其他人并不知道，只有我、夏桑和晶莹知道，其他人一定会制止的，但晶莹是女人，她明白你的心。"

年璇玑疑虑越深，随即一个激灵："玉致，你不与我一起过去吗？"

"对不起，嫂嫂，玉致只能陪你到这里了。我要回去，夏桑他……他已经死了。"龙玉致哭道，"我要回去，和他死在一起。"

"玉致，你胡说什么？"年璇玑手足一片冰凉，身子颤抖，又骇又急，"玉致，你别胡说。"

龙玉致悲凉一笑："嫂嫂，幸好仙砚台的人在其他地方接应，过来接你的只有吕宋。而且这个吕宋与你有过一段情分，他把你一放下，夏桑便告诉我，吕宋有意让你离开。他说他不会看错，因为以吕宋的武功，即使带着你打斗，也能杀掉他和所有紫卫，吕宋却有意把你放到一边，我才有机会带你离开。

"但是，吕宋也有他的责任在身，除非把夏桑他们都杀死，否则他回仙砚台无法交代。"

她们距兰林的出口还有多远？

不远了。年璇玑一时竟无法迈开脚步，若夏桑真的死了，她怎能让龙玉致回去送死？但若夏桑真的死了，她又有什么立场阻止龙玉致回去陪伴？

她想赶快到那个人身边，但她放心不下夏桑和龙玉致。

在没有面对选择的时候，总会想，这世上没多少真正让人为难的抉择，不过是看孰轻孰重。原来，到选择时却是这么难。

"嫂嫂，这是玉致最后一次做的人皮面具。"从怀中掏出薄如蝉翼的面具覆到年璇玑脸上，龙玉致握紧年璇玑的手，眸子在水汽的蒸熏下，显得异常明亮，"你的路在前面，玉致的在后面。"

"玉致不后悔。"

温热的气息还在耳边，粉色的身影已消失在密林里。

年璇玑咬咬牙，迈步往前而去。

人影绰绰，两相而立。

金色大殿门前，一袭湖色衣裙，高挑英气的女子站在中间，禁军团团簇拥着。另一侧，一名将领一身盔甲战袍立在前面，男人脸色冷戾，眉宇间又带了丝自得。他的四周，兵士林立，密密麻麻。

乐晶莹果然在这里！隐在树干背后的年璇玑暗暗吃惊，侧门这边也尽是温如凯的兵，乍看去，乐晶莹那边只有不足百名禁军，而温如凯的将领所领兵力却是乐晶莹的数倍！

整个皇宫，天罗地网，插翅难飞！

再生缘
我的温柔暴君

她一提罗裙，心中忧急，该如何走到乐晶莹身边去？

金銮殿。

眸光一掠身侧的官员和三名穿盔戴甲的藩王，女人朱唇上的笑越漾越大，挑眉看向龙座上的年轻男子。

男子眸光平静，淡淡地看着阶下百官的神态。

在这当口，又有数人从这一侧，战战兢兢地走到另一侧去。

突然，一声钝响，正中殿门大开，二人跨步走进，却正是十王爷龙梓锦和大将军温如凯。一名紫衣女子紧跟在龙梓锦背后，进来后，默不作声地垂手站在殿中一角，却是女官温如意。

太后看了一眼温如意，微微皱眉，又朝温如凯看去，温如凯朝她颔首，一副志得意满的样子。

看到龙梓锦晦暗不忿的脸色，太后更加确定温如凯在外已布置妥当，不然他不会与龙梓锦一同进来——虽然，这确已到了最后的时刻！

"怎么，还有人要到哀家这边来吗？"

女人微微拔尖了的声音，响在殿堂里，一些官员只觉得那咄咄逼人的眸光像要戳到谁的身上，让人不寒而栗。

一直站在太后身侧的龙立煜扬眉一笑，目光微斜，落到郁相身上："郁相啊，您这位三朝老臣还要冥顽不化，拥护这个忤逆的龙家子孙？"

郁相一声冷笑："捏造书信，谁才是那忤逆子孙！我呸！"他说着又看向太后一侧的诸官，厉声道，"你们都疯了吗！皇上是先皇所立的西凉天子，怎能容这牝鸡司晨，再立国君！"

温派不消说，往日年派此刻均"改投明主"，中间派的几乎没有多少人留下，几名老臣竟也倒戈相向，倒是这些年皇帝有意栽培的一批年轻官员，站在原地岿然不动。

但皇帝这边剩下的官员已不到四分之一。

殿外形势严峻，虽知已无回天之力，可叹可恨便连这殿里也输了气势去，生死面前，竟都是一些贪生怕死之辈。郁相一声长叹，与林司正相互交换了个眼色，一刹，均老泪纵横。

地上书信数封，无凭无证——也罢，不过是要一个理由，哪管堂正与否！

"龙非离，交出传国玉玺，可饶你一死。"温如凯大步上前，臂上护甲赫然有声，一手指向龙座上的青年。

自太后问责伊始便一直沉默着的皇帝，此时微微侧头看向身旁内侍："徐熹，地上的东西，给朕捡起来。"

众人一怔，随着皇帝的目光落到地上那轻轻翻动的纸笺上——匈奴与西凉皇帝龙非离的来往信函。

徐熹恭声应了，慢慢走到阶下。

殿上臣子多是人精，往日怎会看不出太后与皇帝之间的波涛暗涌，当然，也许往日有些人还不甚清楚，但此刻谁不心知肚明这些书信的真伪。没想到的是，太后竟要把这小儿子推下龙座，把大儿子扶上去！

刚才太后闯进金銮殿把书信掷到地上的时候，皇帝倒还能一脸沉静，这时终于按捺不住要为自己争辩了吗？只是这又有何用！太后背后数个老臣皆摇头而叹。

龙非离接过书信，看了数眼，手扶龙椅缓缓站起，一掀衣摆快步走了下来。

一些官员竟随着他那疾快的步履而紧张不安起来。

乌金龙纹靴在龙立煜面前停下。

众人只听龙非离轻声笑道："哦，三哥，你想要这个皇位，却要躲在你母亲背后让她帮你拿下来吗？真是孬种！"

所有人都大吃一惊，龙立煜立刻变了脸色："龙非离，你说什么！"

龙非离却看也不看他，凤眸一挑，瞥向太后："这西凉的玺印粗糙至极，匈奴单于的印鉴倒似不假。日暮城还在打仗，母后却有恃无恐，挑此时更易国主，难道说你们与匈奴达成了什么协议？届时朕死了，若白战枫归从你，这自是欢喜；若他反对，这温大将军与匈奴的军队一起夹击，白战枫又如何能抗衡？待收复他手上之兵，则西凉这大好河山要怎么分，母后自可做主。

"只是，这玺印做得确实不怎么样！"

太后一惊，怒斥道："你胡说什么？"

众人听去，那声音已有几分颤抖。

龙非离笑道："你即便认了也无妨，这殿上都是唯你马首是瞻的人，你即便把整个西凉都送给匈奴，也无人说你什么！可惜的是，你生了个蠢货！"

龙立煜大怒，便要夺将上来，鼻上陡然一疼，一沓纸笺掷地有声，从他的脸上滑落，满空飞散。

前方的男子轻蔑地一笑，已转身向龙座走去。龙立煜公然被辱，心中一股恶怒涌起，低吼一声，抽出腰间佩剑，向龙非离背脊刺去。

殿外。

年璇玑蹙眉，犹在迟疑之际，突然听到一声断喝："谁在林子里？"

她一惊，立刻醒悟过来，自己是不经意发出声息了，却已来不及躲闪，领子一紧，已被人抓住，带了出去。

两名士兵把她带到将领面前，后者微微皱眉，瞥了她一眼。她心头一跳，这名武将跟在温如凯身边办事，当日在凤鸾宫里，她被太皇太后敕令处死的时候，二人曾打过照面。

那武将连连扫了年璇玑几眼，看她容貌平常，只当是误闯的小宫女，朝两名士兵一挥手，两人便把年璇玑押到一侧。

多亏了龙玉致的人皮面具，年璇玑这才松了口气，但现在落在对方手里却如何是好？她又不能告诉乐晶莹身份！

她正焦急，突然灵机一动，放声喊道："桃源镇比武招亲！"

拘押着她的士兵吃了一惊，其中一人狠狠扇了她一个耳光："乱吵什么！"

乐晶莹正微微垂着头，听到声响，抬头瞥了前方一眼，微一耸肩，似对这小混乱并不以为意，眸光又向远方看去。

那武将看她目光专注，心生疑惑，突然听到乐晶莹一声惊叫，似在他背后看到什么可怖之物。他一惊，旋即转身看去，耳畔却传来数声低吼。他暗道不好，转身之间，只见半空中一道绿影疾闪而过。

当身影落地时，只见乐晶莹怀中搂着一个白衣少女，急退到金銮殿侧门前，那白衣少女却正是刚才那个小宫女。

金銮殿。

"皇上当心！"清脆又惊惧的叫声来自宫殿一角，太后紧锁眉头，朝宫殿后方看去，视线顿时变得狠厉定在温如意身上。

剑锋已伸到前方男子背上，龙立煜一喜，冷不防一道寒光在眼前闪过，他大喜之后大惊，忙撤剑回守。

龙非离脚步未停，仿佛没有发觉，转眼间，已走到金銮宝座上。

龙立煜惊怒交加，却见接下剑招的是那个平日寡言少语的少年清风。

他不忿，正要仗剑还击，太后厉声喝道："煜儿！"

他一咬牙，长剑回横，狠狠地掷到地上。

清风冷笑："不自量力！孬种！"

这话一出，立刻招来笑声一片，却是以夏侯初为首的一众年轻官员朗声大笑起来。龙立煜脸色涨红，死死地看向龙非离。龙座上，龙非离淡淡地看着他，唇角挑起一丝不屑。

他怒火中烧，步子一跨，肩背却被抓紧，侧头看去，背后温如凯朝他缓缓摇头。

太后冷冷地看向温如意，嘴角一沉，道："你是他的人？"

温如意从龙梓锦背后缓缓走上来，微微蹙眉，最终一颔首，轻声道："是，姑母。"

太后眸里掠过戾色，微微仰首冷笑道："枉费了哀家一直以来对你的疼爱和栽培！你无故吞毒自杀，哀家还把你接到别院休养医治，你这不识好歹的贱货！只是你很蠢你知道吗？你今日若不走出来，那倒还能留住一条性命！"

温如意一笑，轻声道："姑母，如意谢您多年恩情，但如意不后悔！"

龙梓锦神色微微一黯，温如意已快步走上台阶，站到龙非离身侧。龙非离眸光微动，温如意心头猛跳，他在看她！

这时，阶下龙立煜却放声大笑，轻蔑道："哦，原来你还是他的女人。也罢，你这贱婢今日便与这叛逆死在一起吧，倒莫说表兄狠心！"

众人看到此处也大感惊诧意外，谁承想这太后身边的大宫女竟是皇帝的女人！便连郁相与林司正也连连互看了几眼，满脸诧异。

太后眸光一斜，看到庄清与方楚帆及另一位藩王正在低语着什么。她心里一紧，当日郁景清得龙非离授意，在金銮殿上提出撤藩，她与几个藩王本过从甚密，却从那时起，庄清等人对她也生了戒心，怕她掌了权也会撤藩。此次起事，她事先与几人见了面，许了诸多好处，与三人共商后，今日又迅速在金銮殿上发难，不给三人思虑之机，才促成此刻优势局面，却也是兵行险着。

龙非离倒有几分眼色，猜出她已与匈奴达成协议，江山半分！

诬陷龙非离与匈奴的往来书信，上面印鉴确是匈奴单于所盖，而西凉玺印却是假印！

借此来扳倒龙非离！

当然，不论龙非离揭穿与否，朝上诸臣也必定知道这书信的真伪。龙非离一说，佐证了她与匈奴之间的秘密协议，但这又何妨！

成王，败寇！改朝易主，这天下愚昧的百姓需要一个理由！

这，便是理由！另外，他日若白战枫不肯臣服，可借匈奴除去白战枫。

虽割舍半壁河山，但这也是让她的亲生儿子龙立煜一掌江山的唯一方法！

倒不知此时这几名藩王在商议些什么，若他们临时反悔或倒戈便麻烦了，事不宜迟！太后目光一凛，与旁边的温如凯迅速交换了个眼色，转身看了众朝臣一眼，沉声道："各位都是我西凉朝中的栋梁支柱，我等不能放任先皇交下的江山败在龙非离这不肖子孙手上！哀家虽痛，却也只好大义灭亲！"

"太后娘娘所言极是！所幸先皇三儿紫宁王爷智孝并全，西凉正逢多事之秋，国不可一日无君，吾等何不拥三王爷为帝，率西凉军民抵御外敌，捍卫西凉河山！”

温如凯话语一毕，掀衣跪倒在龙立煜面前。

站在此侧的众臣听罢，立刻齐刷刷跪倒，山呼："臣等愿拥紫宁王爷为帝！"

龙立煜与太后冷冷而笑，一同看向金銮殿上的男子。

阶下，清风、龙梓锦紧皱着眉，与夏侯初等一众官员也焦急地看向龙非离。这个年轻的王从事变开始便沉默居多，却也给了众人虽死无惧无悔的鼓舞。众人虽不惧死，但此时都不知道这个男人在想什么，他的身子再也不若刚才那般笔直，只慵懒地倚靠在龙座上，眸光微垂。

远远看去，周身似带了一抹颓败。

便连这个素来沉稳镇定的男子也泄气了吗？

所有人心里都是一恸，哀而思伤。

龙梓锦苦笑，眉间一片惨淡，跨前一步喃喃道："九哥。"

除去徐熹，温如意是距龙非离最近之人了，她缓缓跪倒在龙非离身侧，轻轻一笑，低声道："不管怎样，龙昊，我总是陪着你的。"

她说着便要去拉他的手，龙非离却突然浑身一震，她又惊又喜，却见他猛地站起身来，眸中光芒如炬，紧紧盯着一旁那陡然被推开的门，一抹白色身影奔了进来，一袭绿影紧跟在她背后。

"龙非离，救命！"

随着突然闯进来的白衣女子一声低叫，一瞬，所有人都惊呆了！只听龙非离沉声道："乐晶莹，避开！"

绿影足下一点，在空中一个翻身，抱起前面的白衣女子。与此同时，数声凄厉之声夺空而起，紧追在她背后的一名温家武将与数名士兵瞬间倒地。

袍袖翻飞，出手如电，那洞开的侧门被强劲之风吹过，一声巨响，立刻关紧。众人尚未看清，却见皇帝身形一展，已落在乐晶莹面前，把她怀中的白衣女子像抓小鸡似的一手拎了过来。

"你为什么会在这里？"龙非离紧握着女人的肩，厉声喝问。

龙梓锦等人大吃一惊，适才那个慵懒的龙非离，一下，像换了个人似的！

那女人是谁？瞬间出现，就把龙非离惹怒了。

不说龙梓锦等人，便是太后等人也都惊诧地看向那个已显败势的男人。

温如意怔怔地看着眼前的情景，指尖微微颤抖，刚才她触上他手腕的温度似乎还在。

乐晶莹悄悄退到一边，轻轻笑着看向眼前的白衣少女。

这女子，正是年璇玑。

年璇玑也呆住了，这分别多天再见却是如此情景，若非眼前眉眼沉怒的男人出手快，她和乐晶莹估计已被背后的追兵杀死。

手指颤抖着握上他的手臂，缓缓看了四周一眼，她心里一恸，这样的局面，今日她只能陪他走到这里了吗？

那天，他们还喝着梅茶，还谈笑说着那新晋的探花郎，后来却分开了如此之久。

她差点便要忘记他的怀抱、他的温度、他的味道了。

她不理他的怒气与暴戾，轻轻偎进他怀里。

她能感觉到他全身都僵住了，好一会儿，他才猛然收紧手臂。

她紧紧搂着他的腰："我戴了玉致做的人皮面具。"

他的呼吸粗重。她正呆愣，却听他低沉的声音缓缓传来："年璇玑，你即便化成灰，朕也认得你！"

虽没指望他能说些好听的话，但这样的不吉利——年璇玑呆愣了半晌，心里终究还是满满的欢喜。故事里的煽情都是怎么说来着？想了想，她低声道："别想再把我推开，想也别想！"

他没有回答她，大手把她勒得生痛。

她喜悦却也不由得微微尴尬，这满殿都是人，虽说她的骂名已传遍宫闱，但现在深陷在他怀中，还是像清晰感觉到他臂上的力量一样，知道所有的目光都在盯在她身上。

她不安地推推他。他把她稍微拉开，修长的手指往她脸上抹去，将她脸上的东西取下放进自己怀里。

她低下头，这下以真面目示人，脸上烫如火烧，他却不容她退缩，抓着她的手领她走上龙座。

注意力从他身上稍稍偏转，当即便听到殿上交头接耳的声音。

悄悄打量了去，便连龙梓锦与清风也盯着她一脸震惊，更别说他人。但是她不在乎。

她分享了他座位的右侧，但是旁边那道幽幽的目光让她不寒而栗。

那女子已经不是温如意，对自己也有过救命之恩，感情真的会让人变得小气易妒吗？其实，即使是温如意，若说恨，不如说恨她一念之差害了凤鸶宫的人。单说情，谁又有错。

一声质问却打断了她的思绪："你怎么会在这里？"

她惊愕地看去，是龙立煜！

她身上一个激灵，难道说来抓她的那四个内侍是他派来的？

覆在手上的大掌突然有些紧，疼痛传来，她惊愕地看向一旁的男人。

龙非离却瞥向龙立煜："三哥，怎么你对朕的皇位有兴趣，连朕的女人也要关照吗？"

"是又如何！"

他派人去接年璇玑，本意是避开太后日后相逼置她于死地，哪知年璇玑却不识好歹闯了进来。龙立煜本已窝了一肚子火，这时气不打一处来，立刻便反唇相讥。

群臣面面相觑，太后见状，心里大怒，斥道："煜儿！"

龙立煜一惊，不敢再说，狠狠扫视着年璇玑。

"好个不知廉耻的龙家子孙！"龙梓锦冷冷一笑，夏侯初等人立刻放声大笑。温如凯暗暗蹙眉，拉紧蠢蠢欲动的龙立煜。

太后凤目一沉，上前一步："龙非离，玉玺，你交还是不交？"

龙非离敛眉轻笑："母后想要这传国玉玺，除非朕死了！"

"臣等誓死追随皇上。"夏侯初朗声道，率先一掀衣摆跪下。

郁相、林司正心中一凛，随即率各自手下的一众门生官员下跪而拜，龙梓锦偕其他年轻官员也紧跟着拜倒。

太后冷笑："郁景清、林司正，倒枉费了你等为三朝老臣，如今竟是非不辨！"

她转向方楚帆等人，道："请三位藩王替哀家把这两个逆臣拿下。"

温如凯微使了个眼色，立刻有多名臣子扬声道："请藩王擒下逆臣！"

余下众臣一听，哪敢怠慢，立刻表态，厉声随唤。

庄清几人本在迟疑，却碍于形势，脸色微沉，向郁相与林司正走去。

年璇玑只觉手上一松，却是龙非离放开她站了起来，看向阶下。

龙立煜大笑，指向龙非离，轻蔑道："九弟，现在终于沉不住气了？你的皇位和女人，我龙立煜都要！你能拿我怎样！"

"他当然不能拿你怎样！可惜臣弟却不敢苟同三哥之意。"

殿门倏地敞开，一个人快步走了进来。门，在他背后缓缓关上。

仅是一眼，众人已看到外面军士密布，气氛紧迫。一时之间，竟分不出谁与谁的兵。

众人大吃一惊，太后一凛，抬首向来人看去。

男人淡淡笑着，面容在众人面前慢慢清晰起来。

"龙修文，你来这里做什么？"龙立煜微微一惊，狠狠瞥向朝他走来的俊美男人。

锦衣男子站定，负手在后，轻瞥一眼座上的皇帝，满意于他微变的脸色，才把目光落在龙立煜与一旁的太后身上。

"三哥这话真是有趣，敢问三哥一句，你又来这里做什么？"龙修文勾唇一笑，微微讥讽道。

"敢情七弟也想分一杯羹？"龙立煜冷笑，太后却眉头紧皱，与温如凯交换了个眼色——他们早知这七王爷非泛泛之辈，却没想到他会挑此时出来，这人是来相助皇帝还是另有图谋？

看龙修文轻轻挑眉，却不说话，太后心里疑虑，嘴唇刚动，却见他眸光犀利地盯在龙座上，一字一句道："我来是向九弟讨要两样东西！"

龙非离猛然跌坐回座上，眸光微垂："七哥请说！"

看到龙非离的神态，太后越发惊疑，心头顿时不安起来。

"和三哥一样，你的江山和女人！"

一句话，无人不震惊！龙非离垂了眸，年璇玑看不清他的神色，但她从没看到过这样的龙非离，他整个人好像都衰败了！

她怔怔地看着他，也忘记了掩饰，她心疼这样的他。伸手握上他的手，她看着他，道："阿离，除了你，我不会再跟别的男人，我和你一起死。"

龙立煜顿时变了脸色，饶是龙修文冷静深沉，唇角也微微一沉，看向年璇玑，轻声道："璇玑，当日你我在帝都一起畅游谈笑，岂不也非常快乐？你若随了我，你便是我龙修文的皇后！龙非离不能给你的我都会给你！"

年璇玑没应，手被龙非离紧紧攥着，已心满意足，其他的人与事再与她无关。她只是一个小女子，仅此而已。

殿上诸臣越来越吃惊，除去这有太后倚仗的三王爷，这七王爷平日看似与世无争，君子温文，竟也有一掌江山的野心！而这两名王爷都是一样，这江山美人，一样不落！

此时，本领命去抓捕郁、林二人的几名藩王都停住手脚，疑虑地看向龙修文。太后却已冷笑，也道出了众人所疑："龙修文，你凭什么在这里大放厥词！就凭你忘忧郡那点儿亲兵？一万还是两万？"

以龙立煜为首，太后一侧所有官员都大笑起来。龙梓锦与夏侯初交换了个眼色，不安地看向龙非离，此刻的皇帝竟像换了个人似的。

这哪里是他们往昔所认识的龙非离，虽说明知局面无可挽回，但一想到事情竟已至此，二人以下各个官员无不黯然。

所有人都知道——龙非离确实大势已去！

第四十九章

天子算　胜者为王伏祸勘

龙修文也不动怒，缓缓看了一眼众人，轻轻笑开。

"皇城外，九弟的禁军不足四万，嗯，这不提也罢。但诸位不妨一想，这外面都是温将军和三位藩王的兵马，修文是如何走进这大殿的？"

"那自是朝中有人好办事，对不对？"他淡淡笑着，眸中光芒锋锐，冷冷看向太后，"譬如，太后娘娘的人给修文行的方便。"

龙立煜一声嗤笑："哟，七弟这大话说得可真响！"

温如凯却微微皱眉，狐疑地看向太后，却见太后也凝了眉目，将信将疑。

但太后到底是惯见场合之人，朱唇一挑，道："即便哀家身边有一些宵小之辈被你买通了，行了些末方便，但你无兵无马却妄想拿到好处想要这天下？七王爷，这里可不是你的忘忧郡！没有你说话的份儿！"

龙修文不温不火，淡淡反问道："何为宵小之辈？太后娘娘身边的大太监也算吗？"

"你说什么？"太后大吃一惊。

这时殿中突然一声巨响，她直直地看向殿门，一个面目俊秀的青年推门走了进来，恭敬欠身，笑道："奴才见过太后娘娘！"

这一下，莫说太后震惊，便连久经沙场的温如凯也失声喊了出来："玉扣子，你是龙修文的人？"

这玉扣子是太后身边的大红人，就如徐熹与夏桑一般，也在内务府身居重职。没想到，他竟是七王爷龙修文的人！

太后急怒攻心，身子摇晃，温如凯一惊，赶忙搀扶住她。太后摆摆手，一咬银牙，冷笑道："好一个玉扣子！好你一个龙修文！龙修文，你似乎忘了，即便让你进得来又如何？"

那藩王庄清心里正堵着火，这时接口讥讽道："忘忧郡不足三万兵马，温将军十万兵马，我三人各掌五万兵士，皇城外总共二十五万兵将，你那蚁军只怕连皇城也进不了便全部死绝，还是说你的士兵能以一抵十，不自量力！"

庄清冷笑，一声暗哑低笑却从男人喉中逸出，众人正惊诧，却见龙修文慢慢收拢了眸光："庄王，若说这玉扣子假传太后娘娘懿旨将修文的兵马放进来呢？"

"那又如何？"龙立煜冷冷一笑，"七弟，你还真是想当皇帝想疯了！若真动起手来，这皇宫里我舅舅有三四千兵马在，足可挡你一时，皇城离这皇宫又有多远？一枚焰火令箭，二十五万兵马便可即时到达！三万精兵？我呸！"

他话语一出，群臣又是一阵大笑，龙修文一下变了脸色。太后、温如凯与庄清等人见状，脸上已是一片轻蔑嘲讽。

"很可笑吗？"

一道淡淡的声音从殿上传来，众人一怔，又都微微一惊，这说话的竟是看到龙修文便似惊惧不已、一直坐在龙座上沉默不语的庆嘉皇帝龙非离。

"母后，若朕说，七哥的兵不只三万，而是必定多于二十五万，您还会觉得如此好笑吗？"

"怎么可能！皇上你还是自顾自身吧，这乱说什么可笑之言！"

最先出言斥责的是那平日对诸事畏缩的方楚帆，他猜度龙非离此刻已如丧家之犬，也无所畏惧，出言讥讽起来。

那多年的压抑似乎瞬间得到缓解，他看龙非离淡淡一笑，却没再出声，刚想出言再讽，却见前方太后等人一下变了脸色。

他一颤，顺着温如凯的目光看去，却见神色黯淡的龙修文冷冷笑开。

淡扫一眼阶上与己模样酷似的男人，龙修文一声长笑："九弟，外有虎狼，内有豺豹，却毋怪你在这张椅上坐到现在，你比这些人聪明很多。"

龙非离也不说话，只是微微侧身，展臂将年璇玑搂进怀中。

"倒是可惜了！"龙修文看到年璇玑乖巧地偎在那男人的怀中，眸光一沉，看了玉扣子一眼，"这人是你放进来的，你给太后娘娘、三王爷和各位藩王说说吧。"

玉扣子会意，微一颔首，快步走至太后面前，恭声道："禀太后娘娘，王爷的兵马实为三十万。"

全殿顿时陷入一片死寂，不说太后一方诸人，便连郁相、林司正、龙梓锦等龙非离这边的人也大吃一惊。这怎么可能！便是整个忘忧郡也远远没有如此人口，这龙修文怎么可能掌控三十万兵马？

"不可能！你胡说！扰我军心！"太后秀眉一挑，脸色狰狞，厉声呵斥道。

"好笑！若本王没有必胜之算，你认为本王会出现在这金銮殿上吗？"龙修文声音倏然变冷，又看了一眼龙座上神态亲密的男女，眼角眉梢已微微不耐，似不想再多作纠缠。

"你的兵马是偷来的还是抢来的，甚或是向上天借来的？"龙立煜大步往前，冷笑着诘问道。

龙修文一笑，随即冷声打断他："承三哥吉言，修文的兵确实是借来，只不过，这借的并非上苍，而是月落！你与你母亲一直试图笼络的月落国大王子纳明天月，是修文好友！"龙修文一字一字道，眸光狠戾，缓缓扫视过殿上众人。

"三哥，还记得当日在西山围场，你我共乘一辆马车，言谈间，你问及修文与这月落二王子纳明天朗过从甚密之事，修文反问你与大王子的关系吗？

"父皇在世之时，好宾客，时宴诸国王侯，我母妃淑妃与月落大王子之母萧妃都弹得一手好琴，萧妃早年随月落国主作客帝都，二妃惺惺相惜，结为姐妹知己。

"后我被父皇狠心流放忘忧郡，那萧妃顾念我母妃，与我多有联系，我与大王子的情谊也因此如兄弟手足。

"我与那纳明天朗交好，不过是为掩你母后与龙非离的耳目。月落国主病体羸弱，这月落掌权的早晚是大王子，你等游说大王子，许以优厚条件。若我也出相同条件，许以西凉土地之酬，你说，这大王子会帮谁！"

龙立煜嘴唇嚅动，却震惊得说不出话来，连连退了数步，砰的一声，竟撞到那方楚帆身上！

太后脸色苍白，仿佛一下子苍老了数岁，眉间那团因练武贪成而导致真气反噬所伤的黑气瞬间变得浓黑，一口鲜红吐出，喃喃道："你说得对，你母亲淑妃当日与月落那萧妃……确实交情深厚，哀家怎么没想到，哀家怎么没想到……"

没有人能立刻证实龙修文口中的兵马数量，却也没有人再怀疑龙修文所言是假！太后的话已表明一切！

温如凯一咬牙，紧紧扶住太后的肩："姐姐，你镇定一点儿，咱们还没输！"

"温如凯领兵多年，不是没有打过以少胜多的仗！五万之差，咱们未必就不能赢！"

"将军所言极是！"庄清一凛，狠声道，"月落大军长途跋涉而来，而我等将士却经过连日的休养生息，这场仗若打起来，谁输谁赢，还不一定呢！"

太后浑身一震，咬牙道："如凯与庄王说得对！"

刚才便消沉的龙立煜一下子也来了精神，冷冷一瞥龙修文："七弟，龙非离在这场仗中，注定是败者，但你我之间的胜负还没有分！你休想让我等不战而降！"

龙修文没有出声，眯眼看了众人一眼，众人顿觉心头沉重。

终于，龙修文轻声道："不！你们输了！不错，我自己的亲兵三万，加上纳明借我的二十七万兵马，共三十万兵马……但我手上另外还有数万兵！"

"帝陵军队！说来本王倒该好好感谢我的好九弟！帝陵军队骁勇善战，估计兵力不下五万。如此，你们说呢，嗯？"

帝陵军队！

龙梓锦看了夏侯初一眼，清风也皱眉看了过来……从龙修文走进这大殿开始，情势就开始急转直下，没想到这变化竟一回比一回让人惊惧，从玉扣子到月落供给的二十七万兵马。龙修文把一切都算好了！

心蛊换帝陵之军，几个人都明白当日之事，不禁相顾苦笑。

郁相满脸浑浊之泪，一手指着龙修文，厉声斥责道："你这不肖子孙，他日死后下黄泉，怎有脸面见先皇还有这龙家列祖列宗！"

玉扣子脸色一沉，就要上前，龙修文朝他摆摆手，玉扣子退到一侧，垂手以候命令。

林司正一声长叹，伸手轻拍老友肩膀——不知借此慰己还是安慰好友。眼角余光里，一众誓死追随的青年早已不忍，眸光低垂，便像——龙座上的年轻男子，眸光淡漠，是知时识势，再也不抢不争了吧。

他还记得当年书房教习，这学生年华正茂，手握羊毫，笔指天下，意气风发。

这少年懂得一个忍字，书房以外，他再也没看到过那放肆的眉眼。

内忧外患，能走到今日，也许确如龙修文所说，已算难得，只是他带着先皇遗志，伴着这年轻的王走到今日，虽无悔却总有遗憾啊！

西凉版图大，万里河山锦绣，但无论最终落入太后之手或龙修文之囊，都将割土圈地，国将不国。都说国破山河在，如今，这国不破，山河却已不再！他怎不明白郁相之怒，只是除去以身殉国，又还有何法可为？

"帝陵军队！"

耳边突然响起一声尖锐的叫喊，林司正看去，却是太后。

太后惊怒之下，与温如凯对望一眼，身子直颤。旁边，庄清却沉声喝道："不可能！一派胡言！百年以来，这支穴居帝陵的军队只传新君，你怎么可能有其执掌之权！"

"正是！你要夺那龙非离的皇位，他还会助你不成？"逼到眉睫，方楚帆惊骇不已，低吼出声。

"哦。"龙修文并不争辩，笑道，"现在，这宫里上下都是本王与月落之兵，至于那帝陵军队也正在途中，半个时辰即到。你们若不信，须臾便可知。"

十年磨一剑，今日站在这里，他知道，他想要的必定能讨回来！龙修文慢慢敛去笑意，眸光掠过三名藩王。冷冷一瞥，庄清等人不知眼前男子何意，本已乱了方寸，此刻不禁相互猜疑，却听龙修文道："诸位是要做审时度势的人还是那愚笨盲随之徒，不妨好好一想。"

"必败之仗，加上损兵折将，这也罢了，若赔上性命……"

"本王此话也适用于朝上各位大人，若有弃暗投明者，本王一律不杀，另视其前功绩，重新分配委任。"

龙修文没有多看，只看太后神色，便已知道各人想法如何。这朝上诸臣，摇摆之辈多，见风使舵，本就是人之常情，他已经厌烦。眸光朝那高座上的人一瞥，女子仍然安静地看着身旁男人，他笑，那男人却只剩一脸颓败！

一甩袍摆，他快步走向前方那世间最显赫的位置。

"你要做什么！"怒吼声从背后传来，他冷笑着，脚步却不停。

背后，玉扣子已与清风缠斗在一起。

一抹紫影突然趋步上前，他微微一怔。为这往日熟悉的颜色，看了一眼那月眉弯弯的秀丽女人，心笑，如意……莫琮，也是故人了。

正要把她甩出，背后惊怒之声传来："别碰她！"

哦，他那个十弟！他一笑，袖子往后一拂，摔倒的声音霎时代替了烦人的叫声。眼前却突然有光芒疾闪而过，他一凛，身子往后一仰，避过了凶险的攻击。另一只手，去势不缓，仍是击打在温如意身上。

温如意痛叫出声，他已瞬间稳住身形，却见年璇玑把温如意推到背后，一柄软剑轻轻指着他的咽喉，龙非离侧身挡在年璇玑面前。

"这个女人，我偏要！"他冷戾一笑，拔出腰间佩剑，向龙非离胸前刺去，"九弟，你若把她送给我，七哥没准可以考虑饶你一命。"

他笑语连连，出剑却迅捷狠厉。

"好，朕把她给你！"微哑的嗓音随着兵刃破空声淡淡传来，他一怔，却见年璇玑也愣住了。金色袖袍一卷，龙非离极快地揽上她的腰肢，随即眉眼一冷，把她推送给他。

倒没想到这关头他竟舍了她。龙修文冷笑，伸手就要把年璇玑抱入怀中。

年璇玑却怔怔地看着龙非离越过她，把受伤不稳的温如意轻拥入怀……是，如意受伤了，但龙非离竟要把她推出去以换如意吗？

有一丝声音哽在喉咙，目光触到温如意嘴角的鲜红，年璇玑终究没有喊出来。其实，要喊，也不知道喊什么，只是心里实在堵得慌。

她实在不愿被龙修文碰到，向他狠狠撞去，要么，他就吃些痛，要么就让她摔倒！她心里难受，想着倒觉得有丝好笑，淡笑出声。

龙修文眉眼俱冷，他便是拼着受她一撞又如何？但她对他冷淡至此，他

再生缘
我的温柔暴君

想给她一点儿教训，稍一迟疑，旋即变了脸色。

龙非离竟出手极快，手臂一扬，催吐掌力向温如意背脊一送，把她送向徐熹。徐熹一怔，但他到底跟在龙非离身边已久，一下便会意过来，袖手一抄，已将温如意扶住。

温如意自嘲一笑，看了一眼侧方颀长隽秀的身影，坚定得近乎冷漠，却偏偏不带一丝迟疑。只是，他终究还是救了她。她该怎么办才好！她越来越无法抑制对他的感情，但阿七和他却是两情相悦，从前世到今生。

她微微闭上眼睛，侧过头，却偏偏听到他的声音，一句，已狠狠击落在心上。

"你要不起她！"

身子前倾，年璇玑本已闭上眼睛，打定主意滚下去。鼻端却缭绕着淡淡的龙涎香，她猛然睁开眼来，身子却已被扯回那个熟悉的怀抱。

龙非离一手抱着她，一手持剑冷冷地指着咫尺之间的龙修文。

年璇玑乍惊又喜，心情激荡，若只有二人独处，早就咬了那冤家去，此刻却不好发作，狠狠地瞪了龙非离一眼，身子微微用力，便要挣开他。

环在她腰间的手箍得紧实，纹丝不动。

"九弟好俊的功夫！"龙修文眉峰一扬，"只是，你说你这身武功打杀得了外面多少人？一百？一千？那一万个还行吗？"

"要杀你这乱臣贼子，我九哥的功夫绰绰有余！"龙梓锦爬起来，一揩嘴角的脏污，冷笑道。

"杀？"龙修文嘴角微沉。龙梓锦一惊，殿上一人突然向殿门方向奔去——却是一直与清风交手的玉扣子，他此时虚招一晃，抽身便走。

龙梓锦灵机一动，喊道："清风，捉住他！他要到外面找人进来！只要咱们把龙修文擒拿住，咱们就还没输！"

清风一跃而起，身形在半空一翻，闪身追赶到玉扣子面前。二人又战在一起。急则乱，乱则智损。龙梓锦这话提醒了温如凯等人，他与庄清一交换视线，已率几名武将向龙修文凌空跃将过来。

龙修文剑芒一展，却已挡开数人的招式。龙非离环着年璇玑，众人便在二人眼前动武，劲风随剑光漾来，年璇玑只觉得触脸生疼，生气归生气，最后还是很没志气地依偎进男人的怀里。

龙非离低头看了她一眼，看她模样不适，软剑一挥，那凌厉霎时把温如凯等人迫到阶下。

龙立煜见状气急败坏，怒道："龙非离，你是疯了才去助龙修文！"

夏侯初冷笑，反唇相讥："难不成皇上就该助汝等？"

龙立煜一时语塞，龙修文朗声而笑："谢九弟援手！只是——"

他话音骤落，眸光微微往上看向殿顶，众人正微感有异，却见他笑意陡然转浓。温如凯刚要展开新一轮的攻击，却听一声长啸，震耳欲聋。

年璇玑被这声音一震，顿觉心胸难受，龙非离伸手紧紧捂住她的耳朵。

她在他怀里仓皇抬头，却见那殿顶灰尘簌然而下，瓦石破碎之声大作，转圜间，竟有十多个黑衣人破顶而落，持剑环卫在龙修文四周。

形势再次改变！

"不是要捉本王吗？即使龙非离亲自出手，也不过与本王战个平手，没有埋伏，本王怎会进这金銮殿？玉扣子，还不快去！"

清风正在殿门处与玉扣子交手，殿上巨变，他微微分了神，两人武功本在伯仲间，此时被玉扣子抢先一掌推开殿门。

阳光再次洒了进来，落在殿内每个人身上。

太后脸色惨白，身子往后跌去，龙立煜竟也忘了去扶。方楚帆率先走到龙修文背后，庄清及两名藩王随即也低头走了过去。

朝官亦步亦趋，越来越多。这殿外，都是龙修文的兵！

几乎所有人都知道，这场庙堂之争，这位七王爷赢了！

龙梓锦苦笑，向一旁看去，郁相、林司正与夏侯初等人都一脸衰败，一如刚才的龙非离。

在十数黑衣人的围攻下，龙修文收剑回鞘，讥讽一笑，冷地冷瞥向龙非离。

死角死局，一切都结束了！龙非离拥着年璇玑，眸光早已不若刚才，似无喜亦无悲，只是沉静地看向殿门。

一个人缓缓走了进来。这个人怎么会在这里？众人吃了一惊，龙修文微微皱了眉——当然，虽微感意外，却也并无什么可惧！

"卑职拜见皇上，年妃娘娘！"

来人甫一站定，即刻掀衣跪拜，神态恭谨。

这人却是段玉桓——日暮城中吃了败仗，致五千军士全军覆没的帝都禁军统领。

"嗯，玉桓，辛苦了。七哥，你输了！"

同一刻，大殿上，众人听到龙座上笔直而立的男人淡淡的声音。

龙修文浑身一震，随即冷笑道："九弟，你疯了！"

所有人都生出与龙修文同样的想法。原来，段玉桓被皇帝秘密召回帝都！

只是这又如何！除非来的是白战枫，把战场上数十万大军也带了回来，否则，单凭一名禁军统领，难道便能抵抗这殿外龙修文的三十五万兵？

但白战枫根本无法脱身！白战枫即便有办法脱身，也带不回任何兵卒，除非想让日暑城被攻陷！龙立煜眸中闪过一抹嘲讽，搀住太后，后者与温如凯同样惨淡而笑，难以置信！

徐熹、温如意、清风、龙梓锦、夏侯初、郁相与林司正等人虽高兴，却无一敢信。龙非离看了众人一眼，眼角余光却是年璇玑笑靥如花的小脸，杏眸里尽是澄亮的喜悦，两眼亮晶晶的璀璨熠熠。

他心里一紧，环在她身上的手也越收越紧。

她吃痛，抗议地撇撇嘴，他突然忍不住轻声问："这么高兴做什么？"

她回答得理所当然："咱们赢了啊。"

"哪里赢了？"皇帝的声音落在整个大殿上。

阶下，林司正禁不住重新打量了几眼这个学生，他却似乎什么也无暇顾及，眸子微眯，只是专注地看着女子的脸庞。

仿佛她的回答有多么重要。

年璇玑狐疑地看了看龙非离，压低声音道："你刚才不是说龙修文输了？那我自是快活的，难道不是吗？"

她信他！怜他输，信他赢。三生有幸吧，终其一生能遇上这样一个人。

不用多余的话，看到她眼底的笑，他已无憾。

"让玉扣子通知后方将领后立刻进来。"

龙修文的声音在殿上响起，隐隐含了一丝不易觉察的焦灼。

他在吩咐身边两名黑衣人。

"七哥，不必派人过去！"龙非离淡声打断了他。

龙修文冷笑，不予理会，很快脸色大变。

与龙修文一样，殿上所有人也瞬间变了脸色！

因为，从殿外又走进来一个人。

这个人，与段玉桓一样，谁也不曾料到他会在这里出现。

月落国二王子——纳明天朗！

反而是龙梓锦颤声问出了所有人的震惊："纳明王子，你怎么过来了？"

纳明天朗朗声一笑，缓缓道："紧赶慢赶的，幸好终于赶上！是皇上邀请纳明过来作客。"

他说着微微瞥了一眼龙修文，龙修文心头一沉，冷笑道："若王子此来是为龙非离说情，那请恕修文无礼，修文绝不应允！"

"七王爷，你以为纳明要你放过皇上？绝不应允？好笑！谁要你应允！"纳明天朗轻嗤而笑，目光看向殿上所有人越发疑虑的眉眼。

"七哥，你还是不懂。"

龙修文心中一凛，紧紧地盯着从阶上缓缓走下来的龙非离。

龙非离勾唇一笑:"纳明王子根本无须为朕说情!他此次来,已送了朕一件礼物。"龙修文眉头深锁,厉声道:"什么礼物?"

"二十七万兵马。"皇帝的声音一落,整个大殿顿时陷入一片死寂,很快,又爆发出一阵惊喜欢呼之声。龙非离下首,所有官员都乱了,沸腾了!

"什么二十七万兵马?"龙修文身子一晃,咬牙厉声问道。

"喏,不是在门口吗?"纳明天朗挑眉笑道。

"那是本王的兵马!"龙修文厉声道,眸中露出一股狂热得像失了方寸的凶光,"那是大王子借给本王的兵马,你无权动它!"

纳明天朗从怀中掏出一件物什,沉默了好一会儿,才淡淡道:"王爷说得不错!在月落,兵马大权归我大哥所统辖,纳明确实无权过问。"

龙修文扬声而笑,跨步向前,一把揪起纳明的衣领,冷笑道:"那是自然!"

"只是,若过问的不是纳明呢?"纳明天朗低眸掠过抓握在自己衣衫上的手,微微一笑,"我大哥是长子嫡孙,也极有可能是月落的未来国主,但现在月落的国君仍是我父皇!"

他猛然收住声音,手中明黄绫缎一甩,布幅拉开,只见其上白纸黑墨,下首一枚印鉴朱红。

"七王爷,莫忘记纳明的母亲乃月落之后,父皇虽最宠萧妃,拟立我大哥为储君,但毕竟与我母后也夫妻情深,对我母子怀有愧疚之情。

"纳明跪求父皇数个日夜,才求得了这件礼物——二十七万兵马尽皆相助于西凉国君龙非离。"

就像肥皂泡一般,起初美丽绚烂,只不过短暂的一瞬就破灭了。龙修文眸光黯淡,劈手便去抢夺纳明天朗手中圣旨,龙梓锦与清风大惊,飞身过去相护。

"在纳明进来之前,圣旨早已传遍月落将领。七哥,你只管去抢。"龙非离负手在后,轻轻笑道。

龙修文重重闭眼,末了,倏然睁开,咬牙冷笑道:"龙非离,你一直在延缓时间,等纳明天朗过来。"

"纳明离开西凉之前,探子报,宫里你二人并无相处密谈之时,反倒是我与他在一起的时间最多。他回国以后,王府里有我的探子,你们也无书信往来——"

他的疑虑很快被纳明天朗低笑着打断。

"回国前,纳明与皇上见过一面。早在西山围场,我便接到皇上暗递的纸笺,相约在他去帝陵的路上见面。他出发去帝陵那天,我辞行回月落,实际上,我并没有立刻回国。"

"原来竟是这样！"龙修文身子颤抖，仰头大笑。末了，他冷冷地盯着龙非离，一字一字道，"你以为你赢了吗？还有一种可能只怕你并没有料到！"

"太后与藩王手上军队总共二十五万，我有三万亲兵，另有帝陵军约五万人，若我们所有人的兵力组成盟军攻打你，你说会如何？"

太后本已不抱希望，这时却隐隐燃起一丝希望。温如凯与方楚帆几人也重重颔首，他们反了龙非离，龙非离必不会放过他们，若反之与龙修文合作，这利益好处，战胜以后再商也未尝不可！

龙非离眯眸打量了二人一眼，终于轻轻笑了出来。

"确是。若你等三方结盟，又加上帝陵军，共有三十三万兵马。朕这边禁军四万，加上月落二十七万，也不过三十一万兵将。"

"但若帝陵军队再不属于你呢？七哥，你道玉桓为何会在此出现？你要调动帝陵军，必须要派人去送苍龙阙，你遣一千兵马护送苍龙阙前往帝陵，朕却命段玉桓调五千精兵去夺你的苍龙阙。你说，这苍龙阙最后会落在谁手里？"

"段玉桓已经回来了！"

龙修文喃喃道："什么五千精兵，什么日暮城一役，段玉桓所领五千兵马全军覆没通通都是假的！"

昨日情节再演，原来还会如临其境，还会微微的激动。

目光从镜子里移开，朱七轻轻合上眼睛。

那场仗，后来还是打了，但几乎没有什么悬念——龙非离赢了。

每个朝代，不管在现代还是云苍大陆，以少胜多的战役并不少，但也不是每次都能奏效。一而衰，再而竭，气势若先输，则已输五成，更不必说数目相差不少。加上帝陵军，龙非离共有三十六万兵马，龙修文、太后与藩王的兵马加起来不过二十八万。

后来，龙非离说了些话，双方的兵马数目又有了改变。其实他也只是向三名藩王重复了龙修文的话。最先，他看向方楚帆。

他那天的话，她还记得很清楚。

——三位与太后、七王爷联手，若输了，输的就是性命。实际上，朕与三位并无私仇，没有非取你们性命的原因，朕想杀的只是太后与龙修文。若三位降，这藩朕会撤，但朕能留你们性命与所有荣华富贵。朕可向这殿上所有人起誓，必不害你们性命与家眷，纳明王子亦可做作证。

心理的攻防有时很简单。方楚帆最先归降。随后，是其他两名藩王。

朱七微微笑开，心想，她总会记得那个人的一双眼睛。那时殿上的年璇玑也是十分笃定——因为那双眼睛在说话的时候，锐利而笃定，就像，若一且开战打起来，他一定会赢！

他很强硬，甚至立刻便开出撤藩的价码，那些藩王却答应了。

最后，他手上多了十五万兵马，与太后、龙修文相比，五十一万对十三万，三比一不止。在打帝都那场血战以前，朝堂上，早已打过一场没有硝烟的战争。

战争的目的是什么？赢的目的又是什么？怎样才算赢？不是战场上以勇拼，以死搏这样的一场胜利，是能留下更多人的性命。

这是他后来告诉她的。他杀人的时候可以毫不眨眼，却告诉了她这样的话，为什么人性能如此矛盾？她不知道，正如她不知道她为什么会爱上他。

后来，她问他，为什么当时他要将她推向龙修文去救温如意。她明白，若她与温如意当时都在龙座前，他未必能顾及，她不是在意他救温如意，只是，她不想沾染到龙修文的气息，他又明白吗？

他说，他不会让龙修文碰到她。

确实，在他把她重新拥进怀中之前，龙修文并没有碰到她，哪怕衣角。

她问：你敢如此笃定？他看了她一眼，回答得很简单：敢。

她说：那是我准备滚下去，才给了你时间。

他笑着摇头，说结果不会改变，他必定不会让龙修文碰她。

她怔住，不忿地反问：你把每件事都计算得如此周到，难道就没有你不敢笃定的事情？

他沉默了很久，说了一句：有，我不敢笃定这场叛乱的结果，才送你出宫。

她想，也许，这是他说过最动人的情话了。

她后来想了很久，隐隐明白，他有他的计算，却也是在赌。赌纳明天朗能赶到，赌段玉桓的兵能把龙修文的兵击败，截下苍龙阙。

因为不敢确定，他才用了五倍兵力去夺苍龙阙。在不确定中，把能赢的几率增加到最大。

关于那时金銮殿上他救温如意的事情，她也想明白了些，他不想欠下温如意的情。也许，无关爱，但有关情谊。她再次笃定，那天在碧霞宫里，他若果真杀了温如意，那么他心中有一块必定会塌下。

不论是谁，不管有多么决绝，其实总输给时光。十四年，不是很长，却也绝不短暂。

她明白，她能懂。

Mo Wu
Bi Ge
——

墨舞碧歌

著

我的温柔暴君

下

江苏凤凰文艺出版社
JIANGSU PHOENIX LITERATURE AND
ART PUBLISHING, LTD

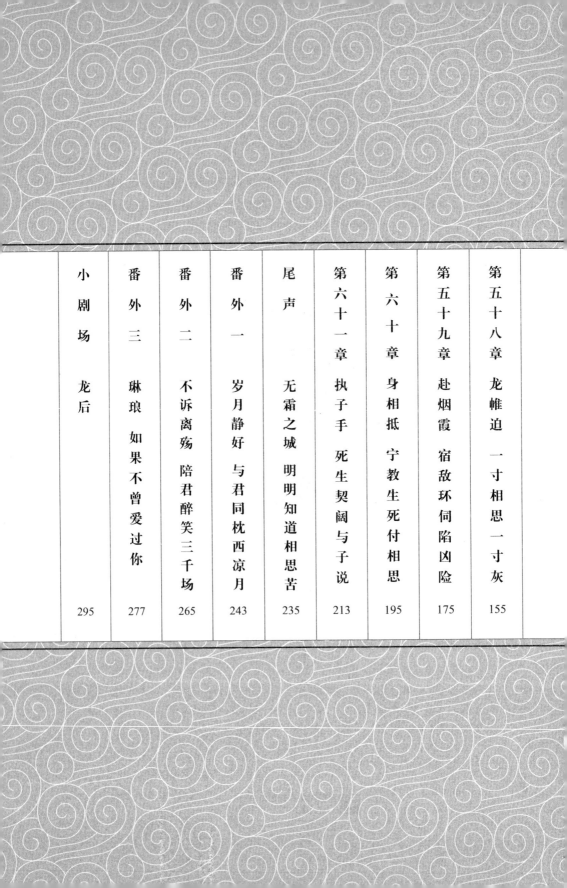

目录

第五十章

姐妹情 往事成烟无故人

随后的两年，似黏稠的麦芽糖粘在手心，却又似水从指缝流过。

时光似慢又快。

当身处其中，是一幅画卷，长长的画卷，就像清明上河图，每一帧，有人，有物，有事，流金而明媚。

细细去想，光景沉沉。

再回首，也许不过是三言两语便能概述。留下的，只是模糊了的风景和人事，还有种种措手不及的意外。

但那种或欢悦或悲痛的心情，记忆却不会忘记它们的踪迹。

龙修文和太后在联兵以后，仍吃了败仗。龙修文与太后的党羽均被擒。

后来，太后用茹妃的性命来交换自己、龙立煜还有温如凯的命。

可惜，失败了。

温如意与他一样，那天赢了漂亮的一仗！她本就已探出茹妃被囚的大约位置，早在所有人走进朝堂之前，她便借了龙梓锦手上的多名紫卫潜入地宫，救出了茹妃。温如意清楚地知道，那天太后的注意力只会在朝堂，地宫必不设防。

她明白，茹妃对他的意义。当茹妃坐在软榻上被人抬着出现在殿上的时候，她看到他紧闭了一双凤眸，睁开的时候，竟微微露出了欣喜，又疾步奔过去。

在所有人的目光里，她看着他掀起衣摆，缓缓跪倒在茹妃面前。

普天之下，年仅二十二岁的他，膝下只跪一个人。

那一刹，她想哭，他终于自由了。这世上，若为自由的缘故，又有什么不能舍弃！

太后等人的结局，她不知道。正如她不知道纳明为何相助龙非离。

若单论交情，她说什么也不相信。即使龙修文向交情极深的大王子借兵也需以西凉土地做筹码。

只知道，当太后在殿上看到茹妃的时候，吓得跌在地上，后来，他便命人把他们押了下去。处死，流放，人彘……她不知道龙非离后来是怎样处置太后他们的。若没有当场论罪诛杀，想来暗下酷刑难逃。毕竟，太后将茹妃害成这个样子，而龙非离不是有仇不报之人。

但龙修文的结局，她却是知道的。也许该说，那不算结局。

她万万没有想到会有这样的转折，龙非离也没有想到，所有人都没有想到——包括龙修文自己吧。

龙非离当场便要杀了龙修文，茹妃却制止了。

她说，她当年还是新婢的时候，一次，犯了太后的忌讳，太后本要杀她，龙修文之母淑妃却救了她。

她也因此得以在淑妃手下做事而不受欺侮，再后来，遇上先帝，得受龙宠。

本来，在她之前，淑妃貌美脾性又好，是宠冠后宫的妃嫔之一。后来，先帝却爱上了她，一直全心全意地爱着她。后来淑妃郁郁而终，于淑妃她总觉有愧，是自己抢走了属于她的宠爱。后来，先皇更因龙修文误伤龙非离，而把这个七儿子流放忘忧郡。

所有人都下跪说，不能放虎归山。

龙非离握紧拳，她清楚地看到他眼里浓烈的杀意。他想让龙修文死，她说不清楚那种感觉，仿佛龙修文抢夺的不仅是他的江山，还有其他什么宝贵的东西。

他跪到茹妃面前，茹妃却长叹一声道："孩子，若母妃有腿脚，那么母妃会跪下求你。"

她知道，所有人都知道，他们分别了十四年，他不愿意在一重逢便拂了母亲的意，但这一放，以龙修文之智，要捉要杀，只怕就难了。

龙修文轻轻笑了，望着龙非离，道："若有一日，龙修文的死讯不慎传出，那么你龙非离便是个该被万民景仰、信守承诺的好皇帝，也是个孝顺母亲的好儿子！

"对了，你的年妃的滋味真好，那身子又白又滑，尤其胸前一点朱砂，美妙至极，倒不知三哥是不是也因为尝过滋味才这样念念不忘呢。"

在龙修文的笑声中，殿上所有人都变了脸色。

龙非离眸中一片猩红，额上青筋突起，若非徐熹死死拉住，他当场就杀了龙修文。

她身子一软，差点跌倒在地，幸好他紧紧地搂住了她。

她明白，不管这些朝臣怎么想，谁也不敢说她一句什么，茹妃却微微变了脸色。

玉扣子不知所终，而龙修文最终被放走。

他本要囚禁龙修文，后者很聪明，说若没有自由，他便自尽。

龙修文当时淡淡地笑道："茹妃，你已害死我母妃，就让你的儿子把她的儿子也杀死吧。"

没有了眼珠子的眼眶盯着龙非离，茹妃闻言，竟要从软榻上爬下来……

终于，龙修文没有了所有的东西，却独独留下性命。

他跨出殿门之际，轻轻瞥了她一眼，目光寒冷邪肆。

她心头猛地一颤。

她不知道，是不是因为龙修文那句话，当晚，茹妃设了个小家宴，茹妃没有叫她，她本来不知道——他只告诉她母妃叫他过去说几句话。

她知道，久别重逢，两人必有很多话要说，只笑着催促他快去。他深深地看了她一眼，让她等他，便带了徐熹离去。

没有他的储秀殿，她待了一会儿，便想回凤鹜宫走走。凤鹜宫发生过太多的事，昔日的宫人虽已全被遣送回来，但很多人都已不在了……

翠丫，小双子，几个可爱的小宫女，还有小吕子。

说起小吕子，帝都之乱以后，便再也没见过吕宋。这个谜一般的男子想必已回了仙砚台吧。

所幸，他还没有修成仙，仙人不念情。夏桑没有死，只受了极重的内伤，龙玉致陪着他在皇宫里将养。

她回凤鹜宫看了看蝶风等人，便到夏桑那边探看。龙梓锦等人也在，龙玉致又哭又笑地在照顾着夏桑。

她安慰了龙玉致良久，又悄声嘱托了乐晶莹几句，若她与段玉桓再赴边塞，请替她带几句话给白战枫。彼时，乐晶莹与段玉桓已确定了关系。

——大哥，珍重万千。

从那边出来，她孤零零地在宫里走了好一会儿，最后，去了温如意的院落。她想和这个女子谈谈。

丫鬟却说，茹太后设了家宴，姑姑去了茹太后那边。

她记不清自己是怎么离开的。黑暗里，独自一人慢慢走着。

他没有告诉她，茹妃设的是家宴，更没有说温如意会去。她明白，他是不愿意让她多想。其实，茹妃相邀温如意也在情理之中，毕竟，是温如意救了她。

茹妃，如意，名字相仿，仿佛也是缘分一场。

只是，她还是禁不住心里酸涩，抱着双臂独自走着。这个夜，有点儿冷。

龙修文真的很聪明。刚才在储秀殿，她几经追问之下，龙非离才告诉了她西山围场的事。

龙修文有意把她身上的特征说出来，龙非离再内敛，在那种情况下，还是一下变了脸色。她的反应更甚，都是本能。不知道围场的事，但那些眼尖的人，却会猜度她与龙修文的关系。

茹妃也听在耳里吧。温碧仪不喜欢她不打紧，但茹妃是他的生母，如果是在现代，便是她婆婆了。婆媳关系，果然放到哪里，很多时候都有问题。

家宴，想来是个小家宴。因为即使亲如龙梓锦也没有过去——在夏桑那边，那家宴又会有几个人？

春天的天气还有些寒凉吧，不然，她怎么会越走越冷？

她在纠结些什么呢？温如意已经不是那个温如意，为什么总是战栗不安？从温如意死而复生在碧霞宫再见，到大牢、兰心小榭、金銮殿……总觉得，自己对温如意的感觉很奇怪，而重生的温如意对龙非离似乎并不陌生……

前线还在打仗，但皇城这场动乱，却让帝都这边的大事情几乎都尘埃落定。虽然，还有不少事情要处理，朝官必定会撤掉一批，换上一些新鲜血液，后宫的关系也会有些微妙的变化。首先，华妃估计会被打入冷宫。

还有，她得把小狼找回来，那晚，它明明在大牢里，后来却莫名消失了。最奇怪的是，到底是谁给她和翠丫戴上了人皮面具？但不管怎样，她与他之间，应该从此幸福快乐，像所有故事的结局。

身上越来越冷，她该回去了。

夜色里，她眯眯辨别了一下储秀殿的方向，快到了，却陡然听到一声怒斥："谁让你到处乱跑？"

她一怔，回头却看到龙非离紧拧着的眉头。他背后，徐熹领着几名小太监掌着灯。

"储秀殿的内侍说你回了凤鸳宫，你的丫鬟却说你去了夏桑那边，夏桑那边也没见着人影，黑灯瞎火的你出来做什么！身边也不带个人，大乱刚过，虽说有紫卫在巡逻，但你身边总该带些人！"

他怒气冲冲地说完，大抵是看她拢着双臂身子微微颤抖，眸光一沉，又伸手去摸她的脸。

"怎么这么凉？披风呢？"

他的怒气更盛。

她心里堵得慌，低声道："我现在就回去。"

不想和他吵，她转身就走——今晚还是回凤鸳宫吧。她难受，但却知道并不能怪他，他也有他的难处。

也许是这段时间累的，牢狱，宫役，她很久没有好好休息过了，不想和他争执，只想回去睡一觉。

才迈出一步，已被他拦腰抱起。

回到储秀殿，两人洗浴过，他将她抱上床搂进怀里。

床帷外，夜明珠光辉莹润。

她背对着他，他突然支起身子，看着她。

她闭上眼睛，仍感觉到他目光灼热，烦躁地叫了一声，伸手去捂他的眼睛。

他拿过她的手，放在掌心，微微沉声道："自己犯了错还闹脾气？"

"谁跟你闹？"她顶撞回去。

以为他会狠狠再责骂她一顿，没想到他却沉默了。

她皱皱眉，终于忍不住睁开眼睛，却看到他深深地盯着她，像要把她生吞活剥了似的。她脸上一热，正想翻身，却被他吻上唇。

年家的事以后，两人便分开。这时一旦亲热上了，哪还能分得开。

良久，他气息不稳地在她唇上轻轻摩挲着："小七，替朕生个孩子。"

她一怔，现在——他们终于能有自己的孩子了吗？

她又惊又喜，突然想起六子，又想起年夫人，心中一黯，却听他轻声道："六子和你娘亲都没有死，就在烟霞镇隐着，隐于大市。待匈奴的事一了，朕便带你去找他们。"

她一下子愣住，随即大喜过望。他竟然看出她的心事——激动地吻上他的嘴。

他的眸光一下深了，两人又纠缠了许久，她以为他会要她，末了，他却只把她小心地抱回怀中，道："睡吧，前些天牢狱之灾闹的，这身体底子坏，得慢慢调理好起来。"声音平淡，却能听出他语气里的怜惜和紧张。

她与他紧贴着，能感觉到……他想要她！她咬咬唇，偎进他怀里，小声道："可以的。"

"快睡。"

他的胸膛微微起伏，声音有丝沙哑。她心里一甜，闭上眼睛。

以为这样的欢喜，又重回他身边，会很快入睡。哪知道，虽倦，却始终睡不着。

年璇玑重重闭了闭眼，发上他的大手轻轻放下："有什么事就跟朕说。"

他的声音很清醒，没有任何睡意——也许，她四处乱走，他早就嗅出了问题。

"阿离，能不能让如意出宫？"她突然冲口而出。

是夜，华容宫。这里是新太后茹妃的寝殿，宫室里灯火明亮。

几个婢女安静地侍立在下首，暖榻上，茹妃一声轻叹，道："徐熹，给哀家说点事儿吧。"

徐熹低声应了。

茹妃又是淡淡一声叹息："哀家，哀家……这个称呼，徐熹啊，阿茹没有想到还能有这一天。"

"这都是太后洪福，皇上圣明，还有如意姑娘聪慧所托。"

"嗯，说起如意那姑娘，哀家很是中意，也是她把哀家救出来的。"茹妃笑了笑，又微微顿住，"哀家与皇上多年未见，徐熹，你是皇上身边的老宫人了，给哀家说说我这儿子的事吧，也说说年妃的事。"

徐熹一凛，突然记起今日殿上龙修文的话。

储秀殿。

男子半晌不语，年璇玑心里一沉，低低笑道："看我这是说了什么，嗯，我睡觉了。"

她刚翻了个身，龙非离已把她抱到身上。

她有些无措，为他那双黝黑锐利的眸深深浅浅地打量着自己。

心里正堵得慌，把头埋进他颈窝，他却将她的脸轻轻捧起。

"小妒妇。"

他老骂她妒妇，她气闷，咬牙道："去死吧你！不妒就是不喜欢你。"

她骂完，却又怔了怔——他的眉淡扬着，唇角轻勾。

他在笑？

她还在呆愣中，他却把她的头压下："好。明日朕便拟旨。"

所有阴霾仿佛一瞬间被扫空，心里却又有丝沉重，年璇玑低声道："我不好。"

适才和蝶风说起碧霞宫的事，蝶风苦笑，道："主子，你当日不该阻止皇上。利剑刺下当场便会毙命，比不得吞毒仍有救援之机，她害死了人，本就该抵命的。"

蝶风说的，她终究无法做到——可是确实不想让温如意留在这里，对着他，她不想掩饰自己心里的魔。

"你很好。"他的声音变得不悦。

她猛地抬头，低吼道："你喜欢嫉妒的女人吗？她是我的救命恩人，我没有容人之量，我——"

他眼角挑起细细的皱纹，喉里逸出的声音有些不稳。

敢情他在得意？

她越惊讶，他越高兴。两人嬉闹着，她几乎无法想象这是在朝堂上的那个人，终于他一个翻身，把她压在身下，沉声道："再不睡……"

明珠光晕，风拂床帷，被卷开的细小缝隙中，隐约可见，雪白上一点朱砂娇艳如滴，女子的声音慢慢破碎……

翌日。

明明睡前，说了一套媳妇作战计划，让他把她唤醒，早上去给他母亲请安，再去小膳房做些吃的，好等他下朝后一道到华容宫陪他母亲吃饭。

他自己办事有规律，对她却不然——五更天轻手蹑脚起来的时候，象征性地轻轻唤了她几声，便听他道："还是再睡会儿为好，朕下朝便带你去华容宫请安用膳。母后那里，朕让人燃些安神静睡的熏香，她不会早起。"

他这是什么鬼主意？

不知道是他的话让她宽了心还是怎样，她不争气地爬不起来——昨晚不该闹的，一闹，两人做了那事，他是神清气爽了，她的身子却像散了架……

但昨晚，他没有避孕。

她在自责又欢喜的迷糊中起来，便听到有人扑哧一笑，看去却是蝶风。

她收拾妥当，煮了些茶，也不让蝶风拿，自己端着便赶紧带了蝶风出殿，想去华容宫给他母亲请安——不管茹妃起来没有，她等着就是。

才出殿门，就听蝶风一声惊喝："你来这里做什么？"

她还没反应来，一抹身影已快步奔过来抱住了她。

"龙非离下了旨，让我出宫，阿七，我不想和你分开……"

一声清脆，她手中的器皿碎了一地。

溯镜外，雪流景伸手揽上她的肩，朱七笑了笑。

若早在溯镜中看到当日碧霞宫里辛追追对龙非离表白的情景，她还会把温如意留下吗？

也许会，也许不会。

当时却只是喜悦，拉着她大笑大叫的喜悦——于是，"如意"对她与龙非离的好，在辛追追的补叙中，都成了因为阿七。

她没有朋友，她们几乎一起长大，她信辛追追。

一年多的光景就这样过去。

不管繁华背后有多少真假，时间却总是匆匆而过。

在白战枫首次击溃匈奴，在夏桑偕龙玉致离宫，在段玉桓与乐晶莹结成夫妻，在她与茹妃不咸不淡的关系，在辛追追与龙非离日渐熟络中过去。

说到辛追追与龙非离熟络，最起码，在年璇玑看来是这样，因为辛追追不是温如意，她本来并不认识龙非离！

再生缘
我的温柔暴君

辛追追说，2010 年，她发现了双层棺的秘密以后，一天夜里一个人悄悄回到研究所，打开了棺木，而后便失去了知觉，醒来的时候已到了这里。其他的，她没再说什么。年璇玑从小就知道，辛追追的性子有点儿古怪，也会像自己一样有时没心没肺，却也极为心细安静。毕竟，像她那样的年纪，已拿下博士学位，又参加大量枯燥的历史研究工作的女生少之又少。

不知道，在龙非离看来死而复生的温如意是怎样的一个人，他会觉察到温如意的不同吗？他又如何看待她与温如意突然好转了的关系。

她开始也有些忐忑，有一晚，龙非离却突然跟她说，你开心就好。

他让人后怕的敏锐！

她与辛追追待在一起的时间甚多，辛追追有时也会随龙梓锦出入龙非离的书房。

龙梓锦与她私下谈过温如意的事。龙梓锦笑说，也许一次死生，真的让如意改变了。这改变很好，只是，他说话的时候，有些惆怅——如意始终不肯接纳他。

她心中慢慢浮上了一丝黯然，实际上，这位多情的十王爷喜欢的那个女人已经不在了。那个已经死去的温如意，死前不知道是怎么想呢，有没有想过与这位王爷在一起。只是，一切都已无从得知。

而龙梓锦与崔医女之间扑朔迷离，她大概也明白，龙梓锦也许把崔医女定位成知己一般的朋友，并无男女之情。崔医女却不是，她爱着龙梓锦。

她与崔医女走得很近，像与乐晶莹一样成为很好很好的朋友。龙非离也因崔医女对她好，甚是喜爱这名女子，擢升她成为太医院的副院正——崔医女的医术与医德，也确实当之无愧。听说，有年轻的官员向她提亲，龙非离还亲自过问了这件事。后来，崔医女婉拒了。

而说到乐晶莹，也是一桩缘分，细说起来，原来乐晶莹的娘亲与年夫人出阁前竟是手帕之交。乐晶莹娘亲心伤年夫人的事情，她暗中告诉了乐晶莹年夫人的事情，乐晶莹明白个中利害，没有告诉乐夫人，笑说，若有一天她与皇上游烟霞镇，她必定代母去看望。

与白战枫也时有见面。都是多人在场，他们很少说些什么，有时也只是一个月光互换，但知道彼此安好，她也就很快活了。

那时的她，其实忽略掉一个很重要的问题，而辛追追没有跟她说过——辛追追有温如意的记忆。

她去猜过龙非离的想法——实际上，龙非离这人心思难懂，但龙梓锦呢，熟悉昔日温如意的龙梓锦竟完全没有觉察到现在温如意的不同吗？除非辛追追很熟悉温如意的事情！

龙非离与一众亲信会在书房讨论一些时政问题，当然，分属机密的事情，男人们会在下朝后的金銮殿上商讨。

偶尔，她们在的时候，会插上几句话。撇开以前种种，对于辛追追的见解，众人都甚是赞赏。

她知道，龙非离也是，她看到他微微赞赏的目光——他向来是个苛刻的"老板"。

她也会说一些话，但很少说有关政见的东西，只说些俏皮话。有些政务，她并非不懂得，只是她更喜欢这样一些——看到龙非离有时微皱的眉，她想逗他笑笑。

龙非离也古怪，会紧盯着她说一些口水话，唇角上扬，不知道他在笑她笨还是怎样。

这个时候，她会不自觉地看到辛追追望着她，然后淡淡笑开。

蝶风还是不喜欢温如意，不理解为什么她突然跟温如意好了，但碍于她的面子，没说什么，只说让她一切小心，自己也会监视着温如意的一举一动。

考虑过，她还是没告诉龙非离自己并非原来的年璇玑。若他喜欢的是朱七，她是不是年璇玑又有什么要紧？

辛追追也说，还是先别告诉他。也许会对历史有什么影响也说不准。

她们私下也会猜测那具双层棺的秘密，也试着联系玉环，却一直联络不上。后来，辛追追的手机电池也寿终正寝，将法拉第的电磁原理鼓捣了很多次都没有成功。

这一年多来，龙非离整肃朝廷人事，而后宫——实际上，在宫变以后，她重新被封妃，并没有人提出反对意见。她明白，他在背后必定花费了不少心思。他没说，她也没问。

华妃被流放，皇后仍保留了中宫的位置，容慧也还是慧妃。郁相与容将军都是功臣，而年相是一名叛臣——朝中大臣都在看着！这天下百姓都在看着！

她明白，也不在意位分。他却跟她说，不用多久，他会给她女子最高的荣耀。

他对她越来越宠爱。

除去她、皇后和慧妃，宫变以后，他便没有翻过其他妃嫔的牌子。皇后与慧妃的寝宫，他会去，但去得不多。后宫似乎开始形同虚设。

秀女擢选进宫，每三年一次，他截下了内务府那边的安排——而内务府，夏桑离去以后，掌权的依旧是徐熹，副总管的位置便由徐熹手下的人接下。

茹妃那边的意见很大，一些老臣也纷纷上奏让龙非离选擢新妃进宫。因为，皇后、慧妃和她都无所出。

皇后与慧妃没有生育并不奇怪，她知道他动了手脚，但多年以来，他与她并没有避孕，她却没能怀上他的孩子。她宠冠后宫，无疑成了风尖上的浪。

他护着她，并没有人敢说什么，而朝官里，官大的，也不过是以郁相、林司正为首的少数老臣上奏谏说擢选新妃，其他的都是他一手提拔出来的人。

她很不安，他却担心她的身子，毕竟她以前受的伤害很多，身子骨差，让崔医女仔细替她检查。崔医女几次诊查，结果都是——娘娘的身体虽弱，但经过一年多的调养，已恢复了不少，并没有任何不孕的症状。

他的身体很好，他们第一次就有了孩子，为什么现在反而怀不上呢？后来，他也做了检查，他的身体强健，更无异常。

很奇怪。

她一直在想，该怎么做才好——他从不是信口开河的人，她知道，不久以后，对皇后与慧妃，他会有安排，届时她会成为他唯一的妻子。

但他是王！王不能没有继承者！

她更知道，他的野心很大！他有逐鹿天下的野心——这个天下，不再是西凉！

云苍，有些国家和游牧民族还处于蛮荒状态，不识教化，经济文化不发达，她知道他心中有个大统一、大繁华的梦。

他还很年轻也不急，她知道他在计划着——西凉本就是大国，十年生息，她有种预感，他会成为云苍的霸主！

这样的男人，怎能没有孩子？

茹妃以前也被先皇宠冠后宫，但换了位置，却有许多不同。她也许能忍受他的儿子只宠爱一个女人，但她无法认可他没有子嗣。

她与茹妃的关系不好。茹妃喜爱辛追追，她让辛追追有时帮着说上几句——她不是要茹妃的认可，只是想与他一起去孝顺他这个曾经受过很多苦难的母亲。

可是，也许是缘分，也许是那天大殿上所有的先入为主，也许是子嗣问题这不可调和的矛盾，她与茹妃的关系有走向恶劣的趋势。

她心中有很多不安。

这一晚，她从梦中惊醒，被他紧紧抱住，看到他满眸的心疼。

大掌擦拭着她汗湿的发，他柔声问她做了什么梦。

她已经不再做那个辛追追和玉环的梦——也许是因为辛追追已经在她身边。

还是会做些噩梦，却似乎没有什么意义，不像之前的古怪隐晦。每次，他都会仔细问她，她就告诉他，然后，在他的倾听中，她的害怕会一点点散尽。

"做了两个梦。"

"告诉朕。"他轻轻拍着她的背。

"我梦到小狼和翠丫。他们站在一间屋子里看着我，神情惊恐，好像我背后有些什么东西，我很害怕，转身去看，看到了那个穿着大红衣服的紫苏娘娘对着我笑。"

她攥紧他的衣服——翠丫死了，可小丫头的模样在她脑海里一直还很清晰，好像她并不曾离去一样。而小狼，他花了很多人力去找，却一直没有找着，仿佛已在这个天地间消失。他跟她说，那雪狼也许回到了它原来的世界。

夜明珠的光亮透进来，他微微皱眉："不是屋子，你梦里的地方应该是座庙宇。"

"庙宇？"她吃惊地问。

"嗯，你对紫苏的印象就是从那里开始——桃源村。"

"阿离，梦见小狼和翠丫并不奇怪，只是怎么会梦见紫苏？"

她看他抿了唇，似在思考着什么东西，怔怔地看了他好一会儿，他突然轻笑道："朕明日找些典籍翻查一下紫苏的传说，给你解梦。"

她听他语带戏谑，不由得扑哧一声笑了，心里的害怕倒少了几分。其实，她最疑惑和害怕的是，紫苏的脸是辛追追的！当然，这些她没有告诉他。

"给朕说说另一个梦。"他淡淡问着，伸手仔细替她擦去额上的汗。

"睡吧，你待会儿还得上朝。"她支吾道。

"嗯，还有一个时辰，那咱们耗着吧。"

"龙非离！"她急了，知道这个男人的脾性，苦笑道，"我梦到了我们那个孩子。"

"阿离，是我亲手杀了他！你说这是不是我一直怀不上孩子的原因，我曾亲手杀死过咱们的孩子！"年璇玑眸中的泪把他的单衣微微打湿。

"是朕！"他的声音有丝暴躁，"是朕害死了他，与你无关！明日若有谁再敢说一句选秀的事，朕便杀了他！"

"阿离，我给不了你孩子。如果——"她咬咬牙，却始终说不出口，她不想让别的女人为他生儿育女！

"年璇玑，你把朕说过的话都弃了忘了？"他冷笑着诘问。

"不准因为这样就杀人！我也不想让别的女人替你生孩子！你的孩子只

能是我生的，我不要你再去碰别的女人！”也许被他这段时间以来的宠爱惯的，她被激起了脾气，吼了出来。

他把她揽进怀里，紧紧压着："朕想过了，若咱们没有孩子，朕便把十弟的孩子过继过来，养在你膝下，唤你母后，好不好？

"他也是龙家子孙，朕可以把皇位传给他，朕教他文韬武功，教他治国方略，你教他……"

她愣愣地从他怀里抬头，瞪了他半晌，两人大眼瞪小眼，他皱眉道："你好像还真是没什么能教的。"

她顿时怒了："我能教我能教，我会做饭。"

这次，换成他盯了她半晌。

"好吧，你能教。"迟疑了一下，他唇角抽了抽，有点儿勉为其难地接过她的话，"你教……做饭。"

"嗯，好的。"她这才满意地偎回他怀里。过了好一会儿，她闷声道："老十还没有娶亲，哪来的孩子？"

"娶亲还不简单吗？"

"追……如意不会嫁给他。"

"崔霓裳不好吗，嗯？"

她眼睛一亮："霓裳？"随即黯然，"不成的，老十当人家是红颜知己，你若指婚，霓裳自是千情万愿，但这样他们两个也不会开心。"

"嗯，朕也这么想。"

她一怔，从他怀里急急抬头，满脸黑线："敢情你刚才说这么多只是寻我开心！"

他勾了勾唇："那你开心吗？"

她又好气又好笑，赏了他几个爆栗。

他永远也不说甜言蜜语来哄她——估计他也不会，在这方面他很白痴，但他对她很好。

爱以外，确实叫得上一个宠字。

吻，轻柔地落到她的发上，他的声音从她头顶传来："小七，孩子的事不是你该去担忧的，那是朕的事情。但朕与你说过的话，你给朕记牢！

"母妃那边，你不必在意。崔霓裳说，你的身子最近又差了，若你的身子不好起来，朕绝不会带你到烟霞镇去看望年夫人。"

"不行！去年你都没带我去，与匈奴打仗，整顿朝政，整顿太后、藩王和龙修文那混蛋的军队……"

庆嘉十六年，是他极为忙碌的一年，她怎么忍心要他陪自己去烟霞镇，只是这一拖，却拖到十七年。

现在已是仲夏。

"不笨，还说得头头是道。"

"龙非离！"

"所以，你尽快把身子养好，若仲夏过完你还是这副病恹恹的模样，就哪里也别想去！"

"秋初？"

"嗯，月落国主的身体估摸熬不过这个秋天。"他眸光微深，"战枫说，匈奴那边又开始蠢蠢欲动。"

她一个激灵，猛然意识到什么！

月落国主一薨，意味着新主登基，大王子纳明天月已确立为月落的储君，但这储君人选，眼前的男人只怕并不这样想——纳明天朗曾卖过一个天大的人情给西凉！

这也是庆嘉十六年白战枫击败匈奴，而他没有下令乘胜追击的原因吧——若当时便收复匈奴，以白战枫之才，也许能办到，但估计也只能是惨胜，西凉必定折损不少兵马，毕竟匈奴实力极为雄厚。

他并不像他父皇那般仁厚，只是需要时间将夺下的军队整顿妥当，休养生息来打这一场硬仗！

所幸的是，这场仗领军的都是他的人。白战枫不消说，他以前便一直培养着的宁君望已隐隐有接下容将军之职的趋势——一来，容将军征战沙场多年，伤患不少，二来，白战枫、段玉桓以外，宁君望在匈奴的抗击战中表现也极为出色。

另一方面，郁相年事已高，夏侯初早被传为接替郁相的人选……这也是他日后把她册后的基础。她知道，即使退下高位，他亦会善待郁相与容将军！但他的决定，势在必行！

同时，这一次，他要对付的是两个强国。

只是，真的又要打仗了吗？这场仗，只会比十六年的更艰难！

帷帐外，天光微亮，夜色慢慢淡去，她反而越发不安起来——十七年，茹妃，孩子，烟霞镇之行，白大哥的安危……

他在朝堂上斥退了提议选妃的老臣。

他对她的爱宠，对这样一名罪臣之女的宠爱到了空前之境，却似乎还会日益增长下去——让所有的人艳羡又嫉妒！

这让她快活又忧虑，而让她更不安的是，接下来的数天，辛追追的情绪波动似乎极大，两人甚至为了一桩大家都记不起的小事吵了一通。

多年朋友，她们也不是没有试过拌嘴。

她是不放在心上，奇怪的是——后来，辛追追躲在自己的院里，也不出来。

直到那天，茹妃在华容宫又设了一回家宴，她才再次见着辛追追。

这次的家宴，请了很多人。

而所有种种无法预料的事情便从这个家宴开始——

年璇玑带着蝶风赶到华容宫的时候，看到那阵仗吃了一惊——这个甚至也算不得家宴了，皇后、慧妃……后宫的妃嫔都来了。甚至郁相、容将军、林司正几个老臣，还有夏侯初、段玉桓、乐晶莹、宁君望这些龙非离最得力的臣子竟也都来了。若白战枫不是回了烟霞镇，估计也少不了。

龙梓锦和辛追追坐在极靠近茹妃的位置。茹妃对辛追追确实喜爱，本来她左首的位置该龙梓锦坐，却与辛追追换了过来。

右首第一张椅子空着，是留给龙非离的。她过来的时候，他还在储秀殿处理边城来的急件。本来他要她等着两人一道过来，她想了想，还是先过来了，他晚到倒没什么，她晚了，始终不好。只是相较于其他人，她在储秀殿待了一会儿，还是晚了少许。

并没到开席的时候，但大家都早到了，就显得她迟到了。年璇玑看到慧妃绯色的唇微微动了动，却没有出声，皇后淡淡地看了她一眼，目光是委婉而客气的。

到底在这宫里两年多了，怎么会不知道她们在想什么？若在往日，这些女人必借她晚到一事找茬儿，只是现在不比从前，龙非离将她复位以后，再也没有人敢欺她。

后宫妃嫔虽怨怒，面上却谁也不多嘴，皇后不说，便是向来尖锐的慧妃也收敛了许多，谁会去挑一个每晚都睡在皇帝枕畔的女人的毛病，又不是活腻了！昔日再多疑惑，真真假假到如今，谁还以为皇帝在做戏？

这厢，年璇玑向茹妃和皇后请了安，众人又向她见了礼，她才挨着慧妃的位子坐下来。

茹妃笑道："年妃啊，皇上呢？"

她赶忙道："回母妃，皇上还有些急事在储秀殿忙着，让臣妾代向母妃道个歉，说稍后就到。"

母妃这个称谓其实并不对，茹妃已被尊后，其他人都称她为太后，龙非离却没有改口，茹妃也喜欢。龙非离又让她也这样称呼他母亲，她也就随了他的称谓。

茹妃点点头："不急，待他把事情处理完再来便是。"她顿了顿，又轻轻一笑，道，"皇后贤德，慧妃灵巧，把后宫管理得井井有条。在座各位大人又是皇上的得力帮手，这宫内宫外朝廷上下都为皇上分了不少忧。"

众人不敢怠慢，都纷纷谦说太后谬赞了。

年璇玑伸手扯了扯站在背后的蝶风，她明白蝶风的愤怒，一殿四宫，茹妃夸赞皇后，甚至连慧妃也点名了，却偏偏没有提到她。

她苦笑，又听茹妃道："现在大局既定，哀家也宽心了，唯独皇上正值年轻，却尚无子嗣，这让人不得不忧啊！"

"你说是吗？年妃。"

茹妃话语一收，众人都朝年璇玑看了过去。

除了一个肯定的回答，年璇玑还能说什么？她是与龙非离最亲近的人——皇后与慧妃的寝宫他极少去，他与她几乎每晚睡在一起，她却始终没有孕情传出。

皇后曾怀过他的孩子……这说明龙非离的身体很好，在茹妃看来，那问题就是出在她身上了！而且宫里的人也都知道，她的身体似乎并不怎么好！

茹妃微微一叹，道："这也难怪，宫里也就十来个妃嫔。本来，三年一届秀女擢选，充盈后宫是件欢喜之事，可惜皇上却……罢了！只是皇上一日无子嗣，哀家不安啊！"

这一来，谁还听不出茹妃的弦外之音——责年璇玑独宠专房却偏无声息。

蝶风气得浑身发抖，年璇玑苦涩一笑，这一下，自己说不说话都是错，怎样说都是错，除非她应允劝说龙非离雨露均沾。但那种话，她说不出来！

一道声音淡淡笑道："母后不必忧虑，九哥还年轻着呢，这青春正好，来日方长。您若为这事扰了心情，九哥稍后到来看到您愁眉苦脸的，岂不以为我等惹您不高兴，责怪了我们去？"

这出声的是龙梓锦，夏侯初、段玉桓等人与年璇玑一向交好，也赶忙接过话茬，把话题转到了其他事上去。

乐晶莹悄悄使了个眼色过来，年璇玑会意，知道自己沉默就好，龙梓锦等人会帮衬着说。

只是，却有种不自在的感觉——辛追追一直沉默着，按理，她会帮着劝说，却垂着头，微微侧了目光，不知道在想什么。

慧妃刻薄，其父容将军倒甚是豁达，并没有多说什么。皇后、慧妃忌惮龙非离宠爱年璇玑，没说话。反倒是郁相与林司正看几个青年帮着年璇玑，动了些肝火，忍不住说了夏侯初等人几句。

眼看众官隐隐起了争论之势，茹妃一惊，不好再说什么，万一有人起了口角之争便麻烦了，遂笑道："梓锦适才还劝哀家不必过分忧虑，自己和各位大人倒是先急了起来。

"子嗣之事先不说，但皇上这后宫空虚却是不假，后宫不裕，又哪来的子嗣？有件事情，哀家想与年妃商量一下。"

"璇玑不敢，母妃请说就是。"年璇玑一凛，有些奇怪。

茹妃的头微微一转，年璇玑有种感觉，她若有眼睛，此时必定会紧紧地盯着自己——这种感觉很古怪。

"年妃，哀家想将如意指给皇上当妃子，你看怎样？"

年璇玑明白是自己失态了，她猛地站了起来，在所有人突变的脸色中，以龙梓锦尤甚。

茹妃笑呵呵地说，她却惊惧到极点！

茹妃丧失了视觉，耳力却倍加灵敏，听到年璇玑的异常，声音微微不悦："年妃怎么说？"

家宴，这就是今日家宴的目的吧——龙非离不在也正好，茹妃正好探探自己的口风。又会有哪一个妃嫔会在这么多的人面前拒绝呢！

可是，不行！即使是以前的温如意也不行，何况现在温如意身体里的是辛追追——她最好的朋友之一，两个人怎能嫁给同一个男人？辛追追必定也反对不是吗？

她颤抖着朝辛追追看去，突然心头一沉——一直沉默着的辛追追此时也正蹙眉望着她。

两人是多年朋友，除非对方刻意藏起，否则，通过彼此的神色还是能明白内心所想。

辛追追的眼里，是痛苦，却也是深深的期盼和渴望。

她的心瞬间凉了半截。她是自己最好的朋友啊，她却爱上了自己的丈夫？她们生活的年代，都只想拥有一份唯一的爱。她怎么会？

心口就像被什么东西凶狠地啃咬着，撕扯得她疼痛却又茫然不知所措。

她甚至忘记了要用敬辞，忘记了要有礼，忘了要尊称茹妃一声母妃，只缓缓吐出两个字。

"不行。"

也许，她的语气确实够决绝，她看到所有人的脸色变得凝重而又古怪。

辛追追嘴角抿了个笑，闭上眼睛。

茹妃并没有想到年璇玑会如此坚决，一丝情面不留，唇角一沉："年妃啊，哀家曾听徐熹说，当日温碧仪还掌权的时候，你屡犯她忌，她多次要害你，都是如意出手相助。后来，你被打进大牢，邢吉祥要杀你，也是如意奋不顾身地救了你，看你二人相处往来，也情同姐妹……"

"母妃，璇玑不能答应。"年璇玑苦涩一笑，离座走到茹妃面前，缓缓跪了下来。

辛追追在宫婢的帮忙下，将茹妃的身子轻轻挪过，茹妃身下坐着的是加了多层厚垫的贵妃椅，又经龙非离命人特意打造，椅上有多个机括，方便身子挪动。

茹妃听声辨位，空洞的眼眸正对上年璇玑。

她也是怒了——眼前女子身子不洁，她的儿子却对她爱宠至极，这也罢了，她无法为他生下一子半女，还敢如此嚣张，阻止他纳妃！秀女罢选一事，分明亦是她捣的鬼！

与皇帝闲谈时，他还微笑着跟她说——母妃，您就让她在这边多些走动吧，等有一天您弄懂了年璇玑这个人，您也一定会喜欢她的。

懂？她现在已全部弄懂了！

两人虽有嫌隙，她却看在龙非离的面上，只避而不见，并没有责怪过这年妃什么，现在——她冷冷一笑，反问道："若皇上答应了，你也不赞成吗？"

年璇玑知道，龙非离绝不会答应！若他答应了，也是二人缘分到头的时候。只是——她不想让他为难，一句"他不会答应"到嘴又吞咽回去，咬了咬牙低声道："是！"

茹妃大怒："那你就给哀家滚！"

年璇玑不知道自己是怎样走出华容宫的，生气吗？屈辱吗？更多的是心伤吧。

众目睽睽之下被赶出宫殿，茹妃的话，一句一句狠狠地击在心上。但是让她碎了心的却是辛追追。

离开时，她去看辛追追，辛追追却看也不看她，只是低头替茹妃抚着脊背顺气。

"娘娘！你枉信了她，枉救了她！"背后，蝶风咬牙啜泣，紧紧搂着她。

她笑了笑，有些眩晕，想了想，转身嘱咐蝶风道："蝶风，你到储秀殿看看，若皇上还没去华容宫，你便说，我身子不适，回了凤鸾宫，没有赴宴。"

蝶风跺脚，急道："娘娘，明明是你在太后那里受了委屈。即便你想让他们母子好，也不能让自己受这么大的委屈。"

华容宫。

龙非离坐下时，心里微凛，席间似无异样，但每个人眼底都隐隐流淌着些许焦躁。他不动声色地看了众人一眼，道："段夫人，刚才年妃大婢来说，她身子有些不爽，宣了太医院的人去。你医术高明，又与她交好，稍后宴罢你也过去给她瞧瞧吧。"

乐晶莹突然离座跪下，道："晶莹现在便过去给娘娘诊治，请皇上恩准。"

段玉桓微微皱眉，明白乐晶莹心中气愤，但现在酒席未开，她愤然离席，却摆明了是冲撞茹妃！

龙非离脸色一沉："她到底出什么事了？要你现在就去看！"

乐晶莹瞥了温如意一眼，后者双唇紧抿。

她冷冷一笑，恭声道："禀皇上，娘娘的事情不小，因为她是滚出这座宫殿的！"

茹妃没有想到，龙非离在听完乐晶莹的话以后，一甩衣摆，什么也没有说就走了出去。

在他的心里，那个不洁的女子竟然如此重要，她是他的生母——他却一声不吭就离开了。他平日谦逊有礼，思虑周全，这时却似乎什么也不想，就这样走了。

她心里一疼，咬牙道："抬哀家出去。"

徐熹和清风相顾一眼，走了过去。

结果，所有人都跟了出去。跟在一群人后面走着，乐晶莹低声道："玉桓，我是不是做错了？"

段玉桓笑了笑："那你后悔吗？"

乐晶莹回以一笑，两人十指相扣，跟了上去。

御花园。

把巡逻的禁军遣远了些，年璇玑在荷塘边坐下。

捏着尚包里的东西，里面是她最宝贵的东西，梳子和手机。

手机有现代那短暂的回忆——有两个很好的朋友。

梳子，是永远不能放手的东西。

龙非离说她笨，确实！

她确实很笨，看不出她的朋友也喜欢上她喜欢的人。甚至，看不出辛追追变了。也许是辛追追掩饰得高明，也许是她过于相信。

细细想来，除去碧霞宫和金銮殿上，辛追追的神色有些古怪以外，这一年多以来，辛追追很安静。

直到辛追追看二人无嗣，龙非离却又拒绝了秀女选拔的事情以后，又问了她龙非离对孩子的看法，才开始有些浮躁。

辛追追当时的神色很惊讶，喃喃道："有多少个皇帝会像他那样？他宁愿不要子嗣，宁愿过继，他竟然这样对你？"

后来，龙非离再次在朝堂上斥回了老臣的谏议。

不知道，辛追追知不知道？即使喜欢上同一个男人，辛追追在华容宫里听到她拒绝茹妃的时候，不该有那样的眼神——冷漠和痛恨！

她闭了闭眼睛，荷塘里的景致经过水纹和泪水的双重折射，扭曲成破碎。

想了很多，她也终于拿定了主意。手指一颤，手中荷包竟跌入荷塘。

她一惊，慌忙站起踏入池里，双手摸索起来。这荷塘引皇城外护城河底的活水，水流不急。她摸了一会儿，有些急了，往池中更深的地方摸去。她水性甚好，也不惧，就是天气虽暖，这池底的水却有些凉。

脚下好像踩着了什么东西，是绸子——她一喜，弯腰去捡。

"年璇玑，你在做什么！"

背后的声音——她一慌，脚下踩了个空，往前跌去。

喝了两口水，听到水花扑腾的声音，领子一紧，已被人拎了上来。

一双手紧按在她肩上，她甚至还没看清楚来人，便听到那道狂怒的声音："水这么凉，你怎么能下水呢！这边的禁军都被你遣到哪里去了？满园子的人都是死人吗？"

"阿离。"

她一下怔住，唤了一声，看到男人一脸水，抬手想帮他擦，又想起自己的衣服也是湿淋淋的，只好作罢，低声道："荷包掉了下去，梳子在里面。"

他冷笑着反问："你不是该在凤鹫宫吗？"

她一声苦笑："是我不好。"

"你就只会些蹩脚的谎言！"他冷冷地看了她一眼，走进池塘，寻索起来。

她突然想起，那时她在麒园柳河，下水帮他找锦囊的事。

那时，与君初相识，他还不曾爱她，她更不曾想过他有一天会爱上她。

也不知道他是怎么找到这里来的。他以前骂她不带人在身边，他这皇帝身边不也没带一个人？是急急忙忙跑过来的吧。

她心里一疼，挽起裙子踏进池塘，在后面轻轻环上他的腰。

他转过身来，把紧攥在手里的荷包系到她的束腰上，她看着他修长的手指在她衣服上灵活地系着，那又黑又专注的眸光——突然踮脚重重地吻住他的唇。

他的大手立刻握上她纤细的腰，舌粗鲁地挑开她的唇瓣，两人纠缠在一起……

声响从后方的花丛中传来，她吃了一惊，猛地推开他，扭头看去，刚才在华容宫的人竟全都过来了！

除去椅子上的茹妃被剜了眼珠，谁都看见了他们在做什么！几个老臣都偏过头去，其他的人哪个不神色尴尬？

辛追追怔怔地望着两人，咬唇低下头去。

她脸上燥热，无措地摸着双唇——上面还沾着他的气息……他眉头一皱，伸手把她抱起带出池子，又看了众人一眼："都退下吧。"

徐熹和清风把茹妃放下，与其他人退了下去。

他握紧她的手，朝茹妃走过去。

良久，听着那两道越走越远的脚步声，仰躺在椅子上的茹妃轻轻笑了起来，喉咙哽咽，脑子里是刚才皇帝拉着年妃跪下与她说的话。

——母妃，儿子这一生有几个愿望，一个和您有关，一个和这天下有关，还有一个，与年璇玑有关。她曾跟儿子说过，想与儿子一起孝顺您，儿子请求母妃，让儿子与她一起对您尽孝，不要逼儿子与您的关系越走越远。

他没有在众人面前说，她明白他的用意，他给彼此都留了情面。

那是她的儿子。她身上的一块肉，纵使离别多年，她却能听出他语气里的坚决——坚决到决绝。

他其实和他的父皇很像，而他认定了年璇玑。

她不知道会不会像他所说的，有一天会喜欢上这个女子，但她是不是该试着去接纳……

是夜，储秀殿。

"阿离，今晚，我想回凤鸑宫。"

"嗯。"龙非离瞥向门口的女子，"朕后天带你出宫去烟霞镇。"

年璇玑吃惊地转过身来："后天？"

龙非离颔首："朕也想去看看年夫人，顺便带你出去散散心，五七的忌辰也在这前后。今晚回去把东西收拾好，明晚在这边过夜。

"下午报给内务府的仍是秋山祭祀，这种时节不宜大动干戈，朕拟了些随行名单，打算微服过去。"

对，还有五七，他都记得！她明白，他主要是想带她出宫散散心——年璇玑又惊又喜，连连点头。

夜，年璇玑回到了凤鸑宫。

"娘娘——"蝶风匆匆推门进来，神色紧张，声音极急，"温如意过来了。"

她果然来了！

今晚回来就是为了等她！年璇玑合上眼睛，微微一笑，苦涩却又有一丝解脱之感。

院子。月如钩，满天星辰。

石桌上，年璇玑替对面的女人把空杯斟满。

"你来想找我说什么？"她笑了笑，抬头看看夜色，酒香夏风熏人暖，可惜，夜色冷。

"即使我不来，你也会去找我吧。"辛追追笑笑道。

"嗯。"

"阿七，对不起。"辛追追拿起杯子，微微仰头，把酒全部吞下来。

年璇玑看到她的脸，明媚红粉，又替她斟满空杯，轻声问："什么时候开始的？"

"若有前生，便在前生吧。"辛追追自嘲地一笑，"也许我这一辈子会做考古，不过是为了找到他。"

"那现在你打算怎么办？"年璇玑放下酒壶，静静地盯着自己面前的酒杯，酒水微微晃荡着她的脸庞，清晰又模糊。

"阿七，我听徐熹说，你们准备去秋山。把我也带上吧。"

"为什么？"

辛追追苦笑："前世今生哪里可信，爱上他，不过是因为他优秀吧。也许，但凡考古的人，都爱书中那些历史，那些成就生前死后名的人吧。我亲眼见证了十六年那场宫变，他怎样力挽狂澜。亲见他怎样待你好，这个男人，很好，真的很好。"

"所以，你觉得其实并非真的爱上，也许，迷恋居多，误以为居多。"看了好友一眼，年璇玑淡淡反问。

"嗯。阿七，把我带上吧，走走看看，没有了在宫里的光环，或者，我会发觉他不过就是一个长得好点儿的男人，回宫以后，我们就能再继续以前的欢乐日子。"

"咱们的世界，这样的男人一抓一大把。"

年璇玑轻声笑笑，突然缓缓地摇摇头："以前的欢乐日子，追追，这一年多你真的快活吗？"

辛追追一怔，微微蹙眉看向她。

"追追，我不会答应你，我不能让你随行。"伸手端起杯大口喝下，年璇玑迎上辛追追的目光，"这样的谎，不累吗？"

辛追追的脸色瞬间变冷，冷冷一笑："阿七，你认为我在骗你？"

"那你有没有？"年璇玑凝声问。

辛追追一顿，一时竟无法说出话来。

"我明天便向他请旨让你出宫。"

"你说什么？"辛追追猛然站了起来，咬牙笑道，"你真的想让我们的友情无法挽回？"

"正是不想无法挽回，所以这样对我们最好。"年璇玑闭了闭眼，"若你真的把我当作朋友，我们在哪里见面不也一样吗？"

耳边，女人喘息的声音渐渐重了，她听到辛追追的声音变得很低："阿七，你有没有想过，这里是云苍大陆，古代皇宫，皇帝三千弱水并不过分？"

此时的你，才更真实一些吧。石桌下，年璇玑握紧了手，淡淡笑开："你的意思是，他可以有很多女人，包括你？"

辛追追紧紧地盯着她："他的女人只有我和你！我可以保护你不受别的女人伤害，像皇后、慧妃，咱们把她们都弄走。我们认识十多年了，你知道我不会伤害你，就我们三个，我们会很快活的！这样不好吗？"

牙咬了又咬，年璇玑还是没能忍住，站起身来，看向眼前的女人，一字一字道："他能保护我，我也能保护自己，不需要你，若你真的不想伤害我，那么请离开！辛追追，什么是朋友？若我爱上你的男人，我朱七是生是死，是贵是贱，都会走得远远的！我不会想我快活不快活，只怕你辛追追不快活！或许说，你从来没把我当作朋友？"

朋友是什么？年璇玑不懂定义，也许高兴的时候，有个人能分享，寂寞的时候，有个人能陪着，艰难的时候，能倾尽所有去帮忙。

辛追追，你说你爸爸不赞成你独立作业，但你已下定决心。

玉环又宅又抠，给你的是从小捏在手里的存折。

我没有钱——父母唯一留下的那幢房子能卖些钱，与学校签下长约，日复一日的工作。

我没有钱，就把所有能证明信用度的东西都交到你手上。

因为那是你最大的梦想，很了不起的梦想——我和玉环平凡，最多就是在看探索频道的时候尖叫几声。

追追，真的，能给的我都给了。

这么多年，从来没有起过这么重的争执，手颤抖得厉害，桌上酒壶不经意间被推翻，酒水洒在手上，年璇玑怔怔地低下头，盯着那个酒壶。

她们之间的情谊，是不是也像这盏酒水，最终成空。

眼睛涩痛得厉害，她伸手去擦，喉咙一痒，竟想笑。

"阿七，对不起，对不起。"

辛追追紧紧地闭上眼睛，手指却伸到空中，抓摸着，似是无意的动作，又似想抓住些什么东西。

"你以为我没有细想过就不顾廉耻地来跟你说这些话吗？我试过，我真的很努力地试过，但没有办法，我和你一样深爱着这个男人。

"生生死死，不得解脱。

"如果可以，我会走，可是我走不了，我知道，无论到哪里，我都没有办法忘记他。你不想与人分享他，我就想吗？可我不想伤害你，三个人一起生活，这是我能想到的唯一办法。"

年璇玑捂住眼睛，狠狠一揉，握上辛追追在空中胡乱抓握的手："这绝不是唯一的办法，你以为我们真的会快活吗？不会快活的！你不会快活！谁都不会快活！时间过去，你就会知道，你会更恨我，也会恨他。"

辛追追猛地睁开眼来，挣开年璇玑的手，踉跄着走到她的面前，缓缓跪下："阿七，就当我求你，好不好？"

换了面容，乱了发鬓，红了眼睛。凝视着眼前的女子，年璇玑心痛难忍，辛追追性子高傲，三人相识多年，从没看到她求过谁什么。

用力捏着她的手臂，年璇玑将她扶起来。

辛追追一喜，颤声问道："阿七，你答应了？"

她看到辛追追血丝满布的眼，却终究还是摇摇头，道："你说你喜欢他，因为他很优秀，为了我甚至肯舍弃子嗣。但你有没有想过，如果他爱我的同时也爱着你，你还会这样喜欢他吗？我说过，如果龙非离爱的是你，我会离开，但他爱的是我，他是皇帝，也是我的丈夫，我和他有过约定，我会陪他到老到死，只有这样他才会幸福。所以，追追，不能，不可以！"

被酒气熏过的空气中，猛地响起清脆的声音——她被辛追追狠狠扇了一个耳光。冷冷地盯着自己举在半空中的手掌，辛追追嘴角的笑意一圈一圈慢慢晕开，惨淡又冷酷："别在我面前装出一副委屈的模样，我不是龙非离会怜惜你！朱七，将你冠冕堂皇的自私都收起来，我为了救你杀了吉祥是我犯贱！我杀了人。那是一条人命，你懂吗？我每天晚上会做噩梦，你懂吗？以前是我蠢我傻，从今往后，你我再不是朋友！除非你让他杀了我，若只有一个人能得到他的爱，那你我就拭目以待！"

啪的一声，辛追追话语未毕，脸上已飞快地吃了一个耳光。一惊之下，她咬牙一笑，看向年璇玑。

"你不把我当朋友，不代表我也一样。我不会杀你，但我绝不会退让。这个皇宫，你出也得出，不出也得出！"

凤鸾宫的人已经死过一回，她不能让他们再受到任何威胁！年璇玑咬紧牙，转身离去。

辛追追重重地闭上眼睛站在原地，末了，冷冷一笑，猛地跑入夜色中。

石桌上，酒壶横斜，壶嘴里却再也无一滴倾出。

视线模糊，年璇玑却将辛追追的表情看得清清楚楚，因为她转过身。

她还站在原地，有个人，却再也不会回头。

再也不会。

深夜，宫殿一隅。

望着展翅没入夜色中的黑鸟，辛追追倚靠在窗几前，轻轻一笑。

朱七，我这样求你，不顾廉耻地求你……

三生，这一生，我不会再相让！我才是龙昊的正妻！

紫苏为救莫琮而死又怎样？再生也不过换来一个自私的魂！你仍然像上辈子那样自私！

你不知道，刚才有一句话我故意说错了。

我问过徐熹，所以，我早就知道龙昊要带你去的并非秋山——

第五十一章

殇烟霞 零落成尘自无瑕

旧景依旧，所幸人面也相去不远。

街道，人群，集市，烟霞镇。

虽为辛追追的事而伤心，年璇玑却还是有几分高兴的——为这故地重游。

一行此刻正往镇郊而去，年夫人与六子被安置在镇郊白府的一所别庄里。白老爷与白夫人已赶到那边去，先回烟霞镇的白战枫与龙非离约在白府接洽。

进了镇，众人便下了马车步行，沿途看街上热闹。

除去暗中保护的少量紫卫，龙非离只带了年璇玑、龙梓锦、夏侯初、清风与段玉桓夫妻出来。虽较之两年前不同，朝中其他势力已除，但龙非离一为视察民情，不愿多打扰地方官员，二来年夫人的事不好张扬，又想让年璇玑沿途无拘无束地玩玩以散心，仍让徐熹领了假车驾另赴秋山做掩护。

这一回，年璇玑倒有几分当那人夫人的感觉，除去少爷、少夫人，其他的便又是弟弟、护卫、家仆、婢女等角色。

她左顾右盼，高兴地笑着，惊煞旁边一行人。

龙非离瞥了身旁的女人一眼，没说什么，夫妻两年多，对妻子这种自娱自乐的状态早已见怪不怪。其他人是不敢说什么，倒是乐晶莹扑哧一声笑了：
"少夫人的心情好像很不错，能与晶莹说说不？"

"我是乡里小民进城头一遭嘛，自是觉得件件都新鲜。"

乐晶莹哈哈一笑，这"少夫人"还真敢说，皇宫若还叫"乡"，那其他地方该叫作什么——没看见"少爷"脸都黑了。

她看年璇玑眼珠骨碌碌地看着远处路边卖糖人的小摊，心想她必定喜欢，遂笑道："晶莹去帮少夫人买。"

年璇玑连连摆手，笑骂道："别，我又不是小丫头。"

乐晶莹一笑，已走了过去。龙非离随即收住脚步，众人都心知肚明，知他疼爱年璇玑。龙梓锦便开始取笑年璇玑，说她就是小孩心性。

年璇玑一恼，横了他一眼，眼珠一转朝龙非离道："阿离，我去给你也买一个。"

堂堂皇帝拿着一个糖人岂不贻笑大方，这年璇玑就是想有人陪着难看——龙梓锦大笑，龙非离淡淡道："十弟，朕的那份赏赐给你便是。"

一下，众人大笑起来。

龙梓锦顿时傻眼，喊道："哎，九嫂，别买，别买了。"

那边，年璇玑与乐晶莹两人买了糖人，正往回走，一个小竹球却滚到二人面前。各个摊位靠得极近，从旁边卖团扇的摊子里跑出一个小女孩，想是卖团扇妇人的小孙女。年璇玑忙弯腰去捡球，身侧，乐晶莹看那孩子可爱，把她抱了起来逗弄。

年璇玑捡了球，直起身子，眼角余光刚好从攘着乐晶莹衣衫的小女孩手上晃过，心头一惊，颤声喊道："晶莹，快放开！这孩子的手老相至极，她不是小孩！"

乐晶莹是机敏之人，闻言立刻将孩子掷出，却终究晚了一步，年璇玑只见眼前寒光骤闪，那孩童被摔开轰然跌地前，狠狠向乐晶莹前胸刺进了一枚匕首。

乐晶莹胸前一下晕开大片血迹，年璇玑大惊，伸手去扶脸色惨白的乐晶莹，却另有数股疾风袭来，惊惧间，竟是那卖糖人的中年男子、团扇摊子的妇人，还有相邻几个摊子的贩子。

六七道寒光齐向二人袭来，乐晶莹大急，若她不过来买东西，便不会累及年璇玑，她死了不打紧，万一年璇玑有什么闪失……欲忍痛把年璇玑推开，却已来不及——她受伤极重，掌风到处，只勉力击倒一人——

"娘娘！"

她心胆俱裂，厉声嘶喊之下，一抹紫影挟着劲风而至，已挡在她与年璇玑之间。

是皇上！

相距甚远，这个男子的武功最高也最敏锐，在千钧一发之际赶到。

乐晶莹大喜，却听到数声钝响，乐晶莹随即骇住，年璇玑已失声叫出声："阿离，不要！"

龙非离的目光一直在年璇玑身上，轻功厉害，才抢在龙梓锦等人面前赶了过来。

但再快，也快不过时间。

六枚短刃——三枚刺往乐晶莹，另三枚对着年璇玑，方位角度各不相同，来势凌厉。他眉目一沉，想也不想，单手把年璇玑抱进怀中，侧身替她把刀刃挡下了，另一手同时把对乐晶莹的所有攻击都接下。

本来，以他的身手，可以毫发无损——若只救一个人！

三名刺客惨叫跌出的同时，龙非离一身紫衣也迅速染红。

此时，龙梓锦等人也已飞身赶到，段玉桓将乐晶莹揽进怀里，又惊又怒，出掌凌厉。龙梓锦与清风一左一右护在龙非离与年璇玑身侧。夏侯初武功一般，拔了随身携带的短剑防御，尽量不给众人带来麻烦。

另外三人被迅速打翻在地。

半空中紫影交叠，十数名紫卫赶到，环护在众人四周。

年璇玑咬紧牙挣着龙非离，龙非离却反手一抄，把她仍抱在怀里，伸手拔出腰间软剑。

街上行人惊骇，争相奔跑，而最可怖的是，在这些与你擦身而过的人中，你不知道哪些是刺客。

这是早已装饰好的繁华。

烟霞镇极繁荣，街道热闹，人潮拥挤。

突然而起的血腥，在这汹涌的奔乱中，不断有人从众人身边惊慌跑过。

很快，多名紫卫无声倒地。

不知谁长啸一声，十数人，或男或女，手持利剑向众人冲杀过来。

龙非离眸光一动，沉声道："普通百姓看到骚乱必不敢再靠近我们，任何从你们面前经过的人，一律砍杀。"

"且战且走，立即离开这里！"

"是！"

本来以龙非离与众人的武功，刺客虽多，也不能讨到什么好处。

然而，此时龙非离与乐晶莹却受了极重的伤。

龙非离内力深厚，又惦念着年璇玑，一股意志强撑着，绝不肯在此时倒下。那边，段玉桓怀里的乐晶莹早已昏死过去。

众人极顾忌龙非离的伤势，然而突如其来的袭击让人措手不及，虽大都经历过大事，此时却也不由得忧虑浮躁起来。

武功最弱的夏侯初手脚已中了数刀。

年璇玑担忧着龙非离和乐晶莹的伤，她被龙非离护在怀中——从人群涌出的刺客越来越多，众人交手激烈，四周刀光闪烁。

视线不经意从地上那刚才刺伤乐晶莹的孩童身上掠过，她倏然一惊。这易容精妙的侏儒捂住胸口，从怀里拿出一支竹筒子。

她不知道这是什么，却知道绝不是什么好东西！她一扯龙非离："那孩子！"

龙非离抬眸一看，脸色大变，一手抱着年璇玑，一手持剑，无法施放银针，却也毫不迟疑，手中软剑一推一送，已向那侏儒疾射而去。

银针重量轻如牛毛，破空之力极快，剑却稍慢，那侏儒狰狞一笑，中剑倒下同时，竹筒里的物事全数倾倒在地上——

这是年璇玑对于当时惊乱的最后一个记忆。

竹筒中的弹丸一出，激起满天彻地的烟雾。

烟雾中，血腥的味道刺激着她的神经，她背后男人的身躯濡湿又热。

在那些烟尘之前，她看到一抹熟悉的白色身影，还有她的丈夫凌厉的声音："战枫，带年妃和段夫人走！万不能回白府！"

替乐晶莹盖好被子，年璇玑站了起来，脚下一踉跄，却跌入一个温暖的胸膛里。

她慌忙离开。

男人有力的手按在她的肩上："璇弟，不必担心，以皇上的才智，他不会有事的。"

"大哥。"她低低唤了一声，又苦笑道，"你来之前，他已被刺了三刀！"

"都怪我来晚了！"白战枫眉目一凝，微微握紧拳。

有些事，有些人，永远无法放开。才下眉头，却上心头。本来，他求的也只是她幸福。用他的方式去守护她，还有她和他父母以及无数平民百姓所在的这片疆土。

但这两年，君臣之间建立了默契，彼此也互有惺惺相惜之意，他当初的宣誓不假，君也确是明君。

这一次，却在自己的地方让天子遇袭——确实是大意了，以为是自己的地方便安全。

祸福本来就相倚相伏。

与龙非离密谈过，两人对匈奴卷土重来早有共识，此次回来一为探望爹娘，二也是遣派旧部到边城，早做准备。所有人都已离开，白府护卫亦随爹娘到了别庄。

街上一场厮杀，定会惊动官府。当时，情势危急，他带两个女子迅速离开——此时，镇上探子必已通知郡守彻查皇帝下落，同时急信回朝廷，宁君望很快就会带人过来。

龙非离说，不能回白府。不错，没有了防御的白府已不安全。颜舒望、青鸾家中护卫远不如白府，也不能过去。

白府护卫在镇郊，他不能回去调遣护卫过来，乐晶莹受了重伤，年璇玑又不会武功，他不能留二人在这户小农舍里。赏银让这附近农户去通知爹娘并不安全。刺客冲皇帝而来，若送信途中消息走漏，让人知道年妃在这里就麻烦了。

亦不能把二人送到郡府，即便有官兵保护，目标在明，危险更大。

现在只能等宁君望找到这里来！他已沿途留下记号，这些记号龙非离、宁君望……他们一众人都懂得！

只是，龙非离等人的境况，并不乐观！

"大哥，你歇息吧，我没事。像你说的，咱们就在这里等着，他们一定会找到这里来，他一定不会有事的！"女子的声音细碎传来。

他看了看窗外，夜色已深。他熟悉烟霞镇，从市集离开，便施展轻功带二人抄小路来到这镇外农舍。这里离白家别庄路途还甚远，但已是镇郊范围，农舍众多，刺客不易找到。

非常时刻，也没拘小节，只与那农舍主人称是兄妹三人，来烟霞镇访友，路遇歹人，大妹受了伤。

农户窄小，只有一间房舍空着，三人刚好宿在一起。

"旋弟，你睡，大哥守着你们。"

把乐晶莹往床里挪了挪，看着年璇玑躺上去，他替二人放下帷帐。房中一张八仙桌，数把椅子，他便坐到椅上，支手在桌子边假寐。

年璇玑伸手探了探乐晶莹的额头，幸好有白家的上好金创药，白战枫又喂乐晶莹吃了些疗伤药丹，乐晶莹的伤势已渐渐稳定下来，也没有发热。

微微拉开些许帐子，月光从窗子的缝隙中洒了进来，映在地上，似霜似露。

白大哥侧坐着，看不清轮廓——不知道睡了没有。

她全无睡意，只惦记着龙非离和众人的安危，还有那伙刺客的来头。

明明，他们此行并没有多少人知道。

若仔细一想，对方却像是早就知道，一场袭击，布置妥当，只在暗中等待着时机。

她正想得出神，夏虫的声音渐渐清晰。

她突然一惊，一股心惊胆战的感觉从心底涌上来，渗入到身体每一个毛孔里——不知为何，这夏虫的声音竟是越来越急了！

她鬼使神差地闭上眼睛，身子一重，竟似被什么魇着。

房外，夏虫在叫，斗室里却似乎特别幽静。

这种感觉很诡异，似乎有什么把动和静一下切割开来。

她总有种感觉——如果她现在睁开眼来，会猛然发现有个人站在床边看着她。

她心头一跳，耳畔夏虫的声音突然变成另一种声音，是噪声！

她猛地坐起身来。

帷帐内，乐晶莹睡得极沉，帷帐外，确实多了东西。

年璇玑掀开帐子，微微喘息，抱上地上那丛雪白。

"小狼。"

再生缘
我的温柔暴君

这只失踪了一年多的小兽竟突然出现在这偏僻的烟霞镇郊外!

小狼的头使劲往她身上一拱,以示亲热,却随即把她拱开,低吼着,一双蓝眸紧紧盯着白战枫。

年璇玑心里一惊。

小狼一双眸子,似乎又惊又急,映着的尽是惊恐和害怕,对着桌边的白战枫拼命嗥叫着。

"小狼,你是要叫醒白大哥是不是?"

年璇玑惊疑,却很快意识到不妥——白战枫是练武之人,按说耳力比普通人要好上很多才是,尤其此刻小狼叫声凌厉,他怎会睡得如此之沉?

她拼命推着白战枫,他却似并无所觉,眉目紧闭着。

小狼眸光一闪,突然纵身跃起,前爪往白战枫身上狠狠抓去。

年璇玑大惊,失声叫道:"小狼,不准伤了白大哥!"

小狼却充耳不闻,利爪撕过,白裳血染,男子一跃而起,把年璇玑揽进怀里,剑尖笔直地指向前方。

年璇玑又惊又喜:"大哥,你醒了?"

白战枫微微一怔,眸光一掠,迅速收剑回鞘。

在围场里,他便见过它!

听说是年璇玑养的小兽,他却有股古怪的感觉——那似乎是……似曾相识!

年璇玑正看着小狼,却见它雪白的身子上突然露出一道血痕,血珠滚滚。

她惊疑至极,却见小狼朝二人厉嗥一声,破窗而出。

白战枫一凛之下,道:"旋弟,我们跟着它,它似乎要带我们到什么地方去!"

年璇玑点点头,看了一眼床榻,又急道:"那晶莹呢?"

白战枫动作极快,已伸手环住她的腰,施展轻功跃了出去。

"刺客的目标必定不是段夫人,若你二人留在一起,反而麻烦。"

年璇玑转念一想,顿时明白白战枫的意思。

突然,白战枫双足一并,借力在枝叶上一跃,抱着年璇玑,回到地上。

年璇玑一怔,却见前方发足而奔的矫健白影停了下来,立在夜色中,似在看着前面什么东西。

年璇玑心里猛然绷紧。

"旋弟,待会儿打斗在一起后,你便躲在里面,一定不能出来,明白吗?"

打斗?这四周有人?!

她还没反应过来,身子已向旁边的树丛摔去。

她一慌，刚攀着枝叶站起，却见白战枫身形疾快，已在小狼身侧。

她不敢乱动，屏息而立，悄悄看去，小狼前方树影婆娑，枝叶簌簌翻动间，十数道黑影相继跃出。

为首一人，她猛地掩住嘴巴——是两年前金銮殿外不知所终的玉扣子！

他怎么会出现在这里？她心头怦怦乱跳，眼前这伙黑衣人，那个人就在这伙人中！

是他做的！镇上的刺客都是他安排的，怪不得！

她心惊胆战地看去，想辨出一年多前金銮殿上那个本来几乎要得到一切的男子。

突然，脚下似有什么滑溜的东西从裙下蹿过。她一惊——这荒郊野外的，别是蛇才好！

若是毒蛇……她伸手紧紧捂住嘴巴，只怕自己发出任何声息，脚往更深的树丛中轻轻挪去，脚下却猛然踩住了什么东西。

她心里一惊，微微弯腰把东西捡起来，一看之下，大吃一惊。

前方厮杀声凌厉。让人心惊胆战，她微微颤抖着，就着月色再次检视手中的物事……一团裹血布帛。

花纹、色泽还有上好的缎子——她不会认错，这是龙非离的。

他曾从这里经过！

她脑子里纷乱，试着去设想去回想去揣度当时的情景……他撕下布帛裹伤。

白大哥说在一路上留下记号，他寻到这里来了吗？他来找她吗？

夜色深黑，乍看不真切，眯眸细细去看，树丛中血迹影影绰绰。紧攥着手里的东西，她心疼如绞……刺客在后，以他的谨慎，断不会留下这团布。除非他的伤很重，再也无暇顾及。

小狼与白大哥在这里遇袭，可是，小狼的原意绝不该是带他们到这里进行一场打斗。它是要带他们去找他！因为敌人就在这附近，所以它要找白大哥。

血迹从草叶茂密的地上一直蔓延到侧方的林子里。

她探头一看，顿时一惊，刚才明明只有十来人，现在数目陡然增加了一倍，白大哥和小狼的动作却极快，看上去并没有落在下风。她抚着胸口，稍稍松了口气。

将布团放进怀中。藏身的地方距侧方的林子尚有些距离，幸好草叶甚长，她咬咬牙，也不管什么蛇虫鼠蚁了，轻轻蹲下，慢慢向林子那边挪移而去。

外面打斗正酣，没有人发现。

到了！

她惊喜一笑，直起身子。

往前看去，树木繁密，黑黑沉沉，竟不知道有多深，林深处又埋着什么，只隐隐看到几星灯火。

林木深处也有人家吗？他呢？他会在那里吗？

打斗的声音逐渐淡了，夏虫嘶鸣的声音却越发清晰。

在这片声音中，她听到了自己杂乱的心跳声。她突然很害怕，寒凉的感觉从心头一下涌起，说不清是因为这林子，还是因为那个人生死未卜。

她一定要找到他！

咬咬唇，她没入林中。

手脚疼痒，年璇玑没有去看。

这一路奔跑过来，手足也一路被虫蚁叮咬过来，估计没被什么毒物咬上就是了，否则，按她疯跑的速度，不毒发身亡才怪。

除此，也因为被眼前的建筑震慑住——这地方为什么会有这东西？

林子深处果真有人家，烛火淡薄。不像与白大哥借宿处农户那么密集，却也有十多户屋舍。

这并非是她吃惊的原因，而是在这些人家中间，屹立着一座庙。庙门虚掩，门楣上的字让人疑在梦中。

龙后庙。

又一座龙后庙，怎么会这样。这烟霞镇也供奉着这位天帝的幺女，实际上却是个可怜的女人。她连自己也保护不了，落得个惨死的下场，又怎能给所有人保护和祝福？

她嘲弄地一笑，正想离开，逐户敲门去寻他，转身一瞬，却见前面一家屋舍旁一抹殷红向屋后延伸而去。

她一惊，快步向那血迹走去。

眼看就要走到那屋子门口，浑身却猛地一颤，突然想起那天在储秀殿的帷帐里，她枕在他胸膛上，跟他说她的梦。

他笑吟吟地说，他会翻看紫苏的典籍帮她解梦。

她捂住嘴，轻轻笑出声来，眼角早已湿透。

说不清为什么，她转身折回庙宇，咬牙把门推开——紫苏，你爱着龙王，不然不会以命相抵。朱七也爱着一个男人，此心相同，他身负重伤，背后追兵逼迫，求求你，不要让我的希望落空。

进了门，随即把门关上。

门后是个小院子，往前，是主屋大门。大门紧闭，有淡淡的烛光从门下缝隙中露出。

祭祀之庙，灯火长年不熄。这另一扇门后，必定就是供奉紫苏的地方。

月色下，只见院子干净，院中有一个大鼎。鼎内烟火已熄，不留青烟袅袅，却犹自散发着清幽的香气。

她快步走到紧闭的大门前，猛地把门推开。

若非一只手还紧捂着自己的嘴巴，她必定大叫出来。

庙堂正中巨大的神像座下，一个紫衣男子横卧在地上，紫袍血红。

年璇玑大步跑过去，心情激荡，脚下一绊，差点摔倒。她嘴角笑意不减，一直跑到男人身旁。

昏睡着的人很沉，她费了很大的劲，才把人翻转过来，是他！

只是龙非离双眼紧闭，眉心拧成一个川字，似忍受着极大的痛苦。她鼻子一涩，赶紧把他抱进自己怀里。

烛光映在男人清俊却苍白的脸上，越发让人心焦。他的身子火烫如烧，一双唇却干涸得起了硬皮。脸抵在他的脸上，几乎感觉不到一丝气息。若非他身上的温度，她真的以为他已经死了。

他看不见她抱着他。

她哭着，轻轻吻着他的唇："阿离，醒醒，醒醒。"

他毫无所动。

她想起外面屋舍的血迹，知道他走到这里已支撑不住，拼着最后的力气把血迹留在他处，那屋子后面又是一片茂密的林子——若追兵看到血迹，进了林子，便可解一时燃眉之急。

这里不能再留！

替他把伤口裹牢了些，亲了亲他冷汗透湿的额，她仿佛找到了勇气，笑道："呆子，我一定可以把你救出去，我上次就背过你去求医，还记得吗，在桃源镇……这次也一样！紫苏会保佑咱们的。"

她说着下意识去看看紫苏神像。

心头一惊。明明已看过一次，此时再看却有种心惊胆战的感觉。

与辛追追有着相同容貌的女子。她凝视着她，她也凝视着她。这个身穿大红衣服，面如满月的女子。一双眸子仿佛也有了眸光，冷冷地盯着她，嘴角似笑非笑。

辛追追也爱穿红衣。

这一刹，她竟不知道是辛追追在看着她，还是这个红衣紫苏。

她忙收摄了心神，把龙非离背起来。

虽然背脊沉痛，这次却一下便把他背了起来，她笑了笑，就要往门口走去。

外面，却有声音传来。

她心头乱跳，背后男人的重量把她的腰压弯，她站在原地，凝神听去。

——主子，那边有血迹。

——你派人到后面那片林子搜一搜，另外，再派人到每户农舍去找！他受伤极重，若再不找人料理伤口，必有性命之虞。

——属下明白！主子，你也受了伤，属下扶你到农舍去歇坐一下可好？

——不错，那龙非离的剑听说是万年海底寒铁所铸，剑芒厉害，虽不曾伤中要害，主子这腿上之伤也不能掉以轻心。

——嗯。

年璇玑死死咬牙，额上、掌心全是汗水。背上衣服湿透，竟分不清是龙非离的血，还是她的汗。

龙后庙外。

五六个黑衣男子围在一名宝蓝衣袍的年轻男子四周。

他眼眸半合，沉静地盯在前方散在各家农户门前的黑衣人身上，另有数人向血迹延伸的屋舍后面搜查而去。

"主子，属下扶你过去。"

两名黑衣男子恭谨地挽上他的手臂。

蓝袍男子走了几步，目光斜斜一挑，淡淡道："扶我去这紫苏庙。"

"紫苏庙？"刚才出声的黑衣男子疑惑道。

另一名男子笑骂："你懂什么！主子说的紫苏庙便是这龙后庙。"

刚才那名男子略有不忿，正想辩驳几句，却陡然看到蓝袍男子微沉了的目光，心里一惊，不敢再说。

进了庙宇，只见庙中一片漆黑，声息俱寂。

蓝袍男子轻声吩咐道："把灯掌亮些。"

"是。"

一名黑衣男子忙去张罗，蓝袍男子瞥向另一名黑衣男子，道："今日集市我们一击奏效，后又将龙非离等人冲散。现在他们皆是分散而逃。你去找玉扣子，传我口令，务必要搜查清楚，尽快将人都擒住。此次良机稍纵即逝，万一让朝廷军队赶到，则前功尽弃。"

那男子应了，疾步奔出去。

灯火倏然亮了起来。

蓝袍男子的眸光缓缓在地上掠过，唇角一勾，一抹冷笑浮现："倒是得来全不费工夫。"

众人一凛，往地上一看，只见血迹污痕满地，这庙里来过人，或者，现在便藏着人！

蓝袍男子手一挥，几人便分散开来，往前面的神像走去。

整间庙宇，只有这主神像紫苏和几个侍女模样的神像背后能藏人。

"我在这里。"

突然而来的声音让众人吃了一惊，向来镇定沉稳的蓝袍男子也微微一震。

一名紫衣女子从主神像背后轻跃而下。

那神像台子甚高，女子落地不稳，跌倒在地。

众人正想过去把她擒住，那蓝袍男子已厉声呵斥："别碰她！"

众人一惊，蓝袍男子身形一闪，已到了紫衣女子面前，紧紧按上她的肩，凝声道："是你！"

众人见这位主子眸光灼热，眼角眉梢尽是喜色，又听他问："你怎么受了伤？"

"在集市上，你安排了人要置我于死地，我受伤又有什么稀奇？七王爷！"女子冷笑着反问。

蓝袍男子脸色一沉，一张脸俊逸秀雅，正是帝都之乱后便消失了踪迹的七王爷龙修文。

"璇玑。"龙修文紧捏着眼前女子的肩，柔声道，"那只是诱敌之计，龙非离定会救你！即便他来不及救你，我早就下了命令，他们也绝不会伤你。"

"王爷好手段！"年璇玑恨他害龙非离，心里又惊又怒，脸上却强压着，"那时我侥幸没有受伤，但今晚你让玉扣子搜捕我们，玉扣子的人缠上了白战枫和小狼，也伤了我。若非白大哥护着，我也逃不到这里来。"

"该死！"龙修文狠声一骂，又抚上年璇玑的发道，"莫怕，以后你跟在我身边，便再没有人敢伤你。"

他说着坐到地上，伸手一探，把她揽进怀中："我先替你包扎伤口。"

刚才下手狠了，伤口流血多，痛极，年璇玑也由得龙修文包扎，强忍着转身去看一眼的冲动。

龙非离命悬一线，她就把他藏在那神像背后！

地上血迹多，她已来不及清理，刚才龙后庙外众人的对话提醒了她，她不敢用龙非离的软剑——她能做的只有狠心拔出他背上的匕首，划伤自己的手臂。一处创口流血不多，与地上痕迹不符，怕他疑心，又忍痛将腹部划破。把之前在林间拾到的布帛放回他身上。然后，将蜡烛吹灭。

在黑暗里颤抖着，又拼命回想，她身上可还有什么破绽。

存了一丝希望——灯火不亮。

还好，最后她的有备确实无患。

灯火燃亮的一刹，她知道自己逃不过——龙修文发现了血迹，走出来——是她唯一能做的！只有这样，才能保住在神像后面的龙非离！

"主子，属下等可还需在这庙宇里外巡查一番？"一个黑衣人低声相询。

不能让他们找！年璇玑一惊……自己现在不能有一丝一毫的慌乱，咬了咬唇，看向龙修文，问道："你是不是还没有抓到他？"

龙修文看她脸色虽苍白，一双杏眸却满是期盼，紧紧地盯着自己，似乎在等他给她一个肯定的答案。

她心里只有龙昊。上一辈子，这一辈子！

甚至，当年在金銮殿，生生死死，她还是那样不顾一切地冲了出来。她不愿陪自己生，却愿陪龙昊死。

她忘了，那个男人把她囚禁在深海最黑暗的宫殿。她每晚含泪，提着她的宫灯，和她的小婢等在那个最黑的角落；他夜夜微笑，施法幻化舟船，与他的女人去看海上繁星。

她痴狂到为他而死，他毁天灭地，不过是愧疚罢了。今生种种，不过仍是前生的一丝愧疚作怪！

紫苏，莫琼已经回来了，他怎么还会爱你如一。我这样爱你，你却不屑一顾。为什么？

龙修文脸色一沉，袖子一扬，一名黑衣男子猝然飞了出去，撞在庙中的柱子上，然后跌落在地。

他暴吼一声："滚！"

众人大骇，扶着那男子仓皇奔出。

年璇玑握紧颤抖的手，他暂时安全了！

她要把龙修文引走！万一他醒来，发出任何声响，必被龙修文发现："我不想待在这里！我知道你不会放了我，我跟你走！"

龙修文眉目一沉："为什么？"

"这庙里暗沉，这女神像我不喜欢，模样虽美，却让人心生压抑。"她淡淡道。

她怜惜紫苏，但不知为何，对龙后庙神像的感觉却极为古怪——这是趁机离开的借口，却也有她的真实感受。

她微喘着气，看着他脸上的反应，龙修文本微垂着头，这时猛地抬头冷笑反讥："你当然不喜欢这神像，她是莫琼，她才是龙昊最爱的人。"

"莫琼得龙昊疼爱，与他在外面走动多了，无知渔民看了，便以为是龙后，画像竟也传了下来。都道紫苏宫殿岁月寂寞，也不想紫苏不受宠爱，怎么有机会出来？"

莫琼？年璇玑正疑惑不解，龙修文突然抓上她的肩膀，声音如从牙缝里迸出："你想出去找龙非离是不是？"

龙修文的话——他确实全然没有觉察到龙非离就在这庙里！年璇玑心里喜忧参半。

她慢慢站起身来，试图让自己的语气更平静一点儿："我没有——"

龙修文却一跃而起，狠狠地扣着她的肩："你骗我！你分明就是想出去找他！"

年璇玑越发心惊，若说之前这个男人对她还有几分怜惜，这时已完全被愤怒嫉恨遮盖，他的手甚至深陷在她伤了的胳膊上，鲜血迅速把她的衣衫打湿。

她不敢说话，强忍着伤口的疼痛，此时说什么都是错，怕惹怒了他，声响惊醒龙非离。

"我往日总是过于爱惜你，你才会如此待我！"

耳畔是男人暴躁的声音，她大惊，抬眸看去，却跌入龙修文狂怒的眸子里。

那双眸中流淌着的光芒，她认得。

龙立煜曾这样看过她，还有桃源村里的那个水生。

她猛然看向庙中神像，这里也是龙后庙！

红衣女子冷冷地笑着，看着她。

耳畔，布帛撕裂的声音清脆，身上一冷，她还哽咽在喉咙的声音，目光怔怔地定在紫苏像上，却终究死死吞了下去。

他在那里！

覆在她身上的男人，气息粗重，手探进她的单衣里面，掌了她的柔软疯狂揉捏……

她用力挣扎，却只能无声，不敢拿他的命去赌。

他死了，这两场仗，西凉必败。一路上所见的繁华，通通没落。

如果，他不是王。

如果，他们只生在寻常百姓家，他是夫，她是妻。

她也许会嘶声叫喊。他醒了，那么，他会死，她也相陪。

只是，仅仅是也许。

她不想让他死。

她不管他是不是王。

他从小很苦，如今才二十四岁。可以选择死去，可是你还在神像背后，谁也不知道。

所以不能。怯懦到连死也不敢。

泪水混着被咬破的血滑进嘴里，久违的味道，与你在一起的最后一年，是这辈子最幸福的时光，即使是泪，也不涩。

原以为，会一直这样下去。

你一生孤傲，如果，这是我的选择，我给你的耻辱，那么，你呢？你会因此恨我一辈子吗？

那么，恨吧。

当他的手把她的裙子撕落，她心里冰凉死寂，却死死地盯着他，道："你以为这次一定能捉到他吗？龙修文，除非你把我杀了，否则，日后他知道了，他一定会杀了你。"

男人伸手握紧她的颈项，因情欲未得宣泄的眼眸越加深暗，他渐渐收紧手，唇角滑过森冷又自得的笑。

"成啊，告诉他。那么，这回他即使不被我杀死，也会因你而死。"

"心蛊，你还记得吗，嗯？"手指越来越紧，龙修文的声音却越发轻柔。年璇玑心里一惊，无法喘气，却还是艰难地攀上男人的手，狠狠地盯着他。

"那想来是会令你倍觉惊喜的事情！"她咬紧了唇，脸色涨红发紫。龙修文看她难受，一声冷笑，才松了手。

"一年多前，皇宫大牢里吉祥给你喂的药，还记得吗？那就是心蛊。不对，那是心蛊王！那晚，即使你不被她施放的迷药所制，服下那颗混了迷毒解药的心蛊王，她也一定会逼迫你服下那药丸。龙非离的紫卫要杀她，我暗中救了她，那蠢女人以为我想要你死，给她的是即时的毒杀之药，其实，我又怎会想让你死？"

"心蛊王？"年璇玑浑身颤抖，手足早已冰冷——她服下的是心蛊王，可为什么龙非离也中了这毒！

龙修文岂会看不出她脸上此刻毫无遮掩的震惊，手指轻轻从她的唇上抚过，挑眉轻笑："龙非离从不让人轻易靠近他的身，从膳食到一切都极为小心，何况父皇偏心，早在幼年时便让他服食过极为珍稀的解毒丹药，普通毒物根本无法伤他。但心蛊王却有趣至极，与心蛊稍有不同，你服下的心蛊王，你只是寄主，与你交合的人才是最后的宿主。"

这世上怎会有这样歹毒的东西？惊惧之间，年璇玑只觉耳目眩晕——她没忘记当日心蛊带来的痛苦，龙非离若中了心蛊王……

"你如此心疼做什么！"龙修文眸光一沉，怒气陡然加深，手一用力，狠狠撑开她的眼帘，"我要你看着我，也只能想着我龙修文！

"杀我？你很快就是我的女人，你还想让他杀我？年璇玑，他绝对杀不了我，你信不信？嗯？

"心蛊王是子母蛊，我身体里的是子蛊，他体内的是母蛊，他若杀了我，埋在他身体里的母蛊也会杀了他！从心蛊进入他身体的那一刻，我和他的命也已连在了一块！

"他这个人喜怒不形于色，这些年的修养功夫早已到家，你试试告诉他我今晚是怎么对你的！只要他对我动了巨大的怒意和杀意，那么他便会心绞如千刀万刃剐心。那种滋味，璇玑，你试过的。你中的只是初蛊，他体内的是蛊王，你想想看，那是什么滋味？对身体的耗损，轻则，手足瘫痪；怒气至极点，毙命之虞！"

年璇玑心里又惊又怒，从未如此恨过一个人，包括当初要她性命的太后，把她刺成丑陋面容的慕容琳。只有温如意害了凤鸾宫的人，她是深深痛恨过，现在，她只恨不得杀了眼前这个男人！

龙修文看她两颊如火，赤裸的胸脯起伏剧烈，心里一荡，只想狠狠把她占为己有，又不觉涌起一阵快意，伸手挑起她的下颌，邪肆而笑："璇玑，若我是你，就不会把事情告诉他。心绞之患，他痛，我龙修文亦痛，我便拼着与他一起受罪又如何？他身体里的是母蛊，你觉得谁受的痛苦会更甚？

"我这个弟弟很聪明，他也许已隐隐知道自己身中奇毒，这一年多来，我一直没有收到他查找我的消息。否则，虽有茹妃求情在前，以他狠辣的性子怎会放过我？他的心绞之症必定发作过，在每每对我起了杀心的时候。他虽不知道自己中了心蛊王，但他必定明白这关联的诀窍，抑制住了对我的杀意。"

龙非离从来没有告诉过她！两人在一起的时候，他总是带着一抹笑，却在她看不见的地方忍受着痛苦。

年璇玑心里大恸，咬牙道："别忘记他死了你也会死，你不能杀他！"

"璇玑，你错了！狡兔三窟，为何当年宫变之前，我还要借你之身给龙非离种心蛊，我虽胜券在握，但还留了这个后招，以防万一。这样即使我输了，我还能保住性命，东山再起！

"我唯一没有料到的是，你在牢里服药以后，宫变之前他竟一直没有碰过你。那天金銮殿上，茹妃要他放过我，我清楚地看到他眼里的杀意，但他的身体毫无痛苦，那就是说他还没有与你欢爱过，还没中心蛊。那时，我也以为自己必死无疑，却偏偏出来一个茹妃制止了他！如果他当时就把我杀死，即使其后与你燕好再中母蛊之毒，于他也无损，只因这子蛊已先随我身死而死，无法再诱发母蛊。

"这就是天意！你说他死我也死？只要我将他抓住，我立刻服下解药，他身体里的母蛊就再也不能制衡我！我随时可以把他杀死！我一直不服解药，不过是顾虑他先一步把我抓住，我有子蛊在身，他就不能杀我，除非他想死！"

"心蛊王，从来就不是用来制衡下蛊的人！"

天意？

所以此刻，她看他褪下衣衫，连咬舌自尽也不能！

龙非离还在神像后面，若她死了，就再也没有人知道他藏在那里，得不到救治，他会死……

她不知道是谁与眼前这个男人欢爱，种下了心蛊王的子蛊，可却是她把母蛊种到了自己最爱的男人身上。如果可以，她和龙非离欢爱，把心蛊再种回自己身上，那该有多好。

可是，蛊这东西怎么竟跟人一样，只认定了那最后的宿主，再也无法转移。

是无情还是多情？

龙非离可以降怒于这天下任何人，生杀予夺，却偏偏不能动这男人分毫。

龙修文重重地压在她身上，唇和手探过她身上每一寸地方，气息粗重潮湿，喷打在她的肌肤上。

他用他的方式，凌迟着她所有的感官。

——我这弟弟把所有东西都算计好了，包括温碧仪那女人忽略了的，他大概早就知道是我拿了苍龙阙，也从我母妃淑妃与萧妃的交谊里嗅出些东西，否则，当天他根本就没有可能赢我！我与龙非离斗，本来就是看谁把后招藏得更深些！

——你生气的模样真好看，我再告诉你一件事！本来我并不知道你们此次的行踪，你知道是谁通知了我，是温如意！

——以前我便知道，这女人会成为助我的力量。我一直用黑鸟与她通信。她以前惺惺作态，不肯与我合作，如今还不是帮了我？你们出宫前，我与她早在京郊见过面。她知道我想要你，这个女人很聪明，让我服下毒药来交换你们的行踪。她用毒来制约我，只能把你带走，不许动龙非离，可是她不知道龙非离中了心蛊，我死了，龙非离也得死！最后，她的解药还是得给我！

终于，她脑子里一片空白。

胃里翻腾着，醒醐得她想吐。

当他的手探进她的亵裤里，她浑身颤抖，那胃里的苦水涌上喉咙。

她只想死。不能呼救，外面是他的人，里面，是她的男人。

死死压抑着不发出一丝声音，手足，身体，仍是依循着本能，拼命去挣，张嘴去撕去咬。

龙修文终究怒了。

空气中声音清脆干净，是骨头折断的声音。

手足瘫软，再也无法动弹。

空洞的眸子，还能映出从手心跌出的梳子的模样，齿参差不齐，做它的人对这活并不熟练，梳子也有些旧了，仍是旧了——虽然她很宝贝，自己也舍不得用，只会拿来为一个人梳发绾髻。

当她把唇咬烂，眼睛涩痛得再也感觉不到任何一丝湿意，他的身体也在她的身子里面达到极致的快乐。

她听到他号叫的声音。

身下，是汩汩的痛和热。

这个人是那人的兄弟，她却和他有了这种关系。

她很脏。连她自己也憎恨死了此刻的身体和自己，若那个人恨她，也是理所当然。

他把她的身子翻转过来，她的牙齿落到了舌尖上，但跌落在她手边的梳子，那些参差不齐的齿却像利刺刺入她的心。

竟还能笑出来，细细的。

她不能，不可以。

男人的身子压了下来，却又突然弹跃而起。

有劲风掠过，她听到重物被撞翻的声音。

她麻木地转动着眼睛，看向庙门的方向。

初见是白衣如雪，这时白袍鲜红。

白战枫怔怔地站在门下。她看到有什么在他的眼眶里闪着，然后很快滚落下来。他背后，乐晶莹双腿剧烈颤抖着，跌坐在地上。

耳畔，低吼之声不绝于耳。

眼中浮光，是一身猩红的小狼和龙修文缠斗在一起。

她听到小狼凄厉的嘶鸣声，像疯了一般。这只小兽，全然疯了，它拼着被龙修文刺进数剑，将对方的手撕咬下一大片皮肉。

突然，白影一闪，带着温暖和血腥的袍子罩落到她身上，随即男子的身影与一人一狼纠缠在一起。

"龙修文，你去死。"

她从没听过白战枫用这样的语气说话，他的声音像换了个人，那阴沉凶狠到让人战栗的语气。

再生缘
我的温柔暴君

她像瞬间被惊醒，哑声叫道："大哥，不能杀他！他死了，龙非离也会死！擒下他，龙非离的毒，只有他有解药！"

　　白战枫没有应答。

　　乐晶莹跌跌撞撞地来到她身边，替她把袍子裹好，抱紧她，哽咽道："娘娘莫怕。玉桓他们在前面的林子里与龙修文的人在打斗，很快就会过来。宁君望带的人已经过来了。"

　　年璇玑一震，不能让众人知道这里发生过什么事！他们知道了，万一被龙非离知道——

　　"晶莹，我动不了，你先抱我离开这里！"她手骨折断，强忍着剧痛，拖着手，碰上乐晶莹的衣衫。

　　乐晶莹不甚明白，却无丝毫迟疑，把她抱了起来，但她伤势本重，也是支撑着赶来，又怎么抱得起年璇玑。

　　两人同时摔在地上。

　　此时，酣斗中的龙修文眉目一沉，虚招一晃，夺门而去。

　　小狼一声暴吼，如影随形振翅飞去。白战枫身形一闪，便要追出，乐晶莹急道："将军，咱们外面有人，龙修文走不了的，娘娘手脚都断了，晶莹抱不动娘娘，你先带她离去！"

第五十一章　殇烟霞　零落成尘自无瑕

　　月色，湖光。

　　素颜，泪光。

　　用林木做支板，把断了的手足暂时固定了，年璇玑被放到湖边的石头上。

　　白战枫将龙非离从紫苏神像后抱出来。他还昏迷着，脸色苍白。

　　但那微弱的呼吸，她咬紧牙，他还活着。

　　简单嘱咐了乐晶莹，她今晚曾到过这庙宇的事情千万不能说。

　　乐晶莹一向坚强，此时却两眼含泪看着她。在白战枫抱着她跃上屋顶的一刹，她看见段玉桓等人从庙外走进来。

　　乐晶莹问，龙修文呢。

　　段玉桓说，宁君望已经带人去追。

　　他终于安全了。

　　院里，静静地，躺着几具尸体，是龙修文那几个手下。

　　年璇玑身上的衣衫被毁，仓皇地裹着白战枫的外袍。任白战枫把她带到借宿的农家，借了套女子衣裙，他把她抱到这里来。

　　那里也不能待了。身子疼痛，心里钝钝的，不知道自己想怎么样。

　　她想洗个澡。身体的气味让她觉得胃里有股酸涩直往上涌，可是，连洗澡的力气也没有。

呆呆地望着湖水，她尝试挪动手脚，额上冷汗直冒。

白战枫就站在她旁边，身影笔直安静。

她投在地上的眸光一惊，因为他的手猛然横了过来。她浑身战栗，却无法动弹。

他已把她抱进怀里。他身上血腥味浓重，但他身上的气息，如往日一样，是干净的味道。

她仍是害怕，在他怀里颤抖着。

"是大哥不好，如果大哥能再早一点儿……"

她听到头顶传来的声音，他坚实矫健的身躯微微战栗。

他的声音似被什么压过，不复往日温润好听，里面的痛苦像那沉积了千百年的沼泽黄沙。

她想去安慰他，嘴唇张了张，却没有声音。

自己一身破碎，连自己也安慰不了，怎么去安慰他。

她想哭，却又觉得自己不配。

她的丈夫就在那里，她又做了些什么。

第五十二章

宠六宫 当时只道是寻常

　　如果说，从在白家对她许下守护的承诺那一刻起，白战枫便笃定这一辈子不会再去爱另一个女子，这两年，爹娘说，战儿，娶妻吧，为白家留个后。

　　他一笑而过，他多在边城，夜晚辗转不眠的时候，会想起她，也会想起双亲的话。

　　白家，也是他的责任。可是，此时，他知道，他不会再娶。

　　虽然没有完成仪式，虽然只在心里，虽然这想法很卑鄙和龌龊。

　　但她就是他的妻。他到死都会记得她浑身赤裸地躺在庙里，那尖削苍白的容颜。

　　他无法再碰别的人。

　　曾以为，爱一个人，不过生生死死。

　　他从来不知道，她竟痴傻到如此。

　　他嫉妒却更痛。龙非离知道了，他能懂她吗？

　　若不能，她怎么办？

　　他说过要保护她，却做不到。这是她一生的伤。

　　如果能交换，他愿意倾尽所有去换掉她今夜的痛苦。

　　可是，不能。

　　甚至，他什么也做不了，只能眼睁睁地看着她痛苦。

　　他心里的疼痛和愤怒，涨得无法压抑，若他们把龙修文逮住了，拿了解药——他必定让龙修文尝尽千刀之苦！

　　她刚才的目光一直落在湖里，白战枫缓缓将她放开，柔声道："璇弟，你相信我吗？"

　　年璇玑一怔，面前的男人已把自己单衣下摆撕下两片，一片放到湖里浸湿，又微微拧了。

　　另一片，他把它蒙到眼睛上。

　　从来没有想过，有一天还会有这样的亲密接触。只是，这样的亲密却并非她所愿，也非他所愿。

　　干涸的眼睛，终于沁出湿润，她慢慢闭上眼睛。

　　让他轻轻地，颤抖地打开她的衣服。

他的手在她身上轻轻动作着，她还是浑身颤抖，却明白他那份小心翼翼，偶尔他的手指碰到她的肌肤，便立刻收回去。

他的动作突然停了下来。

年璇玑睁开眼睛，却见眼前的男人单膝跪在地上，眉目紧皱，微闭了眼，神色十分痛苦，衣服上的血迹似乎更加殷红，干涸了的血似又要涌出来一般。她大吃一惊，急道："大哥，你怎么了？"

"旋弟莫担心。"他说着摸索着快速把她的衣服拢上，扯下眼睛上的布。

年璇玑还在疑惑，他已把她抱进怀里，疾驰而去。

她心里担忧，连连问他，他只说没事，她却觉得他是在忍受着极大的痛苦，是刚才与人打斗的伤吗？却又不似。

终于，他抱着她在一处落下，她几乎无法相信眼前的景象——前面草丛中翻滚着身子的，是她的小狼。

它身上是大大小小的伤痕，令人触目惊心，那些血水把它一身漂亮的皮毛都弄湿了，一只翅膀，被人用刀生生斩伤。此刻，它双眼紧闭，痛苦地在地上翻滚着，单薄的蓝光笼在它的身上。

想起和这只小兽短暂却奇妙的缘分，年璇玑大恸："小狼……大哥，抱我过去。"

白战枫咬牙道："适才必定还有龙修文的人在这边，才伤了它！"

还是让他跑了吗？年璇玑心里一沉，现在却也管不了这许多，让白战枫抱着走到小狼身边。

她咬了咬牙，不顾手上的伤，便要伸手去抱它，却感觉掌下皮毛触感骤变——

她几乎无法相信自己的眼睛：蓝光下那只雪兽已经不见了，取而代之，在他们眼前的是一名雪衣裹红的男子，一头银发不掺任何杂色。

他慢慢睁开眼眸，瞳眸幽蓝。

"怎么会是你？"所有认知超出了她可理解的范围，手却没有丝毫迟疑，抚到男子的脸上，颤声道："小狼？"

"阿七，是，我是你的小狼，也是流景。"男人嘴角浮着浅淡的笑意，伸手抓住她的手，眸里却是一片悲凉。

痛苦、仓皇之间，年璇玑竟不知道说什么。

"阿七，我突然记起了一段记忆……西宁街十八号，我和你的初次见面。"

"初次见面？"年璇玑喃喃道。

"在我回到麒园前，我在那个世界的2010年其实早已见过你，并且把你送了过来，最后灵力耗尽，在西凉再次重生。"手里的温腻突然被抽空，雪流景一凛，却见白战枫已把年璇玑拥回怀里，微微皱着眉，警惕地盯着他。

"你怕我是妖妖，会伤害她？"

雪流景苦笑，刚想说什么，前方的白战枫和年璇玑却突然变了脸色，年璇玑失声道："小狼，流景，你的模样怎么和白大哥一样？你……你到底是谁？"

雪流景一怔，随即会意——他的灵力甚至无法维持变幻的面目，变回了原本的模样。与眼前男子一模一样的容颜。

一模一样，因为他本就是眼前这个男子魂魄中的一缕。

这个男子，前生的雪狼王，今生的白战枫。

千年前，雪狼王雪流景为封印狼族和保住紫苏的魂，用尽灵力。龙昊让众神重生，自身损耗太大，重生以后不易觉醒，甚至再也不能觉醒。

偏偏两人临死前，发生了一件让人无法预料的事。

雪流景到死都惦念着转生后的自己，也像龙昊一样无法觉醒，护不了紫苏周全。

一股到死也不能泯灭的执念，于是，这天地之间竟有了他。他从白战枫的魂魄中剥离出来，有着雪狼的元神，半神的力量，甚至保留着阿雪的所有记忆，用另一种方式去守护她。

若真要定义他到底是谁，是什么，谁能下一个准确的定义？包括他自己也不知道。也许，他不过是阿雪的一股执念。

宇宙浩瀚，时空变迁，龙昊的力量和众神各自的意识，让重生充满了神秘。分散了时空，裂了魂魄。

千年重生前，龙昊与佛陀的最后一面，龙昊问，重生后与紫苏能否有结果。

天池边，佛陀拈花而笑，说："人，性本善也性本恶，一念善，一念恶，变化难测。人自己决定凤缘因果，不问神佛。"

重生以后的紫苏与龙昊被错分了时空。佛陀遵守当日诺言，交与他佛家小札，逆转时空——适逢年氏幼女魂魄伤逝，紫苏便借了她的身，回到龙昊身边。

佛陀言明，不可强使灵魂转移时空，必须是本人所愿。

他知道转生成朱七的紫苏欠下地下钱庄的钱，借此幻化成讨债的人，又假借手机信息诱使朱七到西宁街十八号……其实未镜不假，但他不曾开启未镜，未镜里朱七卧尸西宁街头，是他的法术。

实际上，分裂了魂魄的岂止是阿雪，还有莫琼和他人。

紫苏成为龙昊的正妻，莫琼恨极。紫苏却为救她而死，恨与恩交织在一起，莫琼重生，竟分裂成两个灵魂，一在西凉与龙昊重遇，是为温如意。一在中国，还紫苏一生友情，是辛追追。

龙昊爱紫苏，温如意无法挽回，终究含恨而逝。辛追追却被 2010 年的有心人送进了温如意的身体。

那个人，估计很棘手！

与佛陀有约，不可越规，告知龙昊紫苏前世今生的事情，同时，他的灵力在不断削减，只能在危及她或龙昊性命时才能嗅到些许痕迹，只能示警，不可预料更无法插手。

终于这一回，他无法救下紫苏。他痛，可是却偏偏无能为力。

甚至还让龙修文脱了身。林子里又来了大批龙修文的人，一部分在前方引开了宁君望的人，剩下的与他缠斗，他一个人拼斗不过。

他的灵力越来越弱，而白战枫的身体也必定发生了一些什么难以预料的变化。他去农舍找白战枫，按理白战枫不该沉睡。并且，一方受伤了，另一方也会在随后出现相同症状或痛楚——两人的身体竟然互相影响。白战枫甚至开始能感应到他的所在，找了过来。

若有一天白战枫觉醒了，那么，他是不是会回到这真正的雪狼王身上，将他的魂魄归为完整？抑或，如果白战枫再也无法觉醒，他的灵力用尽，就从此消失？这样也罢，最让人担忧的是，前生雪流景顾虑的事情会发生——那件让人无法预料的事……

他为她而生，除此，还做过两件事。

当日牢里，他总感觉有什么事情要发生，在翠丫死死哀求下，幻化了两个人皮面具。后来，他想出宫去找龙昊求救，却被龙修文困住。

他最后设法脱身了，她得以留在龙昊身边，翠丫却死了。若非那个小丫头，当日玉扣子早就换走了她，凤鸶宫的厢房里，玉扣子必定当时就已发现那年妃是假的。

还有，便是今日，他救下了乐晶莹肚子里的孩子。肚子形状还不明显，但那孩子已有几个月。若他晚来些许，那孩子就再也无法成活，就像当日翠丫。乐晶莹被刺，伤势不轻，昏迷了一段时间，这种情况下腹里的婴孩竟还存有一丝微弱的气息，这孩子长大后必是个有福之人。

他本以为翠丫会好起来，他当时在郊外昏睡着，后来悄悄回宫看她的时候，一切已物是人非。

一死换一生，这是他为她身边的人能做的所有的事情。

与紫苏、龙昊一样，他只能对白战枫示警，不能多说什么，更不可能与二人解释容貌的问题。

眼前剑芒突涨，白战枫一手抱着她，一手横剑护在她前面。

他微微蹙眉，突然有什么掠过心头，凝目看向白战枫："你注意察看自己身体的情况，若你想找我，你会知道怎么找到我。"

白战枫脸色一变，手微微垂下，剑尖无意识在地上划过，绿芒翻飞。

年璇玑并不明白雪流景的话，她有许多问题想问，他却深深地看了她一眼，她刚唤了他一声，草木茂密，哪里还有他的影子？若非草叶上血迹斑驳，浮光掠影，他就像虚幻一般。

她的小狼，一只能幻化成人的狼妖？她并不怕，只想看看他的伤势，问他一些事情。

只是现在，她该回去找那个人了。恨不得立刻回到他身边，查看他的伤，可是她却害怕，她再也不知道该如何面对他。

"小七。"

背后突然响起的声音，是他！梦耶非耶？她浑身一震，竟不敢回头。

那一眼的悲恸像穿透了岁月，就像这宫里的砖砖瓦瓦，像麒园门楣上斑驳沧桑的字。

回宫后，龙非离每晚做这个梦。

今晚也一样。

梦见烟霞镇那个林子里，乐晶莹喂他服下药丸，他在紫苏庙里醒来，在段玉桓、清风等人的搀扶下，四处去找她。

后来，远远地，只见她依偎在白战枫的怀里，一动不动。

他心里一沉，却看到她胳膊上的夹板，顿时着急起来，唤她名字，唤了她许多声，她却不曾回头。

白战枫说，娘娘，皇上来了。

她的身子僵硬。

终于，他也微微怒了，沉声直呼她姓名。

她这才颤抖着转过身来，那削尖灰白的脸，那看向他的目光，那一眼——他的心瞬间竟像被什么利物一剜，然后挑起皮肉，深深钝钝的疼。

回来两个月了！

与月落一仗，助纳明天朗争夺皇位的战争已经在月落打响。月落，现在乱得不成样子。战事互有胜负，月落其实不比匈奴悍烈，这场仗却打得艰难。应纳明所求，不能折损了月落的兵力，要赢又不能重创对方，月落军却是往死里拼。

但这场战争，他想的反而不如一个女子多。他早有部署，再难，也一定能拿下！

会不断做这个梦，也许因为……夜里她不在他身边。

她还是像往日一样，每天为他煮茶，陪他批阅奏章，他们一起用膳，有时会到华容宫陪他母妃用膳。她与他母亲的关系改善不少，他的母亲似乎也开始慢慢喜欢上了她。一切似乎向着极好的方向发展。

只是，回来以后，她一直没有与他同床。不说欢爱，他想抱着她睡，也被她拒绝了。

她每晚宿在凤鸷宫。

白战枫向他请罪，说带二人离开之时，遇上追兵，打斗中，他一时不慎，致使她让人推下高坡，伤了手脚。

若说开始是她所提到的手脚折断问题，胡诌下的一堆借口，说怕他压到她云云，后来，他再看不出她的推拒，那他就是她口里常笑骂的"呆子"了。

乐晶莹的医术极好，及时帮她接了断骨，她的复原情况甚好。她不想与他同房，她在躲避他。

皇帝临幸妃子，均有记录，以便核查子嗣等等，茹妃知二人恩爱，曾私下问他二人为何两个月不同房，他只淡淡推说两人身上都有伤。

实际上，若算上出宫前那段日子，他与她已将近三个月没有欢爱。

那段时间，她多忧患，急出了病，身子多有不爽。他虽想要她，却担忧她的身子，遂没有碰她，但那时，夜夜同寝而眠。

这两个月，却分开了睡。

他再也无法忍受。他习惯了她在他身边，分去他一半枕席。他厌恶与他人共眠，在爱上她之前，他从不在后宫妃嫔寝宫过夜，妃子侍完寝以后，他会回储秀殿。

她改变了他，现在却来推拒他，不嫌迟吗？他本不同意分房而睡，却在她的一个委屈的眸光下而妥协。

也许，像一些人说的，他对她真是骄纵过头了。他今晚就要她！还要她的实话！

他想了她两个月了。他甚至没有到任何一个女人的寝宫里去，连表面工夫也懒得去做。两个月，这是他最后的底线了。

他起床穿衣，早有内侍进来恭敬待命。

"皇上？"

"摆驾凤鸷宫。"

凤鸷宫。

将被子重重地盖在脸上，半晌，年璇玑把被褥扯下，盯着床帐发呆。

睡不着，没有睡意，像这两个月的每一晚，她今晚依旧睡不着，一闭上眼，便是那天可怕的噩梦。那种从骨子里透出来的窒息般的绝望，乐晶莹开的宁神的药也不管用。

她还服了避孕的药膳。

宫外多有不便，回宫以后，乐晶莹立刻拿了药帖子给她。她让蝶风拿去煎，蝶风回来不解地问她，为何要服这药。她一时惊住，问蝶风怎会知道这药。蝶风说她熬药的时候碰上了崔医女，崔姑姑看出了药性。

她竟不知该怎样回答蝶风，只吩咐她这事绝不能乱说，又请了崔医女过来，嘱咐了一番。崔医女与她交好，也知宫中忌讳，当即说娘娘只管放心。

白战枫已回了边关戍守。临走前，白战枫告诉她，会调动白家的人力去找龙修文的行踪。

另一方面，她知道，龙非离也在找龙修文。

只是，两方目的不同。他们求解药，龙非离要的是龙修文的命。

她考虑再三，还是没有把辛追追泄露此行行踪的事情告诉龙非离。辛追追在他们回来前已经领旨出了宫，私下问了龙梓锦，便是龙梓锦也不知道她去了哪里。

就这样吧。十多年的感情，她无法看着龙非离杀了她。毕竟，辛追追杀邢吉祥的时候，对她是真心的爱护。她们曾经都有过真心，可惜现在谁都已经不能再回头。

怕引起龙非离的猜疑，她与乐晶莹在宫中碰面，让乐晶莹把消息传给白战枫。她与乐晶莹做了一个假设，二人曾担忧过龙修文会把事情告诉龙非离，龙非离知道后必定大恸大怒，引发心绞之症，而龙修文与他痛苦、性命相连，龙修文只需在痛苦一现的时候服下解药就行。

白战枫却说龙修文绝不会如此做。虽然龙非离的症状会比龙修文重，但问题在于这子母蛊的同步性。龙非离死的同时龙修文也会死。如果龙修文还能有余力服下解药，那证明龙非离还没有死，只要龙非离没有死，龙修文服下解药，便等于替龙非离解了毒。

所以，龙修文用心蛊王的目的很明确：防止落入龙非离手中！这样即使他被龙非离抓住，龙非离也不能杀他！而他也只有在抓到龙非离的时候，才敢服下解药，杀掉对方。

白战枫的分析是对的！年璇玑明白，白战枫想借此告诉她：龙非离无性命之虞，同时白战枫也想安她的心——龙修文不会把那晚的事说出来。

是的，当日在还没知道真相之前，她对龙修文说，会把事情告诉龙非离。现在，她却越来越胆怯，如果没有这层利害关系，她会告诉龙非离吗？只怕连她自己也不知道。

快两个月了！她好想他，疯狂地想，但她不敢与他同床共枕，她不知道如果他想要她，她会有怎样的反应。那日的情景，就像慢性毒药一样渗进了骨子里，同时，她又觉得自己脏，害怕面对他。

她苦笑，这样下去，他们会走向怎样的疏离？

眼睛正涩，却听到有人在外面敲门，甚是急促。

"娘娘，皇上来了！"

是蝶风的声音！她心头一震，随即翻身下床，跑去开门。

蝶风看她模样焦急，掩嘴一笑，她已顾不上蝶风的笑话，直接跑到了厅上。

厅上没人，她一怔，却见所有人都跪在院子里接驾。

她兴冲冲地又跑了出去。那个她日夜想念的人，正负手在后，立在院中。月色下，一袭明黄锦袍，刺得她眼眸酸涩。

她想跑过去抱住他，却在距他几步处生生停住脚步。原来，没有了白天的明媚，夜色朦胧，近君会情怯。

"阿离。"

前方的男人缓缓转过身来。

为什么明明白天才见过，却还如此想念。他在淡淡地看着她。只这一眼，她听到自己心里有什么崩塌了。她再也没有办法抑制，早在意识到自己做了什么之前，跑过去紧紧地抱住他。不管所有宫人还跪着，悄悄地看着他们。

他没有回抱她，双手安静地垂在身侧。

他生气了吗？是！怎么能不生气呢？他已经给了她最大的宽容，这些日子以来，没有责怪她丝毫。

她咬了咬唇，眸光到处，是站在他背后的大太监陆凯——新内务府副总管。

徐熹带出来的人，少言笑，但办事干练。

总是物是人非。说是新，因为她心里总还记挂着那个青衫噙笑的青年。想起他，必定想起那个明眸皓齿的姑娘。初时，还能收到二人的书信，后来，龙玉致说他们要去一个偏远之地，就没有再收到过他们的音讯。但她相信，他们一定过得快活自在。

宫墙柳梢外，总是岁月悠长恣意度。

陆凯虽恭谨而立，但她和徐熹向来不对盘，不想碰上他的目光，微微侧过头。

眸光落到那人的双手上，他仍然没有抱她。

她心里一阵失望，却又似乎松了口气，矛盾之间，慢慢松开手。

耳畔，突然响起衣绸猛烈摩擦的声响，她一怔，已被他双臂环压着肩臂，整个陷进了他怀里。

他的臂把她压得隐隐生痛。那股深埋在心里的疼痛，混着重重叠叠的仓皇、绝望、不知所措，在他的怀里全数涌出来，她只想在他的温暖里大哭一场。然后，她又能和他快快乐乐地过下去。

这么多磨难都过去了，不该从此恬静幸福吗？

却只能是想，她不敢哭，怕引起他的怀疑。本来，这两个月的反常，他已不可能不忌惮。

贪婪地呼吸着他衣衫上熟悉的气息，头轻轻在他胸膛上蹭着。

他的身躯微微一震。

随即，她听到他的斥责传来："怎么又不穿鞋子就跑出来了？一点皇妃该有的端庄都没有。"

她突然想起在松风镇的别院里，他赤脚跑出来找她——从他怀里抬头，她看着他哽咽道："别骂我，我只是想你了，龙非离，我每晚都想你。"

两个月的压抑和愤怒，原来竟抵不过她一句话。他带着暴躁和怒气而来，现在只成一腔快活。下面还说了什么，他似乎竟一瞬间就遗忘了，只在她吃惊的低叫声中，把她横抱起大步走进房间。

"陆凯，打些热水进来。"

陆凯忙躬声应了，又微微蹙眉，看了一眼背后跪了一地的奴才。

"陆总管，奴婢能不能请您进去的时候给皇上提上一提，这咱们都还在这里跪着呢。"

轻笑出声的是年妃的丫鬟蝶风，他一怔，淡淡颔首。

边城，匈奴营帐。

"禀左幽王，他来了。"

士兵进帐禀报，帐中，男人微微点头："请他进来。"

士兵应了，施礼告退。少顷，一声轻笑，一名白衣男子走了进来。

"幽王，别来无恙？"

左幽王大步迎上前来，摸摸唇上短髭，大笑道："白公子，当日年府相援之恩一直苦无机会酬谢，快请坐。"

"当日龙非离在年府遇刺，下令封府稽查，若非白公子精妙的易容之术，本王也无法及时回国向我王禀报情况。"

"可惜日暮一役，你军还是败了。"来人淡淡道。

左幽王一声长叹，冷笑道："年永华，温碧仪，以为姜是老的辣，哪知道竟斗不过一个年纪轻轻的龙非离。"

对面男子勾唇一笑，没有说话。

左幽王眸光微闪，看了白衣男子一眼，疑惑道："本王此行实属机密，公子倒是神机妙算。"

"西凉与月落已经开战，匈奴出兵攻打西凉是早晚问题，幽王是单于最得力的左右手，来边城早做准备，也并无甚难猜。"

左幽王哈哈大笑："公子机智！本王曾向单于提及公子是将相之才，单于说，若匈奴得公子相助，必定如虎添翼。"

男子轻轻扬眉，低声道："若子虚说，子虚此次过来，确是相助于幽王呢？"

此刻，营帐中这与左幽王侃侃而谈的男子正是白子虚。

左幽王大喜，随即又微微皱眉道："那白战枫用兵设阵，无一仗不娴熟精妙，相当棘手！听说其乃大将军王之后，那大将军王可是从未吃过一回败仗哪！"

"那又如何？"白子虚冷笑道，"这一役，你匈奴必赢。"

左幽王浑身一震，声音颤抖："公子有何良策妙计？他日若功成，我王必予公子最高赏赐，划城封侯绝不在话下，只是这白战枫委实——"

他话语未完，白子虚冷声打断了他："幽王，子虚从不打诳语。你可知道子虚是什么人？"

左幽王正疑虑重重，前方男子微微一笑，伸手往脸上一抹，一层薄如蝉翼的人皮假面被缓缓撕下。

"这怎么可能？不！绝不可能！"

一声惊叫，左幽王如见鬼魅，瘫软跌坐在地上。

是夜，边城，将军府。

"将军，你回来了。"

白衣男子眉宇紧拧，向几名门将微一颔首，快步走进了院子。管家刚从大厅出来，看见男子，一笑唤道。

男子却似乎在凝神想着什么，径直往书房方向走去。

管家微微惊讶，素知男子温文多礼，从未有过如此情况，后者是在凝神想什么事情吗？

这男子正是白战枫。

他走了数步，似意识到什么，转身朝管家歉意一笑，才进了书房。

书房里，一片漆黑。

他略放慢了脚步，步伐却不乱，走到桌边捻亮灯火。

灯火把光亮无法穿透的东西拉成影。

例如，窗前安静站立的一名男子。

他也是一身白衣。

任谁在黑暗里，亮灯一刻，看到不属于这里的东西都会大吃一惊，白战枫却只是一声轻叹："你果然来了！"

窗前男子闻言，转过身来。

房中就像平白多了面镜子，那男子竟和白战枫的模样相同。

不同的，只有神色。

男子朝他微一颔首，拧眉道："有无应对之策？"

"流景，你的灵力与白子虚的相比，怎么样？"

白战枫轻声相询，眸光却紧紧盯向前方的男子。

凤鹜宫。

陆凯想，自己的修为还欠奉，出门的时候，他忍不住微微侧身，轻瞥了软榻上的帝妃一眼。

玉盆置放在软榻下。

年璇玑坐在软榻上，皇帝离了座，微微俯身拿起年妃双足放进盆里去，又伸手到盆里去绞扭布巾。

年妃受宠是众所周知的，他跟在皇帝身边也有段时间，早就耳濡目染。但眼前的情景，还是让他心头一跳，不敢再看，赶紧把门掩上。

屋内，双足被握在男人的大掌里清洗着，饶是二人有过最亲密的接触，他也替她擦洗过身子，年璇玑还是红了脸，有丝局促不安。

他指节上的茧轻轻摩挲着她的脚。

有点儿痒，有点儿刺。

这两个月，便是在储秀殿多有相伴，二人也鲜少如此亲密过。

她再也没有像往常一样偎在他怀里陪他看奏章，只是静静地坐在一旁陪着。

这突如其来的接触，竟让她紧张起来，微微侧过身子，不敢去看他。

终于，他把她双脚揩干。她如获大赦，把脚丫缩到软榻上，整个人微微蜷成一团。

低垂的眸光，看到布巾如白莲绽放，跌落在盆上，水花四溅。

旁边气息一热，软榻一沉，她已被整个抱到男人的膝上。

她吃了一惊，才无措地抬起眼，双唇已被什么给堵住。

她脑中昏沉，久违了的燥热挑动着她身体里的每一寸敏感和神经。

他的唇舌激烈地掠夺着她的，紧窒地吮吸，没有技巧，只有直接的情欲，嘴里泛出一股淡淡的血腥。

她不知道是他的嘴破了还是她的，她心里一阵刺痛，不知为他还是为自己，身体反而显得麻木，辨别不出痛楚。

进到屋里，二人也不曾说上一句话，她却仿佛听懂了一些什么，眼眶一热，挣开他，看着他的眸子。

他的眸又深又暗，裹着火。

双臂环上他的脖颈，像往日一样，她颤抖着轻轻吻上他的唇。

她这一动作，立刻招来了他更粗狂的对待。

肩胛处一凉，衣服在他掌下撕开。

他的吻密密麻麻地落到她的脖颈上，她既害怕却又忍不住向他怀里挪去。

"小七。"男人喑哑的声音在她耳边响起，她随即被拦腰抱起。

她听到玉盆倾倒的声音。

这一刻，他也眩晕了吗？把盆子也踢翻了。

搂着他的脖颈，她怔怔地看着水淹过地上的砖。

突然，头一晕，却是他走到床前，将她平放到床上，他的身躯随即压了上来。

身上的沉重，男人粗重的呼吸，那一晚的记忆如潮水般漫上她的身。

那股深寒的感觉让她胃里的苦涩又开始翻腾，她猛地用力推向他。

本沉浸在心爱女人的芬芳里，胸膛猝然传来的阻力让龙非离心里猛地一凛。宫变后，二人重新在一起，她再也没有推拒过他。

是情是欲也是怒，他眉峰一挑，单手执起她的双手，定在枕上，她的双腿被他紧压着，动弹不得。

吻，毫不迟疑，带着他的凌厉和惩罚，狠狠地落到她的胸脯上，另一只手探进了她的裙子里。

她却挣扎得更厉害，嘴里发出呜咽不清的声音。他心中突然一疼，怒气却随即更深——他今晚就要她！

大掌一扬，把她的裙子撕破。

身体却如惊弓之鸟，心里迷迷糊糊都是那晚的丑恶，却仍有一角是单薄的清醒，年璇玑知道这是他而非龙修文。

他们不能再这样下去。她难道一辈子都不让他碰吗？她就不渴望他吗？

紧闭上眼睛，她试图让身子放松。

当她再次微微睁开眼睛——室中灯火不知什么时候被他捻熄，取而代之的是夜明珠柔和的光芒。帘子敞落，把床帷和外室隔开，半黑，半昼，朦胧呷呀。

这无碍她看到他额眉上那层薄薄的汗。他的眸子漆黑幽深，那清晰的欲望和怒气还凝固在眸上。

他在忍着，却在取悦她。

她心里一疼，他是皇帝。他何须如此对待一个女人。

被他控制着的手，有点儿疼痛，却是她可以承受的力度。不管在什么情况下，他总是顾惜着她。心里越发柔软，身子也慢慢变得柔软。她握上他的指腹，摩挲着他指上的粗糙。

他的手猛地一震。

二人的目光再次胶着，她眼里所有的迷惘落进他深沉炙热的目光里。

余韵未消，她只觉脸上越发如火烧，害怕，惊颤以外是羞愧。

她愣愣地看着他。

他的唇却猛地再次袭来："小七，你真美。"

她有丝不敢相信，他向来吝惜的赞美还有他语气里的沙哑，低沉得让她几乎无法听清。

这个男人的情不自抑。她从未遭遇过他的失控，似乎比起往日身体对她的失控还要更深一点儿。

在他的狂野里，她搂着他的脖颈，哭了起来。

他明显一惊，双手撑在她的手臂两侧，止住了动作。她怔怔地看着他，看到他眼里的心疼，眉心却紧缩着，强忍着欲望。

"我弄疼你了吗？"

她爱听他说"朕"时那眉眼里的慵懒，却也爱在私下无人时，说"我和你如何如何"。

即使是疼，只要是他，她也是心甘情愿的。她拼命摇头，微微坐起，离开他的身体。

他沉默着，只深深地看着她，眉眼里心疼不减。

她闭了闭眼，慢慢地跨坐到他身上，满头发丝轻轻散落在他的龙锦缎袍上。

刚才急促的欢愉，他甚至连外袍都未脱。

她颤抖着手去替他宽衣。

他呼吸粗重却没有动作，只是伸手抚上她的脸，一一揩去她颊上的泪水。

终于，和她一样，他也衣衫尽敞。

她探手到他腰侧，细细摸索着，身上新添的伤疤。

他眉头一锁，抬眸紧盯着她，又拿过她的手吻了起来。他眼里是粗重的情欲和始终压抑着的一分清醒，她咬咬唇，忽而吻上他的唇。

她甚至还没有尝试动作，已被他倏然翻身压下……

清晨。

将怀里的人轻轻放下，龙非离拉开床帷，便要下床穿衣。

眼角余光里女子安静的脸，眼角的泪痕又很快将他的眸光拉回。

伸手揩去那些温热的同时，他俯身到她耳畔："别哭，朕不会再逼迫你，你说让朕等，朕便等，不管是你的身子，还是你心里的事。"

门轻轻合上。

还能隐约听到他轻声吩咐陆凯，派人交代御膳房什么时辰传些什么膳食过来，又让他留两个小侍下来，去烧热水，待蝶风起了便告诉她，等娘娘醒来立刻替她温温身子。

年璇玑慢慢坐起来，倚到床栏，刚被拭干的脸颊很快又湿了。

他昨晚问了她。

她把脸埋在他的怀里，她不愿对他说谎，但烟霞镇的事——还不行，现在还不能告诉他。

她低声问，阿离，你信我吗，如果你信我，你等我好不好。

他没有出声。

她心里猛地一沉，却听到他的声音淡淡传来："我等。"

他眉目犀利，刚才也许早已知道她醒了。

所以再次告诉她，他会等她。

他吩咐陆凯的话，她凝神去听，字字不落。他办事认真仔细，但这份仔细落到她身上，那就是让所有人都嫉妒的宠爱。

那晚以后，他们再次同房。

一切似乎回到以前。只是，他没有再碰她，只抱着她睡。

其实这样也好，她还很怕。

但她明白，他们不可能这样过一辈子。他的爱惜，让她有了勇气再次回到他怀里，最起码，那一夜，她终于能将自己交给他。他们会慢慢好起来的！一定会的！

可是啊，那总是以为。

所有措手不及的事情接踵而来，要在流光中把所有的爱和惜碾落成尘，碎成过往。

那其实不过是在她和他欢爱后的不久，也许不足一个月。

那一天其实是个有征兆的日子，是他母妃的寿辰。只是尚在战时，茹妃不赞成大摆宴席，只说晚上置办一个简单的家宴就好。

那天午膳后，她在储秀殿陪他批阅奏章。

也许是天气渐渐由凉转冷的缘故，她这几天变得极易犯困，恹恹无力。他批着折子，她蜷在他怀里，偶尔扯扯他的袖子，他拗不过她，便低头喂她吃点儿果脯之类的东西。

手里是一本志怪小说，却看不大进去，那陆凯神色安静，不甚好玩，倒是徐熹皱起的眉头让她有几分愉悦。她知道自从她把温如意逐出宫以后，龙非离又日益宠她，徐熹就更加不喜欢她了。

她使起坏来，又去扯他的衣袖："吃梅子，你拿给我。"

龙非离淡淡一笑，放下手上的奏章，捏了捏她的鼻子："朕抱你进去睡一睡？"

"不睡。"她咕哝道，"吃完就睡，这样吃吃睡睡的，我快变成肥猪了。"

龙非离收起笑容，温声道："长胖点儿没关系，就是这身子别有什么事才好。朕把折子批完，就传医女给你号号脉，我们再去华容宫。"

她心里一阵幽怨，出宫以前，他担心她的身子，老爱传医女给她号诊，回宫以后二人沉默相对了好一阵子，刚缓过来不久，他又来了——

但知道他担忧她，年璇玑心里还是甜丝丝的，也不使坏了，自己拈了颗梅子吃着，又去看她的志怪小说。

他看她乖巧，在她发上吻了一下，便又看起奏章来。

她才看了一会儿，只觉得手一重，书从手里跌落，意识慢慢模糊起来，攥紧他的衣服闭上眼睛。

醒来的时候，却是在水晶帘内的房间里。

她掀被下床，奔了出去。

书房里，徐熹二人已不在。

龙非离负手站在窗前，窗户敞开，庭院里，禁军来回巡察着，一切静悄悄的。

她微微蹙眉，他绷紧身躯，似在思虑着什么事情。

她蹑手蹑脚地走到他背后，突然一把抱住他。

他大掌一拨，将她抱到前面，下颌轻轻搁到她的发顶上。

"阿离，什么事？"她忍不住问。

他却淡淡地问："你近日与白战枫可有书信来往？"

她心头一跳，虽说他并未阻止二人通信，但为避嫌，又防龙修文的事情泄露，二人的消息多是由乐晶莹传递。

不久前，乐晶莹随段玉桓去了边城戍守，最近信息往来也不多，只隐晦交代了几句他们要找的人还没有消息，但白战枫说会想办法。

她估摸边关很快又会有战事，因为宁君望带重兵去打月落，边城所余兵马不多，段玉桓才率了一部分禁军前去援城。

她不知他为何突然问起这个，一惊之下，忙笑道："你又不是不知道我的字丑，想来往也不行。"

"朕没有别的意思。"

扶在她腰上的双臂紧了紧，她头上的重量陡然变重，他将自己的重量压给她。

她知道他在想事情，心里紧张，想问他，却又怕打扰他。

他的声音从头顶轻轻传来："余自问平生无疚无愧，唯近日一悔憾之事，只有一悔憾之事……"

她一怔，一个激灵，脱口问道："这话是大哥说的？"

"嗯，这悔憾之事，你知道是什么事吗？"

她下意识地摇了摇头。

"朕刚收到战枫的八百里急件。"龙非离眸光微远，"朕还以为以你二人的交情，你会知道。"

"是日暮城那边发生什么事了吗？"

"匈奴纠集了大批军队在日暮城附近的雪兰山。"龙非离淡淡道。

"要打仗了吗？"她浑身一震，既担忧白战枫、乐晶莹等人的安危，却又惊诧至极。既然是交战在即，为什么白战枫递给龙非离的急件又会说生平悔憾之事——她突然一惊，难道白大哥指的是烟霞镇那件事，她知道，他一直自责未能保护她！

她知道在擒住龙修文拿到解药之前，白战枫一定不会说出此事，但为什么他会在急件里跟龙非离说这话呢？白战枫说的那句话到底有什么含义？

"阿离，白大哥还说了什么吗？"她忍不住问。

龙非离突然放开她，在书房来回踱起步来。他走得很急，眉头锁紧，眸光闪动得极快，似乎在思考一件极为棘手的事。她很少看到他这个样子，心里越发不安。

她趋步上前，他猛然收住脚步，回身按住她的肩，盯着她看了好一会儿。

那种惴惴不安的感觉快把她压得喘不过气来，正要开口，他却点了点她的鼻头："祖宗有规定传下，军政之事，后宫妃嫔不宜多过问和插手。"

他一句话把她堵死，关于这封急函，她知道他不会告诉自己。

他很快踱回座位上，执起羊毫，凝眉快速写起什么来。

她知他一向有分寸，也知道他手上的东西必属机密，所以就没有过去，而是默默地进了里间——想着晚上回去要写信给乐晶莹，转嘱白战枫与他们夫妻要多加小心。

水晶帘里，她倚在墙上看着，不知为何心跳得厉害，有种预感这是龙非离给白战枫的回函。

龙非离写了函件，飞快用蜡封了，传了紫卫，把信交给他，又低声吩咐了数句，那紫卫立刻叩首离去。

"小七，过来。"他的声音传来，听上去竟略带了点儿暴躁。

她一怔，掀了帘子，走到他身边。

他长臂一探，把她抱进怀里，半晌沉默。

再生
缘
我的温柔暴君

第五十三章

忆君子 水烟云岫三千里

华容宫的晚宴，她与龙非离过去得甚晚。皆因龙非离一直坐在储秀殿里，徐熹与陆凯来催了多次，他还是坐在椅子上，锁着眉头，不知道在想着什么。

她倒也不担心，这个人多是他算计别人，少有别人能算计他的时候。

眼看时间晚了，两个大太监都急了，她只好去催他。他瞥了她一眼，突然狠声道："年璇玑，朕不管你怎么想，你要怒要恨都行，但你休想离开我！"

她丈二和尚摸不着头脑，连问几句，他却不做理会。她心里烦躁，骂道："你个神经病。"

一路上，那人还是皱着眉，她便伸手去揉他的眉。他抓了她的手放到唇边轻轻吻着，她又羞又急，他还让不让人活了，她的祸水之名已传遍宫内外。

别说这后面两个大太监和清风，还有一堆跟着的禁军内侍。蝶风与凤鸶宫几个婢女，在背后早已暗暗掩嘴偷笑。

到了华容宫，宴席已摆好。

除去段玉桓夫妻，席中所坐，乃是出宫前家宴宴请的宾客。

包括辛追追？！

辛追追对茹妃有救命之恩，茹妃让辛追追进宫参加寿宴本无可厚非。只是，她已向龙非离请了旨，令辛追追永不得进宫，不知道茹妃为何还要让辛追追进宫。

若说烟霞镇的事之前，她和辛追追的关系还能修复，烟霞镇以后，她虽不忍杀辛追追，但她确实已不想再见到辛追追！

她这一生，都不想再看到辛追追！

茹妃以外，众人看到二人过来，都离座过来施礼。

她看着辛追追向自己走来，紫色裙裾摇曳，那晚在紫苏庙里，龙修文的话猛然在耳畔响起。

——本来我并不知道你此次的行踪，你道是谁通知了我，是温如意！

那张酷似辛追追的脸，那个红衣龙后在庙里冷冷地盯着她被人撕破衣衫——唇角犹浮着淡淡的笑。

龙非离看了众人一眼，眸光在人群里的紫衣女子身上掠过——她对他说起过紫苏的事情。除了她，又有人向他提起千年前那个传说，提及其中一个神祇的事情。

若他相信那个神祇确实存在，那么眼前的紫苏呢？

他掌上的身躯在剧烈地颤抖着。他心中一凛，看向年璇玑，却见她脸色苍白，紧紧地盯着温如意。

"小七。"他心中一紧，微微沉了声，"陆凯，送如意姑娘出去。"

龙非离命令一下，众人都吃了一惊，辛追追脸色顿变，咬牙冷笑看着年璇玑。

本来当年在金銮殿上，温如意的身份被揭破是龙非离的女人，她又救了茹妃，众人都以为这妃位必然封定。后来茹妃更提出封妃之说，哪知道却遭到年妃的反对。龙非离宠爱年妃，非但没有将温如意封妃，甚至把她送出了宫。

这面上绝不敢多言，但朝廷、宫闱里外私下说年妃嫉妒心胸狭隘，毕竟前太后尚在的时候，如意姑姑帮了年妃不少忙。今日茹妃寿宴，再请温如意进宫吃酒，哪知道这年妃竟也容不下。

龙梓锦见状，忙出列，跪到龙非离与年璇玑二人面前，恳求道："九哥，九嫂，如意对母后有救命之恩，母后一直惦着。本来九哥旨意在前，但母后出宫探看多有不便，今儿个又是母后寿诞，九哥、九嫂便承了母后和梓锦之兴吧。"

他说着看了龙非离一眼，最后，目光落在年璇玑身上。

心知龙梓锦是一片相思之苦，也并无恶意，年璇玑苦笑，他嘴里说着九哥、九嫂，却分明看着自己，让自己怎么回答？

她嘴唇微动，龙非离却沉声打断了龙梓锦："老十，你还若想留在这里，便莫扰你九嫂。"

他冷冷地瞥了陆凯一眼，后者心下一凛，快步走到辛追追身旁，轻声道："姑姑请跟奴才走。"

陆凯的声音微微回荡在厅上。龙非离发了话，没有人敢再出面为温如意说情。本来便无与温如意特别交好的朝官或妃嫔里，如皇后、慧妃有想借温如意挤兑年璇玑的，也深知时机不宜。

"年妃啊，如意救了哀家一命，常言道，知恩图报，哀家常送她些许之礼，她也没收过，哀家心有不安哪！便如十儿所言，她既已出宫，哀家只想借寿辰之机，与她一聚用个膳，权当还了当日之恩，你看可适合？"

龙非离紧盯着自己，年璇玑知道，只要她开口向龙非离说一句，龙非离未必就不遂她的意，但茹妃是向她开的口，一番话无可挑剔，除非她想二人之间再落嫌隙，否则，她还能说什么？

她苦苦一笑，龙非离的脸色却倏地又沉了些许。

她一惊，忙握上男人的手，捏了捏，正要说话，心情极端激荡之下却一阵眩晕，脚下有些不稳。她强自咬咬牙，想稳住身形，身子却一软，向他怀里跌去。

"九嫂。"

"娘娘。"

被紧揽在男人的怀中，她听到龙非离暴怒的声音："给朕传医女！陆凯，将温如意带出去！回头你自己去领一百板子！"

"小七。"

她听到他低声唤着自己，眯眼看去，漆黑的眸犹自盛着怒色，声音里带着心疼和担忧。

在他怀抱的微微震荡里，她被抱着放到了厅中的暖榻上，下腹疼痛，视线有些模糊，枕在他的膝上，斜斜看去，厅上的人头脚颠倒，每个人的嘴里在说着什么，声音嘈杂——她有些茫然，攥紧他的衣衫，任他的吻和笨拙地哄慰的话，落在耳边。

他当着众人吻她，她有些甜蜜又羞赧却无力制止，腹下疼痛，头脑越发昏沉。

这时，一个人疾步走到她身边，弯膝半蹲在地上，冰凉的手指搭上她的手腕。

似乎是崔医女。

"崔霓裳，娘娘身子怎样？"龙非离又惊又怒，声音狠厉。

她明显感到崔医女搭在她腕上的手指微微一颤，朝崔医女歉意一笑，崔医女握了握她的手，脸上笑靥绽开竟似欣喜至极。

她正疑惑，却见崔医女毕恭毕敬地跪到龙非离面前，激动道："禀皇上，年妃娘娘有了身孕！"

她瞬间竟不知所措，却仍能清晰地感觉到抱着她的男人浑身一震，急乱地吻上她的眉额，握在她臂上的大掌也微微颤抖着："小七，听到没有？咱们有了孩子，你有了朕的孩子！咱们又有了孩子！"

是在凤鸶宫的那一晚吗？周围的声音混乱，像要炸开来一样，她惊喜着，慢慢闭上眼睛……

她怀孕了？她终于又有了他的孩子？她满心惊颤激动，一下坐起身来……她回来了？

满室黑暗，却还能依稀辨出这里是储秀殿。

桌边，坐了一个人。

"小七。"

她一惊，随即安下心来。

她甜甜一笑："阿离。"

"你确定你没有叫错名字？"

黑暗里，男人站起身来，年璇玑一怔，床榻边架子上的绸子被劲风拂到地上，夜明珠的光芒挣脱束缚，一室明亮。

龙非离站在桌边，冷冷地盯着她，目光沉沉。

"阿离？什么叫错名字？"

年璇玑拥着被子，怔怔地看着突然变得冰冷的龙非离。他刚才还欣喜若狂，为什么现在——

"譬如，白战枫。"他快步走过来，双手按住她的肩一字一顿道。

她不明白他为什么突然跟自己说这种话，他的眼神深寒轻蔑，心中慌乱，抚上他的脸，却被他一手挥开。

这一下，力道并不大，她却觉得很疼。她愣愣地看着自己被他挥开的手，言语一下凝滞了。

却是他先开的口："在你醒来之前，朕一直在想，你一定服过药吧，只是既然服药，为何不服食得彻底一些？"

他怎会知道她服过药！年璇玑浑身一震，紧握着被褥："你这话是什么意思？"

"什么意思？"

她听到他喑哑残冷得几乎无法成调的声音从头顶传来，肩膀上他的手急剧收拢，她的骨头快要被他捏碎。

"如果你没有服过药，怎会还以为这是朕的骨肉？"

仿佛被什么狠狠砸到心上，她一下僵住，突如其来的意识让她瞬间窒息。

她没有任何力气去看他的眼，他的声音却不肯放过她。

"两个多月大的孩子，还是你认为朕连自己有没有碰过你年璇玑也不知道？"

两个多月……是烟霞镇怀上的孩子？

事后避孕失败了？

年璇玑怔怔地望向被下尚平坦如镜的肚子，手足乃至心口尽是沧桑冰凉，慌、恨、疼，分不清哪种感觉气势更强。

她呆呆地看向面前的男人，哦，他语气里的轻蔑讽刺是在笑她愚蠢吗？怀孕了，却毫无所知吗？

她身体不好，又因为怀不上他的孩子，心肝郁结，以前不是没试过月信不准，后来在崔医女的调理下，才好了起来。这个孩子在肚子里太安静，像呕吐这些早孕反应都不曾有过。她以为抑郁在心才影响了月信，还按以前崔医女开的方子吃过药。

原来是怀了孩子。

可是，乐晶莹开的药她都喝了，怎么会？若说第一次怀孕的时候，崔医女减了剂量，让她有了孩子，这次怎会有如此巧合，乐晶莹明知道事关重大，怎会不谨慎下药。

她眼鼻酸涩，却突然想到了什么——那天她让蝶风去煎的药，蝶风在那里碰上了崔医女……那是服什么药，蝶风和崔医女都知道，若是……她们好意换的药呢？

若她根本就没有服下药！

原来要躲的始终逃不过！

她心心念念要怀上他的孩子，始终怀不上……那让人永世都不愿再想起的一晚，她却有了那个人的孩子。

她在宫里的时间都与他在一起，只有烟霞镇的意外，他们分开了。那晚，由始至终与她在一起的只有白战枫，后来，不知是什么原因，白战枫在急函里说了那样的话，所以他怀疑白大哥了吗？

他粗重的呼吸和冷厉的气息不断地喷在她的脸上，他放在她肩膀上的手潮热滚烫，他的心呢，早已冷了死了？

她拼命摇头，猛地抬头对上他的眼睛。

他的眸暗得像一个漩涡，似要把她吸进去狠狠捣碎。

"不是他？那是谁？嗯？"龙非离勾唇一笑，眸色一沉，倏然翻掌抬起她的下颔，"你回宫以后，便开始躲避朕，朕早就派人到农舍去查，找到了你们投宿的农家。那晚，你们三人同在一个房间，但是乐晶莹一直昏迷不醒，实际上相当于只有你与白战枫二人在！

"后来，农舍里的人看到他抱了你出去！"

"你知道我心里只有你，"视线早已模糊不清，她颤抖着手去握他的手臂，"龙非离，没有！我们没有！我可以向你发誓，不是白战枫，绝不是他！"

她哑了声，哭着，却陡然被他从被褥里抱起，紧紧揽在怀中，声音沉痛地低吼道："小七，告诉朕，是不是龙修文？是不是龙修文做的？"

年璇玑心里大骇，猛然醒悟过来，刚才——他在试探她。从她醒来开始，他就一直在试探她！

所有话语哽在嘴边，她的心尚在惊慌之中，他却突然用力推开她，弯膝半跪在地上。

心绞之症！她不能迟疑！

"不是他！"狠狠一咬舌尖，话一出口，她立刻跌跌撞撞下床去扶他，"阿离，你怎样了？"

平生第一次，她如此谨慎，心紧张到极点，不敢在脸上流露出半分心疼，只装作毫不知情。

她的手没能碰到他的身。他伸手一拂，她跌了出去。

她坐在地上，看着他缓缓站起来，眸光冰冷，心里轻轻笑了——症状慢慢消失了吗？

她想，这个男人深爱着她，除去这事能牵动他，他修养心性十四年，没什么是他不能调适过来的。

只要他爱她，就够了。

试图与他说些话，唇刚动了动，他却走到桌旁，双手一抹，将上面所有的东西扫落到地上。

她痴痴地看着他厉声大笑，将房里所有的东西摔在地上。

一片碎瓷向她脸上飞溅而来，她一惊之下，躲避不及，也许，并不想躲闪，闭上眼睛。

没有疼痛。

她一怔，睁开眼睛，不知什么时候他已侧身站到她身前，手里握着碎瓷。

瓷片尖锐的棱角把他的手掌划破，血从他手心里慢慢滑落，他似毫无所觉，只是握着那块瓷片，一双漆黑的眸盯着她。他嘴角仍噙着极端优雅的笑，但那一双美丽的凤眸，眸里血丝满布，眼里净是鄙夷、憎恶、怒与恨。

她身上所有的快乐和力气一下子仿佛被什么通通抽走，疯了一般奔过去抱住他："阿离，别这样看我，求求你，别这样看我。"

他一声轻笑，而后慢慢笑开，扔了手上的瓷片，袖手一翻，掐上她的脖颈。

"年璇玑，为何连骗朕一句你都不肯？只要你说是龙修文做的，只要你说是那个畜生强迫于你！"

泪水滚落，握在她脖子上的手猛地一震，很快又狠狠收紧，她的脚尖慢慢离了地。她被多次掐过咽喉，却从来没有一次如此痛苦。

痛苦，她却不想挣扎，因为她的心早就累了，可是，心底有一个地方，却仍想着与他在一起，想起他初知她有孕的欣喜若狂，想起他在她夜半噩梦时替她拭去湿汗，想起他那天吩咐陆凯的话……她更不能让他误会白战枫。

她扶上他的手，深深地看着他，用尽力气，喉咙发出的声音却仍残哑不全："如果我说……"

声音无法接续，喉颈如火烧，眼皮翻着，扶在他手上的手也慢慢松开，脖颈的压力却猝然撤走。

他一手挟着她的后背，单手捏住她的下颌，眸光狠戾："说，找一个让朕不杀你与白战枫的借口！"

她垂下眸子："不是他！不是白战枫！那晚，他与我出去寻你。路上，大哥与人打斗，我担心你，偷偷去找你，后来在林子里遇到一个男人……我不知道他是谁，我——"

"这谎不高明！"话语却被龙非离厉声打断了，一双凤眸红得可怕，额头用力抵在她的额头上，"从朕刚才问你话开始，你只是一直强调不是白战枫的种，那时你早有反驳之机，你却并不说是他人所为，因为你很慌很乱，即使再聪明的人遇上也会乱。因你一直以为自己已服下药，这并不在你的预料之内。

"烟霞镇郊外农户，民风淳朴，鲜少有外人进入，也因为这样，白战枫才带你躲避到那里。那晚林里不是朕的人便是龙修文的人，不论是朕的人还是龙修文的人都绝不会碰你，因为他们不敢！

"我刚才一直跟自己说，若论那晚情形，若你曾落单遇到过龙修文，龙修文本就对你有意，甚至许妃封后，不过是朕的自欺欺人！若说他当日逼迫于你，你为何到现在也不敢与朕说？

"那一晚，又还有谁在你身边？"

年璇玑只觉额上温度骤冷，却是他全然离开她微微向后退着，眸里红丝越加清晰，密密丛丛，仿佛要把一双眸子都染成暗红。他冷冷地盯着她，眼角眉梢都带出一股凶戾，年璇玑闭了闭眼，嘴角抿出一丝笑。

原来，越绝望，越会笑。

她想，他会杀了她。若她现在再为白大哥求情，那么，白大哥只会死得更快！突然又想起，水晶帘外，她听了他的心思，他们重归于好的那一天，她说，她与白战枫并无其他。他说，他信。只是，若有一天，她背叛了他，他会杀了她！

与她一样，他也在笑，一笑之间，风华无双。

龙非离，是不是你的心也一样绝望？

在我们都屈从于事实的时候，阿离，能不能不要去信你的眼睛，不要去信一切看似无迹可寻的"事实"。

只信我。

龙非离也盯着她："年璇玑，这天下，从来没有一个人，让我如此对待过。从七岁开始，我想着的只有怎样从那些人手里把父皇交给我的江山夺回，不做傀儡之王，把我的母妃救出来，因为她是我龙非离的母亲。

"我早该杀了你。值得我去谋去想的只有这个云苍大陆而非你，我却每天想着你的身子好不好，只怕你不开心，我对母妃说，你年璇玑是我龙非离的愿望。"

年璇玑摇头，哭笑之间，竟说不出一句话来。

窗外月如钩，这西凉的月总是难圆。

难缘。

此时此夜难为情。

"余自问平生无疚无愧，只有一悔憾之事。"

那是龙非离去的时候，眼角一挑，冷笑吐出的话。

年璇玑被遣回凤鹫宫。

除了蝶风，宫人被换了一批。仆役工作以外，所有人都不苟言笑。

问了蝶风，果然是蝶风私下换了药，以为那阵子她在与皇帝闹脾气。她原是好意，只是事情往往不受人控制罢了。

她想见他，只是她再也见不到他。她无法进储秀殿，守卫重重。

同时，他也半拘禁了她，她能进出凤鹫宫，但她谁也见不着。不说龙梓锦等人，就是崔医女也见不着，去到太医院，崔医女总是不在。她明白，是他的命令。

肚子还是没有怎么见大，但那块血肉确实在成长起来。她过着行尸走肉的日子，想把孩子打掉，但她没有药。原来这就是生不如死的滋味。

她在夜色里拿着破碎的瓷片在自己身上轻轻比画着，很快，就被从暗处跃出的紫卫制住。

后来，他来了。

他冷冷地盯着她看了良久，说，若她动了打胎的念头，他立刻杀了白战枫。

然后，又过了几天。有一天晚上，她躺在床上，他突然来了，浑身酒气将她死死抱住，也不说话，良久，才踉跄着离去。

她一直以为，他会赐药或让人将她肚子里的孩子打掉，但他却不让她将孩子拿掉，明明他早已痛苦不堪。

奇怪、疼痛以外，她清楚地感觉到，他越来越恨她。

也以为他会召白战枫回来，却一直没有——匈奴发起了进攻。

后来，听说他有了新宠，新封了一个贵嫔，夜夜恩宠。只是这位新贵嫔听说极为神秘，寸步不出。没有人见过这位美人，服侍的下人也一概讳莫如深，绝口不提。

她没有哭，红了眼睫的是蝶风，问她，她与皇上是不是又闹了什么别扭。她无法回答。

倒是茹妃过来看过她几回，又说了些安慰的话，言及她现在身子多有不便，让她莫怪皇帝。

宫里都在猜测皇帝的心，是因为年妃怀孕无法承欢，还是皇帝确实又有了新欢。慢慢所有人都偏向了后一种猜测，因为皇帝不再踏足凤鸾宫一步。

于是有了许多个传说，日子在传说中慢慢过去。

她痛苦却仍守着一丝希望。希望白战枫和乐晶莹夫妻平安，希望白战枫安排的人最后能擒下龙修文，拿到解药。

让蝶风在宫里行走的时候，多探听些边关的情况。

战时的情况是每个人都关心的，并不难打听——雪兰山的仗打得很艰难。兵力悬殊太大，几乎是一比五的劣势。

若守城的并非白战枫，只怕雪兰山早已失陷。匈奴以为，白战枫只会死守城池，没想到他却利用山险发动了数次突袭，让匈奴折损了不少兵马。攻守之间，用兵如神。

只是，随着时间过去，雪兰山越来越难守，匈奴补给充足，而西凉军的粮草补给却迟迟未到。因为西凉军队的重心在月落，那边战事虽不如雪兰山的凶险，却也越来越紧张。

近些天，宁君望却在月落赢了场甚大的仗，于是几乎所有人都猜测龙非离将会调出部分月落的兵，转战雪兰山。

然而龙非离却并没有那么做。朝堂上，多有臣子提出谏议，却被他冷冷斥退了。

年璇玑素知他的性情，不会视家国为儿戏，断然想不到他此时如此强硬——他恨白战枫和她。

她每晚噩梦，梦到白战枫殉难。她越来越痛苦，却收摄心神，不敢踏足储秀殿一步，怕惹怒了他。

日子一天天过去，雪兰山的情况越来越险恶，在听到西凉军已断粮三天的那天清晨，她去了彩鸣轩——那新贵嫔的住所。他这几天罢了朝，夜夜宿在彩鸣轩，她不想踏足那个地方，时间却再也耽误不得。

罗锦便是那新封的妃嫔，此刻正坐在梳妆台前打理着妆容。

看了一眼帐子，皇帝还没有起来——昨夜喝了很多酒，几乎到天明才睡下。

婢女来报凤鸾宫年妃到。

皇帝早有命令，不许她见任何人，也没有人敢来找她。她虽觉奇怪，但皇帝对她极为宠爱，心里欢喜，倒也没多加理会。

年妃，这位皇帝昔日的宠妃，还在民间的时候，她便早有所闻，一直好奇。她悄悄又看了一眼熟睡的皇帝，终于吩咐婢女请年妃进来。

年璇玑没想到那轻纱覆面的罗锦看到她会眸光大变，言语恶劣，立刻下了逐客令。

蝶风看罗锦眸光不善，怕她的下人惊动了年璇玑的胎气，遂护着年璇玑，与罗锦的婢女争斗起来。年璇玑拉过蝶风，看向罗锦，轻声道："尊卑不分，年璇玑今日定要见皇上"。

年璇玑的妃位比自己的高，罗锦一惊，正思虑着要不要让她见皇帝，眸光在她苍白的脸上划过，心下一狠，只让侍婢将二人撵出去。

年璇玑看了众人一眼，一众婢女顿时不敢动手。罗锦这些天被皇帝娇宠惯了，进宫之前本又是镖师之女，脾气甚大，便自己动手来推搡年璇玑。

蝶风大怒，朝她撞去。罗锦一声冷笑，掌风一拂，蝶风心口剧痛，站立不稳，往后跌去。年璇玑一惊，赶紧相扶，哪知罗锦那一掌劲力极大，年璇玑与蝶风都跌倒在地。

年璇玑只觉得腹下一疼，按住了腹部。蝶风大惊，罗锦正茫然不知所措，突然听到脚步声匆忙而来，身子已陡然让人推开。

她大惊，看着那抹颀长的背影疾步奔到年璇玑身边。

年璇玑怔怔地看着一把抱起她的男人，眼底青黑，胡子未刮。他也没有看她，抱着她，淡漠道："陆凯，传朕的旨令，废了罗嫔。"

随皇帝奔出的陆凯躬身应了，在他抱起她大步离开的时候，年璇玑看到他背后的罗锦愣愣地坐在地上，面纱垂下，哭喊着叫着他的名字"阿离"。

他也让别人这样叫他吗？她心里疼痛，眸光落到罗锦那张脸上，那张酷似自己的脸，突然想起两年前的宛仪。

那个也与自己酷似的歌姬。

她回眸看向男人的眼睛，满眶湿热，低声问："龙非离，我们不能再在一起了吗？"

"不能了。"声音淡薄、决绝。

背后，蝶风跟着陆凯和一众宫人紧随而来，朝她俏皮地笑着。

她轻轻闭上眼睛，不再看蝶风那明晃晃的笑靥。

回到凤鸶宫，龙非离把她放在床上，刚直起身来，徐熹进来，低声道："皇上，十王爷、夏侯大人等在储秀殿求见。"

龙非离冷笑："让他们回去！朕绝不发兵到雪兰山。"

他说着沉沉地瞥了她一眼："听到没有？以后别再来找朕。"

她的手尚握在他手上，他微一用力挥开，便要出去。

白战枫，乐晶莹夫妻，还有白老爷和夫人也在雪兰山！她心惊胆战，又急又怒，下床奔到他面前。

龙非离却一声轻嗤："年璇玑，你姘头的死活与朕何干？"

他眼里的残酷和笑意将她彻底推向绝望。

那晚她整夜没睡，想了一夜，终于拿定了主意。

翌日，她打开一直锁着的柜子——她学着他，也做了个柜子。

那里面有龙玉致离开前送给她做留念的几样东西，有白战枫送给她的锦囊，从辛追追那里拿回的手机、小札，还有那天她离开龙后庙前，从地上捡回的梳子。

两张人皮面具——一张是以前龙玉致易容成她的模样用的假面，另一张是宫变那天，龙玉致最后一次做的假面。

迷药与他的令牌——那是两人以前逃出宫去玩的时候用过的东西。

还有，他以前给她的上百万两的银票。

那天，她告诉蝶风，第二天她会晚一点儿再起，嘱咐蝶风莫让其他人吵醒她。

那晚，她很早就睡下，以争取更多的时间。

他派来看守她的紫卫是个女子，她一直知道。

当她再次把瓷片刺向自己肚子的时候，紫卫出来制止了她。

紫卫虽中了迷药，却并没有立刻昏迷过去。正当紫卫呼喊示警的时候，却猝然倒地。

她一惊，却看到了从暗处走出的男子。

她从没想过还会见到这个人——吕宋。

虽极为惊诧，倒并不多惧怕，只问他怎么又回到了宫里。

吕宋看了她良久，说，他当日没有完成任务，被暂时逐出仙砚台，须完成五件功德之事才能回去。两年时间，他已完成三件。然后，前些天，他回了宫，想将最后两件功德之事送给她。

听到吕宋的话，她不禁笑了一下。

迷药——两张人皮面具，一张替紫卫戴上，一张自己戴了——出宫令牌。

计划和实施永远是两回事，若只有她一个人，未必就能连夜找到马车离开，出了皇城，必须在帝都待上一个夜晚，等到天亮才能去买马车。

她身上带着数额巨大的银票，也许在路上早就遭劫。

但多了吕宋。

年妃在宫里消失的数天后，年璇玑到了雪兰山，还有从江南粮商处购下的粮食。

古玩店。

"阿七，你赔我衣服。"

雪流景瞥了一眼自己身上的濡湿，捏了捏怀里朱七的下巴。

朱七却仍怔怔地盯着溯镜。镜子里，白战枫还没有死去。西凉刚与匈奴打完一仗，两军稍歇。

夜穹高远。

雪兰山的星幕下，男人修长的手，正掀开帐帘。

那是他最后一次看到年璇，也是年璇和军帐外所有恰巧走过的士兵，第一次也是最后一次看到这位主帅的失态。

是的，一身男装的她，是他的璇弟，年璇玑静静地看着前方的男子。

盔甲未褪，她第一次看到他穿盔甲的模样。

她从没想过身着银色盔甲的他，仍如同往日一般温恬儒雅，飘逸若仙。他向她快步奔来，脚下竟一个踉跄……

进了军帐，年璇玑仍哈哈大笑，笑眼前男子出糗。白战枫俊脸微红，无奈地任她笑了好一阵子，才扶她在榻上坐下。

他双眸含笑，眸里的欢喜和宠溺——年璇玑心里一疼，突然想起他当年率三十万大军抗击匈奴是何等威风，现在仍以少敌多，勇猛不减当年。但看了一眼军帐，所有布置竟简陋至极，便是椅凳也不多一张，桌上羊毫宣纸以外，放着半块红薯。

这样的陈设，这样的食物，这不该是出现在主帅军帐里的东西。

他是守礼之人，这才让她坐了床榻。

"大哥。"

"璇弟。"他轻轻笑了笑，伸手去抚她的发，却又思及什么，忙缩回了手。

年璇玑心里大恸，那人怀疑二人，但白战枫又怎么会碰她？

有匪君子，如切如磋，如琢如磨。

他是君子如玉，怎么会做出那般龌龊的事情？可是她却连累了他。

她垂了眸。

他的喜悦似乎也沉淀下来："璇弟，你不该私自出宫，这是战场，非同儿戏。虽说有仙砚台的人护着，但稍有差池，便是性命之虞。

"军饷所需，皇上定会有安排。你身份特殊，不比寻常，若让宫里的有心之人知道了，必定诟病，到时你该怎么办？"

定有安排吗？

年璇玑鼻子一涩，泪水滑下，死死咬紧牙。

空气中一阵沉默。

良久，白战枫一声轻叹："罢，大哥不说了，回去以后，皇上也必定是护你的。

"只是，不管皇上再怎么相护，你在宫里还是得事事当心，莫让人——"

"大哥！"她终于再也无法压抑，哽咽着打断了他的话。

他总是念着她，可她却害他至此。这批米粮支撑不了多久，她心里还是盼着龙非离会派军队和粮饷过来。那是她深爱着的男人，这场战争关系着西凉的存亡，她希望他不要贪恋私情。

再说，这是他的国家，即使他再恨他们，他也不可能这样做的。

但若他始终不派军队过来，那该怎么办？

不知为什么，她隐隐有种可怕的感觉，猜不透龙非离心里在想什么。

"旋弟？"男子的声音微一迟疑，她还在思虑，脸庞却被他捧起。他的手指迅速揩过她眼底的湿润。

"你是好意。"他轻轻抚抚她的发，"是大哥不是，我骂你作甚！"

年璇玑挣脱了他的手，站起，缓缓弯膝跪下。

白战枫一惊，伸手相扶，年璇玑却不肯起来，他微微拧眉，手下一用力，将她抱回榻上。

"发生什么事了？是不是宫里出事了？"

她再没有迟疑，把所有事情都告诉了他。

桌上一声巨响，年璇玑一惊，却见白战枫紧握成拳。

桌面纸墨被掌风扫到地上，绘出一地残黑鳞纹。

"旋弟，大哥一定不会放过龙修文！你先别回宫，大哥派人送你到江南，待此地战事一了，大哥便去寻你。在找到龙修文之前，你不能回去！"

肩膀被男人的手掌紧紧握着，年璇玑一怔，随即坚定地摇了摇头："我这一走，你怎么办？他只会越加疑虑你我的清白，我哪里也不去，我要回宫。

"你不必担心我，家国面前，我相信，这兵他一定会发！这场仗，咱们也一定会赢！"

白战枫缓缓站起来，来回踱着，眸光中一片清澈坚毅。

年璇玑一震，闭了闭眼，展颜一笑："大哥，你信他，难道我反而不信自己的丈夫吗？你意已定，璇玑也一样。"

白战枫回眸看向她，二人心意相通，相视一笑。

目光从身旁男子的脸上划下，年璇玑慢慢合上眼眸。

二人说了很多话，连日赶路，她的身子已支撑不住。

意识蒙眬里只想着几件事。

明天，吕宋便送她回宫。

大哥说，这场仗一定会赢。

那个人，会发兵的，会的……

战事一了，大哥将龙修文找着，所有一切都会好起来的。

她迷迷糊糊地想着，睡意袭来，身子却被谁轻轻扶起："旋弟，醒醒，喝口粥再睡。"

她微微睁开眼睛，白战枫将粥递给她，笑道："这是你送来的粮食，来，尝一口。"

她拿过碗，唇碰到碗边，看了一眼又想起什么，低声道："大哥，你吃过东西没有？"

白战枫一怔，微微颔首。

年璇玑摇摇头："你武功好，打仗也很棒，但这人不大会说谎。你是吃过了，吃了红薯吧。"

年璇玑把碗递给他："咱们一起喝。"

白战枫深深地看了她一眼，把碗接过。

两人也没有避嫌，把一碗稀饭分食了。

睡到中夜，年璇玑腿肚一阵抽搐，"呀"的一声疼醒过来。

白战枫打了地铺睡在地上，听到动静赶紧起来，坐到榻上："旋弟，哪里不舒服？"

"腿。"她刚抚向小腿，只听白战枫低声道，"大哥僭越了。"

脚上一暖，却是腿脚迅速被放进男人的怀里，肌肉的酸痛慢慢缓减。

"怎么，还痛吗？这是你连日赶路又怀了身孕闹的。"

他又将她的脚丫挪了挪，放到自己的肚子上，用衣衫盖好："是大哥疏忽了，这里冷，你的脚都冻得像块冰了。"

夜静，他的声音听来越发柔和。她怔怔地看着他，几缕发丝垂下，面如玉，发如墨，俊雅得像她在江南镇郡看到的翩翩公子。

她的脚蹬在他腹上，只觉得肌理扎实，脸上一热，脚微微一缩。他抬眸看了看她，脸色坦荡。她一笑，倒是她忸怩了，遂没有再动，脚掌渐渐暖和起来。

若当初，那个人没有寻到喜堂上，她的记忆也停留在初始的简单里，能与眼前这个男子共度一生，看日出日落，数细水流年，何尝不是一种福气。

她已心有归属，但她多么希望有一个好女子来爱他。

"大哥，成为你的妻子一定会很幸福。"她笑道。

"我这辈子不会再娶。"

话语一出，年璇玑大怔，白战枫似乎也吃了一惊，将她的脚放回被褥里，快步走了出去。

她看着他轻轻负手在后，一身白衣如烟似雪，又看了这破旧的军帐一眼，鼻子一涩，垂下眸光。

"旋弟，大哥该死，说错了话，你别放在心上。"

他的声音淡淡传来。那种轻淡不似龙非离惯有的慵懒，他在压抑着，她能感觉到。

该死的是她，她不敢再说什么，眸光一低，落到自己腹上，涩疼更甚。

"旋弟，天快亮了，再睡一会儿，天明大哥送你出去。"

他侧过身来，脸色已与之前无异。

年璇玑摇摇头："大哥，我不睡了，就让我陪陪你吧，咱俩说说话。"

白战枫微微一震，年璇玑看他盯着自己，嘴唇微动，却随即抿了唇，走过来，掖了掖被子。

"赶路辛苦，睡吧，大哥看着你睡。"迟疑了一下，他伸手抚了抚她的发。

年璇玑赶紧低头眨掉眼中的湿意，低声道："大哥，你刚才想与璇玑说什么，你给我说说好吗？"

白战枫侧过头，俊脸上有被人窥破心事的窘迫。

"大哥？"年璇玑微微蹙眉，男子越发沉默了。

她也越发不安，只怕自己又说了些什么不该说的话，忙笑道："大哥，我睡了，你待会儿叫我——"

话被打断，他的声音带了丝不易觉察的粗嘎："我能抱一抱你吗？"

年璇玑心里一颤，朝男人看去，他这回没有回避她的目光，深深凝视着她。眸中流光依旧清澈，却又隐隐藏了一丝期盼。

"该死，我都说了什么！大哥没有别的意思，只是……"

她咬唇一笑，下榻穿了鞋缓缓走到他面前，伸臂抱住他，低声道："大哥，这次也一样，请一定要珍重。璇玑在帝都等你凯旋。"

她明白他。这一抱没有其他，只希望对方一定要珍重。

嗅着怀中女子发上幽幽的清香，白战枫收紧手臂，低低道："旋弟，珍重。"

"别忘记这是主帅的军帐，连有人进来了也不知道岂不危险？还是说二位忘情至此？"

那低沉喑哑却仍能听出强抑着愤怒的声音——

年璇玑浑身一震，向帐帘的方向看去，天幕深蓝，星光微稀，男子一身风尘冷冷而立，凤眸深沉，冷冷地盯着二人。

第五十四章

虞美人　春情只道梨花薄

她被捉回了宫。

其实不算回宫——她被直接囚在宗人府的大牢里。

她这一生，似乎总离不开牢狱之灾。

牢里看守的狱卒，初时会说些宫里和外面的事情。

她便求他们，给她说些边关的情况，狱卒却回以轻蔑的笑容，呸她数口，说这个叛国的女人，不配听。

他们将她移入最深的牢房里，黑黢黢的，有很多老鼠，最重要的是，再也听不清任何人的谈话。

对了，她有了罪名。下了牢，确实该有个罪名。私逃出宫通敌叛国，叛国之罪——那人的老师林司正判定的。

她本来就是罪臣之女，正好。

他终是不信她。回宫的路上，她一直说，可他再也不看她一眼。

不信就不信吧。她不在乎，一切她都不在乎了。

她只怕那个男人给白战枫降罪。

有时绝望得想死去，却又不甘。她还不知道白战枫的情况，更不知道西凉的危难解除了没有，也不知道龙修文被抓到了没有。

她还有很多想望，有想望所以不肯求死。

她不知道自己在牢里过了多久，只看到肚子已经开始显出淡淡的形状。

她的身子本来就不好，怀孕让她的生气越来越弱。

没有人来看她。

他必定下了禁令。

说不清日子，但估摸有一个月了吧，也许更久一些。

一切似乎都很平静，他是没有拿定主意要怎么处置她是吗？

幸好食物和水还算干净，还有御寒的衣物。

她是不是该庆幸他对她还保留了一点儿情分。

他将她带走的那个夜晚，吕宋并没有出来，似乎突然消失，不知所终，明明他答应过翌日送她回程。

在凤鹭宫一年多的相处，从帝都到雪兰山的真正相处，吕宋并不是个轻易食言的人。

她只希望，吕宋是去做她请求的最后一件功德，去寻龙修文，或者是解药。

她常惦记着这事，她不想让龙非离死。

可是，她错了。她不想让他死，他待她的情也许早已殆尽。

这一晚，她刚吃过饭，有人来看她。

她冷冷地看着眼前的淡妆女子，披着大氅，容貌越发温润得宜了。

"阿七，这段日子可好？"

会这样喊她的没有几个人。

牢门被打开，辛追追弯腰进来。

年璇玑没有出声，辛追追打量了她几眼，似没料到她如此冷静，脸上的笑意微微凝住。

"你知道我来这里做什么吗？"

年璇玑淡淡道："要说就说，不说拉倒。"

辛追追脸色一沉，随即轻轻笑了起来。

"还记得我当初说过什么吗？"

"没印象。"

辛追追冷笑："真不知道他当初看中了你什么！净是一副倔强的脾气。"

"他这个人聪明，也许看中我笨吧。没有把你当日泄露我们行踪的事情告诉他。"

"你知道了？"秀眉--挑，辛追追微微一惊，又哧哧而笑。

年璇玑拉了拉被子，闭上眼睛。

"那你可以试试找他，看看现在告诉他，他还会不会理你。"

年璇玑心里一颤，眼皮微微跳动。

辛追追走到她身旁，突然拉过她的手，年璇玑一怔，警惕地看向她。

然而她被囚甚久，气虚体弱，却挣不过辛追追。辛追追握住她的手按到自己小腹上，一字一顿道："知道吗？我这里怀了他的骨肉。"

"是他的亲生骨肉，而非像你的孽种。"

她的手，手心冰冷，不若辛追追的柔暖，这时一冷一暖更见分明。

她的手尚按在辛追追的腹上，整只手掌剧烈颤抖起来。

"一个多月了哦。"辛追追贴着她的耳朵，低低笑道，"我的早孕反应很厉害，他很紧张。"

"骗人。"

年璇玑猛地将手抽回，陡生的力气之大，手掌反而撞到墙壁上，上面红肿一片却恍无所觉。

不疼不伤，但那种滋味她已经尝过，心里空空洞洞。

"你骗人。"眼泪一串串从眼里跌落，她紧盯着辛追追，"你说谎！他不爱你，怎么会和你有了孩子？"

辛追追一声轻嗤："他怎会不爱我？我早就说过，咱们且走着瞧。阿七，他爱上我只是契机问题，以前不过是因为你梗在中间，断了我与他相处的机会。若他不爱我，他怎会告诉我你肚子里的孩子是孽种？若他不爱我，就连龙梓锦他们都无法进来的宗人府大牢，我怎么能进得来？

"朱七，即使他以为我是如意，但他实际上爱的是我辛追追的性子，不再是你朱七！不对，实际上，他爱我比你更甚，在所有事情结束以后，在一切风平浪静以后，是如意与他在一起，不是你！

"我已有了他的孩子，他早晚会将我封妃，甚至我会是他的皇后。"

年璇玑却仿佛没有看到眼前女子眼角眉梢所带的明媚，只轻声道："结束？

"与匈奴的仗打完了？与月落的仗打完了？"

辛追追微微一惊，往后一退，警醒地望着突然向自己一步一步走来的女子。

明明她眸里满满尽是绝望，但那双眼里却灼亮逼人……她有些害怕，喉咙一紧，已叫了出来："徐熹。"

年璇玑看也没看闪身护在辛追追面前的徐熹，冷冷看向辛追追："那个人，你要，拿去！我不稀罕。我只想知道白战枫怎么样了。"

辛追追一怔，眉头紧蹙。她倒没料到年璇玑会如此镇定从容，不由得微微生了怒气，却随即想到这不过都是她装出来的，唇角一绽，笑开。

"他死了。他已经死了很多天，匈奴把他的肚子也剖开了。"

她是不是该感谢辛追追把白战枫的情况说得如此详细。

在她算不出日月的某一天里，他死了，那么惨烈。

龙非离亲自领兵攻打匈奴，取得破军之捷。

月落被破，但会在纳明手上重生。

仗，都打完了。终于，她所有的念想都彻底灭掉。

辛追追临走前让徐熹送了一份礼物给她，说是龙非离交代的。她倚坐在床上，看着脚上的镣铐，几乎无法挪动一步，虽咬紧牙关，一动却仍痛出眼泪……

想起二人离别前的话，她自嘲地一笑。

辛追追瞥了她一眼："私逃出宫，你不是很能走吗，现在呢？阿七，如果当初你答应了我……我们现在不是过得很好吗？"

她笑得不可自抑："辛追追，如果当初我答应了你，我的结局不会比现在好。除非你比我先死。"

辛追追脸色顿变，一动不动地看着牢门关上，唇角笑意又慢慢变得明媚："阿七，他对你动了杀念，但作为朋友，我不会看着你死。"

年璇玑知道，辛追追还会再来。胜利者喜欢做这种事情。

而她呢？该以什么来继续这日复一日的艰难？

她肚子里有个生命，但那不是他的。

他果然没有视国事为儿戏，但他也要白战枫死。

白战枫死了，是她害死了他。

她伸手入怀，想将他送她的锦囊掏出来看看，突然记起，她下牢的时候，身上的东西全被搜去，除去那把小木梳，不知道是那名女官的疏忽还是他的吩咐。

但都与她无关了。他不再爱她，她的"背叛"是让他与辛追追好上的借口吗，还是说，他心底深处最爱的从来都是温如意？

所以他才能这样毫不犹豫地与辛追追上了床，然后给她的双脚锁上镣铐。

原来这就是他与她之间的三年，他们的深爱。

像花期，开落有时。

很多年以后，他再想起的时候，也许不值一提，他们所谓的爱，最多不过是她仍执迷不悟。

辛追追说，他动了杀意。

那正好，反正在他不放过她之前，她已经不想活下去了。

亏欠了白战枫的，她无法偿还，就用自己的命来赎吧。

把头放在膝盖上，昏沉之间，牢门外却传来轻微的声响。

是了，她刚才就听到隐约的脚步声。是谁来了吗？

"娘娘。"

她一震，抬起头来，却见一个内侍打扮的人站在牢门口，但那张面庞却是她熟悉的。

"霓裳？"心败如灰，再见故人，她却仍不由得惊喜激动。

门口一身男装打扮的正是双眸含泪的崔医女。

"娘娘，你受苦了！"

年璇玑一笑，却见她怔怔地看着自己的脚。她摇摇头，拖着长长的镣铐，走到牢门前："霓裳，你怎么来了？"

崔医女握上她的手，自己的手却颤抖得厉害："娘娘，这狱中守卫看似很少，外面却重兵严守。除了徐熹和陆凯两个总管能偶尔来替皇上传口谕，其他人一律不能进来。我们一直在附近候着，刚才看到徐熹带温如意进来，十工爷再二考虑，思量着去找陆凯，倒没想到陆凯却答应了让我乔装进来。

"我们都不相信你会私通匈奴，段夫人后来也与我们说了你私逃出宫送粮的事，但十王爷以下，我们所有人都没有办法，皇上的态度很强硬——夏侯大人与段统领一直在请求皇上再彻查你通敌之事。王爷私下想，若今晚段统领他们那边还是求不下来，那他就——"

崔医女轻轻一扯年璇玑的衣袖，眸光一看四周，压低声音道："皇上之前一直延下所有庆典，但纳明王子前天过来了，昨天在朝堂上皇上已答应下来，明天宫中将设盛宴大肆庆祝，一为王子接风洗尘，二贺西凉获胜。

"娘娘，王爷安排马车去了，他已拿定主意，若两位大人求不下，他将趁明天的热闹带你出宫。"

即使龙梓锦有心，但牢外重兵把守，他又有什么办法能带她出去？年璇玑眉头微蹙，崔医女似看出她的忧虑，又握了握她的手，才转身离开。

她轻轻喊住前方的身影："霓裳，你呢，你明天会过来接我吗？"

崔医女转过身，含泪一笑，用力点点头："如果两位大人……娘娘，霓裳一定到！我会和王爷一起送你出去。"

"那么，明天你过来的时候帮我准备一件东西，好吗？"

年璇玑闭眼一笑，崔医女离去前，满目疑虑，似极不解为什么自己会要她准备那件东西，又低声问她："娘娘，霓裳不懂，皇上爱你，你们为何……"

她是想问，他们为何会走到现在这一步吧。

是啊，他们都还不知道，她"背叛"了他！

下定决心，一切反而变得轻松，她蜷缩在被子里，想好好睡一觉——只等明天。

可是累归累，她却始终睡不着。

倦怠蒙眬之际，却又突然听到脚步声传来。

她一声轻笑，这一次又会是谁？

"奴才叩见娘娘。"

年璇玑坐起身来，微微皱眉看着牢门外端正跪着的男人。

这一回确实是不速之客。

陆凯。

四周漆黑，灯火很淡，陆凯的身影陷在光影里。

"陆总管。"年璇玑笑了笑，盯着床下青石地，"璇玑不是什么娘娘，你也无须行此大礼。"

陆凯的声音传来，是一向的沉稳。

“在皇上心中，娘娘一直是娘娘。”一直……这种话太温情，真的不要多说。

疼痛能提醒人去记住不要被蛊惑。

奇怪陆凯夜里的突然到访，她心头咯噔一下，突然想到什么，轻声笑道："陆总管，皇上让你来送璇玑一程吗？"

陆凯似乎被她的话惊得呆住，一下站了起来。

她的目光极低，看得到他微微的失态。

有什么东西被放到牢门边。

"娘娘，这些是皇上命奴才送过来的，您看一看……明日宫中有庆典，如果您愿意去，请随时差遣这牢中的狱卒通知奴才，奴才来接您。"

她听着陆凯说完，又跪下叩了首，那身影才融入黑暗里。

光线暗淡，她看不清那地上的东西。

眼睛闭了又闭，她慢慢掀开被子。

铁镣清脆，那声音和脚上的新伤让她想退回去。

这脚镣是副好东西，勾入脚的一端铸着尖刺，每走一步，刺便会陷进脚踝里，剜出血肉。

她真是个无可救药的傻子。他的东西，她还去看什么！

看了一眼牢门外那藏匿在黑暗里的若隐若现，又回头看了一眼床榻，她突然蹲了下来，一直忍着的泪终于夺眶而出。

不知在地上低声哭了多久，她慢慢斜着身子，躺到地上，伸手够到牢门外。

触手软腻，她一怔，那是一个小包袱，下面似是一叠布料？

终于，她还是拿了进来。挪了挪身子，她就着另一侧外墙上微弱的火光看去。

那叠布料其实是一件衣服。领襟处缀着雪白绒毛的新冬衣，她平日惯穿的紫色，衣服纹饰并不多，但料子和做工极为考究上乘，庄雅大气。

她跟了他两三年，吃穿用度都是最好的，这衣服的好坏，她还是能辨别出来的。

她微微蹙眉，又打开了衣服上的小包袱。

绸子层层拆开，里面是一幅绸缎。

手剧烈地颤抖起来，这东西，她以前在储秀殿里见过一回。

他放在哪里，她已忘记，只知道他拿出来放到桌上的时候，她好奇去翻看，却被狠狠骂了一顿。说这是先祖之物，是要赐给功臣的，不能乱碰。

他那时已极为宠她，别说骂，便是斥责，有时刚说一两句，看她委屈，也就住了嘴。

她被娇宠惯了，一下气得跑回凤鸶宫，卷进被子里。

入夜，他过来了，将她连人带被抱回了储秀殿。

干涩的眼睛又开始湿润，她赶紧一揾眉眼，将手里的绸缎展开来。

里面一方雪白，果然是在储秀殿看到过的那件东西！

她浑身一震，慢慢坐起来，怔怔地看着眼前的东西。

明日庆典，新衣裳，这是他的心思？

——明日宫中有庆典，如果您愿意去，请随时差遣这牢中的狱卒通知奴才，奴才来接您。

她想起陆凯的话。

他前一刻让徐熹来送给她痛苦，后一刻又让陆凯给她"恩赐"？

他的心，她不懂，也不想懂。

看了这两件东西良久，她的唇角慢慢绽开……若白战枫没有死，若他与辛追追之间的事从没发生过……

将那缎子卷了，用绸子包裹好，放到衣服上面，末了，她又拿了起来，放进怀里。

这东西的用处，她是永远用不着了，就权当留个纪念吧。

"娘娘。"

突然，耳畔有焦灼的声音传来。

年璇玑一惊，睁开眼来，面前两张脸庞微晃。

一个是崔医女，一身小厮打扮，另一个竟是陆凯。

这陆凯是徐熹带出来的，她初时以为他是徐熹的人，但从昨晚种种看来却又不是，毕竟他给龙梓锦行了个方便。但他效命于龙非离，又怎会与崔医女一起过来？

崔医女会来，即意味着夏侯初与段玉桓的求情失败了。

也是，本来，叛国之罪，罪无可赦。

她一按怀里的东西，淡淡一笑——他给了她东西，但她得在众人和他面前拿出。

那个男人，要她自己去求他！

她的目光还在陆凯脸上，崔医女却双手按在她肩上，催促道："娘娘，咱们快走！"

她颔首，那陆凯眸光一低，揽起她来，在她耳畔道："九嫂，臣弟送你出去。"

年璇玑一惊……对了！这地牢只有徐熹和陆凯能进，随时来传达皇帝的命令。眼前这个是龙梓锦，易了容！

出去吗？不，她要去看看那个人。

御花园。

四处装饰隆重，座无虚席。

正中，皇帝轻啜着酒，宣布开席之后，便没再多话，神色深沉，并无一丝喜庆之气。

茹妃与皇后有时说上几句什么，皇帝才淡淡一笑。

不少人悄悄往茹妃下首的紫衣女子看去，那是昔日的大宫女，如今龙子的母亲——温如意。

天下间，人事变幻最大的莫过于宫廷。这位大宫女与皇帝的关系便像年妃与皇帝一样扑朔迷离，年妃谋叛之前，她一直不能出头，现在年妃落狱，她立刻得到王宠，又有了龙嗣。

皇帝果真念着往日情分，不过那时确是宠爱年妃。可惜年妃却犯了傻，为替年家报仇，私下出宫会见匈奴。现在匈奴国境成了西凉的囊中之物，她却惹得皇帝大怒，不顾她身怀有孕，将她打进宗人府死牢。

只是，甚为奇怪的是，温如意有孕的消息从华容宫传出，既经茹妃确认，当属不假，皇帝却一直还没有册妃。

也有人看向陵瑞王爷龙梓锦——这位往日与大宫女温如意情谊似乎非同一般的王爷。但龙梓锦与皇帝情谊深厚，当日与温如意的感情想来也不过是幌子。

说到这位十王爷，今日庆典，他却来晚了，向皇帝请罪。皇帝笑说不罪，他自罚数杯以后，仍一杯接一杯喝着，一脸沉郁，眸子里却又带了一丝欣悦，让人难解。

众人笑谈之间，皇帝偶尔轻笑几句，一时君臣之间和乐融融。

这时茹妃笑道："皇上，趁着今日喜庆，你也把如意的事儿确定一下吧，看让这丫头入主哪一宫。"

茹妃的话，一时让所有人都沉默着看向皇帝。

夏侯初与段玉桓对望一眼，又看向龙梓锦，龙梓锦仍沉默着喝酒。乐晶莹斟了杯酒，朝前方的龙梓锦一举杯，仰头喝了。段玉桓眉头一皱，伸手轻轻按住妻子的手。

听茹妃说到自己，辛追追微微低下头，过了好一阵子，四周寂静，尚未听到那个位居中央的男人的回话，不禁抬起头，随即蹙了眉。

龙非离目光正看向陆凯，陆凯却正低声与一名内侍说着什么。龙非离似乎极为专注，手擎着酒盏定在半空中。她奇怪之余，其他人也早已暗暗疑惑起来。

陆凯把那小太监打发走了，正要退回龙非离背后，龙非离却摆摆手，制止了他的动作。

他忙趋步上前，道："皇上有什么吩咐，奴才这便去办。"

龙非离把玩着手中的杯盏，轻声问道："陆凯，刚才向你传话的人，说的可是有关牢里的消息？"

他的声音甚轻，但坐在他身旁的人还是能听得到。

站在他背后的徐熹和清风对望一眼，都从对方脸上看到了惊疑。

因缘际遇之下，当日从烂醉的皇帝口中知道年璇玑腹中孩子并非皇帝所出的，只有他二人与温如意。这是皇帝的秘事，二人自不会与他人再说，哪怕像龙梓锦与皇帝的亲密。

龙非离极恨年璇玑，这时听他问陆凯牢中之事，二人怎不诧异？

茹妃也一脸疑虑，看向了皇帝。

辛追追看着皇后微微变了的神色——似乍惊还喜，抿了口酒，冷冷一笑。年璇玑后是温如意，皇后当然并不想看到又有谁独宠。只是，她心里却不安起来，龙非离怎会问年璇玑的事情？

陆凯一惊，正不知如何回禀，却见龙非离神色微微不耐，忙低声道："禀皇上，适才那内侍向奴才禀报的并非牢中之事，是内务府的一些事情。"

话说完，半晌不见龙非离答话，他心里越发忐忑，眸光暗暗往上一抬，却看不清龙非离的神色。

他越想越心惊，年妃叛了国，但皇上昨晚却让他送衣衫，到底皇上对她——微一思虑，道："皇上，不如奴才到那边走一趟，奴才怕这狱中卒子粗鄙，漏听了年妃娘娘吩咐。"

又是一阵甚长的沉默。不知等了多久，才听到龙非离淡淡地"嗯"了一声。陆凯如获大赦，立刻退了下去。

众人不知道陆凯与皇帝说了些什么，但那陆副总管告退后，皇帝的脸色似乎稍霁。然而，过了不久，陆凯便匆匆赶回，满脸焦急，在皇帝耳边说了几句什么。

皇帝眉宇一紧，目光在座下众人脸上掠过，猛地站起身来。众人大惊，却见皇帝脸色极差，扬手直指龙梓锦，道："龙梓锦，给朕说说你迟到是到哪个地方去了！"

龙梓锦心里一惊，佯作镇定地站起来，道："臣弟昨夜吃了些酒，今儿个晚起延误了时辰，适才不也向九哥禀报过了吗？"

龙非离冷冷一笑，袖子一卷，桌上酒杯向龙梓锦摔去："延误时辰，只怕是起来得更早吧，这整易容貌可需要时间！否则为何陆凯一直在这里，那牢中狱卒却说陆总管奉朕口谕将年妃带了出去！"

龙梓锦苦笑，果然瞒不过他这位兄长，他易容成陆凯，将年璇玑带出宗人府，又让王府里几名武功甚好的小厮护着，嘱咐崔霓裳将年璇玑送出皇城，他则赶回御花园的宴席。

他离了座，走到龙非离面前，缓缓跪下正要请罪，却见龙非离的目光全然不在他身上，凝眉紧紧盯着不远处的一个地方。

他面对着龙非离，将坐在台上的人的目光看得真切，除去龙非离，徐熹、清风与陆凯似乎也看出了什么端倪，便连温如意和皇后也神色惊疑地看了过去。

他微觉奇怪，却又有一丝不安从心里渗出，刚转过身，却听一阵清脆的锁链之声传来。他大惊，这声音他今早才在一个地方听到过……可是他明明已经……他不由自主地站了起来，定睛看了过去，与这座下所有的人。

有两个人从前方走出来，其中一个是名"青衣小厮"，但人们的目光并不在她身上，而在她挽着的女子身上。

有禁军上前要去阻挡二人，龙梓锦眉目一挑，厉声喝止。

那女子没有上任何妆容。一袭大红衣裙，将白皙透明的脸色渲染得更加苍白。

在座的没有人会去穿这样的红。

在西凉，衣色以黄为尊，黑为次。明黄，那是帝后衣饰的颜色，没有人敢穿。红色太鲜艳，但凡妃嫔，都避忌穿红。

红，更像嫁衣的颜色。

她在小厮的挽扶下，一步步走过来。

不必认真端详，谁都知道她在看谁。

座下，有人擎杯举箸，便像刚才的皇帝都定在半空——这个女人不该出现在这里！她已经被打下死牢，不该这样无所顾忌地看着这宴上高台最尊贵的男子！

"将这妖孽擒下！"有苍老的声音怒喝而起。

听到老丞相发怒，刚被龙梓锦喝止的禁军立刻上前。半空中，身形一闪，一个女子鞭子一甩，挡在红衣女子前面。

"晶莹！"

一听发话的是统领，众人又同时止住脚步。

这时，有人站起："还反了不成？没听见郁相的话吗？还不快将这私逃的罪妃逮回宗人府大牢！"

龙梓锦一皱眉，看去却是林司正。林司正掌管宗人府，他说的也没错，年璇玑是逃了出来。这下便是段玉桓也未必能制止得住禁军，毕竟禁军要护卫的是皇帝的安全。他正烦躁，却见所有禁军都迅速躬身施礼退了回去。龙梓锦心下一凛，向旁边的男人看去，见他手一挥，身子微微前倾。

迎上女子的目光，龙非离心房猛烈一跳又狠狠一缩。

没有什么东西可以恒久，他争夺权力，要站在最高处，却又比任何人都清楚，这些并不能千秋万代，总有衰荣。

最高的地方才能施行所有的构想，然后在这繁华天地里，看天下人低语浅笑，闲话家常。

可是，他得到的又是什么？称颂吗？这虚浮的东西，他要来做什么！

生杀予夺，肆意笑骂，主宰一切？最终还是一场空寂，哪怕死后长眠与金石为伴。

一切终归是空。

在这世上，他就不能真正拥有一样东西吗？

不管岁月跌宕，繁华老去，却永远是他的，只要他一个转身，一个侧目，就能看见。

他真的以为已经得到了，后来却发现原来是假的。

将她抓回来以后，除去将匈奴打败，实践了当日与月落的承诺，将这国家按着计划推向昌盛，他却做着好笑的事情。

将她推下牢房。

为何不在宫闱里解决，却将事情闹大，要全天下也卷进他与她的这场情爱中？

难道唯有这样的倾城热闹，才能填补和祭奠他心里早已疯狂了的寂寞吗？

爱与恨，他早已说不清，越爱就越恨，越恨却更爱。

恨，始知更爱。

他不去看她，不闻不问，放了紫卫在她身边，却又吩咐除非关系到她的生死，否则一概不准向他汇报。他恨她，他不想知道有关她的任何事情。可是为何白天还能冷静处理桩桩战后待兴的事情，晚上却夜夜醉死在还隐隐有着她气息的帷帐里？

也许是梦一场，在那梦中有过笑靥如花，有过玉颜调皮，有过年岁似锦。

那样的梦总是过于美好，以致醒来后还会死死惦念。

盛典。

然而，盛典过后，会是下一场战争，但那时是他做主，而非生受的一方。他会一步一步实现他的计划。

那是何等的热闹？只是，为何越热闹却越冷寂？

这天下都是他的，他怎会如此寂寞？是没有人与他共享吗？也许是。

但若他要，谁不愿意？同苦之人少，但这世上从不乏同享的人。

原来，不是没有，而是想要与之分享的是谁。

想了一次又一次，怎么还是那个背叛了的人？

所以才会突然抛却所有理智，仅为这夜里惊醒寂寞的痛苦，去翻出一件能赦免任何罪孽的东西，去翻出早就为那个人做好的冬衣，唤身边的人去传话……吩咐那一句句好笑的话。

他竟疯狂到想将一切抹去，与她重来？

还是说，从一开始，他已存了这样的念头，将她囚禁，其实不过是怕白战枫死了，她恨他，他怕她深深憎恨着他。

那样会让他明白，她有多在乎白战枫。

白战枫的死是必然，即使没有这场背叛，白战枫还是会死在战场上。按战前得悉的那个秘密与绝不更改的约定，马革裹尸，是白战枫的选择。

他再恨，也只会选择与白战枫拼斗，而非在战场上粮草不援六军不发的卑劣方式。这种行径，他不屑！

只是，他不会告诉她。

恨吧，恨的同时，她心中对白战枫的爱就会减一分，对他便惦记一分。

她没有穿他为她准备的衣裙，但这身艳红却仍让他无法移目。她嫁给他那天，便是这样的鲜活。

突然，他眉心一紧，眸光定在她裙裾下慢慢拖行的脚。

是谁给她戴的脚镣？

她的脚拖着脚镣，但不该走得这样慢，似忍受着极大的痛苦。

他刻意去忽略那种疼痛的感觉，目光微动，掠过背后的温如意与徐熹。

她停住了脚步，好一会儿，才又缓缓走来。他几乎要走上前去，微微抬起的脚，终究没有迈出。

她在他面前停了下来。他淡淡地看向她，袖里手指却微微勾起——龙梓锦要带她走，她却没有走！她折回来会跟他说什么？若她向他求饶，他会再与她在一起吗？

他不知道。

她曾在别的男人身下承欢过，并有了那个人的孩子！她爱那个人，不惜逃出去为他送粮。他们在军帐里紧紧拥抱，那一刻她脸上全是依依不舍，是他亲眼所见。

目光落到她的肚子上，那浅浅的浑圆，里面的是别的男人的种！

他怎么还会想着与她重来？

怒气瞬间在身体里生出，他只想伸手掐上她的咽喉。

有轻微的呻吟声从一旁传来，茹妃惊道："皇上，快过来看看如意！"

茹妃这一喊，声音立刻从四处响起，只听皇后急道："如意妹妹怎样了？"

年璇玑静静地看着眼前的男人，侧身向辛追追望去。

茹妃下首，辛追追正掩着肚子，低声呻吟，秀眉颦蹙，痛苦地迎上男人的目光。

看向年璇玑背后的青衣小厮，龙梓锦低声道："霓裳，你给她看看吧。"

崔医女看了他一眼，轻轻一笑，却摇了摇头，缓缓道："不！"

"给她诊断。"龙非离瞥向崔医女，声音冷冷道。

崔医女咬牙，正要回答，年璇玑突然伸手握住龙非离的手。

龙非离目光一暗，反手握上她的手，似乎全然没有去想，就那样握住了她的手。

这下所有人都惊呆了！

年璇玑也是一怔，她知道崔医女会怎样回答，她只是想分散龙非离的注意力，也想过不会奏效，毕竟这男人在乎辛追追与她肚子里的孩子。她与自己，不是很强烈的对比吗？她肚子里的是别的男人的骨肉，而辛追追怀的是他的孩子！

茹妃声音大急："皇上呢？皇上怎么还不过来？"

年璇玑看到辛追追的目光瞥了过来，又冷又厉。

看着身前与那人交握的手，她一震，她这是做什么？和辛追追去争一个男人？各施其法？

想起那二人有过的亲密，又想起白战枫最后那句"珍重"，她心里一涩，他与辛追追颠鸾倒凤，而她与白大哥……原来，她与白战枫甚至还没有好好诀别，就永诀了。

手一用力，要从那人的掌里收回，他却比她更用力。

她无法挣脱，吃惊地看着他。

龙非离的目光却盯在二人手上，看她挣扎，挑眉看向她，眸光冷酷，却丝毫没有放手的意思。

他指节上的茧甚至在她掌心上磨擦着，那是往日他对她不经意的小动作。

她一时眩晕，身了一晃，他没有丝毫迟疑地揽过她的腰。

这样可怕的温情，她心里慌乱无比，脚微微一提，那里的疼痛提醒着她。

她看看辛追追，又看看他，脑子里闪过二人纠缠在一起的情景，在狱里拼命压抑的情绪全部涌上来，突然好想大声朝他吼，将那晚的事情通通告诉他。

可是，不行。

她听到自己颤声问："你和她真的上床了？"

事实放在眼前，她不知道自己为什么还要这样问。他们的手紧握着，她只盼他说没有，然后，也许她与他还能有一次重来的机会。

放在她腰上的手一紧，烫热从她的肌肤上传来，她看到他眸光暗沉，轻声道："是。"

他的话像脚上的尖刺一样剜在她的骨肉里。

她笑了又笑，仰起下巴看了他半晌，道："阿离，你知道我今天过来是为了什么吗？"

龙非离紧抓着她的手，眉心甚至在急促地跳着。

"你不是一直想知道我肚子里的孩子是谁的吗，是白战枫的。我怕你害他，才矢口否认！他现在死了，我还有什么可顾忌的！"

轻轻一声，她听到骨头折碎的声音，痛得冷汗直冒，却冷冷地看着他，看着他扬在半空中的手，这次，他一定会打她吧。

打吧。

龙非离，也许你永远不知道，但如果有一天，终于有一天，你发现你亏待了我。

第五十五章

返西凉 拼尽一生方始休

雪流景一声冷哼："我说朱七，你这是看的什么，看到后面只把自己的事情回看一遍，你不想看看龙非离与辛追追之间的事吗？

"还是说你在害怕？既然害怕，为什么还要选择回去？他们已经有了孩子，回去以后的局面你想过没有？你死或是辛追追亡？"

是，看到后来，再次看了自己的经历。

她将他彻底激怒，转进皇城大牢，被判数天以后斩首于闹市。狱中得悉辛追追被封妃的消息，她静默地等待死亡，行刑前一晚他的到来……

她那时悲伤至极，觉得愧对白战枫，心痛之下说了损毁白战枫名声的话去逼迫他，只想追随白战枫而去。

原来，死亡也并不能解决问题，除非记忆和灵魂灰飞烟灭。否则怎会在知道他的疯狂后有了念想，怎会惦记着他到底去了仙砚台还是雪松宫，最放不下的还是他的蛊毒能不能解。龙修文就像一枚定时炸弹，烟霞镇的事后隐匿得更深了，但这个男人一定不会就此罢休。

只要雪流景一施法，就能在溯镜中看到他与辛追追之间的事情，然而她却没有要求雪流景施法。

也许，确实如雪流景所说，她在害怕吧。即使知道二人已有了那层关系，却仍害怕看到他们纠缠时他的情深意浓。

只是，若不能把这些都弄清楚，她再次回去还有意义吗？回到他身边以后，看着他把毒解了，然后与辛追追幸福一生？

雪流景突然将她抱起，轻声道："魂体离身已久，你的元气很弱，进去休息一会儿，再决定看还是不看。"

朱七摇摇头："我不睡，和你约定的时间快到了。流景，告诉我，你之前为什么会变成与白大哥相同的模样？"

这是一直堵在她心里的疑问。溯镜里，她只见过他五次。

一次在漆黑的储秀殿，一次在断剑门，一次在松风镇的别院里，一次在烟霞镇的树林里，还有一次在牢里——那时，那人离了宫，她被诬陷谋害皇后与龙嗣。深夜的牢里，进来的小狼，后来却是幻化成人的雪流景，随后他又变成白战枫的模样，他抱着她轻轻亲吻着。

这是她往日不曾知道的，今天却在溯镜里看到了。想到这里，她的脸微微一红。

溯镜里，能看到一些情景，却看不到人心。烟霞镇里和牢里一样，他变成了白战枫的模样。

雪流景一怔，唇角微微勾起："你到底是想问我的事情还是白战枫的？"

朱七微愣："这不是在问你吗？"

"如果我变成的不是白战枫，你还会问吗？"

朱七怔怔地看着雪流景，对方神色竟似极为认真，皱了皱眉，笑骂道："你到底要不要说！"

雪流景看她模样娇嗔，本要将她放下来的手，不动声色地紧了紧，抱了她向里间走去。

"流景，我不睡！你快给我说说！"朱七抗议了，他将她放在床上，她转身欲跑。

雪流景坐到床上，手臂一探，又把正要往外逃窜的女人捉了过来，揽在怀里，沉声道："睡一下，到点了我叫你。"

朱七转身，盯着他："那你给我说说。"

雪流景皱眉，道："我随意幻化的。"

"真的？"朱七冷哼。

雪流景笑得愉悦："即使是假的，我不愿意给你说，你也拿我没办法。"

朱七气结："能幻化成人，翅膀硬了，不听姐姐的话了。"

雪流景低头瞥了她一眼，淡淡道："我从没把你当作是姐姐，不管上一世还是这辈子。"

朱七不敢再多说，垂了目光。雪流景自嘲地一笑，将她放进被褥里，便要出去。手，却突然被朱七拉住，低低的声音传来："阿雪。"

雪流景浑身一震，脚步再也移不开，缓缓在床边坐了下来。

她听到雪流景的呼吸有些重了，抬头去看他，却被他带进怀里。

只听他淡淡道："阿七，你想跟我说什么？"

她咬了咬唇："小狼，溯镜里有关白大哥的事情，为什么你不施法让我看？"

"他死得极难看，你看来做什么！看了不怕恶心吗？"

雪流景轻轻笑着，语气里带了一丝漫不经心。她心里却突然酸涩起来，握上他的手道："小狼，溯镜不看就不看，但你能不能……能不能再变一次白大哥的模样给我看看？"

半晌听不到声息，她从他怀里抬头一看，顿时大吃一惊："大哥。"

男子眉眼温恬，哪里还是先前雪流景的模样，分明就是记忆中那个翩翩公子。虽知道这是雪流景的幻术，她还是猛地扑进他的怀里。

不知过了多久，白战枫轻声道："旋弟，还有不到半刻钟便到时间了。"

"小狼，你还真是入戏。"

那声"旋弟"，让朱七鼻子一酸，不由得伸臂环住了面前的男子。

明知道不是那个人，但相同的脸孔仍能勾起所有的思念。她突然想起宛仪和罗锦。这两个人证明他与她确实曾爱过。

"我带你出去看看。"仍是白战枫的语气，却有一丝压抑。

"小狼，如果你不愿意，没关系的，变回来吧。"她笑了笑，轻轻从他怀里出来。

雪流景抚了抚她的头发，柔声道："我喜欢这个模样。"

朱七眼睛却越发酸涩，微微转过头去。

"旋弟，不要内疚，每个人的选择与他人无关，白战枫既然最初选择了参战，生死早已不在他自己手中。子非鱼，安知鱼之乐？他不是向你许过诺吗，能这样死去，也许他很快乐。"

她一怔，他拥紧她，话语落在耳边，语气亲昵得就像那个男子。

"小狼，你不懂，如果龙非离能早点发兵……是我和龙非离将大哥害死了！我求求你，让我在溯镜里看看白大哥的事儿好不好？我很想他。"

他的手微微一僵，随即将她抱得更紧。

"旋弟，还记得在军帐里，你跟白战枫说你信龙非离，如果你信他，为什么不回去问他，从他口中求得答案？除非他不再在这个位置上，否则，以后你们的波折要怎么办，你要他信你，同样你也要信他。"

朱七一震："大哥。"

雪流景憎恶龙非离，眼前这个男子的一言一语……她有丝眩晕迷惑，似乎幻化成白战枫以后，他便真成了那个男子。她紧紧地盯着他，他却淡淡一笑，将她抱起："走，出去看看，然后将你的答案告诉流景。"

他的目光落在她的脚踝处，眸中飞快滑过什么。朱七不禁握住他的手："小狼，我不是在璇玑的身体里，不痛了，你别——"

"疼痛，魂魄会有记忆。有时想想，真的不想让你再回去了。"

朱七怔然……是，怎么会不痛呢，哪怕换了身体。

庆典上，握住了对方的手，他的指在她掌心厮磨着，那一刻，她几乎没有一丝迟疑……他虽让徐熹给她上了镣铐，但若拉起裙裾，他看到了也会心疼，她想，他会亲手替自己摘下镣铐。

可是，后来她说了那些话。

她怀孕是事实，他虽猜忌白战枫，也许心里总还存着一丝疑虑，但她把话说了，他对她的恨便再也无法抑制。

那条链子留在她脚上直到行刑。死，也不得解脱。他不准她再逃，不管生前还是死后。

她又想起白战枫，抓住雪流景的衣领，低声道："小狼，我对不起白大哥。"

"他一生磊落，我损了他的清誉。"

雪流景一声轻叹，将她放了下来，揽进怀里："他知道你为他披上嫁衣，虽明白并不是真的，心里却不知道有多快活，若要怪你，只怕也是怪你后来的悔恨。"

"悔恨？"

"皇城大牢你再见龙非离的时候，其实已将心里话全盘与他说了，只是那时他过于愤怒，没把话听进去。"

她说，你不爱听吗？我偏要说，反正自始至终你都不信，这孩子你认为是谁的就是谁的。

是，可惜那时的他已经不再相信。

可是雪流景说，白战枫若怪，也只怪她后来反悔了。

她不知所措，雪流景摸摸她的额头，低低笑道："白战枫从来不像你想得那样豁达，他若听到你说，孩子是他的，你又要嫁给他，他怎会不高兴？"

她扑哧一声笑了，他携了她的手，将她带出去。

溯镜里，转过一个庭院，夜色迷蒙。

朱七微微蹙眉，这院子有些眼熟，还在脑子里搜索，画面已切进一个女子的厢房，装饰奢华繁丽。

窗前暖榻，一名锦服男子斜斜靠坐着，眼睫微合。

地上，跪了一个妙龄女子，神色慌乱，那张脸……是罗锦？

朱七越发惊疑，不是说娇宠至极，夜夜恩宠吗？

"皇上，可是臣妾做错了什么……您不要臣妾侍候？"

男人依旧闭着眼，淡淡道："你去歇息吧。"

罗锦咬咬牙，道："臣妾听陆总管说，皇上找了臣妾很久，说爱臣妾这样的容貌……皇上，今晚就让锦儿服侍您就寝吧。"

男人没有出声，只徐徐睁开眼睛。罗锦悄悄看了男人一眼，捏着领子的手紧了紧，慢慢将外袍褪到肩上，一时玉肤雪光，迷人眼目。

男人突然起身，上前一把将她拦腰抱起，快步走到床边。

他的手在罗锦身上一拂而过，罗锦一声娇喘。朱七死死地看着，指甲划破手心。男人坐在床沿，轻声道："小七，朕看着你睡，不要怕做噩梦。"

枕上，罗锦已闭上眼眸。她被点了睡穴？

朱七惊住，却见那人就这样坐在床边，一动也不动，腰背挺直。窗外，斗转星移。

画面不断切过。

储秀殿。

有人从书房出来，是徐熹和清风。二人的脸色很沉重，疾走了一段路，绕到了院子后侧。

清风满脸阴鸷，眉宇间尽是杀气，一拳砸到墙上。

"徐熹，你听到师兄刚才说什么了吗？我道年璇玑有孕，他为何还会每晚烂醉如斯，原来那女人怀的不是他的孩子！我早就说白战枫不能留！现在那女人甚至离了宫！师兄却还将她的消息瞒了下来！"

徐熹呵斥道："清风，莫要再说！这事只能你我知道，绝不能有一丝一毫传出去！"

朱七苦笑，在庆典那天，徐熹和清风看她的眼神，她就知道，这两个人必定知道什么。

白战枫、乐晶莹以外，还有他们也知道了。对，还有一个辛追追！她怎么总是把辛追追忘了，就像雪流景说的，她果然一直在怕，不敢多想。

她看着二人在说，后来却又几乎没有听进去。她只想看龙非离。

画面反转间，定格在书房外，夜色又深了些。

院外只有不断巡逻的禁军，清风仗剑站在书房外。

突然，有人身裹披风头戴纱帽，低头急匆匆从院外走了进来，徐熹紧跟在后。

朱七心里猛烈一跳，这个人是谁？

二人走到书房外，她看到清风一扫脸上暴躁冷戾之色，眉眼间溢满惊疑。

这时，那个人侧过脸来。

朱七大吃一惊，这个人——与年璇玑的模样一模一样！

是罗锦？

不！不是！

更不是宛仪！

要找到相像的人已千难万难，但眼前的女人却活脱脱就是年璇玑！

不可能！除非她易了容！

这个人到底是谁？是她？！

朱七又惊又骇，看着清风横臂去挡，徐熹却怒斥了他一句什么，那女子已推门进去了。

徐焘一手按在清风肩上,清风眉宇紧锁,回头望着房门,一声低吼:"好!"

她死盯着镜子,看那女子唇角带笑,一步一步走向水晶帘。然后,她顿住脚步,纤细的手指在领子上一挑,披风,外袍,跌到脚背上……女子的手掀开帘子,地上,一抹明黄赫然。

朱七抚住心口,有什么声音在脑子里凛冽地叫着……不对!一段话在心头猛击而过,她突然记起一件古怪的事情来。

她咬牙看去,镜子的光线却倏然凝成一点儿光亮。

她一惊:"流景,让我看!"

身边无半点儿声息传来。

她刚一转身,却见雪流景俯下身,手紧抚着心口,与她之前的情状一样。

雪流景身上似发生了什么事!

她大惊,伸手便去扶他,雪流景却厉声道:"阿七,你的答案!"

大街。

她问他,哪里来的跑车,他却沉默着,一语不发替她戴上墨镜,一下车,立刻揽紧她走进博物馆。

人群,笑脸。

这间一向空寂的市博物馆,这些天以来,人来人往,川流不息。

馆内展出了市里一支私人考古队新挖出的千年古墓,大量奢华的陪葬品,但最激动人心的却是那具双枢皇后棺。

据考,这两名皇后竟不属于任何一个朝代,身份扑朔迷离!这件事震惊了国内外的考古界和科学家。如果找不到与这两名千年帝后对应的王朝,那么,时空之论将被重新改写!

而最让人惊恐的是,主持挖掘古墓的一名年轻的女子,却在展览的前一个晚上失踪。

在雪流景的引领下,朱七不安地走着,挤过拥挤的人群,让无数繁杂的声音散落在背后。

很多人望着他们。

确切地说,是打量着这个紧拥着她一路疾走,银发蓝眸英俊又冷漠的男人。

然后,多是艳羡的目光掠过朱七。

朱七也会随着人群的目光,去看雪流景几眼。

很奇怪,他没有变回原来的模样,仍是白战枫的样子。

她很不安，不知道是因为他环在她腰上那只冰冷的手，还是他从刚才开始一路的沉默。

他突然停下脚步。

她一怔，看着眼前突然的开阔以及更加的拥挤——那是博物馆最深的地方！

两座巨大的水晶棺霎时展现在眼前。

人太多，她无法窥见棺里的东西，只看到棺尾处，一抹鲜艳的红色。

风化了千年，却鲜艳如初的颜色。

前方墙壁上，嵌着巨大的电子荧幕。

荧幕上，是两幅容貌还原图。

棺侧是一个高台，一个男人在麦克风前站着，轻声说着解说词。

这个人面容沉毅，却双鬓斑白。

很多人都凝神听着，目光流转，切换在棺里和墙壁之间。

她心肝乱跳，也随人群看向那个男人。

"阿七？"

朱七一惊，却见随着男人震惊的眸光，无数目光如潮水向她涌来。其中，棺边一对男女转身盯向她，看到那两人的容貌，她的心脏一瞬间几乎停止了跳动。

怎么会是他们？

林晟和玉环？

她看见玉环大喜，想到对方身边去，却又停住了脚步。

林晟的手在玉环腰上！

怎么会这样！他们的关系似乎十分亲密，可是林晟不是已经有女朋友了吗？！

林晟看到她，唇角浮起一抹浅笑，随后目光落到雪流景身上，唇边笑意越来越浓。

她倚在雪流景怀里，抬眸去看，却见雪流景眉目深锁，神色凝重，环在她背后的手微微一僵。

玉环凝眸望向她，嘴唇微张。

她看到玉环垂在身侧的手轻轻颤着，不是惊喜——

这是害怕！突然之间，事情似乎陷入了一个她意想不到的古怪局面。

她正惊疑不已，那高台上的男人眸光一窒，看了雪流景一眼，淡淡苦笑，道："阿七，为什么你当初要支持追追独立作业？你知道她失踪了吗？"

他看一眼墙上的电子图像，道："这是个鬼墓，你看到这两幅容貌还原图像了吗？"

"这是在林晟的主持下做出来的！林晟是我带出来的学生，这图不会错！阿七，追追已经消失了，你好自为之！"

图是林晟作的？朱七心里虽然感到震惊，却仍轻轻摘下墨镜："辛叔叔，追追她很好，您放心。"

她学会了种种毒辣和阴损，将自己保护得很好。

只是，对于她的父亲，年璇玑不会多说。

她们的账，她会与辛追追一一清算！

"这女人的模样和那个孝懿慧皇后一模一样！"

"那两个男人是双胞胎吗？"

人群早已轰动，变得骚乱、震惊，不觉间围成一个圈，将几人围在中央。

是。

如果你本就是去看带着神秘的东西，却看到一个与死去千年的女子模样完全相同的女人站在你身旁，你会害怕吗？

她身旁还站着一名英俊沉静的男人，这个男人的模样却偏偏与他前方的男人模样相同！

"你见过她，你知道她在哪里？"

男人变得激动起来，朱七微微皱眉，一道声音却轻笑而起："老师，您的女儿很好，她在什么地方您无须惦念。"

"林晟，你说什么？你也知道追追在哪儿？"

朱七一惊，辛伯伯的声音却倏然像被什么定格住，连带周围所有的声音都消失不见。

她一看四周，却见所有人都岿然不动，或举手，或投足，唇舌张开的，附在别人耳畔说着什么的，她能清楚看到最靠近她与雪流景的一个女人的唇上诡异的弧度。

博物馆里的人，时间仿佛就在瞬间被谁夺走，全部定在这空气，在这满室铜铁器，还有两具女尸中。

她大骇，前方的林晟，手正轻扬在半中，眼角眉梢笑意明艳。

雪流景抱着她微微后退。

"流景！"

"阿七，不会有事的！"

雪流景揽紧她，冷冷地盯着林晟和玉环。

林晟搂着玉环一步步走近，眸光闪烁，轻笑道："流景，你输了！知道代价是什么吗？朱七，不，是紫苏！"

"我以贾玉环为饵，你果然过来了，上一世，紫苏的小婢殉主而死，后来，这名小婢也随着众神的转生而再生，在西凉再次为主受刑而死。实际上，这婢女执念太强，再生的时候也与你我还有莫琼一样分裂了魂魄躯体，这一生，她仍来到紫苏的身边，成了她最好的朋友。"

"是你给了她人皮面具，令她死去，你心中有愧。你回到2010年的中国以后，曾找过她，向她说了紫苏的前世今生，你依仗佛陀的小札送紫苏到西凉，我却是找到了时空裂层，将今生的辛追追送了回去。"

"玉环说她愿意助你，她来到了我身边，想套出时空裂层的秘密，可惜的是，她却爱上了我，诱你带紫苏来到这里。你的灵力就快用尽，所以你一直避开我，现在却自己送上来，多好玩的一件事不是吗？"

"龙非离与白战枫够狠，但你们以为将即将回归神格的白子虚杀死，所有的事情就结束了吗？"

脑子变得混乱起来，朱七不知道林晟是谁，这个与白战枫有着相同容貌、她曾经苦苦暗恋过的人，到底是谁！

她也不想去搞懂玉环的前世与今生。

她怔怔地望着玉环，这个朋友，在辛追追以后，也背叛了她吗？

玉环苦笑，看着她，一字一顿道："阿七，对不起。"

朱七身子一沉，几乎要摔在地上，雪流景紧拥着她，沉声道："阿七，别怕！我不会让林晟将你带走！你一定会再次回到西凉！"

林晟冷笑："流景，你认为你的灵力可以与我一拼吗？"

雪流景傲然一笑："送她回去，我本来就没打算能活！林晟，要杀你不容易，但若我用同归于尽来换呢？"

林晟脸色微变，手掌一握，一股寒芒向雪流景疾射而去。

朱七只觉身子被重重一摔，已往后跌去，林晟的声音破空而来："玉环，抓住朱七。"

两个男人身影交错，战在一起。

朱七一惊，连忙站起，身子眩晕，同时被玉环死箍着，耳边林晟笑声狂猖，雪流景怒吼。

她的身体被玉环拖着，拖向其中一具水晶棺。

"阿七，别怕！穿过这里，就能回到西凉！"

"我永远不会背叛你！"

那声音很小，她几乎以为是自己听错了。

在经过辛追追的事以后，她不知道还该不该去相信。

雪流景焦灼下的一推，力道甚大，许是灵魂刚刚回到身体的缘故，她只觉头晕目眩，身上使不出任何力气，但身子却本能地抗拒着玉环。

"阿七，奶奶的，你跟我较什么劲！"

轻如蚊蚋的声音，骨骼却被重重一按，那是往日两人之间的小动作。

朱七鼻子一酸，身子装作挣扎，却顺着玉环推她的方向而走。

二人在水晶棺旁边停下，她不知道那是谁的棺木，脸上仍蒙着红纱。她惊颤地看着雪流景，雪流景被光团裹起，又狠狠摔到地上，想爬起来却不能。

她大恸，几乎就要奔过去，玉环却死死地抱着她，嘶声喊道："流景，时空裂层就在这个位置，打开它，送阿七回去！"

林晟一震，眸光掠过阴戾："玉环，你好阴险！"

朱七一惊，不知从哪里来的力气，将一旁的玉环推到身后。林晟冷笑，原要向玉环扬去的扣捏了寒光的手，改向雪流景一掷。

"不要！"

朱七大骇，雪流景正手撑在地上，吃力地站起。他动作蹒跚，却犹自勾唇一笑。林晟一怔，随即大惊，见雪流景不躲不避，那巨大的能量击落到他身上，他大口鲜血喷出的同时，抬手捏了簇光往朱七背后的方向投掷而去。

"流景！"强光刺眼，朱七无法看清四周，只觉背后似有什么突然撕裂开，一个漩涡扯着自己往下而去，就像要沉入无底的深渊和黑暗里。

她明白，那是回去的路，但她怎么放得下雪流景和玉环。

没有力气，仍挣扎着，她要从这道漩涡里出来。

眸里是雪流景急遽摔下的身体，他看着她，厉声道："阿七，进去！我会保护玉环，我会去找你！"

那副俊美的容貌不再，林晟的脸变得狰狞，雪流景已无法站起，只好挣扎着爬过去。

会找她？他在骗她！

她突然想起军帐里与白战枫的最后一面。

她明白，这兴许也是和眼前这个男子的最后一面了。

有一种情叫作不可辜负。

可她真的无法进去。

若要她看着他死在自己眼前，这一生，纵使和那个人有结局，她也不会开心。

漩涡却裹着她的身子，挣不脱，去留不由她。

她看着林晟向她奔过来。

然后，她看着一个身影急扑出去，扑在林晟那扣起光焰的手上。

然后，她怔怔地看着那团火光，将整个身体吞没。

身体在火里燃烧，那具娇小的身子背后背着个大狗背包。

大狗背包——她往日总笑玉环幼稚。

原来，当日她可以毫不犹豫为龙非离纵身一跳，也有一个人可以为她牺牲自己。

"玉环！"她的声音破碎得像那具快要燃尽的身体。

再见以后，她曾怀疑过玉环，她们甚至还没有好好说上一句话。

灰烬，飘散在空中。

她浑身冰冷，眼里是林晟魔鬼般丑陋的笑颜，她怎会爱过这样一个男人……光团从他手里再次释出。

高大的身躯从地上挣扎起来，挡在她面前。

那是她熟悉的白衣。

流景？

"旋弟。"

声音在她耳畔消散，心头一震，视线被阻隔，看不到林晟的模样，却听到他惊怒的声音。

"你不是流景，你是白战枫……你还没有死绝？"

"子虚，你不死，我怎么敢死？"男子轻声道。

朱七抚着头，二人的话，还有漩涡的强光将她撕扯得快要裂开。

"战枫，你我在一起那么长时间，你还不知道我的名字吧，在西凉我是借用你躯体的白子虚，在这里我是林晟。"

林晟眸光慢慢沉下去："上一世，雪流景死前，爱恨执三念强烈，再生分成三魂三身，白战枫、林晟、雪流景。我与紫苏落于这一世，可恨雪流景死前觉察来生异变，怕我危害紫苏与龙昊，对我下了禁咒，我不识朱七就是紫苏。紫苏被流景送回西凉后，我才渐渐觉醒。

"我虽然逐渐恢复了神力，但碍于雪狼王的咒印，肉身始终无法进入西凉，只能让魂魄借你之身。你慢慢觉察出我的存在，却一直不知道我身份，后经流景提点，你才明白过来，便与龙非离设计谋杀我。你宁可自毁肉身，也不让我借你的身在西凉回归神格。

"今日你二魂融于一身又怎样，同归于尽？你们的灵力根本无法与我抗衡！"

"大哥……"

朱七呆住，林晟的声音还在传来，她却仿若充耳不闻，迎上银发男子微微侧身看来的目光。

他深深地看着她，眸光里是心疼、遗憾，光影如雪花，从他身上渐渐散开。

他的整个身躯就像玉环一样在瞬间消失殆尽。

"林晟，我与你同归于尽做什么！"

"紫苏，别伤心，别怕，我不会让你自己一个人！一定会有人陪着你，直到你幸福。"

她伸手到空中去抓那些光，却什么也抓不住，看到林晟向她大步迈来，那散尽的光晕却将她全身拢住。

"大哥！"

她大叫一声，身上光芒大盛，身子急遽往下掉，黑暗席卷而来，意识……终于全部消失。

她说，她的答案是仙砚台。

这是不是就叫作灰飞烟灭？

终于，在那个年代她什么也不剩。

朱七不知道自己身处何方，但这里绝不是西凉。

睁眼之后，她便见四周苍茫，云烟缭绕，茫茫不见尽头。

她站起身来，却看到云烟深处，一个矮小的身影若隐若现。她心里悲恸，想起刚刚消逝的人，咬了咬牙，向那身影跑过去。

"请问——"她话未说完，那道影子已飞快转过身来，是个小女孩？

那孩子只有五六岁光景，面容娇憨可爱，一双眼睛极是慧黠灵动。

她正疑惑，那小女孩眨巴着眼睛道："姐姐，你要陪我玩儿吗？"

她摇摇头："姐姐不能陪你玩儿，姐姐还要去一个地方。"

小女孩嘴巴一撇："这死死伤伤的，你怎么这么执著，不去也罢！"

朱七一惊，刚才怎么会以平常心来看这小孩，这孩子既然出现在这个山水不知的地方，又怎么会是普通人！

她凝目盯着朝她嬉笑的小女孩，突然，心里一动，失声道："我见过你！"

小女孩拊掌大笑，蹦蹦跳跳："阿七认出来喽！"

"咱们在西宁街见过面，你就是那天带我进去的小女孩。"朱七盯着眼前的小身板，一字一顿道，"你到底是谁？"

小女孩轻笑一声，看了她一眼："阿七，你猜猜我是谁？若猜中了，我就送你出去。若猜不中，你就永远留在这里陪我吧。"

永远？朱七心中一凛，随即苦笑，她只在西宁街十八号见过这女孩一面，怎能猜中她是何方神佛。

神佛？她猛地咬住舌尖，心头急跳如鼓，上前一步，微微躬下身："朱七见过尊者。"

小女孩长叹一声："公主聪慧，只是何苦仍执迷不悟？"

朱七看对方慈眉善目，脚下金光弥生，映着云霞，知道自己猜中了，眼前这小女孩正是助龙昊让众神再生的佛陀，佛本无相，佛化众相。

她笑了笑，道："敢问尊者是否无欲无求？"

佛陀秀眉一蹙，又双眸含笑看向她。

她轻声道："执，是因求而不得，佛尚且有所求，七是一介凡人，怎会无所求？尊者求的是灵台空明，佛家大乘之法，七求的是与子成说，朝朝暮暮。"

"公主大慧，常言佛门空弗，实则佛求佛道，佛亦有求。千年前，我插手众神转生之事，惦念凡尘，灵台也早有染，若以佛道去留你确实不妥！"

朱七想起白战枫、雪流景与玉环，心中疼痛，眼眸一湿，缓缓跪下："尊者有情。"

"公主，"佛陀敛眉一笑，"我知你心中所想，但六道轮回，因果得舍乃天道，那是战枫、流景与玉环的选择。"

"不，尊者，我求求你，将他们还给我，我求求你！"她满脸濡湿，只是连连叩首。

佛陀伸手将她扶起，沉吟片刻，叹道："也罢，雪狼王本集天地之灵而生，是不可多得的灵神，若非再生裂成三魂，恶魂林晟恨念过大，分去绝大部分灵力，而白战枫与流景又将灵力耗尽助你，绝不会落到如今的下场。

"白战枫一生杀人也救人，功远胜于杀戮之过。我佛慈悲，佛祖念其英灵，本意留他一魄，可惜，他死前用最后一魄的灵力将被林晟施业火烧去肉身并打散魂魄的玉环之魂重新凝聚，宁可自己消失在这天地。雪狼王既执意如此，我姑且助你将玉环还阳，与你同走西凉一遭。

"公主，我这里亦与你定下一约。四季有常，若一年之期，你还不能让龙昊猜出你实是璇玑，那么，你将灰飞烟灭；若在他猜出你身份之前，你将实情告诉他，则一月内你身死溃败，不复存在于这天地之间。"

——大哥和流景都死了？不能再生？不，一定有办法让阿雪再生的！

——我不能告诉龙非离我就是小七？他怎能猜出是我？

——尊者……所以你才要我永远留在这里？

——战神、雪狼王以外，千年前两方交战而死的神祇数不胜数，龙昊与你一旦回归神格，诸神也会随龙昊这位主神的苏醒而复苏。你是龙昊的妻子，千年前一些因龙昊而死的神祇必拿你来施行阴谋，挑拨离间。你在宫廷历练，早有所经历。公主，若换了身体便不能确认彼此，无法笃信坚守，你与龙昊以后的苦厄如何能共渡？你二人又怎么可能相守到最后？若你二人最终不能圆满，龙昊必为你疯狂，届时天地定是一场浩劫！

再生缘
我的温柔暴君

——这也是佛祖与我的决定，若你二人今生无法度过众劫结缘，便将你彻底毁灭，免去这天地的一场劫难。

　　"尊者！不！"

　　朱七大汗淋漓，猛地坐起身来，一道声音随即传来："夫人，夫人，你救回来的姑娘醒了！"

第五十六章

生辰酒 纵使相逢应不识

朱七抚着眩晕的脑袋，喃喃道："大哥，小狼，玉环……"

有人从自己身边疾奔出去，她听到声响，缓缓睁开眼来，古檀桌椅、挂画、香炉……这一切的古色古香，这似曾相识的情景，她捂住嘴……三年前，她便是在这样的地方愣愣醒来。

这里又是哪里？这只是客房，装饰却已极为考究，这必定是大户之家。

她正要起来，又有人跑了进来，一把将她抱住。

"阿七，你醒啦，怎么我才转了个身你就醒了？"

这称呼……朱七一惊之下，大喜，反手抱着来人："玉环。"

"是我，是我！"

玉环没有死！

朱七将来人稍稍推开，想确认一下，随即大惊："追追！"

她又急又怒，冷冷地盯着前方的女子。

"阿七，不是追追！是玉环！我知道这副模样你一时接受不了，也对着镜子看了几个小时才反应过来。谁叫我那身体让那死王八羔子给烧了。"

披散着一头长发的女人又叫又跳，最后一摊手："累死我了，你自己意会一下。"

朱七一拍脑袋，叹了口气，那佛陀还真是有才，不将资源浪费掉。

"玉环，我暂时还不能接受，你让我缓一缓。"

"死朱七，我把命都给你了，你还嫌弃我的模样，将辛追追正法之前我先杀死你！杀死你！"

玉环跳上床，坐到她身上，又蹭又压。

朱七轻轻一笑，反手抱住眼前的疯女人，不管怎样，玉环还在，她一定要想办法让阿雪也回来！

"夫人……"

旁边有丫鬟惊诧的声音传来，两人扭头一看，只见早惊呆了下面一群人。

丫鬟，婆子，正中却是一个娇滴滴的大美人，眉目如画，肌肤似雪。

衣装打扮雍容华美，想必便是此间主人。

看她打量自己，那女子也含笑看着她，朱七却随即"呀"的一声轻呼出来。

是她！怎会如此巧合！

"诗敏。"她颤声一唤之下，却震惊了房中众人，包括还压在她腿上的玉环。

那女子一听，微微蹙眉，奇道："姑娘识得妾身？"

朱七大喜过望，怎会不认识眼前这女子，刘诗敏，那年她在烟火之地换下的待选花魁！

看她发绾宫髻，分明是已嫁作人妇。

"诗敏，你嫁给你表哥了是吗？"

刘诗敏一愣，随即颔首，脸上一红，那颦蹙的眉心却同时又深了几分。旁边的婆子皱眉斥道："你这丫头说话怎地无礼，你可知道我家夫人是何人？"

"苏嬷嬷，不得无礼！"刘诗敏摆摆手，又笑道，"敢问姑娘是……"

不理旁边玉环的小声嘀咕，朱七一笑："诗敏姑娘，不对，是夫人了，想必夫人表哥已是朝廷贵胄。"

"夫婿忝居尚书一职。"

朱七拊掌笑道："有出息！夫人还记得当年烟雨楼里的年旋吗？"

刘诗敏一惊，随即快步上前，微微颤抖了声音，喜道："姑娘认识妾身的恩人年姑娘？"

张府花园，斜阳横斜。

"阿七，别笑了，看你笑得牙都歪了。"玉环斥骂道，随之自己也扑哧一声笑了。

朱七把头靠到玉环肩膀上，低声道："玉环，我开心，我很快就可以再见到他了！"

"是是是，倒没想到你与那张夫人还有这样一段渊源，过些天就是你那位的寿辰，宴请群臣，咱们扮成尚书夫人的小婢女就能进去。"

玉环两眼放光："我还没进过皇宫呢，阿七，到时你给我当导游。"

她快活地晃荡着双脚，良久，才惊觉肩上湿意传来。

她心里惶恐，轻轻拍着朱七的背："阿七。"

"玉环，都说天上一天，人间一载。三年。我回去感觉也不过几天，后来去了趟天池，见了佛陀，这里却已过了三年多。年璇玑离开龙非离三年了。"

玉环鼻头一酸，赶紧吸吸鼻子，看着好友的容颜，不禁也微微痴了。

容颜如花。

她的三天，这里已经三年。

她与他相恋三年，也分开三年。

三年时间，足够沧海化桑田。

西凉的版图扩大，年轻的皇帝出兵攻下了相邻的一个国家——乌孙。

起初，没有人知道为什么。

后来宫中有消息流传出来，说是年后喜欢浩瀚黄沙，皇帝便替她征服了那个沙漠之国，成为西凉的领土，让她随时能去那里看无垠的沙漠。

说起年后，西凉没有一个人不知道这位皇后大起大落的一生。

她几度被贬打下牢狱，最后甚至因叛国而被皇帝赐了腰斩之刑。

她死在刑场。

皇帝为她平了反。后来，皇帝率军队去了西海，寻仙求药……

谁也不知道皇帝求到药没有，但年后确实没有死。

说是一生，却是因为这位皇后从彼时开始，就没有再醒来过，她一直昏迷着。

正如没有人不知道她的一生，也没有人想到会有后来的册后大典，原来的郁后被废，冷傲的皇帝亲自将年氏抱入清平殿，亲手为她戴上凤冠。

没有人说得清皇帝对年后到底是什么感情。

而郁后被废，据说是与多年前针扎小人一案有关，经查清郁后才是幕后主使，念其祖父郁相为朝廷一生鞠躬尽瘁，姑赦其刑罚，送回郁家。

彼时，郁相已从高位退下，由六部尚书之一的夏侯初接下。昔日一殿四宫，花开荣枯，除去琉璃宫慧妃仍留在其位，其他通通易主。

同时，还有那被最后赐封的一宫，雪松宫漪妃娘娘。与年后一样，这位娘娘也是半生传奇。

她原是前太后的内侄女，宫中握有权力的大宫女，相传是皇帝青梅竹马倾心爱慕之人，年后被斩前后被封妃位，并于庆嘉十八年秋诞下一子。

这名小皇子非同小可，是庆嘉皇帝存活下来的第一个子嗣。

两位皇后曾先后为皇帝怀过子嗣，却并无福荫产下，都在其母腹中便夭逝。其中，年后曾为庆嘉帝孕过两名子嗣，叫人百思不得其解的是，皇帝将年后的第一名子嗣追封为皇太子，却并没有册立漪妃之子名位。

虽说庆嘉帝青春正盛，但他膝下空虚，其后子嗣难说，他却不立储君。若说他不喜欢这名小皇子，漪妃产下此子以后，身子极差，多缠绵病榻，宫里有传皇帝因怜惜漪妃，对皇子圣恩甚隆。

天下人都好奇宫闱秘事，然宫里的事自古便透着诡谲，不足为外人道。这是关于皇帝的，而有关他的兄弟姐妹之事，也极为古怪。

陵瑞王爷娶妃三载，膝下却并无所出，据说是陵瑞王妃的身子出了些问题，都道这位王妃医术了得却无法自治，让人感叹惋惜又津津乐道。

陵瑞王妃崔霓裳，昔日宫中太医院副院正，西凉立国以来的第一位女院正。

王爷夫妇二人并无子嗣，对小皇子极为疼爱。

玉致公主于多年前消失于内廷，在一年前回来，却已成家，育有一子一女，而她的夫婿竟是前内务府副总管夏桑，这位总管如今已贵为大理寺卿，接替了皇帝恩师林司正的位置。

这事在当时引起了极大的轰动，皇帝下圣旨昭告天下百姓，从王登基伊始，外患正兴内乱未息，为方便出入宫闱，替王办事，着夏桑更换了身份。

说起内务府，三年前，总管徐熹被皇帝以颐养天年遣送出宫后，副总管陆凯便坐上了总管之职。有说是徐熹这位大太监忠言逆耳，惹怒了皇帝，而那陆凯，徐熹昔日的徒弟，却诸事与师父相对，讨得皇帝欢心，才坐上了总管之职。

想起从刘诗敏那里打听到的，朱七抹去眼角的泪水，轻声笑了。

嗯，还有乐晶莹，这位女将军与她的夫婿也很好，她当年伤重，孩子却保了下来，是个女孩。这女孩自出娘胎身子便极孱弱，父母是大将军，她的身体却注定一生无法舞枪弄剑，但她聪慧过人，三四岁已出口成章，将来必定是位很了不起的小姐。

她与他的故事中，他们所有人都参与过，如今，每一个似乎都尘埃落定，团团圆圆。

没有一个人完美，却都在不完美中取得完整，得到了自己想要的位置或想与之共度一生的人，除了她。

"阿七，"玉环轻轻一推旁边的朋友，眸里掠过忧虑，"你并没有自己说的那样开心。你放不下他，却无法接受他与追追之间的事情，你到底打算怎样做？"

朱七没有说话。

玉环微叹了口气，突然一拍脑袋道："你说，关于相认这事，咱们能不能钻个空子，佛陀只说你不能告诉龙昊，如果你告诉其他人，由其他人告诉他，你说成不成？"

朱七翻了个白眼，一掌拍到玉环的头上："你还敢钻佛陀的空子？现在上面领导的意思是要磨我们，咱们一钻空子，成，你就等着给我收尸吧！"

"切！"玉环骂骂咧咧，"他们有毛病啊，如果你自己把身份告诉了龙昊，佛陀将你弄死了，龙昊还不得发疯，那三界也得遭殃，他们怎么收拾这个残局！"

朱七扑哧一笑，摇头道："玉环，我现在死了，三界不会遭殃，佛陀他们只要想办法阻止龙昊回归神格就好。"

玉环奇道："那为什么还要与你订下约定？他们直接阻止龙昊回归神格就好，那不管你与龙昊能不能有好结果，也不会对三界有影响。"

"若像你说的，他们就不会与我订下约定了，佛陀一定还有一些事情没有告诉我。"朱七神色凝重，"他们必定在某些地方需要龙昊的力量，也许是维持天界的稳定，也许是其他。所以，除非迫不得已，他们还是希望龙昊能苏醒。"

"呸，呸，别说了，阿七。"玉环骂着，看了朱七一眼，欲言又止。

两人相处多年，朱七又怎能不明白玉环想问什么，手往栏杆上一撑，她跳了下来，看向透过树枝射来的夕阳："当日璇玑身死，我在溯镜里看到他的疯狂，我对自己说，我一定要回来，那时我将追追的事全部放诸脑后。后来又在溯镜里看到追追易容成我，进了他的房间，我痛心却更坚定了回来的心。因为，即使是错，也不全在他一人。我放不下他，想知道他的蛊毒怎么样了，想知道他过得好不好。

"但是，从诗敏那里听到的有关他与追追还有小皇子的事，我也拿定了主意。若他果真待追追这样，也真心疼爱小皇子，我不管与佛陀有什么约定，不管他能不能认出我，也不管我会不会死，我还有一年时间，我就去仙砚台替他求药，告诉他当日烟霞镇的事情，让他知道一切然后永远离开他。

"我已失去了大哥与流景，不能再失去他了。"

"阿七。"朱七语气里的决绝，让玉环大吃一惊，怔怔地望着她。

两人又说了一阵子话，玉环见朱七突然蹙眉不语，便问她怎么了。

朱七微一沉吟："即使诗敏答应带咱们进去，咱们也不能这么进宫。"

玉环不解。

"追追也在那里！你说，她看到你我，会怎么做？"朱七冷笑道。

玉环作势往脖颈一划，做了个砍头的动作。

朱七颔首："所以这下麻烦了。"

玉环挑眉一笑："跟我来，咱们先向诗敏借点儿工具。"

两人从刘诗敏的房间出来，园子里已月至中天，两人相视一眼，都哈哈大笑。

"玉环，你怎么会做人皮面具？"朱七惊奇道。

玉环耸耸肩："流景教我的，那时你还在西凉，流景已回到 2010 年。有些事林晟是说对了，流景告诉我你在西凉的事情，也告诉了我翠丫的事情。你别看他这人酷，对将人皮面具给了翠丫一事一直耿耿于怀。我说，我不怪他，我又没有那些记忆，况且我这人比较有容人之量。对不对，只是，我着实好奇那人皮面具怎么弄，就缠着他教我——"

朱七赏了好友一掌，笑骂："流景肯定是被你缠得烦了才教的。"

玉环得意："走，咱们找诗敏看看，吓她一跳。"

"吓什么吓！咱们还得寻个靠谱的理由，诗敏看你我不以真面目示人，还不得猜疑！"

"不会怀疑咱俩是刺客，进宫行刺的吧。"

朱七一笑："你别说，还真有可能。"

"你为什么不告诉她你就是当日的年姑娘，却说是她的妹妹年小七，听姐姐年旋说过烟雨楼的事，看过姐姐画过诗敏的画像？"

"子不语怪力乱神，我换了身体，容貌已不同，你说，我告诉她我就是年旋，再将朱七和佛陀的事情告诉她，她会信吗？"

"可是那玉致公主、晶莹、崔医女、蝶风她们，不都是你的闺蜜吗，那都不能说，怎么办？"

朱七叹了口气："佛陀虽没有明指，但这事必定只能你我知道。别再想钻空子了。"

玉环摊手，冷哼一声："好吧，对上面领导将咱们空降到诗敏家的大门口，咱们该感恩戴德了。"

"可不是！快走，找诗敏去，我顺道向她提进宫的事。"

"那你打算怎么说易容一事？"

"咱们之前一身奇装异服晕倒在张府门口，你极不靠谱地向诗敏编了个咱们从外地跷家到帝都游玩的借口，咱们便顺着说去。只说我家与晶莹家相识，咱们想进宫去看看，怕让晶莹看到告诉父母，只说咱们进宫一看便立刻回家。诗敏一直念着年旋的恩情，想来会应允的。"

"啊，阿七，那咱们就只有一次机会看到龙非离——"

"不管了，到时再见机行事吧。"

两人急匆匆走着，与迎面的人撞了个正着，两边都低呼一声，一道苍老的声音斥责道："哪里来的小丫头，连走路都不会了！"

玉环一恼，正要驳回去，朱七一拉她衣袖，低声道："是诗敏的嬷嬷。"

"老嬷嬷，是我们，今儿个被你们救回来的年小七、年小八。"玉环笑道。

那老嬷嬷颤声道："这声音听着像，你二人怎么变了模样？"

朱七忙道："我们做了假面玩儿，还想让夫人看看呢。"

老嬷嬷骂道："这两个小丫头，老身有急事，且不与你二人闹。夫人不在房里，老爷刚回来，夫人让你们也过去见一见老爷。"

"使得，嬷嬷慢走。"朱七笑道。

她说着又朝背后的小丫鬟看了一眼："鹃儿，你在这里候着，我取了琴便与你们一道过去。"

鹃儿应了，朱七看她眼圈红，在地上轻轻跺着脚，微觉奇怪，道："鹃儿，发生什么事了？嬷嬷这是到哪儿去？"

本来适才所见不该与人说，但那鹃儿年岁尚幼，心中正憋屈着，一跺脚，哽咽道："还不是二夫人那狐媚子闹的！朝廷的大人听说咱们府上有位夫人琴曲双绝，说皇上寿筵，不如让咱们夫人弹奏一曲以庆，也禀报了内务府。这说的是咱们夫人啊，那二夫人却见不得咱们夫人露脸，只说她也要在皇上面前演奏。"

"给皇上演奏，这哪能是人人都有的福分！老爷宠爱二夫人，便让二人试弹一曲，然后定哪位夫人在寿筵献艺。"

朱七与玉环互视一眼，朱七轻叹："你家老爷纳了新夫人？"

鹃儿猛地点头，低声哭道："往日老爷待夫人极好，谁知与朝廷的大人上了趟青楼，便迷上了那楼里的一个歌伎，后来还替那狐媚赎了身，带回府里当二夫人。"

"鹃儿，你乱说什么！"娇柔的女声斥道，"苏嬷嬷呢？琴取了没有？"

她说着微微一惊，看向朱七与玉环："你们是谁？"

张府大厅。

一名英俊的男人负手而立，椅子上坐了一名柔美的女子，容貌楚楚，虽不及刘诗敏，却是我见犹怜。

与玉环一福之下直起腰来，那男子转身，朱七吃了一惊，诗敏的夫婿竟是三年前她救下的张进？！

龙非离以前与她谈过张进这人，后来她因年府谋逆一事下了牢，在牢里听狱卒谈及张进，更觉他是可塑之才。没想到在皇城大牢里竟遇上这个得罪权贵被贬的探花郎，念其才，悯其德，才出言救下他的性命，又授以当日龙非离与她所说的官场之道。谁想到，今日再见，他竟如此负情薄幸！

她的眸光轻轻扫过他，张进似有所觉，皱眉看了她一眼。她只装作看不见，与玉环退下了。

数天以后，她与玉环随张府一行进宫。

部分官员、官眷落座。皇帝、辛追追、茹妃、后宫嫔妃、陵瑞王爷、玉致公主等她认识的人通通还没到，星光满天，她站在刘诗敏背后，怔怔地看着这片阔别了三年的星空。

朱七看看身边激动得不行、死掐她手臂的"年小八"，直翻白眼。

"阿七，阿七，你为什么不早告诉我这里有这么多美男，早知道我就弄两张比诗敏更漂亮的人皮面具。这就是穿越，小说诚不欺我也。"

朱七狠狠一扯某人，低斥道："你能不能别再看了，看也别像打了鸡血似的，请记住你现在的身份是小丫鬟，你看的全是西凉的黄金男，但都名草有主了，有些连小孩也有了。"嘴上轻斥着，眼眶却微微热了，看着最前端的位子，众妃嫔还有昔日故人一一在案前落座。

龙梓锦替崔霓裳斟了杯果茶，唇角噙笑，形容体贴，老十已经彻底放下温如意了吗？

那边乐晶莹的小女儿低声与乐晶莹说着什么，乐晶莹又侧身与段玉桓说，夫妻二人相视而笑。对座，一对玲珑可爱的小儿女摇晃着跑过去，那胖嘟嘟的小女孩伸手便去拉乐晶莹的女儿，两个小女孩意态亲密，小男孩哼了一声，去抢段玉桓手中的酒喝。

段玉桓哈哈大笑，对座的斥责之声含嗔带娇地传来："夏雪，不许对你段伯父顽皮！"

"还不是让你惯的！"男子低沉的声音含笑，看向身旁轻纱覆面的女子。

没多久，夏侯初与宁君望引了几人过来，却是郁相、林司正和容将军，几位已退下高位的老臣。

众人寒暄着，朱七环视了一圈，年轻的新臣很多，这确是他的天下了，无人再能制衡他！她咬唇一笑，目光从那对男女交握的手上移开，许久不见的夏桑和龙玉致很好。

间或，龙玉致蹙眉往她这边看来，她心中一凛，随即想起那当年的"年玉"也与刘诗敏相识，龙玉致戴了面纱，刘诗敏认不出，龙玉致想必已想了起来。

夏桑随龙玉致的目光也略略看了过来，似在她脸上定了一定。手上一暖，却是玉环握上她的手，她心里随着这一握也踏实许多，朝龙玉环笑道："臭丫头。"

座上的刘诗敏听到声响，回头朝二人展颜一笑。

二人回了个笑，却见刘诗敏侧头去看张进，张进正与二夫人方画晴说着话。

刘诗敏脸色一黯，低下头。

朱七心中一叹，新人旧人，她的处境又与刘诗敏有何不同？

正想着，突然听到内侍唱喏："皇上，太后娘娘，慧妃娘娘，四殿下驾到……"

玉环捏住她的手一紧，她只有更紧张，心房早随着那一声喊一下怦怦乱跳起来，手心全是冷汗。

没有漪妃！辛追追没有来？

她与玉环交换了个眼色，都从对方眼里看到讶异。难道如外界所言，她的身子确实羸弱至此，连龙非离的寿筵也无法过来？

两人疑虑，却也微微松了口气。朱七随着众人下跪行礼，眸光紧紧地看着那一身明黄的男子袍袖轻拢，从她眼前快步而过，走上高台居中位置。

及至平身，她仍无法将视线从他身上移开。

三年。

他风华正茂，时间无法给他抹上一丝一毫的风霜。

华贵俊美依旧，清俊冷酷依旧。

只是，他身上确实有种时光翩然而过的痕迹，举手投足间，那股手握天下的气势毕露。他的眉眼并不见丝毫凌厉，徐徐一扬，已让人心惊胆战。

她不由自主地看向倚在慧妃怀里玩耍的小皇子。

孩子年岁虽小，却粉雕玉琢的，极为顽皮，一双小手老往案上的果蔬酒盏抓去。

似乎是个欺善怕恶的主，龙梓锦轻声呵斥他，他只是笑，撅起嘴巴看向高座上的男人。

龙非离凤眸微挑，他即乖乖不敢乱动。

这天伦之乐，不是和乐融融吗？朱七鼻子一酸，心里又恼又疼，微微低下头。

她刚才一直看着龙非离，男人却目不斜视，不知道他有没有觉察到，但即使觉察到，他也不过当她是名低贱的奴婢。

接下来，是群臣的致贺之词，礼物，歌舞表演。

虽不多，但这些她往日在宫中也看过一些，倒是玉环，睁大了一双眼，眸光雪亮，看得意兴盎然。

终于，陆凯提到了张进的名字。说了什么，她没注意听，心还扑在台上那男子身上，只见方画晴抱着瑶琴走了出去。

会让方画晴演奏，本就没有悬念。张进爱这个女人。

她听不出好坏，眸光看着龙非离修长的手，他一直在喝酒。

一曲既罢，掌声雷动。

眼下，是方画晴艳红的杏腮，轻轻仰起下巴，还有刘诗敏静默凄苦的脸。

她微微蹙眉，尚在心疼这女子，冷不防被人从背后猛力一推，脚步蹒跚间，跌进场中。

那正是众人掌声方毕，张进搀方画晴退回座位的瞬间。

她孤零零地站在场中，所有目光一下落在她身上，包括今上。

朱七将"年小八"腹诽数十遍，也好歹知会一声，就这样将她推出来。

侧头一看："年小八"还在那里对她做着"V"手势，她站在那里欲哭无泪。

她从来没有如此紧张过，想起两人定好的计划，一咬牙，正要跪下禀报，一道焦急娇美的声音已从座上传来："小七，还不回来。"

紧接着，一抹粉影从案上起来，步入场中，却是刘诗敏。眼看着张进也要走进来告罪，朱七赶紧一握刘诗敏的手，跪下道："皇上，小七是张尚书府上小奴，有事禀报。"

声息俱寂。

高台上更没有任何声音传来。

朱七只觉心里紧张得快要炸开，有人迅速走进来，掀衣跪下，朗声道："禀皇上，这小婢是微臣府中新婢，不识规矩，冒犯了圣听，望皇上恕罪。"

"今儿个皇上寿筵是大喜之日，岂论责罚，况又是新婢不懂规矩，张卿将婢子带下去吧。"

出声的是茹妃，温和带笑。

他的母亲，这三年过得应该很不错吧，膝下又有了孙子。朱七心里觉得欣慰，却又抑不住苦涩。张进睇含警告看了过来，她唇角微挑，张进眉宇皱得愈深，带着一丝严厉。刘诗敏咬唇，便要将她拉下，她一惊，还没开始呢——

"不是有事禀报吗，说吧。"

张进吃了一惊，刘诗敏同样惊愕，一同望向高台上的男人。

睇光在自己脚下定了好一会儿，朱七才微微颤抖着抬起头。

隔着甚远的距离，他在那端淡淡出声，淡淡看着她。

这个她最熟悉的陌生人。

刘诗敏又惊又急："小七！"

朱七重重一握刘诗敏的手，起来往前方高台的方向走去。

她知道所有人都在看着她，看着她这个相貌平庸、性格大胆的小婢女走向皇帝。

玉环伸手轻轻掩住口鼻。

阿七。

一步步向他走近，朱七眼角又热了。

阿离，如今你最亲近的人，他们都安好地待在你身边，伴着你，看你带领西凉走向盛世繁华，你可还会寂寞？

没有了我的日子，你过得也好吧，要多久，你会将我看成过客。

三年？十三年？三十年？时间弹指一挥。

终于能将他的面容看清楚，她缓缓跪下来。

"这小婢子真有趣。"一旁，龙玉致笑着道。

夏桑伸手握住她案下的手按了按，龙玉致微微奇怪，却没再嬉笑。

夏桑瞥了一眼站在龙非离背后的清风、陆凯，眸光又掠过龙梓锦等人，知道他们也留意到皇上的异常——他落在那婢女身上的眸光。

但凡跟在皇上身边的人都知道，皇上便唤年后"小七"，没人知道这称呼的由来，却没人不明白它对皇上来说意味着什么。

这婢女他刚才就注意到了，她的目光一直在他们身上，而后皇上到了，她的视线便没有离开过皇上……皇上必定也知悉。

除去已婚女子，这宫里哪个女人不对皇上抱有想法？这婢女给人的感觉并不莽撞，甚至有几分内敛，不似一般婢女，但再有心思的女子，也不会如此丝毫不惧。

张府家的小奴，这张进是什么心思……毕竟这女子的模样只是普通。

朱七咽了口唾沫，抬头道："皇上，二夫人以外，小奴家大夫人也为皇上备了一份贺礼，后来夫人看各位娘娘、大人和夫人的礼物贵重，心中觉得小礼微薄，不好呈献。小奴不忍折煞夫人心意，斗胆进言，望皇上恕罪。"

话音一落，众人甚觉惊奇，没想到这名小奴是为主献礼。

"嗯，张夫人费心了。"屈指在桌上轻轻一敲，龙非离放下酒盏。

张进心中一凛，看向刘诗敏，刘诗敏这时却是全然眩晕了。她哪里有什么礼物呈给圣上！她心惊胆战，不敢怠慢，忙俯首回道："皇上谬赞，妾身不敢。"

自己身上，一眼便能看尽，必非裱画、瓷器、珊瑚等物，各个方向的目光如寒光利箭射了过来，想看她到底拿出什么东西来，朱七的衣服早已被汗浸湿。

龙梓锦笑道："允那小奴，还不快把礼物呈上来，本王着实好奇。"

"可不正是，快快！"龙玉致拊掌脆笑。

"你们一说，哀家倒也觉得好奇了。"茹妃轻笑。

龙玉致道："母后不急，待小丫鬟将东西呈上，玉致立刻跟您老人家说。"

场上瞬间热闹起来，纷纷猜测这份突如其来的贺礼。

朱七背后的刘诗敏浑身颤抖。

呈送皇帝的礼物可不能有半分错失！张进心中紧张，低沉道："敏儿，那到底是什么东西！"

朱七咬了咬唇，缓缓从怀中拿出一只木盒，高举至头上："其实这礼物也不是给皇上你的。"

盒子一举，话紧跟着出口，朱七只听到场上抽气声连连。

背后的张进也微微失态，朝刘诗敏低吼道："你带回的什么人！"

刘诗敏攥紧纱裙，低下头。

饶是龙梓锦等人惯见风波，还是吃了一惊，这小丫鬟是太大胆还是太无知？

夏桑悄悄地看了龙非离一眼，皇帝微微拧眉，眸光落在那小奴身上。

若说张进确有什么心思，这第一步倒成功了。

"礼物既不是给朕的，那敢问张夫人是何意？"

他在看她！朱七一震，收摄住快要从唇上泄出的喜悦，朗声道："那是小奴家夫人替皇后娘娘在相国寺求的平安符，夫人赧于礼物微薄不敢献于皇上，但小奴窃以为那是夫人的一片心意，夫人一直惦念娘娘，只因夫人与娘娘识于微时。这，玉致公主也是知道的。"

平安符！是，她不平安！手微颤，案上酒盏打翻。

龙非离猛地站起来，双手撑在桌案上。

近四年，她一直在睡，不会说，不会笑，用她的方式去惩罚他。

生辰，没有她的生辰，他根本就不想过！

迎上龙非离的严厉目光，龙玉致心头乱跳，本来九哥这一动作已把所有人吓住，偏偏自己倒霉，首当其冲。

只是，刘诗敏怎会知道嫂嫂与她的身份？事隔多年，她也是今儿个才看到刘诗敏，才恍然记起这事，而嫂嫂久居深宫，刘诗敏又怎会——

她虽极为奇怪，倒甚是喜欢这小奴，又恐刘诗敏被责，忙站起来回道："九哥，不错，张夫人是嫂嫂的朋友。"

台上陆凯悄悄看了龙非离一眼，躬身道："皇上，奴才去拿礼物。"

龙非离薄唇紧抿，没有出声。

前方朱七与公主的话已让她震惊不已，偏生丈夫眸光极厉，刘诗敏一惊，怔怔地看向张进，张进咬牙道："你识得年后？"

这时，不知谁一声惊呼，虽轻微却足以引起座上所有人的注意，众人看去之时，却见龙非离从台上走下来。

众人只见乌金绣靴晃动，龙非离径直走到那小奴面前："起来吧。"

他就在她眼前，朱七咬紧唇，忍着心里的激动，慢慢站起来。

她必须得慢点，需要时间去平复身体还有心里的颤动。

他的手放到盒子上，凤眸却掠过她，落到刘诗敏身上："谢谢！夫人对年后的心意，朕无以为报，不若夫人随陆凯走一趟，到国库去挑上几件喜欢的东西。"

与场上所有人一样，龙非离步下高台的一刻，刘诗敏已惊呆，紧握着的手一直颤抖着。

无以为报？她绝对想不到皇上竟向她言谢，刚才王爷、公主、各位大人和各院娘娘呈上的礼物何等珍贵，他却什么也没说，只有在陆总管接过太后娘娘的礼物时，才向太后娘娘道了谢。

她从没到相国寺求过什么平安符，这个年小七到底是什么人？当日所见的年旋姑娘必定还有其他来头！她突然一惊，年后也是年姓……

一旁的张进看妻子尚在惊愕中，忙一拉刘诗敏，叩首道："臣叩谢皇上隆恩！"

从皇城大牢到刑场，他知道皇上对年后的情意非同小可，不然不会对他特别提点。

自数年前，他心里便对那个女子存了不可为人道说的心思，却没想到妻子竟与她认识。

他心中激荡，微微锁眉看向皇帝跟前的女子，却发现她轻轻瞥了方画晴一眼。

张进再敏锐，只怕也猜不到朱七这时的心思。

朱七心里轻吁一口气，希望借与龙非离说上话之机，也对刘诗敏有所裨益，那方画晴以后不敢欺她去。

手上传来的力道，让她心里一紧，与玉环在这几天里商讨了数个主意——倒没想到他会亲手从她手上接过礼物。

一个大胆的想法从脑子里掠过，她迅速拿捏了主意。

她一直低着头，这时猛地抬头看向他，龙非离的视线却没有在她身上，拿过盒子，转身便走。

一声轻响，一件东西跌落在乌靴旁边。物事轻小，众人本没有注意到，却看见龙非离弯腰去捡。

龙非离将东西拾起，放进怀里，心里只想着宴毕回去将这平安符给那人系上。他虽不信这些东西，却想，若她知道是旧友心意，必定高兴。

冷不防清脆的声音从背后传来："那是我的东西，你不能拿走。"

他脸色一沉，侧身看向那小奴。

却见她一双杏眼紧紧地盯着他，不怕生，也无半分畏惧，心里猛然一震，不是那双眼睛，但她往日看他的时候，就是这副模样，带着几分倔强，又有几分娇嗔。

这一转身，他生生定住了脚步，竟一时无法再移开一分。

"那是我的。"

她的神色里，带了一丝委屈，指着他衣襟的位置。

张进大惊，呵斥道："年小七，不得无礼！"

龙非离甚至没有多想，已挥手止住张进，凝眉看向朱七："你叫年小七？"

"奴婢姓年，在家中排行第七，所以叫小七。"朱七点点头，手慢慢伸出，"我的东西呢？"

她叫小七。

他刚才便知道她叫小七，不然他不会问那一声，她也姓年？

龙非离眉宇越皱越紧，轻声道："什么东西？"他淡淡一声，自己并无察觉，反而是茹妃等人注意到了，男人一贯清冷的声音此时温和了几分。

朱七走上前，咬唇道："皇上，你刚才在地上捡的梳子是奴婢的。"

龙非离下意识地伸手往怀里一按，那是他贴身收藏的东西，她昏迷前还紧握在手里的东西，他怎会错认？她睡了多久，这梳子就陪了他多久。

眸光冷冷地看了她一眼，他抑制住自己想再看看那双眼睛的冲动，拂袖转身便走。

"我的梳子。"背后的声音又惊又急，他分明听到她急追上来的脚步声，随之，背后的衣服被人攥住。

"梳子还我！"

这是什么状况！除了她那嫂嫂，还没看到有什么人敢这样对待她九哥，这貌不惊人的小奴婢居然在千百双眼睛的注视下一把攥住她九哥的龙袍。

这小奴是不是不想活了？

龙玉致呆呆地看了一眼夏桑，就连夏桑也大为震惊。

张进闭了闭眼睛，搂住早已瘫软在他怀里的妻子。一喜一惊之间，他这尚书搞不好今晚便得毁在这古怪的年小七手里，她到底是什么人！

"这是怎么了？"茹妃听到声息不对，焦急地问旁边的大宫女，那宫婢在宫里多年，这时只见几乎半数的人都站起来，倾身看向场中吃惊不已，忙低声向茹妃汇报。

众人在交换着眼色，乐晶莹、崔霓裳互看一眼，竟不知是惊是笑。夏侯初皱眉看向陆凯，陆凯暗责自己一声，正要步下台阶，旁边的清风身形一跃，已到了朱七身旁，抽剑便向她的手砍去。

朱七大骇。三年不见，清风这小子越发往神经病群体靠拢，她还没跟他算账，他竟要砍她手臂，寒气袭来，她也只剩本能了，大叫一声："阿离。"

为那双并不相似的眼睛，心里竟起了烦躁之感，又被那不识规矩的粗野小奴抓住袍裾，龙非离早已动了怒意。他性子狠辣，根本没有想过制止清风，猝然一声喊，他牢牢记着有关那人的一切，明明并不是她的声音……便是当年他思忆成狂，让容貌与她相仿的罗锦依着她对他的称呼唤他，还是张进那声音酷似她的小妾，也没有此时这浅浅一声让他震颤。

心思甚至尚未明确，他已飞快地伸手将朱七虚抱进怀，另一手，二指微屈，已向长剑刃上轻弹而去。

剑身猛地反弹回来，清风只觉虎口一痛，连退了多步才稳住身形，他一惊，呆愣地看向龙非离。

被抱进怀里，朱七心里一颤，一不做，二不休，伸手便往龙非离袍里探去。本来以她的手脚，绝不可能有所得，龙非离抱住她，微微出神，一时之间竟并无放开的想法，待到觉察，她已从他怀里将东西拿了出来。

瘦小的掌心里，静静躺着两把梳子。

龙非离一震，看着女人手心里两把几乎一模一样的梳子，就连上面的字图与那参差不齐的齿也模样相仿。

若要辨认的话，只有新旧不同。

"原来你也有一把，我的梳子，还是要拿回的。"朱七将较新的梳子拿开，小心翼翼地放回腰间的小荷包里。

她的手刚刚从荷包里拿出来，却被男人一把握上。

他狠狠抓着她的手，连他脸上的神色也是凶戾焦躁的。

"你怎么会有这梳子？谁是阿离？"

她静静地看着他粗声质问她，看着他年轻俊逸的脸，从进来伊始便独自啜着烈酒的疏冷淡漠在她面前一一消失。

她心里轻轻笑着。

三年，纵使民间传说再多，说皇帝对年后怎样痴情，攻下一国，不过为一撮黄沙，但传说终究是传说。

不管辛追追与他之间怎样，此刻，她终于经由自己证实，他爱着她，仍深深恋着她。

她也不说话，只装作惶恐，看所有人惊恐地看着二人，看着他们的皇帝。

直到龙非离的手紧捏上她的肩，她才嗫嚅道："这是奴婢的未婚夫送奴婢的。"

龙非离紧拧着眉，不确定自己想从这个小奴嘴里听到什么，却又确确实实想听她说些什么。从手指到身体，他绷得很紧，猛然惊觉却依旧没有放开她。

"他后来与别的女人好了，还有了孩子，这是他唯一留给奴婢的东西。他其实与奴婢已经没有关系，是奴婢惦念着，不肯死心。"

她的声音低低哑哑，又带着丝嘲讽的笑意，龙非离心里越发焦躁，突然听到她一声痛呼，他才意识到自己几乎将她的肩胛捏碎，手指松了力道，却仍将她禁锢在怀中。

再生缘
我的温柔暴君

"他叫什么名字？"

男人粗重的鼻息喷打在她脸上，闻着他身上传来的酒气，还有那阵熟悉的龙涎香味，看着他的眼："奴婢叫他阿离。"

一切似乎突然远去，眼里只剩下她红红的眼睛，还有那里面倔强得无处可诉的凄凉。龙非离心里又疼又怒，竟不想去思辨那所有的巧合和她唇角淡淡的计量，只是狠狠地扣着她的肩，沉声道："告诉朕他的名姓、籍贯，朕替你做主！"

她轻轻一笑，攥着他衣襟的手一松，他大惊，却是她猝然昏倒在他怀里。

第五十七章

江城子 几年踪迹几年心

在将"年小八"腹诽完以后，朱七将龙非离骂了数十遍，他居然将她扔回给刘诗敏。

他这人深沉闷骚，但好歹她也与他同床共枕三年，他明明是有些失控了的，她知道！

她有些气闷地掀开马车上的帐帘，耳畔是玉环与刘诗敏低声聊着的声音。

时间，现在是宴毕。

地点：离宫路上。

诈晕这招狗血也使了出来，但还是没能留下来。

和辛追追上床的时候，没见你龙非离这么冷静！

幸得刘诗敏是个好女子，虽满腹疑问，但"年小八"顺势将话匣一绕，她也顺着"年小八"的话说去了，并没有逼问她。

她凝眸看了一眼前面的另一乘马车——张进与方画晴共乘一辆。她微微皱眉，刘诗敏还好，张进这人却不好应付。回去以后，他会没有话吗？

一定不会！要再进宫，得从谁身上下手为好？

龙梓锦他们都与年璇玑交好，今晚她露了脸，他们只怕已将她看作别有用心的人——她抚抚脑门，沉沉的。

突然一阵马蹄声急速而来，她心下一凛，这时间，往皇城外面去的都是参加生辰宴的官眷马车，鲜少有人独自骑马，难道是武将？

她正想着，一乘快骑从眼前掠过，与此同时她拉下帐帘，不想多事，却听到尖锐的声音从外面传来："请问是吏部尚书张大人的马车吗？"

朱七吃了一惊，这人是内侍！

"郝公公有礼，此行正是张进的车骑。"

"张大人，可否将马车停住，咱家奉太后口谕，来传个话。"

马车倏然停住，刘诗敏秀眉微凝，朱七刚来得及与玉环交换个眼色，车帘便被人掀开。

张进眸光深沉，道："你们出来一下。"

下了马车，只见一名中年男子鹰钩鼻，负手在后，看了众人一眼，最后将视线定在朱七身上，道："小七姑娘，请跟咱家走一趟。"

玉环吃惊地握着朱七的手，朱七拍了拍她的手。

不远处的张进看着她，神色晦暗不明。

灯火如豆，太后的寝宫，并不需要华光艳火。

茹妃斜靠在太妃榻上，似凝神思量着什么。

朱七抑制住心中疑惑忧虑，与她见了礼，那茹妃淡淡道："小七姑娘，坐吧，不必拘礼，像在宴上一般就可。"

郝公公引她上座，朱七也豁出去，从地上起来，坐到一旁的椅子上，只等茹妃发话——明白是宴上她这名"出格"的小奴引起了茹妃的注意。

只是，茹妃宣她回来到底有何用意，别将她暗地正法了就成。

她正揣度着，只听茹妃的声音又低低传来："姑娘性子活泼，不但皇上，哀家也甚是中意。姑娘可有意去服侍皇上？"

从宫灯里透出的光影，像细长的线，在地上划出淡淡的光亮，走在这条往日的路上，朱七哭笑难言。

确确实实没有料到茹妃与她的一席话。

实际上，当今的太后也没与她说什么。服侍皇上，四字已包含所有。

宴会上，谁管你真情还是假戏，她便是那有意勾引圣眷的女子。

而在茹妃看来，皇帝也似乎对她动了些心思。

只是，宴上所见，较之三年前，妃嫔虽没急邃增加，却也新增了不少颜面。这三年，即使没有大肆选秀，内务府也选了不少年轻貌美的女子进宫。

那人似乎也没多加阻止。为何茹妃还要将她带回内苑？

当然，这于她来说是件幸事。

与茹妃共处数载，她第一次由衷地感激那个女子。

她抚着手臂，想起臂上被数名老嬷嬷在暗室里按着新添的伤，不觉酸涩。

储秀殿。

将捋起的衣袖放下，龙非离慢慢走到桌边坐下。

刚将陆凯打发离去，还有陆凯手上各宫妃嫔的牌子。

今天是他的生辰，似乎所有人都认为他不应该宿在储秀殿里。他自嘲地一笑，眸光轻挑，看着手上的水珠。他刚刚从内室出来，在这之前，他给她擦了身子，系上平安符。

按龙玉致所言，刘氏与她相识，似乎并不假。

只是，年小七——张府的小婢，却绝不是张进的唆使。

张进还不敢。虽然，自从将张进放进翰林院到今天的位置，这个书生往日的棱角和意气已几乎全数打磨殆尽。

他冷冷一笑，是谁的主意？因为他三年不碰女人？

门外，脚步声由远及近，变得繁杂。

他略略皱眉。

"皇上，太后娘娘有句话带过来。"

莫名地他生了丝烦躁，闭上眼睛，手指在桌上微微一敲。

书房的门，轻轻被推开又关上。

半晌不见声音，龙非离心里不悦，冷冷道："搁下话就告退吧。"

房间，只听到另一道薄薄的呼吸声，却仍无声息。

龙非离怒气顿生，猛地睁开眼睛来。

一个女子站在门边，手上挎着个藤篮，眉尖蹙着，眸子微眯，打量着四周。

一怔之下，龙非离冷冷笑开："滚！"

朱七咬咬牙，屁股往椅子上一坐，仰起下巴，道："我就不滚！是你娘让我过来给你侍夜——"

"朕不需要你侍夜！"

朱七一声微哼，又扑哧一笑："谁给你侍夜来着，我说的是夜宵。"

看着眼前的笑脸，那微撇的嘴巴，那满眸的笑意，龙非离心里只有更加的躁怒，不是那张脸，但那样的笑，带着那人神韵的笑，怒气一时竟无法发作，狠狠地盯着眼前的人。

"你不是说要给我做主的，为什么突然翻脸不认人？"

她的声音又在他耳边聒噪。

是，他当时甚至还说了那种可笑的话。

一声小七，一把梳子，足够勾起他的心魔。

还有那声阿离。和她有关的种种，哪怕再细小，都是他的魔。

所以，他失控了，在所有人面前，做着那些可笑的事情。

那时年少，还以为能用那些女人来缓解他的念想。

宛仪，罗锦，一个比一个相似又怎样？

但她们，所有与她酷似的女人都不是她！

所以，在眼前这个女人假意昏厥在他怀中的时候，他清醒了。

母妃看不见，却也听得不差，将她送来给他。

嗯，他不想再看到这个女人。

朱七没有像表面那样轻松，相反，心里很急。

情惑，不过是一时。

现在，梳子什么的，都没有作用了。

太冷静的人，往往让人抓狂。

而且，他眸中没有掩饰的杀意，她也看到了。她明白这个人有多狠，也没忘记他是怎么对待那些替代品的。

而自己，她隐隐觉得，被他看作是替代品之一。

她唯一比罗锦她们有优势的是，她与他有过最亲密的经历，她懂他。

在他言之前，她必须自救，而且，在这以后，她不能急。她不可以急。既然茹妃将她留下，她便有机会。

她忍着心头的颤抖，没有看他，轻轻将手中的篮子放到桌上："皇上，太后娘娘确实让小七过来侍夜，但不管你信不信，小七并无他意。奴婢只爱一个男人，莫说你看不上奴婢，便是……"她顿了顿，低声道，"宴上说的都是小七的肺腑之言，所以小七不会侍夜。

"他与皇上自是不能相比的，但今晚也是他的生辰，他以前说爱吃我烧的东西，其实他很少吃，我也不知道他是不是哄我的。皇上今晚只喝酒，对胃不好，小七服侍你吃些东西就告退。"

龙非离没有出声，连房中的空气也是绷紧的。

朱七心里一紧，忍着去看男人的冲动，站起身来，将食盒打开，拿出几碟小菜，两碗素粥，咬咬牙，又道："奴婢陪你一起吃好不好？

"陆总管已经检查过这些食物。"她深吸一口气，将一碗素粥拿起，碗底烫手，手一晃溅了些许到手背。她不敢吭声，手上突然一轻，碗已被男人接过："谁教你做这些菜肴的？"

手攥紧桌下的衣裙，朱七微微激动。

最初，她以为那是他用来整治她的吃食。后来，她开始懂他，知他俭朴，给他做饭，多做这些简单清淡的。两个人关起门来吃，那是别人不知道的。

像小渔村那样，让他烧饭做菜给她吃，回宫以后是不容易了，但换她来做也是一样，她爱看他将自己烧的饭菜吃得干干净净。

"没有谁教奴婢。"她轻声应着，坐了下来，微掩起衣袖，拿过筷子为他布菜。

他紧锁着眉，眸中那抹杀意已然消逝。她咬着唇，看他低头吃了起来。

他吃得有些快，不若往日的细嚼慢咽。

她怔怔地看着他，鼻子一酸。

也许是她的哽咽声有些大，也许是夜里太静，他突然抬眸皱眉看向她。

她没有想到，也许，他也没有意识到，他却搁下了筷子，伸手向她眼睛抚去。

她像着了魔一般，伸手握上他的大掌。

不知道是谁的唇先沾上谁的，像以往一样，没有任何预兆。

在她有了知觉的时候，他的臂膀已经绕过桌椅，将她抓到怀中，狂烈地吻着。

她紧攀着他的头颈，比任何一次更激烈地回应他。

她想，自打嘴巴，忘记自己说过只爱着她未婚夫的话，他呢？

即使他吻了她，也许是这一晚的寂寞，或是食物的滋味吧。

因为有人说，人对味道的记忆比对图像事物的记忆悠长。

不知道，曾经相濡以沫的人，能不能记住那一种感觉。

可是，感觉比任何物事更抽象。没有规矩，不成方圆。

她在他膝上，沉浸在他的龙涎香和浓烈酒气里，承受着他的霸道。

她喜欢他为自己沉迷。

女人都喜欢她喜欢的男人为她的身体迷醉。

只是不像以往的每一次，她睁开了眼睛，偷看着他。

看他发如墨，瞳似玉。

他将她的唇舌吞没，迫不及待地占有。她被压吮得微微生痛，当唇里牵扯出淡淡的血腥，他的手滑进她的衣裳里。

当他指节上的粗糙触上她的肌肤，她一颤，突然想起辛追追。在她抽身离开他之前，他比她更早一步，将她狠狠推开。

她狼狈地摔倒在地上。

她定定地看着他狂乱的目光，眼里的血丝。

"你的未婚夫呢？"他下颌微抬，鄙夷地看着她，声音沙哑。

她一揩嘴角的血腥，站起来，冷冷地回望他："彼此彼此。你的屋里不是还躺着一个女人吗？为什么碰我！

"噢，不对，在这之前，你早就和你青梅竹马的情人有染了。"她盯着他，一字一顿。

龙非离大怒，手掌扬在半空中。朱七心里悲痛，仰起下巴倔强地看着他，突然有股冲动想将所有事情都告诉他。

对他来说是数年，至于她却是数天。她已经很累。

她回到他身边，想知道他的毒解了没有，想弄清他对辛追追的感情，想与他决绝或是重来，可是她却那么无力，每次都是她去寻去等。

她走到桌边，将所有东西推落在地，听着那清脆的声音，坐到地上，低下头，泪水已落了满襟。

即使她能回到他身边，当日的事，谁又能抹去？他终究还是不信她，对年璇玑再好，不过是因为年璇玑无法成活。朱七心里气苦，却无法说，不能说。

看着她身影单薄，除去那还盘旋在心头的浮躁，那猝然而生的怒气全部分崩离析，龙非离竟发觉他再也无法去骂她一分一毫。

她不过是个小婢，今晚才与她初见，自己便对她动了说不清楚的感情？

他咬了咬牙，转身走进里间。

朱七看着那微微晃动着的水晶珠子，心里苦笑，他是不是忘记了要将她赶出去。

她很想进去看看里面的年璇玑。

这样的见面，不知道会是怎样的感觉？

最后她到底没有进去，不忍去看那个曾经的自己。

她轻轻踱到书房，他平日用来办公的书桌前。

陵瑞王府。

崔霓裳轻轻地闭上眼睛——很细微，但她很清醒，所以听得很清楚。

她静待着，听着黑暗中，那几乎无法辨别出来的小心翼翼，脱衣，脱靴。

然后，床的一侧轻轻下陷。

挟着一身凉薄的水汽，一只有力的手臂轻轻伸到她肩颈处，将她带进怀里。

每一次，她都会心跳加剧，为这样的亲昵。

这一次，她却有些疲倦。

比他们做最亲密的事的时候，她的心房收缩得更厉害。

因为那始终无法得到终于会让人疲惫。

三年多了。次数不多，但却没间断，他在半夜里静静起来，悄悄离去，轻轻归来。

她想，她知道他去了什么地方，见了什么人。

当然，也许是她猜错了。

是愧疚吗？平时入睡，他很少将她抱进怀里。

但每次在夜半回来，他总会将她搂进怀里，如此温存。

她突然不想假装睡着，咬了咬牙，坐起身来。

"霓裳？"身旁的他，轻声唤她。

"王爷，我吵醒你了吗？"她淡淡地问。

成婚数年，她始终叫他王爷，而他也没要她改口。

也许，他从不曾注意到这小小的称呼。龙梓锦唤她的时候，会让她想起皇上与年璇玑，那是她永远无法企及的渴望。

137

也许，她与他的婚姻，本来就是一个错误。

有时候，错了，该怎么办？有人拨乱反正，有人执迷不悟。

她兴许是后一种人。

"怎么了，做噩梦了吗？"他将她轻轻地抱进怀里。

没有睡，又怎会有梦。

她没有争辩，在他怀里蜷了会儿，才道："我想出去走走。"

他的声音终于带了些许讶异："你要去哪里？"

"没有，醒了睡不着就想出去走走，吵着你不好。"

崔霓裳说着，从男人怀里轻轻挣脱出来："你睡吧，我一会儿就回。"

她穿衣下床，背后，他的声息静默，没有阻拦她。

五更天，龙非离出来的时候，看见那个女子坐在他往日坐的椅子上，趴伏在桌案上睡着了。

她居然就这样在这里睡着了，他凝眉看了片刻，慢慢走了过去。

谁能教出这样的丫头？第一次，这个幕后之人，他理不出头绪。

月光照在她的眉睫下，眼底有着一片清淡的云。

她很累，似乎很久没有睡过一个好觉，并不舒适的环境下，她睡得很沉。

他记得很久以前，深夜里，他还批着奏章的时候，有个人定定地看着他。他一笑，跟那人说："累就睡吧，朕稍后就来。"

她笑着摇头："龙非离，你这个稍后会很久，我就知道。"

他要抱她进去睡，她总是不肯，说："夜里做事的人都寂寞，让我陪陪你吧。龙非离，我观察了很久，你不会做着事情就睡着了，所以你一定很累很累。"

他笑斥："朕没睡着也叫累吗？"

她说："你每天那么忙，可你从不会突然睡着，这样约束着自己，不累吗？"

两道迥然不同的影子慢慢重叠。他捏了捏眉心……女子眼下那片乌青很深……心里突然有丝抽痛，抬手摸着唇角，脸色很快沉下。

他伸过手去将她抱起。她睡得很沉，并没有醒来，他推开了书房的门。

禁军在四周巡逻，两名值夜太监早就迎了上来，躬身打千。

"将她抬出去。"龙非离将手中的女人递了过去。

那内侍疑惑，与同伴互望一眼，二人见郝公公将这女子引过来，还以为是给皇帝侍寝，但现在——

龙非离皱眉："怎么？还要朕多说一遍吗？"

两名内侍一惊，其中一人嗫嚅道："皇上，这女人要怎么处理？"

目光横斜，龙非离看了一眼一室狼藉，冷笑道："朕的地方被这女人弄脏了，怎么处置还要朕教你们吗？将她交给陆凯！"

崔霓裳挽着披风在园子里慢慢走着，值夜的护卫看到她，赶忙行礼。

她微微颔首，却突然看到几名护卫脸色一正，躬下身。

她一怔，身子陡然一轻，有人将她拦腰抱起。

那声低呼还含在口中，她已被人抱回房中——除了她的丈夫，这府里的主人，又有谁？

房中不知何时摇曳起烛火。

"王爷？"她蹙眉低声道。

龙梓锦略有不耐地伸手挥灭火光，将床帷扯下，压到她身上。

两手被固定到头顶，她有些难受地承受着他的侵略，略带急促的吻沿着她的颈项而下。裙子被扯下，男人充满欲望和力量的大掌滑进她身体最深的地方。

她任他在自己身上动作。

霓裳。动情处，她听到他沉重的喘息和低唤。

梓锦。她轻轻叫着。

不同的是，他在嘴上说着，她在心中回应。

湿意滑落颈窝，她侧头看着窗外，月光单薄，映不出腮边珠花。

他看不见。

这样的交缠，在他看来，是他对她的赏赐吧。

但她还是该存上半分感激，他身上的清凉淡香，最起码，每次回来之前他都将沾染到的香气一一洗去。

盒中莲丹不知道还剩多少颗呢。

每个人总有自己的位置。崔霓裳想，她的位置也许不该是王府的女主人，而是如现在一样，挎着一个药箱奔走在宫中。

近日太后身子抱恙，她明白龙梓锦将茹妃视为亲母，因为那是皇上的母亲。

五更天，龙梓锦上早朝，她也随他过来了。她只管到华容宫候着便好，等茹妃醒来，给她诊断。

御花园里，她正慢慢走着，几个内侍抬着一名浑身是血的女子从她身边走过。血腥味扑鼻而来，她皱了皱眉，正疑虑，对方看见了她，恭敬地向她行礼。

她停下脚步颔首回应，目光却猝然撞上众人手里那昏迷的女子的脸，随即大吃一惊。

昨晚皇帝寿筵上那名慧黠古怪的张府小奴？她怎么会在这里？

宴毕回程的时候，他们与段玉桓夫妻、夏侯初等人一起走，大家还谈起那名女子，都在猜测是谁的用心。

众人都是矛盾的。

年后已经昏迷多年了，外人不知便罢，但他们这些人却知道龙非离将自己的后宫架空了。茹妃看龙非离没有立储君，便做主将一些官员千金纳入后宫。龙非离没有反对，但实际上，他没有到任何妃嫔院里过夜。

众人与年后相交极深，当年腰斩之刑前，夏侯初出宫寻夏桑和玉致公主，想让二人回来劝阻皇上，玉致与夏桑当时正游历各国，和众人暂时断了音讯，玉致回宫以后伤心至极。

龙非离一直在等年后醒来。但他毕竟是皇帝，又尚无储君！几个女子心中自是希望帝后和睦，但几个男人却无法不顾虑时政。

昨夜张府的小婢让龙非离内心起了些波动，她与乐晶莹、玉致公主都忧心忡忡，筵席散场离去前，玉致公主还咬牙恨恨地说错帮了那婢子，莫说玉致，她心里也甚憎恶这年小七。

现在触上那月白衫子上的鲜血，医者恻隐之心让她终究开了口："借问几位公公一声，这姑娘怎么了？"

"回王妃娘娘，这小刁奴弄污了皇上的书房，奴才领旨将其责罚，现送到内务府。陆总管随皇上早朝去了，只等总管回来处置。"

崔霓裳心下一凛："是皇上的意思？"

几名内侍微一迟疑，又迅速点点头，又说若王妃娘娘并无其他吩咐，几人便告退。

崔霓裳点点头，正要走开，却听到低弱的声音，混着几丝哽咽含糊传来："龙非离，我的孩子死了，你却让她替你生孩子……龙非离，你打我。崔姑姑，有无让人高热不退的丸药，璇玑求你。"

"崔姑姑，珍重……我再也不回来了。"

崔霓裳大骇，手中药箱猛然跌在地上。

昇平殿。

"娘娘，娘娘……"

脖颈痒痒的，龙玉致两眼紧闭尚在惺忪中，鼻头一皱，咕哝道："夏桑，讨厌，别亲，你快上朝去。我要睡觉，都折腾一宿了。"

"娘娘……"

龙玉致的起床气被惹起，掀被而起："夏桑！"

声音卡在喉中，她的眸光愣愣地落到挂在自己身上的两个小东西上："夏雪，夏雨？"

两个小孩仰着脸看她，小脸粉嫩，夏雪老成地皱着眉："娘娘，伯娘找你，别睡觉觉。"

龙玉致微觉奇怪，这两个孩子也就只有两个伯娘，九伯娘是不可能了，十嫂崔霓裳这么早找她有什么事？她赶紧穿衣下床，也顾不得发髻未绾，快步出了房间。

大厅上，崔霓裳正焦急地踱着步子。

"十嫂？"她眉头一蹙，走上前来。

崔霓裳掠了她一眼，龙玉致往自己的衣襟一瞟，肌肤红紫痕迹斑驳，脸一红，赶紧去拢衣裳。崔霓裳苦笑道："别弄了，赶紧随我到太医院，我已差人让晶莹尽快赶过来。"

院正室。

龙玉致茫然不知所措，瞪了乐晶莹一眼，乐晶莹摇摇头，二人看了一眼床上昏迷的女子，又看向崔霓裳。

崔霓裳的神色很古怪，微提了裙子快步走到门口将门插上。

两人越发疑惑，龙玉致急道："十嫂，到底怎么回事？你将这女人弄回来，又让我们过来到底是要做什么？"

乐晶莹按了按龙玉致，轻声道："别急，听你十嫂说。"

她看崔霓裳的神色，知道必是秘密或棘手之事。

崔霓裳眉心紧蹙，走到两个女子身边，握上二人的手臂，龙玉致和乐晶莹一惊……崔霓裳的手颤抖得厉害。

崔霓裳苦笑，压低声音道："找你们过来，是想说两件事，但这二事诡谲……"

她一急一顿，微微结巴，长叹一声。

"说嘛，说嘛。"龙玉致急得不行。

乐晶莹握紧崔霓裳的手，崔霓裳点点头："第一件，六年前，年后娘娘第一次随皇上到秋山前，与霓裳两人独处说过的话。"

龙玉致怔了怔，颤声道："十嫂，玉致不懂。"

乐晶莹也蹙了秀眉，手心微凉。

"那霓裳先说六年前的事。六年前，霓裳还不知道事情始末，直至四年后，一切安定下来，与年后娘娘说起那事，才明白了其中种种。"

崔霓裳抹了抹鼻翼上的汗珠："那次奔赴秋山却并非秋山，公主易容随行，年后一行也在桃源镇遇上晶莹。"

两名女子点点头，也知道她说到关键之处。

"本来并无那次秋山祭祀，是娘娘想逃出宫，以白将军的行踪为饵。"崔霓裳苦笑，"实际上，皇上虽然未必知道娘娘动了逃念，但彼时政局紊乱，并不答应娘娘出宫之行。"

"然娘娘心内郁结，一场高热不退，药石无效。生死之间，皇上不忍遂答应了娘娘。"

龙玉致咬唇，神色越发焦急："十嫂，我还是不懂！"

乐晶莹心里一动，微微失声道："霓裳，是不是那场高热有问题？"

崔霓裳点点头："是我给娘娘的药！"

乐晶莹与龙玉致一惊，龙玉致连连跺脚："十嫂，现在还好，当时要是被我九哥知道，你就死定了！"

崔霓裳苦笑："那是自然，所幸当时只有我与娘娘二人，我自是不会与他人说，娘娘亦发了誓，永不与他人再提此事。"

乐晶莹颔首："娘娘是个好女子，她既起了誓言，那自是不会与人再提。"

"因是性命之虞，当晚娘娘与我之间的对话，虽隔多年，我仍记得清清楚楚。"

崔霓裳看了二人一眼，一字一顿道："问题就出在这里！"

一向沉稳的乐晶莹也急了："霓裳，这话怎么说？"

崔霓裳看了一眼榻上尚在昏睡的女子，遂将御花园里所听到的眼前女子的呓语一一告知二人。

龙玉致攥紧衣袖，来回踱着，声音又急又颤："我就不懂了，嫂嫂既已昏迷三年，这张家的新婢年小七又怎么可能知道你们二人六年前的事情？难道说嫂嫂以前与年小七便认识？嫂嫂姓年，她也姓年，会是本家亲眷吗？"

乐晶莹摇头，看了看崔霓裳，快语打断了龙玉致的话："公主，年家被灭族抄斩，以皇上的谨慎，绝不可能留有活口，而娘娘当年也明白皇上的心思，只求下年夫人与六子。"

"再说，"乐晶莹微一沉吟，"莫说娘娘信守承诺，不再向人言及此事，便是按咱们说话的习惯，即使向他人说起，也断然不可能将当晚的对话一模一样复述出来。"

崔霓裳一声长叹："我正是同你一般想法，况且，我已诊过，这小奴受伤甚重，昏死过去，若要做假并不可能。"

"那……那，"龙玉致张口结舌，狠狠一跺脚，"我不懂，那我真的是不懂了！"

乐晶莹轻咬嘴唇，低下头。

崔霓裳缓缓摇头，重新握上二人的手："其实你们都懂。"

龙玉致咬牙，一把挣开她，走到朱七身边，死死地盯着那脸色苍白的女子，喃喃道："那怎么可能，怎么可能，不可能啊！"

崔霓裳转身，看向从窗纸渐渐透进来的阳光："这便是霓裳要向你们说的第二件事。但凡医者，穷极一生都为寻救治延命之道，可是正如名利有时，生死由命，有生便有死，但霓裳医门百年前师祖曾传下有关一术的记载，若此术成，则人再不受身机荣衰限制。"

乐晶莹猛地抬头："霓裳，你说，我和公主便信。"

"移魂。"

龙玉致与乐晶莹大震，一时都说不出话来。良久，乐晶莹快步走到榻边，气息急促，看向昏迷的女子，低声道："霓裳，可有办法证实娘娘的身份？"

崔霓裳猛然转身，重重点头："霓裳曾修习过摄魂术。"

龙玉致大喜："十嫂，你懂摄魂术？玉致曾听师父说过摄魂术，将他人神志制住，可套话，可让其按摄魂者之语行事。"

乐晶莹深深看了朱七一眼，抬眸一笑："那咱们还等什么！"

檀香弥漫，渺渺袅袅。

被托起的娇小身子，双目紧闭着，唇上却缓缓吐出话语。

乐晶莹快步走到崔霓裳身边，急道："霓裳，够了，立刻停住！你说过，若受摄魂术者意志顽强，会反噬施法之人，你的身子快撑不住了！"

龙玉致眼疾手快，将急遽倒下的朱七揽进怀里。

崔霓裳一揩嘴角鲜血，在乐晶莹的搀扶下站了起来，想说句什么，却哽在喉咙里。

龙玉致眼泪一下涌出，扶着朱七，却笑着看向二人。

饶是乐晶莹，也赶紧转过头去，伸袖快速揾过眼角。

若一人的事不可作准，那三个人呢？人会说谎，但最亲密的经历和回忆不会说谎，那是她们各自与她经历过的。

龙玉致将朱七抱回床上，又急急看向崔霓裳，怒道："十嫂，谁将嫂嫂打成这个模样？"

崔霓裳苦笑："是皇上。"

乐晶莹一惊，龙玉致叫出声来："这九哥是怎么回事，人被打成这样，他不心疼啊？"

崔霓裳蹙眉道："皇上必定还不知道娘娘的身份，这挨了五六十板子，我将人硬要了过来，说什么也不能再送内务府了。"

"不成！我要去告诉九哥！十嫂，晶莹姐姐，你们好好照看九嫂。"龙

143

玉致跺跺脚，便要往外跑。

乐晶莹刚要出声制止，龙玉致却猝然定住脚步，眸光慢慢下移到自己被攥紧的手腕上。

金銮殿。

龙非离微微拧眉，搁在扶手上的手指一曲，睒睒向阶下正在禀奏的官员看去。

那官员一惊，心怦怦一跳，只怕说错了什么，赶紧住了嘴。

龙梓锦看了夏桑一眼，夏侯初与段玉桓也正看了过去。

夏桑轻轻摇了摇头，瞥向陆凯。微不可见地，陆凯摇了摇头。

都说徐熹是他的师父，其实，夏桑才是他的师父。数年前，夏桑离宫前，让人传了一句话给陆凯——记住，皇上才是你的主子。

这句话让他受益匪浅。不管他是谁带出来的人，但最终目的都是替主子办事，既认定了这个主子，便按这个主子的喜恶去做。例如，当初对年后的态度。他悄悄瞥一眼龙座上的男人，跟在这个男人身边久了，他虽无法猜透这个主子心里所想，却也隐约看出他思绪不宁。

"嗯，怎么不说？"龙非离淡淡道。

那官员一窒，忙收摄心神，继续禀奏。

声音飘荡在金銮殿上，余音袅袅，龙非离心中越发烦躁，眸光掠过殿门，仿佛有个身穿月白衫子的女子站在那里，静静地看着他。

小七？

不，那个不是他的小七！他的她还在床上静静地躺着，敛住了所有声息，任时间静静淌过。

下意识摸摸下巴，他还真是疯了，从将那个年小七扔给太监以后，就开始想她，从进殿开始，无一刻消停。想她唇上的滋味，想她在他怀中的感觉，便像要将这数年的虚空一下填满，只因为瞬间的快活，竟然情绪疯涨，不停地去想，去渴望。

他便是这样待他深爱着的妻子？竟去渴望另一个女子！他心头惊怒，往扶手上一按，猛地站了起来。

阶下百官俱惊，那说话的官员身子一颤，脚下往后一退，瘫倒在地上。

朱七倚在榻上，看着三个女子或皱眉，或急急踱着步子，众人无不震惊。

轻轻笑了笑，刚才龙玉致在床边大吼大叫的，把她吵醒了，面对三人的又惊又喜，她将事情的来龙去脉说了。

说是来龙去脉，其实是精装版。只拣年璇玑死后，曾遇佛陀，佛陀言及她与龙非离前生曾有姻缘，此生需渡劫难方能圆满，还有与佛陀的约定说了。诸神的纠葛，千年的爱恨，没有再多谈。

龙玉致突然奔过来，用力抱住她哭了起来："嫂嫂，那现在我们知道了你的身份，你会不会死掉啊？"

朱七捏上她的鼻子："别哭了，别我还没死先被你的泪水淹死了。"

乐晶莹与崔霓裳围了上来，满脸忧郁。朱七伸臂将二人揽到一起，四人互视一眼，都笑了出来。

乐晶莹沉吟道："虽说是娘娘昏迷时的呓语，但终归是咱们猜出来，证明出来的，也非娘娘本意，佛陀必不会怪罪。"

"不错！"崔霓裳生怕朱七悲恸，忙道，"娘娘算不得自泄身份，但公主绝不能就这样去告诉皇上，依照佛陀本意，想来须皇上认出娘娘才算圆满。"

龙玉致看朱七脸色青白，知道她身子疼痛，赶紧拿了褥子给她垫在背上，急道："那咱们现在该怎么办？按九哥那性子，估计人还没认出，便先被他折腾死了。"

"咱们得想办法。"乐晶莹看了崔霓裳一眼，却见崔霓裳轻按着心口，脸色甚白，吃了一惊，"霓裳，你还好吧？"

崔霓裳摆摆手："我没事。"她说着又看向朱七，"娘娘可有什么好计较？"

"这事，先不能跟梓锦他们说，人多口杂，行色举止，我怕龙非离起疑。那样即使他猜出了，也不是他自己认出来的。"朱七低声道，身上极痛，看向窗外，想起那人的对待，心里悲恸又愤怒。

三人看她神色，怕惹她伤心，一时不敢多说。良久，朱七轻笑道："现在有你们帮我就好办多了，我要重新洗牌！金銮殿要闯，我现在就要见他，但不是玉致你去，也不是我去。玉致，我要你帮我做两件事。"

众人一怔，相视而笑，又忙凝神去听。

朱七话音一落，几个女子都笑了起来。

"这主意好！"龙玉致拊掌大笑。

乐晶莹笑道："这去金銮殿，可以再加一个人，今儿个霓裳差人找我的时候，我还带了个人进宫，就在公主寝殿里。"

"我知道晶莹姐姐说的是谁！咱们分头行事吧！"龙玉致眉开眼笑，"我现在立刻到母后寝宫去请懿旨，十嫂和晶莹姐姐负责这边。"

崔霓裳一拍她的肩，回头朝朱七笑道："娘娘，霓裳先到外间配药，晶莹你将他们带过来以后，咱们就开始行动。"

"好！"乐晶莹点头，替朱七盖上被子，却被朱七轻轻拉住手，她微微奇怪，"娘娘？"

朱七压低声音道："晶莹，我想问一件事，漪妃呢？皇上寿筵怎么没见她？"

乐晶莹神色一凝，俯身到朱七耳边，道："她……并不在宫中，听说诞下四殿下以后身子坏了，后来，皇上送她出宫静养，没有人知道她在什么地方。"

朱七心中一凛，门边的崔霓裳咬了咬唇，退了出去。

"晶莹，他身上的毒怎样了？"朱七抬头看向乐晶莹，轻声问。

乐晶莹摇摇头："我还与白将军的旧部保持联络，我们一直在寻找他，但这几年，龙修文销声匿迹，无迹可寻，就像突然平白消失了一般。娘娘，越静我就越担心，本来这几个月以来我一直琢磨着要不要告诉玉桓，让他找上王爷、夏大人他们想办法……"

朱七低下头："晶莹，容我想想。"

金銮殿。

张进将跌倒在地的同僚扶起来，那官员还在颤抖之中——他说错什么了吗？

龙非离冷冷地站在龙座前，浑身戾气。

龙梓锦率先跪下，随后，全殿朝官整衣下跪。

阶上，清风与陆凯对望一眼，陆凯上前，躬身道："皇上，可有什么事差遣奴才去办？"

清风正看过去，突然目光落在殿门前。

陆凯奇怪，却见龙非离眸光微沉，也往门口看去。数名禁卫走进来，跪到地上，紧接着，一道小小的身影跑了进来，接着又是一道身影。

殿门处的声音他也听到了，但看到陆凯投来的目光，夏桑还是一怔，微微侧过身，随即一惊。

正跑进来的是个小女孩，容颜娇美可爱，才四五岁，后面跟着一名小男孩，一样俊美好看。

这对双生兄妹，在场的没有人不知道，正是夏桑与玉致公主的一对儿女。只是，这对小儿女怎会跑到这里来？众人无不惊奇。

夏雨脸上还挂着几行泪痕，眼睛含着泪花，撅着嘴巴，模样好不可怜。

龙非离眉头轻皱，微微一挥手，夏桑马上站起来，快步走到女儿身边，将她抱起，低斥道："雨儿不乖，谁准你到这儿来的！"

龙非离凤眸一冷，目光落到几名禁卫身上，为首一名禁卫叩首，惶恐道：

"禀皇上，小公子和小小姐跑了过来，哭闹着要进来，卑职等不敢——"

他话语未毕，偎在父亲怀中的夏雨已经哇的一声哭了出来。夏桑心疼，低声哄道："雨儿，告诉爹爹发生什么事了？"

众人诧异，龙非离眸色越深："夏桑，将两个孩子交与禁卫带回昇平殿。"

夏雨哭得快，倒也收得快，害怕地瞅瞅龙非离，又回头看看哥哥夏雪。

夏雪皱眉，伸手放在口上。

夏雨歪头想了想，似记起什么，尖声叫出来："小七死掉了。"

夏桑大惊，这孩子说的是什么小七！

百官不解，龙梓锦、段玉桓等人都变了脸色，清风看向龙非离，只见龙非离眉眼冷峻，已不悦到极点。

夏桑蹙眉看向夏雪，但夏雪这孩子人虽聪明，却一向沉默少言。夏雪抿了抿唇，狠狠看了妹妹一眼。

夏雨搔搔头，咬着唇道："十伯娘找娘娘，小七，血血，死掉……娘娘害怕，雨儿，哥哥害怕。"

童言无忌，但这孩子说的小七——夏桑素来冷静，这时心里也焦灼起来，抚上夏雨的头，正要她慢慢说，那边龙梓锦等人已奔了过来。一股冷风挟过，衣袖掠过众人眼目，夏雨已被抱进一人手里。

众人一惊看去，那人却是龙非离。

"夏雨，把话说清楚！"龙非离目光深沉，捏着孩子的肩膀，厉声道。

夏雨一向害怕这位冷酷严肃的皇伯伯，眼看他狠狠地盯着自己，心里大惊，将大人教的话通通忘掉，小嘴一瘪，大哭起来，扭着小身子便往夏桑怀里扑去："王妃姨姨去昇平殿找公主姨姨，告诉公主姨姨，年小七犯了皇上大忌，现在在太医院里，快死了。"

一道娇柔温婉的声音从殿门处传来，众人一看，一抹蓝色的身影慢慢走进，却又是一名小女孩，看年岁较夏雨更小一点儿，肤色极白，却是那种苍青的白，似抱病在身。

"晓童？"段玉桓一惊，他刚出声，夏桑只觉手上一重——夏雨被扔了过来，在所有人惊骇的目光中，那道高大的身影快步奔出了大殿。

太医院。

小医童匆匆进门禀告又退出。

崔霓裳赶紧推门进房，笑道："娘娘，是晶莹悄悄带几个孩子过去的，我让童子在太医院候着，刚才那童子来说已看到皇上在远远走来了。"

朱七轻轻笑了笑，赌的就是感觉。

毕竟是议政之地，谁去都不合适，但小孩子就好办多了。

他还是来了，她就知道，昨夜，他对她动了情。

崔霓裳心中也替朱七高兴，道："娘娘，我先出去看看药熬好没有。"

朱七点点头，看着崔霓裳的背影，心里一动，喊住了她："霓裳，刚才咱们的谈话，你想一想，你一直不开心，不能这样下去。"

崔霓裳浑身一震，微微侧过身，看向朱七，朱七摇摇头。

"娘娘。"崔霓裳顿了顿足，快步走了出去。

朱七心里苦涩，不知道是为崔霓裳还是自己，刚才龙玉致和乐晶莹分头走开了，二人静静聊了会儿。

两人惺惺相惜，虽分别近四年，但崔霓裳与她的情谊较之乐晶莹与龙玉致二人更深。言谈间，崔霓裳也没有瞒她……她明白崔霓裳没有她在寿筵上看到的那样开心。

时间仓促，崔霓裳虽没多说，但她知道，这名善良的医女与龙梓锦之间存在着问题。

你爱我，远不如我爱你，甚至，你其实并不爱我，你爱着的是另一个人。

我清楚地知道，却仍去爱你一如既往，执迷不悟。

女人有时最可悲的是，用我的执迷不悟去爱你的执迷不悟。

崔霓裳就像最初的她。

她希望，崔霓裳能过得开心点儿。

她告诉崔霓裳是时候重新去考虑和对待与龙梓锦之间的感情。

可是，她与龙非离之间，问题更多，纠缠不休。

清晨，是在疼痛中醒来的。她已经很累，争取了一次又一次，得到以后又失去，然后又重来。

如此循环不休。

可是，她到最后得到的又是什么，不过是他残酷的对待。

乐晶莹说，辛追追被他送出了宫，为什么？

将她送出宫去，却将小皇子留了下来。这算什么。

心和身体永远是男人的借口，其实不管怎样，背叛就是背叛了，不管心还是身。

她轻轻将头放在腿上。这是个很悲凉的动作。她很厌恶，却无力。

门被推开。

脚步声沉沉却又飞快，听声音，来的人似乎不少。

背上痛，她越发烦躁，心酸。

刚才与几个朋友重认的喜悦终究压不过这疲惫和疼痛。

榻上微微一陷，有人坐了下来。

来人没有说话，她却知道是谁，淡淡的龙涎香扑鼻而来。

耗吧，看谁耗得更久一些。她听到他的呼吸微微有些粗重，听到他沉声问："崔医女，她身上的伤势怎样了？"

这个冷漠的男人！崔霓裳被擢升为副院正，后来又嫁给他弟弟为妻，他还是唤人家崔医女。坐着辛苦，她心里骂着，索性将头抬起来，闭上眼睛，扯过身下的被褥盖过头脸，不管他死活。

被褥里一片漆黑，看不见刚才随那人进来的是哪些人，估计夏桑等人都来了。只听崔霓裳的声音恭谨传来："回皇上，小七姑娘板子受了不少，这伤甚重，受刑的地方极可能留下疤痕。"

朱七听到这里，心伤又好笑，这最后一句，是她们诬上去的。当初年璇玑的身子留有浅浅的伤痕，但这几年崔霓裳医术又有了提高，刚才便与她说，让她放心，绝不会留下伤疤。

"霓裳！"微微提高的嗓音，是梓锦？

背脊，伤痕什么的，是私密之事，大庭广众之下不宜多说，怪不得龙梓锦出言喝止。

床畔男人的呼吸声更重了，龙非离的声音带着怒气传来："陆凯，你都教出了内务府怎样的一班奴才？谁准他们动用私刑？将行刑的一干人等全部杖毙。"

"奴才知罪，奴才立刻去办，日后必定严加督促。"陆凯低声回话。

朱七一听怒极，用力掀开被子，冷冷地看向龙非离："私刑？是你让他们动的手，怎算私刑？"

龙非离乍看她苍白的脸，心里一疼，竟脱口道："朕并未下任何令。"

"没有？"朱七冷笑，"行刑的时候，我听他们亲口说，是你说我弄脏了你的地方，是你说他们该知道怎么做。哦，弄脏了皇上的地方，不应该受刑罚吗？"

龙非离看她咄咄逼人，心头火起，话到嘴边，眸光却死死盯着她血迹斑斑的衣衫，那话便再也说不出了。

这时，门口却传来一阵混乱之声，朱七一惊，却见崔霓裳跌进龙梓锦怀里。

"霓裳。"

崔霓裳用的摄魂之术，其实就与现代的催眠相仿，是刚才伤了身子吗？吃惊担心之下，朱七也顾不得自己身上的伤势，便要下床去看，却被一双大掌环住身子。

她本已对那个男人心生恼恨，这时更加愤怒，冷冷地看着他，他眉峰凌厉，薄唇紧抿，也冷冷地盯着她。

他揽在她腰中的手很紧……不能相爱，却仍要彼此折磨吗？

她苦笑，那种疲惫更甚。

"小七姑娘，我没有事，你别担心。"

陆凯还恭谨地跪在地上，她突然听到低弱的声音从人群里传来。

除去龙玉致，夏桑等人都跟了过来，这时都担忧地看着依在龙梓锦身上的崔霓裳。崔霓裳的脸真的很白，龙梓锦眉心如结，这位俊美的王爷此刻的神色很难看。朱七不觉蹙了眉，心里一紧。

崔霓裳冲她摇摇头，笑了笑，迟疑了一下，双手环上龙梓锦的脖颈："王爷，不碍事的，只是近日研制一种新药，耗费了精神，你带我回府休息一下好吗？"

龙梓锦低头碰了碰她的额头，柔声道："好，我现在就带你回去。"

崔霓裳脸上一红，身子乍寒乍热，头昏目眩，正难受，这时被自己丈夫当众亲昵，心里欢喜又羞赧，朝乐晶莹道："药在外间，你着童儿拿一下，给小七姑娘服食。"

乐晶莹点头，敦促道："交给我办就成，你回去好好休养。"

不待她说完，龙梓锦早已不耐，将崔霓裳横抱起，看向龙非离："九哥，臣弟先行告退。"

龙非离微一点头："快回去吧。"

他目光掠过龙非离和朱七，看龙非离神态，竟似对这女子极为紧张在意，想起尚昏睡在深宫的年璇玑，心里微叹，快步奔出。

存了想法的又岂止龙梓锦一个，夏桑等人都甚是疑惑，清风唇角却噙了丝古怪的笑意。多年来，众人一直不理解龙非离与年璇玑之间的爱恨，对腰斩一事心存疑惑。

他本来打算一生护卫二人，但年璇玑却背叛了师兄，从他知悉那一刻起，便恨她入骨。

但师兄在腰斩的那一刻却改变了主意，从年璇玑昏死以后，就似将对她的恨彻底掩埋起来，只要她醒来……西渡仙砚，年璇玑最终被仙砚台的瑶菖老人施针用药保住脉息，等待重生。

瑶菖老人说，魂灵过弱，无法承受身体之痛，当魂灵休养恢复，会有重生之日。

从西海回来，师兄将年璇玑送到凤鸶宫。他变得越发沉默寡言。他不再召幸任何一个妃嫔，每晚都去看她。

一段时日以后，有一晚，他秘密出宫。回来以后，对年璇玑的态度变得更加古怪，一直深藏着的疯狂似乎开始变本加厉，那晚，他喝得死醉，却跌撞着狂奔到凤鸶宫，将年璇玑抱回储秀殿，将她安置在自己的床上。后来又命人做了个极华贵的小榻给她。

龙梓锦问他，他说，怕不小心压到她。

但有时，自己深夜从储秀殿离去，隔着水晶帘，分明看见他走近小榻，将她抱出来，慢慢走回自己的床榻。

年璇玑其实已是一个活死人，他却与这个女人同床共枕。

他给她做最奢美的紫裳。每天他上朝前，都会有侍女拿着最新的衣裙走进储秀殿。他给她换了衣裳才去上朝。

有时无意中听嘴碎的宫女说，皇上可怖。

年璇玑凭什么得到师兄这样的对待！她不过就是个背叛了自己丈夫的可耻女人。

现在，很好。师兄又对别的女子产生了兴趣。

年璇玑，会过去的，你终究会成为云烟。

乐晶莹端了药进来。

龙非离将怀里的女人塞回被褥里，微微拂袖站起，道："段夫人，你喂她喝药。"眸光又在陆凯身上掠过。

陆凯心领神会，站了起来，转身便出去了。

乐晶莹悄悄地看了朱七一眼，朱七朝她轻轻点头，示意她不必担心自己，看向前方挺拔的背影，轻声道："你不是很不想看到我吗？你大可以吩咐人将内务府那几个动手的奴才杀了，但我也告诉你，他们死了，我绝不会服药，我也死了，你便称心如意了。"

陆凯前脚刚迈出门槛，闻言一怔，停住了身形。

"你敢！"龙非离大怒，猛然转身，墨玉深眸尽显戾色。

"我怎么不敢？"朱七微仰下颌，冷笑道，"反正你本来就想让我死。"

龙非离怒不可遏，指着陆凯，道："去！传朕旨，立刻将那几个奴才办了！"

陆凯一惊，匆匆一颔首，掀袍而出。

朱七轻瞥乐晶莹一眼，乐晶莹微一迟疑，立刻明白她所指，眸光轻点，将药放到身旁的丈夫手里，悄悄退出房间。

段玉桓一怔，并没唤住乐晶莹，此时不宜出声，谁都看出龙非离的怒意。

男人的胸膛急剧起伏间，朱七看到他快步奔向段玉桓，从他手里夺过药膳，沉声命道："全部出去！"

滚烫的汁液顺着她的唇流下，朱七没有想到这男人居然直接将药灌了下去。

房间就剩下两人，两人现在的状况都极为狼狈。

她被灌，也要他不好受，往他身上蹭，反正，他要灌她药，也不能将她甩开。

她又哭又笑，看他整件袍子都染上了药汁。

眼见碗也见底了，龙非离将碗往地上一摔。朱七看他起来，知道他要走，一声冷笑，突然伸手环上他的脖颈。

龙非离浑身一僵，眉宇一沉，伸手便要将她拉开，她低声道："我背后很痛，还会留疤痕。"

她没忘记刚才崔霓裳说会留疤痕时他的反应，果然，他的手在她背上骤然定住。

朱七抿了抿唇，轻轻吻上他的唇："求你，别杀他们。"

她唇上苦涩的药味传来，那味道并不好，他的手却始终僵在半空，无法将她推开。

此刻，他竟像一个青涩的少年，受着这个女人的诱惑，只急促地说了一声"好"，便激烈地回吻她。

哪怕他清楚地知道，她别有用心，甚至她还戴着一张人皮面具。

宴上初见，他便被她诱了神志。直到她倒进他怀里，他才清醒过来……她易了容。易容术比不上龙玉致的巧妙，被他一眼看穿。

从昨夜开始，他一直便想掀开她的假面，却狠狠抑制了自己。若这张普通的容貌已让他深陷，面具下的——他在内室躺下，思忖了半宿，竟都是她的容颜。

他并不在意容貌，但她却让他产生了这样一种狂热古怪的渴望。他是个正常的男人，是禁欲太久了吗？但在她之前，他没有对宫中哪个女人有过这种念想，除了年璇玑。

当他吻着她的时候，便像吻着昔日那个人一样，他说不清那种感觉，熟稔得自己也有了欲望，只想好好疼爱她。

年璇玑，小七。

他猛然一惊，汗水从背脊涌出。顾忌着她的伤势，他伸手往她的腰臀托去，想将她拉离自己，她却比他更快，往他胸膛一推，从他身上离开。

龙非离一震，看着自己往前探去的手，他明明要推开她，却在她抽身离去以后，又想将她抱回怀里。

她微眯着眸子轻轻笑着，她在看他的笑话！

手掌缓缓向她脖颈伸去，她却毫不畏惧，他的手也不随意志，只落到她的肩胛，扣住了。

龙非离咬牙冷笑，拂袖而起。

看着那抹高大的身影迅速消失在门口，朱七淡淡一笑，不知道，当他知道她让乐晶莹去截下陆凯，暂缓行刑，会是怎样的暴怒。不过，他已答应了她收回命令。

　　她轻轻侧身躺下，闭上眼睛。刚才的愉悦似乎一下淡了不少，那股疲倦又生。但她还是得继续，找他来，是想知道，他对她的容忍能到什么程度。

　　似乎并不差。

　　就这样，先让他对她的印象加深，对她失控，然后设法留在他身边，用两个人经历过的事，用他对她的感觉，一步步提醒他——她就是他的妻子！

　　现在她只等龙玉致的懿旨。

第五十八章

龙帷迫 一寸相思一寸灰

龙梓锦焦急地在厅中踱着，一回到王府，崔霓裳便让他留在厅上。他心觉奇怪，又担心着她的身子，自是不愿。她却蹙眉看着他，低低唤了一声"王爷"。

就是这一声，让他莫名其妙地就留了下来。

她嫁给他数年，少有哀婉请求的时候。原来，除了温如意，还有一个女人，他也拗不过她低低的一声呼唤。

温如意。才想起那个名字，崔霓裳的眉眼突然在脑子里清晰起来，他心里浮躁，快步奔入内院。

迎面管家正领着数个婢女走来，他走得甚急，与几人撞上。

管家急忙领着几名奴婢行礼告罪，念及自己的失措，他眉眼一冷，猛然停住脚步。想起宫里她跌在他怀里的一刹，他心里又惊又慌。他的妻子是医女，医术高超，除去三年前她小产后身体衰弱过一段日子。之后，她很快就好了起来。

她说，怕他担心，所以，她得快点好起来。想起这事，他心中一沉。其实，那时他的心思并不在她身上，也并没有多担心，尽管她怀了他的孩子，后来不慎小产。那时他想，她会好起来的，因为她是国手。

会娶她，是因为九哥封了温如意做妃。

他没有想到，在那件事情以后，她还会嫁给九哥为妃。

温如意的心计，他很清楚。那时年璇玑还在狱中，温如意刚被诊出有孕。她当时怀的孩子并不稳，而且那孩子很古怪，就像要吸去她身上所有的生机一样。她似乎患上了一种极为罕有的病。

那是皇嗣，宫中极为紧张，但哪怕是医术精湛的老院正也无法诊出是什么病。温如意的身体日益衰败，每天只能卧在床上。

后来，是崔霓裳诊脉，断出了温如意的病症。

那确实是一种古怪又罕见的病，自上古流传下来，甚至名称已难以考究。

本来寻常怀孕，胎儿要吸取母体养分来滋养并不奇怪，但这病却是子盛母衰，子尽吸母体养分，待到生产之日，母亲将油尽灯枯而亡。这胎不比寻常胎儿，若想强行将胎儿打掉，母亲性命也难保。

这病难治至极，却也并非无药可治。

然而说到这药物，即使是皇城太医也束手无策。

只因这入药的东西极为珍稀，以十多种名贵药材提炼而成。再珍贵的东西皇宫也有，但偏偏其中有一味，是雪兰山脉上的千岁莲。即使派重兵到雪兰山，也无法采摘。

千岁莲，千年开花，价比万金。据医典记载，千岁莲刚在百年前开过花。要待雪莲花开，必须再等上九百年。

九哥和他派了许多人到民间寻找这千岁莲花，却始终无果。

温如意，必死无疑。

他再恨她，却也不想让她死，实际上他还深爱着她。

当时，年璇玑在狱中，九哥不知恼恨了年璇玑什么，竟任林司正断了她叛国大罪。他正烦愁搭救，又碰上温如意的事，夜夜吃酒，烂醉如泥。

没多久，崔霓裳出宫找他，说她能救温如意。

他奇怪又气愤，责问她若能救，为何平白让温如意受了如此多的苦。

她怔怔地看着他，看了很久。

不知道为什么，他吼了她以后，突然有了丝后悔。

后来，她拿了一种药给太医院。那药，叫作莲丹，千岁莲做成。

莲丹，再辅以多种珍稀药材，温如意的身子慢慢好了起来。

但莲丹，不可间断，直至她诞下皇子，仍需这莲丹入药调理身子。生产之前，每月数颗，生产之后，每月一颗，到慢慢减到每两三个月一颗。直至身体沉疴完全拔除，再无任何不适，其间需三到四年的时间。

后来，崔霓裳说，再无莲丹；又说，只要熬过生产的时间，即使再无千岁莲，用其他珍贵药材调理，身子虽无法痊愈，多有病痛，但性命已保。

那时，他与她已成婚。有一天，他无意中到她的小药房去，在桌案上发现了那些她说已经用没了的药，还剩半盒子。

他本想，这个女子是光明磊落的，他虽不爱她，却甚是欣赏她，却没有想到她嫉妒温如意，罔顾其命。

她当时正从外面走进来，看到他，也吓了一跳。

他拿起锦盒，冷笑着质问她："这便是你说的用没了的药丸？既然用没了，就别放在如此显眼的地方！"

她显然也惊呆了，愣愣地看着他，良久，才试图分辩："王爷，我将东西放在这里是因为——"

他甚至没有听清她说什么便狠狠打断了她："别跟我解释！永远也别跟我解释！很龌龊很恶心知道吗？"她一急，又开始结巴。

他冷声道："原来我龙梓锦娶了个心肠歹毒的结巴。"

她当时手上拿着一堆药丸，闻言，顿时脸色煞白，手上东西撒了一地。

她奔上来握他的手，他却狠狠将她甩开，手上盒子摔到桌上，扬长离去。

那一刻，他不想多看一眼她的脸庞，不知是因为她的可恶还是她脸上褪去所有血色的苍白。

那时，她已怀孕，一个月以后，她小产了。

不知道是不是心底始终想着这件事，她的小产，他并没有多在意，反是她让他别担心。之后的一段时间，他也并没有怎么理她。

直到有一晚，就寝前，她将一个盒子小心翼翼地放到他手上。

他打开一看，是莲丹。其实，在她将东西交到他手上时，他已隐隐猜出是什么东西。

他凝眉一掠，淡淡地看着她："你拿了一些出来吧。"

她脸色涨红，良久，才咬唇点点头："我，我还有用。"

"我知道这药宝贵，你留着吧，指不定还有很多患了这种罕有的病的人等着它来救命。"他冷笑，将盒子掷回给她。

他紧盯着她，看着她的手颤抖着从怀里拿出一个锦囊，放到盒子上面递给他："都在这里了，你拿给她吧。"

"不必，就放回你的药房里，我要用再拿吧。"

她轻轻点点头，小心翼翼将锦囊里的药丸倒回盒子里，将盒子抱在怀里便要出去。他看得心头火起，讨厌她这种不知所谓的小心翼翼，抢步上前，将她拦腰抱起，扔到床上。

他狠狠折磨了她一晚，听着她破碎的呻吟和低低的哭声。

后来，时间就这样过去，有关千岁莲的故事就这样沉入两人平淡的生活里。只有他上药房拿莲丹给那人送去的时候，他才会偶尔想起这件事。

他正想得微微出神，突然房中传来一声低吟，似极为痛苦，他一惊，是崔霓裳的声音。

管家与一众婢子面面相觑，看着他们的王爷一脚将房门踹开。

龙梓锦只觉得目光凌乱，四处搜索崔霓裳的身影——也许是太急，视线越发模糊，好一会儿才发现妻子倒卧在地上。

他心头乱跳，竟僵住步子，怔怔地站了好一会儿才狂奔到女子身边，将她抱起来。她紧蹙着眉，眼睛微闭着，脸上那层灰白比在宫中所见深重许多，就像被什么刷涂成现在这个模样，光洁的额上全是汗水。

一丝惊惧从心里渗出，他将她抱到床上，轻轻拍打着她的脸："霓裳，哪里不适？"他一急，声音也不由得提高，低吼道，"别怕，我帮你传太医。"

他的眸光狠狠盯上门外的管家："还愣着干什么，立刻进宫传太医、医女！"管家急急颔首，身形一闪，施展轻功便走。

龙梓锦死死地盯着床上女子……她似听到他的声音，从眩晕中透出一丝清醒来，他看到她眼皮急剧翻动着，衣襟突然一紧。

他一把握上她从衣衫上滑下的手，轻轻吻着她的额："霓裳，我已经让人进宫去找太医，你别怕，很快就好，很快就会好的。"

那样轻柔的声音——崔霓裳心里一颤，那股剜割着心的疼痛似乎减轻了一些，可惜还是迟了一步，从药房拿了药吃下，已经来不及，因为身体已经支撑到极限。

千年岁月而成的花，做成的药有限。之前她虽没有去药房看，但她知道，药很快就用尽了。刚才一看，果然还剩十余颗。

这药，她轻易不敢服用，因为本来就只够一个人的量，后来又多了一个人用。她能做的，就只有将自己要吃的分量尽量省下，不到发作的时候便不吃。

可是，能忍受疼痛的时间越来越短，当药没有了的时候——她还能陪他多久？会成为医女，是因为首先想自医。她有特殊的心绞之症，唯有师父传下的莲丹方能续命。千岁莲就是她的命！

她努力睁开眼睛，他的眼睛里是满满的惊怒，她痴痴地看着他，竟舍不得眨一下眼。她从来就知道，他并不爱她。她没有想过他会为她慌乱。她从不敢想。从嫁给他第一天开始，她便不敢多想。

她的身体本来就不适合孕育孩子，但她贪婪地想为他生个孩子。后来她终于有了孕，她很开心。但他显然不这样想，从他知悉的第一天起，眼角眉梢便挂着慵懒。于是她明白，他不在乎。

后来，他在药房窥穿了莲丹的秘密，看到他眼里对她的厌恶，她当时便想告诉他，关于莲丹和她的秘密。

她一直不敢告诉他，是怕他会担心。但那天之后，她明白了一件事情，他不会为她担心，甚至不愿听她解释。

心力交瘁之下，终于，她没能保住那个孩子。以后，她再也没让自己怀孕。

时间过去，坊间有了很多传言，说是她的身子有不孕之疾。

"别亲，脏。"他一遍遍地吻着她汗湿的额，她将他的头拉下，轻轻抱住他。

"你为何不告诉我你病了？自己躲回房间算什么！"他愤怒地撑起身子，两手撑在她肩膀的两侧，恨恨地看着她。

"王爷。"有些酸涩从心里漾开，她不由自主地绽了个笑容。

他确是在担心她，不是她的错认。

三年了，他们之间虽平淡似水，他似乎也终于对她有了一点儿感情。

她咬了咬唇，凑上前去，碰了碰他的唇。

龙梓锦满腔的怒气突然熄灭，看她转过头去，脸上微红……成亲三年，她平日施医救人，医术精湛。在床事上，她却是害羞的。

摸上自己的唇，他忍不住俯下身去重重吻住她。他猛地坐起，将她也抱起来，让她枕在自己怀里，训斥道："你歇一下，我已让人传了——"

"我知道，你让人传了太医，我没有事，你别忘了我自己就是医女，只是近日研炼丹药累的。"

她一惊，急声打断他……差点忘了他要传太医院的人过来。

她的病，不能从别人口中告诉他，他会憎恨她，如果他真的对她有了些微感情，她怕他担心，更怕他恨她——

良久，龙梓锦点点头，语气严厉："没有事，还是要好好将养一阵子，别再炼什么药丹了，别忘了你自己现在是什么身份！"

崔霓裳却是高兴的，将脸埋进他怀里。

可惜的是，这份喜悦没有维持多久。她披衣而起，坐到桌边，看着床上空寂的枕席——她睡下不久，他便摸黑而起。

日间，打发了太医离开，她以为今晚会陪着她——他昨夜才刚出去的不是吗？莲丹刚刚送过，为何还要过去？今天她的身子不适，他也不能留下来陪陪她吗？

烛光暖融，她手足一片冰凉，却又在想，他也许只是去了别的地方。

吹熄了灯火，重新脱衣上床。

时辰迭换，她睁大眼睛看着窗外星辰移动。

不知多久，门外有了动静。她闭上眼睛。

他躺了下来，轻轻地将她搂进怀里，身上脂粉香气淡淡。

他的呼吸甚是急促，心中似乎揣了什么事，不知道是不是心中有事，他今晚忘了洗澡。

白天与娘娘的对话在脑海里清晰起来，她猛地坐起身来。

龙梓锦似乎吃了一惊，随着她坐了起来："霓裳？"

她轻声问："这么晚，王爷上哪儿去了？"龙梓锦微一迟疑，咳嗽了一声，淡淡道："我无法入眠，怕扰着你，出去走了一下。"

黑暗里，崔霓裳重重闭上眼睛："王爷三年里的百十回午夜外出也是因为无法入眠，怕扰着霓裳吗？"

龙梓锦一震，原来她一早就知道，却装作若无其事看他笑话吗？

被撞破的窘迫和尴尬顿时化成怒火，他冷笑着反诘："不是那又怎样？"

"没有怎样。"双手紧紧相握才止住了那阵颤抖，幸好，黑暗里谁也看不见谁。

她从他身边轻轻跨过。龙梓锦冷冷道："你要去哪里？"

"霓裳也无法入眠，想出去走走。"她轻声答着，拉开帷帐，就着窗外透来的月光摸索着去穿绣鞋。

脊背一疼，她已被男人抓回床榻内侧。他的身躯重重压上她，气息粗重地喷在她脸上："崔霓裳，你在跟本王耍脾气？"

崔霓裳心里凄凉，语气反而淡了："霓裳不敢。"

"别忘记，若非本王要你，你只是宫里一名小医女！"

轻嘲地一笑，龙梓锦捏上她的下颌。

眼角一湿，崔霓裳低笑出声："是，本来就是，我奴你主。"

她从来温婉，何时有过这样的大胆，是他对她越来越骄纵了吗？想起白天他责备她后，后来又不觉搂着她轻言哄慰，龙梓锦心里越发惊怒，狠狠吮上女人的唇。他越靠近，那股香气就越浓，崔霓裳心里难受，牙关一合，咬破丈夫逼迫而至的唇舌。

龙梓锦一声怒吼，身躯稍离了她，随即又冷笑着向她压来。崔霓裳狠狠地爬起身，自嘲一笑，反手扯下自己的单衣和肚兜，双膝跪在床上，冷冷地看向龙梓锦。

月光从卷起的帷帐里透进来，龙梓锦只见女子身体丰满莹白，月华映在上面，似镀了一层银光，诱惑着他的每一寸欲望。

他几乎要将她再次狠狠压到身下，却见她满脸泪水，那探向她的手缓缓垂了下来。崔霓裳一语不发，慢慢低下头。

良久，男人的大掌握上她的腰，微一用力将她搂进怀里，抱着她躺下来。

她睁大眼睛，没有任何焦距的目光落在床栏上，被他紧紧搂着，明明觉察到他的手触上她的脊背，稍一迟疑，又轻轻抚起来："外面冷，你的身子还不爽，出去作甚。"

他的声音传来，随后，密密的吻落在她的脖颈上。

她疲惫地合上眼睛。是，她出去做什么呢，已经够累了。

龙梓锦，为什么不跟我说说你和她的事，说说你今晚做了些什么。

绝望，一下淹过全身，却也终于拿定了主意。

储秀殿。

龙非离目光轻淡，盯着手里的奏折。陆凯远远静立着，看着皇上的眼神虽落在奏折上，半晌也未翻一下。陆凯轻咳了一声，龙非离的眼神似瞟过一下，伸手拿起桌上的茶杯，又放下。

陆凯上前，道："皇上，奴才这就去换盏热茶。"

龙非离冷冷地道："你去叫他们换杯参茶来。"陆凯应了一声出去。门一响，脚步声临近，一杯茶轻轻放在桌上，一个声音柔柔笑道："请皇上用茶。"龙非离猛然抬起头，却正是那数天不见的年小七。

他放下手上奏折，沉声道："谁准你来朕的书房？"

她唇角一撇："好笑，你想让我来我还不来呢！"

龙非离看也不看她，微微一击掌，陆凯推门进来。他眸光一暗："她怎么会在这里？"

陆凯慌忙跪下，刚想禀奏，龙非离已不耐，冷冷道："将她带出去！传朕旨意，储秀殿内禁军再有让她进来者，斩！"

朱七不慌不忙，慢慢踱到前方一张椅子上坐下，笑道："皇上，奴婢与你谁也不想见着谁，问题是你娘亲太后娘娘下了旨意，我很不幸地成了大宫女，又很不幸地得随侍在你身边。你大可以找你娘说去，老太太近来身子不爽。"

瞥向那离去的背影，龙非离慢慢闭上眼睛。

陆凯试探着相询："皇上，可是摆驾华容宫？"

一直沉默的清风突然道："师兄，这太后的身子……"

"嗯，就这样吧，太后身子不适，朕不想扰了她。"

龙非离说话的时候，微微带着笑。陆凯微微皱眉，按皇上的性子，虽敬爱母亲，但又岂是能随意任人摆布的人？抑或是清风的一句话就改变了主意，甚至露出这些天以来第一个笑容，除非——

除非这是朕的本意。龙非离睁开眼的时候，便瞧见陆凯眼中的疑惑。连陆凯也疑虑的事情，他又怎会不自知。

陆凯触上龙非离的目光，赶紧低下头，明白皇上知道了自己的想法。

他心里轻叹，皇上洞察人心，可是，皇上唇上那抹浅淡的笑意，只怕他自己也不知道吧。他与年后相处过。那时，年后还是年妃。

陆凯与年后不和，年后也在意他是徐熹之徒，却并没有针对他。有几回，他陪侍在两人身边，年后甚至叫他坐下一起用膳。

皇上会对年璇玑这个女人如此迷恋，也许是因为她身上有着在这宫里绝不会有的东西。皇宫，最缺的就是真性情。

在他爬到如今的位置之前，毕竟没有一名娘娘会对一名内侍说，一起吃。

眸光落在水晶帘上，龙非离重重咬了咬牙。

年璇玑，她还在里面睡着，不省人事。

而他却一直在想年小七，自那天从太医院离开以后。也并没有赐死那几名内侍，尽管那时愤怒如涛。因为他答应了她，不管是否在迷乱之中。

答应过给年璇玑的，他没能做到，是他这一辈子最痛苦的事。

他不信，竟对年小七动了些心思。想穿了，不过是她身上的一些地方特别像年璇玑，就像曾经的宛仪与罗锦。

她要来，便来吧。不管她心思如何。他从不是个喜欢逃避的人，在让她靠近以后，两人相处以后，他必定会认清。

年璇玑，小七，他会一直等她醒来。不会变。

一直等到他不能再等为止，棺冢同枕，陵穴死封，山间海畔，不再分。

懿旨吗？她一直在宫里，他知道；她做了些什么，一想，不难明白。

唯一有异的是当天乐晶莹与崔霓裳的插手——金銮殿的事，还有最后龙玉致的插手——母妃的懿旨。

是，母妃不会不应，因国仍无储，只是，若他不允，懿旨又如何。

朱七短暂的快乐并没有持续多久，本来就不快乐，后来又见了崔霓裳。

太医院，院正室。

听完崔霓裳的叙述，朱七惊呆了许久，才扶上好友的肩。

崔霓裳闭上眼睛，平时很少哭，也没有多少人能说心事。混着药香沉沉，她终于能将这些年来的疼痛说出来。

当然，她告诉朱七她的病，却没有告诉她病情严重程度，只说需要莲丹调理。她的时间已经不多。她不想让朱七为她忧伤。这位娘娘忧思的事情已多，她不想再给她增添新伤。

本来相识一场，就应该图个快乐。

她父母早亡，年岁尚轻，便因一身医术别了师门被擢选进宫。她想再回到那个地方，去看看，也想到民间去看看。

用她在宫中所学，在最后的岁月里多帮一些人。

也许，如他所说，她是奴，没有王妃的头衔，她什么也不是，但在院正以前，王妃以外，她是一名医女。

是，她仅仅是一名医女。她告诉娘娘，想去民间行医一段日子，隐去其他。朱七微叹一声："怎样跟梓锦说？"

"到时给他留书吧，说我去去就回。"她低声道，是再也不会回到这里来了。

朱七并不知道崔霓裳的病情，点了点头："好，我赞成，让龙梓锦自己想清楚。你一走，那小子还不悔得肠子也青了，到时是夫妻双双把家还。"

崔霓裳一愣，倒也忍不住笑了，颤抖地握上朱七的手。

朱七一怔，知道她必定有要事要说。崔霓裳看了看紧闭的门，仍是压低了声音："娘娘，在离开帝都之前，我想去一个地方。"

朱七正想问她辛追追的事，这时一个激灵，隐隐有感，回握上她的手。

崔霓裳咬咬牙："我想到漪妃那儿走一趟。"

朱七浑身一震，又听崔霓裳轻声问："娘娘，你想不想跟我一起过去？"

朱七明白崔霓裳的用意，甚至没有考虑便点了头，很快又蹙了眉："你知道她在哪里？"

崔霓裳淡淡一笑："不知道，但我想我有方法知道。"

朱七一喜，想起什么，凝视道："你想跟踪龙梓锦？不行！他是练武之人，武功好又警惕，这耳目比咱们灵敏许多，咱们跟着他，必会被他发觉。"

崔霓裳微吸了口气："娘娘，咱们是跟踪他，但不跟在他背后。"

朱七心里一紧，忙附耳去听。

崔霓裳握了握她的手，道："他以前给我说过不少漪妃的事，我曾听他说过，皇上阅书极多，知道许多异域之物，有一种花叫作美人花，产自乌孙。当年皇上就曾将这种花提炼成无香汁液和一种嗜爱此花的蛾子送与漪妃，而漪妃便是凭借它们找到如今太后娘娘的囚所。"

"我觉得那花有趣，在皇上攻下乌孙后，便央他给我寻了几枝回来，果见不知从哪里来的蛾子每天缭绕着花枝打转，我就一直在王府养着。"

朱七大喜，听翠丫说过关于美人花的事——那时，翠丫曾在碧霞宫的枯井里听到龙非离与温如意的对话，事先将蛾子捉起，在对方的衣服上抹上花汁，即使对方已离开甚远，但追踪时将蛾子放出，便能闻香识途。

"霓裳，你会提炼这个吗？得除去香味。"

"没有典籍在手，我也不知道具体制法，但既然我能炼药，这汁液我也必定能炼出。"

朱七看崔霓裳眸光晶亮，言语间满溢着自信，赞道："霓裳，龙梓锦看过你这个模样没有，自信的女人最美。"

崔霓裳说，龙梓锦到辛追追那里去的时间甚是规律，还有十多天时间，现在她们便单等崔霓裳提炼出花汁。

而这段时间里，她的言行举止可谓"嚣张"，管上龙非离的三餐，并且还公然在他的书房里放个小床铺。

龙非离越来越沉着，并不管她，也不让她走。但自从她过来后，他便让人在水晶帘内加了一扇门。只有他在的时候，才将门打开。

即使没有那道门，朱七明白自己也不会跨过那道水晶帘。门开的时候，透过水晶帘的缝隙，能隐隐看到一张暖榻，她知道，年璇玑就被放置在那里。

有几晚，她看到他走到暖榻边上将里面的女人抱起，又默默地走到里面去。

再里面就是他的床榻。她一想到这里，鼻子便突然酸涩起来。

她不敢去看年璇玑，也没有再回凤鸾宫，怕看到蝶风，触景情怯。问起龙玉致，龙玉致说，她也从没看到过年璇玑。九哥从不肯让人看！

日子风平浪静地过去，崔霓裳和乐晶莹因为她而增多了进宫的次数，几人总是在龙玉致的寝宫见面。

有时，她会和乐晶莹私下商量心蛊的事。她想到吕宋最后那件功德还没完成，可是她不知道怎样才能找到他。

"年小八"也被她嘱咐龙玉致弄了进来。当然，关于玉环的身份，也只说是知晓情况的好友，没再多说其他。

在这也无风雨也无情的日子中，她却感觉不安，总觉得有些什么要发生。是因为即将要见到辛追追了吗？她不知道。

日子一天天过去，终于，崔霓裳的花汁也提炼出来了。只等龙梓锦离府，估摸还有两三天。

这一晚，她向龙非离提出要到龙玉致的寝殿去数天。借口也想好了，龙非离反而没有问她，只淡淡应了一声。这个男人越来越讳莫如深，她开始摸不透他的心。

窗子微微开着，她将帐子打开了些许，边想着这些琐事，边盯着窗外夜色发怔，突然，轻盈的脚步声传来。

听声音像从水晶帘里传出，她一惊，这半夜三更的，龙非离要出去吗？

她正犹豫着要不要起来察看，淡漠的嗓音却划进了锦帐："不想死就别跟来。"

她一震，猛地拉开帷帐，书房里一片黑暗。

刚才分明就是龙非离的声音！

他到底要到哪里去？

马车飞驰在夜色中，朱七仍在想几天前那个古怪的夜晚。但她的神志很快便拉了回来，因为龙玉致的声音急促地传来。

"怎么会是这里？"朱七微微奇怪，"玉致，这是哪里？"

"娘娘，你献给皇上的那道平安符是在哪里求的来着，还问这是哪里。"

乐晶莹轻声提醒。

相国寺！

朱七心里紧张，又不由得扑哧一声笑开："我那平安符是和年小八在帝都小庙买的。"

除去玉环，众人面面相觑，好一会儿，又都忍俊不禁低声笑开了。

崔霓裳却很快敛去了笑容。

朱七握上她的手。其他几人见状，也随即噤了声。

风微卷窗帘，蛾子飞舞，蛾身涂满荧粉，绿油油的光影就像萤火虫，却终究掩不住夜色苍莽袭来，马车转进一片林木之中。

夜，越发的深。

现在，她们在前往辛追追居所的途中，赶车的是乐晶莹的几名贴身护卫。

龙梓锦与漪妃的事，崔霓裳本不欲让他人知道，但她知道朱七必也想与漪妃见上一面，没有龙玉致和乐晶莹的帮忙无法让朱七出宫，大家交情极深，事情终究没有瞒着二人。

没有人敢让龙玉致出宫。

这位公主以前闯下的祸患不小，但夏桑却有出入皇宫的令牌。夏桑精明，龙玉致不敢偷，只说想带夏雪、夏雨到乐晶莹家与晓童玩几天。自然，朱七与玉环已扮成小婢跟着出宫。

陵瑞王府与段府相距不远。

每晚，乐晶莹都用崔霓裳给的药粉将段玉桓迷昏。她是段玉桓最亲近的人，段玉桓自不防备，而且药无色无味，剂量极轻，不易觉察。

几个女子等了数天，直到今晚，崔霓裳披着夜色匆匆赶来。

相国寺是皇家寺院，就在京郊。寺庙外，有一片农舍。相国寺依山而建，宝相庄严，面积极为宏大。

若无蛾子带路，几人下了马车，根本无法寻到寺内这个小院来。当然，绕开各处僧人，众人也费了不少周章，毕竟，不能从大门直接闯入。

五人刚进了院子，乐晶莹便立刻将手指放到唇上，做了个噤声动作。

众人隐在回廊暗影处，往院子看去，灯火从院中几个房间露出，院子树木婆娑，中置一石桌，沿桌而立，有椅数张。

一张椅上分明坐了一个女子，发髻微绾，用一根木簪斜斜别住，一身素衣长裙。她背对着众人坐着，看不清模样，但其身段婀娜，虽在这等佛门之地，却透出一股子风情。就在她不远的地方，侍立着一个男子。

这男人已上了一定年岁，神色肃穆。

众人都吃惊不小。这男人她们都认得，竟是早已被遣送出宫廷的徐熹！

他竟一直在相国寺隐着吗？

那坐在椅子上的还会是谁！

龙玉致刚悄声问了一句"要出去吗"，乐晶莹立刻捂住她的嘴，又指指前面。

龙玉致看去，却见徐熹俯身在那女子耳畔说着什么。朱七只觉手被攥紧，握住自己的手颤抖不已，知道是玉环紧张，站在前面的崔霓裳身子也微微颤抖着。

这时，坐在椅子上的女子低声说了几句，徐熹退了下去。她却突然转过身来，嘴角噙笑盯向暗影处："既然来了就出来吧。"

变化太快，谁也没料到，朱七与崔霓裳互看一眼，彼此眼中都无疑虑。朱七又微一摇头，拉着崔霓裳一起走了出去。

差不多四年时间，再次见面。

辛追追！

据传缠绵病榻的她，脸色有些苍白，形容隐隐露着几分憔悴，却依旧清丽，眼眯成狭长，似笑非笑地打量着二人。

她打量了一下崔霓裳，朱七正暗忖她有话要与崔霓裳说，她的目光却慢慢移到朱七身上，眸光闪烁，良久，轻轻笑开："阿七，好久不见。"

朱七大惊，她认出了自己！即使自己还戴着人皮面具。

崔霓裳也是一惊，她虽不明白二人之间的称呼，却也明白这温如意是认出了娘娘。

辛追追笑道："阿七，我虽无法恢复前生紫苏的神力，但我已经觉醒，我怎会看不出你是谁？而且我还知道了很多东西。"

朱七自嘲地一笑，面具——原来她与玉环所费的心不过是折腾。她浑身冰冷，脑子里只不停想着，龙非离，你为何不干脆将她接回宫中！怕年璇玑醒过来看到她会跟你置气吗？所以将她藏在这皇家寺庙中。说什么遣送出宫，徐熹，你的心腹就在这里！

辛追追眼皮微合，又浅浅含笑，道："阿七，见过我跟他的孩子没有？可爱吗？"

朱七紧紧咬着牙关，明白不能为她所激。

辛追追一声长笑："我会回去的。我与他有了孩子，你，什么也不是。"她说着又瞥向崔霓裳，"陵瑞王妃怎么也到这里来了？"

崔霓裳抿了抿唇，正要说话，辛追追突然快步走过来，在她耳畔低声道："你的丈夫常常来看我，他从来没有爱过你，你懂吗？"

多年的隐忍，在瞬间崩塌，她只是一个女人。

微微的呻吟从地上传来，崔霓裳怔怔地看着自己双手，她将刚才在耳边轻语的女人狠狠推了出去，推跌在地。

"崔霓裳，你在做什么！"

她还在呆愣中，一声暴吼却在她背后响起，还没来得及看清，一道身影已从她身边滑过。她浑身一震，猛地抓住来人的手，映入眼帘的是，龙梓锦狂怒狠厉的眸子。他冷冷地盯着她的手，沉声道："放手。"

崔霓裳轻轻一笑，微微仰起下颌，迎着男人冷怒的目光，道："龙梓锦，给我休书吧。"

龙梓锦一震，她的手从他掌里挣脱，反而是他猛然回握住她。

朱七狠狠地看了龙梓锦一眼，快步走到辛追追身边，辛追追轻拍着袖上尘污，眉眼中却含着一抹笑意。

朱七也不说话，跨步向前，手抓上女人的衣服，用力往前推去。

辛追追没想到她动作如此迅速，并没有防备，眼眸笑意顿时化成惊慌，身子狠狠向后摔去。

朱七抿唇冷冷地看着，却有人身形迅速，将辛追追搂进怀里。

朱七慢慢蹙了眉，看着前方高大挺拔的俊美男人，他也紧紧地盯着她，眉峰紧皱。

她曾多次设想三人再次见面会是怎样的情景。

没有想到的是，他与她之间，她猜错了开始，终究，也猜错了结局。

"闹够了没有！立刻滚出这里！"

她看着他薄唇紧抿，听到他的声音冷冷吐出，仿佛她损坏了他什么珍贵的东西似的。

她输了！与佛陀的赌，她终于输了。原来，到这里来的从来就不只龙梓锦一个。

惨败！

"滚，我是一定会滚的，龙非离，我们之间玩完了。"盯着男人的眼，朱七慢慢撕下脸上的人皮面具，扔到地上。朱七心里空空荡荡，再也没看龙非离一眼。

一次又一次，够了，真的够了。

她就是笨，每次都给自己念想，都想着回到他身边，可是最后又得到什么，除了伤痕累累，又还有什么。

院子门口，夏桑、清风、宁君望等人竟都来了，神色惊疑间一片凝重。

乐晶莹携龙玉致、玉环也匆匆奔了出来，玉环脸色涨红，死死地盯着辛追追。

她不知道为什么所有人都盯着她看，只听龙玉致喃喃道："嫂……小七，你的模样真好看。"

她说着，又一跺脚，便想上前去劝说龙非离，却被乐晶莹暗自死握住手，乐晶莹只是摇摇头，又指指朱七。龙玉致懂乐晶莹的意思，她让自己别多管，只会给嫂嫂添乱。

朱七曾想，这里所有的人都见证过她与这个西凉国主的故事，原来到头来不过是她的一场笑话。

这个世上，总有一些人得不到他们想要的东西。

龙非离在看她，目光狠辣。只是那又怎样，她笑了笑，不在乎了。

目光落到龙梓锦紧握着的崔霓裳的手上，她向前一步，狠狠将龙梓锦的手扯开。

龙梓锦的注意力刚才也在她身上，猝不及防，松了崔霓裳的手。一惊之下，他不假思索便去搂崔霓裳。

崔霓裳却疾步走到朱七身边，握上她的手。

两人互看一眼，心意相通，也没有说话。朱七朝玉环招了招手，便转身离去。

都是三年。

她为了一个男人，死过一次。

她为了一个男人，即将殒命。

一个女人能给的都给了。跌跌撞撞，不如归去。

朱七想，也不必告诉他自己是谁，那样，她还有一年的日子可以过。他一个月的补偿，她不稀罕。一年以后再告诉他，然后死在他面前。如此也算有始有终，不是吗？

一道身影拦在二人面前。

是龙梓锦？！他的动作极快，伸手便向崔霓裳抓去。

"不爱又何必。你不嫌辛苦，那有没有想过她会累？她也是人，不是你十王爷寂寞时用来慰藉的工具。"

朱七将崔霓裳推到身后，冷冷地看着龙梓锦。

龙梓锦眉峰一斜，目光顿时变得凶戾，一改去势，原向崔霓裳伸出的手转向朱七的肩上打去。

相识相交数年，朱七早就听说龙梓锦这个男人的阴狠不在龙非离之下，若是他不喜之人，手段极毒，但二人当初交好，龙梓锦的脾气她还没有看到过。而此时龙梓锦怒极，一掌挟着狂怒而来，她知道自己这次非死即伤，既然躲避不开，心里也是空寂死灰，下意识便闭上眼睛。

数道女子的叫喊带着一声低吼传来，身上却不见疼痛，朱七惊异地睁开眼睛，只见崔霓裳挡在她面前。

而在她们前方，却是一袭明黄。

龙梓锦在数步之外，捂住手上的虎口，那虎口处被震出一片鲜血。

他紧拧着眉，凌厉地看了崔霓裳一眼，又看向龙非离，咬牙道："九哥！"

"这女人只能由朕来处置。"

那个男人就在她面前，背影一隔，朱七看不清他的面容，只听到他的声音微微粗嘎。

她只觉好笑，拉了崔霓裳的手便要走，却听到背后传来一声怒喊："辛追追。"

紧接着便是辛追追惊怒低叫的声音。她一怔之下，赶紧回头，果见玉环扭打着辛追追，两人撕扯在一起。

玉环双眼红透，像斗技场被惹怒的小兽。

"你这个婊子，她将爸妈留下来的房子抵了支持你去考古，成全你的任性，没想到你却抢走她的男人，你的心肺是不是都被狗给叼走了！"

辛追追并没过多还手，任玉环打着，低笑道："我本来就知道，我们三个之中，你向来更偏向她……"

朱七放开崔霓裳，想上前将玉环拉开，有人却比她更快，她只来得及看到玉环摔在地上。

不知道什么时候，那个男人已站在辛追追身侧，盯着玉环，眸子里一片冰冷，垂在一侧的衣袖还在微微抖动着。

龙玉致与乐晶莹已上前去搀扶玉环。

她与玉环笨，辛追追聪明，懂得在男人面前示弱。朱七怒极反笑——他这样待她的朋友。他在告诉自己，他，不是她能招惹的。他是高高在上的王，在保护着她的女人。

她看着他，一步步向他走近，辛追追在他身旁笑得绝艳。她也轻轻笑着迎上前去，在那二人面前站定，他眸色如墨，盯着她的脸庞。除了惊疑，剩下的全是掠夺的欲望。

她能在他狂热的眼里看到自己容貌明媚，便是宫中昔日的美人华妃也无可匹敌。

她在他的凝视中，在所有人的目光里，狠狠地扇了他一个耳光。

辛追追脸色大变，唇微张，难以置信地看向她。

崔霓裳要走近她，却被龙梓锦禁锢在怀里，无法得脱。有人从她背后，一下将她双手紧紧扣住。

"跪下！"一道愤怒的声音从背后响起，她知道那是清风。

她冷冷回头，轻声道："疯子！"

清风大怒，眸光一变，伸脚便往她的腿踝去。

玉环一咬牙，便要冲上前去招架，手肘一紧，却是与她同样性急的龙玉致拉住了她。

她刚想挣扎开来，却见夏桑和宁君望已一左一右挽住清风的胳膊，将他拉开。她正觉得惊讶，眸光到处，朱七看着龙非离。

龙非离的手慢慢从半空放下……在场能使得动夏桑和宁君望的还有谁？

朱七知道龙非离已然怒极，眸光里涌动着杀意，那一掌她用了大力道，因为心里有恨。

她不知道他为何没有避开，以他的身手怎会避不开，更不知道他为何会让夏桑和宁君望阻止清风对她动手。

但她知道，当年在金銮殿上，他还不曾真正爱上她，而现在，她以为他爱了年璇玑六年。他却对另一个女人多方爱护，所以不论她知不知道那些问题的答案，她都不愿再去深想。

她就是年璇玑，尽管他不知道，却不觉将对年璇玑的歉疚转移到她身上吧。

她没有丝毫喜悦，那不是她想要的，歉疚的爱情什么也不是，她也不想再要。

她累了，只想离开这个地方。

有龙玉致等人护着，她知道玉环不会有事，而今晚，即使她死了，也带不走崔霓裳，只待他日。

现在，她只想走。既无人阻止，她便走。

她听到崔霓裳、乐晶莹焦急地唤她，清风愤怒地看着她，夏桑与宁君望神色震惊复杂。

才走了几步，腰间一疼，脊背与一具滚烫的胸膛相抵，她听到一声怒喊："龙非离。"

一声，又惊又急。那是辛追追，然后又是谁和谁惊乱了的声音。

转瞬，穹顶星芒浩渺，草叶香气飘散着。

马蹄声轻响。她被男人紧箍着腰身，安置在马鞍上。

马疾跑在林间夜色中。

她心里疼，一抽一吸都是疼，无法在他的气息里多待一分。他的呼吸这样粗重。

她挣扎着要下来，想离开背后的男人，铁铸般坚硬的臂膀却将她勒紧，他的腿紧夹在她腿上，没有办法挣扎，于是她的呼吸不由自主也深重得像溺了水的人。

她恨极，俯身去咬他拿着缰绳的手。

星光斑驳，映着他手背上鲜血淋漓。

他甚至没有动一下，勒着她的臂膀分毫不松。

她不想再回到宫里去，可是他却将她带到皇城大门，如他一贯的强势。

城楼下，多名守城兵士持刃上前要拦截车驾，却在看清马上男人袍饰的一瞬迅速退回原位，奏响号角，城门已飞快向两边打开。

骏马驰过，所到地方，禁军纷纷屈膝跪下，叩首触额——那是迎接君主的大礼。

她泪眼模糊，怔怔地看去，宫殿处处，地上宫人恭谨跪伏一路。

背后的呼吸声越来越粗重，他的汗甚至湿了她的罗衣。

她几乎将他的手背咬烂，不知道他痛不痛，但知道他很怒。

他越怒，她越咬得用力。

他们之间，从一开始似乎便注定不到惨烈死不罢休。

储秀殿外，陆凯领着禁军内侍掀衣跪到地上，他理也不理，一声冷笑，翻身下马，单手一扯一抱，蛮横地将她扯下马。

她的肚子在马鞍上擦过，痛得她大叫一声，却换来他愤恨地盯着她，她只好咬牙闭声，不想在他面前示弱。

他眼角一挑，她只来得及看到他眸中光芒鹰隼般凶狠锐利，便被他带进满室黑暗里。

她没有想到，真的没有想到，重新回到昔日那张床榻上，竟会在这样一个时刻。

她被他压在身下，男人高大沉重的躯体逼迫着她去臣服。

大掌急促，甫一触上她的领子，便将她的上裳撕烂。她拼命挣扎扭动，却更激起他征服的欲望，这具身体从未经历过的情欲，被他如兽一样给予和猎夺着。

"做了这许多，你不就是想让朕上你吗？"

她大恸，忍了许久的眼泪，终于像个孩子一样大哭出来。她的哭声似乎将他的注意力转移，身上的重量陡然变轻。

"小七。"他声音沉抑而痛苦。

她在黑暗中死死地拉着自己身上破碎的衣服，却又抓不住寸缕，她明白那一声，他并非在叫她，唤的是年璇玑。

他已从她身上离开，动作迅速。她却总觉得他的离开带点儿仓皇，耳边是东西坠地之声，桌椅还是什么。他走得很急，踢翻了东西，避她如恶疾。

房间突然出现了一丝光亮，床榻外夜明珠上的布幔不知道什么时候被掀开。

她看到他就站在床前，眸红如血，乌黑的发丝在刚才的纠缠中早已散了开来，披在肩上。

他白皙修长的手中拿着的是他惯用的软剑，明晃晃的光芒直指她的心窝。

他眼中的红是杀意，她能听到他粗重的呼吸声。

她下意识地低头看看自己——衣服破烂得无法掩身，肚兜横斜，罗裙残乱，已滑到脚上。她整个身子就这样袒裎在他面前，就像过往的每一次。不同的只是，她与他相逢却不相识，他有旁鹜，她有恨。

她经过许多磨难，最后却要死在他的手上吗？她对自己说别怕，其实怎会不怕，身子微微颤抖，却还能笑出声来："奴婢犯了什么事以致皇上要杀我？"

她知道不为刚才那一巴掌，心里隐隐有个答案，那答案让她忍不住轻轻战栗，却有丝不明了，她真的不再懂他。也许，三年的时间并不短，绵长到她再也不认得他。

他眯眯看着她，眉宇狠戾，眼中杀意甚浓。

剑尖，已抵到她的心口上。

没有了衣衫的遮掩，血珠从她雪白的肌肤上涌出，流到他的剑上，伤口又麻又痛。

她想，是不是该告诉他自己的身份，免得他一失手将自己杀了，那便连一个月也替佛陀省了，太不划算。

他的手似乎很稳，那剑尖始终没有再没入身体一分，加重的只有他的呼吸。

她毕竟伴了他三年，很少见到这个样子的他。现在，他在犹豫——

她身子突然往前一倾，他眉心一沉，却比她更快，剑尖向外移出数寸。

她从床上起来，冷冷地看着眼前的男人："你要杀我是因为你喜欢上了我，觉得愧对于年璇玑，是吗？

"龙非离，是我想被你上还是你自己本来就想上我？"她唇角一展，扬手指向对面华美的暖榻，笑道，"你不想上我，那年璇玑又去了哪里？你也知道自己终有一天会和我做那种事！"

她笑得娇媚，方才光影乍现的一刻，她向暖榻看去，却发现年璇玑不见了，那位西凉之后不知何时已被人移走！

他站在原地，眸光深寒，然而薄唇紧抿，却始终不发一言，地上寒光闪耀。

在她走下床，向他走来的一刻，他松开手中的剑。

刀剑无眼，是怕伤了谁。

他对她，下不了手。朱七眼眶湿润，心里却悲凉到极点。

"所以，你将年璇玑搬走了。"她低笑着指控，"说什么情深，你对年璇玑的感情本来就不过如此，何不与我快活一回？别忘记你和温如意早就有了孩子，每次去看漪妃不嫌麻烦吗，何不直接将她接回宫——"

她话语未毕，脖子已被人紧紧掐住。他的动作太快，她甚至来不及反应，眼前已昏黑，窒息的感觉一下比一下紧。她喉咙如火烧，无法挤出一丝声音，以为自己会这样死去的时候，脖子上猛地一松，跌倒在地。

昏沉中，只听脚步声远去，而后传来一阵清脆声，一个冰凉的东西弹落在脸上，又弹到地上去，她挣扎着往地上看去，只见无数珠子散落在地。

她怔怔地往前看去，水晶帘上残珠摇曳。她一直喜欢这张帘子，只是，帘已破。她也终于明白，他与她之间，确实都已成为过去。

她慢慢爬起来，走到门口，打开门。

门外，禁军重重。

他竟要囚禁她？她怔怔地想着，将门关上，坐在地上。身子冰冷，头晕目眩，却又不想睡去，直到东方露出鱼肚白。

他一宿未归……她想，她说中了他的心事。

不知过了多久，有些声音传来，她下意识地将门打开了些许缝隙，只见院中跪了几名女子……是霓裳她们？

她不知道发生了什么事，数十名禁军持刃站在四周，一人眉峰紧皱立在院中，却是夏桑。段玉桓在一旁焦急地踱着步子，龙梓锦站在崔霓裳身边，眸光沉凝，紧盯着地上女子。

龙玉致眼尖，发现了她，向她招手，又急道："嫂……小七，我们这就求九哥放了你。"

朱七朝她一笑，点点头，不忍拒绝众人的心意。

突然，众人向门外望去，她微觉奇怪，只见一身明黄的男人正从院外走进来，他背后跟着一名女子，那女子唇带轻笑，手中抱着一个孩子。

忍了一夜的眩晕，终于铺天盖地向她袭来，眼睛闭上前的意识，是他猛然变了的脸色。

第五十九章

赴烟霞 宿敌环伺陷凶险

"嫂嫂，你别不说话，我很害怕。"

朱七拿起被褥盖到脸上。

龙玉致看朱七不理她，死心不改，又将脸凑过去："嫂嫂，你听我说，昨天九哥让储秀殿的小太监去找陆凯，让他带你去休息来着。哪知道陆凯恰巧不在内务府，也没在自己的院子，那几名内侍没及时找着人……后来，你才会碰上九哥与漪妃过来——"

玉环翻翻白眼，补充道："还有四殿下，一家三口。"

"对，还有那小家伙。"龙玉致应了一句，又跺脚大急，"年小八，你存心找碴！本公主要说的重点不在这里，你这丫头还火上浇油。"

玉环唇角一撇，冷笑道："你的意思是说，你九哥还挺在乎小七的感受是不？要把漪妃和四殿下带过去，还要考虑先将年小七藏起来，不让她见着。"

"你！"龙玉致也火了，"嫂嫂现在已经很难过了，你还老说这些。你不明白，嫂嫂晕倒的时候他有多紧张。如果他不把嫂嫂当作是他的女人，他生气做什么，反正，九哥虽不知道小七就是嫂嫂，但他对她——"

"反正反正，什么反正！依我说，反正辛……温如意是个混账，你哥也是个混账！"玉环猛地站起来，低吼道。

乐晶莹一下站起来，沉声道："你们吵够了没有，若吵出去吵！让娘娘静一静成吗！"

龙玉致与玉环互视一眼，噤了声，坐了下来。

崔霓裳蹙眉，却听朱七的声音从被褥传出："晶莹，带玉致和小八出去，我想和霓裳说几句话。"

乐晶莹应了，龙玉致与玉环不愿意，却被她一手一个抓住领子拎了出去。

崔霓裳打开帐子，看三人走远了，坐到朱七身旁："娘娘。"

朱七踢掉被子，坐起身来，看了崔霓裳一眼，轻声道："跟梓锦说了没有？"

崔霓裳摇摇头："经过昨夜的事，我不敢说。"

"嗯，说了怕是不能走的。"朱七颔首，"他很紧张你，霓裳，你真的拿定主意了吗？我刚才想了想，倒想通了些事，你走了便不打算再回来了，是不是？"

崔霓裳吃惊，随即苦笑着点点头："我记得娘娘之前也是赞成的，为何——"

朱七打断了她的话："你的情况与我不同，我不想让你将来后悔。"

她看崔霓裳不说话，轻叹了口气："那咱们一起走，我会暗下告诉年小八。咱们今晚入夜便走。"

崔霓裳心中一凛，失声道："你想借此行逃走？但你的身子郁结过度，不然昨天不会晕倒在储秀殿，若现在走，我怕你经受不住路上奔波。"

朱七捏了捏她的手，崔霓裳忙压低声音，道："我明白了。"她懂朱七的想法，是不想再待下去，也是因为现在不逃，回宫以后便没有机会了。经过相国寺的事，龙玉致和乐晶莹想要算计夏桑和段玉桓，是再也不可能了。没有夏桑的令牌，朱七根本无法离宫。

现在，谁也说不准龙非离对朱七的态度。毕竟，除了年璇玑，还没有谁敢去打这位君王，龙非离却没有杀朱七！昨天，朱七在储秀殿内跌倒的一刹，谁都看出龙非离的紧张。

是的，实际上此刻她们均不在宫里。这是在前往烟霞镇的路上，马车已入烟霞，此时正在林间停下稍作歇息。

昨天，她给朱七诊过后，尚在昏迷的朱七也被搬上马车，随皇帝前往烟霞镇。白战枫死后，白老爷与白夫人便没再留在烟霞镇，只听说二人离开了西凉，云游天下，也好断了想念与白发送青丝的心伤。

年后昏睡以后，皇帝每年生辰前后都会携昏迷不醒的她与他们这一众昔日与年后交好的人到烟霞镇去，探看年夫人。

这是第四年。

对外仍只称到秋山祭祀，由陆凯领乔装的紫卫前赴秋山，并不惊动郡官和百姓，也杜绝了有心之人的窥探。毕竟，龙修文三年音讯全无。这一回，仍是秘密出行。只是多带了朱七，还有漪妃和小皇子。

有一句话，崔霓裳一直不敢告诉众人与朱七的是，龙非离对年后的感情也许真的开始转淡。

在第三年的时候，临别前，年夫人突然对皇帝道："皇上，你斩年家数百口，老身无法不记恨于你，但你对我儿一场深情，老身亦感激涕零。老身知道，现下国泰民安，你美眷众多，终有一天你会舍我儿而去，老身亦不敢相怪于你。听说漪妃已诞下皇子，若有那一天，皇上只需带上小皇子前往烟霞。没有为皇上诞下子息，是我儿一生之憾，老身想瞧瞧小皇子，也聊作安慰，从此便不再期盼皇上带我儿前来。"

那时，公主等人都在院外候着，只有她与龙梓锦伴在皇帝身边，皇帝手里抱着深睡的年后。皇帝听罢年夫人的话，也没说什么，低头瞥了年后一眼，淡淡道："好，夫人的话，朕记下了。"

情到浓时情转薄，更消说帝王恩宠。

崔霓裳想，年夫人是聪明的，这样做总不至于撕破脸面，还能留住往日一些温情。

这时，帐外传来龙玉致的声音："小七、十嫂赶快出来，天色晚了，晚膳已做好。前面有个龙后庙，九哥让大家进去打尖用膳。"

朱七与玉环是最后走进龙后庙的。

若非龙非离让紫卫传话，以玉环性命相威胁，朱七知道自己必定不会再踏进这庙里一步，这里有她一生最害怕的回忆，噩梦便是从这里开始。

玉环紧紧搂着她，乐晶莹悄悄伸过手来握住她的手。

鄙夷地看向庙中的红衣紫苏，玉环唇带冷笑。玉环脸上还戴着人皮面具，尽管已被辛追追知道了身份——但玉环说，厌恶自己身上那张辛追追的脸，不想看。辛追追似乎有认识灵魂的能力，是如她所说的神格苏醒还是另有秘密，便不得而知。

除去小皇子龙无垢，其他人没有带孩子出来。

龙玉致偎在夏桑怀里吃东西，崔霓裳低头无声地啜着水，龙梓锦一语不发坐在她身旁，接过一名紫卫递来的食物，迟疑了一下，又递给崔霓裳。

崔霓裳没有接，龙梓锦一声冷哼，将东西狠狠摔到地上，拿过酒瓶子，仰头便喝起酒来。清风与宁君望守在龙非离背后。

龙非离与辛追追坐在一起。小皇子在辛追追怀里打着呵欠，胖胖的小手揉着眼睛。辛追追低声哄着，偶尔看她一眼，笑意若隐若现。

二三十名便装紫卫环伺在众人四周。

虽有好友簇拥着，朱七还是觉得浑身冰冷，因为这地上的石板草垛仿佛还残存着那晚的影像，纠缠在女人身上的男子身躯。

也因为，对面的男人。似觉察到她的目光，龙非离淡淡地看了她一眼。

辛追追向他怀里偎去，他没有避嫌，伸臂将她搂住，本来他就是皇帝，也不必避谁嫌。小皇子闭着眼睛，低低叫了一声"父皇"，也往他怀里蹭去。他接过小皇子，又将他递给徐熹。

他不是去看年夫人吗，为何还要带上这二人？水晶帘里，她果真说中了他的心事。他是皇帝，怎会一生钟情？

她赶紧往外看去，三年后的烟霞小村，住户比以前似乎多了不少，灯火暖融，映在庙外的马车上。

耳边他的声音却清晰传来："可是冷了？"

她知道，他在问辛追追。

只听他话锋一转，又对段玉桓道："你去车上取件袍子过来。"

段玉桓应了，乐晶莹猛地站起来，冷冷地盯着丈夫。

朱七握住乐晶莹的手，又看了众人一眼——她不要她们替她出头，她们的丈夫是那个人最忠心的护卫，永不会背叛，她怎么可以让夏桑等人难做，他们也是她的朋友。

几个女子知她脾性，都咬牙转过头去。很快，一双乌金靴子信步而来，朱七的目光正定在庙门口的光影斑驳上，以为是段玉桓回来，不想看到他手上的袍子，遂转过头去，却突然听到一阵低吼："护驾！"

紫卫四动。四周的人全都站起来，玉环尚不明所以，乐晶莹却已迅速将她扶了起来。

她一惊，抬头看去，在与来人打了个照面以后，一瞬，也震惊地站在原地。

不是段玉桓！那男人俊美如玉，唇角一抹浅笑邪肆，眼角眉梢与龙非离竟有五六分相像。

是他！是她恨之入骨的那个人！整整失去踪迹三年的龙修文！

谁也没想到，竟会在这里与他狭路相逢。

他眼眸轻眯，目光在众人脸上扫过，在看到她时似乎一惊，好一会儿，才将眸光落在龙非离脸上。

龙非离微微变了脸色。

反而是龙梓锦冷冷一笑，道："七哥，兄弟与九哥寻你多年了。没想到，踏破铁鞋无觅处，今儿个偏偏有人来送死！"

龙修文一声轻笑："十弟，我不想多说，只有一句。"他说着一顿，冷冷看向龙非离，"金銮殿上的话，九弟，哥哥送还给你，你输了！

"好九弟，谢谢你替我将龙座焐暖了。这几年，西凉的国力越来越强，可惜，到最后你是为他人作嫁衣。你莫忘了，谁笑到最后才是真正的赢家。"

他话语一毕，清风与宁君望已神色凝重，拔剑出鞘，护在龙非离与辛追追两侧。徐熹眉峰一沉，紧抱着龙无垢。一边夏桑与龙梓锦交换了个眼色，龙梓锦又惊又疑，龙修文这人深谋远虑，手段狠辣，他既说出此话，只怕早已做好埋伏。只是，他怎么会知道他们一行的行踪？

龙非离轻声道："七哥带了多少人过来？"

龙修文唇角一扬，淡淡笑道："哥哥还以为你会问，我是怎样得知你的行踪……林子里，有三百人吧。"

众人大惊，兹念多年前烟霞之行的祸患，这过去三年，龙非离计划极详，率众行事也更为周密。三年里，并没有遇到过任何险情，此次亦是微服出行，庙里总共算下来，连紫卫在内也不过三四十人。若无女眷和孩子，要杀出去也未必不可，可如今却情势恶劣。

"朕的身手，七哥以为如何？"

众人正在吃惊，却看龙非离镇定从容，顿时褪去不少慌乱。

龙修文盯着龙非离良久，又浅浅笑了起来："九弟，我知道你武功好，你手下的人武功都好，只是若你们的武功都无法再用呢？你不是自诩聪明吗，怎么在余府中过一次的招儿，你还再犯？"

所有人脸色大变，龙非离眉宇紧皱，朱七又惊又怒，却听龙修文轻声道："九弟，在将你杀死之前，做哥哥的还想告诉你一件有趣的事，四年前，在这个庙里发生过的事。"

他说着却又突然停下来，似在思虑什么。朱七明白他要说什么，才跨前一步，只见剑光挥过，却是清风提剑朝龙修文刺去。

"噢，就凭你？"龙修文冷笑，五指一拢，还未靠近其身，清风身子已剧烈颤抖，血瞬间从口角流出。

夏桑一惊，喝道："不好！他内力厉害，老怪的脏腑心脉非被震碎不可！"

他说着，与宁君望一点头，二人便朝龙修文跃去，却很快又在半空中生生顿住身形。银光破空，挟带利芒向龙修文射去。

龙修文眉目一沉，双袖急拢，将从左右逼迫近身的数枚银针抄在手中。夏桑身法未老，落地之际，足尖在地上一点，跃到清风面前，在他的领子上一抓，与宁君望飞身回到龙非离身边。

龙修文一声轻嗤，掌心一使力，银针顿时变成粉末。

他低头看着粉末在掌心里翻飞，又看向龙非离："你们的毒果然开始发作了，你三名左右手的身手已大不如前，你也是！这几年，我听说你的武功已至化境，若在平日，这六枚银针我未必能全部接下，现在你的内力只险险够挡我一挡，救下清风。"

朱七与崔霓裳等人大惊，看向众男子，却见后者都眉目紧拧，神色凝重。

辛追追秀眉一蹙，握住龙非离的手臂："皇上，臣妾誓死相随。"

朱七冷笑，微微侧过头。

龙非离没有出声，眼波流光越发幽深。

龙修文怎会不知道他在想什么，一声微叹："怎么？九弟在谋划脱身之法？"

龙玉致突然道："不，我的内力还在。夏桑，你运劲试试。龙修文在骗我们，我们没有中余府那种毒。慕容琳已死了不是吗，他根本就没有这种毒——"

"是，禀皇上，晶莹的武功也还在。"乐晶莹焦急颔首道。

龙修文唇角笑意倏然收住，眸光一凝。朱七正惊疑，却见半空中身形一顿，一个人已落到龙修文身旁。

确切地说，是两个人。因为，他怀里还抱着一个。

庙里众人无不惊骇，一时噤声。那人竟是徐熹，看顾龙非离长大的大太监徐熹！他手里抱着的正是小皇子龙无垢。

他背叛了龙非离？！

"垢儿。"辛追追大惊，便要上前，却被人飞快地抓住手肘。

"别过去，危险。"男人低声道，眉眼里是关切。

崔霓裳看着从自己身边走开的丈夫，微微闭上眼，满心悲凉。

龙修文沉声喝问："怎么回事？"

徐熹躬身道："王爷，诸剧烈之毒均有色有味，这制衡武功的酥筋之毒却无色无味，如给王爷的信中所言，乃奴才昨夜投下。龙非离昨夜与众官将吃酒，奴才负责众人膳食，为免猜疑，又想女眷不足为患，故只放毒于龙非离等人的酒水中。"

"嗯。"龙修文颔首而笑，"做得好。"

众人惊怒，谁曾想过徐熹会背叛龙非离？

清风大怒，扬剑直指徐熹："徐熹，你这老畜生！"

夏桑执剑护着龙非离，龙梓锦与宁君望便要抢上前去，将尚在徐熹怀里熟睡的龙无垢夺回。

一直沉默不语的龙非离微一挥手，几人一咬牙，退了回去。

"你不是徐熹。"龙非离冷冷一笑，"曾在年府与朕交手，后又扮成方楚帆与朕易换苍龙阙，宫变之日倒戈相向。玉公公，别来无恙？"

龙修文一顿，随即仰头大笑："九弟，你果真聪明！只是为时已晚！"

他身旁的男人也是淡淡一笑，伸手在脸上一抹，唇红齿白，那张脸不再苍老。

龙非离低笑道："七哥，徐熹已经死了，对不对？"

"嗯，徐熹在三年前已经被我亲手杀死，相国寺里一直跟在你女人身边的是玉扣子。你的好十弟迷恋温如意，隔三岔五便前去探看，将你的消息说与她听。"龙修文目光一挑，轻声道，"九弟，你知道吗，你每年到烟霞镇看年夫人的事，我从三年前就知道，路线时间，详细无比。"

"玉扣子，三年。七哥，你足足等了三年。"龙非离一笑之间，那张年轻俊逸的绝美脸庞已遍布颓败。

"是，我等了三年。我在你手里吃过一次败仗，我以此为教训，时刻不敢掉以轻心，而你，安逸的日子过多了，已失去最初那份警惕。"

"赐号封后又如何？不过是因为你到最后也没有得到她，才将温如意放逐相国寺，才攻下乌孙和给她封位，以成全你的念想。你对她的感情其实早已变了，不立储君，不碰女人，龙非离，你在骗谁？她的母亲提出小皇子一说，这第四年，你便将你的女人和儿子带了过来。"

朱七情不自禁地轻轻笑开。

龙非离一咬牙，沉声道："原来年夫人家里早有你的埋伏，你怕朕自此永不再赴烟霞，况且此次前来，朕将子嗣也带来，你要一网打尽。"

龙修文没有出声，良久，看向龙后神像，眸光慢慢落到龙非离身上："九弟，我说过，我要你的天下，还有你的女人，你怎么就不信哥哥所说。不是说要告诉你一事吗？片刻之前，我还有所顾虑，现在吗……你已无还击之力。"

龙非离眸光一沉，竟不觉跨步向前。

龙修文一笑："你知道吗，便是在这个庙里，我得到过她。我折了她的手脚，听她在我身下低泣。我一直不明白，她似爱你极深，却没有自尽相殉。后来你的人来了，我被你们追至林中，我藏在暗处，听到有人说，皇上受了重伤，但已被人从神庙里救出。那时我终于明白，原来……她一直将你藏在这个庙里。"

朱七低下头，看着身边紧紧抓着自己手腕的玉环和乐晶莹，无法抢上前。

"阿七，就这样吧。"玉环的声音很低很低，"你也累了，就这样好吗？"

她泪水模糊，看着所有人的颤抖与震惊。

清风执剑，跌跪在地上，只是大笑。泪水，瞬间盈目。

龙非离高大的身子一瞬间变得有些佝偻，众人争相去扶，却近不了他的身，才到他跟前便被他震跌在地。辛追追坐在地上，又急又惊，牙关紧咬，怔怔地看着他，又望望在玉扣子怀里的龙无垢。

地上血迹斑斑。他今天一身白袍，血从袍上滑落。

软剑又怎能撑住他身体的重量，他借力站起，却又跌下，他的唇角还带着淡淡的笑，朱七却终于看清他眸里的水光。

这样的目光，很久以前，她在白府里看到过。

她知道他此时的心境，因为她曾试过一次又一次。

那是绝望。

只是，今天，他要死在这里吗？即便死在一起，她也不甘心。

前方突然传来一声嘶叫，龙修文大笑着，又抹去唇角的血丝："知道她为什么不告诉你吗？你中了子母蛊。怒气攻心，重则身亡，你死我亡，反之亦然。怎么，现在感觉很难受吧？我已是疼痛难忍，这是衰败之象，你的心脉又断了几根？"

"只是，我可犯不着再与你一同受苦。"

他轻声笑着，伸手从怀里掏出一颗药丸，放进口中。

朱七倒在玉环的身上，泪水终于忍不住滑落下来。

他的毒终于解了，可是他仍逃不过今晚。

龙后庙。她不知道，为什么一些人已将前生记起，她却无法。

龙非离也是。

现在，却有些明白。前生，爱恨太深。伤，太深，遗憾太深。

是人都怕伤。开始到结束，终于还是无法圆满。

这一次，她要怎样才能救他。

她掩住眉眼。

却听一声惊怒骇叫破空而来，紧跟着是玉环等人尖锐的喊叫。

她大惊，手一松，却见龙修文跪倒在地，眸光乱转，满眼满脸莫不是惊骇，他左右两肩上银光耀目，两膝上也闪着光。

玉环死死地握住她的手，她怔怔地看着龙非离从地上扶剑慢慢站起，眸光冰寒，一字一顿道："这一次，输的还是你，龙修文。"

他每说一句，手中的银针便飞射而出，钉在龙修文身上。

那只是极细小的针，龙修文却冷汗淋漓，抱着身子痛得满地打滚。

他撑地而起，双目血红，咬牙看向身旁的玉扣子，嘶吼道："你背叛了我？适才龙玉致无意说出的话是真的，他们根本就没有中毒！"

"不，玉扣子没有背叛你。"玉扣子淡淡道。

龙修文只是狠狠地盯着他。

玉扣子一声轻笑，突然伸手在脸上一抹。

朱七失声叫了出来："是你！"

同样的唇红齿白，眼前男人却已非玉扣子，而是那个曾隐在深宫内苑，只为百年前一诺的吕宋。

吕宋冷冷道："玉扣子亦在三年前死去，你们杀了徐熹，庆嘉皇帝暗中杀了玉扣子，便是玉扣子也不知你真正所处之所，每回通讯之地皆不同，我便扮了三年的玉扣子。皇帝与我磋商，这是我送给年后的最后一件功德。"

"龙梓锦暗访温如意、三年的消息、年夫人说的关于小皇子的话，都是假的！好九弟，全都是你教的，你的好手段！"

"你早知道自己中了心蛊……不可能，你不可能熬过这三年，除非你不爱年璇玑！"

龙修文咬牙大笑："你以为你赢了吗？林子里有我的三百精兵，你逃不了！"

第五十九章

赴烟霞 宿敌环伺陷凶险

龙梓锦、夏桑与宁君望猛一点头，门口爽朗笑声传来，一个人快步走进来："十王爷，你们不必寻思杀出去！林内兵士已全部被剿灭！"

众人大惊大喜之间，犹不敢相信，却又知道此人绝不打诳语。

这名性子直率又对皇帝忠心耿耿的十万禁军统领，段玉桓。

龙修文厉声道："绝不可能！我早已查探过，你没带任何兵卒过来，这一带，我在之前也早已搜寻过，并无一兵一卒。"

段玉桓沉声喝道："你道段玉桓真的奉命前去取袍？为不惹人起疑，皇上用了三年时间，将数百精锐禁军秘密迁徙到此，落户成民，让这小村民众慢慢增加，只为今晚一战！"

地上冰凉无比，辛追追紧握着自己的衣襟，竟也顾不上去看业已脱险的龙无垢，而是愣愣地看着龙非离大步走到龙修文面前，抓着他的衣领，一把将他提起来，眸色暗红似血，声音狠戾："三年！龙修文，你对年璇玑所做的，朕忍了三年！大隐于市，朕知道，你这只狐狸必定隐匿在烟霞、忘忧几个大郡，朕用三年时间诱你出来，引你至此，这是你当日辱她之地，以你性情，不可能不来！

"朕早已抱了死心，立下遗诏于正大光明牌匾之后，传位于十弟。四年为限，若朕无法为她报仇，即便今日你不吃下这颗心蛊解药，朕自尽身死也要你死！"

龙修文浑身一震，身上剧痛随之传来，听到血液飞溅的声音。

一般痛伤对他来说只是寻常，然而龙非离功力未失，刚才的银针带着浑厚的内劲入穴，刺得五脏六腑疼痛难抵。此刻，银针随着男人的拳头深入脏腑。

他知道，这次自己是彻底败了。可恨自己记忆和部分神格虽已恢复，能识得灵魂，神力却一直无法复苏。莫琮想必也与自己一样。

但龙昊，你能与紫苏在一起吗？

他不再向那白衣女子看去……怎能再让龙昊看出端倪？

神力虽无法复苏，但他能听到天界的声音，紫苏与佛陀赌约，早在天界传遍。紫苏，你真能让他记起你？你便随我一起死去吧。再不复生。

他冷笑着，在血泊中翻滚着身子。

三年多的隐忍，一旦发泄，龙非离心中的愤恨纾解了不少。

盯着已瘫卧在一摊血水里的龙修文，嘶叫到再无声息，龙非离喘息粗重，却犹自无法停手。

疼，生死之疼，从来不及生不如死之疼。

仙砚台长老说的话，要替她报仇的信念让他支撑到现在。

她一直沉睡，他早已心灰意冷。牢狱，腰斩，他再恨，其实也舍不得她死。他总以为，所有的事情都在自己掌控之中，却慢慢失去了她。

也许，她永远也不会知道，在带她扬帆出海的那段日子里，他已想明白一些事情。

其实真的很简单。只是，在没有失去她之前，他看不清。她爱他。只要，他信她。有些事情荒谬得全无依凭，就像白战枫与白子虚，白子虚原来便是白战枫。

白战枫早就知道白子虚的存在，初始也只是感觉到白子虚危险，却不知他实际身份。信中说后经雪流景指点，才知他乃祸患，是远古诸神纠葛衍生的恶灵，能力越来越强，必害西凉。

白子虚每到一定时刻，会从他的身体里醒来，然后从他的记忆里得知他的一切事情。而白战枫却无法得知白子虚的所有事情，只能感知他的存在。

与匈奴最后一役之前，白战枫定下生死之策——到粮尽之时，也不可发一军。

后又让雪流景洗去他与自己通信的记忆，则白子虚再次苏醒亦不会知道有此事。否则，白子虚必不待下次苏醒，宁耗损灵力也要强夺白战枫之身。

白战枫早就算好，白子虚在战时苏醒的时间，但在那之前，无粮无援兵的白战枫早已战死。

白战枫知道，即使被洗去记忆，他也会守城到死。

白战枫死，则白子虚亡。

他不知道雪流景是谁，如何能洗掉一个人的记忆，诸神的纠葛在传说背后的真实性又如何，但那时他选择相信白战枫。哪怕后来他以为她与白战枫的背叛，他仍守着这不可思议的生死之约。

那么，他为什么不信她？他们曾经历的，他怎会以为她会背叛他！高处不胜寒。他的位置总是要求他理智地判断，所以，最终他得到天下却失去了她。

想明白这些，这以后的事其实并不难懂，他知道中间必定繁复。从仙砚台回来以后，他一边等她醒来，一边开始去查。

一个深夜，吕宋来找他。

吕宋给了他一颗丹丸，只说让他先服下，再与他详说有关年璇玑之事。

年璇玑。

与她有关，他还有什么疑窦，便是剧毒他也吃。他每天疯狂地想她，只想知道与她有关的所有。

吕宋苦笑着说，他无法完成那个女子的嘱托，寻不出龙修文的踪迹，后来他思虑再三，终于偷返仙砚台，偷出仙砚台至宝，能护心脉，但同时必须服食者内力高强，意志顽强，否则也未必能保住性命。若无此药，他断不会说出那生死秘密。

于是，从吕宋口中，他知道了她所有的悲伤。

他当晚心蛊发作，差点死去。

那晚，他疯了一般跑到凤鸾宫将她带回自己的寝宫，搂住浑身冰冷的她，与她说了整晚的话。

翌日，他看到自己将她的肌肤压得通红，突然惶恐，怕她醒来后恼他，将当初装载她到西海的沉香棺木取出，命人做成一张暖榻给她。

那是他百年后的棺椁，他不在乎。他在乎的，已永远失去。

一年一年过去。没有人对他说，阿离，你这样约束自己，你不累吗？我等你一起睡。

没有了那个人，始知年年岁岁月月天天时时是如此漫长。

心蛊时常发作，虽有仙砚台的药丹护着，却仍要运功抵御。

他在疼痛中开始计划。将时间精力花在政事上，将西凉推上繁华强盛，万一他死去，龙梓锦亦可在盛世里做守成之君。

问过吕宋为何要相助。吕宋说，皇宫是最无情的地方，有些人改变了他的看法。除去吕宋，没有人知道她的事还有他的全部计划。

皇宫森严，龙修文不可能安插人手，即便安插了，也探听不到消息，他便亲手为他的哥哥制造契机——相国寺。

亲自训练后秘密往烟霞小村迁徙精兵，让龙梓锦多到相国寺探看温如意。

龙修文是多疑之人，必不只放一个玉扣子在相国寺，龙梓锦本就情真，即便龙修文在暗处也看不出破绽。

到达烟霞镇前夕，他才告诉段玉桓三年来迁兵之事，并将与龙修文在此一定生死，以取袍为记，并嘱咐众人入庙以后假装武功尽失。

龙玉致与乐晶莹差点露出痕迹，吕宋很聪明，适时出来。

只有将那男人的戒心全数去掉，以为自己已无反抗之力，才会吃下心蛊解药，好对自己下杀手。那人身上的子蛊一解，则自己身上的蛊毒永不会再发作。这样方不负她当日之苦。

只是，若此计划失败，他便用最残忍的方法死去，换他哥哥疼痛而死。

他的蛊毒终于解了，她的秘密和委屈终于全部被捅破，那是类似解脱的心情。但朱七揣摩不出自己此刻的心情，疼痛还是喜悦。

看着那个神色狠戾的男人，还有地上那奄奄一息的男子。

其实最初，不过他是她的阿离，他是她的朋友云杨。

旁边，辛追追的眸光里全是怨毒与嫉恨。

再生缘
我的温柔暴君

186

两手分别与玉环和乐晶莹握着，崔霓裳和龙玉致也站到了她背后，紧按着她的肩。大家都在。他对年璇玑的情也没有变，哪怕中间似乎还隔着辛追追和小皇子，似乎只等最后的相认一切便圆满了。

她却不知道自己想怎样，突然就不知道了。也许就像玉环说的，她真的累了，爱恨浓烈，走了这么久，从没有休息过，那股疲倦在终于将近尘埃落定的时候从身体深藏的地方全数涌出。

四周声音陆续响起，除去脸色深沉的龙非离还有地上已几无生机的龙修文没有说话，大家都在低说着什么，她却感觉头晕目眩。周围的东西在翻转，有一道微光在眼前剧烈地晃动着。她尝试扶紧玉环和乐晶莹，将自己的身子稳住，却听到数声惊叫。

声音传来，她的知觉似乎在一瞬间失去却又在一瞬间恢复。

睁开眼来，入目是满眼黑暗，鼻端是熟悉的龙涎香。她吃了一惊，赶忙坐起，有丝光亮从前方漏了进来。伸手摸去，才发现那是道帘子。

她猛地将手中帘子掀开，却见前方灯火通明，龙非离与一众男子正站在侧方，看不清神色，地上数名女子围成一圈，白色罗裙橘色绣鞋，谁似乎躺卧在地上。她心里惊惧……她似乎晕倒了，被人扶进马车里，而这辆马车却似乎是龙非离的。

怕众人担心，她没有多想，掀开帘子便走了出去。

马车就在庙门前，她才走了一步，就停了下来。

庙里所有人震惊地看着她，便连几个女子也全都站起身来，难以置信地瞪视着她。

是谁的目光太过紧迫，她不由自主朝侧方看去。

她看到龙非离盯着她，眼中波光就像夕阳敛去前最耀眼的光芒，一动不动地看着她，那瞳孔里的热烈和急促像要将她整个吞噬进腹。

她有点儿茫然，不禁微微往后退了一步，却瞬间被人拥进怀里。

鼻端，是龙涎香与血腥之气。

是他。

他的怀抱总有着她最熟悉的东西，那想被这样一个男人紧抱着深爱着的感觉。

只是，她很快将他推开，她害怕这种感觉……他高大的背影后，辛追追慢慢站起，浑身颤抖着，痛恨地看着她。

她还没有反应过来，唇却被龙非离贪婪又迫切地覆上，她能感觉到他唇瓣的颤抖与占有，她刚将他推开，却已被他重新抱入怀里。唇，被他的唇舌撬开，他的舌滑进她的嘴里……

他就在这万家灯火和众人的目光里深吻着她。

她动了情，却终究再次将他狠狠推开。

明明心中悲凉，却突然想笑，也许因为他眼里那抹迟疑，他似乎不敢强迫她，紧握着双手垂在身侧，目光灼热盯着她，却始终带着一份小心翼翼，似乎，怕她恼了。

她从未见过这样的他。

伸手捏住眉心，她似乎忽略了什么东西，他对她的态度……眸光微微下垂，突然整个人呆住，身上是一袭绛紫罗裙。

她终于意识到全部的不妥，她的灵魂回到了年璇玑身上！

那庙里躺着的是朱七的身体？他们以为年璇玑醒来了？

不，也不是以为，是她确实醒来了！不对！怎么会这样？

那股熟悉的眩晕又涌上眉头，她低叫一声，龙非离已大步上前，将她抱回怀里，热气呵在她耳边，焦灼又紧张："小七，哪里不适？朕让崔霓裳给你看，朕马车里有很多药，不怕。"

是她怕还是他怕？她握上他的手臂，想借力站好，他却已将她横抱起来，不想与他多碰触，淡淡道："放我下来！"

龙非离一怔，随即将她轻轻放下，眸光一掠，看向庙里，道："崔霓裳，还不快替年后号脉！"

崔霓裳尚在惊愣中，赶紧点点头，一提裙子，便要跑过来。

朱七摇摇头："霓裳，我没事。"

庙内众人惊讶未消，她轻轻走到吕宋面前，弯腰一福："谢谢。"

吕宋想将她扶起，又想起手里的孩子，相扶不便，扬眉一笑："所幸终不负所托，谢谢的话娘娘莫要再说，能再见故人，吕宋甚感欣慰。"

朱七明白这男子是方外之人，一笑，也不再多说，眸光落在龙无垢身上，小孩子正醒过来，盯着一双乌眸看着她。

她摸了摸他的头，看了一眼不远处死死盯着她的辛追追和清风，慢慢转过身，他就在她背后，咫尺之间。他满眼期盼看着她，却似乎带了一丝紧张和惶恐，她看到身侧的手还紧握着，微微颤抖。只是惶恐吗？那不该是出现在这个男人身上的表情。

她看了他一眼，轻轻笑了笑："无垢，这名字好听。你的小孩很可爱。遗憾的是，你和我已不再无垢，龙非离，废了年璇玑吧。"

她没能从他身边走开，他的手抓在她的手腕上，指节上血迹斑驳。

她下意识地看了一眼龙修文，龙修文也在看她，脸上都是鲜血，唇角却带着阴森森的笑。

她对他恨怒难平，此时心头不禁一颤，龙非离的声音却轻轻响起。

"有一个女人，朕答应过她的，朕永不会忘，不敢忘。她为朕受辱，有垢的是龙非离，在朕心中，她就是白璧无瑕。还记得朕跟她说过，若她无嗣，朕便将十弟的孩子过继过来，让他唤她做母后。

"无垢是十弟的孩子。"

朱七整个人惊呆了，这是她从来没有想过的答案。

无论是她，还是这庙里的所有人。崔霓裳跪跌在地，低低地笑了。

龙梓锦的震惊却不亚于她，浑身颤抖，摇头笑道："九哥，你骗我。"

龙非离望向他："朕从未碰过温如意，你曾向朕请求赐婚，言语间多有闪烁，朕便明白，早在她踏进朕寝宫的那晚，你二人就已有染。"

"你从没碰过她？"龙梓锦眼眸大睁，惨淡一笑，又哑声道，"是，自九嫂被诊出怀孕以后，你一反常态，很不高兴。因着母后的寿筵，如意那时已从宫外回来，她不知你为何如此，去找你数次，你却对她冷言相向，她为你的事很不开心。那晚我去看她，我和她都喝了很多酒……

"我以为她最终会和我在一起，我去求你赐婚，你说你要考虑，后来她却从你的寝宫出来……这事，内务府敬事房的内侍也记了。不久后，她在母后寝宫晕倒，被诊出有孕。九哥，你说你从没碰过她，这怎么会，那为何还要娶她？"

朱七怔怔地看了崔霓裳一眼，那纤秀的女子垂着眸子，看不清她的神色，却看到地上的湿润。

龙梓锦，别再问了。

龙非离的手却将她握得很紧，她无法不去看他的眼睛。

"我没有碰她。那晚我喝了很多酒，将她当作你，但她的衣服褪下那一刻，我便知道不是，你的身子曾受过太多的伤。"

他的眸光里，不复灼热而是一贯的浅淡，她却突然有些读懂他三年的等待和苦痛。

"你却娶她？"她忍不住低声问道，忘记会伤了谁。

"娶她，是想让老十断了念想，从她将当年你我前赴烟霞的消息告诉龙修文后，她便不再是我和龙梓锦认识的温如意，更何况她那时唆使徐熹伤了你的脚筋。"

龙非离俯下身子，握上她的足踝，低声道："十弟允我三年消息传递，我饶她一命，你若不喜——"

龙梓锦猛地掀衣跪下，咬牙道："九哥，臣弟知你待臣弟不薄，乃至国祚以授，臣弟只求你，放过她。"

他说着拼命叩头，在他屈膝低头的一刹，朱七看到他额头青筋突起，眼眸通红。四周鸦雀无声，唯有崔霓裳捂住口鼻，一步一步往后退去。

"龙非离，看一个人的笑话看了三年，感觉是不是很好！原来你什么都知道！"

嘶喊之声，震颤在庙堂四处。龙后座下，辛追追看着龙非离，泪水从眼眶滑落："你怎能这样待我？我前生甚至为你和她而死，你却生生世世爱恋着她！"

一个人快步奔出，愤怒地按在辛追追的肩膀上："辛追追，你醒一醒好不好！够了！都够了！不说你前生是不是紫苏，爱就爱，不爱就不爱，从来就没有谁负过你，龙非离爱朱七，就这么简单！"

朱七从龙非离身边挣脱出来，走到玉环身边。

在那个世界，她曾与这两个人相依为命，此时此刻，换了场景，改了人面，也变了心。

三生三世的缘分，却永远不可能再重来。

也许相同的，便是这一刻三人脸上的泪。

谁都有失去。

辛追追永远失去的友情和始终无法得到的爱，玉环被火焚毁的身体，她消失在天地之间的大哥和雪流景。

朱七身子莫名一颤，只见辛追追冷笑着，寒光一闪，匕首刺出："玉环，若非你多事帮她，她在2010年未必就能回得来，你为什么不去死！"

朱七大惊，玉环离辛追追最近，冷芒划过，避无可避。她满眼凄凉，唇上却带着些许笑意："阿七，我不后悔。"

"不要！"

朱七大恸，一抹白色身影迅疾而至，转眼间已插进那匕首与玉环之间，修长的手指抓住刀刃，哪知，那枚匕首却像有了自己的意志，突然脱出辛追追的手心，向男人射去。

身子被那人左掌轻轻送出，朱七却仍看得清楚，匕首直直地插进男人的肚子上。

她明白，他若要避必定能避开，但他后面是玉环，所以他站得笔直，没有去避。

他身子跌下的同时，数枚银针从袖中疾射而出，打进那个与她一样身穿紫色衣裳的女子身体里。

他的身子跌在她眼前。

朱七踉跄着走到那人身边，在众人大惊之前，他却先将她抱在怀里。辛追追跌在旁边，抚住心口，眸光惊惧又难以置信。

龙梓锦看看龙非离，又看看辛追追，竟一时怔在原地。

猛地被人推了一把，看去却是龙玉致。龙玉致冷笑："去看她啊，九哥没有你这个好兄弟，我也没有你这个好哥哥。"

龙梓锦咬紧牙，眸光突然撞上远处一双眼睛，那是——崔霓裳。

她站在角落里看着他，脸色甚白，唇上却浅笑淡淡。

孩子啼哭的声音，响彻整个庙宇。他一怔，情不自禁地看去，却见龙无垢已被乐晶莹抱到手上，吕宋正在为龙非离疗伤。

"为什么不避开？"朱七轻声问。

她想走开，好让吕宋帮他疗伤，龙非离却将她按在怀中。她只能小心避开他的伤口，心疼至极，更多的是那股莫名的不安与担忧。

匕首已被拔了出来，血污里，隐隐透着一丝黑。

她怕那刀子淬过毒。

吕宋一声不吭，眉宇紧皱。龙玉致大急，只在旁边不停地问着，夏桑狠狠扣住她的腰，沉声喝止。现在没有一个人不忧虑，只恨不得那受伤的是自己。

龙非离眸光微动，看了众人一眼："朕没事。"

朱七只觉手被攥得极紧，他轻声道："她是你的好朋友不是吗？"

朱七点点头却随即怔住，心头狂跳，一个意识在脑子里闪过，颤声道："你说什么？"

她的话，却被人厉声打断。

"龙非离，你好狠！"龙梓锦怀里，辛追追重重地喘息着，又哭又笑，喃喃道，"只因为玉环是阿七的朋友，那我呢？龙非离，那我呢？"

她最终却绝望地发现，他并没有看她，他的眸光始终在他怀里的女子身上。

"你猜到了是不是？是不是？"交握的手，被他用力摩挲着，她的手蜷在他厚实的掌心里，朱七视线早已一片模糊……玉环和年璇玑并没有交集，和玉环交情深笃的是年小七。

龙非离将她的头按进怀里，声音低沉，却也带着一丝轻颤："小七，果然是你。你早已回来，我一直疑虑，出发前那晚，你那样逼我，我忍不住对你下了重手，离开寝宫以后，我很快就后悔了。我在外面想了一晚，想你临走前说的话，想这些天来你跟我说过的每一句话，还有你做的饭菜煮的茶。那时还不敢完全确定，因为那并不合理，你怎会在别的身子里面，但我却一直不由自主被那具身体吸引。"

"刚才你在庙里晕倒的时候，我就知道，那一定是你，那种慌乱害怕的感觉，不会错。我甚至不敢走近，只敢让崔霓裳给你诊脉，怕你又出了什么事。"

他的声音低得只有二人才能听见，她终于在他怀里颤抖起来。

她没有想到，所有的想望，在今晚毫无预警地全部落定。

她早该想到！早在下马车的时候，她想躲他，他却用玉环的性命威胁！

泪水混着他身上的血液，将他的身子打湿。

他放在她背上的手，用了些力。

一瞬，两人心意相通，都只想离开这里，回到宫里，回到二人一起生活了三年的储秀殿里，她可以作弄他，为难他，整他。他会用尽一切力量保护她，再也不分离。

只是，背上他滚烫的手掌……他要刻意使力，必然极痛。她不禁抬头看他，他眸光如水看着她，却轻抿着唇。唇色很白，有些瘆人。

她心中惊慌，正要去问吕宋，突然听到崔霓裳大叫一声："你要做什么？"

还抱着辛追追的龙梓锦明显一惊，将辛追追往地上一放，奔到崔霓裳身边，将她带进怀里。众人侧身看去，只见一名紫卫正站在崔霓裳不远的地方，他手里抱着昏迷过去的年小七。

朱七只觉身子颤动，却是被龙非离抱着站了起来，冷冷地盯着那紫卫："将她放下。"

对方轻声笑道："我以前便一直暗示莫琮——她便是紫苏，让她的嫉恨不断加深。这次回来又将施了灵术的匕首交与她，更费了力气把你女人的灵魂从这具身体移回到年璇玑身上，现在又怎会轻易将这身体交还给你，龙昊。"

"开出你的条件！"龙非离沉声道，"白子虚。"

"聪明！"那紫卫眸光一沉，低低笑道，"我现在就带她走。年璇玑的身子太弱，若无法回到我手上的身体，你的女人只有死路一条，她还能陪你多久，一个月？两个月？我花尽灵力冲破雪狼王前生的禁咒来到这个世界，我既然永远得不到她，也要你亲眼看着她灰飞烟灭。

"龙昊，你不是一向自诩聪明吗？你猜出了我是谁，但聪明的你知不知道自己受了什么样的伤？这匕首上有毒，你只要一运内力血行加速，毒就会散发得很快，你死得也更快。

"白战枫以为他身死，我没有了躯体依附便会随他消亡。不错，他是暂时解了你的困厄，但我之身本不在西凉，雪狼王的禁咒让我无法进入云苍大陆，我偏要拼尽所有灵力打破咒印来到这里。因为即使死，我也绝不会让你和她在一起，我要她陪着我一起死。"

他说着轻轻抹去脸上的面具，朱七咬牙，果然是白子虚，不，他其实也不是白子虚，是林晟。

一张脸俊逸儒雅，正是昔日战神，所有人大吃一惊。男子挑眉一笑，身形微动，庙宇神像下灯火闪烁，却已没有了他的踪影。

身子被推送向吕宋，朱七只听龙非离轻声道："朕回来前，麻烦你了。"

林晟一番话，让众人听得心惊胆战，虽不尽明了他话中含义，却也听出端倪来。夏桑、段玉桓之众又岂会让皇帝独自去冒险，身形如电，已纷纷追出庙外。

在吕宋和玉环的搀扶下，朱七也随一众女眷追了出去。却见龙梓锦与清风等人焦灼万分，站在林边屋舍旷野里，没有再往前一步。

灯光如橘，站在四周的都是高大的汉子，看去竟不下数百人，各个布衣便装，神色严肃，紧盯着前方。朱七明白他们便是三年来龙非离秘密迁徙此地的禁军。

不断有人从屋舍里走出。

精壮男人，老者，妇人，小孩，站到那些兵士背后，惊惧看着前面的情景。

龙玉致早已哭了出来，喊道："九哥回来，咱们另想办法救嫂嫂！你回来……"

乐晶莹和崔霓裳搀着她，却也各自偏了头，不忍再看。

玉环紧紧地环着她的腰，吕宋扶着她的手臂，咬牙看着林边。朱七浑身颤抖如筛，四肢百骸尽皆冰冷。

那是一层类似光膜的东西，剔透巨大，高耸入天，微有荧光，从树林处延伸到众人的脚下，将林晟和龙非离罩在里面。

任你军士再多也无法冲进去，除非龙非离出来。

两人便在林子一侧对峙而立。说是对峙，龙非离其实早已呈败势。

朱七还记得在桃源镇那个夜晚，她也是这样看着他血染白裳。那些血将他的衣裳浸得湿透，她将他负在背上，他的重量快将她压得喘不过气来。

她一度以为他死了，因为只有死人才会这么沉。

她眼睛涩痛，满眶泪水中，看着他一次次上前，又被林晟摔打回去。他跌下，又爬起，向林晟冲去。

龙梓锦、段玉桓、清风等人都急红了眼，带着兵士去敲凿那硕大的膜。

毫无办法，点滴不破，仙凡之别。

无怪天上人间，仙人总笑看尘世如蝼蚁，弹指之间老了容颜却又苍了白发。

一个穹膜，将他隔在那头。

血从他身子里不停地涌出，墨眸沉敛，他的眼角眉梢却都是安静，她读懂了他的决绝。

除非他死了，否则，他不会出来。

林晟告诉他伤势危险，实是想让他追来。林晟是半个神祇，哪怕灵力将尽，也足以将一个凡人玩弄在股掌之中。

这点连她都知道，龙非离又怎会不知。

她生死已定，龙非离，你又何苦将自己的性命赔上。

沧海桑田，天界还是人间，他们已经等了三生三世。

是谁说过，人的缘分只系三生，错过了便再也不复。

可是，他与她明明就要幸福了啊。只差一步。

不知哪里来的力气，朱七挣脱了吕宋和玉环，不知年璇玑的身子还能用多久，脑子里只有一个念头，她拼命地跑，跑到穹膜边。龙梓锦一脸泪水，便要来拉她，却被夏桑抢先拉住，道："王爷，就让娘娘在这里陪着皇上吧。"

视线模糊中，是他越来越慢的动作，他身上的衣服已看不到完好。

朱七却只觉身子越来越冷，终于，缓缓跪到地上，看向那高挂了千万年的西凉弦月。

这样的夜晚，月如银露，星光竟然也如此灿烂。远穹之处，可有仙人？

她轻轻笑开，低低叫了几声他的名字，终于止不住泪水奔涌而出，用尽力气喊道："佛陀，如果我早知结局如此，我不要与他在一起，我只要他好好活着，我什么也不要，我宁愿什么也不要！我求求你，让我到他的身边去，我不求同生，只求能与他死在一起。"

"阿七。"

玉环哭着奔到她背后，她悲恸绝望，只怔怔地望着头顶星空，不管背后人们的声音震耳又凌乱。

树林边，跌跪在地上的他却似乎听到她的声音，朝她看了过来。

她看到那双漆黑的眸子扬起一片雾霭……痛怒，愤恨，不甘，还有不舍。眸光深邃，到最后，一双凤眸里，全是爱怜和不舍。

林晟冷笑着，一手慢慢扬起，捏了耀眼的光。

这个游戏林晟不想再玩了，他想杀了龙非离！

朱七心里大恸，随着那盛大的光团在林晟高举的手中四散而开，一个个景象映入脑中，西海之滨，是谁袍袖翻飞，俊颜如玉，远眺海角无垠。

"耗子。"她大叫一声，一瞬，有什么从身体里冲出来。

第六十章

身相抵　宁教生死付相思

进入林晟手中朱七的身子，挣离他的束缚，光影之间，所有动作太快，只是按着本能反应，她能用的力量已尽耗在打开那穹膜上。

只能用最笨的方法。

当剧痛穿身而过，她知道成功了。身子跌下的一刹那，她淡淡地看着林晟，轻声反问："你不是很想让我死吗？"

林晟眸里都是惊骇，暴吼道："紫苏——"

话语却断在咽喉，巨大的光束击打在身上，那强烈的疼痛，几乎将身体摧毁，剩余的灵力全部从身体逸散而出，光光点点，飘散在苍穹，像突然下了一场雪。

他惊惧的目光到处，是龙非离凌厉暴怒的眼眸，那早已污秽了颜色的袖下五指并拢，浩大璀璨的银辉笼在他高大的身子背后，从他身上飞散的雪白在根本抵不过那样强大耀眼的光芒后，绝望席卷而来。

他不比紫苏，前世受伤过重，神格虚弱，纵使复苏，拼着受他一击，已油尽灯枯，他还能支撑些许时日。

可惜的是紫苏以后，龙昊也回归了神格。

龙昊的力量估计只恢复了不到一成，却已如此霸道，他终究没能要了龙昊的命，现在是再也杀不了这个男人。

他真的想让紫苏死吗？只怕他自己也不知道……血从七窍流出，他枕在自己的血泊里，看着龙昊小心翼翼将紫苏抱进怀里。

那情景让他想起千年之前的深海宫殿。

也许，有些人改变了结局，但紫苏你的今生仍是前世的重复。

他扬声大笑——龙昊，你注定永生孤独！

"耗子，"缓缓伸手去摸男子紧锁悲痛的眉心，朱七轻轻笑了笑，"别老是皱眉，像个小老头。我喜欢你在庙里跟我说话的模样，有点儿像白大哥，很温柔。怎么不说话？不喜欢我这样唤你，你以前就不喜欢，真的不好听吗？那我还是叫你阿离。"

"好，好听，你喜欢怎么叫便怎么叫，以后都这样叫。"龙非离咬紧牙，抱紧怀里的身子，只是他的手颤抖得厉害，几乎抱不住她，从她身上渗出的濡湿将他的双手湿透。

他知道，她的身子破损已不能存活，灵魂也在渐渐死去。

他们已经没有以后。他一声低吼，拼命将她往怀里带，战栗地吻上她的发、脸、唇："小七，我会将你治好，我的力量已经回来，我一定能将你治好。咱们还会在一起很久。"

她知道他在骗她，他也知道。龙王拥有这天地里最厉害的力量，毁天灭地，却偏偏无法救赎，救不了紫苏，才有了他们这一世的恩爱纠葛。

她哽咽着不住点头，手从他的眉心放下来，摸索着去握他的手："阿离，我能不能求你几件事？"

龙非离眼眸深红，握住她的手，眉宇拢上一层狠戾："别跟我说什么死活的话，我现在就带你去找佛陀，我一定会让他治好你。若他不肯，我便诛神杀佛，灭了三界六道！"

朱七心里酸涩，却赶紧点点头——只怕他难过。

她知道，他有这个能耐。但佛陀无处不在，却又难以找寻，除非他想见谁。

现在龙昊的力量还没完全回来，天眼未开，要找佛陀行踪谈何容易。她的身体已破败，若是常人早已死去，灵力越来越弱，明白时限已到。

她搂上他的脖颈，低声道："你带我去找他之前，我求你几件事成不成？"

那股疼痛从心底滚滚涌来，竟似没有止境。前生，他到过阎罗炼狱，看到过那里的地狱业火，看到身受火刑的囚徒那满脸狰狞的痛苦。那时年少，并不屑于那种滋味，只想天地之大，没有他龙昊不能承受的苦楚。

后来，他却经受了两次，那是前世，他抱着她逐渐冰冷的尸首，今生，刑场里，他的发在她手里散落。

现在，还要再受一次吗？三年，是他能忍受的极限。灵魂散尽，她一定寂寞，他陪着她，不管她要去哪里。一生一次，她就是那个人。

他低低吻着她的唇："你说，我听。"

他从没为她做过什么事，这一次，他都替她办好，便随她而去。

朱七咬紧唇，泪水却忍不住簌簌而下，灰飞烟灭，是什么样的感觉？从半空落到唇上的冰凉，让她一怔，抬眸看去，却见他低下头。她不敢再看，怕看到他眼里的云雾。

他将她抱得更紧，让她枕在他心口的地方。

她将满眼水汽擦到他胸前的衣服上，嗅着他的龙涎气息，她的神志开始模糊，涣散，低低道："年小八是我最好的朋友，她一个人……随我来这里，在西凉没有亲人没有……朋友，你替我好好照顾她……第二件，你要好好保重，活到当太上皇，每天开开心心。"

"第三，我……听说，你替我打下了一个国家，我想让你带我——"

她的声音越来越低，他刚准备回答她，跟她说，有两件事，他能应允她，但有一件，不行，却只看到那双慢慢合上的眼睛。

他那个好字便截在舌尖上，再也说不出来。

"小七，我现在就带你去。那是一望无垠的沙漠，以前你央求了我许多次，我总是办不到，现在我就带你去。"

他知道她是听不见了，但没有关系。她是他的妻，除了那一件，其他的，他都答应她。在女子唇上轻轻一吻，龙非离仔细理了理她额前散乱了的发丝，不断低声在她耳边说着乌孙的景致，大步往前走去。

穹膜在前方阻挡着他的去路。

他眉头一皱，手举起微微一扣，那道耸入云层的膜便碎散开来，光芒四散，若远方夜归之人走过，会惊为是天上星子坠入人间。

他的视线有丝模糊，以致看不清前方人影绰绰，竟没有丝毫的声响，只是似乎无数目光都静静地落到他二人身上。

"阿七。"颤抖哽咽的声音划过，一个人跑了上来。

"不该是这样的，你醒过来，快点醒来，这一生不能是这样。朱七，你起来……"前方女子的声音，将他心中的悲恸灰败一下狠狠推移到角落，龙非离闭了闭眼睛，再睁开时，眸中已清明一片。

她吃过太多的苦，他们还没有过真正的快乐，他怎能就这样放手？他要去找佛陀！

"龙王。"声音轻轻传来，他心中一凛，却见林屋瞬间消失在视线里，眼前是苍茫碧海，头顶苍穹高远，足下沧水如镜。

他蹙眉看向眼前的男子，那男人容貌平平无奇，看不出年岁，眼内唇角却笑意淡淡，似看尽凡尘悲喜。站在他身旁的是她口中的年小八，他记得这名双目通红的女子，是前世她的贴身小婢。

云苍大陆，西凉，庆嘉二十一年冬。

小雪是新进宫的宫婢，同一时间进宫的姐妹们都说她与淑宁命好，被安排在蝶风姑姑手下办事。蝶风姑姑是宫中少有的官阶极高的大宫女。最要紧的是，她是皇后娘娘年璇玑的贴身女官，跟在蝶风姑姑手下，便能服侍到皇后娘娘。

但此刻小雪却胆战心惊，与她一同浑身发抖的还有跪在她身旁的淑宁。

淑宁满脸惊愕，眉目间却又带了几分倔傲。

蝶风便在二人面前站着，神色严厉。她身旁是一张雕花八仙桌，其中一张椅子上，坐了一个人，紫色衣裙，同色绣鞋。

小雪知道，她们闯了大祸，刚才娘娘嚷着说渴了，一时性急便去抢淑宁的茶，淑宁没有拿捏好力度，茶水倾倒，滚烫的水洒到了娘娘身上。

娘娘好脾气，但蝶风姑姑却大怒，责备了淑宁数句。淑宁不忿，顶撞了蝶风一句，被蝶风扇了一个耳光。

她吓得赶紧跪下给淑宁求情。其实她知道淑宁心里在想些什么，淑宁出身茶商之家，煮得一手好茶，有一回皇上也赞了一句。淑宁家境殷实，听说本家在朝中也有些关系，加之容貌出挑，会进宫当宫女本来就存了目的。

皇上一句嘉许，淑宁自此便记在心上。

天下都知皇上宠爱年后，尤其年后昏睡多年，后经秋山祭祀醒来后，皇上对她的宠爱更是无以复加。

然而，醒来后的年后，言行举止却有些像痴儿。

没有人知道原因，淑宁也因此有点儿看不起这位皇后。

她正想着，突然听到一阵急促的脚步声踏入房中。

"阿离。"只听一声娇笑，紫色绣鞋晃动，那方才还端坐在椅上的女子，便奔到为首那名一袭月白锦袍的俊美男子怀中。

朱七不明白为何眼前男子眉目突然变得阴沉，执起她的手一看，便立刻冷声喝问蝶风："朕一下朝，凤鸾宫的内侍就来报，说这边出了事，多少年的老宫人了，你这女官是怎么当的，谁做的？"

朱七有些急了，想让男人别骂蝶风，只攥紧他的衣袖，男人爱怜地抚抚她的背，又淡淡地看向蝶风。蝶风赶忙告罪，朝淑宁一指。

淑宁看皇帝来了，反而一喜，正要辩解，龙非离却沉声吩咐陆凯："将这婢子乱棍打死。若内务府以后在选拔侍奉年后人手的庶务上再不多加小心，你也别再当这内务府总管了。"

陆凯躬身应了，龙非离冷冷地瞥了蝶风一眼，蝶风明白这是警告，若非看在娘娘的面子上，皇上必定连她一起责罚。

一旁的淑宁早已吓得呆愣住，半晌才反应过来，膝行到了龙非离脚下，连连叩头，颤声求着皇上饶命。

朱七大急，紧紧扯着龙非离的衣袖。龙非离握了握她的手，眸光看向陆凯："按娘娘的意思去做，人不杀，但罚不能恕。"

蝶风打了个冷战，太清楚皇上话里的意思，不杀人，只是说给娘娘听的，"刑罚"用过了，只怕这宫女也没命了。

小雪与淑宁交情甚好，当下喜出望外，在被陆总管带出去的时候，又连连看了年后一眼，只见皇上坐了下来，将年后抱在膝上，那紫衣女子便倚在他怀中低低跟他说着什么。

皇上微微笑着，又轻轻亲在她的发顶上。

小雪痴痴地看着，被皇上这样眷宠着，娘娘真幸福，是痴儿又何妨，心痛的反倒是皇上吧。怀中的人说着话，很快有了倦色，龙非离低声道："朕带你过去歇一下好吗？"

朱七摇摇头："不。这个时候你该回储秀殿看奏章，我跟你过去。"

龙非离一怔，心里一阵心疼。从烟霞镇回来三个月了。他知道背后有人说她是痴儿，其实，她只是忘记了所有的事情，像一张白纸，品性有点儿像个孩子。

他记得在桃源村，她也忘了事，厌恶他，后来她好了起来。回宫后，他仍问了崔霓裳，崔霓裳说，许是她神志里想忘了痛苦，才会丧失了一些记忆。

他曾经愤怒地问过崔霓裳，这一次为何还会这样，明明他们已经重归于好。崔霓裳当时沉默了很久，才说，心伤还是在，因为年后娘娘心里一直在害怕，她失去过太多。

那一句心伤以后，他没再问。他等她。等她重新记起，陪着她。

他用了极端的方法，头一个月，他禁止所有人来探望，醒来后他是她看到的第一个人。那一个月里，除了蝶风在他上朝的时候照顾她的起居，就只有他在她身边。

她很依赖他。然后，有一天，他突然没有去见她。

他在暗处看着她坐立不安，最后提着小宫灯领着蝶风走出凤鹜宫满宫里去找他。她一路走，一路哭，喊着他的名字。

他其实在她背后一直跟着。他心里比她更疼。

在她累了，扔了宫灯，坐在地上发脾气的时候，他走出去，将她抱紧。

她又哭又笑，对他又骂又打。

那一晚，龙梓锦他们都在看着，龙梓锦说，九哥，你真是个疯子。

是，他用这个残忍的方法让她记住他。

她很多时候都乖巧，便像此时，她知道他的规律。

他们宿在储秀殿，翌日清晨，他会用辇车将还在熟睡的她带回凤鹜宫。

下朝以后，他便过来接她回储秀殿，他看一会儿奏章，便带她去华容宫用膳。嗟叹以外，母妃已不再说什么，梓锦、玉致夫妻也会带孩子过去。他们都是爱她的人，她也喜欢和他们玩。

午膳用毕，他将她带回储秀殿，让她午憩，他办公做事。

晚膳只有他们两个人吃。她其实并没有多乐意，更愿意和玉致他们一起用膳打闹，但他却私心地想拥有一些他们二人的时间。

三个月了，给她说一些事情，她有时会忘记，但他起居作息的规律，还有他跟她说的故事，她记得很牢。

记忆真是个奇怪的东西。

他突然宁愿她记不清他的规律，冲他发脾气，便像那晚一样，也许，他心里的疼不会在时间的蹁跹中慢慢溃烂下去。

"阿离，咱们走吧。"朱七有些奇怪，推了推沉默不动的男子，"我到储秀殿再睡觉，你要做事儿，不能耽误的。"

"好。"他抚了抚她的发，将她抱了起来。

这时，一个女子披散了头发跑进来，哭喊道："皇上、娘娘饶命，请饶过淑宁，她浑身是血，快被打死了。"龙非离脸色一沉，冷冷地盯着紧跟其后满脸惊慌的蝶风和一众内侍："怎么让她进来了？"

蝶风慌忙跪下，对娘娘有害之人，她从不心慈手软，只是那淑宁在院外受刑，已是奄奄一息。她自己以前也受过宫刑，终究心有不忍，便有意放了小雪进来求情，望能饶过淑宁，遣出宫外便罢。

朱七眉头一蹙，喃喃道："阿离，原来你骗我。"

她生了怒意，从男人怀里挣了出来，愤怒地看着他。

龙非离心下一沉，想也不想便去拉女人的手，她却狠狠地挥开，晶亮的双眸已有了泪光。

他心里一紧，低吼道："传陆凯，让他将完好无缺的婢子带进来给娘娘看。"

几名内侍一惊，应了，赶忙退出去。

朱七怔怔地看着跪在面前的淑宁，身上干干净净，有些疑惑。

小雪已被带了下去。一旁的蝶风心惊胆战，皇上果然还是饶不了淑宁那丫头，眼前女子并无伤痕，分明便是易了容。完好无缺，皇上传给陆总管的话，原来是这意思。

龙非离走到朱七面前，半屈下身子，去揩她眼角的泪水，低声道："别哭了——"

他想哄她几句，却不知道说什么好，一时噤了声。好一会儿，看她低着头，他心里一疼："要怎样才能让你高兴？"

朱七咬咬唇，低声道："那你不要再骗我，也不要丢下我，我上回找了你好久，原来你一直躲在我背后，你骗人。"原来，她一直在意这件事，龙非离轻轻将她圈回怀里，良久才道："嗯，是我不对。"

他低低在她耳畔道歉了很多遍，她唇角才有了丝笑意，两腮微红。他心里一动，刚才的愤怒和惊慌这才消失，竟突然变得快乐起来，看着她晶莹的眼，他不禁看痴了。他想将她带回储秀殿里，肆意疼爱，可是，他不能，他不敢，只能亲亲她抱抱她，怕亵渎了像孩子一样的她。

朱七看男人深深地望着自己，想起上次他藏起来将她弄哭以后，他什么都答应她。平日不给多吃的零嘴儿，那些天也让她吃了很多。

她眼睛一亮，定定地望着他。龙非离一怔，随即低斥道："零嘴儿不能多吃，吃了你待会儿便不怎么吃饭了。"

朱七撇了撇嘴："我不吃零嘴儿，我要你当马儿给我骑着玩儿，我上回偷偷上玉致那里，看到夏雨也让他爹爹当马儿，后来玉致不乐意了，也跑上去让夏桑当马，他们三个玩得很开心。"

一众内侍、宫婢闻言自是不敢说什么，陆凯和蝶风面面相觑，蝶风一下煞白了脸。夏桑疼爱玉致公主那是整个宫闱都知道的事，本来寻常夫妻做这等事也还能说得过去，但现在却是帝后之间，这——皇后还是过于放肆了啊！

朱七咬咬唇，却见龙非离微微皱着眉头："怎么？不成吗？"

陆凯见状，赶紧跪到二人面前，恭声道："娘娘，皇上下朝回来正累着呢，奴才变马儿侍候娘娘玩儿吧。"他话音方落，龙非离已打断了他，沉声道："将所有奴才领下去，不可让任何人进来。"

陆凯不敢多说，一咬牙，当即领了一帮奴才出去。

回来，只见门虚掩着，蝶风正站在门口，身子轻颤着，满眼泪水。他一惊，低问："蝶风，怎么了？"蝶风颤颤扬手，指了指里面。

陆凯看去，只见龙非离俯着身子，年后在他背上紧搂着他的脖子，随着男子的移动，脸贴在他的脸上，低低笑着，跟他说着什么，龙非离偶尔回她一句。陆凯正为蝶风的异常感到疑惑，目光落到龙非离袍子上，吃了一惊，皇上双膝处血迹渗出，湿了一片。他一下急了，但他是仔细之人，随即便注意到地上数处瓷瓦碎屑。

皇上的膝盖碰到了碎瓷上，竟然也不吭一声，还背着娘娘一遍一遍在地上转。

他一把将蝶风拉到外厅上，怒道："这是怎么回事，怎么不打扫干净！"

蝶风低头，哽咽道："是我的疏忽，适才淑宁那丫头将茶碗打碎烫了娘娘的手，我只顾着给娘娘上药，吩咐一名婢子收拾，刚说了淑宁几句，皇上便来了。后来一乱，也没想着仔细检查，现在皇上与娘娘如此，我不好进去……"

陆凯一拂衣袖，快步奔进里间，但脚步却生生定在门口，是啊，现在的情况，他怎么能进去！朱七心里快活，在龙非离后颈亲了一下，突然感到他身子猛地一颤，只听他呵斥道："小七，别调皮。"

朱七嘿嘿一笑，以为他怕痒，又往他颈上亲去。龙非离心里一荡，僵住身子，反手扶紧她。

朱七突然想起什么，"呀"的一声便要跳下来。龙非离觉察到她的动作，一惊，怕地上碎瓷扎着她，搂着她，一跃而起，微沉了声音："你就不能安分点儿？"

他才说了一句，看她娇颜如花便立即住了口，再也说不下去。朱七急道："咱们还要去储秀殿，我差点忘了。"

"好，咱们现在就过去。"

朱七点点头，一个人却快速闪身进来，低声道："奴才立刻去备辇车。"

听来人声音急促，如获大赦，朱七奇怪，摆手道："陆凯，我不要坐那东西，我要阿离背我回去。"

陆凯一急，正要说龙非离膝上的伤，龙非离却看了他一眼，眸光甚是严厉。

他知道皇上不想让皇后担心，但这伤也要处理——龙非离已背起朱七，大步走了出去。他长叹一声，跟了过去。

储秀殿。

龙非离径自将朱七抱进里间，放到床上，道："蝶风告诉朕，说你今儿个起早了，先睡一下，朕批完折子便带你去母妃那边用午膳。"

"你会闷吗？要不我陪你？我就坐在旁边不说话，我不会吵你的，就像平时一样。"

她仰起下巴，神色有些担忧。龙非离又是一阵心疼，想起与佛陀的约定，但他清楚地知道，现在谁敢将她夺走，他必定神佛无赦。

"朕不闷。"摸了摸她的发，龙非离在她额上一吻，替她盖好被子，快步走了出去。他又骗了她！他其实想让她陪着，只是刚才在凤鸶宫里，她微微一闹，他已不由自主对她起了念想。此时此刻，他不敢与她待在一起，怕自己会对她做出什么出格之事。

现在的她，只怕并不懂那些。她是他的妻子，正大光明的，他却不能碰她。他苦笑，坐到椅子上，陆凯蹲下，替他清理膝上的伤。

他忙收摄了心神，看起奏章来。

过了数盏茶工夫，他放下手上奏章，走进里间。

她似乎好梦正酣，张着小嘴微微笑着。他咬了咬牙，正要起身，却听她低低地叫着他的名字，心中又疼又喜，终于压抑不住俯下身去，衔上她的唇。

再不是对待孩子的那般，这是三个月来，他第一次以这样的方式吻她，男人对女人的。朱七只觉唇上被什么东西压着，温热柔软，徜徉在鼻端那阵淡淡的清香是她熟悉的，心里一颤，并不反感，却有些害怕。

有抹柔滑的东西挑开她的唇，向嘴里探来，睡意还浓重却又顷刻清醒过来，她猛地睁开眼睛，龙非离的脸便在眼前。

那是张很漂亮的脸，眸似点漆，却在碰上她的视线后眸光变深，瞬间从她眼前离开。一同离开的还有她唇上的压迫。她抚着唇瓣，探头到他颔下，愣愣道："你为什么咬我？"

她看到他脸色一变，似乎生了一丝怒意，两颊又有些红。

她不解，想去看他的眼睛，他不让，伸手将她的脑袋扳住，手上力道甚大。

他虽对她贪吃零嘴的事时有训斥，但她明白，他舍不得打骂她。这时却整个人古古怪怪的，她心里有些不悦，去掰他的手。

他的掌比她大很多，温厚有力，她努力无果，气呼呼地按着他的手，脑袋往他怀里拱去。

"小七。"他一声轻唤，语气里有丝无奈。

"别叫我，我今晚不跟你吃饭也不跟你睡觉。"她在他怀里大声喊，跟他置气。他皱眉盯着她，她终于看清他的眉眼，却不是很懂，觉得心里有丝沉，觉得他似乎并不开心。她不大喜欢他这样，她喜欢他对自己说话，哪怕语气淡淡。

她用力挥开他的手，这一次，他没有用强。

她一旦得脱，便咬上他的唇，咕哝道："你咬我，还不跟我说话，明明是你不对，跟我说话，给我讲故事。"

他浑身一震。她感受清晰，不知道他在想什么，有点儿急了，又重重咬住他的唇："你不理我。"

她才吼得一句，背上一暖，已让他抱到膝上。她心里欢喜，一股微腥的液体突然滑进嘴里，一惊，才惊觉一时没控制住力道，将他的唇咬破了。

她有些忐忑，怕他生气，乖巧地在他怀里坐好，伸舌舔了舔他唇上破损的地方："别骂我——"剩下的话全被堵回口里。她的唇舌被他的封住，那股压迫又汹涌而来，逼迫得她透不过气来。

她的津液被他狠狠吸吮着，血经由他的舌带到她的舌苔上。

身体的感觉很奇怪。好像有股热气在肚子里乱窜着，腹部却有丝凉气，她惊呆了，却是他的手探进她的衣裳里。

她不解看去，只见上衣被拉高，露出一片肌肤，莫怪有些冷了，胸口处的衣服凌乱耸动，她有些恼怒地看着他的大掌在那里动作。她忽地一颤，却是她的肚兜被他扯了下来。

她有些恼怒，但他"掐"她，心里却一点儿也不生气。她怔怔地想着，冷不防被他扶在背脊的手一按，她被压紧在他怀里，与他的身子紧贴着。她只觉得下腹那股暖热在肚子里游走得更猛烈，她不知道怎么办才好，闭上眼睛，攥紧他的衣衫，扭了扭身子，低低呻吟出来。

然后，她只听到粗重的鼻息沿着她的唇颈而下，急促地蔓延到她身上……她不知所措，低唤着他的名，突然身上一重，她愣愣看去，这才发现不知什么时候被他平放在床上，他整个人压在她身上，镶着纯白皮毛的小袄被解开了……

她看到帷帐被男人白皙修长的手拉下，然后镜像瞬间消失，眼前只余一片云烟。她怒急攻心，有一股尖锐逼在喉咙，她想大声喊叫，却发现从嘴里逸出的无声无息，竟连悲恸也嘶喊不出来。这里是天界的一角，叫作镜海天。取这儿的云烟可做成镜子，看现在过去与未来。

她是镜海天的囚徒，辛追追。

龙昊，你的心这般狠。

她好痛好恨，为什么这具身体里的不是温如意，而是她辛追追。

鸩毒一喝，温如意那抹魂已不知去向，也许已彻底消失在这天地里。她来到了西凉，挟带着千年的恨而来，到最终却是一个笑话？她甚至不是紫苏，她被林晟骗了，她是莫琮！

紫苏也罢，莫琮也罢，龙昊，为什么你如此待我？

她没有想到与龙梓锦那一晚，那不是她想要的，虽然他也有权势，面目英俊，但她并不爱他，那只是宿醉后的错误。

她后悔痛恨。不曾想徐熹却给她带来一个机会。徐熹对温如意之母一直有情，也一直不喜年璇玑，当然徐熹并不知道她与龙梓锦有过一晚……后来有一晚，龙昊为年璇玑的事喝得烂醉。

他一直叫着小七，她宁愿易容成那个女人。他打开她的衣服，亲吻着她，却突然凝眸皱了眉宇，在她身上抚摸着，似在找着什么。

他明明醉了，怎么还保留着最后的清醒！

他最终将她狠狠推开，自己睡在榻上。

她刺破了足踝，将龙帷里染成浅红。她想一搏！

徐熹赠她人皮面具，将她带到储秀殿，她就只差一步。第二天敬事房一记，她便是他的女人。

她一咬牙，将人面摘下，又伪装了其他痕迹……

翌日醒来，他的手支在膝上，淡淡地看着身旁赤身裸体的她。

他没有多说什么。她想，她成功了。

却原来，那一眼早有端倪……

在与龙梓锦发生关系以后，她曾以生死威胁过龙梓锦今生绝不能将他们的事说出去。她知道龙梓锦不会说出去，但是没有想到，在她进储秀殿与龙昊一夜之前，龙梓锦已向龙昊请求赐婚。而龙昊当时还在考虑。

后来发生了储秀殿的事。若说以前龙昊还念着旧情，储秀殿的事以后，龙昊已拿定了主意：他不想让他弟弟娶她。

所以，他没有阻止敬事房记录。这一来，宫里都知道，她与皇帝发生过什么事，龙梓锦也开始绝望。后来，她知道自己有了身孕，很慌乱，但想起储秀殿那一晚，随后，她假装在华容宫晕倒……

在骗过别人之前，先得让自己信服！她不断对自己说，那是他的孩子。

她去大牢向朱七炫耀，她要朱七后悔当日对她的残忍，她要朱七伤心。

原来，关于她辛追追的孩子，不过是他眼中的笑话。

她不懂，真的不懂，为何当初龙昊认定年璇玑的背叛，在醉死之际还是念着那个女人！

林晟，龙修文也还没死透，他将他们分别囚在这里。

镜海天，可探看人世繁华。

他又下了术法，当你看到心痒难耐之时，便断了镜像——

他不杀她，他要她亲眼看着他许那个女人一世爱宠！

他的心，这样狠！

突然一声号叫传来，是龙修文还是林晟？前世还是今生的战神，她分不清那声音。他们也在镜海天里看到了什么景象吗？她不知道，只知道，他们与她比邻而居。

她死死地看着那云烟缭绕处潸然泪下，如果当初她选择与龙梓锦在一起，以温如意的身份活下去，那么会不会又是另一番天地？

也是一世爱宠。

龙梓锦爱她，他不爱崔霓裳的，不爱崔霓裳。

可是，她爱龙昊啊。龙昊爱阿七。她哭笑着，突然想起小时候她那个古板严肃的父亲教过她的李商隐的一首诗。

嫦娥应悔偷灵药，碧海青天夜夜心。

储秀殿。

清风走近院门的时候，只见一众禁军和内侍都守在院外。他眉头一皱，问其中一个内侍："皇上可在殿内？"

那几名内侍都是刚刚换值过来，不知底细，被问话的内侍恭声道："禀公子，适才陆总管嘱咐下，让奴才等莫扰了皇上清静，他到华容宫走一趟，跟太后娘娘告个信儿，皇上有些政务处理，稍后才过去。"

清风轻轻地"嗯"了一声，看来他与陆凯在路上错过了，他便是从华容宫赶来的。快到用膳时间，帝后二人还没过去。太后有些急了，便要催人去问，他嫌内侍脚程慢，便自己过来了。

这内侍说皇上有政务要处理，那他干脆进去等上一等，与师兄一起过去好了。

内侍知道清风的身份，更知道他经常出入皇帝书房，忙欠身让他过去。

清风在门口低声唤了一声，不见应答，微觉奇怪，径自推门进去，却见书房空阔，里间似有细微的声音传来，只道龙非离可能在里间小憩，想也没想，便快步而进。

才掀开七色水晶帘——说起这水晶帘，原来的珠帘已坏，这道帘子是后来龙非离为那女子重新做的，那人喜欢波光璀璨的珠子。

眼前情景……他大吃一惊，呆愣在原地，一时竟不知是进是退好。

床上帷帐半掩半开，女子一头青丝如瀑，袄裙环在腰臂上，半眯着眼睛，眼角眉梢又嗔又恼，脸如桃花。她身上的男子只着单衣，狭长双眸微微眯着，却掩不住眸中炽热狂烈。女子的手插进他的发上，束发金冠早已坠在床幔之下——

他听到声响，眸光一沉，一把拉过被褥将女子的身子盖严，抱入怀中，抬头怒视着他："清风，你放肆！"

"师兄，我并非有意，我没想到你和她在——"清风一惊，慌忙跪下，一颗心却还怦怦乱跳，脑中一时是女子美丽的身躯，一时是男人狂怒的眉眼。

耳畔，女子的声音低低传来，似带了几分哭音："阿离。"

他顿时冷汗涔涔！

清风一语不发，默默地跟在两人背后。眼前浮现的是刚才女子在男人怀中看他的满眼水烟，他心里是慌是急是乱，他怕那是厌恶。

他知道，曾对她做的事情，这辈子她再也不会原谅他。

其实在他以为她背叛了师兄的那段日子里，他心里真的就一丝轻松也没有吗？他心底也是想过的吧，原来她所谓的深情不过是虚假，他没能从她身上得到的，别的男人也没有得到。

他对不起师兄也对不住她，这一生，他就这样守着他们吧。

她从来只爱师兄，为了他，她甚至——一股尖刻的酸痛从心里涌出，他突然想，厌恶也好，总算她记住了他。

她的声音却从前方传来："阿离，你刚才对清风好凶，你是在生他的气吗？别生气。"

"你不是向来不喜欢清风吗？为何还为他说话？"

"不喜欢？我为何要不喜他，我又不认识他，我只是不想让你生气，我不爱看你生气，你方才对我又掐又咬的，不是很高兴吗？要不，我再让你掐几下，哎，你突然走这么快做什么？你的耳朵怎么红了？"

她不认识他？清风一颤，看着一众禁军、内侍急急跟上去，定住了脚步。

他知道，回来以后，她就记不起事了，但后来她和每一个人都处得很好，唯独他除外……却原来连厌恶也没有？

他怔怔地站在原地，看一个个人从他身边走过，看着前方白袍锦服的男子将她稳稳地负在背上。她枕在师兄的肩膀上，轻轻蹭着师兄的肩背，像只调皮又慵懒的猫。师兄偶尔回过头，眸光浅浅，却都是笑意。

他虽看不见，却能想到她的笑颜必也明艳。

只是，那笑不为他人开，只为他一个人。

他朗声而笑，眼鼻却已是一片酸涩。

爱是谁一生奢寐，恨其实也未为苦殇。原来，从未被记挂，才叫痛。

再走一段路便是华容宫，侍官已赶上前去禀报。

龙非离却突然生了个念头，想带背上女子回储秀殿，心头竟还是浮躁。

"阿离，我肚子好饿，我能吞下一头牛。"她在后面嘀咕道。

他一怔，心中疼惜，又微微失笑，她每回都这样说，却吃得不多。他刚想说她几句，她却将头凑过来："你为什么不作声？给我讲故事。"

她还在担忧他生气，在逗他说话——他唇角笑意不觉又大了些："想听什么故事，朕给你说乌孙国的传说好吗？"

"不要。"朱七直觉地摇摇头，他给她讲过很多故事，可是，她只爱听那一个。也许，是他在说那故事时微哑的声音。他说那个故事的时候，会给她一种感觉，他像被人欺负了，声音低缓沉哑，她喜欢欺负他。

一想到这里，她心里顿时雀跃起来，搂紧他的脖子，道："给我说皇后的故事。"

龙非离微一拧眉，淡淡道："不是已经听过很多次了吗？"

朱七恼了："就要听！那我今儿个和你睡觉，明天不是也和你睡吗，睡了很多天还是得和你睡。"

旁边紧跟着的几个内侍听得胆战心惊，想笑不敢笑，更不敢看皇帝。

皇帝果然被气得不轻，脸色也沉了："你不喜欢和朕睡？"

朱七皱皱眉，凑过脸去碰碰男子的脸颊："你又生气了？生什么气？我喜欢和你睡。"想了想，又老实道，"我想，不和你睡在一起，我会睡不着的。"

"嗯。"龙非离轻轻一声，一众内侍却分明看到他唇上噙了笑意，悬着的心这才放了下来。皇后与皇上置气，最后遭殃的绝不会是皇后，只会是近侧侍候的人。

"高兴了就快给我讲故事。"

"这次想从哪里听起？"到底还是拗不过她，他不是民间那些说书先生，哪会说什么故事！但他与她之间的事，他怎能让她忘了，她刚醒来的时候，将其中一些人的姓名换了，他日日夜夜给她说他们的事，哪怕在她来说不过是别人的故事。

欣慰的是，她已听过许多回，每次却会新想一些事情来问他。她将这故事记得越来越牢。哪怕实际上他并不愿意多说，每说一次，便会痛一回。

"那这回你给我说说皇帝怎么知道漪妃的坏？"

"年妃有孕以后，他一直在想年妃腹中婴孩的事，也一直在查谁泄密给龙修文的事，因为都是他的心腹，他并没有明问，只是一直在暗查，一个一个去查。查徐熹的时候，他想到了漪妃。因漪妃与徐熹交情甚笃，如果徐熹曾对漪妃说过此事呢，后来紫卫果然在漪妃住的院落里找到些黑鸟的羽毛。"

"黑鸟是什么？"

"这是最好的信鸟，日行千里，后来，他又试探了徐熹，也得到证实，漪妃确实知道他们真正的去处。"

"可是皇帝知道漪妃坏，为什么还要娶她？只是要断他弟弟的念想吗？"

"是想断他弟弟的念头，他弟弟那时虽心生绝望，却还惦念着漪妃。嗯，小七聪明，更多是被年妃激怒的。盛典那天，年妃过去了，她告诉皇帝，孩子不是皇帝的，是大将军的。所以那时年妃问他有无与漪妃欢好，他也说了气话。"

"欢好是什么？"

"……"

"你也不懂吗？没关系，我待会儿问夏桑，玉致说夏桑很聪明。"

"不准问！回去朕告诉你！"

她又问了些事情，他只不动声色地避开一件，其他的都仔细地给她讲。只是，故事还没说完，转过回廊已是华容宫。

朱七自动自觉地从男人背上跳了下来，龙非离去握她的手，朱七却突然避开。

龙非离微微皱眉："小七？"

朱七走到廊柱旁，神色有一丝黯然，低声道："我知道的，在牢里的时候，皇帝是故意的，他不是要回去看漪妃的，因为他恨年妃，所以他也不将脚镣子给她解开，可是……"

她歪着头想了想，却不知道自己想说什么，蹲在地上，泪水直流。

手重重握成拳，龙非离浑身震颤。在烟霞镇的时候，她虽已原谅了他，而现在，她也已记不起事情，但她还记得那些痛苦。她更无师自通，将他的心事　　道中。

他走过去将她拉起来，把她抱进怀里，她的身子轻轻颤抖着，他也一样。

他想哄她，想告诉她，那时皇帝虽恨年妃，却更爱她，不然，他不会在认定她背叛后，仍一直没有碰别的女人。

终究没有说话，只是用力抱紧她。他再也不会让她受任何委屈了，他会让她再次快乐起来！一定会！

模糊的视线中，院子里一双人影一前一后走过来，在男人衣衫上拭了拭泪水，朱七赶紧从龙非离怀里挣了出来。

龙非离一怔，随朱七的目光望了过去，却见来的是龙梓锦夫妇。他知道她的心思——怕被龙梓锦笑话她哭鼻子，龙梓锦却只怕早已自顾不暇。每回用膳，龙梓锦都与崔霓裳一道前来，但在暗处，二人却距离遥远，情态生疏。

他低笑道："不过去找崔霓裳吗？"

朱七嘻嘻一笑，在他脸上亲了一口，便跑了出去。转过几丛树荫，她大叫一声，去拉崔霓裳。

正在低头慢慢走着的崔霓裳被朱七吓了一跳，嗔道："娘娘！"

朱七笑了笑，回头喊道："梓锦，我和霓裳先走。"

走在崔霓裳后面的龙梓锦一愣："哎，九嫂！"

他刚想唤住她，却被打断："十弟。"

龙梓锦看去，只见龙非离负手站在回廊上，淡淡地看着他。

他自嘲一笑，索性一提衣摆，跃了过去，侧目看去，崔霓裳已随朱七从另一边进去了。

"你和崔霓裳还好吗？"

"从烟霞镇回来，我们就分房睡了。"龙梓锦苦笑，又低声道，"九哥，那个人在天界还好吗？"

龙非离眸光一沉，冷笑道："当日你提出立崔霓裳为妃的时候，朕便不该答应你！崔霓裳这人足够匹配你龙梓锦有余！"

龙梓锦咬了咬牙："我知道我对不起她，但她现在好好的，温如意她却……九哥，我——"

他一声长叹，转身进去了。

龙非离没动，凝眸远眺。背后却突然一暖，一具幽香馥软的身子覆了上来，镶玉腰带处被一双小手紧紧扣住，他一笑，握住那双手："将牛吞回来了？"

"还没吃呢，你不在谁给我布菜？"龙非离一怔，随即心情大好，转身捏了捏女子的俏鼻，携了她的手走进去。

事实上，他刚才在想，之前她问他的，而他回避了的问题。

那个故事里，有关年小八的结局。

年小八会永远陪着她，可是那个女子再也不会回来。

沧海碧波如镜，她站在佛陀旁边双眸含泪，却又有笑意从唇角露出。

"龙王，我的身体已经死了，灵魂本也应该随着身体消亡，是白战枫和流景散尽最后一缕魂灵将我的灵魂重新凝聚。白战枫一生大善，魂里有凝魂救愈之力，只要将我身体里那抹凝魂的灵力释出，便能将阿七的灵魂再凝回肉身。"

"我不能答应你，她曾让我照顾你，若以你之命换她，她以后知道了也不会高兴。"

"你告诉她，只要她的记忆里有我，我就永远不会死，她活多久，我就能活多久。我们求神拜佛，是因为我们都有念想，有各自想求的圆满。阿七的圆满是和你在一起，我是陪着她一起长大的小婢女，我等了三生，求的是她能幸福，不再被困在那个要用灯火才能照亮的宫殿里。"

天幕辽阔，银河闪烁似长桥跨越海天，月如玉盘。

那些生命中最后的意识和话语，随着无数晶莹光晕从女子身上释出，在天空翻飞，又慢慢注入白袍男人手上的身子。

——阿七，进去。我会保护玉环，我会去找你！

——紫苏，别怕，别伤心，我不会让你自己一个人！一定会有人陪着你，直到你幸福。

——龙王，若说我还有什么遗憾，那就是不能陪她再走远一点儿，如果可以，我想永远守着她。以后她哭鼻子的时候，替我告诉她一个小秘密，我喜欢阿雪，但阿雪已不可能再回来，也许我在另一个世界能找到他，这样不是很好吗？"

永远守着她吗？

他看了一眼不远处倒卧在佛陀身边的玉环，她已永远寂静不动。

手中白衣女子的身子渐渐变暖，他小心翼翼地将她放到海镜上，缓缓伸手朝空中抓去，半空蓝幕似一层画纸，突然被什么撕破，一具身着紫衣的女子身体跌落下来，那女子面目清丽，却正是年璇玑。他伸手抱住，走到佛陀身边，将年璇玑放到玉环身边。

他略一皱眉，烟霞村落，龙后庙，林野……多番走动，二人身上衣裳沾有泥尘，他伸手轻轻拂过，替二人换了衣裳妆容。

他记得，那年的天界、西海热闹沸腾，那是他娶天帝小女紫苏的日子。

她与她的小婢一身红衣翩跹。

小婢扶着她从轿里走出，他在千百人中冷冷地看着二人，眸光却又猛然落在她的脸上——她的喜帕被风卷走，虽然在那之前，他早已见过她，与她有过淡淡的亲密。但那天，她浅妆红裙，袍绣凤凰，一双眼睛羞涩地看着他。

他记了一辈子。

他突然两指轻扣，一具朱棺降落到海镜上，转身看了一眼远处尚在沉睡的白衣女子，俯下身子，在年璇玑脸上轻轻一抹。

而后，五指微拢，他又将那白衣女子凌空抱进怀里，指腹抚上她的脸颊。

瞬间，两名女子脸容互换。

佛陀眯眸颔首："你我看来，朱七仍是朱七，璇玑仍是璇玑，恭喜龙王神力已恢复。这幻术高强，只怕战神、狼王尚在，也看不出内里乾坤。"

佛陀笑道："肉体凡胎，转眼成尘，倒没想到当年残忍嗜杀的龙王竟对一个婢子起了恻隐之念。"

"她早不是婢子，在紫苏心中，她便是最好的朋友，就让她永生守着紫苏吧。"他淡淡道，袖子一拂，将玉环与年璇玑先后置于棺中。

"龙王，紫苏公主果真改变了你。"佛陀看着棺木消失在海镜之上，"公主在天界素有貌美之名，这将容颜藏起，岂不可惜？"

"我与紫苏尘缘未了，她是我的皇后，面目骤变，国民必定众说纷纭。紫苏的面貌，他人不识，但我将施术与我近身之人，我与他们都能看见，又哪里有可惜？"他眸光微沉，道，"尊者道远术深，早视皮囊为无物，何故调侃龙昊？"

佛陀哈哈一笑，良久凝声道："自龙王沉睡到再生，天界千年无主，邪恶妖孽作乱居多，龙王神力浩大，佛祖与天界诸神将等龙王与公主他日回掌天庭。只是，公主虽已无恙，但到底朱七之身破损甚重，公主在尘世陪伴龙王难以长久，吾愿助龙王将朱七身上的伤治愈，但也望龙王允吾一约。"

"你既拿紫苏说事，龙昊岂能不应允？"他挑眉轻笑。

佛陀笑道："幻术以外，佛祖与吾只盼龙王能应允在人界不使用任何神力。"

第六十一章

执子手 死生契阔与子说

华容宫。

龙非离携朱七刚踏进大厅，一阵劲风扫来，朱七一惊，下意识往龙非离怀里偎去。龙非离眉心一沉，将她揽紧，带着她往侧边一退，抬眸看去，却见龙梓锦发了疯似的正在与人打斗，那人却是吕宋。

吕宋随众人从烟霞镇回到帝都，众人挽留，他倒没有立刻离去，只是他再也不是内侍，留宫不便，就住在段玉桓府里。段玉桓夫妇与帝后交好，也经常进宫，一起用膳。吕宋间或也会随着过来。

龙非离早就猜出吕宋相留，必有他事，只是多日来一心扑在妻子身上，才没相询，倒没想到这突如其来的一场打斗。

本来吕宋武功极高，但龙梓锦只用那不要命的打法，只攻不守，吕宋又不愿伤他，一时倒僵持不下。

有禁军想上前助龙梓锦，龙玉致怒道："谁敢去帮陵瑞王爷，本公主废了他。十哥，你就是一疯子！"

龙非离微微拧眉，母妃在内厅没有出来，这大厅上，夏桑、段玉桓等人都在却没有插手，眉宇间也带着愠怒。崔霓裳抱着龙无垢站在一旁，眸中泪光泫然，又听龙玉致如此说，明白祸端必在龙梓锦身上。

他挥手一招乐晶莹，乐晶莹会意，走过来将朱七扶好。龙非离微一侧身，介入龙梓锦与吕宋之间，两人一惊，同时收住掌风。龙非离眉目一瞥，侍官立刻带一干侍从退下。他缓缓按向龙梓锦肩膀，沉声道："龙梓锦，你最好给朕一个合理的解释！"

"九哥。"龙梓锦咬牙看向吕宋，低吼道，"谁准你碰崔霓裳，她是我龙梓锦的女人，我还没死呢！"

吕宋皱眉，道："王妃适才抱着小皇子，一时站立不稳，吕宋出手相扶，也在礼规之内。"龙玉致冷笑道："十哥，你还与别的女子有过更其的亲密呢，十嫂是规行矩步之人，你凭什么说她？不嫌好笑吗！"

"她又不是没有抱过垢儿，怎会站立不稳？别以为我不知道，从烟霞镇回来，崔霓裳每次进宫用膳，吕宋若过来，必与她走开喁喁细语。"龙梓锦一声冷笑，目光又凌厉地扫过崔霓裳。

"噢，原来陵瑞王爷也还有留意王妃的时候啊？"吕宋淡淡反驳，眼里划过一丝嘲讽。众人一时面面相觑，倒没想到龙梓锦发怒有这个前因，崔霓裳突然走了过来，微微仰起头，低声道："吕先生出身仙砚台，我与他只是谈论医道，你信也好，不信也罢。"

龙梓锦一怔，差点便要说他相信她，但看着她眼中的疏离，一下子便不知从哪里来了怒气，道："我不信！"他伸手扣上她的肩膀——三个月，他受够了！他是她的夫君，她却礼数有加，将他视为陌生人。

"王爷不信，那便给我休书。"崔霓裳轻轻一笑，将手中孩子递给他，"我累了，确实抱不动垢儿了。"

龙无垢的身份真相大白以后，龙梓锦原想将他接回王府教养。有一晚，他喝得醉醺醺，跑到她的房间问她好不好，她说，好，那毕竟是你的孩子。

他浑身酒气，狠狠地盯了她良久，又去吻她，她拼命挣扎。他大怒之下离开，后来却再也没提过将龙无垢带回来的事。娘娘喜欢孩子，但龙非离顾虑她的情况，只将小皇子养在龙玉致的寝宫里。娘娘的事，大家都是知道的。会再留下一段日子，只是想看着娘娘恢复记忆再走。

也许，不过是舍不下他。他呢，心里惦着却不是她。从她小产时开始，就该知道，只是她骗了自己四年罢了。

烟霞镇那天，朱七进去了，她在穹膜外看着惊急，曾昏厥了一阵。当时所有人的注意力都在穹膜内，只有吕宋发现了。吕宋后来问了她的情况，将从仙砚台拿出来的最后一颗护心丹给了她。

这丹药珍贵，仙砚台本来就只有两颗，吕宋已全部带了出来，一颗赠与龙非离，另一颗给了她。吕宋本拟离去，但看她病情难测，不知这丹药能让她支撑多久，便又留了下来。

吕宋这人看似冷淡，实有佛心。进宫，也是为询问她的情况。

只是，事到如今，她是再也待不下去了。

看他一脸惊愕，死死地盯着她，竟连孩子也没接，她一笑，将龙无垢递给朱七。朱七看她满眼泪水，蹙眉将孩子接过，龙无垢却立刻向她伸手扑来，哭喊道："婶娘抱。"

她才转过身，龙梓锦却比她更快，一脸阴鸷地挡在她前面。

众人都在担忧，但两人的事又不好插手，只盼龙梓锦能将崔霓裳劝下来。

龙梓锦伸手执住崔霓裳的手："你要去哪里？"

"天大地大。"崔霓裳低低笑道，她不走，难道要死在他面前，死在那个冰冷的王府里吗？龙梓锦却只觉快气疯了，一字一顿厉吼道："崔霓裳，你听着，我不准，我不准！"

崔霓裳微微侧头，被他紧握在大掌里的手颤抖着，正想挣开，一阵剧烈的疼痛从心口传来，身子一软，迅速失去了意识。

院子里有些树木已经光秃得只剩枝杈。

站在回廊的高柱旁边，龙梓锦怔怔地看着一院雪白，浑身冰冷。也许刚刚下了场雪，真的很冷。他从来没想过，有一天，那个女人也会病倒。

她很顽强，又是医女，那时小产了，很快便好了起来，还到厨房给他张罗吃食。她嫁给他以后，多年来，他的膳食都是她操弄。她的手艺极好，大婚翌日，他吃过一回以后，便喜欢上了。

他突然记起，那时甚至没有过问过一句她的身子。后来的三四年里，她几乎没怎么病过，应该说，她一直在病着，只是他不知道罢了。

千岁莲，原来她得倚仗它来活，所以那时她才有过犹豫。她比任何人都清楚吧。要么不给如意，让如意死去，若给了，便得多给。

他想起那晚，她拿着盒子给他的时候，眸光里的期盼和小心翼翼，她将拿下的少许药丸也一并倒回药盒里时两手的颤抖。

他又对她做了什么！

那狠狠撞击在心头的急痛，像有几把刀子同时剐割着他的皮肤。

雪花飘落，有几朵飘到他的衣襟上，他打了个冷战，颤颤地伸出手去扶着头。他在想，开始在脑子中拼命搜刮，这四年来，他曾为她做过的事情。

脑子是空的，没有，什么都没有。

他甚至不知道她的寿辰，而他每一回寿辰，在宫里狂欢过后，百官送上寿礼，回到王府，还有她送上的暖酒面食，还有一夜帐暖。

他跟她说，九哥生辰，如意会给九哥做长寿面……他在她面前说很多关于如意的事。

有一回，她低声问了他一句，你这么爱那个人，为什么没求皇上赐婚。

他当即大怒，朝她发了火。其实，他知道自己的心魔。他一直都深深渴望着得到如意，但他清楚地知道，比任何人都清楚，如意不爱他，从来不爱他。他痛苦着却仍对她好，不逼迫她，那么，也许他永远得不到她，但她会记住他一辈子。

那次以后，她很少再说什么。

四年了，原来他什么都没有做过，他从来都没有对她好过。

而现在她快要死了，他才从别的男人嘴里知道这件事。他是她的夫君，却从别人嘴里知道她早已病危的事！

她一直用她的命去延续如意的命。甚至，在如意可以用其他的药来勉强维持生命的时候，他还拿走了她的救命药——

她不会再原谅他了！她也快要死了！那他该怎么办？

他不能没有她！这个简单又复杂的念头突然从心尖处一下涌出，又迅速席卷过全身。

他咬紧牙，却止不住浑身剧烈颤抖。他猛然回头，龙非离等人不知什么时候站到他背后，一脸凝重。他们刚才还在寝宫里，怎么突然全都出来了？他是因她醒来不愿见他，怕惹怒她让她犯病才出来的。

他一惊，跌跌撞撞地走到龙非离身旁，抓上他的手臂，颤声道："她怎样了，吕宋有没有说她怎样了？"

"想知道便自己进去看。"龙非离淡淡道。

他苦笑，他可以吗？他没有这个资格了吧！

有人伸手轻轻拍拍他的肩膀，他一看，是段玉桓。夏桑叹道："王爷，我敢保证，她现在最不想看到的是你，但最想见的也是你。"

他走得又快又急，推门那一丝声响，他怕扰了她，又急忙收住脚步。房里一众女眷朝他看来，她们围在床榻四周，以致他无法看清她的模样。

吕宋拧眉站在窗前，他想问问吕宋她的情况，更想将这房中所有人都撵走，几个念头在心头翻滚着，却听龙玉致咬牙道："你还过来做什么！"

她说着，心里气不过，拿起桌案上的一只小玉狮狠狠向龙梓锦掷去。

龙梓锦心里黯然，也没躲，那玉狮掷中额角，顿时鲜血直流。

龙玉致低呼一声，众人一惊，崔霓裳半倚在床上，这时也情不自禁地探出身子，望向龙梓锦。龙梓锦看到她探出身来，一双眸子里写着担忧，心里狂喜，手微微颤着，又想，玉致再多砸他百十回，也是好的。

崔霓裳看他痴痴地望着自己，心中躁乱，转过头。

龙梓锦一慌，终于抑制不住，趋步上前，走近床榻。龙玉致拿捏不定主意，看着十哥一头鲜血，污了眉眼，脸色比崔霓裳还要白上数分，一时竟不知道要不要让他过来看好。

乐晶莹蹙眉，却与她一般心思。朱七本在床上坐着，这时站了起来，道："让梓锦看看霓裳。"朱七并不太懂，只是下意识的想法。心想只有让龙梓锦看看崔霓裳，才知道崔霓裳的苦。她想着一怔，竟不知道为什么自己会这么想，她一手一个拉了龙玉致和乐晶莹起来。

"谢谢九嫂。"

龙梓锦坐下，看向崔霓裳低垂的脸庞，伸手便想去握她的手。

崔霓裳却猛地抬起头。龙梓锦一震，入目是她青白的容颜，他这时竟才看得真切，手无力跌落下来。

"我知道你一直念着她，那些药是我自愿给她的，你不必愧疚。还有，我想明天就走。"龙梓锦大惊，心里一下慌乱，将她搂进怀里，喃喃道："别走，霓裳，别离开我。"

"我去给你找药，我不会让你有事的，别离开我，只要你不走，你要我做什么我便做什么！"

"王爷，何苦呢？"

崔霓裳心中同样黯然，摇摇头，只是她略一摇头，便被他紧按着后脑勺，再也无法动弹。她枕在他的胳膊上，青丝散了一身。

恍惚之间，竟似也有了几许悠远之感，那是她以前从来不敢想的。

窗外飞雪，银装素裹，宛如无瑕。香炉袅袅，炉畔房中，人人成双，却唏嘘不已。"如果你早一点告诉我，如果我早点知道……"

他的声音沉沉，沙哑痛苦。她闭了闭眼睛，突然想起多年前她与他之间没完成的对话，低声道："王爷，你还记得那天在王府的小药房，你问我，'这就是你说的用没了的药丸？既然用没了，就别放在如此显眼的地方'。那时我想告诉你，你没让我说。"

如遭重物钝击，龙梓锦的身子颤抖起来，想起她那时试着跟他解释，她说，王爷，我将东西放在这里是因为——可是，他到底没有知道是因为什么，因为他恶狠狠地打断了她。

——永远也别跟我解释！很龌龊很恶心知道吗？

是他亲手断了她所有的希望。是啊，她还怎么解释。她总需一点儿自尊。

"梓锦。"她的手突然抚上他的眼睛，轻轻抹去他眼底的湿意。

她的手很凉，并不腻滑，不像龙玉致等人保养得宜，指腹间都是些细细的茧子。他大恸，握上那只手。

梓锦。他突然记起，成亲以来，她一直唤他"王爷"，九嫂、玉致、晶莹她们却直呼他们夫婿的名字，哪怕九哥是九五至尊。

"其实，如果你每次拿药给她的时候仔细看，你会发现，除了你拿的，药丸在不断减少着，因为我也拿了，虽然每次我都不敢多拿。

"我不后悔我做过的事情，我知道你从没爱过我，你爱的是她，你一直不快活。我本不想答应你的求亲，后来又想，有个人陪着你，也许你能快乐点儿。如果……你真觉得欠下我什么，就让我离开王府吧，我想跟吕大哥到民间去看看。"

她的话嘶哑却坚决，轻轻打在他的背脊上，沁进他的肌肤、心里像窗外的雪那么冷。

在拥抱里告别，是温柔还是残忍？龙梓锦一声低吼，泪水瞬间决堤。

这一生，他只为三个人哭过，九哥，如意，还有她。

如意，他花尽半生惦念着，其实也许不过是——得不到。

父皇信佛，常请僧人进宫讲解佛理。僧人总是一遍一遍地说，这世上最珍贵的莫过于得不到和已失去，特别是宫中之人当以此为戒。那只是最浅显的佛理。那时年纪小，三哥、七哥、九哥和他已多涉猎群书，对秃驴所说皆嗤之以鼻。他后悔，只想以命来抵，却知道再也不可挽回，错过的终究错过了，他失去了她！就像她说的，如果他曾对她有过珍惜，那药盒里的秘密从来就不是秘密。

此时此刻，对她的亏欠，他终于明白，也许是活命舍命的莲丹，也许是她四年生辰欠下的惦念，也许只不过是那轻轻的一声"梓锦"。

陵瑞王府。

坐在桌畔，崔霓裳转身看了看床上的小包袱。

她的行装不多。烛火幽幽，她在想龙梓锦。

今天，他发了疯般用大氅将她裹紧，抱着她从皇城一步一步走回王府。回来以后，他深深地看了她一眼，便离去。

管家来了一趟又一趟，恭敬道，王爷请王妃先别安歇，王爷稍后过来。

她不知道他要做什么，只是这已是留在王府里的最后一晚，也想再与他多处一些时间，总归，走是一回事，爱是一回事。

门外，不时有奴仆丫鬟急急走过，今晚整个王府似乎在闹腾着什么。

微微出神，她终于忍不住起来推门而出。

院子里，几个小丫鬟捂嘴笑着，细声说着什么，紧跟着又是一阵清脆的笑声。她越发好奇，走了过去，问道："你们王爷在哪里？"

她是在厨房找着他的。

他浑身雪白，华贵的袍子上沾了一身白色粉末，脸眼鼻子上都沾了，高大的身子撑在砧前，有些滑稽好笑。

他朝几个厨子发火，骂他们不会教。

周围挤满了王府的奴仆，噤声看着热闹，害怕王爷的怒气又觉新奇。

她忍不住叹了口气，道："王爷，你想吃什么，我给你做。"

正将厨子骂得狗血淋头的龙梓锦明显吃了一惊，转过身来手足无措地看着她，面红耳赤。她蹙眉走了过去，便要去拿他手中的擀面杖。

龙梓锦却不让，握紧她的手，眸光黝黑却又微微闪烁，良久，终于低声道："霓裳，我想下碗面给你吃，长寿面。"

崔霓裳浑身一震，竟怔在原地，过了好一阵子，才道："今儿个不是我的生辰。"

烛火灭了，夜明珠的光芒映着桌上四个玉碗，里面的面条几乎还是满着的，龙梓锦却很高兴，她每碗都有动过的。

四年，四碗。她躺在床上，背对着他。他坐在床沿，俯身搂住她纤细的身子："你明天便要走了，今晚，就让我在这儿看着你睡好不好？"

她没有说话。

他下意识地往她眼睛上抹去，果然是一手湿润。

他本来心中忐忑，怕她将他赶走，可是，这时心里百转千回已是坚决，哪怕她赶他，他也绝不会走，能这么抱着她，在这王府里，在这曾经属于他与她的地方，是最后一晚了。

他侧身躺下，将她抱得更紧一点儿。

崔霓裳咬紧唇，只怕将喉间的哽咽逸出，眼睛已经湿得厉害，若再发出声音，那所有的哀伤便将溃不成军。

他的手伸到被褥下，将她的双腿放进他的腿间……他的怀抱真暖和。

"我刚才看过你的包袱，没看到莲丹……莲丹还有吗？"他顿了顿，声音嘶哑，"我问过吕宋，他说，那颗丹药能护住你的心脉多久，精细时间他也拿捏不准，但若你意志坚强，两三年也是不成问题的。你不要怕，这段时间，我去给你找千岁莲，我和九哥已派了大批军士出去。"

"我也会去……霓裳，云苍十二个国家，我就不信其他国家没有，我去给你找，我一定会找到，请你相信我，支撑下去，好吗？"

崔霓裳捂住口鼻，泪水却已汹涌而出。身子被男人扳过，他将她按在怀里，她攥紧他的衣襟，在他胸膛里痛哭出来。

四年。四年的痛。

他似大喜，扶在她脊背的大掌却颤抖着，将她的脸捧起，吻着她眼角、鼻尖、唇上的泪。

他的唇在她唇上厮磨着，他的胡子刺在她的脸颊上。有点儿痛，却很真实，那是从未有过的安全的感觉。她将脸埋进他怀里，慢慢收住眼泪，低低笑道："如果我等不到呢？"

"那么我就向吕宋要一颗仙砚台的假死丹，然后将你送到雪兰山脉里最寒冷的地方。那里有终年不化的冰雪，我派重兵守着，你就在那里一直睡，直到我找到千岁莲为止。"

语气里的坚定，让崔霓裳一怔，从男人怀里抬起头，却跌入他灼热的眼眸里。

这个男人有着皇族的城府残忍冷傲，脾性里却又有份执著和直率，也许因为这样，她才不由自主地爱上了他，爱着这份残忍和执著。哪怕这份执著她从没想到过有一天也会属于她。

他将她抱到胸前。她眯着眼向窗外望去，窗子微开，框住院落一些景致，让它们成画。雪还在下，在月光里凝成银色霜露，覆在梅蕊上。白妆红粉，美得让人鼻眼酸涩。龙梓锦伸手捧住她的脸，紧紧地凝视着她，衔着炽热和绝望浓烈的吻落到她的唇……

她明白，他也明白，明天她还是会离开……

终于，从彼此都紊乱了的气息里微微拉开距离，她依偎在他怀里，轻声问："梓锦，你还记得有关我名字的事吗？"

龙梓锦眸光一深，凝声道："很多年前，有个小皇子在宫里行走玩耍的时候，遇到一个哭得伤心的小医女。那个医女新进宫，没有人脉关系，人又耿直，不会讨好，得罪了太医院的师父。年关快到了，别的医童医女都领到了新衣，只有她没有。"

她一笑，接过遥远的回忆："后来，那小皇子命人给她做了一套新衣，又将她领回太医院，说那是他照看的人，太医院的人再也不敢对那小医女随意打骂。只是，那皇子很傲，仗着给了她一套新衣，将她原来的名字也改了，说他予她的便是霓裳羽衣。"

宫里岁月如梭，小皇子早已忘记了这件小事。后来，小皇子成了王爷。他们在宫里碰到过许多次，却再没交集。直到很多年后，有一回筵席，王爷多喝了几盅，医女奉命去送解酒丸，才鼓起勇气，问他可还记得。

"霓裳。"听她柔柔道来，龙梓锦心里疼痛，将她揽紧，吻上她的发丝。

"梓锦，不要等，不必等，你自个多保重，好好照料垢儿。只要你记住这件事，崔霓裳便没有遗憾。"

龙梓锦咬紧牙，将她拥得死紧。从来没有这一刻更笃定，并非感激，无关愧疚，他爱这个女子。

清晨，帝都长街。

是空气太薄还是她的呼吸过紧？越走，呼吸越紧窒。

吕宋牵马走在前面，让她不至于要用尽力气去掩饰此时的表情。

皇上与娘娘没有来。龙玉致与乐晶莹还有她们的夫婿都到了，还有龙梓锦在宫里的挚交好友。

"霓裳，十嫂，保重！"龙玉致还在后面大着嗓门喊。

崔霓裳咬紧牙，刻意去忽略还缭绕在耳畔告别的声音……只是，这些可以刻意，那，那个一直默默跟在她背后的男子呢？

她没有想到。

早上她出府的时候，那个人也跟着一起走了出来。明明她从他怀里起来的时候，他还在睡。她看着管家在王府大门贴上镶黄封条。

她突然有些心惊，急急就走。他一直在她后面跟着，她快，他也快，她慢，他也慢。转身前，她眸中有关他的最后一眼，是他的一身民间青年汉子的粗布衣服，还有他肩上的包袱。

她想起昨夜入睡前，他在她耳边低低说了一遍又一遍的话："霓裳，我会守着你，一直守着你……"

她猛然停住脚步，慢慢转过身子，只见那个男人也顿住了脚步，双眸紧紧盯着她，眸中满满是疼惜。

不远处的皇城城楼上，将所有情景收入眼中，一名紫衣女子在白衣男子怀里仰起下巴，不解道："阿离，为什么咱们不下去与玉致他们一起跟霓裳道别，我舍不得霓裳，不走不成吗？今儿个梓锦来向你辞行，你说赏他两件东西，那是什么？"

男子低头看她，目光深邃，狭长双眸里隐着一丝安静的爱怜，没有说话，将她环在胸前。两件东西，一道王府封条，一套粗布衣服。不下去，是因为也许最后谁也不会走！

昇平殿。

丫鬟关上门的时候，又偷偷地看了房中那两人一眼，大人对公主素来疼爱有加，这些天却——突然触上夏桑瞥来的目光，她一惊，不敢再看，急忙关上门。

二人各坐桌椅一端，夏桑沉默地吃着饭。龙玉致惴惴地看着他，终于按捺不住，低低唤了一声。夏桑没有应答，继续埋头吃饭。龙玉致一跺脚，哽咽道："我已经够后悔难过了，你别不理我。"

对面的男人依旧眉眼冷淡。

"你再不理我，我就不吃饭。"龙玉致咬咬牙，道。

夏桑一声冷笑，搁下碗，推门走了出去。

成亲多年，都是她欺负他，几时有过这样，但她知道夏桑一旦动了怒气，却比任何人都可怕，就跟她九哥一样，这些天他对她的不理不睬——龙玉致心里难受，伏在桌上哭了起来。后背一暖一紧，已被人拥进怀里。她嘤嘤哭着，抬起头来，那人咬牙道："吃饭。"

有些人，你再恼，却仍舍不得她受一丝委屈。

龙玉致又岂会不明白这个男人，点点头，又偎进他怀里，但九哥和嫂嫂怎么办？这十多天来，他们……她明知嫂嫂孩子心性，九哥又对嫂嫂……千不该，万不该因一时贪玩教嫂嫂用那种方法引诱九哥——

凤鹫宫。

朱七趴在窗上，望了出去。外面雪很大，那个男人又站在院子里，一身明黄已快被雪覆盖。他每晚都会过来，她不让他进来，他便安静地站在院子里，只要她一打开窗子，便能看见他。

他身上都是雪。

似感觉到她的目光，他向她看来，目光深邃似要将她装进去一样。她一惊，关上窗。她不知道他是谁，她讨厌他，很讨厌。头很疼，她捧住头低低叫了起来。

刚拿了小毡想盖到她身上的蝶风大惊："娘娘，哪里不舒服，奴婢这就出去找皇上。"

那扇窗倏然关上，龙非离自嘲一笑。

那天，她拗着他，要他给她洗澡，说夏桑会给龙玉致洗澡。

以前，她还昏睡的时候，他每晚帮她擦身，从烟霞镇回来后，他不敢再这样做。他是正常的男人，怎会对自己心爱的女人没有情欲？在储秀殿那天，他差点便对她失了控制。

终归还是拗不过她。那晚，他给她洗澡，也碰了她。只是，最终还是没让她变成他的，她哭着呼痛，拼命挣扎，叫喊着，龙修文，走开。

耳畔，陆凯的声音打断了他的思绪："皇上，回去歇一歇吧，每晚在这里站到天亮，又去上朝，这大雪天的，你的身子受不住这折腾啊。"

龙非离微微摆手。陆凯心里恻然，轻轻一叹，退到一旁。

龙非离将紧握的手慢慢松开，那把旧物已被时间磨得失去了最初的雏形。

他以为，她可以忘掉，龙后庙那一晚原来始终是她心里最深的痛。是啊，他忘不掉，更何况是她！四年前得悉她所有痛苦的那晚，他恨不得杀了龙修文，更恨不得杀了自己。

他咬紧牙，她现在的情况越来越差，不再和龙玉致她们亲近，将他也忘掉了。手心冰冷，他低头淡淡看着并不锋利的梳齿将手心戳穿。

他重重闭上眼睛，怎样才能让她快活一点儿？

急促的脚步声从回廊传来："皇上，娘娘犯病了。"

蝶风从回廊奔出，眼睛红透。

这是哪里？四处云烟深锁。

朱七茫然地走着，又停了下来。前方有两个男人站着，一个衣饰明黄，一个青衫长袍。

她看不清二人的面貌，只听那青衣男人声音凝重："佛祖施法留住白战枫最后一缕魂灵，白战枫肯舍，但公主魂魄里的凝魂之力实来自佛祖。龙王，你既来找我，我就知你果真是猜到了。是，现在天界正乱，有大量神佛想管控三界，佛祖耗力与其抗衡，力量减弱，以致公主的情况越来越不稳，悲念愈大。"

那名一身明黄的男人淡淡道："他力量不足，若他有损，则紫苏被悲邪之念困身，终不得快乐，这样即使她能在我身边，尝不到半分快乐又有何用，龙昊愿意相助。"

青袍男子苦笑："你神力刚恢复，还不能掌控自如，未必能办到。那是生死之劫，佛祖不愿你涉入，只待他日再——"

"我不为佛。"龙昊轻声道，"我知生死有定，不可篡改，但狼王虽死，仍有一魄在。若我身死，我只求佛破例一回，将她所有记忆抹去，让狼王重生陪着她，好让她在人间快活一生。"

"你宁愿她永远忘记你？"青衣男子素来明静的脸上惊诧不已。

朱七怔怔地看着那个叫龙昊的男子，他转过身，她就站在离他不远的地方，他却似乎看不见。

他容颜极美，神色淡漠，偏偏一双眸子很深沉："我自是争取不死的，但若我死了，请尊者谨记你我今日最后之约。"

一念生死，快乐忘记，龙非离，你怎能如此平静？

一瞬，有什么在脑子里随着眼底的冰凉在朱七脑子里全部挣脱而出。

朱七醒来的时候，房中安静。

她心中惊乱，一看只有蝶风坐在床沿，微微打着盹，这女子明显已累极，眼下一片浮青。

她一摇蝶风，咬牙道："皇上呢？我睡了多久？"

金銮殿。

轻瞥一眼龙座上与官员谈话的男人，陆凯不觉蹙眉，实在忧心皇帝的身体。那个大雪之夜，皇后娘娘突然陷入昏迷，皇上进房看了她片刻，只交待让龙梓锦暂时摄政数天，便也突然离了宫。

十数天以后的深夜，即昨晚，他回来了却脸色极白，随即又一语不发地到了凤鸶宫。谁也不知道这十多天里他去了哪里。

娘娘还在沉睡，他陪了她一宿。今儿个又匆匆上朝，与百官交谈，言语却与往日一样犀利清晰。

饶是如此，陆凯仍忧虑不已，龙梓锦、夏桑等人同样目含担心，心想下朝以后，必须宣太医给他搭脉问诊，仔细查看一下。

张进作为今届恩科监考之一，龙非离正与他商议有关事宜，突然有禁军进来禀报道："禀皇上，太后娘娘在殿外求见。"

百官惊诧。

先祖早立下庭训，后宫不可干预朝政，这金銮殿是议政之所，虽是太后之尊，也不可随意进入。前太后虽野心极大，却也极少踏入此地。如今，这茹太后却是？

龙非离略一皱眉，淡声道："宣。"

少顷，数名内侍抬着一顶辇进来，辇上有帘帐。

陆凯也正疑惑太后有何事要到这金銮殿上来说，待茹妃一开口，心里立刻叹了口气。

茹妃竟是再提选秀之事！她怎么在这节骨眼上再提此事？龙非离早已吩咐下，在他有生之年，内务府罢黜此项庶务。

却有数名朝臣当即附议赞同，只因皇帝无嗣。数月前，皇上下了谕旨，阐明四殿下龙无垢实为陵瑞王爷所出，只是养于宫中漪妃膝下。现交给陵瑞王府抚养。

龙梓锦、段玉桓与夏桑等人交换了个眼色，已为右相的夏侯初被众人推出，御座上龙非离猛然站起，嘴噙冷笑，眉目间已是一片怒气。

夏侯初头皮有点儿发麻，皇后情况难测，他也为龙非离子嗣的事犯愁，但他知道龙非离心思，茹妃是皇帝亲母，不好让皇帝出口。他咬了咬牙，正要出言反驳那几名倡议的朝官，却听茹妃道："哀家知皇上与皇后年轻夫妻鲽蝶情深，但若此事皇后也赞同呢？"

那个人还在昏睡中，何来赞同或反对！龙非离怒极反笑，冷笑道："若皇后赞同，朕便按母妃所言。"

他正要吩咐将太后抬出金銮殿，却看到有人从殿门缓缓走进，门外，雪后阳光正灿，光影偏逆，只映得来者裙裾摇曳。

龙非离本已大怒，这时只想将这守殿的禁军斩杀，他们怎敢再放人乱闯这金銮殿！他冷冷地看向段玉桓，刚要下杀令，却见所有人都望向殿门的方向，眸光一沉，道："将这乱闯金銮殿之人拖出，乱棍打死。"

"噢，皇上要杀臣妾吗？"

声音轻婉，却如棍棒敲打在身上，身子颤抖起来，龙非离却只敢缓缓侧头，怕这一刹只是迷幻错觉，动作一重，便会消失无踪。

毡染深红，蜿蜒连绵。来人一身绛紫长裙委地，双手平扣在腰间玉璎前，头上没有任何饰物，只用一枚凤冠束了发，娥眉弯弯若春山轻黛，眸眼含嗔，婉转潋滟。她一步一步向他走来，下颔微仰，浅浅反问。

龙非离说不出心里的感觉，脑子里翻来覆去只有一个念头：她好了！她好了！那场恶战，要他再多十分痛伤，他也愿意。

再没有丝毫犹豫，他一掀衣摆，从阶上拾级而下，向她奔去。

她在红毡上停了脚步，深深地看着他，乖巧安静，似只等着他的走近。

到了她面前，他迫不及待伸手便要将她拥进怀里，哪管这是不是金銮殿，四周又有多少人！

她却盈盈下拜，避开了他，柔声道："皇上恕罪，臣妾斗胆进殿，只为禀报，母妃的提议，臣妾并无异议。"

他的手僵在半空，她眉梢轻挑："若皇上不斩，那臣妾先行告退。"

她话语一落，转身出殿。

夏侯初还微张着嘴，龙梓锦等人早已惊呆！百官震惊，都说皇后自醒来便患臆痴之症，被皇帝养在深宫，如今看来，这位娘娘举止端庄大气，语落如珠玉，哪有半分痴傻！

张进怔怔地看着那走远的身影，只觉喉咙紧涩。事过多年，再见这个女子，无绝美之貌，不饰以华服浓妆，竟也是一身风华。

他突然想起家中那个姬妾，她的声音哪里似这位娘娘。纵使声音相若，她也不是她！他与刘诗敏是指腹为婚，可是，他心慕之人，永不可企及。她是皇帝最宠爱的女人，独宠无双。

他心里一阵惆怅酸痛，却见皇帝袍袖一拂，已快步向殿门追去。

夏侯初呆了呆，不合时宜地喊了一句："皇上，那选秀之事——"

殿门外的阳光将男人高大的身子裹在金色光芒中，年轻的王声音怒急吼来："容后再议！退朝！"

众人一怔，夏桑率先笑了出来，这一容后，只怕是后议无期了！

龙梓锦走到茹妃的辇旁，低声道："母后，依儿臣看，这选秀之事就免了吧。"

茹妃低笑，招手示意几人靠近，道："十儿啊，这并非哀家的主意，是你那九嫂一醒来就来华容宫求的哀家，倒不知你九哥这次是哪里惹着她了。只是，既是他自己的媳妇，就让他自己去哄吧。"

龙梓锦一听，蒙了，段玉桓几人面面相觑，好一会儿，才哈哈大笑起来。

百官一时惊讶，不知这几位大人在笑什么。

储秀殿。

朱七看了一眼杵在书房门外的男人，微微一惊，明明她比他先走，他却比她快，不就是会轻功吗，她冷哼一声，转身便走。

龙非离却比她快，身形一下横亘在她面前，伸手便去握她的手，她急急后退。他看了她一眼，突然欺身上前，将她横抱起踢门便进。

朱七心头恼怒，冷声道："放开我。"

陆凯随龙非离过来，这时忙替二人关上门。

"擢选秀女的事，是你的主意？"他将她放下，却将她的手握得紧紧的，语气平稳，手却轻颤着，她明白他心里的狂喜。

她咬牙侧过头，淡淡道："是。"

"你明知道，朕不会——"

她冷冷打断他："被人逼迫着做自己不愿意的事，是不是很恼火？"

"朕不会恼你。"他声音温和。

朱七心里一疼，迎上他的目光："龙非离，你不恼是你的事，我会不会恼，会不会不愿意，你就没有想过吗？"

龙非离一怔，按住她瘦弱的肩，心里疼痛，脱口道："你说我哪里做错了？我改。"

朱七也是一愣，几乎以为自己听错，怔了半晌，才狠狠甩开他的手，走到一边，眼中酸涩，抬手擦了擦眼睛。

龙非离却看不得她这样，走了过去，正要相询，却听她低声道："你以为忘了你，对我来说就是最好的事情吗？大哥若能重生，我自是千情万愿，但我不要忘记你。"她突然狠狠地盯着他，"你以为你是我的什么人？你是我的丈夫。"

龙非离浑身一震，她知道了他与佛陀的约定！

他不知道她是怎么知悉这事的，但他明白她此刻的怒气。

那时，她的神志越发模糊，每日痛苦。他没有办法，只想让她能快乐一点儿。见鬼的放手！若他真的能放手，他已经回不来，那场战斗，他负了最重的伤。

但他放不下她，所以，他回来了。

"怎么不说话？"

男人的沉默，让朱七心里又疼又怒，垂在身侧紧握的手，手上突起的青筋……她怎会不知他心里的苦痛，但他怎能再放下她！那不是她想要的快乐。

没有了他，她永远不会快乐。

深爱着的情人都想为对方规划最好的未来，放手，确实是这世上最美丽的情爱，可是，他们总是忽略，只有与那个人在一起，对他们爱着的人来说才是最好最美的，不管任何困厄，生死又何妨。

她心里气苦，弯下身子，将头埋进膝盖。她知道，为了她，这个男人有多决绝和执拗，若重来一次，他必定也还是如此选择，他不出声，她已经明白。

身子被他抱进怀里："别哭。"他说。

这两个字果然是这世上最让人收不住眼泪的话。

她越哭越凶，他有些急了，急促地亲吻着她的发丝，但翻来覆去却又只有这两个字。她嗅到他身上紧绷又躁怒的气息，知道他在跟自己急。可惜这个男人真的不会哄人，他也不愿意骗她，他有他的原则和傲气。

"小七，你想让我怎么做，我都答应你。你说，我做。"

脸，猛地被他双手捧起，他的眼睛血丝满布，眸光暴戾，粗重的呼吸喷在她的鼻尖上。

她没有说话，吻上他的唇，又狠狠地用力咬破了。他没有吭声，坐到地上轻轻回吻着她，却很快又急迫起来，压下她的头，唇舌探进她嘴里，吸吮着她的气息。

她气喘吁吁地攥紧他的衣衫，借着他的力量站了起来。

背后，他温热的指尖触到她的衣衫上。

她吸了口气，转过身，盯着他灼热深邃的眉眼，一字一顿道："是不是我说，你就为我做？"

"是。"

"一定能做到吗？"

"是。"他的声音没有一丝迟疑。

"那你听着，我不知道你这次受了多重的伤，能不能好，能活多久，我也不会问你。你若真的爱我，就不能死在我前面，在我有生之年，你都要好好活着，如果我有转生，你也要陪着我。在我彻底在这世界消失之前，你都要陪着我。龙王，成，还是不成？

"如果不成，我现在就离开你，麻烦你将我的模样恢复，我去找个达官贵人嫁了，省得日后为你的生死伤心。"

她看到他眼波里浓烈的光芒。他没有吭声，只是安静地盯着她。

她浑身颤抖着，心里一阵绝望悲恸，转过身不再看他，两手掩住眼睛，她知道他的伤很重，他会死，会离开她吗？

"小七。"

她茫然地转过身来，却看到他单膝跪在她面前。她一惊，他是男人更是王，他鄙视神佛，只跪天跪地跪父母，吃惊地看着他，不知所措。

龙非离却微仰起头，火热地盯着她，低沉道："七岁，父皇临终前，我跪在他面前，从他手里接过传国玉玺，我答应他，绝不会让西凉从我手里没落。"

"龙非离也答应你，不论紫苏还是小七，只要你这缕魂存活一天，我一定会在你身边守着你。"

唇，嚅动了很久，她才找着自己已经颤抖得不成调的声音："龙非离，我会好好活着，活很久，你懂吗？"

"好。"

他的声音模糊在她的唇舌中，她扑上他的身子，搂住他的脖颈，深深吻住他。他随即反客为主将她压到身下，却又恢复一贯的狂傲，凶狠逼问："你还想嫁别人！那你等着做寡妇吧！"

储秀殿，夜。

还没来得及与那个人好好聚一聚，便被茹妃宣到华容宫，说是庆祝她身子恢复安康，一大家子外加君臣同乐。后来又将午膳吃成晚膳，谈完吃，吃完谈，再谈，再吃……确实是件不容易的事，好不容易所有人都散去，刚回到储秀殿，龙非离那个工作狂便去了金銮殿看奏章。

朱七躺在床上滚了几滚，越想越不对劲，龙非离平日都是在书房看他宝贝奏章的呀，上什么金銮殿啊。再说，七年了，今晚二人才算真正在一起，他却去办公？她越想越气恼，陆凯的声音从外间恭谨传来："娘娘，这是皇上吩咐奴才让御膳房做的糕点小酥，给娘娘当夜宵，请娘娘趁热吃。"

那人倒还有点儿心，朱七应了一声，眼珠转了转，跳下床。

金銮殿。

"禀皇上，娘娘在沐浴。"

"皇上，娘娘在用您备下的糕点。"

"皇……皇上，娘娘上床就寝了。"

从他到这里起，多个内侍、宫婢来回奔走，每一刻钟，将她的情况汇报给他。她终于睡了吗？龙非离放下朱笔，将手中奏章狠狠摔到地上，闭眼抚住眉心。

他根本就看不下任何东西！说穿了，只是怕自己会忍不住碰她，才到了这里来。细微的脚步声响起，又有婢女来报她的情况了，每多听一次，他就多想她一分。

一双柔荑按上他的肩膀，为他细细捏了起来，那阵脂粉薰香，他眸光一厉，反手扭上来人的手，将她从背后抓到跟前来。女子呼痛的声音当即响起，他睁开眼睛，慧妃那美艳姣好的容颜在他面前微微扭曲着："皇上，是臣妾。"

龙非离放开她，淡淡道："你来这里做什么？"

慧妃惨淡一笑，他多少年没再踏足她的寝宫了，她与他其他的姬妾一样在宫中慢慢老去，容颜以外，还有心。

而他的心就像被年璇玑蛊惑了一般，看也不看其他女人一眼。好不容易，今晚她的婢子探得他在此——她盈盈下拜，哽咽道："皇上，今晚就让臣妾服侍你吧。"

寒冷的天气，眼前女子大氅内却是一袭如烟薄纱，龙非离一笑，道："慧妃啊，朕以为你是够聪明的，没想到……"

慧妃一惊，男人没再说话，眸色已冷，伸手招过殿内内侍。

这时，一道娇柔却微冷的声音传进来："噢，龙非离，我在储秀殿等了你两个时辰，敢情你在这里办公办得不亦乐乎啊。"

慧妃看去，龙非离脸色一变，便朝门外奔去。

慧妃死死咬着牙，又听男人严酷的声音掷来："容将军有功于西凉，容慧，你明天就奏请出宫养病，若有耽搁，你便永远留在宫中吧。"

慧妃心里顿时凉了半截，打了个冷战……这个永远她怎会不明白是什么意思，死人才会永远留在一个地方。

殿门外，朱七蹙眉看着从她身边掩面跑过的慧妃，微叹了口气，往日一殿四宫终成云烟。身子已被男人抱起，进了殿。

他将她放下，又细心替她将身上积雪抹去，这白天阳光明媚，晚上又下起雪来。

朱七冷哼一声，径自走到龙座坐下，将手中食篮扔到前面桌几上，她自是知道他与慧妃并无瓜葛，但谁叫他有意撇下她。

他眉头一皱，便要说话，她有意不给他辩解的机会，佯怒转过头。

龙非离坐下，将她抱起放到膝上："你是看到的，朕便不再多说了。"

朱七咬牙，这个狡猾的男人，若她闹，便是不信他，无理取闹。她想了想，打开食盒，挑眉道："喏，我在这里陪你办公，你继续看你那明天看会死的奏章，我吃我的东西。"

龙非离一怔，微微苦笑……他的小妻子啊，这奏章，现在倒是不看也得看了。

"吃不吃豆酥？"

看男人看得认真，朱七恼了，拿起豆酥啃了一半，便往他嘴里塞去。

"朕不喜甜。"

"那喝酒吧。"

她斟了小半杯果酿，又开始捣乱。

龙非离侧头避过，低声道："朕先送你回去休息。"

她眼中倦意甚浓，让他有些心疼。

"不回，我要睡在这里。"朱七当然不乐意，还没弄懂他为何大寒夜的将她一个人丢在寝宫，又怎会轻易离去，但他一强硬起来，也是十头牛也拉不回来的。她眼珠骨碌碌一转，抿了口酒，往他嘴里哺去。

没想到他身子一颤，便要避开。她有些恼了，伸手勾住他的脖子，唇抵上他的薄唇。

他一僵之下，再没有闪避，她顺利地将酒水喂进他口里。她心里大为喜欢，心想他也不嫌她脏，一时倒将二人曾有过更亲密的事全忘了，乐滋滋地又如法炮制几次。一来二去，酒瓶子也见了底，她想从他唇上退去，他的唇舌却猛然挤进她嘴里，勾住她的舌纠缠起来。

她吞了些酒，本就半醺，这时被他攻城略地，头脑更昏，完全忘了初衷，安静地蜷在他怀里任他吻着，手有些冷，下意识探进他的衣服里去取暖。

他的肌肉精瘦结实热乎乎的，她手指在里面游弋着，却听得他声息渐重。她微微好奇，睁开半眯的眼睛，只见他双眸沉沉盯着她，唇还胶着在她的唇上。

看她眸眼迷蒙，如烟似雨地看着他，龙非离微一皱眉，怕她不喜，强抑了想法，将二人的距离拉开了些。

一个人就在你眼前，你怎还会这么想他呢，可是，她确实想他，又有些不解和埋怨他的突然抽离。

"阿离。"朱七低低唤了声，伸手勾过他的脖子，在他唇上一点，描过他下巴上轻浅的胡茬，又细细咬住他颤动的喉结，吮着，咬着，轻轻吻着。

手在他衣服里，凭着记忆摩挲这些年来他为她受过的伤，有些触去已经无痕，有些疤痕随时间浅了淡了却犹在，还有些新伤。

他的身子绷紧，僵硬得更厉害，她已感觉到他那里滚烫火热，她一羞，偏过头。

盯着怀中女人无双的娇美，残存的理智霎时全部剥离，龙非离忘记了所有禁忌，袖子一拂，狠狠地将案几上的东西拂到地上。

朱七只听声音不绝，眸光掠过，奏折、宣纸、墨砚、摆设通通滚落在地。

同时，她被他抱上桌案，凤氅被他用力扯下，抛在阶上，衣衫被掀高，他的吻绵绵密密，辗转吻着她。从初始的温柔变成狂野，他的唇在她的肚脐上打转……腹下如火烧，朱七低声呻吟着，只觉得自己快要化在这个男人所有的霸道和灼热里，手缓缓伸进男人浓密的黑发里，摸索着摘下他的束发玉带。

裙子落下，腿被分开。这具身体还没经过情欲，朱七有些紧张，又想起许多年前与他在别院的初夜，他粗暴又猛烈的索取，还有……龙后庙那一夜。

她突然害怕战栗起来，将双腿夹紧。

他迅速用自己已脱下的龙袍将她的身体裹住，抱进怀里，在她背上轻轻抚着："小七，对不起……是我急了，我能等。"

他一顿一叹，指腹揩过她的眼。朱七一怔，才惊觉自己眼里已一片湿意。

她紧贴在他身上，相贴之处，他身体火热如铁，她知道他此刻有多难受，却只望着她，一动不动，似怕惊了她，狭长的眸中是逼迫却又隐忍。她深深看了他一眼，突然明白了他所有的顾忌。

她从他怀里挣出，走到空地上，将身上残余的衣物在他疑惑的眸光中一一褪下，红唇微启，对龙非离下着命令："龙非离，抱我。"

只有他的拥抱才能让她忘掉那场噩梦……紧盯着她雪白美丽的身躯，龙非离猛然站起，大步走向她，将她一把抱到自己腰上。

御案下，龙座旁，明黄的祥云龙纹袍子裹着紫色裙袄，在金銮殿四壁微微摇曳的烛火里铺陈蜿蜒至阶下。

金銮殿外院，雪花飞扬，流光映红梅。

一名内侍悄声问："陆总管，奴才这就去敬事房备案记录。"

陆凯眸光轻凝，摆摆手："不必。"

"可是，这日后作为典记查考，若无记述备案，岂不紊乱？"另一名内侍急道。

做记，是为查帝裔真实后妃贞德——陆凯微微一笑，跟在皇帝身边服侍也有些年头了，从来规矩以行，这是第一回斗胆替皇上做的决定，他知道这必也是皇帝的意思。

结发为夫妻，恩爱两不疑。

庆嘉二十二年，春，金銮殿。

朝散，龙非离随百官走出金銮殿。他没有立刻走，站在廊下，瞥向远方。

每日，她必过来接他回去。她嗜睡，他让她多睡一会儿，她却不愿意，执拗而为。他明白她当日说得强硬，却始终忧虑他的伤，珍惜与他在一起的所有时间。

他对她许下的承诺，必会做到，但也随她去了，每天下朝搜索她的身影，也成了他的习惯。

今日却不见她的踪影，他微觉奇怪，龙梓锦调侃的声音在耳畔响起，他没作理会，只是凝目四看。

夏桑、段玉桓等人相视笑着，停下脚步，却突见龙非离变了脸色，快步往不远处的树丛跑去。

众人一惊，只见一个紫色身影抚着肚子滑到地上。

四散纷走的朝官也大吃一惊。

朱七醒来的时候，蝶风正抹着眼泪，床榻边围了一大群人，都一脸雀跃，人人脸上都是笑意。在他又急又怒抱着她回来诊治的时候，她半昏半醒间已听到医女对他说的话。

她咬住唇，却也忍不住浅浅笑开。龙玉致已坐上来，搂住她的脖子，笑嘻嘻地左蹭右蹭。夏桑低斥道："玉儿，别扰娘娘歇息。"

龙玉致回头冲自己的夫婿做了个鬼脸，模样娇憨，夏桑轻咳一声，眸里是无奈却不掩宠溺。

朱七看向旁边的崔霓裳，崔霓裳轻笑着点点头："娘娘，霓裳过来的时候已经诊过，绝不会错。"

"恭喜九嫂。"龙梓锦笑着一揖到地，伸手又去搂崔霓裳，崔霓裳脸色一红，避开了。

朱七好笑，却随即奇怪——所有人都在这里，那个人呢？

乐晶莹知她心意，挣脱开丈夫的怀抱，走近她，低笑道："娘娘，陛下在院子里。"

她走出去的时候，只见龙非离在石椅上安静地坐着，正午的阳光有些烈，他额上已是一圈密汗，却还是一动不动地坐着。

她伸手替他拭去汗水："怎么不进去？"

龙非离拉过她的手，微一用力，把她圈进怀里，良久，才道："我很少害怕什么东西，但刚才却一直在害怕，怕这只是我的南柯一梦，在我最开心的时候，便会醒来。"

朱七一怔，心里一疼，低斥道："傻子！"

她靠在他肩上，将他的手放到自己腹上，柔声道："我和我肚子里你的孩子会告诉你，这不是梦。"她想了想，突然又惊道，"等等，龙非离，你现在的身份不同往日，我这肚里的不会是一枚蛋吧？你还是龙昊的时候，是不是从壳里钻出来的啊？"

龙非离一怔，背后，书房门外众人早已大笑出来。他拧眉将他的妻子抱起，径自快步走出殿外。

朱七笑骂:"要去哪里?"

"嗯,带你去看蛋壳。"男人淡淡道。

朱七吓了一跳:"真的是蛋?"

却见男人已换下了龙袍,一身的琉璃白,如墨鬓角映在阳光下,容颜倾城,眸光促狭。她一嗔,扬手便向他的耳朵捏去,龙非离顺势将她的手抓握住,往怀里一带。

朱七佯怒,道:"好啊,欺负我,叫佛陀将你收走。"

"噢,就凭他?"他反唇轻笑,很快又正容道,"我刚对自己说,不管是谁,若他敢跟我说,这只是一场镜花水月,我便将他毁掉,直到他将你们还给我。"

朱七一怔,含嗔笑骂:"你这暴君!"

储秀殿外,被他紧拥在怀里,她看到四周宫人纷纷含笑避走。背后是所有的朋友,前方兰林花香四溢,团团簇簇开得极好,不远处镜湖波光粼粼,飞鸟偶尔从湖面啄碎光影,破了景致,水光很快又将宫檐、花、树、人再次渲染成画。

虽水性至柔,亦难以损毁。

朱七闭上眼睛……玉环,大哥,流景,我很好,因为我身上系着四个人的幸福。有一天,我一定能找到再见你们的方法。

她正想得出神,冷不防被男人抬起下颌,于是,睁眼之间,她唇角所有的笑靥便跌进他深邃的眸光里。

当然,她并不知道,这个男人此时在想什么。

龙非离眼角眉梢亦是笑意浅浅。

——暴君吗,他人的暴君又何妨?

他抚上她的肚子,不管她腹中孩儿是"他"还是"她",再加上她——他的天下就在这里!

(全文终)

尾声

无霜之城 明明知道相思苦

庆嘉二十二年，春临，皇后年氏璇玑怀上龙嗣，帝改帝都名为无霜，并大赦天下。时值元宵，帝都长街张灯结彩，店铺小摊处处热闹，行人络绎，一派繁荣祥和。

本有同僚邀酒，但张进刚张罗完冬日的恩科考试，身心正疲，平日多去饭局，倒不差这一两晚，便推了，在家休憩，却经不住小妾哀求，带了她出来赏灯。夫人刘诗敏没有随行，却是被玉致公主宣了进宫。

说起此事，张进惊喜交集，皇上寿筵，方知年后、公主与诗敏竟是旧识，但随即让他诧异的是，筵罢回家后，问起诗敏此事，诗敏却一派惶然，只说不知。数个护卫在后随着，方画晴与丫鬟走在前头看胭脂水粉，盯着小妾那姣美的背影，他顿觉一阵烦躁。

这个情绪在金銮殿上自再见年后便开始滋生。方画晴的存在让他有些欣慰，却又无时无刻不提醒着他，她并不是那个人。

再有，若论禀性容德，她比不得诗敏，好妒爱使小性，诗敏比她倒不知要好多少倍。这些天，妻妾间又生了风波，他对方画晴少不得一贯的维护，对妻越发愧疚，对妾心生烦躁。

他越想越烦，突然听到背后侍从微微诧异的声音，他略一侧目，那护卫忙道："大人，那边那个好像是……夫人。"

他一怔，抬头看去，却见前方灯谜摊子众多，其中一处甚大，却是城中最大玉石店铺漱玉斋的摊位，城中不少大字号的店商都在长街上设摊铺给民众猜谜玩乐，同时卖些东西，又兑些小奖，倒是一举数得。

刘诗敏正在那里，与一女子低笑看着拥挤的百姓猜着灯谜，妻子不是进宫去了吗？又见她旁边的却是玉致公主，心想是公主喜热闹，又嫌无伴，便拉了诗敏相陪出来……虽只有二人在，周围只怕已密哨禁军暗布。

正想着，有人喊了公主一声，他大吃一惊，却见呼唤诗敏的却是年璇玑。

她身旁颜容绝美、神色素淡的伟岸男子不是这西凉的君主又是谁？二人背后，也是他熟悉的人，龙梓锦夫妇、段玉桓夫妇、夏桑、清风、夏侯初、宁君望、陆凯等。

元宵之夜，这帝后竟微服出游？年后不是刚得喜讯吗？

震惊之间，他也顾不上想太多，率众上前，便要见礼。

朱七微微"咦"了一声，龙非离向张进使了个眼色，张进随即会意，只道："公子、夫人安康。"龙非离微一颔首，朱七轻笑示意，道："张夫人慧质兰心，璇玑喜欢，先生不计璇玑与妹妹将人借走吧？"

张进忙道："张进不敢。"

"有先生此话，璇玑便宽心，人嘛，只怕璇玑日后还会多借。"

她唇角的笑，张进正看得痴了，却见龙非离淡淡地看了他一眼。他大惊，汗流浃背……若教皇上看破他对年后窥思之心，虽则这一生他必不敢生亵渎之意，君臣之纲，伦德之守，但若被皇上知道，这个年轻的君主，是个心狠手辣的主——惊慌之际，有眸光看来，他侧目看去，却是妻子诗敏，想是听到这边动静，循声而来。

蓦然转首，灯火并非阑珊。那女子看了一眼不远处正向他疾步走来的方画晴，灯影朦胧处，映得她的脸有几分寂寥。

张进心里莫名一乱，怔在原地。

崔霓裳一声轻叹，龙梓锦伸过手来，将她的手紧紧握住。

她终于还是放不下啊，当天转身是对是错？她咬唇看向男人，龙梓锦正凝眸看着她，随即将她搂进怀里。偎在他怀里，臂上是他大掌轻轻摩挲带来的粗糙，却有些温暖。他的声音低低传来："霓裳，九哥和我派出去的第一批军士，很快便有探报回来，你莫怕。"

吕宋当日虽同意带她离去，但她的身体本不宜多在外走动，宜静养，但她确实悲恸，不想留。崔霓裳轻轻一笑，转身，许是不对，但此刻她毕竟快乐。

龙梓锦看她两腮微红，心里一疼一动，低头轻吻在她耳畔。

漱玉斋前，朱七看在眼里，微微侧过头，抹去眼角湿意。突听龙玉致惊呼一声，她视线一暗，有股冲力袭来，头上突然被一方绸子拢住。

她一惊，道："阿离——"他没答她。

她却瞬间安静，因为她知道，他就在她的寸步之外，不会让她有事。

才抬手将头上的帕了揭开，道歉的声音便按踵而来。

"这位夫人，对不住。"几个少女匆匆走了过来，惶恐道。

却是几名挑选锦帕的少女嬉闹，将一方帕子甩了过来，盖到她的头上。

龙玉致双手叉腰，煞有介事地教训着几个小丫头。

她一笑，正要劝了龙玉致去，却突然一怔，为那落到自己脸上的淡淡目光。她抬头看去，却见一旁的男人凝眸看着她。

他眸光安静，却灼灼似火，她脸上一热，微微垂了眸。

有时候，她懂他，有时候，她使劲想，也猜不透他心里装了些什么。此刻，便一如那天，初知她怀孕的时候，他沉默地坐在石椅上，她读不懂他。

她微恼，正想问他，他却握上她的手，将她搂进怀中。

龙非离眸光一深，瞥了一眼张进，后者似浑身一僵，立刻低下头。

她不知道的东西多着呢。如这位张先生的心思。他知她心，近日与龙玉致多召刘氏进宫，一开解刘氏忧思，二急张进。

有效吗，也许。那张进与刘氏，就像龙梓锦与崔霓裳，谁也不知道结局。因为谁也不知道崔霓裳还能活多久。但最起码，那两个人现在是快活的。有生时能尽欢一场，这样已足够。

张进与刘氏，却非他所关心。张进才学渊博，他颇为赏识，若张进懂藏，他便容，但若张进敢对她再多一分心思，他便杀。很简单。

又如，她重回他身边以后，他总是不由自主地想起那年他掀起盖头时，她娇羞如水莲的模样。所以刚才当那帕子落到她的头上，他一瞬便失了神。

这两生，她受过太多的苦难。如果，她还是那个不识人世忧愁的公主，他便不去忧虑，那她或许会一直都好好的，会快快乐乐。

可是，不经历这许多，他又未必知道，她爱他如斯。

得失之间，早已说不清。

这次天界一战，他伤得很重，但他不悔。换她清醒，他愿意付出所有。现在的她，才是他想拥有的，并且，他会活下去。只要是她的愿望，他都会完成。其他的她不需知道，只要知道他会陪着她，只要快乐，便足够。

"阿离快看，焰火好美。"她的声音从耳畔传来，有点儿急，紧紧扯着他的手。"嗯。"他将她微有凉意的手放进怀中，拥着她向河道走去，焰火在空中绽开，散落进光影层层叠叠的河水中。

她，还有从今生的父亲手中接过的这个国家，都是他的愿望。

送她一个盛世，陪她看一场烟火。至于成为天界的主，太遥远，不管从前，还是以后。天界给他的印象，也许不过是初见她的情景。

那年天帝大寿，三界神祇齐聚。那时，他的父皇，原西海的主人，拥有至上神力的龙王，还没被天帝用计害死。琼楼玉宇，仙乐处处闻。是谁不屑宴席热闹，席开之前出走，一路冷看宫殿华碧，散落绾发绸带。

"哎，公子，你别走，喊的就是你，你的发带掉了。"

云深处，音如袅，谁玉颜如画，将束发玉带放进谁的掌心。

指尖如葱，划过掌中纹，种下所有因果。男子捏着发带，长发如墨飘扬，并无动作。"你不将发束上吗？"女子微微惊讶。

"我的侍官不在。"男子声音有些僵硬。

"啊，你不会束发……呃，要不我帮你？"

"……"

"你不是天宫的神将吧？"

"嗯，我来自西海。"

女子顿时雀跃："我一直住在这里，还没到过海上去呢。听说，东西南北四海里，西海的星星最漂亮，如果我能去看看就好了。"

男子打量女子一眼，一身侍女服饰，没再多说什么。

"好了。"他听到她笑意浅浅。

本拟离去，那轻浅的笑声，却让他生生顿住脚步。他淡淡地问："你叫什么名字，是天宫哪位上仙的座下？"

"奴婢排行第七，公子唤奴婢小七便行。"女子微一迟疑，"我只是名干杂活的小婢女。"

回到筵席，他吩咐侍官："去找天宫的侍官，便说龙昊向他讨要一名小婢。"

"谨遵殿下吩咐。"侍官恭声应允，又小心翼翼问道，"敢问殿下那婢子名姓。"

"小七。"那时，男子并不知道，那天是天界最热闹的日子，天帝幺女紫苏装扮成小婢，想到人界游历。紫苏，天帝第七个女儿。

那时，原定要嫁与他的天宫公主也不是她，是天帝的六女，一位容貌娇美，心性聪慧的公主。焰火璀璨，映在他怀里女子恬静又美丽的脸上，大掌覆上她尚平坦的肚子。

她笑弯眉眼，他将她拥紧。

——去找天宫的侍官，便说龙昊向他讨要一名小婢。

那时，他们的故事还没有开始。那时，就像很多年以后的一句词曲所写的：原本以为你只是短暂的插曲，从没想到竟成不朽的传奇。

光秀三年。

皇宫，藏书阁。

年琳琅进来。她刚侍候段晓童吃了汤药，那药膳极苦，她便出去取些蜜饯果脯给晓童，好缓解一下残留在唇舌上的苦涩。

方走进长廊，距阁门尚有一段距离，便听到里面一阵羞涩低斥之声传来："无霜，你这是做甚！琳琅稍后会过来，若教她看到你我——"

年琳琅浑身一震，果脯从手中跌落，幸而她武功虽不甚好，轻功却极佳，手脚敏捷，微一俯身，已接住差点落地的东西。

龙无霜过来了！他武功卓绝，稍有声响必被发现。

段晓童刚才的羞恼，她听得清楚，龙无霜与段晓童在里面做什么？她怔在原地，心中酸涩，一时竟不知去好还是留好。男子的声音传出，带着冷冷的不悦："你身子不好，非得要在大寒夜里过来修订这些札记吗？"

"便是身子不好，才不得不辞去这太史令一职。新任史官说，史料上有关你母后的记载，在庆嘉十八年以后便极为零碎，札记上甚至只有年妃之称，竟无年后之说。倒是我以前疏忽了，如今只想赶在送琳琅到碧落之前，先将这些记载补全。你知道，琳琅这一去时日长久，不知什么时候才再回西凉。我想在碧落陪她一些时日，将事情办完，我也走得安心。"

"晓童，朕说，不必补全，你懂吗？"

"不必？"男人轻笑："若要记，我父皇早就让人记下母后在宫闱的点滴。朕以为，我父皇深爱我母后，并不愿意让后世人多翻查考究我母后之事。母后只是他一个人的，傻丫头，你怎么就不懂！"

段晓童一怔，龙无霜又淡淡道："晓童，朕以后也不让史官记下你的事。"

段晓童欢喜又吃惊，半晌，低声道："无霜，姑且不论我年岁较你大，我与你哥哥有婚约在身，你……"

龙无霜冷笑："段晓童，你何苦逼我！你知道这些从来就不是问题，若非为你一声自愿，朕早就立了你为后。城郊有四季不凋之花，朕扩筑无霜城，将那地界纳入无霜，又是为了什么？不过是因为有个人喜欢那花罢了。朕知你愧疚于无垢，朕等你，直到你心甘情愿为止。"

段晓童咬唇，不敢再多说，将话题岔开，只笑道："若不做补遗，千百年后，后人只怕只知庆嘉皇帝传下一名子嗣，甚至不知道你这光秀皇帝是哪位嫔妃所出。"

"那又有甚要紧，我父皇母后高兴便好。"龙无霜唇角一勾，伸手将女人搂进怀里。嗅着男子身上的龙涎香气，段晓童低声道："我以前一直不懂，明明那第三个孩子并非你父皇的……"

"嗯，母后曾有孕在身，若不将那孩子列入玉牒，后人必责难，我父皇怎能容忍他人玷污我母后的名声。"

"你曾告诉我，为防夺位之事发生，手足相残，惹你母后伤心，他甚至只要你这一个孩儿。"龙无霜眸光微动，笑道："我父皇就是个有野心的人，他的儿女怎么可能没有野心？母后未必就知道父皇心里的想法。若是朕，朕也会如此做，防患于未然才好。"

段晓童点点头，突然喉咙一痒，一声轻咳。

龙无霜略一皱眉，将她拦腰抱起，沉声道："现在就回去休息，你再执拗，朕便令人烧了这阁子，再杀了那多事的新史令。"

这男人有多狠，段晓童不是不知道的，点点头，任他抱着往门外走去。

想起一事，她蹙眉道："琳琅的事，还有转圜的余地吗？"

"没有。她必须嫁到碧落。父皇打下西凉万里河山，如今西凉与碧落是云苍最大的国家，他日其中之一必定成为这大陆的主宰。现在西凉与其他两国交战，碧落亦一样，但碧落国主却一直想趁战乱攻打西凉，须知国家必须留兵力御守，他一旦为之，则西凉与碧落都将陷入僵局，被他国觊觎。"龙无霜冷冷一笑，"这碧落之王勇急而不理智，碧落信王却与朕心同，暂订互不侵犯盟约。他是碧落国主亲弟，深受倚重，他既喜琳琅，为何不呢？"

段晓童一声微叹，念及年琳琅命运，心里疼痛。龙无霜却已抱着她走出去。长廊外，宫灯悬在檐下，夜色已深，雪花纷飞，龙无霜解下自己身上大氅将她裹了，抱着她走进雪中。

看着那高大颀长的身影渐渐消失在宫墙深处——再暗再黑，晓童姐姐，你却能无惧，因为，他会守着你。足下在檐上一点，女子从回廊上轻轻跃下。

夜寒雪厚，她为躲那人与段晓童，在壁上待得久了，满身雪水，手足麻痹。想来今夜之后必得大病一场，她身子虽不比段晓童羸弱，却一直不好。当然，那个人并不知道。

落地不稳，手中东西摔出，年琳琅慌忙伸手去够，却听到几声细响，她脚下一崴，跌坐在回廊上，怔怔地看着散落了一地的蜜饯。无转圜余地。

嗯，这世上，有些东西，不是你的，终究抓不住，不管你再怎么用心和努力。

闭目一笑，年琳琅推门走进藏书阁，重新捻亮了灯火。

檀桌往后，是无边无际的架子，藏书历历。

桌上，数本旧札还没合上，一本新札墨迹未干。

她随手拿起其中一本微微泛黄的旧札翻开，却见其中一页上写着：明明知道相思苦，偏偏对你牵肠挂肚；经过几许细思量，宁愿承受这痛苦。

几句词句倒有点儿像支小曲。

最让她惊奇的是，那几行歪歪斜斜的小篆上竟盖了一方玺印，又有一行批注，字迹苍劲浑厚，写着：经鉴，此字甚丑。

印是龙纹玺印，那是庆嘉大帝的玺章！年琳琅不禁一笑，揾去眼角湿润。

她是名小孤女。这旧札，是带她回宫抚养，给了她名姓，给了她温暖的那个女子，在多年前写着玩的吧，倒没想到庆嘉皇帝也——记忆中，那是个冷傲不苟言笑的男人。

只是，娘娘，明明知道相思苦，为何还宁愿承受这痛苦？

桌上札记不少，想来晓童是搜集了旧日所有有关那个女子的札记，来写一本关于那人的传札。她又翻开一本小札，只见上面写着：

婢：王，楼里钟鼓掉下，惊了娘娘。

王（奏章堆抬头）：嗯，烧了。

婢：王，××妃冒犯了娘娘。

王（想了想）：嗯，废了。

这小札不知是何人所记，虽违背史实，却煞是有趣，也相去不远。她抚住脸颊，刚揾去的湿意又沿着眼角滑落，伸袖使劲在眼睛上擦了擦……那两个人现在一定很快乐吧，不管他们在哪里。

略略将凌乱的桌面收拾了一下，正要捻熄烛火离去，突觉空气中有些异常，她一惊，扭头朝门口看去，却见一个人双手抱胸倚在门上。

一身明黄，狭长双眸似笑非笑地看着她："朕回来替晓童拿点儿东西。"

"哦。"不曾想到这男子会折返，年琳琅心里又慌又乱，突然有个念头闯进脑子里：他会不会从刚才就知道她在这里？

龙无霜径自走到她身旁，将桌上新札放进怀中，淡淡道："一起走吧。"

"是，皇上。"

回廊长。

只是，回廊再长也有尽头，数步以外，没有了屋檐护荫，风雪大。

龙无霜往肩上一摸，大氅已褪，低笑道："倒是忘记了。"

年琳琅微怔。突然腰上一紧一暖，她一震，暗香弥漫鼻息。

"雪大，冷，往朕这边靠一点儿。"

年琳琅低头，只见地上雪印长长，白沫如絮翻卷，银光似霜。

她突然有点儿明白那札上小字的意思。

明明知道相思苦却宁愿承受，也许是因为有这样一个人，这样一份情。

情其实是什么，复杂还是简单？也许，真的很简单，不过是庆嘉皇帝送年璇玑无霜之城，龙无霜为段晓童修筑无霜之城。

龙无霜，你替段晓童筑城。

西凉，碧落，盟约。就让我来替你守这座城。

想送一个人无霜，不被战火风波侵染，只因那人是无双，是这样吗？

藏书阁里被遗忘的灯火虽绵长，已拢不住在雪地上交叠却渐渐远行的身影。烛火摇曳。桌角，还有一本被忘记合上的小札。

页面上写着：庆嘉十五年夏，庆嘉皇帝携年璇玑、龙梓锦、夏桑与清风秘密前往烟霞郡寻找战神白战枫。

往下，再无一字。有风从门缝吹进来，翻开小札书页。另一页上，字迹斐然。

光秀五年，光秀帝灭碧落，夺信王侧妃年琳琅于大婚之日……

明明知道，相思其实很苦。

番外一

岁月静好 与君同枕西凉月

龙非离 vs 年璇玑：

"将我丢在这里，不用管我饭，那我不吃早饭，你们吃。"

"不行。"

"不吃不吃不吃，我要再睡一会儿。"

"不。"

"龙非离，你混蛋！"身子一轻，朱七吓了一跳，正睡眼惺忪，此时一下睁开眼来，怒视着无视她发言将她抱进怀里的男人。

"那我吃干粮，你进去和梓锦他们吃，我要睡觉。"

"朕说，不！"

酒楼门外，马车旁的陆凯和夏桑互视一眼，有些头皮发麻，谁都能看出龙非离此刻压抑的怒气。

娘娘怀孕数月，肚里的不知道是龙子还是龙女，却极为难缠。早些时候呕吐得厉害，后来变得好动又嗜睡，脾气古怪，这睡得胡天胡地，清醒的时候，又满皇宫的去捣蛋，几次差点水淹、火烧皇宫。惹得皇帝既心疼又恼怒。

但他到底舍不得对妻子严厉，这跟在手下办事的臣子便麻烦了。朝堂上，几乎没有谁没被龙非离挑出过毛病，若说吹毛求疵，偏偏皇帝词锋犀利，说得句句在理。

这也罢了，哪知在朱七怀孕的第三个月里，龙非离却接到名剑山庄的急信：师父病重。信中言及想看看龙非离和他的皇后。这比不得数年前龙玉致接到的信函，乃龙修文之计。师徒之情虽深厚，但老人知龙非离国务繁重，极少传书递信，此次来信焦急，估摸是最后一面了。

名剑山庄掌门对龙非离不但有授业之恩，更在他幼年时有相护之情，龙非离一向敬重。龙非离虽顾虑朱七的身子，但师尊兹事重大，朱七又多次恳求，便有了这次名剑山庄之行。夏桑等人随护在侧，段玉桓与乐晶莹率大批禁军乔装随护在后。

夏桑与陆凯深谙，若非朱七在此，龙非离虽是帝王之尊，必率众人在林野打尖，省去麻烦。

这酒肆客栈用餐住宿本就单为朱七，她有孕在身，龙非离不愿她的饮食有丝毫马虎，偏偏这位娘娘恹恹昏昏，零嘴儿照旧饭食不管嗜睡如命。龙非离担忧她的身子，又焉能不动怒？

这次出门，龙非离没多带随行的人，也不用他人侍候朱七，事无大小，亲自替她打点。是以朱七的大婢蝶风，也没让随驾。陆凯看龙非离抱着朱七大步走远，朝夏桑道："大人先赶上去打点，陆凯将马车停置妥当，立即便来。"

龙梓锦等人早就进去布菜，夏桑点头，快步跟上前方男子。

那琼杏楼是桃源镇最大的酒馆，客人数不胜数，门口的站堂倌儿，什么达官商贾没有见过。这时一看走近的男人，二十多岁年纪，衣饰虽朴素，但布料却极为精致，做工考究，面如冠玉，那容貌气度竟是从没看过的好。他怀中女子一身紫裳，不见任何配饰，只用一支珍珠簪绾着发丝，那珍珠硕大浑圆，光泽莹润，估计一颗便可抵万金。那小二遂知这对年轻夫妻必大有来头，立刻堆笑迎上前去。

酒楼热闹，小二嗓门清亮。朱七皱皱眉头，看那人紧抱着自己，许多目光射来，剩余的几分睡意终于压不过那丝羞耻之心，扯了扯龙非离的衣衫，便要自己下来走。

龙非离却没理她，眸光一扫，便抱着她往一张桌子走去。朱七一看，却见那桌上龙梓锦夫妇和龙玉致正看着自己，一脸促狭，越发羞愧。

小二笑道："公子夫人原是几位客官亲眷，可已吩咐酒水饭菜？"

龙梓锦摆摆手，道："都妥当了，有什么爷再唤你。"

"好哩。"小二走远，夏桑坐下，看龙玉致还在取笑朱七，戏谑道："你怀夏雪、夏雨的时候，懒得更不像话，怎就笑了娘娘去。"

龙玉致的脸刷的红了，朱七大乐，笑骂了龙玉致几句，看龙非离不吱声，知他尚有余怒，也明白最近"恶行"甚多，伸手去握男人的手。

龙非离却微微挥开她。

朱七咬了咬唇，崔霓裳虽不知二人暗中较劲，但看朱七脸上憋屈，一边替她与龙非离侍候茶水，一边与龙玉致小声笑起来。

朱七狠狠瞪了二人一眼，道："老十，管好你老婆，都跟玉致那死丫头学坏了。"龙梓锦一声轻笑，接过妻子手中的活儿，道："九嫂，霓裳要坏，也是跟你学的。"

朱七一时语塞，便要向龙非离告状，男人却一皱眉，朝刚走过来的陆凯道："去跟掌柜说，换个地儿，这里太吵。"

朱七明白，若能拿到厢房，龙梓锦早就办了，看了四周一眼，座无虚席，想来厢房早已客满。再说，出门在外，不事张扬，也是那人早吩咐下的。这时分明便是心里不高兴，为难了陆凯去。

陆凯却没有多话，恭谨颔首道："是。"

朱七心中也微微动了气，腹中孩子动静极大，这段时间她也不好受，偏他不理解她，也不像别的男人好言相哄，一声微哼，道："陆凯，你坐下。"

陆凯苦笑，崔霓裳在桌下一拉朱七，压低声音急道："娘娘，你这是当事人不知，我们可是看得清清楚楚，皇上是为你，知你不喜吵闹，不是与你置气。"

果真当局者迷吗，朱七一怔，一丝喜悦慢慢浮上心头，看了一眼男人酷冷的侧脸，眼珠一转，巴巴地望向临窗的桌子，道："阿离，我想坐那边。"

她说着又悄悄伸手去够男人的手，掌心在他掌上轻轻摩挲。

手上骤然一紧，她心里也是一紧，却是手掌被握紧，又听龙非离与陆凯道："就换夫人说的地方。"她心里顿时高兴起来，却看到这时龙非离轻瞥临窗一桌，眸光突然微微一沉。

"阿离，怎么了？"

朱七微微奇怪，随男人的目光看过去——靠窗那一桌人，似乎并非寻常商旅，一桌十余人，衣饰华美，人人腰上带着兵刃。主座上是名六七十岁身穿灰袍的老者，眉眼聚了一团锋厉之色。座下是两名年岁相仿的男人，另有妇人、青年、年轻女子数人，各个容貌都甚好，但若仔细看去，每人神色里又似隐隐藏着几分凝重。另有几个丫鬟模样的人站在四周，侍候茶水。

她的注意力反一下落在其中一个丫鬟身上，她正安静地给主人斟着酒。那女子看上去二十岁左右，肤色如蜜，眉眼轮廓有些深，却十分好看，发丝微鬈。便像纳明天朗给她的第一印象，这个女子似乎并非西凉人。

她没有再细看。刚才对龙非离说，要拿靠窗的桌子，多有几分娇嗔撒娇之意。现在看对方竟是练家子，说不准便是武林中人，虽然自己的老公绝对不惧，但用强掠夺毕竟不是好事。再说，龙非离微服出行，多一事不如少一事，她忙道："陆凯，咱们就坐这里。"

她又站起朝主座上的老者福了一福，诚恳道："多有冒犯，小女在此赔罪。"

陆凯闻言，身形微顿，看向龙非离。

几人适才交谈并没有刻意掩饰音量，临窗桌上众人却已是大怒，座中一名绿衣青年手拍桌案，愤怒而起，扬手指向龙非离，冷笑道："哪里来的纨绔子弟，爷的座儿岂容你打主意，你可知爷是什么人？"

龙非离淡淡瞥去，没有出声，旁边的龙梓锦已然低笑道："纨绔子弟总比那些个破落户好，一张小桌七八人的座次，偏要坐十数人，侍候的丫头跟着，连个座位也没有。"

龙梓锦是什么人，眼色一向毒辣，几句便点出对方弊端。

不说青年，此时几名上了年岁的男人也动了怒，灰袍老者旁边一名青衫男人一下冷了眉眼，他身旁的粉衣女子已拂袖站起，娇叱道："爹爹，我杀了他们！"她说着，袖子一扬——朱七只看见粉衣女子旁边的绿衣女子煞白了脸色，惊道："姐姐，手下留情，那夫人身怀六甲——"

少女的声音未落，一片金光已飞射过来，朱七大惊，下意识抱着肚子，怕伤了肚中的孩子。她手刚抚到衣衫，身子已被人抱进怀中。数个身影疾闪，她脑中微微眩晕，却见夏桑和陆凯已挡在她与龙非离前面，旁边，龙梓锦也将崔霓裳揽进怀里。

龙玉致皱了皱眉，她本有武功在身，夏桑和陆凯又是一等一的高手，那些金针还没近身，已被二人挥开，根本伤不到她半分。

她脾气一向甚好，这时也不由得动了怒气："死丫头，且不论那仅是一个座位，我嫂嫂已好言向你们赔礼道歉，你却想要我们的命？"

对座一众人，看着被碎成粉末落地的暗器，都震惊于这两名看似是护卫的武功，却并不知道夏桑和陆凯这轻轻一挡，用的也不过是一二分功力。

朱七暗道不好，果然，腰间男人的手略略收紧，声音已寒凉到极点。

"剁了她的手。"

"是，少爷。"陆凯微微欠身，身形一动，已向那粉衣女子跃去，后者大惊，白了俏脸，几名老者脸色一整，闪身护到她前面。

"好个林家，自身祸端深重，怎又惹上了事？"

突然一道声音破空而来，尖刺嘶哑，像有什么东西哽在那说话之人的咽喉，让人心生寒冷，极不舒服。朱七一怔，从龙非离怀里斜斜瞥去，却见一名头戴书生方巾的中年男子站在酒肆门口，背后直挺挺站了多名精壮男子。他笑意吟吟，眼里闪着几分诡谲。

被唤作林姓的一众人脸色顿变，朱七奇怪——不知这突如其来的男人到底与这一家子有何关系？

"陆凯。"龙非离声音中已透出一分不耐，陆凯不敢怠慢，伸手向横亘在粉衣女子身前的老者抓去，绿衣女子大惊，哀求地看向朱七。

朱七心念她刚才出言劝说，想劝下龙非离，刚张嘴，却只觉腹痛如绞。她抓紧龙非离的手，竟一时说不出话来。

龙非离眉峰一沉，迅速将她拦腰抱起。崔霓裳挣脱龙梓锦，走到朱七身边，伸手搭上她的手腕替她切脉。"怎样？"龙非离眸光深沉。

崔霓裳微微蹙眉，道："想是适才受了惊吓，动了胎气。少爷，按霓裳之见，还是让夫人先行躺下稍作休息，霓裳再开一服药让夫人服下为宜。"

龙非离抚了抚妻子的发，一颔首。

夏桑已擒住小二，喝道："最好的客房，带路。"

这琼杏楼既是酒馆也是客栈，刚才一幕，那小二可是看得清清楚楚，心里惧怕。柜台前掌柜亦然，朝他一点头，小二忙道："公子、夫人这边请。"

那边，陆凯手下动作不停，三名老者已呈败势，眼看几名年轻男女便要加入战圈。这时，除去注意到那绿衣女子哀婉地看着她，朱七心里咯噔一下，她看到那名异域丫鬟盯着龙非离。

朱七突然明白，从一开始，龙非离的心思就并不在那林姓众人里，而是在这名丫鬟身上。

为什么？腹中疼痛并不太剧烈，却让她仍无法正常思考，只能低声道："我想睡一会儿，但不希望有一分吵闹，可以吗？"

男人没有作声，脸色极差。

"嗯。"最终他伸手再次轻轻拂过她额上微湿的发，朝陆凯瞥去。

陆凯收回掌势，往后一跃，那几个男人却已委顿在地。

她看到绿衣少女挽着那摇摇欲坠的粉衣女子，一旁，那美丽的丫鬟神色复杂地看着龙非离。

她越发不解，只听凭意志伸手勾上龙非离的脖颈，将头埋进他怀里——没管顾片刻前惊煞楼里客人的打斗和此刻于人前与夫君亲昵的惊世骇俗。

却又听谁的声音惊喜传来："淳哥，你带人过来了，这下再也由不得他们作恶！除去这青莲教的恶徒欺我林家，适才还有人要斩我的手。"

似乎是那个粉衣女子在说话。

耳畔，脚步声急迫又浑厚，似乎又有什么客人疾奔到这酒楼。

……

神志有些昏沉，听崔霓裳低声道，皇上宽心，娘娘的身子不碍事。

迷迷糊糊的被喂了些药，温暖的大掌按在她额头拭着汗水，她终于睡了过去。朦胧间，颈窝细痒，睡意顿时被挥退几分。

她自是知道发生了什么事，脸庞一热，身子微颤，睁开眼来，果见龙非离在啄吻着她的脖颈。肤上灼热传来，男子黑发似墨，眉目如画。她一瞬情动，捧起男人的脸，吻上他的唇。

"小七。"

自她有孕以来，两人情事不多，这时她少有的主动，便成了燎原的火。

跨坐在他腰间，他一双铁臂紧紧扶着她的腰肢……她在他温柔又霸道的进攻下细吟出声，攥紧他微敞的单衣。

窗子开了一条缝，从这个角度看去，竟已是银辉半地。她尚记得，刚进酒馆还是晌午时分，居然睡了这么久。

龙非离的唇略有些急促粗鲁地吻上她，她仅有的一丝旁骛被彻底抽走……

事后，她慵懒地躺在他臂上，脸上热热的，想来也是红晕未消。他凤眸微眯，目光在她的眼、鼻、唇上巡视，那眸里，却仍有几分不餍足。

她羞涩至极，扯了被子往脸上盖去。

他却不让，劈手将被褥夺过，覆到她腰上，她身上仅松垮着一个肚兜，肌肤可见。他的眸光似乎又深了几分，伸手抚上她的肚子，三四个月已初见形状，还不大却也雪白浑圆。

朱七心里一暖，往男人怀里偎去，低声道："想要儿子还是女儿？"

突然想起，这可是经典问题，她咋就给忘了，不由得扑哧一声笑了。

龙非离微微扬眉："若是女儿，就一直生到有儿子为止，若是儿子，就这样吧。"

朱七一怔，随即恼了："死耗子，你重男轻女，我偏要生女儿。"

"哦。"龙非离唇角一勾，"女儿吗，那朕每晚都翻皇后牌子便是，直到朕有了太子。"朱七又羞又恼，翻身坐到男人肚子上，正要好生"侍候"他，却听敲门声传来。

"爷。"

听声音是陆凯——她从男人身上翻下，便要下床去开门。

腰上一紧，却已被男人揽回怀中，她一愣，龙非离眉眼已拢上一层不悦。

她想起什么，赶紧拉起被子将自己裹紧。

龙非离慢条斯理地下床穿衣，她捂在被子中，看他窄腰宽背，完美啊完美，她的男人——她得意地小声笑着，龙非离回头警告地一瞥，她不敢再捋虎须，将被子拉高，把自己妥妥当当地藏在被褥里。

大概是怕惊扰到她，陆凯的声音很小："爷，那林家小姐想与夫人一见，奴才只说夫人已歇下，不知何时起床，让她明日再来。但她来回数次似非常焦急，奴才冒昧，请爷恕罪。"

"夫人身子不爽，不见外客，若她再来，就打发了她去。通知十爷和夏桑，明早立刻起行，另你替我去办一事——"

龙非离的声音突然低了下来，到底是什么事——朱七心中一凛，突然生了个想法，只怕龙非离要陆凯办的事与这林家或者……那丫鬟不无干系，刚才倒忘了问龙非离有关那女子的事。听到陆凯掩门离去，她一急从被褥里探出头来，道："陆凯，替我找林家小姐过来。"

茶烟袅娜，听罢林倩芳——那绿衣少女所述，朱七才明白他们似乎卷进了一个极大极棘手的"麻烦"中去。

原来这林家是武林上的名剑山庄，在江湖上也有几分名声，席间所见的绿衣青年是她长兄，却与青莲教一坛主之妻有染。这青莲教乃数年来江湖上兴起的邪教，集其余邪妄之派，势力甚大，与白道多有摩擦。黑白之间，都欲除对方而后快，只是素为武林翘楚的名剑山庄日益淡出江湖纷争，不再管武林之事。白道忌惮力量不够，青莲顾虑羽翼未丰，倒没谁先行动。

但林家长子这一丑事，却无疑成了导火索。

若不追究，青莲教岂非给江湖上的人落了口实，说争不过白道？

林家长子林瑞宁激勇又凶蛮，林家的当家林鸿华做事却还有几分魄力，事情一透露，细软不收田产不卖，当即率家眷离开本家，又差人通知林家长女即粉衣女子林芸芳的未婚夫——落霞山庄庄主二子于淳。

这落霞山庄在白道上名声不小，武功厉害，大有与其他几个有名门派在名剑山庄彻底退隐后争一日长短、成为武林第一之势。

林家避走投奔于家，于家不在桃源郡，不曾想到尚未到于家，便在这琼杏楼与龙非离等人起了争执。后青莲教护法铁笔书生追来，在陆凯与林鸿华等人交手之际，于淳率人赶到，铁笔书生心有忌惮，领人离去。

这也是林家小女林倩芳今晚过来的原因。

龙非离要取林芸芳的手臂，于淳武功高强，又岂会受此侮辱，林倩芳与父亲叔伯晓以利害关系，说一个护卫的武功便高明如斯，想对方必是有来头之人。于淳冷笑，问众人可知守疆大将军宁君望，宁将军师出于家，论背景，宁君望贵为朝中武官一等大员，这普天之下，又还有什么人能出其右？

林倩芳一听不好，幸好她与林芸芳虽是同父异母，姐妹之情却深厚，由此她与于淳也有些交情，勉力劝住了他，自己急忙过来告诉朱七，于淳与林家今晚也在琼杏楼宿下。

"本来涉及家门丑事，这述说出来是让夫人见笑了，只是——"她犹豫片刻，悄悄看了一眼龙非离，脸上一红，又细声相劝。明日相见，龙非离务必向于淳好言赔个不是，否则只怕大祸临头。

她话说得甚是委婉，朱七却愣了一下——让龙非离向人赔礼道歉？她握了握手，才忍住没露出其他什么神色，心想这林倩芳倒也是个善良之人，不同其姐的跋扈，她没敢多看龙非离的脸色，笑道："谢谢姑娘提点。"

林倩芳一笑，又看了龙非离一眼，低声道："那倩芳便不扰夫人与……公子休息，先告辞了。"

朱七起来要送她，手却被龙非离握住，男人淡淡看向侍立在一旁的陆凯。

陆凯伸手一揖，道："姑娘，请。"

朱七明显看到林倩芳脸上的失望，微微一怔，刚想说句什么，龙非离却眸含微光，道："雪峰甚险，山高路黑，姑娘务必小心。"

林倩芳一惊，有些难以置信地看向龙非离，下意识向腰上锦囊摸去，好一会儿，才弯腰一福，腼腆道："公子眼光真利，既到桃源，倩芳想去看看雪峰上的凝霜花，倩芳先告辞了。"

林倩芳离去后，朱七疑虑道："你怎么知道林倩芳要到雪峰去？"

几年前，她与龙非离就到过桃源镇，也在这里经历过许多事情，只是，那时还不知道桃源镇有个雪峰。

这次沿途听夏桑和龙梓锦谈起，才知道这桃源镇上竟还有这样一个神秘的山峰，积雪终年不化，最奇异的是这峰上生长着一种极幽魅的花"凝霜"，据说姿态美不可方物，四季不凋。

龙非离手臂一探，将她抱到膝上，手抚上她的腹部，微微皱起眉："脸色怎么这般白，崔霓裳虽说无碍……刚才是我莽撞了。"

朱七一愣，很快明白他所言，想起刚才他虽需索，却轻柔相待，脸上一热，嗔道："问你桃源雪峰呢。"

腹上，一股热流自他掌心传来，肚子暖暖的。她舒服地靠在他颈侧，让尊贵的皇帝陛下效劳，想起林倩芳的话，忍不住乐起来："九爷，赶明儿劳你尊驾去向那于大侠赔个礼道个歉吧，幸好你的宝贝师弟先一步到了名剑山庄，否则这于淳的麻烦就大了。"

龙非离眉头皱紧，连冷哼也省了，只沉静地替她按摩。

朱七越发好笑，按住他的手，催促道："给我说说桃源雪峰的事情嘛。关于那林家小姐，你好像知道些什么，怎么这么神？"

"就你事多。"斥责过后，过了好一阵子，她才听他道："已是春末，她手上的披风太厚，寻常地方根本用不着，你留意过她的锦囊吗，被利器划了道口子。"

朱七听得头晕目眩，摊摊手道："自从怀了你的孩子，我就变笨了，九爷您老就不能直接一点儿？"

龙非离皱了皱眉，眸里却有了丝笑意："本来就笨。"

"看形状、切口，她锦囊里的应该是铁爪索子。披风、爪索，你说用来做什么？恰恰这琼杏酒馆往后不到一里就是雪峰。"

朱七恍然大悟，想起什么，道："其实方才你也不完全肯定对不对？"

"嗯。"

所以，他出言试探。"你说这半夜三更的，林姑娘到雪峰去就真的只是为了凝霜吗？"朱七微微出神。

"是与不是，"龙非离眸光微动，"都与你无关。"

他说着将她抱起，放到床榻上。

"她人好，当然是冲着你这如玉公子的面子上，她的事与我无关，但凝霜与我有关。"朱七绽颜一笑，握上男人的手，低声道，"我听梓锦和夏桑说过，那花开得极美，虽四季不凋，却数量极少，又开在高峰，几乎无人得见。听说凝霜吉祥，有永生相伴之意……你就不能带我去看看吗？"

"我想将这花采几枝回去，就植在无霜城郊你当日囚困我的屋苑里，让花在无霜城外也繁茂起来。"

龙非离，你从那里回来，我一直不知道你能陪我多久，我不问，你不说，我知道你不允我随你生死，但我早已决定，你的一生也便是我的一生。

桃源雪峰。

积雪不化便罢，明明一两里之外是春末夏初时节，这峰上却突然飘起雪来，气候在这里变得诡异无常。

寒风夹杂着雪花，听着众人粗重战栗的呼吸声，看着雪地上蜿蜒刺目的血迹，林倩芳抱紧双臂，满心都是惊慌茫然，从刚才在厢房里被那俊美的男子看穿陡生震惊和不安，到现在不知所措。

自他抱着他的妻进门，她便注意到这个男人。

一身琉璃白，面目倾城却淡漠如许，唯有在对身旁女子说话时，眉间才有几分暖意。那并不经意的淡淡的暖，一下让她心思难收，毫无预兆，毫无来由。林家是大户，她也惯见奢华。她不知道他的身份，却知道他必定富甲一方，他妻子头上的一支簪子也价值连城。

他待那女子确实好。换位易桌，那女子一嗔一笑，他便应她所求。

他的妻子已有身孕，她不忍，出声制止姐姐芸芳凌厉的暗器。一时，便连她自己也不知道，是恻隐之心还是为那个温柔冷漠的男子，好留一线再交之机。后来，芸芳出手，他的护卫与父伯交手，其武功竟不啻武林排行前茅的高手，更证实了她的猜想，他的身份必定不凡。

当然，再好也比不过于家的后盾——宁君望，护疆大将军。后来，她出口求于淳，让于淳别去寻他的麻烦。

不过一面，她甚至不知他名姓，便乱了心。

到林家向她提亲的，不乏名门公子武林翘楚。林芸芳是正室所出，她是侧室之女，平日为人处世处处小心，姐妹感情倒不坏，但她心里不甘于林芸芳之下的念头却从未停止过。于是，但凡求亲条件不及于淳的，她都没有应允，可叹于淳的条件太好，姐姐的夫婿珠玉在前，最终竟让她无可挑选。

家中父伯倒也没相逼于她，一则那林芸芳已攀上个好枝头，让家族有了护荫，二则，她还年轻，不必心焦，指不定能让她这林家幺女寻个更好的男人光耀门楣。毕竟，林家几个儿子是指望不上了，无非秉性浮躁或是孽障。

她长到如今年岁，也是锦衣玉食过来的，但心里终归寂寥郁结。

林芸芳容貌极为出色，比她更胜一筹，于淳家势大，武功好，难免有几分心高气傲，但因着林芸芳之貌，对林芸芳倒有几分疼惜。

想找一个比于淳更好的男子，想让那人对她比林芸芳更好。长久以来，这是深藏在心底强烈的念头，所以才会对那个初见的男子动了异样的情愫？

可是，今晚听于淳说起，她方知这于家还有朝廷的大将军做靠山。那个男子的背景又怎及得上于淳，她却仍作莽撞之思，甚至到他房中示警。

至此，对那人的情愫竟越发不知缘故。

却不意那斯文公子目光竟如此犀利，一语道破她的秘密——他看出了她的行踪。是，她确是要到雪峰去，却不单为凝霜，更为一个人。

于淳。

姐姐的夫婿约她在夜深时分到这人迹罕至之地见面。

于淳对她……略有几分意思。

她说不出自己对于淳的感觉，那也是个甚为英俊的男人，但更重要的是，他很优异，她拒绝不了他。

她有种害怕颤抖却又满足的感觉。

惶恐于被那个被唤作九爷的男子窥破她的心思，包括她和于淳之间——她逃也似的离开他的房间。

……

雪峰高峻，有旅客经过，听说了凝霜，不乏心生好奇要去一看的。店家岂会放了这等敛财之机，披风、铁爪、绳索，琼杏楼里倒有的是。

当然这山极险，若无一定轻功底子，普通人别想上去。林家武功比不得武林大派，轻功却是一绝。只是，若非有那能钉抓进石岩的铁爪索子，她虽有轻功在身，攀爬起来也有些困难。

等了一盏茶工夫，却还不见于淳出现。

没想到，竟发生了大事。于淳终究还是来了。

然而，来的不仅是于淳，还有于家的十数个弟子，林家的所有人。

人人身上一身血腥和狼狈，包括于淳。

原来竟是青莲教铁笔书生领人夜袭。这次，青莲教的几个坛主都到了。

再行不远便是落霞山庄，落霞山庄本便不容小觑，庄主又纠集了大批武林好手进庄以备与青莲教随时拼斗。于淳年少气盛，想已到了自己的地方，青莲教必不敢乱来，哪知，铁笔书生却不放过如此可乘之机，又恰逢青莲教几个厉害的人物正候在落霞山庄附近观察形势，遂连夜将人通知过来，想在琼杏楼将林家与于家二公子一举拿下。

所幸于淳见机行事，派人回庄报讯，又领众人杀出，逃上这雪峰。

于林二家的轻功在武林上都甚有名，才顺利上得雪峰。于淳与林家家长林鸿华望借此地之险，暂避身后追杀，熬到天明救兵一到就好办了。

于淳眉间带着一团怒煞之气，咬牙道："这帮杂碎，总有一天，爷要将他们剁膀剜目，以雪今日之仇。"

林倩芳听到林芸芳在男人身旁细声附和，于淳展臂搂住了林芸芳——众人只顾逃窜，在这雪峰上见到她，虽觉奇怪，一时半刻倒没顾得上提出疑问。

旁边那二人情状亲密，于淳深沉地瞥了她一眼，她心里的惊慌一时去了，只余下满腔冷笑。伯父林鸿华臂上见红，她顺势走过去搀扶，却同时又心生异样，目光落到前方的丫鬟身上。

适才厮杀，情势必定紧急，那些个丫鬟想来已被杀或弃于山下，怎么唯独这个丫鬟到了这里，这个乌孙女子洱苍。

总归，这名少女并非西凉人。若她没有记错，洱苍是乌孙人，虽然，现在乌孙也已是西凉的属国。两月前，长兄瑞宁说看这丫头乖巧伶俐手脚灵光，也通西凉的言语，便买回来当粗使丫鬟。

真的就当粗使去？林府本就不缺丫头，再说，你要丫鬟，这西凉的姑娘不成，偏要外族女子？

林瑞宁已娶妻，却好猎奇，才有了后来与青莲教坛主之妻勾搭之事。将这外域女子弄回林府，心思不言而喻。

那长嫂江氏的娘家是江南富贾，幼年身子弱，学了些武功健身，也自有些脾气，却没抓着夫婿与婢女私通的证据，平日里便只多寻了洱苍的不是。洱苍倒是个很安静的人，从不说什么。

只是有次适逢林瑞宁不在府里，江氏将人整治得惨了，打得皮开肉绽，林瑞宁回来发了一大通邪火，江氏自此也收敛许多。

勾栏市井，林瑞宁爱的女人多了，倒没想到对这洱苍还有几分真心，这等情势还将她带了上来，否则这外族女子又怎么上得了这雪峰。洱苍搀着林鸿华的夫人慢慢走着，果见江氏在一旁怒红了眼。

林倩芳心里越发冷笑，男人女人，说穿了，也就是那点儿事。

一众人在雪地里艰难地走着，男人多少都负了伤，于淳一伙负伤尤重，毕竟林家远来投奔，于淳多将恶斗揽下，不为那林芸芳，也绝不能让武林上的人笑话了去。

突然，林芸芳喜道："淳哥，那边有个岩洞，咱们进去歇歇可好？"

于淳看去，果见前方有一个山洞，竟有些许火光露出来。

"这荒山雪岭的怎会有人在？"林瑞宁惊道。

"想是来往驿客，听到这峰上奇景，便上来了。"

接口的是林倩芳的父亲，林鸿华的弟弟林骢华。

于淳看向林鸿华，林鸿华眉头一皱，暗忖既上得这雪峰来，那洞里之人必有些武功底子，不知道是邪是正，但听声辨息，洞里并无太大声音传来，想来对方人数必定不多，己方人数众多，倒也不惧，遂点点头。

于淳一招手，众人便向前方那山洞走去。

林倩芳本不以为意，但随着火光渐近，相叠的影子投在洞壁上，丝丝缕缕的清香萦着一阵轻薄的烟雾扑鼻而来，她心中的好奇越来越强烈。

于淳低道一声"过路人有扰了"，林倩芳的脚步也一下止住了，火光轻雾一端，女子慢慢从男子身上坐起。

才分别，怎会想到在这里又见！

那个男子和他的妻。

一袭白裘从那紫衣女子身上缓缓滑下，她微微眯眸，眼中带着一丝迷蒙，一丝慵懒，唇角又浅浅绽出一丝笑："林姑娘。"

林倩芳稍稍放开林鸿华，略一欠身，又见那男子展开裘袍将女子裹紧，拥她入怀。林倩芳想起，进来时，那紫衣女子正枕在他的膝上……她心里突然便被什么刺了一下。

旁边林瑞宁眉眼一挑，神色一片阴恻。

林芸芳唇角也是一沉，伯父林鸿华脸上还看不出端倪，但父亲林骢华也已暗了眉目。林倩芳心里暗叫了一声糟，咬了咬牙，道："夫人，怎不见你家中弟妹和护卫？"

她与之说话的人，正是央着那人上山峰看凝霜的朱七。不消说，朱七身旁的便是龙非离。朱七一怔，随即明白林倩芳话里之意，知道林倩芳未必便知龙非离会武，是陆凯等人送她二人上这桃源峰的。她玩心一起，笑道："他们送我与夫君上来，便先行下去了，少顷再来接我二人。"

林倩芳又惊又急，心想这女子到底机敏不够，即使仆从不在身边，也不该实说，只道那几人方走开片刻即回，再寻个借口立刻离开还可留丝生机，现在如此说，无疑将她与她夫婿推入穷巷——林芸芳等人怎会放了他们？

果然，林瑞宁与林芸芳交换了个眼色，林瑞宁已快步上前，冷眼一扫篝火上的金壶，又瞥了一眼地上的一套茶具，道："噢，倒有这等闲情，还要在此煮茶谈情。"他一笑，又道："正好于爷和咱林家的老爷子都渴了，小娘子，拿茶盅过来服侍吧。"

林倩芳心焦如焚，却见女子从那九爷怀中站起，身体将男子的脸庞稍稍掩住，她看不真切，又见女子微俯下腰，从支架中拿起壶，淡淡看向林瑞宁，道："林公子，我若不愿，便是当今圣上也喝不着我手上一盅茶，你懂吗？"

篝火堆上一个火花轻爆，洞里数十人原本甚是粗重的呼吸声顿时沉寂了，林倩芳又惊又颤，心中只骂这女人不识好歹，这可如何收场？

那厢，林瑞宁已勃然大怒，五指成爪，向女子的肩狠狠抓去。

突然，林瑞宁一声大叫，那抓向女子的手垂了下来。

那声音听去模糊惨烈，仿佛突然便遇着了什么可怕的事情。

林瑞宁背对着众人，众人本看不清他的神色，却见他突然踉跄着向后跌去。于淳与林芸芳站在最前面，林芸芳看了林瑞宁一眼，瞳孔急促收缩，她张着嘴巴，待要叫喊，喉咙迸出的却是破碎的震颤。

而这下，所有人都看清了，林家公子右手的手掌不见了！

断口处，血肉模糊，血沿着那枯秃的手臂垂落在地，地上，迅速凝了一大摊浓稠的血水。林瑞宁脸上是巨大翻滚的痛苦还有惊恐，眸光不停地闪烁着，似乎还无法相信眼前这一切。

"宁儿！"林鸿华一下歪了身躯，又跌撞着向长子走去。

突然，众人只听一声尖厉，却是那江氏嘶叫出来，抱着手臂浑身发颤。

一时，所有人都惊住！林瑞宁的手分明便是被什么利器剁了去！双方站在咫尺之遥，可是没有一个人看到那紫衣女子还是那白衣男人抽出过刀剑，包括于淳。

那速度之快，已让人震惊。

忘记了要去搀扶伯父，林倩芳愣愣地看向柴火中那被熊熊燃烧几成灰烬的物事——刚才跌下的是林瑞宁的手！

是他，是那个凤眸男子动的手！林倩芳知道，所有人都知道。

因他的妻子已被他抱进怀中，单手抚在女子双眸上，掩盖住她的视线，让她不至于看到突然的血腥而害怕，目光从林瑞宁身上掠过，淡淡看向众人。

寂静、慌乱中，于淳一声冷笑。众人看时，只见一道身影迅猛跃起，寒光凌厉，划向白衣男子的面门。

"淳哥，杀了他！"

林芸芳的声音搅着林倩芳的心胸，她想喊住于淳，可是她知道，她快不过于淳的剑。那个人毁了武功尚可的林瑞宁的手，也不过是取巧，他怎敌得过于淳？林倩芳睁大眼睛，身子已是一片冰凉。心疼零落之际，耳畔却有大片恐慌之声传来，她再看时，一瞬，以为花了眼睛。

从站在她身旁的林鸿华到这山洞里的每一个人，都钉立在原地，岿然不动，就像一个个雕塑，只有他们口中不断发出的声音。

　　于淳手上还拿着剑，却也僵若泥塑般站在火堆前面，高大的身子再也不能动弹半分。她看着他们的嘴张张合合，她的心乱成一团麻，挪了挪身子，却发现自己能动，便浑身颤抖地穿梭在这静止的人群中。

　　有道目光空灵。

　　是洱苍？那洱苍似蹙了眉，幽幽地看着火光一端那个年轻华美的男子。

　　林倩芳心里咯噔一声，再看时，却见洱苍眸光垂地，适才所见倒似是自己的幻觉。她一怔，没再理会那外族女子，仔细朝众人看去，却见点点寒芒从每个人的身上透出——这些人身上的某一大穴处，无不扎着一根银针。

　　终于，林倩芳记起，刚才那惊鸿一瞥——紫衣女子慵懒地靠在那人怀中，半空中，男人双手微扬，衣袖展动洁白似雪。

　　同是以针做武器……林芸芳再练上百年，也做不到这般境地。

　　这个文质彬彬的公子哥儿竟然会武，并一招便制服了洞里三十多人。

　　这怎么可能，一招，不过一招！

　　这样的武功——江湖上排名前三的人物又算什么？便是那名剑山庄的掌门，少林寺的住持也根本不可能办到！

　　脑子里，辗转的竟都是这些字句。不知过了多久，林倩芳终于意识到什么，越过篝火抬头朝前方看去，只见那两个人复又坐下。

　　他的妻依在他怀中，拿着壶，地上数枚茶盏排开，她正专注地往小盏里斟着茶。

　　二人旁边，还有数枝粉嫩花苞，花骨朵儿还没展蕊，那颜色却已翠嫩欲滴，这便是凝霜？空气中萦绕着的清香，是用凝霜煮的茶？

　　女子那娴熟优雅的手势，林倩芳明白，这女人必定深谙烹茶沏茶之艺。若换作自己，能服侍这样一个男人，她也什么都去学。

　　她突然想起，这女子刚才与她笑说，他们的仆从下了山，少顷回来接二人。

　　那不过是戏言吧！以这男人的武功，又何须任何人。这女人分明便知她方才之意，想到这里，满心惊惧里突然生出浓烈的怒意。她好言相救，这个女人却……不过是仗着那个男人的疼爱。

　　她想着却又陡然一颤，此时形势怎容得她心绪混乱！她没被银针制住穴道，是他失了准头？不，绝不可能！那就是他手下留情，有意放了她！

　　他对自己——她怔怔地盯着男人，脑子里千回百转，一时竟是巨大的欢喜，一时又想着该如何向他求情。

　　于淳半侧着身子，脸上惊怒到极点。

　　林瑞宁脸色如死灰，恐惧萧瑟，穴道被封不得止血，唇上已没一丝血色。

林芸芳嘴唇嚅动着，死死地看着她："小妹，你去，你去求求他……"

伯父林鸿华与父亲林鸿华俱都逼迫地盯着她。

林倩芳心里突然痛快起来。在这片刻间，她竟似历经了一生的喜悲。

她咬紧唇，便要向他走去，却听那紫衣女子笑道："这地儿要什么没什么，水是取现成的雪水，您九爷赏脸将就喝点儿，回去给您弄些好的。"

她看到女子将茶盏递向男人，男人闲闲地"嗯"了一声，眸光却又突然一闪，没有去接杯盏，反而微微沉了声音："杭紫苏，你的手怎么了？"

朱七一怔，这才意识到有些疼痛从手上传来，低头一看，手背上破了两道口子，颇有些深，绽了皮见了红。

凝霜生长在峰顶，她又不会武功，想带些新芽回无霜，那人便负着她施展轻功沿路而上。她赏着美丽，沿途寻着新芽辣手摧花，摘得不亦乐乎。想是那时在山岩上割破的。

进到山洞歇息，她一直被他裹在狐裘里，不让多动，劈柴烧水煮茶什么的，都是她说他做。他收拾停当，她也有些乏了，伴着尚未烧开的清幽茶香，枕在他膝上小憩起来。

听着火花轻轻爆开的声音，四周显得格外宁静，男人的大掌轻抚着她的发，她一时睡得香甜，及至眼前一众人误闯进来，生了些事情。

他不说，她几乎忘了多年前那个姓氏。连名带姓的，听他语气里分明带了些不悦。她吐吐舌，嘀咕道："又不是我愿意弄伤的。"

烟霞镇一役，她所有的力量似乎都用在了恢复记忆上，为他受了林晟一掌，分了些灾难。后来，她很悲剧地发现，身体并没有半分回归神格的自觉，没有任何力量，会伤会痛。

她懊恼地跟他说，他却道："你跟在我身边，恢复旧时力量做什么！"

"那万一我以后发现，咱们感情不和怎么办？"

他瞥她一眼："你还想和谁感情和，我要过的女人，谁敢要？"

她被打击了。只是，这样和他在一起真的很好。

手上的杯盏还是被接过，她柔柔地朝那人看去，他正仔细地替她裹着手上的伤，眸光便随他的动作落到那残缺了的白衣上去。

待他包扎完，她从地上拿了盏茶，走到林倩芳面前。

女子的到来，将背后男人的身影微微掩住，目光快速从女人手上紧裹的白绸离开。林倩芳心下一沉，脸上倒没动声色，只接过朱七递来的茶："谢谢夫人。"

朱七一声微叹，道："想来姑娘心中对我怨恨必深，事情因我而起，我夫君先是要取你姐姐之手，这回终究没饶过你兄长。"

表面情谊甚笃，实际上她与林芸芳、林瑞宁的情分并没有这样深厚，当然，林瑞宁手掌被斩，她还是有数分不忍，到底是她哥哥。这女人到底要与她说些什么？林倩芳蹙眉看着朱七，心中带了警备，怕对方看出她对那男子的心思。

林倩芳眼里的忌讳，朱七看得分明，道："酒馆里，我玩笑之言多有不对，但你姐姐却意欲取我所有人的性命。你举家因你长兄之祸而离乡避走，林公子却不思愧疚，反而一再生事，可曾想到后果，果真是有树便可遮阴吗？"

"因果循环，吃一堑长一智，望你兄长能有所得，也望你家长辈不可再一味纵容。"

林倩芳倒没想到朱七之意原是如此，林瑞宁与林芸芳的脸色更白了几分，林鸿华一声苦笑，哑声道："望夫人……"

其实不消林鸿华说什么，在这之前，她出言反驳林瑞宁，若当时对方稍有退意，她必定劝止龙非离。看向龙非离，朱七轻声道："阿离，放了他们吧，追兵在后，报应有时，既是武林的事，就让他们自己解决吧。"

龙非离微眯着眼，只道："回来。"

朱七看了看林倩芳，终究没说什么，缓步走回龙非离身边——虽然无法像那人一般，凭一件披风，一个被钩烂的锦囊便能推测出什么，但林倩芳心里想些什么，她也有几分了解。例如，林倩芳对龙非离抱了些想法。

只是，那与她关系不大，那只与龙非离有关。若龙非离允许林倩芳些什么，更与她无关了。与龙非离走到今天，她自认她足够懂得这男人。

我何须你替我求情！林倩芳一咬牙，快步掠过于淳，隔着篝火缓缓在龙非离面前跪下，柔声道："九爷，倩芳未许人家，尚是处子，愿为姬妾服侍，望九爷放过我林家还有落霞山庄人等。"

朱七微愣，轻轻一叹，又听到阵阵窸窸之声，却见山洞中原本僵硬的人影霎时紊乱起来。

银针委地。

旁边，是龙非离方落的手。

于淳脸色黑沉，喘着气，几名于家弟子围着他，他没有吭声，走到一角，坐了下来。林芸芳走到他身旁，他一把挥开了她，突然指向龙非离，冷笑道："你知道我落霞山庄与宁君望是何等关系吗？"

龙非离唇角微勾，道："鄙人在京师行走，与宁将军倒也有一点儿交情。"

于淳一惊，倒是林鸿华和林家另两个老爷子拉过林瑞宁，欠身一躬，道了谢。看到林鸿华与父亲递来的目光，林倩芳伸手抚住心口，用尽力气才敛住那突然冲击而来的巨大喜悦——那个男人因她放了林家的人！她刚才说，愿为姬妾，那他——

笑意抑制不住从唇角流露出来，林倩芳怎么不明白父伯的意思，羞涩地看向龙非离："谢谢公子。"

龙非离看了一眼旁边的女子，女人正安静地收拾着茶具。

伸手按住女子的手，龙非离淡淡道："林姑娘不必谢我，那是内子之意。另琼杏楼里，姑娘对我妻相护之意，至此龙九已全数还清。"

他砍了林瑞宁的手，却便连伯父也默认了她的相许……她就知道他出身必定不凡。果然！原来他竟也认识宁将军，他来自帝都无霜，指不定就是皇城里官宦贵胄。

虽仍有些忌惮朱七，林倩芳却惊喜交加，倒也不再避嫌，盯着男子正想得微微出神，却蓦然一震整个僵住。

不对，他方才说了什么！

她愣愣地站着，直到有人搀扶上她的手臂，扭头一看，是她娘亲，后者瑟缩地看了龙非离一眼，眸含泪光，低道："倩儿，随娘过去坐吧。"

人们的目光分明不断看过来，伯父与父亲的凝重，林芸芳的古怪，于淳的嘲弄，甚至还有那在一旁青白了脸色让江氏和洱苍包裹伤口的林瑞宁。

他们的目光便像那男人刚才射出的银针，无一不扎在她身上。

他们都在看她的笑话！

周围的声息变得有些寂静，是夜深了，还是人们并不敢太惊扰那篝火另一端的人？她心里疼，紧攥着娘亲的衣服，竟也不敢用力呼吸，怕发出半点儿声音，让别人再注意到她。

却又在一片水雾中往那火光里看去——那个淡漠残忍的男人正拿着茶盏喂着那女子。女子依偎在他怀中，粉颊如胭脂，眼角眉梢都是慵懒。

她心里又怒又惶，又见女子闭着眼睛摇摇头，那龙九轻轻展眉丝毫不嫌弃，就着女人用过的茶盏将剩下的茶水喝下。

这女人是有些姿色，但算不得绝美，凭什么得到这人如此眷爱？她心里翻来覆去竟都是这个想法，疼痛从指上袭来，攥在娘亲衣服上的小指指甲不知什么时候折断了。

"我不喝了，你自己喝。"推开男人的手，朱七低低嘟囔了声，伸手揉了揉眼睛。

龙非离知道她困了，遂把杯盏放到地上，将怀里软绵下来的身子轻轻扶躺下，将女人的头托放到自己膝上，又拿起狐裘披风盖到她身上，眸光扫过山洞里众人偷偷打量的目光，心里有些不悦，心想实不该带她到这峰上来。

他厌恶别人看到她休憩的模样，又略有些顾虑她身子吃不消。

突然想起她刚才与林倩芳说话时仔细认真的模样，与现在嗜睡的娇憨哪有一分相像，唇角不觉一扬。

衣衫有些吃紧，他低头一看，却见她握着他的衣襟，低嚷道："你现在不能睡，我也不睡，我陪你聊天。"

他一怔，心里滑过一丝疼惜。

朱七的眼睛已有些睁不开，一时忘了这并非在储秀殿，往龙非离怀里蹭了蹭，手从狐裘里伸出来，搂住男人的腰身。

"傻瓜，睡吧。"

声音传来，她却听出几分怜爱，心满意足，低低又唤了他两声，他都一一应了。披风被轻轻掀开又落下，温暖干燥的大掌伸了进来，在她腹上一下一下抚着，想起他刚才与林倩芳的话，他说，我妻……她心里越发高兴，在他怀里翻了个身，瞅了瞅岩洞角落和几名师兄弟低说着什么的于淳，那人神色阴霾。她笑了笑，又翻过身子，细声问："阿离，你说于淳现在会不会在想过后该怎样寻你晦气？"

"那是自然。"

男人答罢，又斥道："还不快睡！"

"不，我要和你聊天……"她喃喃说着，神志却渐渐有些模糊，环在男人腰间的手被男人拉下，握了握，重又放回披风里，又听他有些恼怒道："怎这般冰凉！"

她想说，他身上暖烘烘的，一点儿也不觉得冷，就是手有些凉，但已被他不解温柔地扔回狐裘里去了……

藏在她狐裘里的他的手迅速握住她那只沁了些许凉意的手。

她的意识终于全部模糊。

林倩芳眨了眨酸涩的眼睛，怔怔地往洞外看去。

雪，不知道什么时候住了。一轮清月竟从对面的山中挣脱出来，姿态安静。雪地上如银如霜的不知道是雪光还是月辉。

有风吹入，篝火一下熄了，那个男人目光明锐，视线却始终放在他膝上的女子身上。

似这月般安静，姿态不改。

只是，这是映照了千年万年的月，看了人世多少悲欢沧桑。

他还这么年轻，怎与这物事相类。但确实又让人有种错觉，仿佛这个人很多年以前便是如此，而很多年以后也会如此。

林倩芳专注，是以很快觉察出人群中的异样。那道目光虽很快移开，但她确信无误，那是洱苍——洱苍在打量着那个男人。

只是，洱苍的眸光移得太快，她看不到那眼里的东西。她心里本就愤怒酸涩，百感而集，这时又多了丝迷惑。

突然，那龙九微微抬起头。

他是觉察到什么了吗？林倩芳疑惑正重，却又听到一阵阵脚步声从山洞外传来。

那样沉重的步伐，来人必定很多！她瞬间在所有人脸上看到惊慌，暗地里看她好戏的，臆测着那个男人来历的人此刻都措手不及，追兵来了！

朱七是被惊恐的喊叫声吵醒的。

而后，不知谁说了句什么，所有声音顷刻停止。

她闭了闭眼，还想再睡，睡意却慢慢消散了。她伸手去揉眼睛，却被人扯下，感觉身子被人搀扶起，被安置在萦着淡香熟悉的怀中："阿离。"她咕哝着，听那人道："忍耐一下，我带你下去，山路有些颠簸，马车上再好好睡。"

"嗯，咱们要赶路了去看你师父。"

她应着，睁开眼来，冷不防被面前忽然下跪的身影吓了一跳，又听对方朗声道："臣叩见娘娘。"

前方谦恭尔雅与她见礼的正是那被于林二家"念念不忘"的宁君望。

她呆愣半晌，直到扑哧一声笑了出来，循声看去，只见山洞里陡然多了不少人，龙梓锦、夏桑、段玉桓等人都携妻子到了。龙玉致正掩着嘴，一脸促狭地盯着她看。

她不过是才睡了个小觉，这人怎都涌上来了？

又见地上一片安静，满目是黑压压低垂的头，那于林两家的人全数跪在地上，空气中隐隐透出一丝凝重。抬头的时候，目光刚好落在岩壁旁俯跪的林倩芳身上，女子头垂得极低，朱七看不清她的神色，却见她身子颤抖得厉害。

朱七不由得蹙了眉，带着初醒的惺忪，道："君望，你怎么跑到这里来了？还是说我在做梦？"

她话语未完，已是笑声一片。

崔霓裳笑着轻咳出声，龙梓锦一惊，立即脱下披风，将她裹进怀中。崔霓裳满脸通红，羞声道："呆子，你这是做甚！我又不冷。"

"那可是哪儿见着不适了？"龙梓锦却更见心焦，握了她的手。

崔霓裳只不答他，确实未见不妥，适才是笑岔了气，想了想，回握住他的手。

龙梓锦这才稍放了心，他又怎么知道，崔霓裳此刻心中所想，纵使二人无法举案齐眉，她也不再遗憾。

一旁，宁君望道："禀娘娘，臣因公务需回京与皇上商议些事，归京后听夏侯说皇上携娘娘出了宫，问了路线，遂赶到此处来。"

宁君望为人稳重，君臣间向来融洽，他与朱七也是相熟，听到这位娘娘如此说，也不禁生了些笑意，但他却不似龙玉致几名女眷那般玩笑，只端正姿态回禀。

他过来之际，正值龙非离携朱七上山，青莲教与于、林战毕，后者见机逃遁雪峰，后隐伏暗处随驾而行的段玉桓率兵制住了青莲教教众。陆凯一说帝后行踪，众人虽知龙非离之能，但到底顾虑着二人的安全便寻了上来。

因段玉桓领了不少禁军上山，洞外一时喧闹。

众人进来，于淳不意在此看到宁君望，而宁君望甫一进来看到他，只略一点头，却朝龙非离下跪便拜，施行大礼。

于淳与林家众人大惊，又有谁会想到这共处一处的竟是当今天子。

念及之前种种，谁不额冒冷汗，立刻跪了一地请罪。

有胆大者，察言观色，却见皇帝神色素淡，并没说什么，只微微蹙眉向膝上女子看去。

却是龙非离看朱七眼底浮清，倦意甚重，心中微躁。她不复灵力，之前又受了林晟之击，怀孕对她来说，耗损极大，只令不许发出一丝声响吵醒皇后。

于是，谁也不敢发出一丝声音。但声音断断续续，朱七到底是醒了。

与宁君望说了几句话，此时，朱七的睡意已尽数消去，笑道："君望不必多礼，快起来吧。"

宁君望谢了恩，却见龙非离的目光在他与段玉桓身上轻掠而过，他立刻会意，知道龙非离绝不允许朝廷介入武林争斗中去，此次制住青莲教便罢，此后，黑白二道须互有牵制，这方是上计。

他幼年师承于家，但家国为重，他既发誓永效忠于龙非离，心中早有决断，绝不相帮于家。只是在琼杏楼里听及夏桑之言，知于淳未婚妻曾开罪于朱七，虽怒其不争，但碍于师门恩情，正琢磨着向龙非离求个情，却听朱七笑道："阿离，我身子粗重有些倦了，你这就带我下去可好？"

宁君望一听大喜，知朱七出言离开，乃有意承他一个人情，好让龙非离不再多追究。皇上向来杀伐决断，但对娘娘爱逾性命，些许地方若不涉及娘娘利益，娘娘出口，兴许能有转圜余地。他心里微微一紧，少顷，听到龙非离轻轻地"嗯"了一声。

不说他心里大石既落，那跪满一地的人到这时方松了口气，知道自身性命可保，又以林芸芳与林瑞宁为最，连声称谢。

末了，于淳走出，脸色涨红，一掀衣摆，复又跪到地上，朝龙非离与朱七重重叩下去。

林倩芳的手心却净是冷汗，只怕朱七对她仍有追究。

龙九，今上俊美年轻，龙姓，登基前排行第九，早有一些端倪可寻，可是，她又怎会想到，这便是那双名动天下的人。

皇帝果敢，早有盛名。而他的皇后，因他的爱宠名声亦冠绝天下。

劫后余生的众人向她投来各种目光，她心中悲苦，却见那生杀予夺的男人已经抱着女人步出山洞，众将紧随其后。

从她身边经过的时候，他没多看她一眼。

山洞口，隐隐传来女子微笑的声音："阿离，我能向你讨要一样物事吗？"

皇帝说，好。

林倩芳一怔，为他这般毫不犹豫。

"林家有个人我甚是喜欢，想带回宫去。"乍惊之下，林倩芳心里大喜，那年后说的可是自己？若她进得内苑，那与皇帝便朝夕得见。

皇帝淡淡道："皇后猜到了。"

林倩芳微有疑惑，却见皇帝回头，眸光深沉。

那目光到处却不是看她，而是站在林瑞宁身边脸色苍白的洱苍。

岩洞。

林倩芳怔怔地看着跌趴在地的林瑞宁，犹自在嘶吼："洱苍，你肚里有我两个月大的孩子。"

回应他的却是从山壁传来的隐约回声，还有洞外皑皑白雪上的脚印。

林倩芳尚记得洱苍临走时，轻声道："林公子，那不是你的孩子。"

那又是谁的孩子？林倩芳心里突然颤抖起来，是那个男人的孩子？但那已经和她毫无关系，那个男人的故事和她再无瓜葛。

睁大瞳眸，她痴痴地看着漆黑如幕的天空，月华渐渐褪了，雪峰苍莽，半空中，又飘起雪来，像绵绵的柳絮。

她突然又想，洱苍怀的必不会是那个男人的孩子。

因为，她一直记得，琼杏楼里，林芸芳正与她说着什么。她刚端起酒杯抿了口酒，抬头一瞬，看到一个男人抱着一个女人走了进来。

一身琉璃白，面目倾城，却淡漠如许，唯有在对身旁女子说话时，眉间才有几分暖意。

她想，她会记得。直到很久以后。

番外二

不诉离殇 陪君醉笑三千场

龙无霜 vs 年琳琅

庆嘉三十六年。

东宫。

"姑娘，别跑，你那身板儿可经不得如此折腾。"

"蕊儿，你且帮我到前面看看太子还在不在，我慢慢走过去。"

被唤作姑娘的是一名年方十三四岁的女孩，身姿娉婷，年岁虽小却已显容貌，他日长成当是精致妙人。

她抚住心口，低头看着紧攥在手中的花儿。花茎上有刺，她握得死紧，那刺戳进掌心，刚才性急倒不觉得，现在方觉出了痛。她只是笑笑，道："蕊儿快去。"

丫鬟蕊儿一跺脚，恼道："哎，这就去，回头给你拾掇。"

女孩点点头，随着丫鬟远去的身影慢慢走去。

娘亲身带重症，她出生的时候，便略有些先天不足。适才下学，她央了陆总管拿到令牌出宫，到那无霜城郊去采摘手上这数枝花。这花有个精雅的名字，叫作凝霜。她紧赶慢赶回宫，发衣早已尽湿，郁闷之感从心口传来，遂也不敢再跑，只让蕊儿先行探看。

不到半盏茶工夫，繁花绿枝中，蕊儿折了回来，倒是一脸喜气："姑娘，太子与无垢公子还在亭子里呢。只是，我方才远远听到无垢公子说，这亭子指不定是要塌的。"

女孩一愣："这人性子沉，平日里不见脾气，但若脾气上来，他武功又好，倒是吓人。无垢哥哥说得对，这亭子怕是要遭殃了。"

"都说太子温文尔雅，"蕊儿低声道，"姑娘是他妹子，他待你好，对旁人可不见得——"

想起太子的手段，她说着猛然掩住嘴，惶恐道："奴婢该死。"

女孩握过她的手，低声道："蕊儿，宫里不比他处，这话确是万莫再说。"

蕊儿赶紧应了，挽了她便走，才走了一两步，背后有声音急急而来："琳琅主子留步。"

主仆二人一惊，却见是服侍夏雪的小太监四喜。

原来，这女子名唤琳琅，是皇后年璇玑的养女，也随了年姓，虽因故未袭公主的封号，却深得皇后疼爱，身份地位甚高。只是，琳琅性子极好，全然没有一点儿金枝玉叶的架子，若说脾气，玉致公主小女夏雨才是个让女官侍从头疼的人物。

"小四子，什么事，我家姑娘还有事呢。"蕊儿撇撇嘴道。

那四喜满脸焦急，方见了礼，随即道："求姑娘救命。"

年琳琅正奇怪，又听四喜道："五福不知因何事惹了公子爷，爷要动大刑。我家大人出了门与皇上议事，公主此刻又不在府中，我家公子的事向来是姑娘说了算，他也不听他人的。姑娘且行行好，随奴才过去一趟，救救五福那奴才吧。"

年琳琅微微蹙眉，略一沉吟，道："若小四自己回去，夏大哥未必便信。我现下脚程不快，蕊儿，你先随小四过去，与公子说，琳琅随后就到，让公子赏琳琅些须脸面，且莫动刑。"

蕊儿颔首，四喜大喜，千恩万谢领着蕊儿去了。

年琳琅看着手中花，苦笑，都赶在一处了。先是太傅书室里太子顶撞了皇上，现在夏雪那儿又——

恰这些天娘娘与玉致公主出宫，到近郊十王爷的别院探望十王爷与霓裳姑姑的女儿楚晚去了，娘娘不在，皇上与太子之间倒一时成了僵局。

虽父子情深，但二人之间会起争执，倒也早有些征兆。

前些日子，她与娘娘独处时，娘娘便露过口风，竟似有离宫之意。她一下震住，娘娘只笑说，皇上将要面对更复杂的局势，她自是随他左右的，只是无霜——

这更复杂的局势，似并非指西凉。

娘娘说到太子，也默默顿住了，没有再多说，她也没再问。她深爱着这个像娘亲像姐姐一样的女子。她怕离殇。

这些天，皇上已开始让太子独立处理部分政事，太子想必也已嗅到些迹象。太子办事干练利落，端的是出色至极，但她明白，唯独有一件让太子放不下的，便是他并不希望皇上与娘娘离开。

这一分，此生遥遥，却未必再有期。她总有这感觉，更遑论太子。

太子，龙无垢，段晓童，夏雪，夏雨与她都同在一处读书。今日，皇上也过来考核。皇上问了件案例让太子作答，太子叙述后，皇上却冷冷批下二字：胡闹。太子当即淡淡道："你携母后离开，何尝不胡闹。"

……

她咬了咬唇，看着手中的花。

她与段晓童都爱凝霜，晓童姐姐爱凝霜的傲骨，虽美丽却不谄媚，供人赏玩；她更爱凝霜的顽强，四季不凋，永生相伴。

这花，她想交予他。虽是同岁，他却比她大不了多少，但他从小聪明，她的学问、武功都是他手把手教的。

她明白，他是她的哥哥，但至于她，又不仅仅是哥哥。

那些羞涩、不能出口的话，她想借凝霜告诉他。她会永远陪在他身边，不管谁来了，不管谁走了。除非她死，否则，她会永远陪着他。

从怀中拿出平日装药丸的小匣，将丸子倒进腰前一只小荷包中，又将凝霜装进小匣里，想了想，微微颤抖着拿起另一只小荷包，将下学前在太傅书室里偷偷写下的纸片一并放进小匣里。

人命攸关。她加快步子，只想着将花给了那人便上夏雪那儿去，突然背后袭来一股劲风，她吃了一惊，矮身一避，那人掌风未老，稍撤回去，又如影随形往她身上打来。

年琳琅看清来人，心里好气又好笑，遂不避也不还手。对方反而吓了一跳，笑骂道："你个小丫头。"

"好姐姐，你就饶了我吧，你又不是不知道，十个年琳琅也赢不了一个夏雨。"年琳琅笑道。

她对面的女子哈哈一笑，握住她的手："你我且莫说笑，快随我去救命。"

"是五福的事？"

"咦，你怎么知道？适才府里有人来过了吧！"夏雨恍然大悟，"五福那小奴才平日乖巧，我也是极中意的，今日不知怎么竟惹着我哥哥了。太子与皇上拌嘴，你与太二人感情好，我便寻思你必定是到东宫来了，我劝不住夏雪，只好也找你来了。"

"我方已让蕊儿赶去——"

"那个丫头脚程不行，待她到了，人都被我哥打死了，我轻功好，背你过去。"

夏雨摆摆手，便要来抓她。年琳琅一惊，忙颔首，看到手中小匣，虽知那人此刻心里必寂寥，想第一时间将这东西给他，却又着实顾虑五福的性命，只打算少顷再来，却突然听到夏雨笑唤道："晓童。"

她一怔，不远处段晓童领着丫鬟走来，这位姐姐与太子交好，下学时，若非太傅将她留下问些事，她只怕早就过来了。

她心里一喜，重重握了握夏雨的手："雨姐，我与晓童姐姐说句话便来，你且等一等我。"

夏雨微愣，骂道："哎，死丫头，可是要与晓童说甚悄悄话，怎不捎上我？我也去。"

花柳扶疏，两个女子静立。

一个丫鬟打扮的少女笑问："小姐，你素来聪颖，倒给奴婢说说琳琅姑娘让你交与太子的这个匣子里装的到底是什么宝贝！"

段晓童笑斥道："我又不是神仙，怎能看破这匣子里的物事。"

那丫鬟灵珠一声微哼，道："这琳琅姑娘，她自己去看夏爷，却着你跑腿去给太子爷送礼，她倒好，一个人承两家情。"

"灵珠，你胡说什么！"段晓童俏脸一板，冷声道，"琳琅是这宫里的主子，也是我妹妹，你若再乱嚼舌根子，我定不饶你。"

灵珠一惊，咬了咬唇，低声道："奴婢知错。"

她心里记恨年琳琅，却是事出有因。

年前中秋，随段晓童进宫赴宴，宴到尾声，太子又在东宫设下小宴，几位公子爷便在一处吃酒，几个女主子和贴身婢女笑闹着玩在一处。也合该灵珠有事，一个不当心竟绊了年琳琅一脚。

年琳琅跌倒受伤，太子大怒，当即掷了酒盏。任谁求情都不管用，灵珠当时苦苦地看着年琳琅，年琳琅紧锁着眉，却终究没有出声。

……

灵珠被杖打了三十板子。事后，年琳琅亲自出宫送伤药，与段晓童说，当时她若劝一句，按太子的脾气只会责罚更重。

段晓童一声微叹，道："是，太子见不得你受伤，你一说，他倒更记恨灵珠。"

灵珠心中冷笑，若劝一句责罚更重？不过是诳人之说吧！好等你年琳琅来我家小姐面前摆款！

……

现下只说灵珠看段晓童说了狠话，不敢再说，只随主子前行，转过一个回廊，迎面碰到龙无垢。

她赶紧随小姐见礼。

龙无垢止了二人，道："便知道你会来。"

段晓童笑应："你这个做哥哥的来得，我这姐姐反来不得了？"

龙无垢没说话，只深深地看了她半晌，段晓童脸上一红，微微侧过头，却听龙无垢淡淡道："晓童，舍我盏茶时间，可以吗？"

段晓童愣了愣，点点头，心里虽惦记着龙无霜，但龙无垢如此说，倒不好拒绝了去。想起年琳琅的嘱托，怕那匣子里装着些要紧之物，遂吩咐灵珠道："你先将东西给太子送去。"

灵珠应了，接过匣子。龙无垢便令随侍太监领灵珠过去，灵珠忙叩谢，道："谢太子厚意，不敢相劳公公，公公指路，奴婢寻去便可。"

龙无垢轻瞥了她一眼，与内侍道，便随珠姑娘说的做吧，说着虚扶段晓童的腰离去。

……

却说灵珠问了路，往湖畔亭子走去。心里还有几分后怕，世子与太子一样，都是眼神犀利之人，倒莫让他瞧出端倪才好。

她谢绝龙无垢，实是存了些想法，想一瞧手中小匣的物事。适才看到那年琳琅将匣子交给小姐时紧张的神色，她便忍不住好奇起来。

虽恨年琳琅，但到底是主子的东西，她也禁不住有几分忐忑，只是她自小跟在段晓童身边，段晓童聪睿，她耳濡目染，也沾得几分灵敏之气，加之段晓童待她极好，从不把她当奴仆看待，天长日久下来，她不觉竟也有了些娇纵之情。

走到一偏僻处，她咬了咬牙，打开了匣子。入目是一张折叠得方方正正的纸笺，匣里又另有几枝花儿。

她皱了皱眉，将纸笺展开。看罢笺中书墨，她一声冷笑："什么公主，呸，倒是个勾引自家哥哥的小浪蹄子。"

她是小姐贴身之人，知道小姐一些隐秘私事，然而小姐便是对太子有情意，但忌讳与世子自小订下的婚约，又度量着自己比太子年长三四岁，向来规行矩步，不敢多露半分情绪。

这年琳琅，太子本已对她爱惜至极，怎能再让她勾引了太子去！太子日后是要登基为王的，此时便如此待那妮子，若又与她好上，这以后可还怎么使得！那小狐媚可不是要翻了天去！

灵珠攥紧手，思虑半晌，一个大胆的主意在脑子里慢慢成形。

世子方才说偕小姐相谈盏茶时间，想来时间足够——她跟随小姐多年，小姐别的才能没学会，这字迹临摹倒有七八分相像。

一念及此，她再不犹豫，转身往来路跑去。她要出去找纸砚，还有些东西要换掉，例如匣子。最重要的是，她不能亲见太子，若答话时被他瞧出一丝纰漏便是杀身之祸！

东宫，亭心。

木景澜垂手侍立在一旁，目光掠过柱侧崩裂的栏杆，旁边两名小太监浑身颤抖，惶恐地瞪着地面，不敢看一眼前方少年的身影。

"琳琅姑娘去了昇平殿？"片刻，少年淡淡开口。

木景澜是打小跟着这位爷服侍过来的，不比那两名小内侍，欠身答道：

"是。适才晓童姑娘的婢子是如此回禀，说夏爷那边出了点儿琐事，琳琅姑娘赶过去照看一下。晓童姑娘担心出了麻烦事，遂吩咐那婢子也到夏爷府邸探看一下，那婢子便托奴才将她家小姐嘱咐的东西转交给太子。"

"琳琅，"少年负手轻轻一笑，"夏雪的琐事，便忧了你的心吗？"

"爷，可需奴才去传琳琅姑娘——"木景澜咽了口唾沫，道。

"不必。"

少年微微侧过身，勾了勾唇："我以为我是她哥哥，却是女大不中留。"

这人的语气有几分慵懒，木景澜正抬头，却陡见那眸光冷酷。他顿时一惊，汗湿脊背。年琳琅虽无名分，但依陆总管私下对他所言，年后娘娘既认琳琅为女，太子与琳琅便是兄妹，只是太子对琳琅姑娘真的只有兄妹之情吗？他不敢再多想，总归眼前这个少年略一看人，便被震慑了魂魄。

少年却身影安定，许久不见一丝微动。

"爷。"木景澜轻咳一声，又唤了少主子一句，将手上檀木盒子呈上。

"嗯。"少年瞥了一眼他手中的盒子，半晌，沉默着接过。

开启盒子的那声细响还盘桓在耳边，实已过了甚久，木景澜却看到少年紧紧捏着从盒里取出的纸笺，指节都透出青白。

跟在太子身边多年，这人身上极少有这种不稳的情绪出现，今日在书室已是让他大为意外，如今饶是得陆总管教诲，宫里最探不得的便是主子的秘密，木景澜仍是忍不住对这纸笺产生了强烈的好奇，相询的话到了嘴边，又赶紧咽下。

惊诧间，听少年低声道："是晓童让婢子送来的？"

他忙回道："是。"

少年点点头，木景澜看他慢慢合上眼眸，良久，才道："倒难为她有心了。"

木景澜悄悄朝檀盒看去，却见里面是几枝花，和少年手上的一张纸笺。仔细辨去，笺上也不过数行笔墨。他心里赞赏，只想，都道段家小姐聪敏，果真不假，不过是数枝花，几个字，便让太子愉悦起来。

木景澜知道，这次与皇上争执，对太子来说，是命中一次大波折。

他平日处事虽稳，到底年少，已禁不住朝那纸笺暗暗看去。

少年指间纸笺，上半张平展着，他无法看见，却另有下半张垂下，只见上面写着：今日之事，承与不承，不论君意若何，唯求君万莫与他人再言，即便妾身。望君记。

木景澜一怔，这意思却是说，那晓童姑娘问及太子一事，无论太子怎么想，应不应允，都不可与他人再提及，哪怕是在晓童自己面前。

这倒是奇怪了，晓童姑娘到底还说了些什么？一切秘密，似乎便在纸笺的上半阕里。

晌午，碧云轩。

远远看了眼那被阳光笼罩的亭子，灵珠笑道："蕊妹妹，便送到此处吧。"

"哎，"侧后方的少女应了，"灵珠姐姐好走，他日与你家小姐来我们姑娘这儿吃茶。"

盯着少女的背影，灵珠眸里的笑意一点点敛去——及此，所有的事情她都办完了！

小匣恐是年琳琅常用之物，换了；纸笺上半阕，她按年琳琅写的，仿小姐的笔迹抄了下来，而后自己又加上下半阕几句话。又到这碧云轩一趟告诉年琳琅，说段晓童有事，匣子乃她代为呈上，太子看罢匣内物事，转嘱她过来回话：琳琅姑娘笺上所说之事，以后莫要在太子面前再提，太子不喜欢。

她总算报了晓童小姐之恩，也报了对那女人的恨，年前被杖足踝致残，她被人弃了婚约。莫说这纸婚约毁掉，她腿脚不灵光，今生只怕嫁杏无期，这一生算是毁了！都是拜年琳琅所赐！

今日掉包之事，若他日被揭出，她抵命便是！

夕阳斜，碧云宫。

"姑娘，你好歹先吃点儿东西垫垫肚子吧，太子一会儿过来见你饿着肚子等他，责罚的可是咱们。"蕊儿劝道。

昇平殿里，五福的事既了，夏爷留姑娘用膳，姑娘婉拒了，匆匆赶到东宫，太子却已不在，问底下服侍的人，只说太子爷出了门，至于到哪儿去，却并没说。姑娘午膳已没用，现在晚膳又——只说等太子，主子素来爱惜下人，蕊儿只好拿责罚搪塞，好让她吃点儿东西。

倒也是。素常年后姑娘在宫里，姑娘是过去与皇上、娘娘、太子一起用膳。这些天娘娘出去了，太子便到姑娘这边用膳，从未晚到过。

今儿个却两顿缺省，可是为了书室里的事还是另有了事？也不见来个内传通传一声，这太子到底来是不来。太子做事稳重，从无一次如此，想来倒是奇怪。

反是晌午时分那晓童姑娘的贴身婢女灵珠过来了一趟。说来又有怪事，自灵珠走后，姑娘便倚在榻上，没再多一句闲话。仔细看去，她眉心紧蹙，双眸内隐有湿意。

蕊儿又劝了一句，终于忍不住问她，年琳琅却突然拂袖而起，哑声道："他既不喜欢，我又何苦让他徒增烦恼，以后不再提便罢。倒是我逾越了，我是他妹妹，这样的身份伴着他便好……也不知道他是不是还与皇上在生气，米粒不沾可是不行。"

蕊儿怔怔地听着，心里不觉生了丝凄楚，心想太子又岂会米粒不沾，只是没来咱们这里用膳罢了，这从中午到现在没有吃过东西的是你。年琳琅轻轻笑道："蕊儿，你且随我再到东宫一趟，看能不能寻着太子。"

"是。"她忙应了，悄悄向年琳琅瞥去，却见年琳琅唇角带笑，眼里却满是忧伤。

东宫，殿门。

年琳琅愣愣地望着步出东宫的那两个人。

她来得似乎恰是时候，又似乎不是时候，那人正和晓童姐姐从殿门走出，两人说着话，他脸上笑意浅浅，段晓童眉眼里满是欣喜。他吗，倒哪有一丝清晨书室里反问皇上时的冷淡。

"咦，琳琅姑娘来了哟，可是从昇平殿回来了？"倒是段晓童的丫鬟灵珠眼尖，看到她，俏生生唤了声。

龙无霜仿佛这时才看到她，目光过来，淡淡道："噢，你来了。"

段晓童快步走到她跟前，握上她的手，又回头与龙无霜道："你们兄妹自有些事要说的，我自己回去就可，你不必送我。"

年琳琅刚低声说了一句"哪有不送的道理"，龙无霜已笑道："晓童，按你说的，我这东宫倒坐不得人了。"他看了年琳琅一眼，"进去歇歇吧，我送完你姐姐便回来。"

段晓童心里欢喜，倒没想到这个人今日如此体贴，却也顾虑年琳琅有事找他，只道："真不必送，我又不是陌客。"

灵珠掩嘴一笑，打趣道："小姐自不是陌客，太子爷府上珍馐也用过了，提携奴婢也享了口福。陌客又哪有这等福分，能在东宫吃茶用膳。"

年琳琅僵住了，他与段晓童已在东宫吃过饭了？她心里只一遍一遍想着灵珠的话，直到那阵香气微漾过来，才惊觉他走到她与段晓童身边，她方无措地抬头，却看到龙无霜已微皱了眉："便这样吧。"

段晓童还想说什么，灵珠却挽了她便走。年琳琅怔怔地看着段晓童从自己手上滑出的手，还有随后从身畔擦身而过的男子。

他虽不过十五岁，身量却比她与段晓童高大许多，眉目深敛沉着，早脱稚嫩。夕阳霞光成影，他经过时，那高大的身影拢在她身上，压得她几乎透不过气来。

一旁的蕊儿急道："怎是这般？太子爷，我家姑娘还没用膳，她过来找你——"

年琳琅看到那高大的身躯微微站定，段晓童侧头问了他句什么，他没说话，转身瞥了木景澜一眼，轻声道："吩咐下去，为琳琅姑娘备膳。"

"奴才立刻去办。"木景澜当即停下脚步。

年琳琅听龙无霜说罢这一句，便与段晓童离开。

夕阳将两人的身影拉长，看着二人远去，她轻轻笑开，眼眶却已湿润。

若非段晓童与龙无垢有婚约，这两人倒不失匹配。突然她又怔怔地想，有婚约又怎样？

她往殿门看去，十数个高大的禁军威武肃立，大殿门楣上："东宫"二字在光影里赫赫闪耀。

……

在他十五岁与父皇争执这年，她十五岁即将及笄这年，她与他，终究擦身而过……

云苍大陆，西凉历，光秀五年；碧落历，定康十七年。

信王府。

扶在自己臂上的手又颤又湿，年琳琅明白蕊儿的战栗、不安和害怕。只是，跟在二人两侧背后的仆妇、侍女又有哪个不害怕？她听到她们絮絮的低语声，还有粗重的呼吸。

今夜是她大婚的日子，西凉的光秀皇帝龙无霜将她嫁与碧落皇帝的胞弟信王。她头上还盖着喜帕，信王让她务必等他来揭这块帕子，所以，直到现在她也没有将帕子摘下。虽然她无法看见，但她知道她们的恐惧，因为——碧落已破！

刚才还在房内，她便听到兵士那震天的厮杀嘶吼声，还有后来悲怨绵长的号角声，这让人寒凉的声音传遍整个王府，乃至皇城。蕊儿在她耳边哭诉，从窗棂看去，已看到天地之间，一片火光烟尘。

从房间到大厅的甬道很短，又很长，即将抵达的大厅，来自西凉的君王将宣判她们所有人的命运。

她凉凉一笑，却又觉察到搀扶她的蕊儿突然停住了脚步。

四周的声音变了，空气中，隐隐有抹剑拔弩张的紧绷意味，还有，巡视在她身上的道道目光有如火灼！

都有谁在这里？她的心绞得死紧。

突然听到一声暴喝："龙无霜，你要做什么！她是你妹妹，你不能伤她！"

信王的声音，还有四下突然变得急促的声音，她微微眩晕，头上红帕已被揭下。那力道和动作，干脆凌厉得没有一丝犹豫。

迎面，猝不及防的，她跌进前方男子的目光里。已有一些时日未见，这个男人眉目依旧如画，一身银色盔甲，又添了几分肃杀寒意。

他眸中虽含着笑，让人看了却有几分冷意，厅上所有声音顿时消失无踪。

年琳琅看了一眼众人，数个时辰之前还满屋满院的宾客已被驱离，只扣押了数名重臣。

只是，龙无霜不到皇宫去却到这里来？他此刻应在碧落的金銮殿上，摘下碧落王的顶戴，夺去他的传国玉玺，而非在皇帝胞弟的王府里。

这男人果然有气势。只扫视了一眼，那跪地求饶的碧落官宦、奴仆已身抖如筛糠，不敢再作声。她的夫君信王付由检被数名西凉士兵紧紧按着跪在地上，歉疚地看了她一眼，又冷冷地看向龙无霜。

年琳琅握紧手，龙无霜背后，噢，西凉的故人都来了。来探看她这个身份古怪又尴尬的人？

她似乎是西凉的公主，却从来不是公主。

若非当年娘娘猝然记起，乌孙进贡上来的一双羊脂白玉瓶上，描有一个模样酷似洱苍的贵族女子，猜测洱苍与乌孙旧王室必脱不了干系，问庆嘉帝要下洱苍，以庆嘉帝的性情，定杀了洱苍斩草除根。

不经意得知这些秘密，已是后来，娘娘已随龙非离离开，洱苍难产，她的身世成谜，似乎还牵涉到乌孙的一个大秘密。

龙非离攻下乌孙，剿杀王室贵胄，她若是王室的人，又怎该去爱那人的儿子？甚至，成为他的棋子。他进可攻，退能守，她无路可逃。她能没有恨吗？

如果她早知道，她必不爱他！

……

龙无垢，夏雪，夏雨，楚晚……还有往日西凉宫中许多熟悉的人都来了，夏雪淡淡地看着她，眸光复杂。

无论是夏雪还是夏雨，经历过那许多事后，与他们已不复当日情谊，楚晚，请别用怜悯的目光看我，如果你还当我是朋友。

段晓童竟也来了？龙无霜，你亲自带兵攻打碧落，连你的女人也带上？

段晓童深蹙着眉，唇上竟似轻轻道着"琳琅"二字。

年琳琅唇角一弯，终于迎上龙无霜的目光，淡淡问："新娘的喜帕该由她的夫婿亲手摘下，你不知道吗，哥哥？"

哥哥！龙无霜眯眸一笑，突然猛地伸手捏住她的下颌。

年琳琅吃痛，咬紧牙，只是冷冷地看着他。

"都说碧落信王君子谦谦，博闻强识，龙无霜自小与你长在一处，教习太傅也只道，太子性劣。龙无霜短见你不是不知，怎奢求我懂这些理儿？"龙无霜轻声而笑，眸中快速掠过一抹残冷，"你的喜帕，朕揭了便是揭了，因为，若是你夫婿死了呢？谁还能替你揭下这帕子？"

眼前寒芒一闪，年琳琅一惊，却见龙无霜挥剑向信王刺去，在意识到自己做了什么以前，她已闪身挡在付由检面前，双手执上龙无霜的三尺青锋。

鲜红的血液沿着剑身落下。"琳琅，别管我，跟你哥哥回去！你是他妹妹，他绝不会杀你！"付由检的声音焦灼传来。

妹妹？年琳琅苦笑。一握，用尽全力，看向龙无霜，她反唇相讥："哥哥，我的武功是你教的，可还行？"龙无霜眸中光芒愈盛，紧锁了眉，紧紧地盯着她，一双墨玉利眸已全是怒火："年琳琅，放手！"

龙无霜很生气，她知道。十多年的相濡以沫，她怎能听不出他的情绪？眼内的水雾，让她的视线有些模糊，一只大手猛地握上她的手臂，将她扯入怀中。她听到有什么落地的声音，笑了笑，这一剑，他到底没有刺下来，可是他们之间却再也回不去了。

六年，还是七年了？她突然想起很多年前，自己在书室里偷偷写下的那张纸笺。那时，那人和庆嘉帝的关系也如今日一般剑拔弩张。书室里，所有人都看着他们。

他与她本坐一张书桌，桌下，他伸手紧紧握住她的手。她也用尽力气回握，左手歪歪斜斜写下那词句。词很简单，是多年以前娘娘曾经说过的，她一直记着。

那天是庆嘉帝的生辰，竟并未设宴。傍晚时分，她随娘娘到小厨房做了些家常饭菜，然后，庆嘉皇帝、娘娘、龙无霜还有她一起用膳。

膳后，十王爷等人过来了，夏雪、段晓童也来了。

大伙送上贺礼，与庆嘉帝、娘娘请安的时候，娘娘却是半醺，没怎么吱声。她吃了些酒，两颊酡红，有些醉了，庆嘉帝遂带了她到殿外散步。

龙无霜握住她的手，她看庆嘉帝携娘娘越走越远。

在她的记忆中，那二人的年华竟似从未老去。娘娘侧头对男子说了句话，庆嘉帝一怔，随即笑了笑。年岁有些久了，当时的人不知道还有谁会记得当日情景，她却记住了那句话。

彼时，夕阳下，娘娘的声音低低传来，散在风中：纵使风波险恶，年华拘限，妾亦陪君醉笑三千场，离殇永不诉。

番外三

琳琅 如果不曾爱过你

是谁说，当人疲倦的时候，需要一段旅程。

只是，说这话的人却忘了说，近景有时会情怯。

偶尔飞扑进帐里的寒风碎雪，昭示着他们已临近西凉地界。那个已成为云苍大陆传说中的风雪之国。

马车外热闹，似乎人人都下了马或马车。琳琅这辆马车内里却很安静，只有她和婢女蕊儿。只是，琳琅一直沉默，蕊儿性格虽堪比百灵鸟儿，但多年风波经历，早已改变了性情，现在倒像小姐一样安静，看小姐不出声，也自不说话打扰。

车外人声四起，蕊儿试探道："小姐，咱们也出去吧？"

她连唤数声，琳琅并没有应，她一惊，伸手摇晃琳琅，琳琅方抬头看她，似正回过神来。

小姐，这些年来你有多少时间是快乐的？蕊儿心里难受，却又听见马车外的轻叱声透帐而来："怎么还不下车，就是她娇弱，还需人去扶不成？晓童姐姐身子不好，还不是爽爽落落地出来了。"

"可不正是！"

"雨儿，灵珠，你们的话这般多，倒不怕风雪入口？"

夏雨和灵珠之后，是晓童训斥的声音。

然后又陆续响过楚晚、夏雪和龙无垢的声音，似是岔开了话题。声音里，独独没有龙无霜。夏雨和晓童最是交好，灵珠是晓童最贴身的丫头，所以龙无霜……蕊儿清楚看到琳琅的脸瞬间变得苍白，随后又听琳琅低声道："蕊儿，晓童姐姐……我说什么也不能负她，错过了的已经错过了……"

她话口未毕，一阵风雪卷进车厢，有人掀起了帘子……琳琅的目光便恍惚在来人深沉的眸子里，所有记忆也好似随风雪而来。

西凉历，光秀五年；碧落历，定康十七年。

碧落被攻陷、信王府被重兵包围、信王被囚的第二天。

清晨晨露尚未干透，琳琅攀上花园的凝霜树去采花。

昨日，她当众伸手挡下龙无霜随时刺向信王的剑，龙无霜大怒。

当她满于鲜血被那龙无霜扯进怀中，被逼视厉声喝斥的时候，晓童见机上前，和楚晚、夏雨将她搀过，龙无垢和夏雪拦下龙无霜，她被她们带到她原本的喜房，包扎了伤口。

"琳琅，我必帮你救信王。"

离去前，晓童看着她，坚定地微笑。她感激。真的感激这位姐姐。

夜深的时候，楚晚却一脸苦色过来告诉她，皇上不许任何人求情，三天后，亲自监斩信王。

龙无霜命众人驻在王府。

当晚，楚晚发现了花园的秘密。

也许该说，作为最好的朋友，楚晚以前便隐约知道她的心事，才会在昨夜行走花园时发现了她的秘密——园里有株凝霜树。

楚晚让她到花园采凝霜花泡茶。

生活在碧落的时日不短了，思念生了根，她从家乡带来的种子也成了树。

龙无霜和龙非离一样，都好茶。她也自小跟娘娘学了一手烹茶功夫，每天为他泡茶。

采花烹茶一为求情，也是想在他回西凉前为他烹最后一次茶。

她幽幽地想着，只听得树下蕊儿忧虑道："小姐，奴婢替你好不好？你手上有伤……"

琳琅瞥了眼手上混着血水的伤口，轻轻摇头。

手上的伤又算得了什么。

又拈了一朵花放进背后竹篓，却突然听到蕊儿一声低呼，心笑这丫头便是大惊小怪，随后没见什么动静，遂不再理会，又摘了好些，直到心口一阵窒闷传来才罢了手。真是糟糕，这副会武的身子不比晓童姐姐好。

她自嘲笑笑，一咬牙，跃下树。转身之际，却愣怔在那里。

携着木景澜，龙无霜不知什么时候竟过了来，此时正站在树下。

她心里一惊，是楚晚那丫头告诉他的吗？从让她过来开始，那丫头是故意的！一双清冷凤眸微微眯着，他盯着她，眸光深又利，似在计较着什么极为重要的事。只是，那眼神她害怕，就像盯着猎物。她自出生起，便认识了他，他的神色她不会错认。

四周静静的，园子各处都驻有兵士，人数众多，他们大气也不敢出。

那般安静。

木景澜和蕊儿受吩咐退到甚远的地方，朝思暮想的男人便在眼前，却是她永远不能触及的远，琳琅心上突然仿佛被什么猛力一刺，惶然疼痛起来。

她低头，呆呆地看着白色锦袍轻轻移动，直至那双乌黑靴子落定在她跟前。

背上的竹篓被男人探身解开，掷到地上，双手被那人紧紧攥进了大掌之中。

那掌心的粗糙触感和温度，令她身躯她一震，猛地抬头，只见他眉峰紧蹙，他松开一只手，往怀里一摸，再度蹙眉，略一侧头，突然一撩衣摆。正当她不知所措时，只听得嘶嘶数声，龙无霜已撕下一角衣料，随后将她包在她手上的伤口上。

他的动作极是利索，很快便包扎好，琳琅心如鼓击，又低下头，竟突然不敢再看。琳琅抬头，只看到他喉结微动——

"还疼吗？不傻吗？"

那声音甚沉，似在压着什么情绪，但她却听出了抑隐在他喉间的一丝温柔。仿佛忘却所有，家仇国恨，他的妻，她的责任……琳琅心里有一瞬那么快活，温热水汽从眼里急急涌出。

她忍不住抬头看他，这个阔别多年的人。

龙无霜也正凝着她，仔仔细细地看着，和方才的神色完全不同，这是……男人看心爱女人的眼神！她一颗心几乎要跳出胸腔。为什么？她又不是他深爱的晓童姐姐！

她似被什么魔住，她挣脱他的钳制，竟情不自禁地缓缓伸手向他的脸摸去。

他眼底下有两道浅浅青黑，和他犀锐的眉眼形成强烈的对比。

连日征战，昔日这个意气风发、仿佛不知疲累为何物的男子也累了吧。

手方初触到他的眉眼，已被他倏地按住，紧紧贴在他脸上。

于是，她后悔却不得退。

他截了她的路。那是握剑打仗，教她武功写字的手，她怎么挣得脱。

她也该死得可以，竟只迟疑了半分，便又沉醉在他的温暖里，也忘了他攻破碧落，再一次夺取了她的栖身之所。痴痴地看着他，声音出口也是哑的："不累吗，何必这般紧赶慢赶，一个月夺城破国，代价不大吗？"

她话里不无莫大悲凉和恨意，龙无霜的眸光却陡然大亮，狂烈的情绪一下奔涌而出，他紧盯着她，一字一字地低喃道："因为我悔了，我怕晚了。年琳琅，我怕我来晚了，你成了别的男人的女人，做了别人的妻，那我要碧落做什么，我要它来做什么……"

琳琅再也说不出任何话，这是她从来没有想到过的答案。

怎么会这样？他怎么会说这样的话？

她不知是惊是喜，只傻了一般看着他。

龙无霜眸光一暗，喉结晃动之间，猛地揽住她腰肢，深深地吻住她。

当那激烈的交缠如波涛般汹涌而来，她的唇她的舌全在他的唇舌之间，他嘴里清茶的味道掩过她的舌喉……相濡以沫间，琳琅全身如火烫，陷在龙无霜的怀里，忘了世界，忘了时间，能做的只有死死攥紧他的衣衫。

"年琳琅，原来你是这般滋味。我曾想过千百遍。和我想象的相同，又不尽然，真实的你要美好许多……那么多……"

当她几乎无法呼吸的时候，他才放开她，绵密的吻改为扫落在她耳垂上。他沉哑的声音也随之滑入她耳里。

千百遍。他不是从来只当她是妹妹吗？

琳琅哭了，泪水夺眶而出。

"琳琅，你和皇上……"

剧烈闷痛的心情尚来不及整理，却被一道惊骇的声音打断。

琳琅大惊，便要退出男人的怀抱，龙无霜却强硬地扣住她双肩。她颤抖地向声音来源看去，最先看到的是木景澜和蕊儿眸里的焦急。他们似乎方才已经看到来人，只是来不及告诉她与龙无霜，或许该说，他们说了，她和他却沉迷在他们的世界里而不自觉。

惊声质问的人是夏雨。晓童带着灵珠便在她身边，龙无垢和夏雪在后。

盯着她，伤心的眸光渐变得狠厉，夏雨咬牙道："我哥哥对你一番真心，曾问你可能允之，你说你终要离开西凉，你说你愿嫁信王，我以为，你心里喜欢信王，那个出使过咱们西凉的男人，你如今却……晓童姐姐今儿一早便到你房里去找你，听门外婢女说你在这里，又匆匆赶过来，想告诉你不用担心，她一定帮你你到底，你却勾引皇上……年琳琅，你不可耻吗？"

她身旁的晓童反而一言不发，目光散乱空洞，仿佛全然没有了焦距。灵珠一脸悲愤，伸手直指她："你怎么能做出这种事来，你怎么对得起皇后娘娘！"

龙无垢似乎想伸手去扶晓童，终究住了手，蹙眉着看着她和龙无霜。夏雪握紧双手，猛地侧过头。

"是朕，一切都是朕的意愿，与她无关。"

龙无霜目光一扬，扫过灵珠，沉声截下所有人的不满。

灵珠一窒，众人更是脸色大变，晓童轻轻一笑，眉尖一蹙，没说什么，抚住心口转身就走。琳琅还是清楚看到了她眼底的痛苦。她心头重重一震，晓童姐姐身子不好，她怎么能如此待她。

皇后娘娘。是啊，晓童现在已是他的妻，他的皇后。

而且，他最爱的本来就是晓童，不然他怎么会立她为后？

他们如今算什么？

她一擦眼睛，用力去推龙无霜："快，快去看她。"

龙无霜却捏紧她双肩，吩咐道："在这里等我。我去去就回，年琳琅，我有话跟你说，也有事情要问你。"

似是怕她会不听话，他的声音很是严厉。琳琅点头，安静地看着他的身影消失在花坳间。

也便是这瞬间，所有人都不见了踪影，只剩下蕊儿留在她身边。

她明白，自此，他们都再也不会将她当作朋友。

她缓缓蹲到地上，将被龙无霜弄散的花，一朵一朵慢慢地捡拾回篓里。

突然，一抹衣裙映进她眼里。她抬头，只见楚晚悲伤地睨着她。楚晚方才约莫早就到了，只是不知怎么劝她，才一直躲在暗处。她苦笑："小晚，你是不是对他说了些什么？"

"嗯。我告诉他你在这里，我告诉他你心里的人一直都是他。"

"你不该告诉他的。"

"是，我知道他喜欢晓童，这也是我以前的顾忌。一直不敢说，生怕说出来，谁都不好受。我们所有人的关系也危险，所以我冷眼旁观你离开西凉，冷眼旁观你嫁作人妇，可过来碧落以后，我发现我再也没有办法守住这秘密。琳琅，你不苦吗，我看着都觉得苦！"

琳琅一笑闭上眼睛，久久没有说话，直到捕捉到空气里一些异样气息。她是练武之人，耳目灵敏，有人来，还在远处便能听到，更何况，来者并没有防她。

她探身抱住楚晚："小晚，想听真心话吗。"

楚晚明显一怔："琳琅，你到底在说什么？"

"我爱信王。信王死了，我也不独活。又有什么是我不能为他做的？勾引龙无霜，甚至和龙无霜做更亲密的事，我都愿意。"

楚晚急了："琳琅！"

琳琅没有回应，回应她的是另一个人。

"年琳琅，方才的话，再说一遍！"

楚晚大惊，琳琅似乎和她一样吃惊，怔怔看着快步朝二人走来的男子。

不知什么时候折返的龙无霜。

他不知对晓童说了些什么，晓童也回来了，夏雨，夏雪，龙无垢……大伙都回来了。

五指有长短，众人怎么轻鄙琳琅，楚晚这时已经不在乎，她只在意龙无霜对琳琅的看法。

再生缘
我的温柔暴君

没看过这样的龙无霜。

他眼里烁着盛狂怒意，一簇一簇如火般仿佛要从眸里跳跃出来，卷烧到每个人身上，以致院中士兵竟有些慌得遽然跪下。

这人是怒极不错，然而他眼里却隐隐藏着一丝类似恳求的情绪。

他希望这是假的，谎言也好，戏言也罢。

楚晚一把扯住琳琅，颤声道："琳琅，这不是你的意思，告诉皇上，快告诉他啊！"

夏雨却讽刺一笑，缓缓道："琳琅，还要狡辩吗，莫让我瞧不起你。"

后来的事，谁都记得清楚。

琳琅垂首盯着地面，说："无霜哥哥，你若杀了信王，毁了碧落，我便随他而去，你父亲灭了我的国家，我怎么会喜欢你。永远也不会。"

在她平静的声音里，龙无霜眸中焰芒一点一点地消散、殆尽，他的声音亦如她般平静："好，我知道了。"

他眯眸一笑，一刹竟觉得光华逼人，明明不过如寻常时分随意一笑。

只是，龙无霜实际上很少笑。名为无霜，龙无霜心里却有雪。

他是龙非离的孩子，自小便被抱以最高的期待，他对自己也很严格，做一个完美的帝王，所有人的领袖。

若说，晓童之故众人记恨于琳琅，这时，连龙无霜的份亦一并算上，哪怕他似乎负了晓童。但，他是王。

不是每个君主都像龙非离一样，平生只爱一个女人。

龙无霜说着缓缓转身，脚下却猛地踉跄，那般狼狈。

于是，所有人都知道，龙无霜对年琳琅，也许从来就不只是兄妹之情。

只是，年琳琅确实不曾爱过他。

否则，西凉那些年岁里，他们合该是最亲密的人，因为龙无霜对这个妹妹最好。如果年琳琅稍露一分心意，龙无霜自会为她做任何事。

没有人愿意看到这样的龙无霜，包括早已心如刀割、痛恨并存的晓童。

因为，他是他们的朋友，她最爱的男人，更是王。

"琳琅，谢谢你，今天让我的梦可以彻底灭了，贱人……"

夏雪一声冷笑，尾随龙无霜而去，当年那般面面玲珑最是温柔的夏桑，夏家的儿子也可以说出那般决绝的话。

楚晚愣愣地看着琳琅站在凝霜树下，目送着众人快速离去，晓童追上龙无霜……

据云苍大陆传说，西凉历，光秀五年，西凉国君龙无霜破碧落帝国，囚碧落王并其掌握权柄的胞弟信王于朝，却于翌日释信王及众人于野，不屠百姓一名，不杀皇室一人。数日后龙无霜重返西凉，令兄长龙无垢协管碧落国政及各项事务。

其妹琳琅亦尝私见信王，信王舍琳琅而去，不知何故。

一说为信王虽不惧生死，终心忧皇室各人性命。

后琳琅不知所踪。

三年后。

彼年命秀殊佛陀赠逆光札于狼王助朱七穿越西凉的万佛之祖飞天摒弃神格下界历劫，佛亦有权欲之心，飞天之兄沧念佛煽动半数以上神佛，欲夺弟弟尊位，并杀弟弟凡体于历劫中。

领着一众旧部已返天界近十载、并被飞天任派为天帝新君的龙非离与天界叛乱神佛展开一场大战。誓酬知己，为飞天劫满重返天界护航。

天界战况严酷，龙无霜为助父亲，传承自父亲并隐于体内神力竟冲破凡人禁制，再不入六道轮回。

为恐沧念一派报复西凉，龙无霜选出继承者，并与龙非离以龙族术法冰封西凉。

神佛不可跨越结界进入西凉，西凉国民安好生活于冰雪之国内。

龙无霜以神力改皇后晓童并少数臣民凡籍为仙籍，同往天界。和龙非离朱七并肩而战，不离不弃。

三年漂泊生活，随处飘荡，她没有根。琳琅不曾想，龙无霜会将她和蕊儿找出来，也带上天界。

在这之前，她想看看西凉，龙非离本不允，在晓童的恳求下，准了。

"接你到天界，是我母后的意思。"

仿佛嘲笑她可笑的想法，掀帘的手波澜不惊，男人淡淡道。

……

龙无霜的话仿似还在耳边，但眼前确实只有清冷。

眼前仿佛还映着娘娘美丽的笑靥和疼爱的眼神，龙非离的淡漠，众人的疏离的目光。

这是琼菁殿。娘娘为她安排的宫殿。

在这里，她只有娘娘、蕊儿和娘娘送的一只鸟儿百灵。

可是，此刻她们都不在她身边。

虽战事吃紧，但为迎接天界新副君龙无霜，天界大殿大开宴席。

热闹处，觥筹交错、你笑我语之声，仙乐处处闻。

她将蕊儿留在大殿，留在娘娘身边，自己提前离席，蕊儿不该陪着她悲伤。

那里的人，不欢迎她。

不想娘娘难做。

大殿。

席间，晓童看龙无霜往灵珠的方向瞥了几眼，心中微一咯噔，方才灵珠顶撞了琳琅一句，无霜心里在意吗。

这数年过去，他心里还记挂着琳琅？

不该。他待她极好，也没有别的女人，可谓集三千宠爱于一身三千。

她恨琳琅，却又绝不准自己伤害她。这个和她一起长大的女孩。她终无法忘掉她们之间的感情，她不许自己动她！

那是她段晓童的原则。

大殿百数神抵、天将，众人笑谈声里，龙无霜却很是敏锐，立刻觉察出她的疑虑，伸手握住她的手。

"灵珠身上可有什么趣事儿吸引着殿下了？"晓童略一计较，低声笑问。

龙无霜一笑，温声回道："她是你最亲近的人，我自是顾念的。方才无意一眼，看她浑身颤抖，不知是不是病了。"

晓童点点头，没再说什么，确实，灵珠今天很是奇怪。

朱七极疼琳琅，知琳琅喜欢听戏，特意命天人准备了几场戏在宴上助兴，灵珠却自听戏起便一直颤抖。这丫头和她情同姐妹，宴罢后倒要好好问问才是，可莫要真病了才好。

这时，突听得龙无霜道，我出去一下，景澜那小子不知何事找我。

晓童一看，果见木景澜在殿门口处朝龙无霜招手，他并没有过来参宴，被龙无霜派到天界军队里监战，这时找龙无霜，大抵和军中之事有关。她一笑，只让他快去。

殿外，木景澜看着龙无霜，谨慎道："殿下以密音召奴才到殿前，可是有什么事要差奴才去办？"

"替本宫查一个人。"

"殿下要奴才查谁？"

"灵珠。"

"这灵珠是晓童娘娘的婢女……"

木景澜越发惊疑："殿下要查她什么？"

"方才听戏，灵珠对年琳琅不敬，而且有一个地方尤其古怪，在第三场狸猫换太子的时候，她浑身颤抖得厉害，眼梢一直盯着年琳琅。"

"殿下是恐灵珠那丫头仍记恨当年信王府的事，对她惦晓童娘娘而对公主不利？"

"嗯。"

"恕奴才斗胆问一句，殿下不恨公主？"

"是，我憎她之极。只是她还轮不到其他人来陷害欺侮。即便她永远不会爱我，我也不再喜欢她，除了我，谁也不能动她！三天后给我答案。"

木景澜心头一震，却见龙无霜淡淡语毕，已返身走远。

天阙巨大的月轮将他的身影凝成萧长。

夏商周汉晋隋唐，
宋元明清历史长。
梦里不知身何方，
西凉月光格外凉。
人生只若初相见，
何须为情愁断肠。
如果不曾爱过你，
快乐教不会我忧伤。
铁券丹书惹尘霜，
只为留在你身旁。
一笑望穿千年，
一期一会来珍藏。
永远究竟有多漫长，
我们的爱荡气回肠。
沧海桑田陪君醉笑三千场，
永远不诉不诉离殇。
……

琳琅轻轻哼着那方才从天帝大殿传来的歌曲，虽然夜深寂寥，今晚筵席已散，她还是自得其乐。不知是不是被她噪音吓到，本来在她指掌间翻动跳舞的鸟儿百灵突然一声低鸣，从打开的窗户飞了出去。

她一惊，没多想，她施展轻功追了出去。

这是她仅剩的三样东西，她不能失去。

……

一路翻瓦涉壁，不知追了多久，被十数道身影重重围住，她方才惊醒过来。

她竟追到了不久前一场大战、两军对垒的地方。

虽两边都各撤数十里，但这块地方，仍有双方的人进行刺探出人。

眼前，有身穿大红袈裟的男子，亦有彩衣锦袍的男女……是敌军的神佛！

"她不是天后小七的养女吗？怎么到这里来了？咱们活擒还是杀了她？"

残狠凶戾的目光里，有人轻笑问众人。

"擒下她威胁小七，进而威胁龙非离，岂非甚妙？"回答的是沧念手下三大主佛之一，普释，拥有强大神力。

普释自持身份，也不出手，嘴角噙笑立于一旁，只让手下人攻击。

琳琅知道自己逃不过，只是，她怎么可能让他们将她捉住去威胁娘娘！

不可以。她低低一笑，拔出腰间长剑，准备力战，杀得对方一个是一个，到不敌的时候便自刎。

她跃起之际，数道光影挟着啸寒之利芒狂烈地向她身上各处卷来。她也不去阻挡，拼着受伤，也要击中对方。

光芒到处，身上却并没有任何疼痛，她微微一震，一只银白衣袖破空卷来，她已被人带进怀里。

她愣愣地看向背后的人。

背后是头束玉冠的男人。

"哥哥……"

"是龙无霜！"

随着对方此起彼落的低啸，普释也举手一捏佛诀，眼中掠过一丝严阵以待的厉光，加入众多神佛之中。

琳琅失声叫道，龙无霜却不理她，只一手将她紧揽在怀里，另一手夺过她手里的长剑，冷冷傲视众人。

"你怎么会到这里来？"琳琅却惊战交加，脑里突然又晃过朱七跟她说过的话。

——琳琅，有一天我失眠将龙非离挖起来去散步，发现了一个秘密哦。你们到天界这些天，无霜那小子每晚都鬼头鬼脑到你殿外玩罚站游戏，我想测试下他会站多久，那不孝子竟然站到将近天明才回寝殿。害老娘陪他站通宵，还给他爹骂了顿。

在普释一瞥众人，所有人同时执武器跃起向两人攻来一刹，低沉的声音在琳琅耳畔划过："午琳琅，我设法挡住他们，你趁机逃走，我神力还没完全开启，暂时还做不到如我父皇般强大，若我死了，我父皇要责你杀你，我母后也拦不下，你去问木景澜要一个木偶人儿，那是我幼年他亲手做来送我的，你拿给他看，告诉他，若他杀你，我死亦不瞑目。"

浑身血液仿佛被什么瞬间冻结住，无法流动，逼得五脏六腑都大痛，琳琅侧身怔怔地看着背后男子，他眼中的一片骄傲，审视着敌人，毫无畏惧。

"为什么你要这般待我……你明知我不爱你，你最喜欢的也是晓童姐姐……"

琳琅颤声问着，龙无霜却敛了声，不再说话。

眼梢处，银月如玉盘高悬，琳琅终是轻轻笑出来，握紧龙无霜圈在她腰间的手。

无霜，你不答我也没关系。我不会走。

若只有一个人能走，也必须是你。如果必定要死，我陪你。

耳边仿佛又缓缓响起方才从筵席上传到她殿中的歌。

如果不曾爱过你，快乐教不会我忧伤。可是，我还是爱了。并且……不悔。不管结局怎么样。

情之一字，千古难解！
文 / 果子落

两个同样玲珑聪慧的人，困在爱里，却是咫尺相对，各自流泪，到最后，挫骨扬灰，谁也拯救不了谁。

最初的最初，她来到西凉，面对陌生的名字，堪忧的处境，她只想坚持自我 -- 黑白分明，快意恩仇。

只是，天意最会弄人，情不知其所起，一往而深。是什么时候开始？她涟漪不起的心里，竟多了份牵挂。

他是西凉的皇帝，她的夫，她却从未看懂过他，他救过她，怒过她，谴过她，伤过她……

几场是非恩怨后，她说，阿离，我喜欢你。

他嗤之以鼻。

也是，自古君心难测。她真傻，帝王之家的人，怎么会有勇气真心言爱？

只是，他的不屑，她的自嘲，却剥不落她心底早已长出的密密麻麻的枝蔓。人心一旦有了牵绊，便会举步维艰。明明知道，他是帝王，在他的眼里，不会有非她不可的意志，但她却偏偏执拗地坚持。

别院的一晚，她娇羞地将自己给他，情到浓处，他唤她小七。当时，也许他还不自知，这两个字，将生生世世萦绕在他的心间。

他运筹帷幄，滴水不漏。她爱他势在必得，颐指气使的模样。只是，索取这样一份隆重的爱，总要有代价来换。

于是，她成了恶俗的妒妇，掴掌、离宫、逛妓院、夺花魁，生生将帝妃之间华贵的爱情，演变成寻常百姓家的庸俗戏码。

只是她不知，那份寻常，却如同曼珠沙华般，在他心间滋长，盘根错节，日益繁茂。自此，罂粟为魂。

他将她捉回皇宫，给她三千宠爱。只是，是谁说过，只有当上天要准备剥夺你某种东西的时候，才会让你这么快乐。

碧霞宫一夜，她发现了他的秘密，他心尖那个女子的身份，是他的心结，亦是她的。

他衣袂飘飘，持剑而立，一句"而朕在七岁以前便认识了心漪，年璇玑，你懂吗？"生生将她逼上死路。当他的剑尖刺入她的身体，她说，若有来生，小七，必不再爱。

失去孩子，心如死灰。她以为，碧霞宫后，两人之间，再无纠葛。但怎奈，这尘世，情思，最难断。这世间总会有那么一个人，只凭再相逢，你便能跟他一笑泯恩仇。

断崖边，她为救他纵身一跃，他白衣翩跹，影从而下。千古月，付韶华，那一瞬，成刹那。生死面前，终于有一刻，江山美人，统统在后。

渔村中，没有三千红颜，没有世俗纷争，那是人间烟火的真实。他只想守着她，赠她一世春光，看她笑颜如花。

命悬一线，弥留之际，他将亲手刻好的木梳交于她手，寓意"愿得一人心，白首不相离"。她氲氲双眼，不许他死，于是，他奇迹般存活下来。怎料，枝节横生，她为他，再次落难。

再相见，她一身喜服，容颜尽毁，欲嫁他人作妻。

远远地，他看着她，一眼万年。毁容前后，她的貌，都称不上倾国，可她对他的爱，足以倾城。她跟了他三个月，却似乎将年华都荡尽。

他依旧语气霸道，帝王之气溢于言表："我今晚，一定要带她走。"

只是这一刻，无关帝妃之间的命令，无关夫妻之间的纲常。只关乎，他爱她。

他如愿将她带走，却终究在求解药的途中为了心漪舍她而去。他是帝，最擅长的便是权衡，离开实属不得已，只是，理由再充分，也挡不住他心中对她的那份愧疚。可是当他匆忙赶回，望见她与另一个男子袒胸相对时，终是妒火难耐，千言万语，幻化为口不择言。于他，或者真的是爱之深，责之切。却生生将她压抑了许久的委屈与怨愤牵引出来。

木梳着地，掷地有声。那是他对她的誓言，曾经绚丽如一株花灵。

回宫之后，幸福更是如履薄冰。直到他发现她性命危浅，方抛了半壁江山去换她的性命。彼时，他开始明白，原来，对她，才是爱，对自己放在心上十四年的温心漪，是情。

爱，可以荼毒所有理智。于是，为了保护她，一向冷静温润的他，有了不顾顶撞太皇太后，只为护她安危的痴狂，有了血洗宫殿，一夜斩百人的疯癫。

西凉皓月，自此他夜夜陪着她枕。

三千后宫，年氏专宠。谁可曾记得，浮华的背后，曾有过她温心漪，美人如虹。

认识龙非离十四年，她也曾淳朴如玉，善良过，宽容过，等待过，原谅过，她一直想，十四年的感情，他没有变，不会变。只是原来穷其三世的爱恋，不过是一场漫长的作茧自缚，始终都只有自己一人。

她不甘心。

于是便有了烟霞郡那一场风波。那一场恶战，如同长久未能泯灭的噩梦。璇玑记得，龙非离曾跟她说过，永远在一起。只是，永远，有时候太短，有时候又太远。

当他怒发冲冠，提着她的衣领追问她腹中的胎儿是谁的孩子时，她无言以对。

最终，他以帝王的身份宣判她腰斩之刑。她知道，这样的极刑，他心中有多恨，不过也好，越恨，便越爱。

牢狱里多日，再次见面，岁月沧桑，江山依旧如画，只是那一场盛世繁华，好似昙花，一路上走过的喧哗，统统湮没。

涉过爱的千山万水

文 / 读者如果的明天

为你涉过万水千山，归来时是否懂得怜惜？也许彼此还会行踪不明，但是你该知道她曾怎样因你情深，也终会明白，遇见彼此是多么美好的邂逅。

小七与阿离 —— 爱是恒久忍耐，终至蚌痛成珠。

传说中，人的前世是被分为两片的蚌，所以一生都要努力寻找与自己相衬的另一片，这另外的一片，一定要是最合适的一片，方能严丝合缝，找到了，合拢了，然后历经种种艰辛，才能孕沙成珠，才能再世为人。

前世的阿离和小七，是否经历过这样的寻找呢？只可惜前世他们明白得太晚，于是有了这一世的相逢和抗争。

爱是最难挣脱的情感，越是挣扎，越是在情网中深陷，于是每次小七想过不再去爱他，说过要离他远一些，可是真的到了下一次，还是不由自主地靠近，还是会为了他奋不顾身。爱与痛，不是跷跷板的两极，这边升起，那边便落下。有时候，痛是爱里的催化剂，加深着爱的深度和敏感度。

不信任，究竟是怀疑了对方的爱，还是对自己不够自信？因为爱所以放弃，所以不能忍受一点点感情的瑕疵；因为痛所以坚持，坚持站在会被你伤到的地方，因为始终无法放下你一个人。爱一个人，他温柔也好，暴烈也罢，爱了就是爱了，如何做得到说不爱便能不爱了？爱在每次快乐与悲伤中加深，在幸福与痛苦中沉淀。只有勇敢地坚持走下去，才会看到爱的明天。

这份边爱边痛的感情，恰如蚌中沙粒，于最柔软处长久而不可见地磨砺着。痛，带着幸福的痛，爱与痛就这样不断牵扯，爱不断地复原，再不断地受伤，在无数次锥心之后，终有一日，可以欣慰地看见，他们的故事幻化成最璀璨夺目的明珠。

爱是恒久忍耐，爱会在时间和疼痛的催化下孕育出最美的明珠 —— 只要一直坚持下去。

霓裳与梓锦 —— 拼将一生休，尽君一日欢。

幼时初见，一件新衣，遮蔽了身上的凉，也烙下了心底的印。

再次相见，高高在上的王爷早已忘记那个曾赐过名的小医女，而医女也只敢在数步之外望着他。他心底有他想望多年而不得的丽人，而她的情意却渐渐无法隐藏。

有些人注定不属于他，那个挂念多年的女子即便经历过那样一夜，还是选择了在他之上的王，而他，也终是选择娶了这个医女。

四年的婚姻，她给了所有她能给的，甚至舍弃自己的命，救他想救的人；四年的时光，他从未珍惜过她，等到别离在眼前，才慕然发现自己的不舍，他该懂得他差点便错失了怎样珍贵的女子。

十数年的仰望，四年的朝夕相伴，霓裳从不悔遇见他，惦念他，用生命去爱他，或许一个人总会是另一个人的执迷不悔，无关身份，无关容貌，初见时的悸动就注定了一生相随。所以可以不求回报地一直陪在他身边，所以拼却性命，只为他的一夕欢颜，所以即便离开，也仍是为了诀别的那一刻他不会那么痛。情至深，不是为他轻言生死，而是竭尽自己所能与不能。

爱是什么？或许永不会有答案，却有人勇敢地用生命实践着心底的诺言，只要撑过了这个雨季，终会迎来绚烂的彩虹。

玉致与夏桑 —— 全意为你守护，那是我的天赋。

她是金枝玉叶，是他仰望的一抹月光，是他心底珍惜的一份宝藏。

他是皇帝的贴身侍臣，有着不能为外人道的秘密。于是，他只在循规蹈矩下守护，只在角落里仰望。

爱从何而起？或许早便生于那一次次依靠当中，若非爱他，又何会在一次次困难的时候先想寻到的是他，又何必在那些险境中深信他会来解救自己，又何必在那么绝望的时刻依然想等他的到来。

爱，十数年！在心底的爱，又岂是礼数和自卑所能禁住的？更何况那个人早已决定勇敢的争取。是的，只为他勇敢的爱。

无惧他人眼光，无畏世事险恶，因为有一个人陪在身边，可以生死同行，那么在哪里又有什么要紧呢？！

晶莹与玉恒 —— 为你无惧变迁，穿越战火纷争。

他们的爱，或许是本书中最水到渠成的一段，可也是最温馨，最令人向往的一种。他们的爱，在保家卫国的共同理想中升华。共同的信仰成就最稳固的爱情，爱情的光芒照亮他们战火纷飞中的前行的道路，胜利不得而知，爱情的地久天长却是必然，心灵相通，长相厮守，荆棘遍地的战火征途，即使遭遇多重困厄，因为有他（她）在身旁，都有力量走过去。

与你并肩战斗，这是最美的誓言，是用行动和生命写就的爱情颂歌，只要信仰不倒，意志坚定，就能跨越一切鸿沟，化解一切矛盾，这份爱情，不会因时空，甚至生死而分离，胜过一切的山盟海誓。

为你穿越战火，为你珍惜自己。

因为有你，此生此世，不惧变迁，不畏纷扰。

千山翻越，万水渡过，多少风波惊险而过，多少年华与你共度，终于改写了彼此掌心里的纹路，你可知道，彼此的生命线已然相连……

许你风华

文 /Logum

我不争不闹，只想安安静静地看着你。你若开心，我便开怀；你若愁苦，我便心痛。

我许你所有爱恋，但你无须回报。我生命有限，不敢承受任何牵扯。若有一日我身离去，你只需记得我曾出现过就好。

烟火辉煌，只一瞬间，便是万年。

人都是配对而生的，前世结缘，此生来解，所谓"一生一代一双人"。

那人若是你的，历经千难万劫，终会在你的身边；那人若不是，你便是舍了命去守护，亦不过是徒劳。

可是，"爱"这个事情又有谁说得清楚？

彼岸花，花开彼岸，花不见叶，叶不见花，生死不相与。

尘世繁花，谁许谁一世风华？谁还谁来世今生？

他说，琳琅，离殇不诉。

她懂，生相守，死不离。

只是这样的感情，该用怎样的心思去守护？一世一生，再世再生？

什么是永远？从来也没有人说得清。但是，两个人在一起的时候，心却真的不想分离了。

他说，琳琅，将来你便做我的小七。

她笑，小七只有一个，龙非离也只有一个。

时光流转，多年以后，她终于懂得，他于她便是阿离，且不管她于他是什么。

遇上一个人，爱上一个人，即便是仇敌，即便曾生死逃离，末了才发觉，多年的等候也不过是那人的一句话。

几个字，足以交付一生。

纵使风波险恶，年华拘限，妾亦陪君醉笑三千场，离殇永不诉！

小剧场

龙后

那时一切还没有开始，紫苏到人间修行。说是修行，实是玩耍，刚好赶上几个州郡旱灾，某村要送美女祭龙王求雨，正在举行仪式。

紫苏混在人群中：啧啧，祭龙王这姑娘水灵的……有网红潜质啊。龙王这差事也太肥了，一年得布多少次雨，都能诓上一个排的美女了。亏得龙王在天界的口碑那么好，原来是个好色之徒！

人群里，龙昊微微皱眉，一旁小厮掩嘴偷笑。没想到，龙昊看清了紫苏的脸，表情变得微妙。

龙昊：这丫头是……在天界帮我绾发的宫女？

紫苏犹自在盘算：这龙王，一定长得极丑。

龙昊：……

小厮最懂察言观色，一溜烟上前：小娘子，这新娘是他们求雨自动献祭的，怎么能怪到龙王头上？再者，何以见得龙王丑？

紫苏：坊间既然流行求雨送美女，若非有过灵验之时，这习俗如何传得下来？至于丑，长得帅还用得着靠这种方法把妹吗？我跟你说哦，这天界呢有位神仙，打个喷嚏都有一群美女来递纸巾……

小厮：王，她说得好有道理，奴才竟无言以对。

龙昊：查查'有个神仙'是哪个。

小厮：遵命。王，有句话不知当不当问？

龙昊：那就闭嘴。

小厮小心翼翼：您……是不是当真偷偷收过祭祀的美女？

龙昊：滚！

海边作法结束，按照习俗，人们要把祭祀的姑娘灵风押送龙王庙一夜。

进了庙里，灵风埋头哭起来。突然一块手帕递到面前，姑娘愕然抬头，一个穿着紫衫的少女正抱臂端详着她。

灵风大吃一惊：你是谁？你怎么进来的？

紫苏：我嘛，我是龙王的老婆。就冲你这歪瓜裂枣的模样，龙王能看得上你？

灵风：可乡亲们说我已经是本镇四美之一。

紫苏：那是人家负责四美，你负责之一吧。

灵风有些蒙，待回过神来，只见这少女已经爬到龙王的雕像跟前。她弯腰拾起用来记录添香油的笔墨，在龙王的脸上画起来，边画居然还边念念有词。

紫苏：我家龙王可不长这般粗犷，而且年轻着呢，瞧这粗腰板小短腿的，我们可是小鲜肉，大长腿，胸的比例也不对，那可是个很性感的胸……嗯，嫁祸给谁好呢？战神？天机星君？陵光神君？有了！就那个到天宫吃酒席还不会梳头的男版傻白甜好了！

等她投入地重新为龙王画了像转身，灵风已经目瞪口呆，那龙王像竟然按照紫苏所画成型，变成了一个冷漠毓秀的青年模样。

灵风：你……你……

紫苏：丑女，你连我家龙王什么模样都不知道，还妄想嫁龙王为妾？告诉你，有我龙后在一天，龙王就休想娶别的女人。你快些回家去，断了这念想，我一个高兴了明日便叫龙王降雨，否则我就让此处倒大霉！

灵风簌簌发抖。

庙檐上，明月半弦，星斗漫天。玄色衣袍的男人站在月影下，隔着房檐看着庙里紫衫女子张牙舞爪理直气壮的模样，一语不发。

小厮愤愤不平：这女人简直了！主子，可要命人把她捉回去治罪？

龙昊沉吟：她几时看过我的胸？

小厮：不消说就是个戏文听多了思凡，偷跑下来的小仙女，哼，天庭老出这样的故事，不，事故！

龙昊：我当时还露胸了？

小厮气昂昂：奴才这就去点兵捉人。

龙昊：八块腹肌都露完整了吗？

小厮愣住：主子，八块是谁？可是要点他去捉人？

庙里。

紫苏：在西海里，哪个男子若是敢看我一眼，龙王就会挖了他的眼睛！

紫苏：我喜欢穿紫色，龙王便不许西海其他女子穿这个颜色！

紫苏：自我去了西海，龙王从此不早朝……

灵风：女妖怪。

她大叫一声，终于按捺不住冲了出去。

半夜里，村民匆匆将仓皇失措的灵风接回家。

第二日，郡里便下了雨。

在这前一晚，泾河分支龙宫迎来了一位不速之客。

长老：龙王，施雨簿中，此郡尚差三月方能降雨，老龙王掌管西海这些年，从未破过规矩，你要强行布雨，岂非落下色令智昏，违反天规之名？

龙昊：违反天规？本王还担不起。若本王没记错，我西海每年可根据灾情改动施雨簿三次，如今本王亲眼所见此郡苦况，怎就不能酌情降雨？父王将此处雨事交与你，这些年来，并未多管，皆依地方具体施为，那是念你对他的一片忠心，如今民间求雨竟用美女来祭，甚至成了风俗，这其中的缘由，本王不懂，你倒给我说说看。

长老大骇，扑通跪倒：少主恕罪。

龙昊回到殿中，夜明珠忽明忽暗，他侧卧于榻，想起前事，慵懒地扇扇眼尾。

那小宫女其时站在龙王庙前，来回比划了许久，估摸着是想用自己的修为来借一场雨水，但借雨之事，不合天规，又需一定修为，她似乎办不到。既然他本便要破例施这场雨，何妨再破例一次，依她所说时辰，给足她这"龙后"颜面。反正她出来混，早晚要还，呵呵。

后来，西凉不管哪里有旱，再也不敢用送新娘的法子祭祀。据那晚在庙门口的村民说，西海龙后喜穿紫衣，是个超级妒妇，被龙王专宠了多年。再以后很多年，有人看到，龙王笑意盈盈，施法幻化舟船陪龙后看海上星辰，附近的渔民们便为龙后建了龙后庙，以祈风调雨顺。

只是，兴许是最早的村民们相传有误，那位女子一身红衣翩若惊鸿，后世的渔民们，再未见过这龙后穿紫衣。

图书在版编目（CIP）数据

再生缘·终章：全2册 / 墨舞碧歌著 . — 南京：
江苏凤凰文艺出版社，2018.10
ISBN 978-7-5594-2627-7

Ⅰ.①再… Ⅱ.①墨… Ⅲ.①长篇小说—中国—当代
Ⅳ.① I247.5

中国版本图书馆 CIP 数据核字（2018）第 172623 号

书　　名	再生缘·终章：全2册
作　　者	墨舞碧歌
责任编辑	丁小卉　姚　丽
出版统筹	刘运东
特约监制	王兰颖
选题策划	王兰颖
文字统筹	蒯　欣
营销统筹	苗玉佳
封面设计	尤　莉
封面插画	龙轩静
责任监制	刘　巍　江伟明
出版发行	江苏凤凰文艺出版社
出版社地址	南京市中央路165号，邮编：210009
出版社网址	http://www.jswenyi.com
印　　刷	北京永顺兴望印刷厂
开　　本	680×970毫米　1/16
字　　数	655千字
印　　张	36.5
版　　次	2018年10月第1版，2018年10月第1次印刷
标准书号	ISBN 978-7-5594-2627-7
定　　价	69.80元

（江苏凤凰文艺版图书凡印刷、装订错误可随时向承印厂调换）